संजीव

मौजूदा दौर के हिन्दी साहित्य के प्रथम पांक्तेय हस्ताक्षर! 38 वर्षों तक एक रासायनिक प्रयोगशाला, 7 वर्षों तक 'हंस' समेत कई पत्रिकाओं का सम्पादन और स्तम्भ लेखन तथा प्राय: दो वर्षों तक महात्मा गांधी अन्तरराष्ट्रीय विश्वविद्यालय, वर्धा और अन्य विश्वविद्यालयों में अतिथि लेखक रहे संजीव का अनुभव संसार विविधताओं से भरा हुआ है। साक्षी हैं इनकी प्राय: दो सौ कहानियाँ और 'अहेर', 'सर्कस', 'सावधान! नीचे आग है', 'धार', 'पाँव तले की दूब' , 'जंगल जहाँ शुरू होता है', 'सूत्रधार', 'आकाश चम्पा', 'रह गईं दिशाएँ इसी पार', 'रानी की सराय' (किशोर उपन्यास) आदि कृतियाँ। नवीनतम हैं कृषक आत्महत्या पर केन्द्रित 'फाँस' और छत्रपति शाहू जी पर केन्द्रित 'प्रत्यंचा'। कुछ कृतियों पर फिल्में बनी हैं, कुछ की पटकथाएँ लिखी हैं। बीस-एक उपन्यास और कहानियाँ विश्वविद्यालयों और शिक्षण संस्थानों के पाठ्यक्रम में। अपने समकालीनों में सबसे ज्यादा शोध इन्हीं की कृतियों पर हुए हैं। कथाक्रम, पहल, अन्तरराष्ट्रीय इन्दु शर्मा, सुधा सम्मान समेत अनेक पुरस्कारों से सम्मानित। नवीनतम है हिन्दी साहित्य के शीर्ष सम्मानों में से एक 'इफको' का श्रीलाल शुक्ल स्मृति साहित्य सम्मान-2003।

सम्प्रति : स्वतंत्र लेखन।

सम्पर्क : writersanjiv@gmail.com

AF729749

सावधान! नीचे आग है

संजीव

राधाकृष्ण पेपरबैक्स

पहला पुस्तकालय संस्करण
राधाकृष्ण प्रकाशन प्राइवेट लिमिटेड द्वारा
1986 में प्रकाशित

राधाकृष्ण पेपरबैक्स में
पहला संस्करण : 2018
दूसरा संस्करण : 2025

© संजीव

राधाकृष्ण पेपरबैक्स : उत्कृष्ट साहित्य के जनसुलभ संस्करण

राधाकृष्ण प्रकाशन प्राइवेट लिमिटेड
जी-17, जगतपुरी
दिल्ली-110 051
द्वारा प्रकाशित

शाखाएँ : अशोक राजपथ, साइंस कॉलेज के सामने, पटना-800 006
पहली मंजिल, दरबारी बिल्डिंग, महात्मा गांधी मार्ग, प्रयागराज-211 001
1, अनमोल सोराबजी संतुक लेन, धोबी तलाव, मरीन लाइंस, मुम्बई-400 002

वेबसाइट : www.radhakrishanprakashan.com
ई-मेल : info@radhakrishanprakashan.com

बी.के. ऑफसेट
नवीन शाहदरा, दिल्ली-110 032
द्वारा मुद्रित

मूल्य : ₹ 350

SAWDHAN! NEECHE AAG HAI
Novel by Sanjeev

ISBN : 978-81-8361-892-2

श्री राजेन्द्र यादव को

आभार

डॉ. सुवास कुमार   श्री ब्रह्मदेव सिंह शर्मा
श्री दयाशंकर तिवारी   श्री नरेन्द्र कुमार प्रसाद
श्री मदन कश्यप   श्री नारायण समीर
श्री बलराम   श्री पलाश
श्री नन्दलाल शर्मा   श्री गंगाप्रसाद त्रिपाठी
श्री इन्द्र बहादुर सिंह   श्री रमेश कुमार जैन
श्री ओझाजी   श्री मुखर्जी

और वे सभी जिन्होंने समय-समय पर सहायता की।

प्रथम खंड

सतह के नीचे

राख के नीचे आग थी

रोशनी की मरी धार को ऊधमसिंह ने अपने साथियों की ओर मोड़ दिया। काजल-सी काली उस ताबूत-सी बन्द नन्ही दुनिया पर झरता है लैम्प की रोशनी का पराग। मुर्दों की धूसर आकृतियों को अपनी ज़र्द उजास से टटोलती आँख जा टिकती है सोमारू पर। लड़खड़ाता हुआ जा झुकता है उस पर। फिर कंकालनुमा हाथों से दबोचकर झकझोरता है—सोमारू! सोमारूऽऽऽ! सोमारू-ऊ-ऊ-ऊ-ऊ-ऊ...!

पाँच तरफ़ कोयले और सामने पानी के तिरछे अवरोध से घिरा एयरकुशन का ताबूत! चीख़ विरूपित प्रतिध्वनि बनकर भूतीली चीख़ में तबदील होकर गूँजने लगती है—सोमारू! सोमारूऽऽऽ! सोमारू-ऊ-ऊ-ऊ...! जैसे सन्नाटा उसे चिढ़ाकर अट्टहास कर उठा हो सहसा! जैसे सारे मुर्दे समवेत स्वर से आह्वान कर उठे हों यकायक—सामने के मुर्दे, उसके पैनेल के नीचे ऊपरी होराइज़न (तल) के पानी में सर डुबाये तैरते मुर्दे, निचले होराइज़नड्डु के दो सौ फ़ीट के पानी में डूबे मुर्दे, मलबे में दबे मुर्दे, हवा के अंडेनुमा बुलबुलों में छटपटाकर निश्चेष्ट पड़े मुर्दे, बेतरह फूले मुर्दे, बेख़बर सोये मुर्दे...। इन मुर्दों की दुनिया में शायद वह अकेला बचा है अब।

काँपते हाथों से वह डायरी का वह पृष्ठ खोलता है, जिसमें उन तेरह खान मज़दूरों के नाम हैं, जो उन्नीस दिन पूर्व जल-प्लावन में इस एयर-पॉकेट में सुरक्षा की क़ैद पा गए थे—इस काले पानी में। एक-एक कर कटते गए थे नाम। अब वह एक और नाम काटता है—सोमारू। काटकर मुजरिम की तरह शंकालु होकर सामने देखता है। लगता है, मिस्तिरी सोमारू की गूँगी बेटी आँख फाड़कर ताक रही हो बदहवास-सी, जैसे उसकी सारी चेतना आँखों में उमड़ी आ रही हो! घबराकर उसने आँखें फिर डायरी में गड़ा ली हैं।

अब सिर्फ़ एक नाम रह गया है—ऊधमसिंह। कलम को अपने नाम के गिर्द गोल-गोल घुमाते हुए उसे लगा, एक फंदा कसता जा रहा है उसके गले में, जैसे

डायरी का ऊधमसिंह डरकर इस ऊधमसिंह को लगा हो घूरने! आँख बुलबुले की मानिन्द निकल आई हो—क्या मुझे भी... ? जैसे उसकी कलम से निकलने वाली लकीरें नहीं, मृत्यु-फाँस हो!

पानी में एक ज़ोरदार आलोड़न हुआ। मौत के सितार झनझना उठे। पानी की दीवार पर उभर आये चेचक के फफोलों की तरह चन्द बुदबुदे। चन्द बुदबुदे फूटे और हवा में बदबू घुल उठी—मितली लानेवाली बदबू। यह मिथेन नहीं, कार्बन-मोनोक्साइड नहीं, एच-टू-एस नहीं, ठंडी गैस भी नहीं, खदान के गैसों के बारे में उसकी अपनी वाक़फ़ियत दग़ा देने लगती है। तो... ? यह कौन-सी जैविक गैस है, जिसका पैग़ाम पानी की हथेलियों ने उस तक पहुँचाया है आज—मुर्दों के पानी में अपचयन से बनी गैस ? दो दिन पहले ही लैम्प बुझ गई थी, मगर जाने कैसे जल गई ऊर्जा खींचकर! अब नहीं जलेगी कभी। अब कभी नहीं देख पाएगा वह सूर्योदय को—रे प्रवासी, जाग, तेरे देश का संवाद आया...।

पानी में फिर आलोड़न हुआ है। इसके साथ ही लगा, परे खिसकने लगी है पानी की दीवार। तो... ? तो क्या पानी पम्प किया जा रहा है ? वाहे गुरु! क्या सचमुच फिसल जाएगा वह मौत के चंगुल से ? तमाम मूर्च्छित कोशिकाएँ सजग हो उठी हैं। टटोलकर एक कोयले का टुकड़ा उठाता है और तीन बार कोयले की दीवार पर चोट करता है—ठक! ठक!! टक!!! कान टेक दिये हैं उसने। बारी-बारी से दीवारों पर ठोंकता है और कान लगाता है। उफ़! कोई तो जवाबी धमक आए उधर से! कोई तो...! कोई...!

न! नहीं! फिर से शिथिल पड़ने लगे हैं स्नायु। चिनचिनाहट छिटकने लगी है कनपटियों और आँखों से। धमनियों का ज्वार स्खलित होकर रिक्त भाटे में तबदील हो रहा है। आँखों के आगे उड़ने लगे हैं रंगों के गुब्बारे—भूत, भविष्यत्, वर्तमान को काले कफ़न में लपेटकर इस भँवर में एक-एक कर डूब रहे हों मानो। इन उन्नीस दिनों में हज़ारों बार, हज़ारों रूपों में अपने बिछड़े आत्मीय जनों की शक्लें याद आई हैं—हलकी नींद के सपनों की तरह—माँ, बिछड़ी बहन जसवन्त, अज़ीज़ दोस्त आशीष, मक़बूल साहब, विष्टूदा, मेवा—सब-के-सब अपने निर्बल हाथों से उसे इस काल-कूप से निकाल लेने को विकल। चाणक, दफ़्तर और पता नहीं कहाँ-कहाँ फ़रियाद करते चेहरे! चेहरे गुणित होते हुए फैलते रहे हैं, कैलेंडर की तसवीरों की तरह हवा के थपेड़ों में झूलते रहे हैं। अब सब शान्त है, सब स्थिर। सोमारू के मरते ही जैसे बाक़ी दुनिया सपाट हो गई। कहीं नहीं है कुछ! कुछ भी नहीं है कहीं! खान का पानी खान को ही नहीं, पूरी दुनिया को प्लावित कर गया। उसे लगता है, जिस महाप्रलय की आशंका वैज्ञानिक करते आए थे, यही था वह। उत्तर-दक्षिण ध्रुव की बर्फ़ पिघल गई। समुद्र फैलकर निगल गया धरती को। इस काले पानी के ताबूत में म्रियमाण आख़िरी आदमी है वह दुनिया का। बहुत कोशिश की, परे धकेलता

रहा—भालू की तरह चिपकी आ रही मौत को, मगर अब नहीं। निराकार अँधेरा और कमज़ोरी और बुख़ार में जलती हुई आँखें।

विदेह हो गया है मन। सारे लगावों को परे धकेलता नियति की क्रूरता को किस तटस्थ भाव से देख रहा है उठंगकर! हज़ारों बार की निचोड़ी गईं स्मृतियाँ। राख के मलबों में पंजे से खुरच-खुरचकर लुहलुहाते अक्सों को आख़िरी बार बटोरने की कोशिश करो ऊधम। याद आ रहा है कुछ... ? उन्नीस दिन पूर्व नहीं, पूरे नौ महीने पहले की बात—ऊधमसिंह नाम का एक युवक ट्रक पर सवार होकर पहले-पहल इस बलि पीठ की ओर आ रहा था...।

झटके से खुल गई थी आँख और किसी फ़िल्म की कास्टिंग की तरह सामने का सूचना-पट्ट आँखों के आगे उभर आया था—'सावधान! सड़क के नीचे आग है।' आग...! कहाँ है आग? एक अमूर्त भय की सरसराहट के सिवा खुमारी में वह कुछ सही-सही समझ न पाया। दूर तक धुआँ, धूल और पीली उजास!

नींद के प्रभाव में ही उसने हाथ की घड़ी देखी। छह बज रहे थे। यह सुबह है या शाम—एक पल के लिए सही-सही आँक नहीं पाया। बिस्तर पर जैसे-तैसे पड़ने के बाद यह फ़र्क़ अक्सर वह भूल जाया करता था। तभी उसके हाथ किसी की देह से टकराए। ओऽऽ! और उसकी सारी बिखरी खुमारी वास्तविकता की तरतीब में आ गई। यह लड़का आशीष भी उसके साथ ही चन्दनपुर जा रहा है—अप्रेंटिसशिप के लिए टेस्ट देने। वे दोनों ही गोविन्दपुर में इस ट्रक पर सवार हुए थे। इसके साथ ही ट्रक पर सवार होने और इस नई-नई दोस्ती का अहसास ताज़ा हो आया। वह सोने वाली पिछली सीट पर उठकर बैठ गया। लगा, ट्रक एक टीले पर खड़ा है। न-न, टीला नहीं, पुल! नीचे गन्दे पानी और कोयले के अम्बार के बीच दबी कोई रेल की पटरी दबे साँप की तरह निकलने को छटपटा रही थी। सामने धुआँये हुए लैंडस्केप का शाम की रक्ताभा में नहाया तिलिस्म दूर-दूर तक फैला हुआ था। लगा, अगल-बगल कोयले के स्तूप, बिखरे-बिखरे मकान और दुकानों की गुमटियाँ, छोटी-छोटी इनसानी आकृतियाँ धुन्ध में डूबी दूर से आ रहे हल्के शोर की ओर उत्सुकता से देख रही थीं।

"क्या बात है, ड्राइवर साहब?"

"कुच्छो नहीं, सरदारजी! अरे ऊ दीपनारायण बाबू को पुलिस पकड़ के ले गइल न, तौना खातिर उनका उनियन का लोग उनको छुड़ाने जा रहे हैं धनबाद!"

"जुलूस क्या काफ़ी लम्बा है?"

ड्राइवर रामसिंह ने सवाल को फ़ालतू समझकर कोई जवाब नहीं दिया। वे दूर से निरन्तर ज़ोर पकड़ती आवाज़ को अनकने लगे :

'जेल का ताला टूटेगा—दीपनरायन छूटेगा! पुलिस के गुंडे—हाय-हाय!'

'कमिश्नर दुबे—मुर्दाबाद! एस.पी. सिन्हा—मुर्दाबाद! मैनेजर 'सरमा'—मुर्दाबाद!'

नारों की एक लहर के गुज़रते ही दूसरी लहर। एक ट्रक के गुज़रते ही दूसरा ट्रक।

ड्राइवर रामसिंह ने चेताया, "गिने...? कुल सतरह टरक, पच्चीस मोटर-साइकिल।"

आशीष इस शोर से जगकर हड़बड़ाकर उठ बैठा, "यह क्या है?"

"जुलूस!" ऊधम ने जवाब दिया।

"यह 'दीपनरायन'-'दीपनरायन' क्या चीख़ रहे थे ये?" आशीष तनिक शेखी में बोला तो रामसिंह ने आशीष को ऐसे घूरा, जैसे इस तरह से बोलकर वह अपनी ही नहीं, उनकी भी फ़ज़ीहत कराने पर आमादा है! आवाज़ बाहर न जा पाए, इसके लिए उसने ट्रक स्टार्ट कर दिया। "आप लोग लड़के हैं, पहली बार साइत झरिया आ रहे हैं। एक बात बता देंइ, हियाँ पे किसी के बारे में भी ऐसा रिमारक नहीं पास करना चाहिए।"

वे दोनों सकते में आ गए। कुछ-एक क्षणों तक उन्हें आतंक में गोते खिलाने के बाद रामसिंह ने खुद ही बताया, "दीपनरायन बाबू हियाँ के बड़का लीडर हैं। यूनियन का झगड़ा में एक ठो अउर लीडर बोस साहब का मरडर हो गिया। इसी खातिर एरेस्ट हुए।"

"बड़े लीडर ज़रूर होंगे, तभी तो इतने आदमी उन्हें छुड़ाने जा रहे हैं!" उसने मस्का मारा।

"तऽऽब का! मगर ई तो हियाँ पे होइबे करेला।" ड्राइवर ने ऐसी शेखी से कहा कि वे जान जाएँ कि उन्हें इसमें कुछ भी अजूबा नहीं लग रहा है।

ट्रक धुन्ध की एक और मोटी परत बिछाकर जा चुका था। अब उसकी तन्द्रा पूरी तरह टूट चुकी थी और वह पूरी शिद्दत के साथ यह महसूस करने लगा था कि वह कोयलांचल में है और झरिया में है। यह अहसास आते ही उसे झुरझुरी आ गई।

आग की नदी दामोदर और धुआँसे का शहर झरिया! कुहासा नहीं, धुआँसा! धूल, धुआँ और कुहासा—इनसे मिलकर एक शब्द बनता है धुआँसा। इस धुआँसे के जाल में उलझ तारों की झिलमिलाहट लिये जल रही हैं दूर-दूर की बत्तियाँ! दोनों ओर खंड-खंड जुड़ते-टूटते हार्ड-कोक प्लांट की दैत्यमुखी ज्वाला की क़तारें। बीच-बीच में लोहे के लम्बे साँचे पर टँगी आकाश-चरखी से कोलियरियों के टॉप गियर, कोयले के स्तूपाकार मलबे और ढूहें। श्मशान की चिता की तरह जगह-जगह जलते कोयले। विशाल खात-गह्वरों में कसमसाती पोखरिया खादों के मलबों से झनकारता झाँय-झाँय सन्नाटा। जहाँ-तहाँ रेल लाइनों के जाल, पंक्ति-पंक्ति खड़ी मालगाड़ियाँ, उच्छ्वास फेंकते स्टीम इंजन, डिब्बीनुमा मकान और सर पर रह-रहकर काले खौफ़नाक परिंदे-सी गुज़रती रोप-वे की डोलियाँ। रात डाल जाती है रोज़ एक काली परत की झिल्ली। इसी झिल्ली के बीच भन्नाते भुनगे की तरह उड़े जा रहे हज़ारों यान-वाहनों

के बीच एक वह ट्रक भी है, जिस पर वह सवार है। तो आज उसने भी अपना नाम लिखवा ही लिया इस धुन्ध में भटकने वाले लोगों की तालिका में...।

झरिया शहर में जाने कितनी गलियों-उपगलियों से, जगह-जगह जमी भीड़ में शॉर्टकट तलाशते हुए ट्रक गुज़रा। वह अनुमान लगा रहा था कि इन्हीं बिल्डिंगों, बाज़ारों, बियाबानों के तले हज़ारों फ़ीट नीचे से उबलकर वह भीड़ ट्रकों पर सवार हो गई होगी यकायक। लाखों वर्षों के जीवाश्म उसके नीचे। इन्हीं जीवाश्मों की काली-काली पट्टियों की सुरंगों की भूलभुलैया में चींटों की तरह रेंग रहे होंगे अभी भी हज़ारों खान मज़दूर—जेल का ताला टूटेगा—दीपनारायन छूटेगा...! एक पूरा-का-पूरा तारों भरा आसमान गहरे काले सागर में औंधा पड़ा होगा। इसी काले सागर में लंगर डाले पड़े हैं सैकड़ों जहाज़—झरिया की कोयला खदानें।

एक पतली पुलिया से डगराते पार हुआ ट्रक कि औंधी रपटीली सड़क के गड्ढों में उछलता-कुलाँचता दूर तक चला गया। वहाँ से गियर बदलकर अब हाँफते हुए चढ़ रहा था चढ़ाई। अन्दर के कोयले के निकल जाने से दूर-दूर तक धँस गई है पोली ज़मीन। कुछ दब गया है, कुछ उभर गया है—भूगोल भी, इतिहास भी...।

उसकी उत्सुकता पर फिर से मनहूसियत हावी होने लगी थी। उसने दुखती आँखों और कनपटियों को हथेलियों से बन्द किया और घर की याद करने लगा—क्या कर रही होंगी माँ इस समय? पेट्रोमैक्स के उदास उजाले में ढाबे के बाहर महतो, ढाबे के अन्दर माँ, बीच में ख़ालीपन।

कितना अकेला-अकेला महसूस हो रहा होगा उसके बिना! यकायक उसे लगा, कानों में कोई गुर्राता सुअर घुस पड़ा है—घर्र-घर्रऽऽऽ! खर्र-खर्रऽऽऽ! चींऽऽऽ! चींऽऽऽ! ट्रक हालाँकि रुक गया था, मगर इंजन बन्द नहीं था। हॉर्न पर हॉर्न।

"चन्दनपुर आ गया क्या?" वह सम्भ्रमित-सा पूछ बैठा।

"हाँ, बस सामने ही है।" रामसिंह की आवाज़ इस घरघराहट में भरभरा गई। सामने...? सामने तो काली धूल के बगूले उड़ रहे थे। उसने चुँधियाई आँखों से हेडलाइट की रोशनी में देखा—एक गुबार क़रीब आता जा रहा था।

एक अस्फुट गाली देकर रामसिंह ने इंजन बन्द कर दिया। अब अमूर्त आहटों के बीच से मूर्त होने लगे धूसर परछाइयों के बीच बेशुमार बुदबुदे।

"क्या है यह?"

"मरियल गोरू हैं। कसाईखाने ले जात होई बूचड़।"

"ओह! अजीब खौफ़नाक लगती हैं इनकी आँखें।"

"हाँ, राती-का लैट रिफ्लेक्ट होखेला नूँ।"

"मगर इनमें तो बहुतेरे छोटे हैं।"

"सब ठाँठ हैं जी। पहिले चरे के जंगल रहल, अब कहाँ रहि गइल? अब तो जे-बा-से कोइला और कंकरीट के जंगल फैलते चलल जाता। आछा-आछा नसल

के गाइ-भैंस आ गइलीं—हमरो टरक पे तो ऊहे बा। ले गए थे कोइला, ले आए हुँआ से भैंस-गाइ। अब ओकर आँगे कौन पूछेगा इन ठाँठ जानवर को? जौने दू-चार पैसा आ जाय ऊहे...।'' रामसिंह की भोजपुरी के भार से झुकी-झुकी हिन्दी।

ट्रक के दोनों ओर से गुज़रते खुरों की एक-सी पस्त आवाज़। शैतानी आँखों की एक-एक कर तिरोहित होती हुई कौंध। कैसा लगता होगा ट्रक पर सवार मवेशियों को अपनी ही जाति की अन्तिम विदा का यह सफ़र...? शायद उन्हें अनुमान भी न हो कि वे ही इनकी बरबादी के समीकरण के मोहरे हैं। एक दिन उनसे भी अच्छी नस्ल के मवेशी आएँगे—शायद ऐसे ही किसी ट्रक पर और वे आँखों में करुण कौंध लिये पस्त खुरों से नीचे सड़क पर अपने अस्तगामी सफ़र में लौट रहे होंगे। क्या पता, आशीष भी ऐसा ही कुछ सोच रहा हो! एक मातमी चुप्पी दोनों के बीच छाई रही।

ट्रक गेट के अन्दर लाकर खड़ा कर दिया रामसिंह ने, ''लेईं, जे-बा-से आ गइलीं चन्दनपुर।''

उतरकर जेब टटोलने लगा वह। आशीष ने तो पाँच का नोट निकाल ही लिया।

''ना-ना—रहे देईं, रहे देईं। अरे अतनूदा के आदमी से पइसा लेइब...?''

''फिर भी...।'' वह संकोच में पड़ गया।

''अरे कौनो दिन एक-आध बोतल पिया देइब, हो गइल। मगर अभी ना। नौकरी-चाकरी लागे देईं।'' रामसिंह ने यह कहकर जैसे आशीष के प्रति त्रुटिमार्जन कर लिया। चले गए रामसिंह।

बहुत-कुछ प्रकृतस्थ हो गया था आशीष। ऊधम को अब इस बात का ख़याल आया कि इस अनजाने देश में उसे अभी टिकने का कोई मुक़ाम भी ढूँढ़ना है। आशीष बार-बार आग्रह कर रहा था कि वह उसके साथ अतनूदा के यहाँ ही टिक जाए। सुबह टेस्ट देने के बाद नये सिरे से सोचा जाएगा। घूम-फिरकर मन इसी बात पर थिर रहा।

छितराई-छितराई भीड़! कलाली है। किससे पूछें? यहाँ तो सभी वही हैं। अचानक उसे ख़याल आया, गेट का सन्तरी तो होगा ही कहीं। गेट की पक्की गुमटी के पास आया तो, वहाँ एक खाकी गठरी दिखी।

''सन्तरीजी, अतनू बाबू ठेकेदार कहाँ रहते हैं?''

गठरी दो-तीन बार के सवाल पर हिली। उसमें से घायल कछुए की तरह सिर हिलाते हुए लाल-लाल आँखों से ताका नेपाली सन्तरी ने, ''अ-आ-आपको पूछने को और आदमी नहीं मिला?''

सर अन्दर कर कछुआ फिर गठरी बन गया था। अब मोटी खाल से जूझना बेकार था। आशीष जो चाय-पान की गुमटी पर पूछताछ कर रहा था, एक गिलास लेकर उसके लिए इशारे कर रहा था। एक धोतीधारी मोटे रौबदार आदमी, जो

उनकी हरकतों को क्षुब्ध होकर देख रहे थे, बोले, "अतनू बाबू का अभी चन्दनपुर में डेरा रहिये गिया है... ? जाइए, आगे रेल लाइन है, उसको पकड़ के सीधे पूरब।"

वे सज्जन बिना चाय के पैसे दिये आगे बढ़ गए तो दुकानदार को इनकी हालत देखकर दया आई, राज़-भरे अन्दाज़ में बोला, "अंट-संट आदमी से पूछिएगा तो मुश्किल में फँस जाइएगा। कोई रायपुरिया मरद-मौगी भेटा जाए तो ऊहे पहुँचाएगा, दोसरा नहीं।"

"अब न बना तब! अब ढूँढ़ो कोई रायपुरिया। स्टाम्प तो है नहीं।" आशीष बोलकर खोखलेपन में हँसा।

दुकानदार ने खुद ही एक लुंगीधारी से कहा, "अरे महादेव भाई, तनी एकठो रायपुरिया को पकड़ लाओ न! कलाली से बोलो, अतनू बाबू के आदमी हैं, डेरा पहुँचाना है।"

मैला-कुचैला हाफ़ पैंट, बटन-टूटी शर्ट—वह गावदी-सा निचुड़ा हुआ युवक, पता नहीं रायपुरिया था या कानपुरिया, आकर बोला, "चलिए, इतना रात को नहीं आना चाहिए न!"

"तभी तो तुम्हें साथ लिया। तुम क्या चन्दनपुर खदान में काम करते हो?"

"नहीं सरदारजी, वैसा भाग कहाँ! हम तो अतनू बाबू के ठीका में काम करते थे। अब तो ऊहो...।"

कोई अफ़सर समझकर रास्ते-भर अपनी दुर्दशा रोता रहा वह, "हम लोग का तकदीर खराब है साहेब। लाइए न सूटकेस।" ना-ना करते हुए भी उसने ले लिया, फिर बोला, "पहले हमरे बाप के बाप-काका लोग चन्दनपुर कोलियरी शुरू किये थे। हम तो हिंये पैदा हुए। अपना देस-मुलुक छुड़ा के अतनू बाबू के पहिले के ठीकेदार नाथ बाबू हियों जंगल में ला के छोड़ गए। अब कोई नहीं पूछता। ले-दे के अतनू बाबू का पोखरिया खाद का ठीका है। ऊ भी अब बन्द हो रहा है। हम का खाएँ और का खिलाएँ बाल-बच्चों को...?"

"अकेले हो...?" आशीष ने पूछा।

"कुल जमा मरद-मौगी मिला के पचास-साठ! वो वहाँ रहते हैं, छप्पर डाल के। कहाँ जाएँ...?"

वह रेल लाइन पार कर अब एक ढलान पर से उतर रहा था, रोशनी कम थी वहाँ। बोला, "इधर से चलिए बाबू। देखिए, बच के, पत्थर हैं।"

पत्थर तो पत्थर, झाड़ियाँ भी कम नहीं थीं। गन्ध से जाहिर था, पुटुस की झाड़ियाँ हैं। रायपुरिया पत्थर पर पाँव रखते, झाड़ियों में छलाँगते, झुकते निकलकर नीचे घाटीनुमा मैदान में आ खड़ा हुआ। उसकी पगड़ी बार-बार काँटों से उलझ रही थी। आशीष ठोकर खाकर गिरते-गिरते बचा। मैदान पार कर रायपुरिया चढ़ान की पगडंडी पकड़कर चलने लगा, जो एक कच्ची भुरभुरी काली सड़क में जा मिली।

दूर मर्करी के तेज़ उजाले में यहाँ के टीले, पेड़, झाड़ियों और रास्ते साफ़-साफ़ नज़र आ रहे थे। सड़क पर कोयले की इतनी गर्द जमा थी कि जूते हपस-हपस कर रहे थे। आगे रायपुरिया ने सड़क छोड़ दी और पथरीला रास्ता पकड़ लिया।

वह जहाँ खड़े हुए, अगर वहाँ आग और दीये न जल रहे होते तो उसे अमरबेलि से ढँकी झड़बेरी के जंगल का वहम हो जाता।

"ये देखिए, यहीं बसे हुए हैं तब से हम लोग।" रायपुरिया ने एक बौने छप्पर के सामने सूटकेस रख दिये।

बौनें छप्परों की कई-कई क़तारें। दो क़तारों के बीच फ़ुटपाथ की तरह बिछी दो फ़ीट ऊँची पट्टी। पट्टी में एक क्रम से चूल्हे दहक रहे थे—जैसे बड़े-बड़े नगीने। आशीष मुग्ध हो गया इस दृश्य पर, "वाह, यह तो ख़ूब है! हमेशा जलते रहते हैं ये चूल्हे?"

"हमेशा ही समझ लो, साब! कोइला की कमी थोड़े है हिंया! कब कौन खट के आएगा, कोई ठीक तो है नहीं। जब चाहो, दाल बना लो, जब चाहे भात—सवाल कोइला का थोड़े है, सवाल है राँधे क्या... ? कहाँ से ले आएँ?"

"अभी तो तुम कलाली से निकले थे न?"

आशीष ने हँसते हुए पूछा तो रायपुरिया तनिक झिझका। अन्दर से किसी स्त्री-कंठ की दबी गाली उभरी, "वो तो..."

एक गहरी साँस खींची रायपुरिया ने, जैसे शक्ति संचय कर रहा हो, "साब का बोलेगा? बुझारथसिंह के ठीका पे सात दिन काम किया। तीस रुपैया दिया और बीस बाक़ी। कुत्ता का माफिक दो महीने पीछे-पीछे घूमा तो बोला—पैसा नहीं है, चाहो तो...।"

"दारू पी लो।" आवाज़ अन्दर से पूरी हुई और मिनमिनाती चली गई, "अब बोलेगा, पचास का दारू पी गया, पचास सूद, निकाल सौ।" आवाज़ तेज़ होते-होते उसके सामने आकर खटोली के बिछाने से खट से टूट गई। स्त्री जवान थी, मगर बीमार लग रही थी। रायपुरिया परे खिसक गया, "बैठो, साब!"

उस झिलंगे खटोले पर बैठना और ज़मीन पर बैठना बराबर था। उन्होंने एक-दूसरे को ताका और बैठ गए मन रखने के लिए। छप्परों के अनुपात में उनकी दुनिया भी उतनी ही सिकुड़ी हुई थी।

"ए रमपतवा, जरा जा के देख तो अतनू बाबू हैं कि नहीं?" वह एक लड़के को छप्पर से निकालकर ठेलने लगा, "जल्दी आना।"

अब तक औरतें उन्हें देखने या खुद को दिखाने के लिए इधर-उधर चहलक़दमी करने लगी थीं। औसत क़द की मोटी-सोटी औरतें! कुछ के पहनावे घुटनों तक झूलते घाघरे और कुर्ती, पाँवों में मोटे छड़े, हाथ में कड़े। शायद राजस्थान की हों! भरी-भरी बाँह तक बाले भी रहे हों शायद कभी, मगर अब तो...।

"एक बार मुलुक छोड़कर आने के बाद फिर गाँव जाना नसीब नहीं हुआ बहुतों को।" रामपुरिया की मायूसी झरती है।

"क्यों?"

"एक तो उतना पैसे नहीं जुट पाते एकसाथ, फेन हुआँ रखा ही का है? सूखा उजाड़ देस। जाएँ भी तो पहचानेगा कौन?" बोलते-बोलते वह एक साथ रोते हुए बच्चों को डाँटने लगा।

"पहले कुछ लोग गया था छोड़कर, फेन लौट आया। हमरा 'नार' हियें काट के गाड़ा हुआ है साहेब, हियंइ जनमा, हियंइ मरेगा।" बोलने वाला एक बूढ़ा था।

"बाक़ी मरद कहाँ गए?" आशीष पूछता है।

"कुछ लोग टरक पे गिया है, टरक आएगा तो आएगा, बाक़ी सब इधर-उधर होगा।"

"औरतें भी...?" उसने बच्चों के रोने पर पूछा।

"हाँ, औरत भी।" फिर उस बूढ़े ने किसी प्रौढ़ महिला से पूछा और बताया, "औरत सिरिफ पाँच बाहेर थीं, ऊहो आ गईं, ई का हियें हैं।" उसने हाथ हिलाकर इशारा किया।

इस बार जो औरतें नज़र आईं, उनकी मुद्रा अजीब थी। तीन-चार उनकी ओर पीठ नंगी किये बैठी थीं। उनकी पीठ पर से एक-एक औरत जाने क्या चुन-सी रही थी।

"यह क्या है, दादा?" उसने आशीष को धीरे से ठुनकियाया।

उस प्रौढ़ महिला ने उनका आशय समझ लिया और औरतों को डाँटने लगी। साड़ी पीठ पर खींचकर वे भरभराकर उठ गईं।

"क्या बात है?"

"घमौरियाँ हैं, साहेब! ये बेचारी अभी काम से आईं। हमेशा पसीने से भीगी रहती हैं न। हियाँ गरमी है साहेब, कि बलाय है।"

"तो इसमें बुरा क्या था?"

"बुरा यही है कि हमेशा गैर-मरदों के साथ काम करते-करते लाज-सरम कुछ रहिये नहीं गिया," बूढ़ा यह कहकर चुप हो गया। फिर धीरे-धीरे सर गड़ाये हुए बोला, "हम भी आदमी ही थे बाबू, मगर...अब नस-नस तोड़ के बैठा दिया है। सोचिए, कोई जिनगी है हमारी! कुत्ता की तरह काम के लिए पूँछ हिलाओ, काम मिले भी तो पूरा पइसा न मिले। मरद बेकारी का शैतान लिये घूमें और औरतों को मिले काम। दिन-भर बाहर क्या-क्या करती हैं, कौन देखता है? बच्चे रोते हैं। आई हैं तो थोड़ा सुस्ता लें, सो नहीं, आईं और बच्चों को दूध पिलाने बैठ गईं—गरम-ठंडा लग जाए तो दवाइयों का पैसा नहीं।"

दूर से आ रही मर्करी की फ्लड लाइट में अजीब धानी-धानी-सा था सारा माहौल। लगा, सौ साल पहले की कोई चाँदनी रात धुआँ रही है। अभी-अभी थका-माँदा उतरा है रायपुरिया गिरमिटिया मज़दूरों का कारवाँ।

सहसा उसकी आँख चौंधिया गई। जैसे सारी-की-सारी चाँदनी फ़ोकस कर दी गई हो आँखों में! कोई पेंसिल-टॉर्च बारी-बारी से परख रही थी उन्हें, ''ई को हैं रे परभुवा... ?''

''रिश्तेदार हैं अतनू बाबू के।''

''ई सरदारजी भी... ?''

''मैं इनका मित्र हूँ।'' उसके जवाब से सन्देह दूर नहीं हुआ आगन्तुक का।

''चले जाएँगे, रामपतवा खबर लाने गया है।'' परभू ने कहा।

''हूँ, बात काहे नहीं बनाओगे? अब तो बड़का-बड़का आदमी आने लगा है हिंया। काम तो नहीं करोगे?''

''काहे नहीं करेंगे?''

''तो सुनो, पाँच आदमी चाहिए गजाधर सिंह को और तीन अनूप सिंह को। ट्रक पर जाना है, लोडिंग-अनलोडिंग, कौन-कौन जाएगा?''

''एक ठो तो हम जाएँगे।'' परभू आतुर हो उठा था।

''तुम... ? ना-ना! तुम तो स्टराइक कर देता है।''

परभू गिड़गिड़ाता है, ''नँय करेंगे, मालिक!''

मगर आगन्तुक नहीं पसीजता, ''ना, तुम नहीं। सुनो, जो भी जाएगा, स्टराइक करेगा तो एक भी पैसा नहीं मिलेगा। सुने... ? हाँ, अब नाम बताओ, और हाँ, औरत हों तो वही चाहिए, पहले औरत।''

नाम नोट कर टॉर्च से उसने औरतों का मुआयना किया, फिर टॉर्च से पत्थर की चढ़ाई को रौशन करता ऊपर की चढ़ाई पर चढ़ गया धृष्ट आगन्तुक।

परभू ने थूक निगलकर कंठ को नम किया, ''दुबे था—छेदीलाल दुबे। है तो गाँव का, मगर कालोनी में दलाली करता है।''

''दुबे हो या चौबे, जिस ढंग से यह बोल रहा था, लगता है, इसकी माँद में हम अनधिकार घुस आए हैं।''

''का कहें साहब, गरीब का जोरू गाँवभर का भौजाई होता है न! छह महीना पहले हियाँ के एकगो मौगी को फुसला के झँगाटी में लिवा गया था। गाँव वाले इनका मूँड़ मुड़ा के, करिखा पोत के गाँव में घुमाये, तइयो पे आदत नहीं छूटता है दलाली का।'' बोलते-बोलते वह बूढ़ा बिलकुल हाँफने लगा। एक दस-बारह साल की बच्ची आकर उसकी पीठ सहलाने लगी।

''बीमार हैं जोगी बाबा,'' परभू ने बताया, मगर बाक़ी लोगों पर कोई प्रतिक्रिया नहीं थी, जैसे यह रोज़मर्रा की उनकी नियति थी!

''जनम भर कोइला का धूर फाँके हैं—ए...आक-थू!'' बूढ़ा फिर बोलने की कोशिश करने लगा, ''आज पाथर बता के फेंक दिया साहेब—हाँ-आँऽऽऽ!''

वह बच्ची एक निहायत गन्दे घड़े से उसके लिए पानी निकालने लगी।

''सैंडनूमोकोनियोसिस,'' ऊधम बुदबुदाता है, ''एक महीने में 58 किलो कोल डस्ट यानी साल में सात क्विंटल यहाँ हर आदमी फाँकता है।''

पंक्तिबद्ध चूल्हों पर भात का माँड उफन-उफनकर जल रहा था—चिर्र-चिर्र! उनके सामने ही एक औरत ने बटलोई उतारी कि भिखमंगों की तरह टूट पड़े लड़के-लड़कियाँ। करछुल से अल्मुनियम की थाली में परोसते ही हाँड़ी से नमक-मिर्च ले-लेकर बैठ गए थे।

रामपत लिवा जा रहा था उन्हें। फिर वही काली धूल, जूतों की हपस-हपस, रेल-यार्ड की बग़ल में डिस्पैच के लिए पड़े कोयले के अम्बार, जिन्हें देखकर दूर से पहाड़ का भ्रम पैदा हो रहा था। वे-ब्रिज के ऊपर की फ्लड लाइट से निकलकर रोशनी की किरचें नाच रही थीं। रेल लाइन पार करते ही धीरे-धीरे यह रोशनी भी फीकी पड़ती गई। धीरे-धीरे अँधेरे में सारा कुछ डूबने लगा था। पथरीली ढलान भरे रास्ते के किनारे अनगढ़ मकानों के सामने जुगजुगाती लालटेनें, दूसरे किनारे फिर वही झाड़ियाँ। इस बार पुटुस की गन्ध के साथ एक और गन्ध का अहसास हो रहा था। कोई जंगली फूल रहा होगा। सर ऊपर करते ही पेड़ों के डरावने घटाटोप।

बिदक रहा था आशीष, ''कहाँ आ फँसे?''

''आप फ़िलवक़्त एशिया की आधुनिकतम कोयला खदान के कृष्ण प्रान्तर में हैं।'' उसका यह कहना था कि दोनों हँस पड़े। यही आफ़त हो गई। कुत्ते भौंक उठे थे। सामने से एक लालटेन धीरे-धीरे ऊपर उठी, आशीष ने इशारा किया।

''चोप! चोप!! पाठा-बलि का 'रक्तो' पी-पी के बाघ बना हुआ है!'' अगर यह स्त्री-कंठ न फूटता तो उन्होंने इसे प्रेत-लीला ही मान ली होती। उस औरत ने, पता नहीं क्या-क्या दरियाफ़्त किया रामपत से और वह वापस मुड़ गया। अब उस औरत ने उनसे कहा, ''चले आइए मेरे पीछे-पीछे।''

लालटेन की रोशनी में उसके पाँवों के उठने-गिरने की डरावनी छाया झाड़ियों पर पसरती-मिटती चली जा रही थी। एक हाथ से कुत्ते को वह थपथपाती जा रही थी।

''काका, पूछो, यह कौन है?'' आशीष ने ऊधम को कोंचा।

''ना दादा, तुम्हीं पूछो।''

''उहूँ! काका, तुम!''

इसके पहले कि वे यह फैसला करें, वह पगडंडी एक अन्य भुरभुरी सड़क में जा समाई और उस औरत ने हाथ से इशारा किया, ''जाइए, यही है काका का घर।''

मँझोले क़द के प्रौढ़ आदमी थे अतनूदा। पक्का रंग, चेहरे पर झाँइयाँ, आँखों में हर पल छाई रहने वाली उदासी। जिस पलंग पर अधलेटे थे, उसके ऊपर माँ काली का आशीर्वादी चित्र। उँगलियों में नीलम, पुखराज, गोमेद आदि की अँगूठियाँ, बाँह पर रुद्राक्ष और जड़ी-बूटी की तावीज़। भला उन्हें देखकर कोई सोच सकना है कि यही आदमी कभी चन्दनपुर का सबसे बड़ा रेंजिंग कांट्रैक्टर रहा होगा?

प्रणाम आदि के बाद आशीष सारा यात्रा-वृत्तान्त बखान कर गया, मगर उनकी मुद्रा में कोई परिवर्तन न आया। वे उठने ही वाले थे कि उन्होंने आशीष से पूछा, "और बताओ—माँ और बाबूजी कैसे हैं?" जँभाइयों में पसर गया उनका सवाल।

2

सुरंग की आँत में

वह मार्च की कुहरीली भोर थी। जाने कभी यहाँ की धुन्ध छँटती भी है या नहीं! अतनूदा उन्हें स्वयं लिवा ले गए कपालिनी देवी के मन्दिर में। आगे-आगे अतनूदा, पीछे-पीछे वे और उनके पीछे रात की वह औरत, जैसे वे दोनों सद्यःस्नात बलि के बकरे हों! पार्श्व में गाँव होने के बावजूद मन्दिर का परिवेश भयानक था। पत्थर-ही-पत्थर, झाड़ियाँ-ही-झाड़ियाँ। नीचे, बहुत नीचे बह रहा था चन्दनपुर नाला। उसके ऊपर एक अन्य नाले की तरह चली गई है सड़क सिन्दरी को। नाले के साथ-साथ हरियाली की हरी लकीर पत्थरों के बीच दूर तक चली गई थी—टेढ़ी-मेढ़ी।

सारा कुछ भीगा-भीगा था—ढेरे के झरे पत्तों से लेकर मन्दिर की पत्थर की चहारदीवारी, फ़र्श और पुजारी तक। पत्थर की गुफ़ा में दीया जल रहा था, देवी के सामने।

'सर्वमंगला मंगल्ये दुःखपापविनाशिनी...'

मंत्रोच्चार करते हुए पुजारीजी ने जावा का लाल फूल बारी-बारी से दोनों के सर पर रखा। घंटा बजाकर बलि की वेदी को प्रणाम करने के बाद उसने देखा, सामने लाल किनारी की पूजा की साड़ी पहने खड़ी थी रात की स्त्री स्वाती। रोली से दोनों के मस्तक टीकने के बाद अधिकार-भरे स्वर में बोली, "टेस्ट देने के बाद सीधे खाना खाने चले आइएगा। दुर्गा! दुर्गा!!"

"अरे, आप अकेली ही हैं आज?" ऊधम ने पूछा।

"मतलब...?" उसने बड़ी-बड़ी आँखें फैला दीं।

साक्षात् भैरवी-सी लग रही थी वह। अगर यह अभिनय था, तो वाक़ई क़ाबिले-दाद है।

"मतलब, आपके वे दोनों...?"

"अरे वो!" हँस पड़ी वह। उँगली से इशारा किया नाली की ओर, "वो रहे।"

उन्होंने देखा, चहारदीवारी के पार दोनों कुत्ते वेदी से टपका हुआ रक्त चाट रहे थे। अजीब जुगुप्सा से भर आया मन।

घंटा बजाकर एक-एक कर वे बाहर आ गए। घंटा बजते ही जैसे परीक्षा की शुरुआत की घोषणा हो गई थी, जिसका पहला साक्षात्कार ही था बलि की वेदी।

टेक्निकल ट्रेनिंग सेंटर में कुल तीन सौ लड़के परीक्षा दे रहे थे। इतनी भीड़ में उनका सेलेक्शन हो पाएगा? उसे लगा, सब-के-सब उसे धकियाकर आगे निकल जाना चाहते हैं। मगर इम्तहान देने के बाद वे बाहर आए तो परीक्षार्थियों की भीड़ चीरकर अतनूदा उनसे आ मिले, मानो आश्वस्ति का मूर्तिमान रूप हों! बोले, "आओ, तुम्हें अपना पुराना काम दिखाएँ।"

टेक्निकल ट्रेनिंग सेंटर से एक शॉर्ट-कट मलबों के बीच से ऊपर की ओर चला गया था। बीहड़ और वीरान और सूखे चमड़े की तरह चीमड़ इलाका। नीचे दूर-दूर तक पोखरिया खाद की भयावहता फैली हुई थी यहाँ और दूसरी सड़क के उस तरफ़। उन्होंने वहीं से उँगली उठाकर इशारा किया, "दोनों क्वैरीज मेरी खुदवाई हुई हैं। मगर अब वो हिन्दी का एक दोहा है न—बेंग सरदार हुए तो..."

"अब दादुर वक्ता भये, हमहि पूछितें कौन?" उसने सुझाया तो बोले, "हाँ, बस, वही हाल है। हमने पहले से आए रायपुरिया, बिलासपुरिया, राजस्थान के लेबर्स से काम कराया मगर बाद में कम्पनी नेशनलाइज हुई तो पॉलिसी बदल गई। पहले एक को घूस देने से काम चल जाता था, अब घूस खाने वाले कई हैं। नये-नये ठेकेदार उभरे। पहले काम की गुणवत्ता देखी जाती थी, अब तो एक ही फैक्टर प्रामिनेंट है—शेयर और यूनियन। अभी जितने ठेकेदार हैं कोल बेल्ट में, प्रत्यक्ष या परोक्ष ढंग से यूनियन के ही आदमी हैं। ऊपर-ऊपर झगड़ा यूनियन का होता है, अन्दर-अन्दर इसी ठेकेदारी पर अधिकार जमाने का झगड़ा। ये जो नये ठेकेदार हैं—यूनियन के गुंडे हैं। मुझसे ज्यादा व्यावहारिक हैं। उन्होंने अपने जिले-जवार और अपनी जाति के लोगों को बुलाकर भरती किया। अब इन्हीं की संघ-शक्ति है। संघे शक्तिः कलियुगे! वे अपनी कोई भी जायज-नाजायज माँग मनवा सकते हैं। कम्पनी के अफ़सरों को कमाना-खाना है। लूट में कहीं कोई खटका हुआ तो उसके भी रास्ते हैं। मेरी कौन सुनेगा? चौरासी लाख बकाया है। पावनेदारों को मैंने अपनी प्रापर्टी बेच-बेचकर दी है। मेरे पैसे दे दें तो चला जाऊँ, मगर इस चौरासी लाख के लिए मुझे चौरासी लाख योनियों में भटकना पड़ेगा।" वे पोखरिया खाद के विस्तार को देखने लगे, "देखो, आज ज़िन्दगी के अपराह्न में पीछे मुड़कर देखता हूँ तो लगता है, ठीक इसी क्वैरी की तरह खान खोदकर मटियामेट कर डाली पूरी ज़िन्दगी। अब यह किसी काम की नहीं, सिर्फ़ डराने के काम आएगी—ज्यादा महत्त्वाकांक्षा मत पालो, वरना अतनू चटर्जी वाला हाल होगा।" उन्होंने खाद में एक पत्थर फेंका, आवाज़ तक न हुई। उस टीले पर से उसने हॉस्टल की बिल्डिंग, बँगले, गाँव और कोयले की धूल-भरी सड़क पर उचाट नज़र डाली।

लौट पड़े थे वे। बोले, "दीवालिया होकर भी अब तो कर्ज़ उतारता हुआ लौट रहा हूँ अपने बसेरे को। ज़िन्दगी की परिक्रमा पूरी हो रही है। मामा का कर्ज़ था, सो आशीष को नौकरी दिलवाकर उऋण हुआ और घोष की दोस्ती के कर्ज़ के लिए ऊधमसिंह को नौकरी दिला दूँ, बस।"

"आपको घोष साहब ने मेरे बारे में बताया था क्या?" उसे ताज्जुब हुआ।

उन्होंने उसकी ओर देखते हुए सिर हिलाया। एक क्षण को लगा, वह उनके सामने नंगा हो गया है। अब जसवन्त के ग़ायब होने की चर्चा छिड़ेगी, मगर उन्होंने बात को मोड़ दिया, "वह घर पुजारी जी का है। जब तक कोई और व्यवस्था न हो, तुम दोनों वहीं रहना।"

"आप कहीं जाएँगे क्या?"

"हाँ, पहले ही चला जाता, पर तुम दोनों का काम रह गया था।"

"कैसा तो लगता है—ठीक अनाथ हो जाने की तरह। मेरे साथ तो शुरू से ही...।" ऊधम की बात पर कोई प्रतिक्रिया न हुई।

"मेरे कुछ दोस्त अभी भी रह गए हैं यहाँ। एक को कह दिया है—विष्णु भूषण मुखर्जी। भले आदमी हैं।"

विष्टूदा सांकेतिक नाम है, विष्णु भूषण मुखर्जी—वेन्टिलेशन अफ़सर—का। चालीस पार कर रहे थे विष्टूदा। अतनूदा से बात करते समय अपने हाफ़ पैंट, हाफ़ शर्ट में किसी उम्रदराज़ स्कूली छात्र-में लग रहे थे। आशीष इस मौक़े का फ़ायदा उठाकर बाथरूम में सिगरेट पीने गया हुआ था।—इस पल वह अकेला था—नितान्त अकेला, इस अनजानी जगह में। उसने ट्रेनिंग सेंटर के ध्वज-स्तंभ के नीचे खड़े होकर इस पूरे परिदृश्य को आँख भर देखा। जिस कोयलांचल के नाम से माँ बार-बार बिदकती रही, जिस कोयलांचल में उसकी बहन जसवंत गुंडों द्वारा उठा ली गई, उसी कोयलांचल में उसे बाक़ी ज़िन्दगी गुज़ारनी है। एक क्षण को पुटुस की झाड़ियाँ, कोयले की धूल भरी सड़कें, रक्त-पंकिल मन्दिर—सब-के-सब हत्यारे-से लगे। नीचे कालिख, ऊपर लाल। शायद सेमल-वन फूल रहा था।

विष्टूदा ने अस्पताल से ही शुरुआत की, "वो रहा हॉस्पिटल। वैसे है तो नहीं कुछ ख़ास, फिर भी देख लो। खदान में एक्सीडेंट के बाद यहीं लाया जाता है।" इसके बाद उन्होंने दिखाया, "वे रहे क्वार्टर्स। इधर अफ़सरों के बँगले हैं। एक लेबर कॉलोनी, उस तरफ साउथ और एक सड़क के उस पार नॉर्थ। गरज यह कि सुरक्षित रहे तो यहीं पहुँचोगे और पहुँचे गए तो वो रहा क्लब—वेलफेयर सेंटर।" इसके बाद बारी आई परिवार की ज़रूरतों की, "छोटा-सा हेफाजर्ड (बेतरतीब) मार्केट और एकेडमी।" पैसे का ख़याल शायद अब आया। बताने लगे, "ये सड़क अगर सीधे जाती तो टाइम ऑफ़िस और कैश ऑफ़िस की छत से फ्लाई-ओवर की तरह गुज़र जाती, मगर सूदखोरों के डर से वहीं लद्द-से गिर पड़ती है।" वे हँसे।

"कोई शिकायत करनी हो तो 'थ्रू प्रॉपर चैनेल' कहाँ पहुँचती है आख़िर में, जानते हो? वहाँ!" उनकी उँगली एक ऊँची बिल्डिंग की ओर उठी हुई थी—'चीफ़ माइनिंग इंजीनियर—मिस्टर खोसला।'

वे आगे बढ़े, उनके पीछे-पीछे दो का कारवाँ।

"यह रहा सेंट्रल वर्कशॉप। बगल में स्टोर्स है। यहाँ दो साल पहले आए होते तो एक नाला पार करना पड़ता।"

"मगर हम तो दो साल बाद आए हैं।" उसने कहा तो आशीष मुँह फेरकर अपनी हँसी छिपाने लगा। विष्टूदा पर कोई प्रभाव नहीं पड़ा। उसी सुर में बताते गए, "हाँ, दो साल पहले इसका रास्ता डाइवर्ट कर दिया गया। यहाँ अतनूदा को क्वैरी खुदवानी थी।" उन्होंने क्वैरी की ओर इशारा किया।

पहली बार चमत्कृत हुआ वह किसी तकनीक पर। यह तो सरासर प्रकृति में हस्तक्षेप था। अभी वह अचरज में गोते खा ही रहा था कि बगल से एक साइकिलधारी युवक ने उतरकर विष्टूदा को 'गुड नून' कहा।

"आओ, आओ, चौधरी! इनसे मिलो—ये हैं आशीषकुमार घोषाल—विष्टूदा की नानी के फूफा के भानजे की लड़की के..."

"बस-बस, समझ गया, दूर के रिश्तेदार हैं और आप... ?"

"ये बागदा कोलियरी के एजेंट घोष दा के मित्र हैं ऊधमसिंह। और आप हैं प्रशान्त चौधरी—सर्वेयर।"

"खदान को जानना हो तो पहले इन्हें जानो। यूँ समझो, खदान एक खज़ाना है और उस खज़ाने का नक़्शा जिसके पास है, वह रहे ये।"

नमस्कार-प्रतिनमस्कार के बाद आशीष से उन्होंने कहा, "आइए कभी, मेरी पत्नी भी आसनसोल की हैं।"

"आएँगे, पहले... ।"

"हाँ, पहले इनसे पिंड छूटे तब न! इनका परिचय भी करा ही दूँ—चन्दनपुर कोल माइंस के सबसे भोले आदमी का नाम है विष्टूदा और सबसे खब्ती आदमी का नाम भी विष्टूदा। चलें, फिर मिलेंगे।"

विष्टूदा का मुँह मसृण हो उठा था। वे दूने उत्साह से खान के बखान पर उतर आए थे। आशीष ने दबी ज़ुबान से पूछा, "विष्टूदा, माइन किधर है?"

"नहीं समझ पाए न?" वे गर्व से भोंडी हँसी हँसे, "ऐसा ही होता है। चन्दनपुर को समझना आसान नहीं—द मोस्ट मॉडर्न एंड द मोस्ट कम्प्लीकेटेड। चन्दनपुर एक पहेली है जिसे हर किसी को खुद ही बूझना पड़ता है, यू नो? मगर यह तो बताओ, लोग पगडंडियाँ क्यों पकड़ते हैं?"

"शायद इसलिए कि किसी त्रिभुज की दो भुजाएँ मिलकर तीसरी से बड़ी होती हैं। कौन उतना चक्कर मारे सो सीधे-सीधे..." उसने डरते-डरते कहा।

जाते-जाते रुक गए विष्टूदा, जैसे कोई अजूबा देख लिया हो, "आ'यम रीयली प्लीज़्ड, रीऽऽऽयली, बट डिसएप्वायंटेड टू ऐट द सेम टाइम। यह 'शायद' क्यों लगाते हो?" अब वह झेंप रहा था। विष्टूदा आशीष की ओर मुड़े। उन्होंने ऊपर से नीचे तक उसे देखा, "घर में सँभालने वाला कोई नहीं था क्या?"

"जी नहीं, बाप वृद्ध हैं, भाई-बहन पढ़ रहे हैं।"

"हूँ, तभी! तुम्हें भी इन चोर-लुटेरों-गुंडों के अंचल में आना पड़ा। क्या होगा पढ़-लिखकर—ऐं? यहाँ अँगूठाछाप मज़दूर भी सात-आठ सौ उठा लेता है। शुद्ध भाषा तक न बोलने वाले यूनियन चलाते हैं और उनसे मैनेजर थर-थर काँपता है। आ तो गए हो, अतनूदा ने घूस-वूस दिया होगा। सेलेक्शन भी हुआ ही समझो, मगर बच के रह पाओगे?"

"क्यों?"

"किसी-न-किसी भेड़ के गिरोह में शामिल होना ही पड़ेगा। खैर, आगे पढ़ना है तो पढ़ो—आय विल हेल्प यू...और तुम सरदार...यू मस्ट कंटीन्यू।"

वे मीनारनुमा ऊँचे टिनों के स्ट्रक्चर के पास आ रहे थे, जहाँ पच्चीसों ट्रक खड़े थे। कोयले की धूल से सामने की इमारतें धुएँ में तैरती-सी नज़र आ रही थीं। हाफ़ पैंट पहने बहुतेरे लोग आ-जा रहे थे। सर पर गन्दे पीले रंग का हेल्मेट, जूते तक विचित्र ढंग के, जैसे कपड़े के पम्पशू हों! सरकते बेल्ट पर कोयला स्वत: ही चला जा रहा था। रेल-लाइनें, छोटे-छोटे टब और मालगाड़ियाँ। उसकी नज़र बार-बार टिन की भयंकर मीनारों से टकरा-टकराकर घायल हो रही थी।

"यही है चन्दनपुर कोल माइन्स के एक नम्बर पिट का शैफ़्ट। तुमने कोलियरी तो इससे पहले भी देखी होगी?"

"जी, मगर दूर से...।"

"देखी भी हो तो कोई विशेष फर्क नहीं पड़ता। चन्दनपुर दूसरी खदानों से भिन्न है। यह जो टिन का जिरह-बख़्तर पहने दो रोबोट देख रहे हो न—ये हैं टॉप गियर। अगर टिनों को हटा दिया जाए तो इसका स्ट्रक्चर दूसरी खदानों जैसा हो जाएगा, मगर चन्दनपुर इज़ चन्दनपुर। द प्राइड ऑफ़ आवर कंट्री।"

वह यकायक देश के आतंकप्रद गौरव तीर्थ के रू-ब-रू खड़ा था। बाहर की अरण्यमुखी ग्राम-संस्कृति पर चमकते साटन के पैबन्द!

"जी!"

"ऊपर से नीचे तक यंत्रीकृत।" वे बोल ही रहे थे कि एक मालगाड़ी का डब्बा अपकास्ट से ऊपर आया। विष्टूदा बोले, "देखो, इसे स्किप कहते हैं। क्षमता बारह टन की है। अब यह कोयला कन्वेयर बेल्ट से जाएगा वाशरी में। देखो, ये दोनों ओर खड़े मज़दूर कोयले से पत्थर चुनकर अलग किये दे रहे हैं।"

"पत्थर के नाम पर कोयला भी...।" किसी ने हस्तक्षेप किया। मगर विष्टूदा अपनी धुन में बताते गए, "और वो रही वाशरी।"

एक बहुत बड़ी ह्वेल मछली की तरह साँस ले रही थी कोलवाशरी। विष्टूदा की कमेंट्री फिर शुरू हो गई, ''कोयले की धुलाई कर कचरा साफ़ कर उसे रोप-वे प्लेटफ़ार्म के बंकर में ले आते हैं। वहाँ से होती है उनकी बिदाई बलास्ट फ़र्नेस के लिए...।''

''जैसे कृष्णा सुन्दरी डोलियों में बैठकर जाती हो पिया के गाँव!'' हस्तक्षेप करनेवाला शख़्स फिर टपक पड़ा, ''...अपना पूरा जोबन जलाकर फौलाद पैदा करने के लिए...बदले में खुद राख बनने के लिए।''

विष्टूदा पलटे, ''लेकिन मक़बूल साहब, आप लोग भी तो डोलियाँ खड़ी कर कहार की तरह सिर्फ़ गाँजा और गप में समय गुज़ार रहे हैं।...अरे हाँ, इनसे मिलो, ये रहे मक़बूल साहब। यूँ समझ लो, डोली ढोने वाले कहार हैं। वैसे, कहार दूसरों की सुन्दरियाँ ढोते-ढोते कवि बन जाते हैं, सो ये भी कवि हैं।''

शायर मक़बूल ने सफ़ाई दी, ''क्या करे कहार, जब बहार चली ताँगे पर... ? विष्टूदा, कृष्णा सुन्दरी को अब दुर्योधनों-दुःशासनों का दल ट्रकों पर अपहरण करके ले जा रहा है। यह करोड़ों रुपयों का रोप-वे किस काम का... ? माफ़िया का वो टेरर है कि कोई चूँ तक नहीं करता। लोग बोलते हैं, तेरी क्यूँ फट रही है ? ठीक! क्यों फटेगी ? बैठे-बैठे गाँजा पिएँगे अपन। वो समझें जिन्हें टैक्स चुकाना पड़ेगा, हाँ, तब एक बात, मुकुलदा से कहकर इसका नाम रोप-वे की बजाय रेप-वे करवा दें। आज मेरे साथ एक भी आदमी होता तो...। चाय चलेगी ?''

''ना, चाय पीने पार्थ बोस आ रहे हैं, उन्हें ही पिलाइए, हमें काम है।''

वे मुड़े तो ऊधम ने पूछा, ''ये हिन्दी तो बड़ी अच्छी बोलते हैं।''

''खोपड़-चट्टू है, खोपड़-चट्टू। दस भाषाएँ जानता है। चार धर्मों की पोथियाँ चाट चुका है। यहाँ तुम्हें तरह-तरह के जंतु मिलेंगे। एक तो यह रहा। दूसरे हैं सूफ़ी कलीमुद्दीन! नाम से मुसलमान, काम से हिन्दू। तीसरे हैं गिरीडीह ज़िले के महादेव मियाँ—नाम से हिन्दू, काम से मुसलमान। चौथे हैं पार्थ बोस...।''

बत्ती-घर आ गया था। अजूबों की लिस्ट अधूरी रह गई। हेल्मेट, बेल्ट, बैटरी और कैपलैम्प ईशू कराकर बोले, ''देखो, पदत्राण, शिरस्त्राण और सर पर ज्योतित प्रकाश—पूरा अश्वत्थामा है खदान मज़दूर—घायल, पर भयंकर रणबाँकुरा...।''

''वह भी तो मिला है दुर्योधन के दल में...।'' मक़बूल फिर हाज़िर थे।

''तशरीफ़ का टोकरा फिर ले आए आप... ?'' विष्टूदा खिन्न हो गए।

''जी, और उसमें आपको ले जाऊँगा इस बार। भट्ट साहब और मुकुलदा ने याद किया है।''

विष्टूदा ने माइनिंग सरदार पाठक की उँगली पकड़ा दी।

हज़ारों बार वह खदान में उतरा है, लेकिन वह पहली बार का उतरना आज तक ताज़ा है—केज के स्वचालित दरवाज़े का अपने-आप खुल जाना और उन्हें लेकर

बन्द हो जाना, धरातल का धँसता जाना और टप-टप चूते पानी के बीच सनसनाता डूबता हुआ दिल, बन्द होते हुए कान के परदे, धीमी पड़ती जाती आवाज़ें...!

पानी से भीगी काली सुरंग एक जगमगाते तल पर रुकी। केज का फाटक खुल गया। फाठक का अनुसरण करते हुए वे खड़ी अँधेरी सुरंग से सामने की सुरंग में आए। यह जगह इतनी साफ़-सुथरी और जगमगा रही थी कि इस बात तक का क़यास न होता कि वे हज़ार फ़ीट नीचे हैं। स्पार्क-प्रूफ़ जाली से मढ़ी बत्तियों से प्रकाशित सुरंग दूर-दूर तक चली गई थी। पहले समतल, फिर ढलान। फ़ौलादी धनुषाकार आर्चों से मढ़ी किसी वि शालकाय अजगर की पसलियों के अन्दर जैसे चल रहे थे वे। स्नायु-तंत्र की तरह फैला था बिजली के तारों का जाल। तनिक आगे बढ़ते ही जहाँ-तहाँ अग्निशामक चूने के पत्थरों का उजला छिड़काव नज़र आ रहा था काली-काली दीवारों पर। नालियों से बहते पानी का वेग अब साफ़-साफ़ सुनाई पड़ रहा था। यूनीकॉन मशीन कोयले काट-काटकर गिरा रही थी कन्वेयर बेल्ट पर। पाठक जी मज़दूरों से बात भी करते जा रहे थे और उन्हें समझाते भी जा रहे थे—कन्वेयर बेल्ट, यूनीकॉन मशीन, चेन कन्वेयर बेल्ट, स्किप और बंकर का इंटरलॉक सिस्टम, बैटरी-चालित, फ़्लेम-प्रूफ़ लोकोमोटिव आदि का रहस्य। मलकट्टे नीचे गिरा कोयला झूड़े से टबों में भर रहे थे। लोकोमोटिव ख़ाली टबों को लाकर वहाँ पटरियों पर खड़ा कर रहा था।

"बहुत कुछ देखना और जानना बाक़ी है। पम्प-हाउस देखिएगा?"

"ना।"

"निचले तल पर चलें?"

"ना, अभी तक हमने खाना नहीं खाया है।"

"तो पहले ही बता देना चाहिए था।" पाठक जी झुँझला उठे, "विष्टूदा भी अजीब ख़ब्ती आदमी हैं।"

"वैसे भी तो हम इंप्लाई नहीं हैं," आशीष कुढ़कर बोला।

"किसके कंडीडेट हैं आप लोग?" बातूनी पाठक के सवाल का जवाब दिये बिना ही उसने आशीष की बाँह पकड़ी और केज के रिसीवर की ओर बढ़ गया। अब तक कोल-बेल्ट के काइयाँपन की एक परत उन पर भी चढ़ चुकी थी। बाहर आकर कैपलैम्प और हेल्मेट को दूसरों की देखा-देखी जमाकर उन्होंने मन्दिर की राह ली तो सेमल-वन काला पड़ता जा रहा था।

"अब जाकर समय मिला है आप लोगों को? यह कोई खाना खाने की बेला है?" आते ही डाँट सुननी पड़ी मन्दिर वाली लड़की की। अतनूदा जाते-जाते भी एक पक्की गार्जियन छोड़ गए थे।

नहा-धोकर भूत से आदमी बने तो खाना परसते हुए उसने हँसकर कहा, "खदानियों के रूप में आप दोनों का भविष्य उज्ज्वल है। पहले दिन से ही फ़रेब सीख ली!"

लगा, उनसे कुछ ज़्यादा ही घुल-मिल जाना चाहती है वह। आशीष ने मौक़े का फ़ायदा उठाया, ''सूटकेस में मेरा तौलिया है। प्लीज़, ज़रा ला दीजिए न! खुला है।''

नाक-भौं सिकोड़कर उसने कहा, ''और चमड़ा छू जाने से मुझे दोबारा नहाना नहीं पड़ेगा? ख़ैर, आरती के लिए तो नहाना पड़ेगा ही।''

वह तौलिया लाने गई तो ऊधम ने कहा, ''यार, अपन तो संन्यासी बन जाएँगे। बस, तू मुझे एक गेरुआ 'बस्तर' ला दे, बाक़ी दाढ़ी और केश तो हई हैं।''

तौलिया देकर वह खड़ी हो गई—पंखी लेकर। आशीष ने पूछा, ''इतने आदर से तो माँ भी नहीं खिलाती।''

इस पर वह खसखसी हँसी हँस पड़ी। ''जानते हैं, मुझे मेरे माँ-बाप बचपन में ही यहीं मन्दिर में छोड़ गए थे।''

''अच्छा... ?''

''हाँ, उनको स्वप्न आया था कि माँ कपालिनी मुझे माँग रही हैं। तब से माँ के चरणों में निवेदित हूँ।''

''सिस्टर निवेदिता!'' ऊधम के मुँह से निकला।

''मेरा नाम स्वाती है, स्वाती! पुजारी जी की पालिता कन्या हूँ—समझे विवेकानन्दजी?''

''तब तो आपका नाम सिस्टर निवेदिता से बदलकर मुझे 'कपालकुंडला' रखना पड़ेगा—कपालिनी देवी को समर्पिता!''

''ओय सरदारजी! आप भी इस मुगालते में न रहें कि आप नवकुमार हैं और न ही यह आश्रम बंकिम बाबू का 'अनन्दमठ' है।''

ऊधम ने इस बार ग़ौर से उस बुद्धिमती युवती को देखा, मगर कुछ आँक-अन्दाज़ नहीं पाया। आशीष चुपचाप खाए जा रहा था और वह स्त्री फिर से धुन्ध में डूब चुकी थी।

3

इक आग का दरिया है

ऊधम ने महर्षि की तरह अप्सरा स्वाती से अमूर्त प्रणय-संवाद किया, ''ओ मोये, एइ पूरो एलाकाटार नीचो आगो आछे—जानो?'' महर्षि ने अपने तईं हंड्रेड परसेंट शुद्ध बांग्ला उच्चारण करना चाहा, मुँह गोल किया मगर पंजाबी जड़ता दग़ा दे गई, 'मेये'

का 'मोये', 'नीचे' का 'नीचो' हो गया और बाक़ी शब्द भी ज़्यादा सीझ गई खिचड़ी की तरह लटपटा गए। क्या पता, 'इलाके' का अर्थ भी व्यंजित हो पाया या नहीं!

"आग...?" बीच में खुच्चड़ कर दिया सालिगराम दुबे ने, "आओ, हम दिखाते हैं आग।"

हो गया प्यार का बंटाढार! अब चलो, बाप-बेटे का झगड़ा निपटाओ। हाँ, वही तो...!

स्वाती ने मुँह में कपड़ा ठूँसकर अपनी हँसी रोकी।

दुबे बड़बड़ाते हुए जा रहे हैं, "हमरे जनमल हमरा के आँख दिखाता है! हम पैदा किये उसको, कि ऊ पैदा किया हमको?"

बाप-बेटे के झगड़े की एक जड़ तो नाम ही है— बाप का नाम सालिगराम और बेटों का छेदी और मेवा। "दुत्-दुत्! यह भी कोई नाम है?" मेवा कहता है। वह अपना नाम अमिताभ एफ़िडेविट करवाकर छोड़ेगा। सालिगराम दुबे हर पखवारे मुंडन कराकर असली 'शालिग्राम' बन जाते हैं। बनसूरन से लाल-भभूके सर पर कनखजूरे-सी पतली चोटी, जो उनके अनुसार ब्रह्मरंध्र को ढँकने के लिए छोड़ दी जाती है और इसे बाँधकर वेदपाठी का तमग़ा मिल जाता है, हालाँकि हनुमान-चालीसा, रामचरितमानस, प्रेमसागर, सुखसागर और गीता का हिन्दी अनुवाद पढ़ने में ही सालिगराम शलभ हो जाते हैं, फिर भी, "वो क्या कि बबा तुलसीदास कहिन है न कि पूजिय बिप्र सकल गुन हीना।"

आज बाप इस ज़िद पर है कि मेवा के ज़नाना बाल कटेंगे और बेटा इस ज़िद पर कि वह पहलवानी कट नहीं कराएगा। बाप का ग़ुस्सा नाऊ पर उतरता है, "भागो, तुमको कौन बुलाया?"

"और बरवा के काटेगा?" पिता का तत्त्व प्रश्न।

"बरवा के पीछे काहें-ले पड़े हैं, छिलवा के जाएँगे हुँआ?"

"ए मेउवा, हमसे ई फुटानी नहीं चलेगी—हाँ, पखना मत जमे!"

ऊधम किसको क्या कहे, समझ नहीं पाता। इस झगड़े में तिनकोड़ी परमानिक अपनी फ़ज़ीहत नहीं कराना चाहते। सेलून का बक्सा चुपचाप उठाया और बोले, "महराज, अब हम बुढवन का जमाना नै है। हमरा पराग सिन्दरी में एक गो सेलून खोला है। त-अ नाम का रखा है, 'मिनरवा केस सिल्पी सेलून!' अपीसर, गुंडा, और तो और रंडी लोग का भी ऊनिअन बन गया—नरतकी संघ! ले हलुआ!"

"अरे, इसी पर न बबा तुलसीदास कलिजुग का महिमा लिख गए थें। आग लगल है, आग!" सालिगराम दुबे कुढ़ते हुए कलियुग-महिमा गाने लगे।

ऊधम ने चुपके से मेवा के कान में कहा, "मुझे ये ज़मीन के नीचे की आग दिखाने ले आए थे।"

मेवा चहक उठा, "ठहरिए...।" फिर ज़रा ज़ोर से उसने ओझाजी से पूछा, "ऊधम भैया को भी लिवइले जाँय?"

"काहें?" पूछते हैं ओझा।

"एक गो. होशियार आदमी चाहिए न बोलने-बतियाने के लिए।"

"ठीक है। चले जाइए।"

शर्ट पहनने लगा तो कपालकुंडला ने टोका, "श्रीमान नवकुमारजी, आग बोने जा रहे हैं या बुझाने...?"

"मतलब?"

"वाह! गाँव के लड़कों को लेकर कबड्डी तो खेलने जा नहीं रहे कमिश्नर के पास।"

"कमिश्नर के पास...?"

"ओ मा गो!" कपालकुंडला को ज़ोरों से हँसी आ गई, "जैसे सोझा-ओझा वैसे बोका तुम! अरे, आशीषदा को ले जाने को कहिए, आप तो बन्दा कोबी...दूर से ही कमिश्नर साहब देखकर कहेंगे—ई तो गाँव का आदमी नहीं है।" उसने पुरखिन की तरह चिबुक पर उँगली रखकर सर हिलाया।

वह झेंप गया। सच ही तो कह रही थी कपालकुंडला। इस मरदूद आशीष को भी अभी ही मछली मारने जाना था! मिल भी गया तो उसे बिना लिये जाएगा नहीं। ख़ैर, वह कमिश्नर साहब के सामने नहीं जाएगा, बाहर खड़ा रहेगा। एकाएक चौंककर उसने पूछा, "अच्छा, जा किसलिए रहे हैं?"

"ओह, बिलकुल ही बोका। अरे, गाँव के लड़के डेपुटेशन देंगे—कोक डिपो खोलने का। बेकारी समस्या का समाधान।"

"आपको बहुत-कुछ मालूम है।"

"गाँव में रहना है तो उनके सुख-दुख में शामिल होना पड़ेगा कि नहीं? आप रुकिए, मैं आशीषदा को बुलाकर लाती हूँ।"

"हूँऽऽऽ! तो हुजूरे-आला ने भेजा है आशीष को! बंगाली बंगाली एक हो गए सड़ी मछली पर।" ऊधम को हलकी-सी ठेस लगी। यह लड़की भी उसे बुद्धू मानती है—सिखों को अक़्ल थोड़े ही होती है! वह मितभाषी आशीष इसका 'आपन जन' हो गया है। उसने एक गादर बैल की तरह खुद को हुरियाया।

"उठ, उठ! यहाँ क्या बैठा है?" कपालकुंडला ने आते ही ऐलान किया, "इन लड़कों से अब कोई उम्मीद नहीं।"

"क्यों, क्या हुआ?"

"वो मनसूर है न, उसकी माँ बुलाते-बुलाते थक गई—बोझ उठा दो, मगर नहीं ही गया। मैं उठवाकर आ रही हूँ। फिर से नहाना पड़ेगा।"

उसने सोचा, अब अपने नहाने के लिए घंटा-भर झींकेगी, मगर शुकर था, उसने दूसरी पटरी पकड़ी ली, "अब धान सटकना, ढेकुल चलाना, हल की मूठ पकड़ना, भैंसा-गाड़ी हाँकना—यह सब इनको गँवारू लगने लगा है, लाज लगती है। सिनेमा ने बिगाड़ के रख दिया गाँव के लड़कों को।"

"सिनेमा नहीं, कच्चे पैसों ने।" दुर्गाप्रसाद पंडित मिट्टी की गाड़ी लिये आ रहे थे, बोले, "इनको चाहिए फिट-फाट काम और हराम का पैसा। पसीना गन्ध मारता है, पौडर चाहिए।"

"अब डिपो खोल के कोइला बिलैक करेगा सब।" बाहर अपनी भैंसों को हाँककर ले जाते हुए डंडा हिला-हिलाकर बोल रही थी गोकुल की माँ। मन्दिर में मत्था टेकने तक चुप रही, फिर शुरू हो गई, "वइसा नोट, जइसा कोइला चोरवा, ठोकेदरवा सब गिनता है थूक लगा-लगा के।"

"गोकुल कहँवा है, काकी?" मेवालाल दल-बल सहित आ गया था।

"लो, सखा-सहेलर तुम लोगों का, बताएँ हम? घंटा-भर से शीशा ले के बार झार रहा है। नेहाये हुए दू दिन हुआ। पानी से बार भिंजाएगा, फिर झारेगा, पहाड़ बनाएगा, घाटी बनाएगा ककही (कंघी) से दबा-दबाकर—तब न सिन्दूर-टिकुली पहन के निकलेगा!"

"बक-बक मत कर तो काकी, जातरा का टैम है।" जयदेव ने कहा।

"कोई लेरुआ नँय है गोकुल।" मनसूर आते ही चिढ़ा बैठा काकी को।

"लेरुआ काहें, साँड़ है, साँड़!" बुढ़िया बड़बड़ाती हुई भैंसों के पीछे घिसटती चली गई ढलान में। उधर से आशीष बंसी और थैला लिये चढ़ाई चढ़ रहा था।

कमिश्नर साहब के ऑफ़िस से लड़के निकलकर आए तो काफ़ी खुश थे। इसके पहले कि वह कुछ पूछे, गोकुल ने कन्धे पर हाथ रखकर कहा, "किला जीत के आए हैं। ऊधम भैया, चलिए, चितरंजन टाकीज में सिनेमा देखते हैं।"

अड़ गया मेवा, "आप लोग जाइए, हम लोगों को झरिया में थोड़ा काम है।"

"काम क्या है कामरेड, हम जानते हैं। जाओ, जंगल-झाड़ी, खँडहर-उँडहर में भूत की तरह झख मारो, लेकिन छह बजे के पहले लौटना नहीं।"

"लौट भी गए तो गाँव नहीं जाना," सुरेश ने जोड़ा।

"लौट भी गए तो बताना मत कि हम लोग सिनेमा गए थे," पैबन्द लगाया मनसूर ने।

"नहीं तो बात फूट जाएगी," जयदेव ने वाक्य पूरा किया।

सामूहिक रूप से चारमीनार की डिब्बी आई और मशाल की जगह सिगरेट सुलगाकर किशोरों का 'क्रान्तिकारी दल' अलग-अलग रास्तों पर चल पड़ा।

ट्रेकर में ऊधम ने आशीष से पूछा, "वहाँ क्या-क्या हुआ?"

"अरे मत पूछो! ये लड़के तो लगा, लड़ने आए हैं। जल्द ही गरम हो गए। बोले—सर, माफ़िया का टेरर ख़त्म कर देने से ही झरिया में शान्ति आ सकती है।"

"ऐसा बोले?"

''अरे, इतना ही नहीं, आगे बोले—सूदखोर पे-काउंटर से ही लिफ़ाफ़ा झटक लेते हैं। नाम भी बताए—जावेद मियाँ, बुझारथसिंह, तिवारीजी...और बोले—तिवारीजी, सिंहजी गाँव से बुला-बुलाकर भाई-भतीजा, गुंडा भरती कराते हैं, हम लोग कहाँ जाएँ?'

''कमिश्नर साहब बोले, 'आप लोगों को पर्सोनल ऑफ़िस में डेपुटेशन देना चाहिए।'

'''दिया है साहब—कै-कै दफा।' गोकुल बात काटकर बोला, 'लेबर अफ़सर मुँह बनाकर बोलते हैं—जगह कहाँ है—हमारा कुर्सी पर बैठेगा?'

खूब हँसी हुई इस बात पर।''

''यहाँ के लड़के तो कांशस हैं!'' उसके दिमाग़ में पहले का नक़्शा उड़ चुका था।

''कांशस... ? रोज़-रोज़ का अत्याचार देखकर ईंट-पत्थर-पेड़-पल्लव तक कांशस हो गए हैं मगर देखो, इनका कंट्रैडिक्शन भी सोडावाटर का जोश है।''

''मुझे मेवा इन सबसे अलग दिख रहा है, हालाँकि उसे भी अब तक मैंने ग़लत ही समझा।''

''मेवा को पढ़ने की बड़ी भूख है। वह उस चीकट मलकट्टे परिवार से बहुत ऊपर निकल जाना चाहता है। मुश्किल है, परिवार ही ऐसा मिला है कि...''

''हूँ!'' उसने हुंकारी भरी तो जैसे मेवा का बौना क़द सहसा उसकी आँखों के सामने बड़ा से बड़ा होता गया। मेवा गाँव की ऊटपटाँग किशोर मानसिकता को लाँघकर जा खड़ा हुआ है ट्रैकर के पीछे।

उस दिन मेवालाल गाइड के अन्दाज़ में उन्हें कई घंटे झरिया और लोदना के अग्निक्षेत्र में भटकाता रहा। उसने बताया कि वर्षों पहले से ज़मीन के नीचे आग लगी हुई है। करोड़ों टन कोयला जलकर छाई हुआ जा रहा है। ज़मीन बैठती जा रही है।

आग तो कहीं प्रत्यक्ष दिखी नहीं, अलबत्ता जगह-जगह पर धुएँ और झुलसी झाड़ियों से आग की मौजूदगी का अहसास उन पर बराबर हावी रहा।

''इतने बड़े-बड़े साइंटिस्ट यहाँ हैं, सेंट्रल फुअल रिसर्च इंस्टिट्यूट, इंडियन स्कूल ऑफ़ माइन्स, माइन्स सेफ़्टी जैसे करोड़ों-करोड़ के संस्थान हैं, मगर देखिए, किस तरह सब घोड़े बेचकर सो रहे हैं?'' ऊधम ने आश्चर्य प्रकट किया।

''एक रिपोर्ट आई थी इधर कि जो जल रहा है, वह कोयला नहीं, मिथेन गैस है,'' आशीष ने कहा।

''चलिए, मान लिया, गैस ही है, मगर करोड़ों रुपये की गैस जल-जलकर खराब क्यों होगी, जबकि ईंधन के लिए पेड़ जलाया जाता है, उपले जलाए जाते हैं?''

''विदेशों में तो गैस के पीपे भर-भरकर वितरित किए जाते हैं, जैसे यहाँ टैंकर से पानी...।''

''बताइए?'' ऊधम की बात को काटते हुए मेवा बोला।

"सच तो यह है भैया कि जिनके हाथ में क़ानून और पावर है, सब चोर हैं। मेहनत और ईमानदारी की कोई क़दर नहीं। जो लूट रहा है, लूट रहा है; जो बिला रहा है, वो बिला रहा है।"

उनके सामने किशोर मेवा यकायक वयस्क होता हुआ बुज़ुर्ग में तबदील होता है और इस बुज़ुर्ग पर मौत की परछाइयाँ तिरने लगती हैं। एक बन्द चाणक के खँडहर पर खड़ा होकर यमदूत की तरह हाथ घुमाकर घोषणा करता है, "यह समूचा इलाका बैठ जाएगा जल-जलकर एक दिन।"

पृष्ठभूमि में धुआँसे के जाल में छटपटाता सूरज डूब रहा है और साथ-साथ मन भी। बड़ी देर तक कसमसाती चुप्पी पुटूस की झाड़ियों की फुनगियों पर टँगी रहती है।

"चलो, लौटा जाए," आशीष ने कहा।

"अभी... ? अभी तो अपने हिल स्टेशन पर एक-एक कप चाय पीएँगे।" मेवालाल अशरीरी-से एक झटके के साथ किशोर बनकर किलक उठता है। अब वह एक दूसरे ही खँडहर की ओर लिये जा रहा है उन्हें।

"यह मकान देख रहे हैं न, राजगढ़िया साहब का है। मकान का एक-एक हिस्सा बैठ रहा है। दीवार एक भी साबुत नहीं। कई बार नोटिस मिल चुके हैं। चाहे ज़मींदोज़ हो जाए, यह मकान छोड़ेंगे नहीं।"

दरकी हुई सीढ़ियों पर क़दम-क़दम तौलते वे चढ़कर ऊपर पहुँचे तो उन्होंने पाया कि एक मैले-कुचैले कपड़े की आरामकुर्सी पर बैठी एक भूतीली आकृति डूबते सूरज को देख रही है।

"गुड ईवनिंग, अंकल!" मेवा ने उस भूतीले आदमी से कहा।

"ओह, तुम! गुड ईवनिंग। गुड ईवनिंग।" उधर से आवाज़ आई।

"आप मेरे बड़े भाई आशीषदा और आप हैं ऊधमसिंह।"

नमस्कार के उत्तर में हाथ उठाकर उन्होंने बगल के मोढ़ों की ओर इशारा किया। बैठ जाते हैं वे। मेवालाल स्टोव जलाकर चाय का पानी चढ़ा देता है, जैसे यहाँ के लिए किसी भी स्तर पर अपरिचित नहीं। कोई कुछ नहीं बोलता। सूर्य डूब चुका है, बस, उसकी लाली-भर शेष रह गई है, जो प्रतिपल गहराते धुआँसे में स्याह पड़ती जा रही है।

चाय पीकर चुपचाप लौट आते हैं वे। सीढ़ियों पर एक बूढ़े से मुलाक़ात होती है। मेवालाल बताता है, "सिंहासन है, दीया-बत्ती करने जा रहा है। राजगढ़िया साहब पहले कई कोलियरियों के मालिक थे। उन दिनों जैसे-तैसे पिलर काटने पर अफ़रा-तफ़री में ज़्यादा-से-ज़्यादा कोयला निकालने की धुन सवार थी। कोई सेफ़्टी-मेजर नहीं लिया गया। सैंड पैकिंग तक नहीं की गई ख़ाली जगहों में। बाद में खोखली जगहों में गैस जमा होती रही। राजगढ़िया साहब ने सोचा—अन्दर कौन देखने आता है। मगर पाप है कि पानी में फेंके गये मुर्दे की तरह उतरा ही आता है।

कच्चे पैसे और गुंडागर्दी के चलते शराब की माँग इन इलाकों में बढ़ती गई। पुलिस अपना धन्धा चलाने के लिए छापे भी मारती। ये बन्द खदानें पुलिस की नज़र से बचने के लिए अच्छी आड़ थीं। इन्क्लाइन के रास्ते जम गया अड्डा। शुरू हो गया शराब चुआने का काम। कोई कहता है—आग उसी से लगी, मगर कोई-कोई कहता है—आग खुद-ब-खुद कोयले से ही लग गई। जैसे भी लगी, अब बुझने का नाम नहीं लेती।''

''मगर राजगढ़िया साहब की इस अवस्था से उसका क्या सम्बन्ध...?''

''इनकी पत्नी थीं बड़ी सुशीला, जैसे जरासंध की पत्नी तुलसी। जरासंध को जानते हैं न?''

''हाँ, मगर वो तो राक्षस था?''

''तो अपने राजगढ़िया साहब किस राक्षस से कम थे? अरे, ये तो पत्नी के चलते बचते आए हमेशा...।''

''पैसे के चलते नहीं?''

संस्कार-भीत किशोर अटपटा गया, फिर बोला, ''ठीक कहते हैं, पैसे से पाप फलता है और पाप से पैसा। पति-पत्नी एक-दूसरे को बहुत मानते थे। राजगढ़िया साहब ने कभी भी उनके 'दान-पुन्न' में रोड़ा नहीं अटकाया। तभी एक हादसा हो गया—यह सिंहासन तब भी इनका नौकर था। एक दिन सवेरे-सवेरे आकर लगा बिलखने, 'माईजी, हम तो लुट गए।'...'क्या हुआ?' उन्होंने पूछा तो बोला, 'बेटी झुलस गई, मुहल्ले के लोग भाग रहे हैं।'...'क्या बात है?' उन्होंने फिर पूछा तो बोला, 'आग! घर के अन्दर ज़मीन तोड़कर निकली है आग।' हड़बड़ाकर आईं मालकिन। अनेक फ़रियादी घेर बैठे। आग की लपट देखकर पीछे हट गईं डरकर। कुरेदते-कुरेदते जब उन्हें इस सच्चाई का पता लगा कि आग उन्हीं की कोलियरी में जमी गैस के चलते लगी है और इसकी सारी ज़िम्मेदारी राजगढ़िया साहब को जाती है तो वे सन्न रह गईं। रात नशे में चूर राजगढ़िया साहब आए तो पूछ बैठीं, 'यह आग हमारी बन्द खदान से लगी है?'...'क्या मालूम! हो सकता है, उसी से लगी हो।' राजगढ़िया साहब ने जवाब दिया।

'' 'इतना बड़ा पाप, हे राम!' मालकिन हाहाकार कर उठीं तो राजगढ़िया साहब बोले, 'पाप? इसी पाप से तुमने दान-पुण्य किया है। तब तुमने नहीं सोचा, यह शान-शौकत और तुम्हारी फिजूलखर्ची का पैसा कहाँ से आता है? सब यही करते हैं। सभी खदान-मालिकों की खदानों में आग लगी है या लगेगी। तुम तो सती हो, बड़ी पुण्यात्मा हो, रोक सको तो रोक लो!'

''मालकिन को पुण्य का सारा महल बालू की भीत की तरह भहराकर बैठता-सा लगा। उन्हें लगा, इत्ते बड़े पाप को भगवान भी माफ़ नहीं करेंगे। इसी सदमे में घुलते-घुलते घुल गईं। एक बेटी भी थी, जो कुछ दिनों बाद छत से गिरकर मर गई।

राजगढ़िया बाबू की आँख तब खुली। उन्हें भी लगने लगा, यह सब उन्हीं के पापों का फल है। पत्नी तो छोड़ गई ही थी, उसने बेटी को भी बुला लिया।''

''उन्होंने तब से निर्वासन वरण कर लिया है?''

''जी। कहते हैं, अभी भी रात को पत्नी बेटी की उँगली पकड़े फ़ायरज़ोन की उठती फुफकारती लपटों और धुएँ के बीच चलती हुई नज़र आती हैं। राजगढ़िया साहब शाम से ही कपड़े की आरामकुर्सी लगाए अपनी बुझती आँखों से उनकी एक झलक पाने को बेताब रहते हैं, मगर जुर्म इस क़दर संगीन है कि माँ-बेटी इस खँडहर के इर्द-गिर्द आँखमिचौली खेलती रहेंगी, दहलीज पर क़दम नहीं रखेंगी।''

वे भावमग्न-से चले जा रहे थे कि मेवा फिर ठमक पड़ा, ''भैया, आप दोनों के सामने तो मैं बच्चा हूँ, मगर इस आग को लेकर सोचता हूँ तो थाह नहीं मिलती। आग एक संज्ञा है—व्यक्तिवाचक भी, जातिवाचक, द्रव्यवाचक, समुदायवाचक भी और भाववाचक भी। सर्वनाम भी, विशेषण भी, अव्यय भी, स्त्रीलिंग-पुलिंग, एक-वचन-बहुवचन, संधि-समास, उपसर्ग-प्रत्यय, श्रुतिसम भिन्नार्थक, विपरीतार्थक—माने ज़िन्दगी का पूरा व्याकरण और पूरी रचना है आग। हमारे नीचे यह आग किसिम-किसिम के रूप में फैली है—पानी भी उसी का रूप है। अभी तो सिर्फ़ राजगढ़िया साहब जैसे लोग आग लगाकर झुलस रहे हैं, मगर अभी कितने राजगढ़िया साहब हमारे बीच हैं।''

यह मेवालाल का अपना चिन्तन न भी हो, मगर उस क्षण उन्हें सत्य लगा। आग के केलेडेस्कोप खिलते रहे—कभी एक आकार में तो कभी दूसरे आकार में। कोई आहट नहीं, आवाज़ नहीं, मगर एक-एक कर भहराती रहीं दीवारें, विसर्जित होते रहे अक्स और अन्त में लगा, सब-कुछ सपाट हो गया है।

4

दबी हुई आग

कपालिनी देवी के मन्दिर से सटे पीपल के पेड़ में अभिशप्त अहल्याओं की तरह बँधे-लटके हज़ारों ढेले। मनोकामनाओं के बीज। कितने लोग उन्हें बाँधकर भूल जाते एकबारगी। हवा के तीखे झकोरों में वे आपस में टकराकर छर्र-छर्र-छर्र-छर्र बजते। हर बार ही दो-एक काफ़ी पुराने धागे टूट जाते और कपालकुंडला उदास हो जाती—'जाने किन बेचारों पर माँ कुपित हो गई!'

एप्वाइंटमेंट-लेटर मिलने पर कपालकुंडला ने स्वयं दो धागे खोले। सुदर्शन महतो के दो पाठों (बकरों) की जान गई। अभिभाविका की तरह दोनों को विदा किया, "प्रणाम करके जाओ। आज देर मत करना—हाँ!"

वे गाँव की मुख्य सड़क पर आए तो रायपुरिया बस्ती के ठीक पास ही मिल गया छेदी।

"अरे, भैया लोग नौकरी की मिठाई खिलाओगे कि सुखले-सूखे?"

"क्यों, तुम्हारी पेंसिल टॉर्च क्या हो गई?" कुढ़ गया आशीष।

"अभी तक आप भूले नहीं? कान पकड़के उठ-बैठ करूँ?"

छेदी जितनी तेज़ी से बाघ बन सकता था, उससे ज़्यादा तेजी से बिल्ली।

"उठ-बैठकर, चाहे जे कर, कुकुर के पूँछ कभी सीधा हो सके है?" एक गोरी युवती ने दतुअन करते हुए घृणा से थूक दिया।

"ऐ केतकी, चुप!" छेदी ने उसे डाँटा और ऊधम की ओर मुख़ातिब हुआ, "आप तो कविता-ओविता करते हैं न? ई-हो बड़ा गाना जानती है। सुनना हो तो रेलवे के कोक-डिपो के पास दिन को सुनिएगा।" वह अब चलते हुए लगातार बोलता जा रहा था, "इहाँ के बारे में जानना है तो छेदी से पूछिए। छेदी की आँख खोपड़ी के अन्दर तक देख लेती है। ई हुनर नँय होता तो जी नहीं पाता छेदी। है कोई माई का लाल जो रहता हो गाँव में और दुकान करता हो कालोनी में?" बोलते-बोलते छेदी धीमा पड़ा, फूस की चाय की दुकान की ओर बढ़ा, "हमरा तरफ से चाय।"

पेमेंट का दिन था। भीड़ काफ़ी थी। तभी एक धप-धप, भागने की आवाज़ हुई, 'पकड़ो, साला भाग रहा है।' आश्चर्य, छेदी बिल्ली से कुत्ता बन गया। उसके कान खड़े हो गए। वह छलाँग लगाकर भागा और एक फटीचर-से भागते आदमी की कमर में दोनों हाथ डालकर उसे लिये-दिये गिरा। तब तक धोतीधारी दो जवानों ने उस आदमी को गिरेबान से पकड़कर उठा लिया और घसीटते हुए एक आदमी के पास ले आए जो पे-काउंटर के बाहर कुर्सी लगाकर बैठा था। ऐसा लगा कि उनके पास दो-तीन मैले-कुचैले मज़दूरनुमा लोग पहले से हिरासत में खड़े हैं।

"का रे हेम्बरमवाँ, बेसी सयाना बनता है?"

"नँय मालिक, नँय मालिक!" वह उनके पाँव पर गिरते हुए गिड़गिड़ाया।

"चोप्प साला, निकाल पचास!"

आवाज़ कुछ पहचानी-सी लगी। एक धुँधला-सा अक्स शमशीर की तरह लपलपाकर ट्यूब लाइट की तरह जल गया—राम बुझारथसिंह!

आशीष और वह तमाशबीन की तरह पे-काउंटर के पास तक चले आए, देखा-देखी और युवक भी, जिनकी बहाली आज ही अप्रेंटिस के रूप में हुई थी। तभी बुझारथसिंह इतने ज़ोर से बिगड़े कि वे सन्न रह गए, "जाइए, यहाँ तमाशा लगा है क्या?"

चन्दनपुर के इस चरित्र से अनजान युवकों का समूह अपमानित और हत्‌बुद्धि रह गया। इस तिराहे पर हज़ार के लगभग आदमी सिर्फ़ मूक दर्शक थे और वह आदमी नादिरशाह बना हुआ था। पहला दिन था नौकरी का, समय पर पहुँचना था, सो वे आगे बढ़ गए।

पीछे से छेदी फिर आ मिला, "उनको बता दिया, अपने आदमी हैं। न जानने के चलते भूल से बोल दिये। देखिए, एक बात, यहाँ बहुत-कुछ देखिएगा, मगर बोलिएगा मत।"

"उसका पैसा छीना उन्होंने?"

"अजी, वह तो देनदार था। जो देनदार नहीं है, उससे तो लेइए लेते हैं।" छेदी की प्रशंसा में आतंक छलक रहा था।

"और भी तो सूदखोर होंगे?"

'सूदखोर' शब्द छेदी को अप्रिय लगा। वह डर गया। मुड़कर देखा, कोई सुन तो नहीं रहा है, फिर बोला, "इनका पहला चढ़ावा होता है, इसके बाद जावेद मियाँ का। इनके बाद बाक़ी लोगों का।"

एक युवक ने कहा, "देख लो, यही गति हमारी भी होनी है।"

इस पर छेदी ने कहा, "आप लोग बाबू चन्द्रकिशोर सिंह के पास चले जाइए तो शायद बच जाएँ।"

"अब क्या राम बुझारथसिंह का ज़ोन ख़त्म हो गया और चन्द्रकिशोर सिंह का जोन आ गया, जो तू इनकी छोड़कर उनकी चमचागीरी पर उतर आया?" ऊधम ने हँसते हुए कहा तो छेदी का सर झुक गया।

दो लड़के कंचे खेल रहे थे। छेदी ने वहीं से सुनाके कहा, "अरे जा, मेमसाहब को खबर कर दे, साहेब का पैसा छिना रहा है।"

खेल में मगन लड़कों ने नहीं सुना तो वह खुद ही उसके पास चला गया।

हेल्मेट और कैपलैम्प धारण कर जब वे केज के पास आए तो 'सतश्री अकाल' के अभिवादन पर चौंकना पड़ा उसे। देखा तो एक सरदारजी, चेहरे पर 'कोढ़नुमा' दाग।

"सतश्री अकाल!" उसने उत्तर दिया।

प्रौढ़ सरदारजी ने अपना नाम गुरुबचन सिंह बताया और आत्मीयता से उसका बायोडाटा पूछने लगे। ले-देकर एक सरदारजी मिले तो वे भी कोढ़ी-कलंदर और शराबी। ड्यूटी में होने के बावजूद मुँह से शराब बू मार रही थी। उसने ज़्यादा बढ़ावा न दिया।

आशीष चिढ़ाने लगा, "वर्ड्स ऑफ़ सेम फेदर," तो उसने कहा, "सर से पाँव तलक बंगाली ही बंगाली, एक सिख मिला भी तो ऐसा कि डरकर पोंक मारे..."

"अरे बाबा, सिख कहाँ नहीं हैं? मैं तो सोच ही रहा था, अभी तक मिले क्यों नहीं? वो लतीफ़ा नहीं सुना, नील आर्मस्ट्रांग अभी चाँद पर गए तो, वहाँ भी एक सरदारजी स्कूटर लेकर हाज़िर—'बोलो साब, कहाँ जाना है?' मगर देख, ज़्यादा

मत सटना—ये लेपर (कोढ़) है न..!" आशीष ने कहा और स्वचालित केज की ओर हाथ पकड़कर खींचने लगा। नीचे पहले होराइज़न पर उसे फिर उन्हीं माइनिंग-सरदार पाठक जी के अधीनस्थ रहना था।

वे शेखी में दूसरे मज़दूरों को सुना रहे थे, "अब तो कितना पढ़ल-लिखल लइका झूड़ी ढोने आ रहा है। अरे तकदीर मनाओ तुम लोग कि नौकरी लगी है चन्दनपुर में।" फिर उन्होंने आशीष को अपना सेफ़्टी-लैम्प थमाया और ऊधम को आर्द्रता-मापक यंत्र। वे अनावश्यक सुझाव और निर्देश जिस-तिस को दिये जा रहे थे। बहुत कम लोग उनकी बातों पर कान दे रहे थे। बोले, "देखते हैं, किसी को गरज नहीं। ई अकेला पाठक क्या-क्या करे?" वे ऐसे बोल रहे थे, जैसे चन्दनपुर के वे ही सर्वेसर्वा हैं!

बहुत जल्दी-जल्दी बीत गया पखवारा। बीच-बीच में विष्टूदा हेडमास्टर की तरह पकड़कर बुद्धि-व्यायाम कराने लगते, "बोलो, कहाँ तक सीखे?" और फिर शुरू हो जाता क ख ग से।

"केज बुलाने के लिए कितनी घंटी देनी होती है?"

"जी, तीन और एक।"

"स्किप और बंकर का इंटरलॉक सिस्टम क्या होता है?"

"जब लोडिंग की सबह पर स्किप आता है तो उसकी पिन बंकर के चुंबक से खिंच जाती है...जिसे बोर्ड पर लालबत्ती इंडिकेट करती है..."

"हाँ, आगे बढ़ो।" विष्टूदा को खुद ही धैर्य नहीं, उसके रुक-रुककर बोलने पर धक्का दे रहे थे।

"और स्किप की क्षमता कितने टन कोयले की है?" प्रश्न शेष न होते ही फिर प्रश्न।

"जी, बारह टन की, मगर भरा जाता है नौ टन मात्र।"

विष्टूदा जिस चीज़ को भी पकड़ते, आद्योपांत नाड़ी-नक्षत्र बताए बिना न मानते, चाहे वह पम्प हो, वेंटिलेशन फैन हो, वाइंडिंग इंजन की कार्यप्रणाली हो, या और कुछ। अगर शिष्य प्रारंभिक परीक्षा में उत्तीर्ण हो गया तो विनोद पर उतर आते, 'वो हनुमान की पूँछ कितनी लम्बी है?' इशारा वाइंडिंग ड्रम से लिपटे रस्से की ओर होता और जब कहते 'बासुकी के दाँतों की संख्या' तो इशारा टॉप-गियर के दाँतों की ओर होता। उस दिन हॉलेज इंजिन से बात शुरू हुई तो इसका इतिहास बताते-बताते आ गए अपने बैटरी-चालित लोकोमोटिव तक।

"बता सकते हो, यही लोकोमोटिव क्यों लगाया गया यहाँ?"

ऊधम चुप रह गया तो बोले, "चिनाकुड़ी में एक डीज़ल लोकोमोटिव था। साइंटिफ़िक एक्सपर्ट की राय है कि वहाँ के भयंकर एक्सप्लोज़न में उसका भी रोल था।"

अब चिनाकुड़ी का किस्सा शुरू हुआ तो वे भूल गए कि क्या बता रहे थे।

मुकुलदा सुनते ही हँस पड़े थे, ''विष्टूदा 'आरोही' फिल्म के अर्जुन पंडित हैं। एकदम 'रा' (कच्चे, अनगढ़ से) असिस्टेंट मैनेजर तक के पद पर पहुँचे हैं—अपनी लगन, परिश्रम और स्वाध्याय के बल पर—वही तुम्हारे आदर्श भी हैं। तुमने 'आरोही' फ़िल्म देखी या नहीं?''

''जी नहीं।''

''तो आओ, आज हम धनबाद जा रहे हैं। कोलियरी की गाड़ी जाएगी। चले आओ।''

तैयार होकर पहले ऊधम निकला तो कपालकुंडला ने सिर्फ़ आँख उठाकर देखा लेकिन जब आशीष निकला तो टोके बिना न रहा गया, ''जब संध्या-आरती का समय होता है, चल देते हो?''

''फ़िल्म देखने जा रहा हूँ।'' आशीष ने सहमते हुए कहा।

''ऐसे बोल रहे हो, जैसे प्रवचन सुनने जा रहे हो! कोयलांचल की कोई लत छूटने न पाए!'' उसने मुँह बना लिया, ''तुमसे और क्या उम्मीद हो सकती है? मलकट्टे-मजूर ही तो हो!''

वह क्या कहता! स्वाती आशीष को हंड्रेड परसेंट प्योर देखना चाहती थी, लेकिन यह कैसे सम्भव था? वह गाँव में भी इधर-उधर मटरगश्ती करता तो उसके अनुशासन का एक बन्धन हर पल उसे घेरे रहता।

''भई, वो ऐसी-वैसी फ़िल्म नहीं है। चौधरी साहब, बैनर्जी साहब और विष्टूदा भी जा रहे हैं।''

लेकिन आशीष की सफ़ाई का कोई असर नहीं हुआ। वह बाल्टी में पानी और कपड़ लेकर दीवारों पर लगे ख़ून के धब्बों को रोज़ की तरह छुड़ाती रही। ऊधम कुढ़ गया दोनों का अनुराग देखकर।

मुकुलदा ने ठीक ही कहा था, पूरी फ़िल्म जैसे विष्टूदा को ही अर्जुन मंडल मानकर बनाई गई हो! फ़िल्म देखकर लौटे तो शॉपिंग में सात बज गए। आलू छोड़कर सभी सब्ज़ियों के भाव चढ़े हुए थे। सेब तक पाँच रुपये किलो। स्मिता दी झींक रही थीं, ''ये मुए ठेकेदार और दो नम्बर के पैसे वालों ने बाज़ार-भाव इतना ऊँचा कर रखा है, अब साधारण आदमी कैसे बचेगा?''

''बचने का एक ही तरीक़ा है, तुम भी उन्हीं की तरह कमाई करो। यहाँ तो हरिश्चन्द्रों से पाला पड़ा है।'' यह विष्टूदा की पत्नी की आवाज़ थी।

''देखिए, अब हम लोगों की कमाई से पूरा पड़ने वाला नहीं,'' मुकुलदा ने आग में घी डालने की गरज से हस्तक्षेप किया।

''क्या इरादा है तुम्हारा?'' उनकी पत्नी ने आँख तरेरी।

''अरे, बुद्धि लगाओ, बुद्धि!''

"एक बुद्धि बताओ न... ?"

"एक लाख की है एक बुद्धि, सुनो! तुम तीन शिक्षित महिलाएँ माँड़ पसाने और बच्चों की नेकर सीने में ही वक़्त ज़ाया करती हो। बहुत हुआ तो एक-दूसरे के घरों का कच्चा-चिट्ठा ले बैठीं—अमुक का पेट अमुक से है, अमुक के घर माँड़ पीते हैं और साड़ी पहनेंगी हज़ार की, अमुक अपने पति के प्रोमोशन के लिए अमुक साहब के पास गई थी...वग़ैरह-वग़ैरह।"

"अच्छा!"

"तुम लोग मिलकर एक किंडरगार्डेन नर्सरी स्कूल नहीं खोल सकतीं?"

"यानी आप भी शोषण का एक तरीक़ा शुरू करना चाहते हैं?" चौधरी ने कहा।

"देखो भई, शोषणमुखी व्यवस्था में हम जितना हाथ-पाँव मारकर निकलना चाहते हैं, उतना ही उसमें डूबते जाते हैं। हम क्या अपने बच्चों को मिशनरी स्कूल नहीं भेजते? वहाँ दो-दो सौ, तीन-तीन सौ की फ़ीस देकर खुद का शोषण नहीं कराते? जो कहो, बच्चों का भविष्य बनता है, तो मैं कहूँगा, चुगद हो। विष्टूदा ने शिवजी के चौरे पर पढ़ाई की थी।" मुकुलदा मूड में हों तो रात को भी दिन सिद्ध कर दें।

"इसीलिए इतने गावदी हैं!" विष्टूदा की पत्नी ने बात तोड़ दी।

"तब तुम भट्ट साहब के पास जाकर बैठ जाओ, वो पब्लिक स्कूल का है। कुँआरा भी है। मैनेजर भी।" विष्टूदा ने कहा।

"तुम अपनी बहन को बैठा दो, मैं क्यों जाऊँ?"

"ओह भाभी, आप लोग नाहक झगड़ने लगे। मैं तो यह कह रहा था कि अंग्रेज़ी पढ़ने की ग़ुलाम मानसिकता से इस सो-कॉल्ड स्वतंत्र देश का प्रायः हर आदमी ग्रस्त है। क्यों न हम इसे युटिलाइज़ करके मिशनरियों के शोषण के ख़िलाफ़ एक मुहिम तैयार करें?"

मुकुलदा की मानसिकता ऐसी नहीं, ये बातें उन्होंने निश्चय ही चौधरीदा को चिढ़ाने के लिए कही थीं, मगर चौधरीदा का ध्यान कहीं और था।

इस्माइल की लाख सावधानी के बावजूद झरिया की सड़कों के गड्ढों में लोग हिचकोले खा रहे थे। झरिया पार करते ही अग्निक्षेत्र को चेतावनी की पट्टिका! वह परदे की फाँक से बाईं ओर के उस अकेले खँडहर मकान की एक झलक पाने को बेताब हो उठा, मगर अँधेरे में कुछ दिखा नहीं। आशीष उसे देखकर राज-भरे अन्दाज़ में मुसकरा उठा।

"यह आग बुझ नहीं सकती?" पूछती है स्मिता चौधरी।

"पहले यह समझो, आग लगी कैसे, क्यों जलती है, क्या जलता है? फिर खुद समझ में आ जाएगा, आग बुझ सकती है या नहीं।" विष्टूदा को जैसे बात शुरू करने का सुराग मिल गया था, "यह आग सन् 1916 के पहले से लगी हुई है। 1938 की

कोल माइन्स कमिटी, 1954 की मेहता-मूर्ति कमिटी, सबने चेतावनी दी, मगर 480 वर्ग किलोमीटर का बीस अरब टन कोयला...''

''तुम अपने ज्ञान का स्क्रैप अपने पास रखो तो!'' उनकी पत्नी ने उन्हें डाँटा तो उनकी बात उनके गले में ही अटक गई। दुनिया के समस्त गुनी जनों की तरह उनका दाम्पत्य जीवन भी गड़बड़झाला था।

''जिसने भी की हो, अब वो सज़ा भोगने नहीं आ रहा। सज़ा भोगें झरिया वाले—सारा इलाक़ा मचमचाकर बैठ रहा है। वो शेर है न कि 'लम्हों ने ख़ता की थी, सदियों ने सज़ा पाई'।'' मुकुलदा ने कहा।

''चौधरी मोशाय को क्या हो गया, कुछ बोलते नहीं?'' मुकुलदा की पत्नी ने उकसाया।

''आरोहण कर रहे हैं,'' मुकुलदा ने जवाब दिया।

''मैं सीढ़ी नहीं, साँप की बात सोच रहा हूँ...भूगर्भ की वर्षों की दबी आग जब सतह को फोड़कर निकलती है, लाख दबाइए, वह दबती नहीं,'' चौधरी ने कहा।

''ऑक्सीजन से सम्बन्ध काट देने पर भी नहीं?'' आशीष ने पूछा।

''इतना आसान है सम्बन्ध काट देना? दरारों से मिल जाती है ऑक्सीजन। रोलर चलवाकर दरारें भर दीजिए, गैस फाड़ देगी उसे,'' चौधरी ने चबा-चबाकर कहा।

''तुम आदिवासियों की बात कर रहे हो?'' मुकुलदा ने सिर हिलाया।

चौधरी ने कोई उत्तर नहीं दिया।

जवाब तीसरे दिन हाज़िर था।

''झूठा। धोखेबाज। चोर कहीं का!''

''सुनो-सुनो झानू...!''

''क्या सुनेगा? आस्ते-आस्ते सारा ज़मीन दखल कर लिया हमारा—बोलो, हम कहाँ जाएगा, बोलो?''

''बोला—नौकरी देगा, पानी देगा, स्कूल खोलेगा—ये कर देगा, वो कर देगा, सोना से मढ़ देगा। क्या किया, बोलो?'' एक दूसरा काला माझी बृन्दावन बोलता है।

''हम अपना मुशीबत बताने गया तो पोसे गुंडों से पिटवाया।'' पोना अपनी पीठ के दाग़ दिखाता है।

''ऐ पोना,'' भभीखनराय बोलते हैं, ''साचो का आदिवासी रह गया तू लोग—बाउरी, चुहार...। क्या करेगा ऊभड़-खाभड़ डंगाल लेकर—ऐं? अरे बड़का-बड़का साहेब लोग न आए हैं, इनसे माँग ले, जो माँगना है जमीन के बदले।''

''वो तुम लोग करो। तुमरा भतीजा हमको घूँसा से मारा था, कुत्ता साला!'' कहकर पोना ने थूक दिया।

''ये लात के देवता बात से नहीं मानते, हजूर!'' भभीखनराय साहबों की ओर मुखातिब होते हैं, ''आइए हमारे पीछे-पीछे।''

उन्होंने चुने-चुने पन्द्रह जवानों को छोटा और बाक़ियों को साहबों के आगे-पीछे, दाएँ-बाएँ कर दिया।

मुकुलदा ने ऊधम को करिंद के पेड़ के पास रोक लिया। चौधरी को सर्वेयर होने के नाते साथ जाना पड़ा। 'दुर्गा-दुर्गा' कहकर दोनों ने उन्हें विदा किया।

''ये भभीखनराय कौन है?'' ऊधम ने पूछा।

''गंगाधर सिंह के साले। वो जो लाल गमछे की पगड़ी बाँधे खइनी मलते जा रहे हैं, वही हैं रामजी तिवारी। हरी बुशर्ट वाला आगे चलने वाला जवान चन्द्रकिशोर सिंह का भतीजा विजयकुमार है। दो सिंह, वो...वो बुझारथ और अनूप सिंह नहीं दिखते, मगर उनके आदमी होंगे ज़रूर। नहीं हों तो दलाली में पीछे पड़ जाएँगे न!''

''ये सभी सिंह अलग-अलग यूनियन के हैं?''

''सब इंटक के, लेकिन स्वार्थ की लड़ाई में इंटक में भी कई-कई खेमे हैं, जैसे कांग्रेस में। ये अलग पार्टी भी क्यों न बना लें, इनका चरित्र नहीं बदलता। देख नहीं रहे हो, साले सब-के-सब लंका-दहन करने निकले हैं।''

''मैं इस मामले में इनकी दिलचस्पी को समझ नहीं पा रहा हूँ।''

''खदान कौन चलाता है?''

''क्यों? एजेंट, मैनेजर, मज़दूर। और कौन?''

''यह सब विष्टूदा का ज्ञान है। असल में खदान चलाते हैं—माफ़िया सरदार चन्द्रकिशोर सिंह, गजाधर सिंह, अनूप सिंह, रामजी तिवारी और बुझारथसिंह जैसे कंट्रैक्टर। इन्हीं की यूनियन, इन्हीं के सूदखोर, इन्हीं के दारूखाने, इन्हीं की पुलिस और इन्हीं का प्रशासन। जायज़-नाजायज़ सब इन्हीं का। मैनेजर, एजेंट तो इनकी इच्छा के ग़ुलाम हैं। मजाल है, इनकी हुक्म-उदूली करके आगे निकल जाएँ? खदान के नीचे—बॉटम से टॉप गियर तक और सेक्योरिटी से लेकर सेक्रेटेरियट और मंत्री तक सभी महत्त्वपूर्ण बिन्दुओं पर इनके आदमी तैनात हैं।''

सामने की ज़मीन की पैमाइश करने के बाद तिवारी को ख़याल आता है, ''मुखर्जी साहब, आप लोग तमाशा देखने आए हैं?''

''आ रहे हैं!'' ज़ोर से बोलते हैं, फिर धीरे से कहते हैं, ''मालिक का कुत्ता कुछ ज़्यादा ही भौंकता है। देखो, चल तो रहे हैं इनके पीछे-पीछे, मगर सँभल के।''

काफ़िला आगे बढ़ा। तेल पिलाई गई लाठियाँ, जंग खाए बरछे और फरसे आज चमक रहे थे। सेक्योरिटी गार्ड का एक जवान बन्दूक उठाता है। एजेंट आहूजा इशारे से डाँटते हैं। आगे-आगे शान्ति-सेना का मुखौटा होना ज़रूरी है। सेक्योरिटी अफ़सर बर्मा आहूजा का कवच बनकर चल रहा है।

''तोरा सब बोसे जा (तू सब बैठ जा)। देखते हैं, कौन आगे बढ़ता है?'' झानू सेना-नायक की तरह चीख़ता है।

रास्ता घेरकर खड़ी औरतों की भीड़ बैठ गई भरभराकर। पीछे की ढलान और झाड़ियों में पुरुष और बच्चे और इक्का-दुक्का लड़के खड़े रोष और विस्मय से ताक रहे हैं, जैसे ज़मीन की झाड़ियों के साथ ही उगे हों!

बाढ़ के पानी की तरह उमड़ता सैन्य दल औरतों के तटबन्ध पर आकर छलक-छलक रहा है। पत्ते-पत्ते कान खड़े कर तनाव में तने हैं।

"ए हट!"

गठे बदन वाली जामुनी औरत पहले अपनी उजली-उजली आँखें फड़फड़ाकर भभीखनराय को देखती है, ऊपर से नीचे तक ताकते हुए उसकी दृष्टि उनके चौड़े-चकले पाँव के कोलियरी बूट को देखने लगती है।

पाँव बढ़ा आ रहा है, बढ़ा आ रहा है, छछुन्दर की तरह दीवार में बिल तलाश रहा है...। और...

"ओ माँऽऽऽऽ! खाल भोरा...।"

आवाज़ के वृत्त के फैलते ही आवाज़ों की कचपचाहट।

कुचले चींटे-सा दौड़ पड़ा गोबरा, "माँ-बहन पर हाथ लगाता है?"

तभी दूसरी आवाज़ें बिलबिला उठती हैं, "आहि दादा, जान गइल! दोहाई काली मैया की! आहि ए माई!" छटपटाकर गिरते हैं दलपति भभीखनराय!

सन्न-सन्न तीर चल रहे हैं। हर आदमी दूसरे की ओट होना चाहता है। एजेंट, सेक्योरिटी अफ़सर, कोई अपवाद नहीं।

धाँय-धाँय फ़ायर करते हैं सेक्योरिटी और पुलिस के जवान। छर्र-छर्र उड़ती है टीले की मिट्टी। कट-कटकर उड़ती हैं फुनगियाँ! दूसरी ओर तीर ही नहीं, ईंट-पत्थरों की बौछार भी शुरू हो गई। वे झाड़ियों में छिपते-छिपाते भाग खड़े होते हैं।

चौधरी हाँफते हुए आए तो उन दोनों ने उन्हें रोक लिया, "लगा तो नहीं?"

"अभी तक तो नहीं, लेकिन खैरियत इसी में है कि भागकर जीप तक पहुँचें।"

अंग-रक्षक कहाँ भागे, कुछ पता नहीं। भभीखनराय और सुन्दर मंडल टाँगकर ले आए गए। अभी वहाँ तीन और आदमी गिरे पड़े हैं, लेकिन किसी की हिम्मत नहीं होती कि उन्हें ले आएँ। हर घायल दिखाना चाहता है वफ़ादरी की सनद के रूप में अपनी चोट को, लेकिन अफ़सरों के सामने पहली समस्या अपने ही प्राण बचाने की है। इस दल के पहुँचते-न-पहुँचते जीप चली गई। मोहन यादव और किसी को न पाकर मुकुलदा को ही दिखाने लगते हैं अपना तीर से बिंधा हाथ। स्पोर्ट्स में जेवलिन थ्रो में फर्स्ट आते थे। यह तीर उन्हें उस समय लगा जब वे जेवलिन थ्रो के अन्दाज़ में बल्लम फेंक रहे थे।

"पाँडवों का एक कुत्ता था मोहन यादव, जो एकलव्य के पास जाकर भौंक रहा था। एकलव्य ने लाचार होकर ऐसा तीर मारा था कि कुत्ते का मुँह बन्द हो गया, लेकिन वो मरा नहीं।" क्रुद्ध गए थे एकबारगी मुकुलदा।

"आप मज़ाक़ करते हैं, मेरी कलाई नाकाम हो गई।" वह रुआँसा हो गया।

बचे लोगों में से कुछ गालियों द्वारा आदिवासियों की सात पुश्तों का उद्धार कर रहे थे, लेकिन नूरे ने भद्दी गाली देते हुए ऐसी वफ़ादारी को अपने जननेन्द्रिय पर अर्पित करते हुए कहा कि अब से ऐसी लड़ाई में वह कभी नहीं जाएगा, "जिस साले को क्वार्टर, प्रोमोसन, भरती लेनी हो, वह जाए। आज अगर जान चली जाती तो सब धरा रह जाता।"

"कोई बात नहीं है। आएँगे ड्यूटी करने न फिर से साले!" परभू ने कहा।

"नहीं आएँगे तो भूखों मरेंगे, जाएँगे कहाँ? कामिनें तो सारी-की-सारी यहीं काम करती हैं, ऊ—कालिन्दिया भी।" और बीभत्स ढंग से बलात्कार का कोकशास्त्र बाँचने लगते हैं मोहन यादव।

"आज तो उखाड़ लिये न उनका, फिर कभी उखाड़ लेना।"

ऊधम ने इस आवाज़ पर चौंककर देखा, मक़बूल साहब आ गए थे।

उनके आने के पूर्व ही ख़बर सभी समय-सूचियों पर टँग गई थी। लोग अपने-अपने इष्ट-मित्रों की खोज करने लगे थे। उसकी खोज-ख़बर लेने वाला कोई न था। आशीष गाँव गया हुआ था और कपालकुंडला सूचना-संग्रह करने गाँव में घूम रही थी। अभी उसके परिचय का दायरा छोटा ही था। फालतू पड़ने की एक बचकानी कचोट उसे साल रही थी कि दरवाज़े से किसी ने पुकारा ख़ालिस पंजाबी टोन में, "ओए ऊधमसिंहा, तू बच गया न?"

देखा, वही ल्यूकोडर्मा का मारा हुआ-सा जुगुप्सित चेहरा था—गुरुबचन सिंह का। उसके बाहर निकलते ही वे बाप की तरह उसका सर, कान, आँखें, नाक, गाल वग़ैरह टटोल-टटोलकर अपनी मिचमिचाई आँखों से जाँचने लगे। जाँचते भी जा रहे थे और भाववाचक संज्ञा की तरह मैनेजमेंट को गाली भी दिये जा रहे थे, "ये साला मैनेजमेंट, सब समय ऐसाई करता। आग में झोंककर खुद भाग खड़ा होता हर जगह। हमने सुना, साले जीप लेकर भाग आए?"

"ना-ना, वो तो बस..."

"अरे तू की छुपाएगा पुत्तराँ! देख, मेरे चेहरे पर लिखा हुआ है सब। हमने जैसेई सुना, ड्यूटी छोड़कर तेरी खोज करने निकला। ए ताँ रब दा आशीर्वाद समझ, नहीं तो एह आदिवासी किसे नू नहीं छड्दे।"

उसने आश्चर्य से काले चेहरे में पैबन्द-से जड़े उजले दाग़ों को देखा। इस वीराने देश में कोई ऐसा भी है जो उसे ढूँढ़ सकता है? इस बार वह चेहरा रहस्यमय ढंग से आत्मीय लगा, "आपको भी ऐसी परिस्थिति का साबका पड़ चुका है क्या?"

"पहले तू बता, तू चंगा है तो?"

"हाँ-हाँ, देख ही रहे हैं।"

"तो सुण!" वे दहलीज़ पर ही बैठ गए, "तब पिट चालू नहीं हुई थी। इन्क्लाइन को साफ़ करके नाग साहब काम चालू करवाना चाह रहे थे। वहाँ भी मैनेजमेंट का

एक ही रवैया। अरे, वर्षों बन्द पड़ी इन्क्लाइन में जाँच करके देखो, सो नहीं! जैसे-तैसे पाणी निकाल के भेज दिया हम लोगों को अन्दर। अन्दर से आग ऐसे फुफकार मारकर निकली, जैसे बासुकी नाग फुफकार रहा हो!''

''पानी के साथ आग?''

''हाँ, वो अरे एक बड़ा टुकड़ा जैसे ही एक्सप्लोड करके उड़ाया गया, वैसेई तो! शायद मिथेन गैस भरी पड़ी थी बहुत दिनों से, हवा मिलते ही एक्सप्लोसिव मिक्सचर बना और चिंगारी मिलते ही आग...ये तो कहो, हम एक गड्ढे में जा गिरे जहाँ पानी था। दम घुटने पर मुँह निकाल लेते, सो मुँह ही जला, वरना...''

''तो क्या ये दाग आग के जलने से बने हैं?''

गुरुबचन सिंह ने कहा कुछ नहीं, बस, उधड़े चमड़े के चेहरे से बीभत्स हँसी हँसते रहे। इस बार उसे काले चेहरे के उजले दाग़ हिलते हुए-से लगे, जैसे एक ज्वाला लपलपा रही हो, ''क्षमा करें, मैंने तो कुछ और ही समझा था...।''

इस बार ज़ोरों से हँस पड़े गुरुबचन, ''ऐसा ही होता है। इसी वजह से तो अपनी जाति की कोई भी कुड़ी मुझसे शादी करने को तैयार न हुई। मैंने पाँच सौ में एक आदिवासी लड़की से शादी की। सोचा—चलो, ठीक है। मगर न मैं उसकी बोली समझ पाता हूँ, न वह मेरी। हम दोनों ही थोड़ा-थोड़ा ट्रांस्लेट करके टूटी-फूटी हिन्दी में काम चलाते हैं। कुछ बीत गई, कुछ बीत जाएगी।'' एक गहरी साँस ली उन्होंने, ''पण, अपनी जुबान बोलने को कभी-कभी बहुत जी करता है। तू मिला न, तो वो दबा अरमान बाहर निकल आया। तू हमेशा मुझसे पंजाबी में बात किया कर। इसी बहाने एक याद ज़िन्दा रह जाए कि मैं कौन था...।''

पता नहीं, वे उदास थे या प्रसन्न? उस विचित्र चेहरे में सारे रंग इस क़दर गड्ड-मड्ड थे कि शिनाख़्त कर पाना मुश्किल था। शायद इसी उलझन को वे दारू से झुठलाते आए हैं। पूछना चाहा, लेकिन साहस न हुआ।

5

बाघ-बन्दी

शहीद बलीराम महतो की समाधि के पास कोयला जल रहा है। धुएँ की घुटन चाँदनी रात में कनात की तरह टँगी हुई है भारी हवा में। मैली-धुली चादरों में लिपटे गीध की तरह आग के गिर्द बैठे लोग आज की घटना का पोस्टमार्टम कर रहे हैं।

डंक मारकर सहम गया है अंगारडीहा। अगर मैनेजमेंट के गुंडे पूरा गाँव फूँक दें तो... ? फूँक दें तो फूँक दें, "आख़िर हमीं कब तक बरदाश्त करें ?" कहती है कालिन्दी।

"ना, ऐसे काम नहीं चलेगा।" बुदबुदाता है झानू।

अपने चार साथियों के साथ वह जा रहा है चन्दनपुर। एक छोटा उपेक्षित गाँव जा रहा है अपेक्षाकृत ज़्यादा खुशहाल बस्तियों और गाँव की ओर, मदद के लिए, सबको समझाएगा, 'हम तो तुम्हारे भाई हैं, बड़े न सही, छोटे ही, हमारी-तुम्हारी लड़ाई कैसी ?' रायजी ने अच्छी तरह समझा दिया है उसे।

उठान पर बेतरतीब बसा है चन्दनपुर गाँव—ऊपर-नीचे, आड़े-तिरछे, जैसे छूते ही भरभरा उठेगा लाठी-बल्लम, गँड़ासा लेकर! जो बच जाते हैं, फिर से चढ़ जाते हैं उठान पर; जो अपंग हुए, नहीं चढ़ पाते और जो गुज़र गए, कपालिनी देवी के मुंडमाल में गुँथ जाता है उनका मुंड। कालचक्र कभी बच्चों की चक्का-गाड़ी, कभी बड़ों की भैंसागाड़ी का पहिया बना इतिहास की लीक छोड़ता, बनाता, अपने पुराने बिन्दुओं की आवृत्ति करता धीरे-धीरे आगे बढ़ता है। अब उसके पंख लग गए हैं, उड़कर जा बैठा है खदान की सबसे ऊँची कलँगी पर टॉप-गियर बनकर। वहीं से देखता है इस बाघ-बन्दी के खेल को।

चुलबुली धूप में ईंट के रोड़े से खिंच गई हैं शतरंज की सतरें। सज गई हैं गोटियाँ। दोनों ओर दो झुंड भेड़-बकरियों के जैसे एक अंगारडीहा, एक चन्दनपुर गाँव। दोनों छोरों पर एक-एक बाघ, जैसे एक मैनेजमेंट, एक गुंडों का माफ़िया दल! बाघ की फ़ितरत है भेड़-बकरियों का शिकार। एक भेड़ के पीछे दूसरी न पाकर वह छलाँग लगाता है और हड़प जाता है उसे। भेड़-बकरियों का लक्ष्य है, इस स्थिति से बचते हुए व्यूह बनाकर फैलते जाना और अन्ततः बाघ को बन्दी बना लेना। बलवान के अस्तित्व का ही द्वंद्वात्मक प्रश्न नहीं, प्रश्न निर्बलों के आपसी अन्तर्घात का भी है। शायद, इसीलिए खेल से जी उचट जाता है झानू का।

"बढ़ाओ गोटी।" कोंचते हैं देवनन्दन ओझा। गोरे-ठिंगने, मजबूत हड्डियों का ढाँचा। चालीस पार करती हुई उम्र की झाइयों पर कोयले की गहराती लकीरें...।

"क्या बढ़ाएँ ओझा महराज, पीछे भी कोई होना चाहिए न!" स्पष्टतः झानू का दिमाग़ सिर्फ़ अपनी बात पर है।

ओझा उठ खड़े होते हैं, "लीजिए, आ ही रहे हैं पिताजी, मंडल, छकौड़ी और गोराई भी।"

झानू और उसके चारों साथी हाथ जोड़कर झुककर अभिवादन करते हैं।

"का रे झानू, सुना, कहाँ तो मार-पीट कर दिये ?" पूछते हैं बुज़ुर्ग रामपरसाद ओझा।

''नँय तो, ऊ तो बस, महाराज... !'' और धीरे-धीरे पूरी आपबीती सुना जाता है झानू।

सारी बात सुनकर वृद्ध रामपरसाद ओझा स्वीकृति में सर हिलाते हैं, ''आज तुम आदिवासियों के साथ जो कुछ हुआ, वही सौ बरिस पहले हम लोगों पर भी हुआ था। वही झूठा वादा—विस्थापितों को नौकरी देंगे, स्कूल खोलेंगे, पानी का परबन्ध करेंगे...लेकिन कुच्छो नहीं हुआ। तब फरक इस बात का है कि तुम लोगों ने मरद की तरह मोरचा लिया और हम बैठल-बैठल ताकते रहे...।'' वे इस घटना की संध पकड़कर दूर निकल जाते हैं, जहाँ एक धुआँती कचोट के साथ चटख़-चटख़कर अतीत जल रहा है, ''यह पूरा मौजा हमर बाप-दादा की जमींदारी था, झरिया महाराज के पुरोहित थे, दान-पट्टा मिला था...लेकिन ऐसे ही फुसला के ले गए नारंतक के ख़ानदान वाले अंगरेज—फी बीघा एक रुपैया पर आठ सौ बावन बीघे के अंडरगिराउन का लीज लिया उन्होंने...नौ सौ निनानवे बरिस का—एक कम हज़ार बरस...आज हालत ई कि नीचे कोइलारी के चलते ऊपर पानी ही नहीं टिकता। सिरिफ एक पानी के बग़ैर पिछलका धान मर गया। अब कुआँ, तालाब, जोर (नाला)—किसी में पूरा पानी नहीं कि पटा ही दें। पहले कम-से-कम परब-त्यौहार में दामोदर नेहा आते थे, अब ऊहो सपना हो गिया। पैखाना करके पानी छूने-भर का पानी तो रहियो नहीं गया...अलकतरा जइसन करिया भुजंग पानी। भूले-भटके पी लो तो सीधे सुरधाम!''

मास्टर सपन मंडल हस्तक्षेप करते हैं, ''अ दिये का... ? स्कूल है, मगर हमारे बच्चे सेमल के पेड़ तले पढ़ेंगे, उनके लिए स्कूली लम्बी-लम्बी बसें। नौकरी है, मगर वो हमारे लिए नहीं; बिजली है, मगर वो पहलवानों के अखाड़े के लिए है, हमारे लिए नहीं। कोक डिपो यूनियन के दलाल लोग खोल सकते हैं, मगर हमारे बेकार बच्चे नहीं।''

''तइयो पे आप लोग तो कुछ-न-कुछ पा भी जाते हैं और हम... ? हमरा तो भगवाने मालिक है। हम तो कहते हैं, महाराज, आप आगे-आगे चलिए, हम पीछे-पीछे हैं, नहीं तो हम तो आगे बढ़िये गए, आप हमरा पीठ पे रहिए। नहीं तो अलग-अलग मर जाएँगे सब! हम तो सभी को यही कहते हैं।'' झानू ने कहा।

कैसे घेरा जाए बाघ को—बकरियों में अभी यह मंत्रणा चल ही रही थी कि भेड़िये की तरह पीछे से छेदी आकर खड़ा हो गया। देवनंदन ओझा ने व्यंग्य से कहा, ''क्यों पंडित भेदीलाल, आज बड़ी जल्दी दुकान बन्द करके आ गए?''

छेदी भेद नहीं खोलता, न झानू के प्रणाम का उत्तर ही देता है! जरूर कोई गम्भीर बात है।

''का रे, मुँह में दही जमावल है?'' छकौड़ी महतो पूछते हैं।

''का बोलें, हम तो सिरिफ तमाशा देख रहे हैं।'' छेदी हुहुँकता है।

"ई तोरा खातिर तमाशा लागल है!" बुढ़ऊ रामपरसाद ओझा ने कहा, "ई सार सीधे-सीधे कभी नहीं बोलेगा कौनो बात!"

सपन मंडल ने झानू से कहा, "तुम लोग अभी और जगहों पर घूम-घाम आओ, तब तक हम विचार करते हैं।"

आदिवासियों के दल ने प्रणाम किया और चले गए। छेदी ने उनकी ओर ऐसे देखा, जैसे साँप को सरकते हुए देख रहा है। फिर शेख़ी भरी घृणा में बोला, "ई तमाशा नहीं तो और का है? इहाँ शहीद महतो, हुँआ ठाकुर सिरीपाल सिंह—दूनों की समाधि पर जमावड़ा है। अब अइसे जब्बर आदिवासी हो गए कि दूनों जगह का पाद बन्द...!"

"अरे ए छेदिया, ठीक-ठीक बोल न!"

"ठीक का होगा? ई ससुरन का मन बढ़ गया है, का करने आया था हियाँ पर...?"

"मदद के लिए।"

"आप लोगों ने क्या कहा?"

"सोचेंगे।"

"तो सोच लीजिए। बाबू चन्द्रकिशोर सिंह और राम बुझारथसिंह—दूनों जन ने कहा है कि मार के गाड़ दो सालों को चाणक में, इनको भी और जो इनकी मदद को आए, उनको भी। जगदीश शाही के पास गए थे ये, हुआँ से दुरदुराए गए; रायपुरिया बस्ती में गए थे, हुआँ भी; हरिजन बस्ती, मियाँ टोली—हर जगह वही। और आप लोग मदद करेंगे! का जो भरा है दिमाग में आप लोगों के?"

"तोर दिमाग साफ है?"

"साफ नँय है तो का...अरे इनका झारखंड आन्दोलन किस खातिर है—हम लोग भाग जाँय और ई राज करें—यही न?"

"हमारे खिलाफ तो नहीं है। झानू अभी बोल भी रहा था साथ रहने के लिए। फिर हमको कौन भागने को कहेगा, हम तो हियाँ के बासिन्दा हैं।"

"सिरिफ दू सौ बरिस के—दू सौ! हरिजन बस्ती—एक सौ, रायपुरिया—एक सौ, मियाँ टोला भी वही समझिए। अब जब सब बाहर के हैं तो कौन नजदीक पड़ा, हमरे सिंहजी न कि झानू...? फेन कहाँ ई सब बाउरी-चुहार छोटा जात आदिवासी, कहाँ हम लोग हिन्दू! हमरा चलता तो मार के भगाते।"

कोई कुछ न बोला, छेदी का रंग जमता गया।

"तो यहाँ क्या सभी बाहर से ही आए हुए हैं?" ऊधम आश्चर्य में पड़ गया।

"तो और का...? सोचिए अधम भैया, आपको कह दें, तुम पंजाब भागो, तो कैसा लगे? हमरा देवी-देवता, पुरखा-पित्तर को तो मानता ही नहीं, हमरा मानेगा? सुना, कौन तो कह रहा था कि हम अपना देवता पूजेंगे—माने का हुआ...? कल को

कह दें कि हे कपालिनी मैया, तुम वापस माइथान चली जाओ, हियाँ पे हमरा देवी बैठेगा तो... ?''

''तो क्या देवी भी बाहर से ही आई हैं ?''

''अरे ऊ तो सन पचपन के बाद से न आईं! बराकर नदी पर जब माइथान में डैम बना न, तब से उस जगह को अपवित्तर मानकर चन्दनपुर में आईं। पुजारी जी को सपना आया था, ई काका थे तब। खोद के देखा तो मैया...! एकदम माइथान का डुप्लीकेट! मैया बाहेर से आईं हमरा तरह तो का हुआ, पूरे इलाके का जोग-छेम ढोती हैं। मगर इन ससुरों को नँइ मालूम कि मैया बचाती हैं तो ख़ून-ओ पी जाती हैं। एक हद से जो आगे बढ़ा कि मैया का खड़्ग गिरा—धप्प! अँगरेज गए, झरिया महाराज गए, काका की जमींदारी गई। सेन, नागर वाला, सर वरुण बैनर्जी—कोई नहीं बचा तो ई आदिवसिया सब समझे हैं कि हमी रहेंगे ? अब इनका पखना जमा है तो समझ लीजिए, खड़्ग इन पर गिरने ही वाला है।''

''छेदी की कहानी में धुँधलका है। जब माँ सन पचपन से ही हैं तो उसके पहले के लोगों पर कैसे नियंत्रण रहा उनका ?''

ऊधम ने आशीष से कहा तो बात सुन ली ओझाजी ने, बोले, ''अरे ई सार पकपकी है, भाँग खा के आया है। सुनिए इसका असल हिस्टरी, मेवा जानता है। बड़ा बिद्धमान (विद्वान) लड़का है। कहता है कि उधर राजरप्पा में छिन्नमस्तिका हैं, कतरास में मोइलीदेवी, माइथान में कल्याणेश्वरी, तारापीठ में तारा और कलकत्ता में काली—एक ही माँ हैं जो हियाँ से हुआँ तक आती-जाती हैं। इसी रास्ते में पड़ता है चन्दनपुर, सो एक पड़ाव हियाँ भी बाद में पड़ गया।''

''ठीके कहता है। अगर यहाँ की देवी एक ओर कल्याणेश्वरी है तो दूसरी ओर छिन्नमस्ता—अपना ही मस्तक काटकर अपना खून पी जाने वाली।'' महतो ने समर्थन किया।

झानू अपने साथियों के साथ घूम-घामकर फिर वापस आ गया है। बोला, ''तब महाराजजी... ?''

छेदी उसे देखते ही खिसकने लगा। वृद्ध रामपरसाद ओझा थोड़ी देर तक झानू के सवाल में डूबे रहे, फिर उन्होंने सर झुकाकर एक गहरी साँस ली। बोले, ''रहेऊ प्रथम बल नाहिं खगेसा! हमसे जो बन पड़ेगा, करेंगे, मगर तुम लोग हियाँ की आसा में मत बैठे रहो, कमिसनर साहेब से कहो। हियाँ पे सब ज्ञान-पापी हैं, कुछ लोग तो हमरो से जियादा हुशियार हो गए हैं—खंड-खंड लड़ाई लड़ेगा, खंड-खंड स्वारथ के लिए, खंड-खंड मौवत मरेगा—कुत्ता का मौवत!''

बिना किसी व्यूह-रचना के बकरियों की भीड़ बिखर गई। 'रहेउ प्रथम बल नाहिं खगेसा...!' हूँऽऽऽ! वह ओझाजी की चौपाई दुहराता वहाँ से उठकर निबटने के निमित्त अरहर के खेत में चला गया। मन अभी भी उन्हीं बातों में भरम रहा था।

अरहर के पौधे-पौधे सिमटते गए, सपाट हो गई डंगाल की ऊँची-नीची ज़मीन, परे खिसक गए कोलियरी के दफ़्तर और वह जा पहुँचा सिंहजी के चौरे पर।

चौरे की ईंट-ईंट हटकर श्रद्धा में खड़ी हो जाती है और उसमें से निकल आती है एक लाश—जगह-जगह कटी हुई, धूल से अँटी।

'कौन? ठाकुर सिरीपाल सिंह?'

'हाँ, बेटा!' लाश के होंठ हिलते ही पुरानी धूल झरती है।

'आपको तो राम बुझारथसिंह ने मारा था?''

'मरना तो था ही, बेटा। जब तक मजदूरों के हक के लिए लड़ता रहा, मैनेजमेंट मारने के फिराक में लगी रही। मगर अफसोस! मैं बाघ का दलाल हो गया, अपनी जान प्यारी लगी और एक दूसरे दलाल द्वारा मार दिया गया।' धूल हलके-हलके झरती रही उनके अनुताप की तरह।

बहुत धूल चढ़ चुकी है, मन में आता है, झाड़ दें, मगर घिन लगती है।

हँसती है लाश, 'मुझ पर तो कम धूल और गन्दगी है बेटा, तुम्हारे इर्द-गिर्द की जिन्दा लाशों पर कितनी है... ? पहचान पाओगे—कौन बाघ है, कौन बकरी... ?'

'और महतो... ?'

'वो मुझसे पूछो।' दूसरी आवाज़ पर पलटकर देखता है ऊधम। अरे, महतो की समाधि भी फट चुकी है! निकल आया है कोई भूतीला आदमी! आदमी नहीं, लाश—बलीराम महतो की!

'मैं तो बकरी था बेटा, दलाल नहीं हुआ था। सिंहजी के लड़के और आदमियों ने गाँव को घेर लिया था।'

'घेरा तो तुम लोगों ने था जब वे चढ़ाई करने गए थे गाँव पर।' सिंहजी की लाश बोलती है, 'मगर तुम्हारे साथियों से एक चूक हो गई थी—तुम आगे बढ़े, तब तक तुम्हारे पीछे कोई आ नहीं पाया था और बन्दी होते हुए बाघ को एक दाँव मिल गया, तुम्हें हड़पकर चलता बना।'

'वो-ई तो अफसोस है काका, अभी भी तो कोई नहीं चेतता!' बोलती है महतो की लाश, 'अब तो हमारी जै-जैकार कर बकरियाँ आपस में ही सींग लड़ाती हैं।'

'महतो बेटा, मेरा अपना मूरख बेटा चन्द्रकिशोर क्या कहता है, मालूम... ? कहता है—हिसाब-किताब बराबर हो गया, क्या सचमुच... ?' सिंहजी की लाश फिसफिसाती है विनोद में।

हँसती है ज़ोरों से महतो की लाश, 'क्या पता, काका... ! हाँ, एक-एक मुंड जरूर जुड़ गए माँ कपालिनी के मुंडमाल में।'

लाशें अदृश्य हो गईं। अब सिर्फ़ दीये जल रहे थे—एक दीया सिंहजी की समाधि पर, एक दीया महतो की समाधि पर। दो थरथराती शिखाएँ, जैसे दो आत्माएँ!

अपरंटीस

अप्रेंटिस यानी जैक ऑफ़ आल ट्रेड्स, मास्टर ऑफ़ नन! अपने तईं वे पहले तल से दूसरे तल तक हाथ में नोट-बुक, सर पर कैपलैम्प और कमर में घिनौने बेल्ट से बँधी कछुएनुमा बैटरी लटकाये हर घड़ी कामकाजी होने का प्रदर्शन करते असिस्टेंट मैनेजर के ग़ुलाम बनकर छोटे-से-छोटे आदेश भी गम्भीरता से पालन करने में जुटे रहते, मगर मज़दूरों की निगाह में उनकी अहमियत सर्कस के जोकरों से एक इंच भी ऊपर न सरकती। अक्सर कुछ मज़दूर इन्हें देख-देखकर टिटकारियाँ मारते, 'चलने का ढंग तो देखो, क्या फुटानी है—इस्स!' उनमें इतनी ईर्ष्या भरी थी कि पूछने पर भी न बताते, 'हमको का मालूम साहेब, कौनो एमे-बीए पास किये हैं?'

मुकुलदा कहते, 'खदान में कोयले की तेरह लेबेल हैं—तेरह परतें। तुम्हें यह देखना है कि तुम कहाँ हो।'

कुल तीस अप्रेंटिसों में जवाहर का रुख़ सबसे जुदा था। उसे जहाँ भी भेजा जाता, सबसे पहले वह सोने के लिए कोई निरापद स्थान तलाशता, जहाँ जाकर वह अपने कपड़े उतार देता और काठ के स्लीपर पर उनका तकिया बनाकर 'ओम-ओम' करते हुए अपना पेट ठोंकता हुआ कोई गीत गाता। घुप्प अँधेरे में उभरते गीत के स्वरों से लगता, कोई अँधेरी गुफ़ा बोल रही है। गाते-गाते ही वह अक्सर सो जाता और यदि जगा होता तो उसी रौ में उनसे पूछता, 'हाँ, तो भाई, तुम लोग बताओ तो, क्लास में आज क्या-क्या बताया गया?'

'तुम खुद क्यों नहीं अटेंड करते?' आशीष पूछता।

'खुद?' वह लेटे-लेटे ही उँगलियाँ चटखाता, 'तो सुनो, अभी बाप दस साल नौकरी कर सकता था, मगर उसने अपनी जगह मुझे ठेल दिया। इस तरह सें देखो तो दस साल ज़्यादा आ गए मेरे कोटे में। और भइया, मलकट्टा बनकर बैल की तरह खटना ही है तो यह इंजीनियरिंग पास करके क्या होगा?'

पहले तल की यह बोलती गुफ़ा आगे चलकर अलग-अलग आयतनों की सुरंग-दर-सुरंग बँटती जाती। मुख्य गैलरी पर वायु-कपाट न थे क्योंकि यहाँ हवा पर्याप्त थी, मगर उपसुरंगों के वायु-कपाट खोलते हुए लगता, जैसे किसी तिलिस्मी खज़ाने के कपाट खोले जा रहे हैं, अन्दर जाते ही वे धड़ाम से बन्द होते। जैसे-जैसे वे आगे बढ़ते जाते, हवा कम पड़ती जाती। बत्तियाँ तक यहाँ दूर-दूर होतीं और आर्च की जगह खूँटे लगे होते। कभी-कभी तो काफ़ी लम्बा तनहा इलाक़ा पार करके वे काम की जगह पर पहुँचते। पुराने मज़दूर घुलेटन साव या ओवरमैन पार्थ बोस साथ रहते तो बताते, 'अभी क्या है? अभी तो आर्च है, बत्तियाँ हैं, हवा भी कुछ-न-कुछ

मिल.ही जाती है। पहले यह सब नहीं था। सोचिए, औरतें इससे भी खतरनाक अवस्था में कैसे काम करती थीं बेचारी?'

उन दिनों की एक से बढ़कर एक कहानियाँ उनके पास होतीं। ये कहानियाँ तब तक काली दीवारों के कैनवस पर बनती-बिगड़ती रहतीं; जब तक दूर विस्फोट से उनके परखचे न उड़ जाते।

विस्फोट के बाद किरचों से झाड़े जाते कोयले, जो कन्वेयर बेल्टों से मुहाने तक आकर सीधे टब में गिरते। टब भर जाने पर दो-दो मज़दूर उन्हें ठेलकर आगे कर देते, और पीछे से एक दूसरा टब लगा दिया जाता। तीनों उपसुरंगों में जब दस-बारह टब भर जाते तो बैटरी-चालित इंजिन सबको माला की तरह गूँथकर बंकर के पास ले आता। ढलान पर एक-एक टब ट्रिप्लर पर जाकर उलट जाता और फिर एक अन्य उपकरण से सीधे होकर चक्राकार पथ से वापस भेज दिया जाता।

बंकर के नीचे एक मालगाड़ी का डिब्बानुमा स्किप लगा रहता। स्किप में कोयला कितना भरा, इसके पैमाने के लिए एक चुम्बकीय सूचक था। जैसे ही लाल बत्ती जलती, स्किप को हटाकर दूसरा लगा दिया जाता और कोयले से भरा पहला स्किप अपकास्ट से ऊपर भेज दिया जाता, जहाँ स्किप की पिन बंकर के चुम्बक से खिंचकर अपने स्प्रिंग से अलग हो जाती। उसका बड़ा जबड़ा कन्वेयर बेल्ट पर खुल जाता। कन्वेयर बेल्ट नीचे से ऊपर सरकता जाता और उसके दोनों ओर खड़े मज़दूर तत्परता से कोयले से शेंल पत्थर चुन-चुनकर नीचे फेंकते जाते। कन्वेयर बेल्ट, कई और कन्वेयर बेल्टों के ज़रिये, कोयले को बग़ल की कोल वाशरी में दे आता। इस प्रकार इतने संस्कारों से गुज़रने के बाद अन्तिम शुद्ध-प्रबुद्ध कोयला ही फिर कन्वेयर बेल्ट पर सवार होकर, रोप-वे की डोलियों में आ बिराजता या फिर उसे ट्रक नसीब होते, जो उसे सुदूर इस्पात कारख़ाने तक पहुँचा आते। काले ख़ज़ाने की इस गुफ़ा पर दोनों टॉप गियर दो जिन्नों की तरह पहरे दिया करते।

मगर खदानियों के लिए यह सब साँस लेने की तरह स्वाभाविक था। वे तो इसके कीड़े थे। भयावहता कहीं और थी—घनीभूत, ठोस और अभेद्य...और वह थी भट्ट, चन्द्रकिशोर तथा बुझारथसिंह और मुकुलदा में। बहुत ख़ौफ़नाक थी क्लीन-शेव्ड चन्दनपुर के मैनेजर भट्ट की विषण्णता; उससे भी ख़ौफ़नाक थी चन्द्रकिशोर सिंह की दाढ़ी में भीगती ज़हरीली हँसी और उससे भी जुगुप्सित थी बुझारथसिंह की सुपुष्ट काया से छलकती हिक़ारत, और उससे भी ख़ौफ़नाक थी मुकुलदा के सफ़ाचट चेहरे पर चश्मे के भीतर सुलगती आँखों की चुप्पी—चन्दनपुर खदान से भी गहरी, जटिल और अमूर्त। मगर इन चारों से खनिकों का साबका कभी-कभी ही पड़ता। अगर कोई उनके सबसे क़रीब था तो वे थे विष्टूदा।

विष्टूदा के अन्दर एक ठेठ मज़दूर और एक जिज्ञासु विद्यार्थी उनके शिशुवत् हृदय पर हमेशा आसन मारे बैठे रहते, जिससे लगता, वे बहुत ही हड़बड़ी वाले और

रूखे हैं, वैसे इस कठोर चट्टान के पीछे बहते स्नेह के सोते का पता प्राय: सभी लगा चुके थे। अत: वे सबके और सब उनके थे। वे कहीं भी दख़ल दे सकते थे। जहाँ भी दख़ल देते, गड़बड़ी पैदा किये बिना नहीं मानते। कभी-कभी उनका मूड सनकता तो क्लास भी लेने चले आते अप्रेंटिसों का। कोयले की उत्पत्ति, खदान की एक से लेकर तेरह परतों का हाल, जिनके नाम 'ए' से 'के' तक थे—वे बता जाते। काली-काली पट्टियों पर उँगली रखकर ठोकते, 'आप यहाँ हैं।'

दामोदर के ताड़-कुंज के मुर्गे-तीतरों की लड़ाई से कम रोचक न होता विष्टूदा और ट्रेनिंग-अफ़सर श्रीवास्तव का वाग्युद्ध। हर बार हाथ श्रीवास्तव को ही जोड़ना पड़ता।

उस दिन विष्टूदा भारत की मिट्टियों के बारे में बता रहे थे—गोंडवाना मिट्टी, दामोदर-बराकर की मिट्टी...। अचानक वे बोल पड़े, "तुम्हें मालूम है, बराकर और दामोदर नदियाँ, और सोन तक, गंगा से पुरानी हैं?"

धर्मभीरु और स्वभाव से पिलपिले श्रीवास्तव साहब का काला चेहरा और भी काला पड़ गया, "विष्टूदा, प्लीज़, हाथ जोड़ता हूँ, लड़कों को आप बिगाड़ा न करें।"

बस, शुरू हो गए विष्टूदा, "क्यों? इसलिए कि तुम्हारी गंगा मैया का अपमान हो गया? अरे भैया, कुछ सुनो, कुछ गुनो, दिमाग़ का अचार डालोगे क्या? बिंध्या और छोटानागपुर बेल्ट तो बहुत पहले के हैं और रही तुम्हारी गंगा, तो वह तो हिमालय से ही निकली है न? यह बेचारा हिमालय तो उनके सामने बच्चा है, टैथिस सागर से निकले उसको अभी जुमा-जुमा आठ ही दिन हुए हैं। बोलो, कौन पहले रहा अब?"

श्रीवास्तव कई दिनों के बाद एक तर्क ढूँढ़ लाए, "अगर दामोदर बराकर और सोन गंगा से पुरानी हैं तो गंगा को सहायक नदी बनकर इनसे मिलना चाहिए था।"

विष्टूदा ने जवाब दिया, "तब तो आप यह भी पूछना चाहेंगे कि अगर आदिवासी भारत के मूल निवासी हैं तो आर्यों पर इनका प्राधान्य होना चाहिए? निष्पक्ष भाव से विचार किया जाए तो गंगा तो यमुना से भी छोटी है। इतिहास लिख देना एक बात है और इतिहास की हक़ीक़त एक बात।" लो, अब न बना!

मगर विष्टूदा की अगाध ज्ञानराशि किसी काम न आई, जवाहर की बात ही सच हुई। अप्रेंटिसों से ख़ाली जगहों पर काम लिया जाने लगा। अक्सर ही मज़दूरों की सिक-छुट्टी या नागे पर उन्हें उनकी जगहों पर काम करने के लिए भेज दिया जाता। सबसे पहले दादा, काका, ऊधम और आशीष को टब ठेलने का काम मिला। जवाहर को पम्प-हाउस। खदान की सबसे निचली और नम सतह पर उस शोर करते भयानक निर्जन में भी उसकी रुटीन में कोई व्याघात न पड़ा। उसे तो जैसे मुँहमाँगी मुराद मिल गई थी। उसके गीतों से अक्सर यह अनुमान लगा लिया जाता है कि उस पर क्या गुज़र रही है। चूँकि उसकी शादी होनेवाली थी सो अभी गीत भी रसीला था—'अजहू नाहीं अइलऽऽ साँवरिया, तोहरी रहिया निहारल करीलाऽऽ।'

थोड़ी देर बाद कंठ की जगह नाक गाने लगी—'खी-खर्र।'

इधर 'साँवरिया' की जगह पानी बढ़ा आ रहा था—'छल्ल-छल्ल'।

लगा, भट्ट साहब उसे कच्चा ही चबा जाएँगे, "वो दो सौ अस्सी हार्स पावर वाला पम्प बन्द करके सो रहे हो? खुद तो डूबते ही, दूसरा पम्प भी बेकार हो जाता और पूरी खदान को डुबा मारते।"

मलूकदास चुप! उन्हें तो यह भी पता न था कि किस तल में कितने पम्प हैं। यह ख़बर आग की तरह फैलती गई कि एक अप्रेंटिस खदान को डुबा मारने की साजिश कर रहा था। मैनेजर के चबाकर छोड़ देने के बाद पम्प-हाउस के सँकरे परिवेश में उसकी ख़बर लेने एक छोटी-मोटी भीड़ पहुँची। सभी जवाहर को भला-बुरा कहने लगे। कुछ तो आक्रोश में उसकी पिटाई पर भी आमादा थे। वह तो अच्छा हुआ कि स्थिति को ऊधम ने नये ढंग से परिभाषित कर दिया, "लड़ो मत, यह सबोटेज का इशू है।"

"सबोटेज... ? क्या आप बता सकते हैं, किसने किया सबोटेज?" एक क्रुद्ध जिज्ञासा।

"किसने का जवाब 'वह कोई' हो सकता है जिसको जवाहर पसन्द न हो। असल सवाल 'किसने' नहीं, 'क्यों' है।"

"ठीक है, 'क्यों' का ही क्या जवाब है?" कई आवाज़ें उस पर टूट रही थीं।

"इसलिए कि हम अप्रेंटिसों को छुट्टी या सिक पर ग़ैरहाज़िर मज़दूरों की जगह खटाया जा रहा है। मज़दूरों को उनकी जगह ओ.टी. मिलती, वह मारी जा रही है। मज़दूर समझते हैं कि अप्रेंटिस ही उनकी रोटी मार रहे हैं।"

"समझते हैं! क्या मार नहीं रहे हैं?"

"कैसे? हम अप्रेंटिस लोग तो अस्थायी हैं, प्रोटेस्ट तक नहीं कर सकते। जहाँ लगा दिया, काम न करें तो किक-आउट कर दिए जाएँ।"

"रुको, रुको!" आशीष ने कहा, "एक बात तो हम पूछ ही सकते हैं कि हमें ट्रेनिंग देने की बजाय फ़िलर के रूप में क्यों यूटिलाइज़ किया जा रहा है?"

मज़दूरों और अप्रेंटिसों पर इस बात का बड़ा अच्छा असर हुआ। झानू पूछ बैठा, "हम जास्ती नईं जानता, बाबू लोग! एक बात पूछता। हमको समझाओ। जब तीन-तीन हजार लड़का काम करने को तैयार था तो अइसा लड़का को काहे को भरती किया गया जो काम करना ई नईं चाहता?

"ई न्याय है? और दूसरा बात सुनो, हियाँ पर ये-ई ट्रेनिंग है कि एक तरह का मजदूर को दूसरा तरह के मजदूर से लड़ा दो! काल हमरा गाँव अंगारडीहा में हम लोग से मैनेजमेंट का झगड़ा हुआ तो हमारा खिलाफ लड़ने को कौन गया—हियाँ का मजूर। आज ऊ मजूर का ओ.टी. और एक्टिंग का सवाल आया तो उसका खिलाफ किसको ठेला गया—अपरंटीस। काल अपरंटीस को सज़ा देना होगा तो किसको अपरंटीस का खिलाफ खड़ा करेगा—असिस्टेंट मैनेजर और ओवरमैन को,

शॉट फ़ायरर को? हम पूछता—कोई नीयम-कानून भी है कि सिरिफ ये-ई फूट डालो और राज करो?"

झानू बाउरी में इतनी समझ कैसे आई? शीशे की तरह साफ़ करके रख दिया उसने बात को, मगर मज़दूरों का दल वहाँ से आहिस्ता-आहिस्ता खिसक चुका था। उदास हो गया ऊधम।

झानू ने तसल्ली देते हुए कहा, "फिकर मत करो बाबू, ये लोग समझेगा एक दिन...जरूर समझेगा।"

वह खिसियानी हँसी हँस रहा था। हँस रहा था या धुआँ रहा था? क्या पता, कब मैनेजर और उसके गुर्गे बदले की कार्रवाई पर उतर आएँ? अकेले-अकेले सुलग रहा था अंगारडीहा।

ख़ैर, ये तमाम चर्चाएँ एक दिन इनसे भी बड़ी चर्चा से बन्द हो गईं। मेन ड्राइवेज़ के पास जो पानी रिस रहा था, उसको लेकर सभी भयभीत हो गए, जैसे देश के छोटे-मोटे झगड़े किसी बाहरी आक्रमण पर दम तोड़ दिया करते हैं। चीफ़ माइनिंग इंजीनियर और एजेंट आहूजा, एरिया मैनेजर बैनर्जी, मैनेजर भट्ट तथा सर्वेयर चौधरी, वेंटिलेशन अफ़सर विष्टूदा, सेफ़्टी.अफ़सर प्रसादजी की आपातकालीन बैठक हुई।

जिन केजों (डोलियों) पर ज़्यादातर काले-चीकट कपड़े वाले उतरा करते थे, आज उन पर साफ़-शफ़्फ़ाफ कपड़े वाले उतर रहे थे। पहला तल, फिर दूसरा तल और फिर पहला तल। पिट-आई के मुँह पर कुछ लोग खड़े-खड़े विचार-विमर्श करने लगे, कुछ लोग पानी के रिसाव के पास। आहूजा, भट्ट, बैनर्जी और चौधरी का एक गुट था; उससे थोड़ी दूर पर मुकुल, राव, विष्टूदा और माइनिंग सरदार. पाठक का। चन्द्रकिशोर सिंह अपने दल के साथ स्वयं एक गुट बनकर आहूजा के पास सलाह-मशविरे के लिए खड़े थे और सारी बातों पर उनका एक ही जवाब था, "लेबरों को हम सँभाल लेंगे साहेब, मगर उनकी जान-माल को देखना भी आपका काम है।"

भभीखनराय जलकर बोले, "साहेब, आप लोग तो लखनऊ के नवाब ही हैं, नीचे भी देखना...।"

"आप चुप रहें तो!" गजाधर सिंह ने डाँटा तो वे चुप हो गए।

मगर मज़दूरों का एक गुट, ओझा और जगदीश शाही का, चुप नहीं था। वह सेफ़्टी अफ़सर आदि को इस तरह घेरे हुए था, मानो घेराव किये बैठा हो, "आप लोग का देखते हैं?"

सभी गुट एक-एक कर आपातकालीन मीटिंग के लिए ऊपर गए, तो काम कर रहे मज़दूरों ने तनिक आराम की साँस ली। अब वे अलग-अलग गुटों में एक अनिश्चय और आशंका में, अफ़वाहों में ऊब-चूब हो रहे थे।

"ले ऑफ़ कर दें तो?"

अपने आयतन के अलीबाबा के बन्द कपाट को ऊधम ने जैसे ही खोला, सामने आशीष खड़ा था, "मैं तुम्हारे पास ही आ रहा था। गुरुदेव ने कहा है कि पन्द्रह मिनट के अन्दर चाय-वाय पीकर आ जाओ और रिपोर्ट दुरुस्त कर लो। शायद डी.जी. एम. एस. आ रहे हैं मुआयने के लिए।"

इतनी जल्दी चाय तो सिर्फ़ मक़बूल साहब के यहाँ ही मिल सकती है। मक़बूल साहब ने एयर इंडिया के महाराज की तरह फटीचरों की अगवानी की। शायद आरती भी उतारते, मगर आशीष ने उन्हें इसका मौका दिये बग़ैर 'इंस्टेंट टी' की तीन पुड़िया निकालीं, तीन बीकरों में डालकर गरम पानी उँडेला और छानकर कप थमा दिये।

मक़बूल साहब ने शायद कोई नई नज़्म लिखी थी। श्रोता चाहिए थे, सो उनकी इस बदसलूकी पर नाक फुलाकर बोले, "चाय पी लिये, नज़्म नहीं सुनोगे?"

"जल्दी है," ऊधम ने कहा।

"जल्दी? अमा, दो पल दम तो ले लिया करो, अभी तो बूढ़े होने तक नौकरी करनी है।"

"आप भी झाड़-पोंछ कर लीजिए। डिप्टी साहब आ रहे हैं मुआयने के लिए और वे कविता नहीं सुनेंगे।"

"वो साले क्या आएँगे! मैं तो चाहता हूँ, कोई आए, आकर हक़ीक़त देखे मगर...आना ही होता तो करोड़ों का यह रोप-वे बन्द रखा जाता! हम और हमारे साहब मुकुलदा तो शंटेड हैं, जान-बूझकर निकम्मा बना देने की साज़िश है।"

"बाप रे, इस लम्बे लेक्चर की सज़ा से तो अच्छा था कि मैं कविता ही सुन लेता।" कहकर ऊधम ने आशीष का हाथ पकड़ा और वे चाणक पर आए। गुरुबचन सिंह के 'सतश्री अकाल' से आभास हुआ कि आज उन्होंने दारू की बू को छुपाने ही गरज़ से पान खाया है। वह कॉकटेल बदबू गन्दे लासे की डोर की तरह उन्हें नीचे उतार रही थी।

इतने तूल-तमाम के बाद भी रहे ढाक के तीन ही पात। कोई नहीं आया। बाहर निकलकर ऊधम ने मक़बूल साहब को पकड़ा।

"अरे ज़रा पाँव बढ़ाइए, महाराज!"

"क्यों, काटोगे?"

"काटूँगा क्यों, पद-धूलि लूँगा। आप तो सब जानते हैं।"

उस्ताद ने इनायत की नज़र बख़्शी और प्रसाद के रूप में इशारा किया ठेके पर काम कर रही औरतों की ओर, "उस औरत को देख रहे हो? नाम क्या तो अटपटा-सा—केतकी। ये कोई फूल होता है न?"

"जी।"

''उससे तुम्हारी जान-पहचान है?''

''ख़ास नहीं।''

''कालिन्दी की तरह दूर से देख लेते हो?'' वे गूढ़ हँसी हँसे।

''जी।''

''मिलने आई थी, सिफ़ारिश लेकर। कोई परभू है, उसका भाई। उसे अंडरग्राउंड के ठेके में काम दिलाने के लिए। रास्ते में पड़ती है रायपुरिया बस्ती, वहीं डिटेल्स जान लोगे।''

केतकी!

कैसे बात करेगा उससे? क्या ही अच्छा हो, वह एकान्त में मिले! वह कहेगा, 'नौकरी तो ठेकेदारी की लगवा दूँगा, मगर मेरी बख्शीस?'

वह हँसकर कहेगी, 'जो माँगो, साहेब!'

वह कहेगा, 'और अगर तुम्हें ही माँग बैठूँ?'

वह कहेगी, 'दुत्त!' और मुँह में कपड़ा दबोचकर हिरनी की तरह भाग जाएगी।

इसके बाद? इसके बाद कोक-डिपो की किसी बरसती शाम को एबंडंड गुमटी में उसकी बाँहों में कसमसाती हुई कहेगी, 'छोड़ो ना, देर हो गई है!' वह उसे और दबोच लेगा, चूमते ही कहेगी, 'उई माँ, दाढ़ी है कि भाला!'

अपने ख़यालों में खोया वह रायपुरिया बस्ती से दस क़दम आगे चला गया। पथरीली चट्टानों से टकराकर उसकी चेतना वापस लौटी तो वह भी वापस मुड़ा। उसका दिल धक-सा रह गया। सामने खड़ी थी केतकी। उस पर एक उड़ती हुई नज़र डाली और वहीं से परभू को गोहार बैठा, जैसे महज परभू के लिए आया हो!

''बाबू, हमीं खोज रहे थे। वो परभू है न, हमरा भाई है, उसको कहीं ठीका में लगवा दो, साहेब! खरच नहीं चलता।'' केतकी ने आख़िरी वाक्य बड़े धीमे से कहा, जैसे अपनी फटी साड़ी सहेज रही हो!

ऊधम की नज़र झुक गई। झुकी तो फिर झुकी-झुकी ही पंक्तिबद्ध चूल्हों की आँच में झुलसती रही। हलकी-हलकी बूँदें पड़ रही थीं। प्यासी आग 'छन्न-छन्न' बज रही थी। होंठ खुले, मगर गले में अटकने लगा कुछ। कहीं उसे भी छेदी की तरह छिछोरा मान ले तो? अपनी शालीनता के ढोंग में कसमसाता हुआ झुकी नज़र से चला आया वह। केतकी जवाब की प्रत्याशा में कोकडैम्प के स्तूपों के निर्जन एकान्त तक खिंची चली आई, मगर उससे न बोलकर बोलने का अहसास, उसे न देखकर देखने का अहसास, उसे न छूकर भी छूने का अहसास उस पर इस क़दर हावी रहा कि जब उसने ठमककर पूछा, 'तो हम जाएँ, हो जाएगा न?' तो उसने सिर्फ़ सर हिला दिया।

केतकी तितली बन गई जवाब पाकर। अब उसके पंख थिरकते-से प्रतीत हो रहे थे। वह कोई गीत गुनगुनाती बारिश में भीगती कोयले चुनने लगी।

'परभू रायपुरिया की नौकरी—हुँ...!' आशीष लम्बी हुंकारी की गुंजलक में उसे जाने किस नज़र से घूरता रहा। फिर छोटा-सा फन निकालकर फुफकार बैठा, "स्साले यहाँ अपने को ही कोई दो कौड़ी के भाव पूछने वाला नहीं और ठेका ले लिया दूसरे का भी! जानते हो, जवाहर का प्रोमोशन हो गया यूनीकॉन मेशीन में, और हमारी-तुम्हारी सिंसियारिटी किसी काम न आई।"

"ऐं! वह तो स्साला एक नम्बर का खूसट था—उसकी फाइल तो सबसे खराब थी!"

"हाँ, मगर वह बंगाली और सिख न था, पर्सनल अफ़सर बिहारी है। शादी भी जवाहर की आहूजा साहब के चपरासी की लड़की से हुई है, जबकि..."

"उस चपरासी की और भी कोई लड़की है?" ऊधम उछल पड़ा।

"ना, कोई चांस नहीं! ऊँचे जाने के लिए ऊँचा लक्ष्य रखना पड़ता है, दादा!"

"यह सीख खुद को दो पहले। चटर्जी साहब की एक बहन है। कहाँ तो उससे इश्क लड़ाना चाहिए था, कहाँ मर बैठे स्वाती पर, जहाँ हद-से-हद मन्दिर के पुजारी की पोस्ट तक का प्रोमोशन हो सकता है।"

"मैं तो पुजारी भी बन जाऊँगा, मगर तुम? तुम्हारी केतकी तुम्हें रायपुरिया बस्ती का सरदार भी बनवा पाएगी क्या?"

ऊधम ने हथियार डाल दिये, "ख़ैर, जो हुआ सो हुआ। अब तो काका, प्रेस्टिज़ ईशू आ गया है। कुछ सोचो वरना मेरा प्यार...फिर वो परभू है न, उसका हम पर एहसान भी तो है।"

"कोई बात नहीं दादा, रामसिंह को एक दिन और पिलाने का कर्ज़ चढ़ा लेंगे। चलो, चलकर कहते हैं, प्यार की ख़ातिर एक बोतल दारू और सही।" आशीष ने कहा।

रामसिंह के लिए यह कोई समस्या ही न थी जैसे, बोले, "भइया के अंडर-ग्राउंड के ठीका मिले वाला बा, उसी में रखवा देते हैं।"

वहाँ से वे लौटे तो इस छोटी-सी सफलता के नशे में अपने प्रोमोशन न मिलने की कसक भूल-सी गई, मगर दो दिन बाद जवाहर को देखा तो जैसे पराजय का सारा दंश उभर आया। आशीष वहीं से कन्नी काट गया, मगर 'आओ, आओ ऊधम भैया!' के सम्बोधन पर ऊधम से कटकर जाया न गया।

"तुम तो हमारी शादी में भी न आए। हमारे घर कभी चाय पर तो आ जाओ।"

"वो कामधेनु बीवी कैसी है, इसे देखने तो आना ही पड़ेगा। आएँगे कभी।"

जवाहर ने कामधेनु के व्यंग्य को भी प्रशंसा के लहज़े में ही लिया। बड़ी देर तक गुन गाता रहा, 'ओह, क्या ख़ूबसूरत है! कितनी अच्छी है, कितनीऽऽ!'

तिरिया और त्रिलोक

टिपिकल मंगोलियन चेहरा था पार्थ बोस का—उनके गोरे लम्बोतरे चेहरे में जड़ी दो आँखें वज़न और भाग्य बताने वाली मशीन के बल्ब की तरह बारी-बारी से जला-बुझा करतीं। 'माँ-माँ' कहते हुए आधे घंटे लेट उनका प्रवेश होता। पिट-आई के पास काली के चित्र के सामने दोनों हाथ जोड़कर जाने क्या-क्या बुदबुदाते, फिर आँखें खोलकर एक अगरबत्ती सुलगाकर खाँसते ही आँखें फिर बुझ जातीं, होंठ फिर हिलने लगते। पिछली शिफ़्ट के ओवरमैन अजय वर्मा इस बीच कुढ़ते हुए चहलक़दमी करते रहते। पार्थदा की प्रार्थना शेष होती और वर्मा तेज़ी से पलटकर हाथ की घड़ी उनके सामने कर देते। पार्थदा घड़ी में ऐसे झाँकते, जैसे कुएँ में झाँक रहे हैं। फिर 'ओऽऽ ऽऽ!' कहकर हँसते हुए उनका कंकाल हाथ वर्मा के पैंट की ओर लपकता। वर्मा यहीं हथियार डाल देते। पार्थदा के ही प्रताप से उन्हें हाइड्रोसील की यातना झेलनी पड़ी और ऑपरेशन से गुज़रना पड़ा था। चार्ज वहीं लिये और दिये जाते, फिर झींगुर की तरह लम्बी टाँगों पर कुलाँचते, 'माँ-माँ' जपते वे अपने कार्यक्षेत्र में आते।

वहाँ कुछ मज़दूर पहले से ही आपसी झगड़े, ओ.टी. के काटे जाने का रोना लिये कोप-भवन में बैठे होते, मगर पार्थदा हवा को सूँघकर दूर से ही 'माँ' का दामन पकड़े-पकड़े ही मैनेजमेंट को ताबड़-तोड़ गालियाँ दागते। मैनेजमेंट को छलनी करके, पूरी तरह से नेस्तनाबूद करने के बाद हलके-फुलके इंस्ट्रक्शंस देकर वे फिर वही क़ायदा अपनाते। उनके कंकाल हाथ जिस-तिस मज़दूर के जननांगों को गुदगुदाते, छेड़ते। अश्लीलता के ज्वार में समस्याओं को डुबोकर वह बोलते, 'माँ, एबार तुमी देखो,' और वापस चले आते। इसके बाद का काम 'माँ' ही देखतीं। उनका दर्शन और कर्म, तब औरत के गिर्द घूमता—योग, भोग और उपासना तक।

ऊधम ने दूसरे दिन मक़बूल साहब से पूछा तो वे दार्शनिक की तरह ठहरी डोलियों की ओर देखने लगे, बोले, "पार्थदा पहले ऐसे न थे, मगर पन्द्रह साल से प्रोमोशन नहीं हुआ। बहादुर होते तो कुछ और करते, मगर काहिल थे। हरामखोरों के रास्ते पैसे कमाने की सोची। ओ.टी. वग़ैरह में मज़दूरों से कमीशन खाने लगे। उससे भी पूरा नहीं पड़ा तो एक इंश्योरेंस कम्पनी की दलाली करने लगे। बच्चे कई हैं। ड्यूटी करते नहीं, ऐसे में कमज़ोर नस को सहलाकर ग़ुस्से को डाइवर्ट कर देने के सिवा उनसे किस मर्दानगी की उम्मीद की जा सकती है?"

"ऐसे तो शेष हो जाएँगे कभी।"

"ना, ऐसे लोग केचुए होते हैं, शेष नहीं होते।"

मुकुलदा ने बातचीत में हस्तक्षेप किया, ''इस देश का दुर्भाग्य है कि राइट मैन इज़ नॉट ऑन द राइट प्लेस।''

''मुकुलदा, आप क्या यह कहना चाहते हैं कि अगर पार्थदा को सही जगह मिल जाए तो सुधर जाएँगे?''

''देखो, देयर आर सो मैनी फैक्टर्स। हो सकता है, कुछ आदमी ऐसी अवस्था में आ जाएँ कि उनका ख़ून ही बदलना पड़ जाए, मगर जेनेरली यह एक रेमिडी है। इसके साथ इस बात का अहसास भी कि उनका एक दायित्व है।''

''आप ठीक कहते हैं मुकुलदा, पार्थदा के एक एंटी-कैरेक्टर जवाहर को ही ले सकते हैं। जवाहर इन्हीं लोगों के साथ अप्रेंटिस बनकर आया था। जब तक उसे सही ट्रीटमेंट और रास्ता न मिला, वह बोदा बना रहा। इधर उसकी शादी और उसका मशीन में प्रोमोशन क्या हुआ, वह बिलकुल बदल गया। अब चन्दनपुर का सबसे उम्दा मज़दूर कोई है तो वह है जवाहर।'' मक़बूल साहब ने कहा।

कुढ़ गया ऊधम, ''जवाहर! जवाहर! जवाहर! आपको पता नहीं, मुझे और आशीष को ही नहीं, सारे अप्रेंटिसों को धकियाकर उसे आगे ले ज़ाया गया है। आज उसकी सफलता पर लोग उसका काला इतिहास भूल गए हैं।''

मुकुलदा ने ऊधम के कन्धे थपथपाए, ''ऐसा इस व्यवस्था में अप्रत्याशित तो नहीं! अतनूदा न होते तो आज तुम लोग इससे भी वंचित रहते। जाने कितने होनहार इस चांस के अभाव में सड़ गए। ये जितने राजे-महाराजे हुए हैं, हममें से बहुतों की प्रतिभा के पासंग भी न थे, मगर इतिहास को देखो, कौन है उसमें? वही राजे-महाराजे! उनका सौभाग्य है कि देश में कायरों, कुंठितों, कमीनों का बोलबाला है। पूरे देश को समग्र भाव से लेकर चलने में कहीं कोई शॉर्ट-कट काम नहीं आ सकता। ऐसे लोग सिर्फ़ इतिहास की खाद बनने को अभिशप्त हैं और शॉर्ट-कट वाले इन्हीं की खाद पर, इन्हीं के ख़ून से अपनी प्रशस्ति का इतिहास लिखते चले जा रहे हैं।'' मुकुलदा ने कहा और घड़ी देखकर अपना हेलमेट उठा लिया, ''चलूँ।''

''सर, वो पानी? विशेषज्ञों ने क्या सुझाव दिया?'' ऊधम ने उठते हुए पूछा।

सिगरेट मुँह में दबाए हुए मुकुलदा ने खर्र से तीली जलाई और सिगरेट सुलगाना भूल गए, ''दिन-काल अच्छे नहीं हैं सिंह, चौधरी ने वार्निंग दे दी है। उधर श्री एल.पी. सिंह और श्री एस.एन. ठाकुर ने बोर-होल से पानी की जाँच कर लेने को कहा था, मगर ये अपने किसी पिट्ठू इंस्पेक्टर को पटाकर ड्राइवेज़ को यू शेप में मोड़ रहे हैं। ठेका चन्द्रकिशोर सिंह को। इतिहास तो वही बनाएँगे।''

''यानी फिर शॉर्ट-कट!'' ऊधम ने कहा तो हँसते हुए चले गए मुकुलदा।

चन्द्रकिशोर सिंह का ठेका! इस बात के बहुत सारे पहलू थे, मगर ऊधम इस वक़्त सिर्फ़ एक पहलू पर नज़र गड़ाए हुए था—वह था परभू रामपुरिया की नौकरी।

हाँ, उसने अभी-अभी चाणक से गुज़रते हुए उसे सलाम किया है। अपनी बटन-खुली कमीज़ पर बेल्ट बाँधे, झूड़ा-गौंता उठाये वह बत्ती घर की ओर जा रहा था। आकाश में बादल घने हो रहे थे। वह लम्बे-लम्बे डग भरता हुआ कोयले के स्तूपों के बीच से चला जा रहा था। लो, बौछारें पड़ने लगीं। क्या वह भागकर एबंडंड रेलवे की गुमटी में छुप जाए? उसने कान खड़े किये—कहीं से हलकी-हलकी गुनगुनाहट आ रही थी। तो क्या केतकी है? बारिश में भीगता हुआ वह उस धुन को धीरे-धीरे पीता हुआ रेल-लाइन पार कर मन्दिर की ओर बढ़ता गया।

नाल के मानिन्द घुमाई जा रही थी आठवें लेबेल की गैलरी। ब्लास्टिंग के बाद बची-खुची हवा भी बारूद की गन्ध औ़र कोयले की धूल से इस क़दर बोझिल है कि साँस तक घुट रही है। कोई कहेगा भला कि यह भी उसी गर्वीली चन्दनपुर कोल कम्पनी का एक हिस्सा है? कोल-डस्ट के थिरने देने तक का सब्र नहीं है किसी को। घुटने-भर पानी में पिले पड़े हैं बीसियों मलकट्टे। पानी की छप-छप, गैंतों की खट-खट, कोयले की छ-छ ढहती जाती है दीवार। कैप-लैम्प की रोशनी पानी में चिलककर उनके पसीने और कोयले के चूर्ण से करिखाये नंग-धड़ंग बदन पर रोशनी के जाल-सी लहराती है।

''जंतर आवे, चाहे जंतर का बाप, आदमी के दो हाथ और दो पाँव से बड़ा कोई जंतर न भया है, न होगा।'' कहते हुए हुमचकर गैंता मारता है छुट्टन भुइयाँ। पहले प्रहार पर 'खट्'। दूसरे प्रहार पर सुराख़ बनता है। सुराख़ गहराता जाता है, फिर छर्रऽऽ उड़ जाता है कोयला। प्रौढ़ जुम्मन मियाँ काटने की जगह पर कैप-लैम्प टॉर्च की तरह फ़ोकस करते हुए जोड़ीदार की ख़ुशामद पर उतर आते हैं, ''ई सार छुट्टनवाँ हब्सी है बोस बाबू, हमेशा पसीजता रहता है, जैसे दबा दो तो पच्च से तेल निकल आवे—अलकतरा जैसा करिया तेल!''

''चाबास जुम्मन चाचा, अइसा बखानो कि छुट्टनवाँ हो जाय गल के गोबर और तुमको गैंता छूना ही न पड़े।'' दूसरे कोने से छकौड़ी महतो जुम्मन की चालाकी पर टिपोरी कसते हैं।

खौखिया उठते हैं जुम्मन, ''इसी को कहते हैं भैया, तेल जरे तेली का और फटे मसालची की।''

छकौड़ी महतो सुन नहीं पाते, क्योंकि गैंतों की खटखटाहट में वाक्य कट-पिटकर छर्र-छर्र उड़ जाता है।

पार्थ बोस 'माँ, एबारे तुमी देखो' कहकर ऊधम का कन्धा थपथपाकर लौट जाते हैं।

रमाशंकर सिंह, हरिपद बाउरी और सूकर माझी और दूसरे-दूसरे लोग दो-दो की गोल बनाकर काट रहे हैं। जल्दी-से-जल्दी उन्हें टब भरना है। जित्ते टब भरेंगे उतनी ही कमाई। अभी उन्हें तीस से पैंतालिस के अंश पर सर पर कोयले से भरी

झूड़ी लेकर अस्सी गज़ दूर पर खड़े टबों में लादना है। रेल की पटरी वहीं तक बिछी है अभी। न ऐसा राइज किसी खदान का है, न ऐसा कोयला।

कालिखपुते, कोयले से भीगे चेहरे में हीरे की तरह चमकती आँखें...कपड़े पहनने का कोई तुक नहीं है यहाँ। पसीने और पानी में भीगकर एक और फ़ज़ीहत क्यों मोल लेनी? कोयले के चूरे चुभते हैं और बाहर भीगे कपड़ों की वजह से ठंडा-गरम लग जाए तो?

"ना बाबा, ई बजरंगबली का परसाद लँगोटा ही ठीक है। लँगोटे में कितने गुन हैं! बदन फुर्त। काम किया और नेहा के साफ़ कपड़ा पहिन लिया। गरम पानी तो निकलिये रहा है हियाँ।"

"कौन-कौन है हियाँ पे?" अचानक इस आधिकारिक आवाज़ पर ऊधम ने पलटकर देखा, हाथ से कैप-लैम्प नचाते हुए एक गोरा सुदर्शन युवक बारी-बारी से हर ग्रुप का मुआयना कर रहा था। नाचती हुई रोशनी उस पर आकर स्थिर हो गई, "ई को हैं, भाई?"

"अपरंटीस!" जुम्मन ने वहीं से जवाब दिया।

"अच्छा, तो आप अपरंटीस हैं! क्या नाम हुआ आपका?"

"ऊधमसिंह।"

"भैया, बुरा नहीं मानिएगा।"

"नहीं-नहीं, बोलिए न... ?"

"तो भाई मेरे, इस कम हवा और गर्दा में दम फुलाने का कौन-सा सुख है? बुद्धी-बरधिनी चूरण बनाइए न तनी।" उसने खैनी की थैली से खैनी और चुनौटी से चूना चिपका दिया हथेली पर। अनाड़ी-सा मलने लगा ऊधम।

"सीख लीजिए सरदारजी, हियाँ खदान के अन्दर यही तो अकेला नशा-पाती।"

"पहले काम तो सीखें, फिर काम के साथ-साथ यह सब भी खुद-ब-खुद सीख जाएँगे।"

"ओ! काम सीखने आए हैं?" वह मुँह बनाकर बोला "तो खड़े-खड़े का होगा, उतारिए कमीज-पैंट, काछिये लँगोट!" बात करते-करते ही अचानक उसे ख़याल आया, "और ऊ नेपलिया? का नाम है? हाँ, बहादुर थापा।"

बहादुर थापा का प्रकरण आते ही काम बन्द हो गया। रसीली बातों से पता चला कि थापा मैनेजर के बँगले में रहता है। जब भी भट्ट को उसकी बीवी की तलब होती है, वह थापा को नाइट शिफ़्ट दे देते हैं। थापा को भी यह मालूम है। मैनेजर का आदमी है, सो सोये या काम करे, कौन टोक सकता है? उसके ड्रिफ़्टर यानी होल करने वाले का बिम्ब बनाकर वो भद्दा कोकशास्त्र बाँचा गया कि सब कुत्तों में तबदील हो गए।

उस युवक के जाते ही ऊधम ने पूछा, "ये माइनिंग सरदार है क्या?"

''समझीं कि जे-है-से...'' जुम्मन मियाँ अटकने लगे, मगर जवाब की जगह सामूहिक हँसी तिर आई।

उस युवक पर थापा की तरह ही टिप्पणियाँ की जाने लगीं तो उसे बहुत अफ़सोस हुआ। किस नरक में आकर फँस गया वह! इससे भी घृणित यह सत्य था जो उद्घाटित हुआ कि यह युवक मंगतू था, जो माइनिंग सरदार गजाधर सिंह की जगह काम देख रहा था, जबकि वह इम्प्लायड तक न था।

सुबह गुरुदेव के पास आकर वह बिफर पड़ा, ''हमें काम दीजिए न कोई।''

''काम? हूँऽऽऽ!'' विष्टूदा गम्भीर हो गए, ''देखो, सुनो, गुनो। क्या कोयला काटकर टब में लाद देना ही काम है? अप्रेंटिस का कार्य है—टू नो समथिंग ऑफ़ एवरीथिंग और स्पेशलाइजेशन का काम है। टू नो एवरी थिंग ऑफ़ समथिंग। पूरबी पिट देखी है?''

''देखना क्या है? आइडिया तो हो ही गई है।''

''ख़ाक हो गई है। बताओ तो 'होराइज़न सिस्टम', 'लौंगवाल' और 'बोर्ड एंड पिलर सिस्टम्स' के गुण-दोष क्या हैं?''

झेंप गया वह, बोला, ''नहीं मालूम।'' फिर सहसा तन गया, ''मगर उस पार्थ और उन मज़दूरों के बीच तो यह नहीं जाना जा सकता। वहाँ तो सिर्फ़ गाली ही सीखी जा सकती है।''

मुसकरा पड़े विष्टूदा, ''जब वे ज़्यादे ताव या उत्साह में होते हैं, गाली-गलौज करते हुए काम करते हैं, मगर काम ज़्यादा करते हैं—तुम यह साइकॉलोजी नहीं समझ पाए न? अच्छा, कल-भर किसी तरह काटो, परसों से मेरे साथ रहना।''

नाइट-शिफ़्ट की आख़िरी रात। पिट पर ही मिल गया जवाहर अपने उलाहने के साथ, ''नहीं आए न, ऊधम भैया?''

''वो ऐसा है कि आशीष गाँव चला गया है, समझे... ? लौटा कि साथ लेकर आए।'' चट एक बहाना सूझ गया ऊधम को।

सुरंग में उतरने तक वे चुप रहे। पहले तल पर उतरकर जवाहर ने काली माँ के चित्र को प्रणाम किया, फिर बोला, ''अब तो यही रक्षा करेगी चन्दनपुर की। मिस्टर सिंह और ठाकुर जैसे अनुभवी विशेषज्ञों की राय न मानकर ये एक्सटेंशन की जाँच करने की बजाय डाइवर्ट कर रहेहैं। तुम तो वहीं हो न?''

''हाँ। मगर यार, तू तो शादी के बाद से काफ़ी खोज-ख़बर रखने लगा! बीवी क्या विष्टूदा से भी भयंकर है?''

''ऊधम भैया, तुम क्या जानो कि बीवी क्या शै है!'' बोलते-बोलते वह मस्त हो उठा।

''वह तो तुम्हें देखकर ही समझ लेते हैं।''

जवाहर और गल गया, ''मैं क्या था, साला एक सूखा बंजर! उसने अपने प्यार से सींचा—प्यार से।''

“थर्ड क्लास फ़िल्मी डायलॉग है या गुलशन नंदा-टाइप के किसी उपन्यास का?” उसने उसे उल्लू बनाना चाहा।

“ना, ज़िन्दगी की किताब का। अब मैं जब भी काम कर रहा होता हूँ न, लगता है, उसकी दो कजराई आँखें मुझे वॉच कर रही हैं। तुम क्या जानो वह सुख, जब खटकर आने के बाद कोई नरम नाजुक हाथ गुनगुने पानी, लक्स साबुन से रगड़-रगड़कर कालिख छुड़ाते हैं?”

वह अपनी धुन में क्या-क्या तो बोलता रहा, मगर ऊधम के दिमाग़ में प्रतिस्पर्धा की धुन्ध जमने लगी—एक अघाया आदमी इसी तरह डकारता है।

“ऊधम भैया, तुम भी चटपट शादी कर लो अब।” जवाहर ने इस वाक्य के साथ अपनी बात समाप्त की ही थी कि ऊधम तड़प उठा, “ताकि भैंस की तरह मुझे कोई रगड़-रगड़कर नहलाया करे?”

जवाहर एक क्षण को सहम गया, मगर हँसते हुए झेल गया, “अच्छा, चलूँ, निचले तल पर जोड़ीदार इन्तज़ार कर रहा होगा। मगर सुन लो, तिरिया में ही त्रिलोक है।”

वह प्रज्ञाशून्य भाव से थोड़ी देर तक खड़ा रहा, क्या करे? क्या एक्सटेंशन तक जाए? उँह, क्या होगा! गजाधर सिंह होंगे ही नहीं, थापा यहीं सो रहा है। एक उसी को फ़िक्र पड़ी है? पार्थदा की काहिलियत और जवाहर की ईर्ष्या उस पर हावी होने लगी। क्या कहा था स्साले ने—‘तुम भी चटपट शादी कर लो, ऊधम भैया!’ हुँह, शादी! तिरिया और त्रिलोक! सफल जवाहर और असफल पार्थदा—दोनों की एक ही जीवन-दृष्टि—एक में जाग्रत, एक में सुप्त और उसमें?

उसने पिट-आई के चबूतरे पर अपना बोरा बिछा लिया। जबरन केतकी के विचारों को परे ठेलता रहा। अचानक उसे लगा, पलकों के सामने किसी ने सफ़ेद लकीर खींच दी है। उसने चौंककर सामने देखा—काली-काली दीवारों के ताबूत में उजली-उजली तितली। पता नहीं, कैसे ऊपर से नीचे आ फँसी नन्ही, नाजुक-सी जान! चुपके-चुपके जाकर उसने हाथ मारा, मगर वह पकड़ में न आई। अब वह बल्ब के गिर्द चक्कर काट रही थी। इस तरह तो झुलस जाएगी बेचारी। उसने अपनी रूमाल उछाली, मगर वह गिरफ़्त में न आई। हारकर वह पिट-आई के चबूतरे पर जा बैठा।

रात की पाली का निर्जन। फ़ालतू आदमी के फ़ालतू ख़याल...वह चुपचाप देखता रहा—काली-काली दीवारों पर नाच-नाचकर उजली-उजली कल्पना रचने की उसकी कला...। स्नायु शिथिल पड़ते जाते हैं। तितली देखते-देखते केतकी में ढलती है। आकाश की काली घटा और कोक डंप के काले निर्जन परिवेश में मोरनी की तरह नाचती-गाती उजली-उजली साड़ी में केतकी!

‘दे तो ताइ, अस्सी ओ रुपिया, सुन्दरी ला लान्ते बियाही...।’ वर माँ से अस्सी रुपये माँगता है। सुन्दरी लाने जाएगा विवाह के लिए। दूर देश में बसती है सुन्दरी!

वह माँ को फुसलाता है, 'माँ, वह तेरी सहचरी होगी, तेरा खाना पकाएगी और मेरी... ? मेरी घरवाली होगी। माँ, मुझे पक्षीराज घोड़ा दे, भूख मिटाने के लिए भोजन दे, प्यास मिटाने के लिए गंगा-जल।'

वर का कायाकल्प ऊधम में होता है। पूछती हैं दीदी जसवंत, 'इसके बाद भी कुँआरे रह गए ?'

ठीक है, तिल का तेल तो दीदी पेरा देंगी और 'हरदी' के लिए आठ आने पैसे भी दे देंगी, मगर पटना से 'हरदी' ले आएगा कौन... ? दीदी चिन्तित हैं।

लो, सब इन्तज़ाम हो गया है। सुन्दरी आती है। कौन सुन्दरी ? केतकी ? देखते नहीं, माया मौरी हाथ में बाँधकर पंक्तिबद्ध चूल्हों की परिक्रमा करती हुई दोनों कुलों को आमंत्रित कर रही है ?

हाय ! नून-तेल-लकड़ी के चक्कर में ईंधन की तरह झुलस गई सुन्दरी तो !

'पइयाँ परत हौं, मैं चन्दा सूरुज के, मोला तिरिया जनम जनि देऊ सुआ रे... !' कोयले चुनकर भीगी साड़ी में रोपनी का गीत गाते हुए लौट रही है सुन्दरी। पूरा एकान्त एक उदास लय में भीग रहा है। फिर से जन्म लेना होगा एक वर्ड्सवर्थ को इस कोयलांचल के अवसाद-भरे सौन्दर्य पर एक नया 'सॉलिटरी रीपर' लिखने के लिए।

आँख खुली तो पहले उसने उस तितली को ढूँढ़ा। देखा, नीचे थी। हवा में फड़फड़ा रहे थे उजले-उजले पंख। दबे पाँव क़रीब जाकर वह झुका और उसे अँगूठे और तर्जनी से पकड़ लिया। लेकिन, 'या रब ! यह तो मर चुकी है।' वह उदास हो गया।

केतकी से सम्बन्ध धीरे-धीरे टूटे थे, मगर स्वाती से एक झटके में।

कभी-कभी वह सोचता है—यह मन भी कितना ग़ैरज़िम्मेदार चीज़ है ! अन्तरंग व्यक्ति जब सामने होता है, वह जड़ बना रहता है, बिछड़ने की बेला में जाने कहाँ से नेह के बन्द स्रोत खुल जाते हैं ! परीक्षा की वार्निंग बेल बजते ही दिल काँटे-काँटे पर उछलता फिरता है। आख़िरी घंटा बजता है और जीवन-भर के लिए दायित्व-हीनता का पश्चात्ताप दे जाता है। उम्र-भर टीसता है यह दर्द। स्वाती एक पिपासा का नाम है शायद।

'प्राण-वायु क्या है ?' आशीष की डायरी पढ़कर उसने सवाल किया था।

कीचड़-सने कोलियरी के बूट को उतारते-उतारते वह ठिठक गया। 'स्वाती को पहले से ही सब-कुछ मालूम हो गया है क्या ? लेकिन यह कैसे सम्भव है ?'

हू-ब-हू वही सवाल, जो विष्टूदा ने दफ़्तर में किया था। यह कैसा सवाल है जो वहाँ अलग चौकठे में खड़ा होकर उसे छल गया ? यहाँ छलने के लिए अलग फ्रेम में आ खड़ा हुआ है ? आशीष के बेग़ैरत दिमाग़ ने वहाँ प्राण-वायु को पान-वायु कहकर उत्तर दिया था विष्टूदा को, और सारा कुछ उलट-पलट गया था।

'तुम पहला काम यह करो कि वह मन्दिर छोड़ो। जब तक नहीं छोड़ोगे, अध्यात्म का भूत हटेगा नहीं तुम्हारे सर से।'

उसे स्तब्ध कर फ़ोन के डायल पर उनकी उँगलियाँ कई-कई चक्कर देने लगीं। आख़िरी एक नम्बर नोट किया उन्होंने टेबुल डायरी में—एफ़, तीन बटे तीन। यही नम्बर एक चिट पर लिखकर उसे घुमाते हुए बोले, ''तुम कल से वहाँ शिफ़्ट कर लो। तुम दोनों ही—आशीष और ऊधम।''

''मगर...''

''मगर क्या? मन्दिर में रखा ही क्या है? एक अन्धविश्वास बाँटने वाले पुजारी और एक एबनॉर्मल लड़की—क्या तो नाम है?''

''स्वाती।''

''हाँ, स्वाती और स्वाती के मिथक-सी ही विचित्र बेवकूफ़ी-भरी। औरत यानी माया, भ्रम!''

उसने कनखियों से देखा, उसके सामने की लड़की क्या सचमुच बेवकूफ़ी से भरी हुई है? वह डायरी का पन्ना-पन्ना देख रही थी। जूते उतार चुका था आशीष।

''किसी की डायरी पढ़ना पाप है।'' आशीष ने कहा।

''हाय माँ! मैं खाक पढ़ पाई! दस-एक शब्द गिने-गिनाये बांग्ला के, बाक़ी सब अंग्रेज़ी। मैं तो एकादशी ढूँढ़ रही थी, मिली नहीं। यह डायरी है? बाबा की डायरी में तो सब है।''

''पाप तो लग ही गया, चाहे पुण्य ढूँढ़ने के बहाने ही। प्रायश्चित्त करने के लिए तैयार हो आओ।''

''हूँ! जब प्रायश्चित्त ही करनी है तो क्यों न सारे पाप करके करूँ?'' यह कहते हुए उसने ताके में से पेड़े और पानी सामने रख दिये और बोली, ''ज़रा मैं भी तो देखूँ, क्या-क्या सीखते हो! पहले तो यही बता दो कि प्राण-वायु क्या है।''

आँखों के आगे से स्वाती ओझल हो गई, आ गए विष्टूदा।

''प्राण-वायु यानी ऑक्सीजन, जो फेफड़ों के ज़रिये ख़ून के हेमोग्लोबिन में घुलकर ऑक्सी-हेमोग्लोबिन बनाती है, जिसमें ऊतक जीवित रहते हैं।''

''अपावन वायु?''

''कार्बन-डाइ-ऑक्साइड आदि यानी निःश्वास की वायु।''

''एक आदमी को कित्ती हवा चाहिए?''

''सोलह घनफुट। पर अगर वह काम कर रहा है तो दो सौ घनफुट।''

''ठंडी गैस?''

''कार्बन-डाइ-ऑक्साइड और नाइट्रोजन।''

''गर्म गैस?''

''मिथेन।''

''मृत्यु गैस?''

''कार्बन मोनोक्साइड।''

“और कोई गैस... ?”

“हाइड्रोजन सल्फाइड है, जो काठ के टुकड़ों के सड़ने से बनती है, नाइट्रो ग्लीसरीन है और...”

“विस्फोट किससे होता है ?”

“पाँच प्रतिशत मिथेन और ऑक्सीजन के मिलने से और साथ में कोई चिनगारी... ।”

“अ-र-र-र—देखो, चिनगारी उड़ी...ये चुटका किस चीज का था ?”

उसने देखा, वह क्वार्टर नम्बर था। उसने डायरी लौटाते हुए मुँह बिचकाया, “लो, सँभालो अपनी डायरी, कहीं और कोई काग़ज़ गुम हो गया तो कोसोगे। वैसे सब अविद्या ही तो है।”

“तुम लोगों के लिए तो यह दृश्यमान जगत ही मिथ्या है और जो कभी न दिखे, वही सत्य।”

“बिलकुल।”

“और जो घटित होता है, सब माँ की इच्छा से, यह भी।”

“‘हाँ।”

“यानी मैं मिथ्या हूँ ? मेरा खड़ा होना मिथ्या है ?”

वह तनिक पसोपेश में पड़ी। फिर जबरन बोल पड़ी, “हाँ।”

“और मैं यहाँ से ग़ायब हो जाऊँ तो कोई फ़र्क़ नहीं पड़ेगा ?”

“न।”

“तो सुनो, हम कल ही यहाँ से जा रहे हैं। उस चुटके में क्वार्टर का नम्बर है।” आशीष ने कहा।

वह सन्न रह गई। ऊधम ने जान-बूझकर सोने का बहाना कर रखा था।

8

लाल पान की बीवी, चिड़ी की बीवी और हुकम का ग़ुलाम

लेबर कॉलोनी। सिंहजी के चौरे पर ताश में रमे मज़दूरों ने कनमनाकर देखा।

“यह पंछी किसका है—तिवारी का या सिंह का ? सिंह का है तो किस सिंह का ?”

“न तिवारी का, न सिंह का।” मंगतू ने पहेली बूझ ली थी।

“आज़ाद पंछी है तो किसके पिंजरे में जाएगा ? किसका दाना चुगेगा ?”

"अरे भैया, विष्टूदा का कंडीडेट है।"

"विष्टूदा तो भोले बाबा ठहरे, परसन्न हुए और एवमस्तु कह दिया। अभी ई बंगलिया के अइला कै दिन भइल, औ देखो, मिल गया कुआटर! हम साला भट्ट साहेब, आहूजा साहेब, सिन्हा साहेब को तेल लगा-लगा के हार गए।"

"अरे, तू का किया, हम लोग तो तीर तक चोंकवा लिये इन सारन के खातिर। बोलने गए, तो बोला—तुम लोग मूँ दिखाने काबिल भी नहीं है। जेकरा खातिर चोरी करो, उहे कहे चोर! नेकी का जमाने नहीं।" मोहन यादव कुढ़कर बोले।

"अरे दाँत पीसना छोड़ के पहले तास पीसो।"

"तुम्हीं पीस दो भइया, अबही तक करकेला।"

शिवमुनी तास फेंटने लगता है तो परभू को बाक़ी भड़ास निकालने का मौका मिलता है, "ई बंगाली और पंजाबी लोग भाग जाएँ बिहार से तो केतना अच्छा!"

"यहाँ क्या तेरी जमींदारी है?"

"त और का!"

"यह ज़मीन तो आदिवासियों की है। बीच में बंगाली-बिहारी कौन होते हैं लड़ने वाले?"

"राजा को पते नहीं, मुसहरों ने वन बाँट लिये। लड़ि के मर...अपने में सार लोग। जो जमींदार होगा, यहाँ पत्तल चाटने नहीं आएगा। इहाँ पे हम सब भाई हैं।"

"जियो, जियो, बाबा बोतलदास!"

"बोतल नहीं, विक्रमजीत का सिंघासन है, हमेशा पियो, हमेशा नीक-नीक बात करो। पियो, शान से जियो।"

यह उनका प्रथम सामूहिक अभिनन्दन था। ताला मंगतू ने खोला। छेदीलाल कैंटीन की दुकान से कुलाँचता हुआ आया। पड़ोसी शिवप्रसाद भी तहमद खोंसते हुए आए। छेदीलाल से भेद लेने गए, "कितने को सलामी पड़ी?"

छेदीलाल भेद-भरे अन्दाज़ में अपने कत्थई दाँतों से हँसता रहा, फिर उनका सिक्का जमाने की गरज से ज़ोर से फुसफुसाया, "अतनू बाबू के आदमी हैं। मैनेजर से लेकर ओवरमैन, सब मानते हैं।"

ज़ोर से फुसफुसाने का मतलब यह भी था कि वे उसकी चमचागीरी का लोहा मान लें। बड़ी अजब चीज़ थी यह कॉलोनी। मज़दूरों से सूँघने की जो क्रिया शुरू हुई तो सहुआइन तक पहुँची। अपने यहाँ से सामान उचित रेट पर दिलाने का विज्ञापन चिपका गई और सबसे अन्त में सूँघते-सूँघते आ पहुँचे रामसिंह ड्राइवर, "जै हिन्द सरदार जी! जै हिन्द दादा। जे-बा-से बड़ा अच्छा भइल हियाँ पे आ गए। हमसे पहिले ही बोले होते तो भैया से कह के बन्दोबस्त करवा दिये होते कब्बै।"

"इनको जानते हैं? सिकरेटरी साहेब के भाई हैं।" छेदीलाल अब उनके सामने इतनी ज़ोर से फुसफुसाता है कि रामसिंह सुन लें।

"आपका ट्रक...?" आशीष ने पूछा।

"अरे मत पूछो भाई, गोविन्दपुर में ससुर एक्सिले टूट गइल! वहीं खलासी के जिम्मे छोड़ के चल अइलीं—जा ससुर अराम करऽऽऽ।"

मक़बूल साहब की बात याद आती है। याद आती है सन्तरी की बात। वह पूछना चाहता है, 'ज़्यादा लोड था?' लेकिन नहीं। चाय के लिए छेदीलाल को पैसे देता है, मगर तब तक काँच के चार गिलासों में चाय हाज़िर है। शिवप्रसादजी के घर से।

"और कुछ हो-न-हो, पड़ोसी नेक मिलल बाड़न।" भाप फेंककर एक बार सुड़कने के बाद बोला।

"शिव बाबू है नहीं। शिव! ऐ शिउवा।"

रामसिंह के ओछेपन पर घृणा होती है।

"बड़ा ठोस आदमी है दादा। हम कितना दफ़े बोला, जो हो गया, सो हो गया। पीछे ताकने से कौनो फायदा है? खैर। हम जा रहे हैं। कोई चीजबस्त जरूरत पे दरकार हो तो बोलिएगा।"

उसने हाथ उठाया अभिवादन के लिए। रामसिंह ने जाते-जाते सामूहिक ऐलान किया, "ई हमरा आदमी हैं, समझे?"

किवाड़ के संधों में आँखें उग आईं। चबूतरे की गरदनें तिरछी मुड़ गईं। लड़के सावधान की मुद्रा में खड़े हो गए। यह सिंहजी के विशिष्ट आदमी के लेबेल लगने का सोलो-मार्च था।

मंगतू एक बालटी पानी ले आया, "आप फटाफट नहा लें। खाना रेडी है।"

"खाना? कहाँ?" दोनों अवाक् रह गए।

जवाब देने के लिए प्रसाद जी आ गए, "हमारे घर का खाना शायद पसन्द न आए। मांस-मछली नहीं खाते हम।"

"ना-ना, वह बात नहीं! ख़ैर, छेदी, अब तो दुकान पर जाओ, एक चारमीनार की पैकेट मंगतू से भिजवा देना।" आशीष ने कहा।

"और हाँ," उसने ऊधम के कान में धीरे से कहा, "रामसिंह के ट्रक का बकाया अभी बाक़ी है।"

समस्या फिर पेश हुई छेदी के दरबार में। तत्त्व-चिंतन करके गूढ़मति की तरह सर हिलाते हुए बोला, "रामसिंह सूखन-दूखन की भट्टी पर जाएँगे नहीं। सरकारी कलाली पर ही ले जाइए। खुद मत पीजिएगा। पता नहीं, क्या हो उसमें? कहें तो सहुआइन के पास से अच्छी दारू ला दें?"

मज़दूरों के क्वार्टर! डेढ़ ईंट की दीवारें, डेढ़ कमरे का क्वार्टर। यह डेढ़ भी साबुत नहीं। चन्दनपुर के शतरंज की बिसात के घोड़े सनक जाएँ तो राजा और वज़ीर तक को खा जाएँ, मगर...। मगर इसी में पति-पत्नी की तरह एक ही खाट पर तकियों के सहारे ऊधम और आशीष अपनी गृहस्थी का सपना देख रहे हैं।

ऊधम कह रहा था, ''खूटियाँ अभी गड़ी नहीं हैं; गाड़ी जाएँगी। उन पर ड्यूटी के बसाते काले कपड़े टाँगें जाएँगे, सीमेंट के रेक पर राशंन के डब्बे, कनस्तर सजेंगे, जिनसे आटा और तेल, दाल और चावल नीचे तक पसरते नज़र आएँगे। दस-बारह कैलेंडर देवी-देवाताओं के पाप-पुण्य के विचार वाले, कुछ अभिनेता-अभिनेत्रियों के, उखड़ी कॉंटियों और दरवाज़े के पल्लों में सस्ती अगरबत्तियाँ खोंसी जाएँगी। दो मज़बूत खूँटियों में रस्सी बाँधकर अरगनी बनेगी, जिस पर गन्दी लुंगी, चादर, कथरी और उनमें उलझे लँगोट की डोरी, गमछे झूलेंगे, उठाऊ चूल्हे के धुएँ से सारा घर धुआँ जाएगा, तब न पूरा होगा गृहस्थी का सरंजाम।''

आशीष ने प्रतिवाद किया, ''ना, दो तेल-पिलाई धुआँयी लाठियाँ, दो बल्लम, एक सस्ता ट्रांज़िस्टर सीलोन सुनने के लिए, सामने नाद और गोबर के मलबे में मक्खियों को पूँछ से हटाती गाय, गाय न हो तो मुर्ग़ियों का दड़बा और मुर्ग़ियाँ न हों तो कबूतर। वैसे कुछ मच्छर, खटमल, मक्खियाँ, छिपकिली, चूहे और एक-आध छछुंदर तो हर हालत में रहेंगे ही।''

ऊधम ने टोका, ''उसकी फिकर न करो, वो पड़ोस से स्वयंसेवकों की तरह स्वयं आ जाएँगे।''

दोनों ने ठहाके लगाए, फिर शुरू हुई पिलो-फ़ाइट।

तकिये जब फेंके गए तो सन्धि की बात आई। ऊधम ने कहा, ''देखो, हम दोनों शादी नहीं करेंगे, तुम पत्नी का रोल करोगे और मैं पति का।''

''ना,'' प्रतिवाद किया आशीष ने, ''मेरा सिगरेट पीना तुम्हें बुरा लगता है, फिर तुम्हारे केश हैं...पत्नी.तुम और पति मैं।''

''चलो, यही ठीक है। अब तुम ज़रा दाल देखो, मैं दो मिनट में पड़ोसन के पास से आई। आधे घंटे में दाल चुर जाएगी, उतार लेना।'' ऊधम ने नाक खुजलाकर लुंगी में औरतों की तरह हाथ पोंछकर कहा तो आशीष हा-हा करके हँस पड़ा।

बग़ल के क्वार्टर से भाभी चीख़ीं, ''क्या भैया, रहने नहीं दोगे?''

वीरभद्र की तरह दोनों ने हाथ जोड़ लिये, ''क्या हुआ, भाभी?''

''एक तो हल्ला, दूसरे लहसुन-प्याज की तेज बू—मुझे तो उबकाई आने लगी।''

''उबकाई के कुछ आनन्ददायक कारण होंगे भाभी! हमारे घर से सिर्फ़ हल्ला उड़ रहा है, लहसुन-प्याज़ की बू तो परभू के घर से आ रही है।''

''और तुम यह भी कहोगे कि...'' वे रुक जाती हैं।

''क्या?''

"उँह! जाने दो।"

"नहीं-नहीं, तुम्हें मेरी क़सम!" आशीष ने कहा।

"मेरी नहीं, हमारे सर की क़सम भाभी, क्या बात है?" ऊधम ने खुद को शामिल किया।

"बहुत उड़ते हो! तुम लोगों के घर में चूड़ियाँ क्यों बज रही थीं कल शाम को?" भाभी ने कनखियों से ताककर मुसकराते हुए कहा।

"भाभी, अभी तो मैंने इसके लिए चूड़ियाँ ख़रीदी भी नहीं और बजने लगीं?"

आशीष ने कहा तो ऊधम ने डपटा, "चुप बे! भाभी, कोई भी चुड़ैल हो तो नहीं कह सकते, वैसे कल हम लोग विष्टूदा के यहाँ शाम को गए हुए थे।"

भाभी चुप हो गई थीं। यह अकेले भाभी का ही वहम नहीं था। मज़दूरों के रिहाइशी क्वार्टर बनाने में इतनी किफ़ायत की गई थी कि प्राइवेसी नाम की कोई चीज़ नहीं थी कॉलोनी में। चन्दनपुर में जगह की तो कमी नहीं थी। बड़े साहब का बँगला भी इतना बड़ा कि चाहें तो उसमें मात्र खेती करके ही जीवन गुज़र-बसर कर लें। दूसरी ओर, ये दस-बाई-दस और पाँच-बाई-पाँच के डेढ़ कमरे, आगे-पीछे पतले सहन वाले कॉलोनी के क्वार्टर! आधे से ज़्यादा लोगों को तो यह भी नहीं मयस्सर है। हेम्ब्रम की तरह कुछ जहाँ-तहाँ टपरा डाले पड़े थे, बांक़ी हरिजन बस्ती, मियाँ बस्ती की तरह सामूहिक गाँव बस गए थे। कुछ मज़दूर चन्द्रकिशोर सिंह या सहुआइन की तरह बाड़ीवालों के पंक्तिबद्ध मकानों में भी रह रहे थे।

काका और दादा ने तय किया कि आज के दिन वे बंगाली और पंजाबी बनकर गुजारेंगे। सुबह आशीष के नेतृत्व में वे बंगाली बनकर जिएँगे—बंगाली गीत 'आमार साधना मिटिलो...' से लेकर रवीन्द्र-संगीत, नज़रूल-गीति, बीच-बीच में बाउल-गान; भोजन का मेनू भी बंगाली : दाल-भात, पोस्ती का बरा, मछली, मछली की मूँड़ी, कुम्हड़े का डाँठ, पालक की चरचरी (भुजिया); यहाँ तक कि नाश्ता भी मूँड़ी-चॉप, खजूर का गुड़। दोपहर के बाद ऊधम के नेतृत्व में उनका काया-कल्प पंजाबी में हो जाएगा। पंजाबी गीतों के रेकॉर्ड गुरुबचन सिंह के यहाँ से आएँगे। ऊधम को एक भी गीत याद नहीं। भोजन के मेनू में सरसों का साग और मक्की की रोटी, लस्सी का गिलास वग़ैरह। इसके बाद मस्ती में आए तो 'ए कि मैं झूठ बोल्याँ...' पर भाँगड़ा, मगर लेबर कॉलोनी तो लेबर कॉलोनी, सुबह-सुबह ही भाँगड़ा मच गया।

परभू की नकचढ़ी कामिन ने आज फिर घूरे में छाई ऐसे फेंकी कि वह उड़कर उनके और भौजी के क्वार्टर के दरवाज़े तक आ गई। किवाड़ की ओट से भौजी ने प्रतिवाद किया, "ढंग से फेंको।"

बस, शुरू हो गया चरखा कामिन का, "छाई तो उड़बे करेगा, हम उसको पकड़ लेगा? बोलो!"

रगड़ा जो शुरू हुआ तो कामिन के परभू से नाजायज सम्बन्ध तक खिंच आया। कामिन ने कहा, "पहले अपना चलित्तर ठीक करो, हमको सब मालूम है।"

"बोलेगी काहे नहीं? परभुआ की देह से जोंक जैसी चिपकी रहती है स्साली। सारी कमाई ले लेती है। परभुआ के बाल-बच्चे हज़ारीबाग में भूखों मरते हैं।"

मंगतू ने कहा तो कामिन ने लगे-हाथों मंगतू को नंगा करना शुरू कर दिया। अपने-अपने क्वार्टरों से लोग पंच बन-बनकर टीका-टिप्पणियाँ करने लगे।

"हम तुमरा माँ से बोलेगा।" ऊधम ने कहा।

"जाओ-जाओ, बोल दो, माँ दाग देगा हमको गोली-बन्दूक से!"

"जाती है कि नहीं?" आशीष ने कहा।

"नहीं जाएगा, का करेगा?" कामिन अड़ गई।

"कल से परभू के क्वार्टर में घुसी तो हम तुमरा टेंगड़ी तोड़ देगा।"

"तोड़ देगा? आओ, तोड़ो।" कहकर वह हाथ में टोकरा लिये हुए दनदनाती हुई आशीष के सामने चली आई, "लो, तोड़ो!" वह और क़रीब आ गई, "तोड़ता काहे नहीं? मरद का बच्चा है तो तोड़ो!"

अब उसकी साँवली देह के बसाते कपड़े और नुकीले स्तन तक आशीष को छू रहे थे। वह घबराकर दो क़दम पीछे हटा।

"हम अभी जाता क्वार्टर में, देखता, कोई क्या करता!" कहकर दनदनाती हुई वह परभू के क्वार्टर में चली गई और वहीं से बड़बड़ाने लगी।

सुबह की उड़ी छाई के थिरते-थिरते दस बज गए। काका और दादा—दोनों की हक्की-बक्की बन्द। दस बजे की सीटी बजी तो उन्हें यकायक होश आया।

उनके शानदार मंसूबों पर पाले पड़ गए थे। हँस पड़ा ऊधम, "काका, अब तुम भूल जाओ मूढ़ी, मछली, रवीन्द्र-संगीत, और मैं भूल जाऊँ सरसों का साग, मक्की की रोटी, और पंजाबी धुनें। यह कोयलांचल है। यहाँ किसी की संस्कृति सुरक्षित नहीं। इस काली संस्कृति की नाद में भागते हुए आ डूबे हैं हम सभी। सब-कुछ विसर्जित कर देना है इस काले जल में। न तुम, तुम रहोगे; न हम, हम। रँगे सियार की तरह अकड़कर हम बोलेंगे, 'हम तुमरा माँ से बोलेगा।' तुम अकड़कर बोलोगे, 'हम तुमरा टेंगड़ी तोड़ देगा'।"

"गर न भुला पाए, तो..." आशीष ने कहा।

"तो गुरुबचन सिंह की तरह एक अमूर्त आग में ज़िन्दगी-भर जलते रहो।"

मगर आशीष को नसीहतें देनेवाला ऊधम क्या खुद भुला पाया था उन यादों को? सुबह जब पौ फटती, परिंदे चहचहा उठते, वह दिनकर की पंक्तियाँ गुनगुना उठता, 'रे प्रवासी, जाग, तेरे देश का संवाद आया।' खिड़की की सलाख़ों से कटा-कटा परिदृश्य, जैसे कोई बन्दीगृह से गा रहा हो :

'भेदमय सन्देश सुन, पुलकित खगों ने चंचु खोली,
प्रेम से झुक-झुक प्रणति में पादपों की पंक्ति डोली।'

आशीष ने एक दिन पूछा था, 'तुम्हें कोई पंजाबी कविता याद नहीं ?'

'ना। पंजाब अब सिर्फ़ नाभि में है, माँ की देह से जुड़ी नाल जैसे वहीं काटकर गाड़ दी गई हो! अलग हूँ। भटक रहा हूँ, लेकिन एक अदृश्य डोर खींचती रहती है मुझे।'

यह क्या अकेले उसी की नियति थी? अलग-अलग जगहों से उखड़कर आए, सह-अस्तित्व की आरोपित स्थिति में जबरन मन लगाते उचटे-उचटे जीव। खदान के अन्दर और खदान के बाहर जाने कितनी कुंठाओं और ज़ख़्मों के दाग़दार दिल। किसका आदमी, कौन ज़िला, कौन गाँव, कौन जाति, हिन्दू, मुसलमान, ईसाई, सिख, आदिवासी, बंगाली, बिहारी—जाने कितने-कितने चौखटे! यहाँ प्रायः ही मज़दूरों का परिवार गाँव पर होता। दुनिया का एक बड़ा अंश कटा हुआ। लगता, इस दुनिया में कहीं कोई नहीं है अपना। खाट पर बैठकर तस्मे खोले जाते। कालिख-लगे घट्ठे के दाग़ों से मुड़े-तुड़े नखों वाले बेडौल पाँवों को खाट पर पसारकर, बीड़ी सुलगाकर धुएँ छोड़ते हुए खुद से पूछा जाता—अब? कालिख-लगी दीवारें, करिखाये कपड़ों से सन्नाटा भम्म करके अर्राता। बीड़ी फेंककर बेमन से ख़ाली बालटी उठाई जाती। अँगीठी जलाकर बाहर रख दी जाती। खिड़की खोलते ही सलाख़ों के इस पार से क़ैदी की तरह सलाख़ों में बँटे बाहर के मकान, पेड़ और आगे दिगंत तक जा पहुँचती नज़र। पहाड़ों के पार कहीं गाँव हैं, धँसते-उठते खपरैल और फूस के घरौंदे हैं। वहाँ कोई बाप, कोई माँ, कोई भाई, कोई बहन और कोई और है, जो नितान्त अपने हैं। इन सबसे अलग कहाँ है उनकी नियति? अलग कुछ है तो उनकी संवेदना। पिछले एक महीने से वे फटीचर से टीचर तक के पद तक पहुँचे थे। अँग्रेज़ी और साइंस दोनों मिल-जुलकर पढ़ाते। बँगला आशीष का विभाग था और हिन्दी का उसका। उस दिन सहुआइन का लड़का सुरेन्द्र और मक़बूल साहब का लड़का कय्यूम हिन्दी पढ़ रहे थे उससे—दो व्यक्ति कमरे में। कितना बड़ा ब्रह्मांड, ब्रह्मांड में लाखों आकाश-गंगाओं और नीहारिकाओं के बीच एक आकाश-गंगा, उस एक आकाश-गंगा के करोड़ों तारों और ग्रहों के बीच एक नन्ही पृथ्वी। पृथ्वी के कई महादेशों के बीच छोटा-सा देश। देश के बीच प्रान्तों-ज़िलों की इकाई में बँठते हुए अन्त में एक छोटा-सा कमरा। इस नन्हे कमरे में दो व्यक्ति दो अलग दुनिया बसाये हुए। समष्टि में व्यष्टि और फिर व्यष्टि में समष्टि—कैसा विरोधाभास है!

पढ़ाते-पढ़ाते किसी प्रेरणावश ठहर गई किवाड़ पर नज़र। उनके और प्रसाद जी के घर के बीच की दीवार सहसा ग़ायब हो गई। लगा, भाभी सुन रही हैं सब-कुछ। सुरेन्द्र को भेजकर ऊधम ने चाय मँगवाई, हमेशा की तरह उनके घर से। सुरेन्द्र ने बताया, 'सर, ऊ तो रो रही थीं।'

चाय की गरम-गरम भाँप उसके चेहरे को नम बना रही है। वह कहना चाहता है, 'मैं जानता हूँ।' लेकिन भावातिरेक में कुछ कहा नहीं जाता। दीवार हिल रही है,

कविता खिल रही है हर्फ़-दर-हर्फ़! फ़ायर-ज़ोन की लपलपाती लपटों के बीच जैसे एक और सीता अग्निपरीक्षा के लिए उतार दी गई हो!

सिंहजी के चौरे पर लाल पान की बीवी के नाम से फ़िकरे उछाले जाते भाभी के नाम। वह खेलते-खेलते अनमना हो उठता। मज़दूरों की भाषा में—ऐसी औरत से मुहल्ला मनसायन रहता है।

लाल पान की बीवी जब ताश के पत्तों से उतरकर इस क्वार्टर में आई तो यह घर नहीं था। घर को छोड़कर होटल की संज्ञा देने में ज़्यादा सहूलियत होती। शिवप्रसाद के दोस्तों ने आँखें मिचमिचाकर देखा और ठंडी आह भरकर दूसरे अड्डे की तलाश में चले गए। एक ही शख़्स जूँ की तरह चिपटा रह गया। वह था दुलारे। 'हम तो देवर हैं। देवर की जगह भैया-भाभी के क़दमों में है।' कहने के लिए अपना टिन का सन्दूक, बोरों का बिस्तर, लाठी-वाठी उठाकर सिंहजी के भाड़े के घर में चला गया, लेकिन पानी भरने, सौदा-सुलफ़ करने बिन-बुलाये पहुँचा रहता।

झरिया से शिवप्रसाद एक खटोली ले आए तो दुलारे ने सहुआइन की दुकान से मूँज लाकर बुनना शुरू कर दिया। जोखू, वंशी, मंगतू आदि ने एक स्वर से फ़ेल कर दिया खाट को, 'छोटी है।'

दुलारे ने जवाब दिया, 'जब दो शरीर एक आत्मा हों तो खाट छोटी कैसे पड़ सकती है?'

रामप्रसाद धीरे-धीरे दुलारे पर आश्रित-से होने लगे। दुलारे पानी ले आता तो उसे चाय भी देना लाज़िमी हो जाता। चाय चुपचाप तो पी जाती नहीं, जब बात होती तो पुरानी बात भी होती। पुरानी बात में घिनौने कीड़े लगे होते। सुनते-सुनते एक क्षण को घृणित हो जाता शिवप्रसाद, आत्मीय हो उठता दुलारे।

धीरे-धीरे सिंहजी के चबूतरे को प्रसव-पीड़ा होने लगी और एक दिन दुलारे के नाम एक नया फ़िकरा उछला—लाल पान का ग़ुलाम।

केज से नीचे उतरने के साथ साँय-साँय सनसनाता दिल। 'क्या करे? कैसे मार भगाये इस परके हुए कुत्ते को?' चक्राकार कोयला काटती शीयर मशीन, पट-पट, भर-भर गिरते कोयले के टुकड़े कन्वेयर-बेल्ट पर!

खदान से निकला आदमी वैसे भी चिड़चिड़ा हो जाता है। आग में घी का काम करता पत्नी का रूप। 'यह किस बाँके को रिझाने खड़ी है दरवज्जे पर?'

नीचे से ऊपर तक लपट उठती और एक पत्नी मर जाती, एक विधवा ज़िन्दा हो जाती। उतार देती वे कपड़े। 'तुम जैसे कहो, वैसे ही रहूँगी। नहीं करूँगी सिंगार। मैले कपड़े लादे रहूँगी, लेकिन लांछन न लगाओ।'

'मुझसे क्यों कहती हो, मुहल्ले से जाकर कहो न!'

'मुहल्ले से ब्याही नहीं गई। तुम कहो।'

कुछ नहीं बोलता शिवप्रसाद। बड़ी होने लगती है खाट। पाटी से सटे छत्तीस के सम्बन्ध पर अहं में फूलती-सीझती रहतीं दो दुनियाएँ।

"सर, हम जाएँ?" सुरेन्द्र की आवाज़।

वह अपनी दुनिया में लौट आता है।

9

नरक-दर-नरक

"**आज** तुम ज़रा डी-बाई-थ्री आयतन की गैस की जाँच कर आओ तो। जानते हो न, कहाँ है?" विष्टूदा ने ऊधम से कहा।

"ना।"

"प्लान में देखो, यह रही। यह रहा पहला क्षितिज, है कि नहीं? इसमें तीन उप-गैलरी हैं, जिन्हें ड्राइवेज़ कहते हैं—एक, दो, तीन।" वे पेंसिल से ड्राइवेज़ की सुरंगों पर दस्तक दे रहे थे, "सेफ़्टी-लैम्प लेकर जा नहीं सकोगे, सो, टेक मिथैनोमीटर विध यू। वहाँ के माइनिंग सरदार तिवारीजी हैं, मगर..." वे अटकने लगे तिवारी की बात पर। कॉल-बेल पर हाथ गया, चपरासी सुखनंदन सिंह हाज़िर हुए।

"जाओ, जोखू टिंडल को भेजो, ...ठहरो, इन्हें ही उनके साथ कर दो!"

जोखू केज के पास इन्तज़ार कर रहे थे—मुरमू और सुबल बाउरी और हेम्ब्रम आदि के साथ। बोले, "का हो ऊधम बेटा, ई आज काल-कूप में कहाँ? सरग का पुन्न खतम हो गया का?"

"अपने पल्ले कुछ नहीं पड़ा, काका!" ऊधम ने कहा।

"सुना, बहुऽऽऽत पढ़े-लिखे हो! ई नहीं पढ़े कि जो पुन्न करता है, उसको सरग, औ जो पाप करता है, उसको नरक मिलता है?"

"हाँ, मरने के बाद...।"

"ऊँह!" खैनी थूकने के बाद वह बोला, "सकल पदारथ इहि जग माहीं, करमहीन नर पावत नाहीं। इसी दुनिया में सरग है—गोरी-गोरी मेमें, बँगला, नौकर-चाकर, नीक-नीक भोजन, दारू..."

"जैसे अपने भट्ट साहेब!" हेम्ब्रम ने कहा।

"हाँ, और इसी दुनिया में नरक का वह काल-कूप भी है। सबको नहीं पता, सिरफ हुशियार लोग जानते हैं कि सरग में भी नरक है और नरक में भी सरग।"

"कैसे?"

"अब लो, सरग .जैसी चन्दनपुर खदान। उसमें कितने-कितने नरक हैं—उँऽऽऽ?" इस शेखी के बाद उनकी आवाज़ खुफ़िया बनकर फुसफुसा उठी, "और इसी नरक में तिवारीजी हैं—माइनिंग सरदार! चाँदी काट रहे हैं, चाँदी! ऐसा सरग कहाँ मिलेगा? तिवारीजी सिरफ बिल के मोहाना (मुहाना) से हुकुम देकर फरार।"

"काहे?"

"ई मनीजर से पूछिए—'काहे'। अइसे आदमी को डराइवेज का मैनिंग सरदार बनाने का का जरूरत जो मोटे मूस की तरह बिल में ढुक ही नहीं सकता, जिसका पेट उसके शरीर से एक हाथ आगे-आगे चलता है?"

मुख्य सड़क की सुरंग के दो ड्राइवेज़ पार करके वे तीसरे पर आए। आगे-आगे नेपाली लड़का नेत्रबहादुर थापा, पीछे-पीछे हेम्ब्रम, मोहसिन, सुबल आदि। सबसे पीछे वह और उसके आगे जोखू। बंकर के पास आधे लोग रह गए। कुल दस! अब उसने पाँव के नीचे की उठान को स्पष्ट महसूस किया। कैप-लैम्प से थोड़ी दूर तक देखा, चढ़ाई तीस अंश तक हो आई थी और सुरंग सँकरी होती चली जा रही थी। अगर उसने देखा न होता तो छत के पिलर से उसका हेलमेट ज़रूर टकरा जाता। लोग झुके-झुके चल रहे थे। कुछ दूर जाने के बाद उसने देखा, काका जोखू भालू की तरह चल रहे हैं। यहाँ सुरंग की ऊँचाई मुश्किल से तीन फ़ीट होगी। कन्वेयर-बेल्ट यहाँ नहीं था, मगर नीचे पानी का हुर्श-पाइप था और सर पर बिजली के जाली-मढ़े आर्क-प्रूफ़ बल्ब।

काका रुककर बताने लगे, "पहले कन्वेयर-बेल्ट भी था। तब बड़ी दिक्कत होती थी। तिवारी एक बार फँस गए थे। नीचे बेल्ट की पटरी थी। उनकी टाँग पकड़ के अइसे निकाला, जैसे भैंस के पेट से पाड़ा। तब कम मोटे थे। अब तो...तब से कसम खाई कि ना, अब ना जाएँगे।" उसे हँसी आ गई, मगर काका सीरियस थे।

नीचे के कोयले के पत्थर नम लग रहे थे। ऊपर से पानी क्या इतना टपकता है? क्या पता! वह इतना हाँफ रहा था कि कुछ बोलने की हिम्मत नहीं हो रही थी।

वह नेपाली छोकरा नेत्रबहादुर फुर्तीला है। ड्रिफ़्टर होने के नाते उसका पहले पहुँचना ज़रूरी भी है। शॉट फ़ायरर के रूप में मोहसिन को भी। लेकिन उन्हें कोई जल्दी नहीं। बाबू हैं, लेबर नहीं।

काका थक गए थे। शायद बाक़ी लोग भी। वे और झुककर चलने की बजाय रेंगने लगे।

"अभी कितनी दूर है, काका?" उसने पूछा।

रेंगते हुए काका ने मुँह घुमाया तो सर की कैप-लैम्प मणि की तरह चमक उठी—सर से पाँव तक पसीने से चिप-चिप करता काला बदन—साक्षात् काला नाग! हाँफते हुए बोले, "बस, आ ही गए। कुल डेढ़ सौ फ़ीट ही तो है।" जैसे फुफकार रहे हों!

बाप रे, सिर्फ़ डेढ़ सौ फ़ीट था? उसने तो समझा, डेढ़ हज़ार फ़ीट। धत्तेरे की! डेढ़ हज़ार तो खदान-भर की गहराई न हो। आगे काका उठकर खड़े हो गए यानी आ गए।

उसने खड़े होकर पहले एक ज़ोरदार साँस ली ताकि फेफड़े में ज़रूरत-भर ऑक्सीजन खींच सके, मगर वैसा हो पाना सरल नहीं था। गर्मी और उमस के मारे बुरा हाल था। पसीने से नहाया सारा बदन, चढ़ाई का भीगा भभूत लपेटकर बेहद चिपचिपा हो उठा था। सैंतालीस डिग्री तापमान! वह अपने घुटने और कन्धों को बारी-बारी से सहला रहा था। बाक़ी लोग उसकी हालत को देखकर हँस रहे थे, "भैया! एक गो किरानी बाबू का भी एक्सीडेंट हुआ था।" सुबल ने क़िस्सा उठाया।

"किरानी बाबू का! ऊ कैसे?" हेम्ब्रम जमूरा बन गया।

"कलम गिर गया था।"

"हा-हा-हा!"

उनके सर्वांग काले। उजले दाँत और दहकती आँखें ऐसी दिख रही थीं, जैसे उन स्थानों का चमड़ा छिल गया हो और हड्डियाँ दिख रही हों!

"भागो, नहीं तो...फाट जाएगी।" लोबन चिढ़कर बोला। वह ड्रिल की सुराख़ में बारूद भर मिट्टी से लेपकर तारों को फैलाता आ रहा था।

मोहसिन ने तारों के डेटोनेटर को परखा और इशारा किया।

जोखू टिंडल ने घोषणा की, "होशियार! ख़बरदार!"

वे भागकर आयतन के दूसरे छोर पर कोयले की दीवार की ओट में जा खड़े हुए।

लाल टॉर्च जलने-बुझने लगी है। तीसरी बार होशियार-ख़बरदार की आवाज़ की एक भयंकर धमाके में चिंदियाँ उड़ गईं।

हेम्ब्रम अपना गैंता लेकर आगे बढ़ा। सुबल ने भी गैंता उठा लिया। मुरमू ने किरिच सँभाली, बाक़ी मज़दूरों ने भी। डाँटा जोखू ने, "स्सालो, लूट मची है क्या? ज़रा रुककर देख लो, कहीं कोई ज़िंदा बारूद न हो?"

लेकिन टिंडल की बात को किसी ने नहीं माना।

"स्साले टिंडल हों या मनीजर, हमारी कमाई पे सबको ऐश करना है।" कोई मिनमिनाया।

जोखू ने सुनकर भी नहीं सुना। सोंटा लेकर दीवारें परखने लगे—ठक-ठक-ठक-ठक! यह काम तिवारी का था, मगर...।

मज़दूर धूल और बारूद की गन्ध में खो गए। जगह-जगह उनकी मौजूदगी का अहसास मात्र अनके धुँधले कैप-लैम्पों की रोशनी से हो रहा था। कोयले गिर रहे थे—ठहाक-ठहाक, छर्र-छर्र!

"चन्दनपुर में गैंते-झूड़ी का ज़्यादा काम नहीं है।" वह डक्टिन पाइप के वाल्व का प्रेशर चेक करते हुए बोले। बग़ल में एक जगह छेद था। उस पर रस्सी लपेटने

लगे, ''टंडइल का काम सिर्फ़ काम करना है। एक काम नहीं। मनीजर, असिस्टेंट मनीजर और ओवरमैन से लेकर मैनिंग सरदार तक का। कोई साला यहाँ नहीं आता।'' रुक-रुककर वे बोलते गए, ''आप समझ रहे होंगे, डरपोक हूँ। अइसा बात नहीं। पहले हम जितना काम करता था, उतना कोई क्या करेगा! तब जवान था। बदन में फुर्ती था। अभी छह महीने पहले की बात है, हमारा उस पाली का टंडइल इतवारी मियाँ को धमाके के साथ एक कोयला का टुकड़ा कनपटी में लगा और वो वहीं ढेर। उसको लेके नीचे कौन जाए? जो जाता, उसको काम का हर्जा होता। पहले तो इंसानियत जगी। चलो, काम बन्द कर दें, लेकिन दलाल तिवारी बोला, 'सब उपर-टैम सिंगल हो जाएगा।' यानी दो सौ उपर-टैम की जगह पर सिर्फ़ सौ रुपये! सब कुत्ता बन गया। बोला, 'जाने वाला चला गया, लौट के तो आएगा नहीं। काम बन्द कर देना बेवकूफी है।' आख़िर हम मोहसिन मियाँ और ओवरमैन सन्तोखा सिंह मिलकर इसी रास्ते से लाश को नीचे उतारे। तइयो पे स्टराइक थोड़े होता! ऊ तो संजोग से नीचे रेलगाड़ी का टब कैसे तो पटरी से उतरकर एक आर्च से टकराया। धूल, छाई, रोड़ा और छाई का बोरा गिरने लगा। भागे मजूर। आर्च कछुए की तरह नौ फ़ीट से झुककर छह फ़ीट पर आ गया और दस-बारह आर्च तो इधर-उधर जा गिरे। उतना दूर का गैलरी खँडहर हो गया।...तब जाके चेते मजूर!''

''यही ठेके का काम हुआ है—आर्च बैठाने का! काहे नहीं आपसे में मारा-मारी हो? इसी के लिए जब फोकट का पैसा लेना हो? दुनिया-जहान में फोटू खिंचवा के भेजा गया—केतना मजबूत सुरंग, केतना नया तरीक़ा। सुअर-मुँहा साहेब लोग दाँत निकालते हैं इसी काम पर और इधर ठेकेदार से घूस, उधर कम्पनी से बख़्सीस लूटते हैं।

'' 'ख़ूनी मैनिजमेंट जवाब दो!' का नारा मिथेन गैस के धमाके की तरह इतवारी मियाँ की लाश के पास से दगा तो इस कोने से उस कोने तक दगता चला गया—पहले समूचे होराइज़न में। बाक़ी ड्राइवेज़ के मज़दूर भी चले आए वहाँ, मगर हमारे लोग तिवारीजी का मुँह जोह रहे थे। तब तक इस सुरंग से तीन-तीन लोग सुखनंदन ओझा, भभीखनराय और लोको ड्राइवर परसाद आए। ओझा ने वहीं से डाँटा, 'ससुर, उपर-टैम फिर-फिर कमाओगे, दफन हो गए तो सब धरा रह जाएगा। निकलो जल्दी।'

''भभीखनराय थे। क़सम दिलाकर बोले, 'जो नहीं निकले, अपनी माँ-बहन पर चढ़े।'

''चौदह दिन चली थी हड़ताल। —चौदह दिन!''

''कौन यूनियन लीड कर रही थी?'' ऊधम ने पूछा।

''उनियन?'' जोखू हँस पड़े। ''चन्दरकिशोर सिंह वाला चमचा नंबर एक यूनियन तो शुरु-ए में बोली, 'आप लोग वापस काम पर जाइए, हम देखते हैं।' जब ऊ मनीजमेंट का पच्छ लेने लगे तो दोसरका चमचा सिंह जी बोले, 'काम बन्द करो।' तिसरका चमचा सिंह बोले, 'धरना देंगे।' जब मनिजमेंट ने चार दिन का

हाज़िरी काट लिया तो चन्दरकिशोर बाबू के आदमी लौटने लगे। फिर तो तीनों चमचों में होड़ लग गई कि कौन कितने आदमी को वापस भेज सकता है।

"हम कुल सौ आदमी तब भी नहीं गए। आख़िर में हम लोग सब उनियन वालों से हाथ जोड़ लिये, 'माँफ करो बाबा, जाकर दलाली करो, कलाली खोलो, सूद वसूलो, ठेका पटाओ, हमको हमारी किस्मत पे छोड़ दो।' मनिजमेंट ने चौदहवें दिन काम का हर्जा देखकर हमारी बात मानी और फिर से आर्च की मरम्मत और सुरक्षा का उपाय करने पर राजी हुई। हमें उसी की सज़ा भोगनी पड़ रही है। जब-जब कोई मजूर मनिजमेंट का बात नहीं मानता, उसको धमकी दी जाती है—'ज़्यादा बोले तो काल-कूप में ठेल देंगे, सड़ोगे, बिलबिला-बिलबिला कर'।" जोखू काका ने इतना लम्बा इतिहास बताकर, काम पर निगाह डाली तो चौंक उठे :

"ऐ सुबलाऽऽऽ! अरे मोर बप्पा! कैसे झाड़ रहा है रे? सीधा तुम्हारे कपार पर गिरेगा।" कहते हुए टिंडल उसके पास तक चले जाते हैं और उसे पीछे से चढ़कर ऊपर से वार करने को कहते हैं। अब वे लगे हाथ एक और भूमिका निबहाने लगते हैं—'टरेनिंग अफ़सर श्रीवास्तव की।'

"अरे बुड़बक लोग, टरेनिंग आपिस में जा के देखो, फोटू बनाया हुआ है कि कैसे झाड़ेंगे। सुकुमार पंडित का नवका फोटू देखे? अरे वही, जो इस साल 'फस्ट' मारा है सेफ़्टी कम्पटीसन में? उसमें ऊ दिखाया है कि कालीदास की तरह जिस डाल पे बैठे हो, उसी को मत काटो, काटो तो ऐसे कि तुम बचे रहो।"

जोखू वहाँ से आकर बताने लगे हैं, "उसी फोटू के चलते सुकुमार का डराइंग आपिस में नौकरी लग गया। भट्ट साहब के डराइंग रूम में गए हैं?"

"नहीं।"

"जाइएगा कभी तो देखिएगा, हुवाँ पे एक ठो मलकट्टा गइंता ताने कोइला काट रहा है। मूरत है, मगर लगता है सच्ची का—नस-नस तना हुआ है, सुकुमारे का बनाया हुआ है।"

जमा हुए कोयले के ढेरों को मुरमू बटोरकर डक्टाइन पाइप का वाल्व खोल देता है। कोयले के चूरे धुल रहे हैं। पानी के बहाव से कोयला खुद-ब-खुद नीचे गड़गड़ाता हुआ जा रहा है बंकर में। हूँऽऽऽ, तो यही आधुनिकीकरण है—गुरुत्वाकर्षण और पानी की प्रकृति का इस्तेमाल? अब पता चला, सँकरी सुरंग पानी से भीगी हुई क्यों थी।

उसने कोने-कोने में जाकर गैस-टेस्ट की। अब उसका वहाँ रह पाना असम्भव-सा लग रहा था। अपनी ही खाल इतनी बेहूदी और गलीज़ लग रही थी कि जी करता था, नोंचकर फेंक दे।

"अब मैं लौटूँगा, काका! दम फूल रहा है मेरा।"

"लौटोगे? हाँ, लौट जाओ। गडबड़ाओगे तो नहीं न?"

"नहीं।"

"ठीक है, जाओ। देख के जा रहे हो। मनीजर और विष्णु साहब से बोलो कि साँस लेने में बड़ी दिक्कत है। अगर हवा का परबन्ध होता तो हम और रेजिंग करके दिखा देते। छोटका पंखा लगाने से का होगा? रस्तवे औरो जाम होगा। कोई और इन्तज़ाम करें। लोडिंग करने में भी दिक्कतें हैं। देखिये रहे हैं। माना कि पानी के साथ कोयला नीचे जाता है, मगर रस्ते में अटक जाता है साला। फिर निकालना पड़ता है उस रस्ते में घुसकर रेंग-रेंगकर। देखो, ई सार अटका पड़ा है।" वे एक बड़े ढेले को उठाकर लुढ़काने लगे।

उनके पुट्ठे ऐंठ रहे थे। आख़िर वे उसी तरह लेटकर दम लेने लगे।

"आप लोगों को मिलकर काम रोक देना चाहिए, तभी कुछ होगा।"

"काम रोक दें? जब तक तिवारी बाबा है, काम नहीं रुकेगा। उनको काम कराने का ही पैसा देती है कम्पनी। हम सब उनके कर्ज़दार हैं।"

"कर्ज़ कैसे हुआ? यहाँ तो पैसा दूसरे आयतनों से ज्यादा है।"

"अरे भैया, उसी के हाथ में सब है न! ओकर बात न मानो तो चार टब की जगह दिखाएगा दो टब। कभी कहेगा, कोयला नहीं, पत्थर है। तरह-तरह की बात है, क्या कहें! सो, उसको खुश रखने के लिए उसको हम लोग हफ्ता देते हैं।"

"उलटे आप ही लोग?"

"हाँ। और ज़बरदस्ती पैसा देकर कर्ज़दार बनाता है। का कहें, ई दोसरका बुझारथसिंह बनता जा रहा है। कभी पेमेन्ट के दिन देखिएगा इसकी लीला। पूछिए न हेम्बरमवा से।"

लौटकर आया तो सारा गुबार विष्टूदा पर, "क्या डी-बाई-थ्री एक्सटेंशन के सँकरे रास्ते को चौड़ा नहीं किया जा सकता?"

"नहीं। इंग्लैंड और बाक़ी योरोप हमसे एडवांस हैं, मगर वहाँ आज भी कोल कटर को लेटे-लेटे मशीन पर जाकर बैठना पड़ता है। यह सरफेस मूवमेंट, डाइक, इन्क्लाइन यानी कि पूरे सरफेस से जुड़ा हुआ भूगर्भ शास्त्रीय प्रश्न है।"

"और वेंटिलेशन क्राइसिस?"

"सोचा जा रहा है।"

"ख़ाक सोचा जा रहा है? कभी कोई वहाँ जाए तब तो...।"

विष्टूदा का सर झुक गया। उसे लगा, उससे ज्यादती हो गई।

"माफ़ करें। मुझे मालूम है, अकेले आप ही जाना चाहेंगे...।"

"ना, तुम सही हो। मुझे जाना चाहिए। इट्स माइ ड्यूटी।"

क्वार्टर पर आशीष यह सारा हाल सुनते ही गरम हो गया, "तो इसमें विष्टूदा को भला-बुरा क्यों कहने गए तुम?"

"फिर कहाँ जाता?"

"यूनियन किसलिए है? तुमसे कुछ नहीं होगा। रुको, मैं बात करके आता हूँ जोखू से।"

और इसके पूर्व कि वह कोई सफ़ाई दे, एक सच्चे मर्द की तरह वह बाहर निकल गया।

जब घंटे-भर में लौटकर आया तो काफ़ी उत्साह में था, "मैंने जोखू को तैयार कर लिया है और जगदीश बाबू तथा कलीमुद्दीन साहब से भी बात कर ली है। कल चलेंगे यूनियन।"

गुलमोहर की छाया में वह जगह काफ़ी राहत देनेवाली लगी। जोखू बार-बार पंचों को दुहाई दे रहा था और ऐसा करते वक़्त दीनता और खुशी में उसका चेहरा बीभत्स हो उठता। कलीमुद्दीन अपने छाते से ज़मीन खूँदते हुए बार-बार बिदक उठते, "दोजख है, दोजख। भला वह पैनेल इंसान के लिए हैं?"

जगदीश बाबू आसन मारकर बैठ गए थे घास पर, "ऊ तिवरिया को हमसे बेसी कौन जान सकता है जोखू? जब ऊ चन्दनपुर आया था, दलिद्दर बाभन, तो एक बित्ता जगह देनेवाला कोई नहीं था चन्दनपुर में। तब यही जगदीश शाही है जो बोला—'महाराज, तुम हियाँ रहो।' " उनकी उँगली अपने सीने पर बज रही थी, "यही जगदीश शाही था। आज वही हाल है, क्या नाम के कि प्यादा ते फर्जी भयो, अ, टेढ़ो-टेढ़ो जाय! अरे हमसे उड़ोगे तिवारी, हमसे?"

आशीष काफ़ी उत्साहित था, "हम कहते हैं जगदीश बाबू, अगर तिवारीजी पैनेल में नहीं जाना चाहते तो ट्रांसफ़र करा लें।"

"सोलह आने की बात।" जगदीश बोले।

"और जोखू ही जब माइनिंग सरदारी का काम देखते हैं तो जोखू को माइनिंग सरदार क्यों न बनाया जाए?"

"बिलकुल!"

ऊधम की नज़र बार-बार गेट के बाहर भटक जाती। दो घंटे हो गए, इन्तज़ार करते। अब जगदीश शाही आशीष को अपने जुझारू और समर्पित जीवन के संस्मरण सुनाने लगे और ज़ोखू को सूफ़ी ने पकड़ लिया और बताने लगा कि कैसे उसने एक जोगी की बोलती बन्द कर दी थी।

लगभग ग्यारह बजे दफ़्तरों की ओर से एक झुंड आता हुआ दिखा तो वे कनमनाकर खड़े हो गए।

आगे-आगे चन्द्रकिशोर बाबू अपनी रईसी चाल में चले आ रहे थे। सेक्रेटरी जावेद मियाँ उन्हें कुछ समझाते आ रहे थे। जाने क्या बात हुई कि भभीखनराय बमक पड़े और बिना किसी का नाम लिये उसकी माँ-बहन की ख़बर लेने लगे।

जावेद मियाँ ने पनडब्बे से दो जोड़ी पान मुँह में डाला—डिब्बी से जर्दा फाँकते हुए मुँह ऊपर करके कुछ कहा और तिवारीजी फ़ाइल लेकर आगे बढ़ आए। फ़ाइल तिवारी के हाथ? यूनियन की फ़ाइल है क्या? हाँ, क्योंकि जावेद मियाँ ने फ़ाइल खोलकर एक पन्ना पलटकर उँगली रख दी, "ये देथिये एग्रीमेंत।" वे सबको रोककर मुँह ऊपर कर ऊँट की तरह गलगलाते हुए बोल रहे थे, "दब हमने फैथला तर दिया तो लाल धंडा वालों से इस पर और त्यों बात तरेंगे थिन्हा थाहेब? ऐथा हथियार रथा है ति..." वे मुँह में पान भर शेखी में तिरछे-तिरछे सबको ताकते हुए आत्मश्लाघा में इतरा रहे थे। सबने मुक्त कंठ से अपने सेक्रेटरी की दाद दी।

उधर चन्द्रकिशोर बाबू ने कहा, "सेक्रेटरी साहब इतनी बड़ी पटकनिया दिये और एक कप चाह के लिए भी गए? का तिवारी बाबा, आज तो आपे का पारी है?"

तिवारी ने जेब से दस का नोट निकालकर कहा, "अरे जगदीश बाबू, तनी चाह-चूह का परबन्ध देखिए न!"

"तो जगदीशजी वहाँ जा पहुँचे! और सूफ़ी?" आशीष ने पूछा।

"वो भी वही हैं। वो देखो, जावेद मियाँ को सलाम कर रहे हैं।" ऊधम ने दिखाया।

अब आशीष जोखू पर भड़क पड़ा, "जोखू भी वहीं गया क्या?"

"ना, वो देखो, पिछवाड़े से निकल भागा।" ऊधम ने डरे कुत्ते की तरह पीछे मुड़-मुड़कर देखते हुए पूँछ सिकोड़े भागे जा रहे जोखू को दिखाया, "जोखू के सामने तुम्हारी यूनियन की हक़ीक़त खुल गई। उसने सरसों में भूत को देख लिया है।"

लौट आने में ही भलाई थी। बाद में प्रसादजी से ब०ात करते हुए यूनियन का एक और ही आयाम खिल उठा।

काले-उजले धब्बों के बीच अजगर-सा लेटा यूनियन ऑफ़िस। बीच के गर्द-भरे बड़े टेबुल पर मैल और धूल से शैतान की कंजी आँख की तरह चिलकता टेलीफ़ोन। ऊपर सीलिंग-फैन चील्ह की तरह डैने पसारे अचल। महात्मा गांधी के आशीर्वादी चित्र के नीचे ख़ाली कुरसी। कुर्सी एक मंच है, जिस पर एक-एक कर कई शख़्सियतें बैठती, लोप होती हुई नज़र आती हैं—श्रीपाल सिंह, चन्द्रकिशोर सिंह, बुझारथसिंह, जावेद मियाँ। कुर्सी एक छिनाल है। जिसके पास गुंडों का ज़ोर हो, उसी का इस पर अधिकार है। वीरभोग्या वसुन्धरा! मगर ये बेचारे मात्र भरत हैं। चरण-पादुका की सेवा-भर कर सकते हैं। असल महंथ टाटा, राँची या पटना में रहते हैं। कुरसी अमीबा की तरह कई छोटी-छोटी कुरसियों में बदलती है। हर छोटी कुरसी अलग-अलग एजेंट की जेब में है। ये एजेंट जब भी मिलते हैं, ढाल-तलवार की तरह मिलते हैं। कुरसी एक ठप्पा है मैनेजमेंट का—यह यूनियन मैनेजमेंट को, मैनेजमेंट द्वारा और मैनेजमेंट के लिए है।

अगर इस यूनियन को छोड़ दें तो कहाँ जाएँ? बुझारथसिंह की यूनियन में? जैसे नागनाथ, वैसे साँपनाथ!

तो क्या लाल झंडा? सुना, अब उसके स्थानीय कर्ता-धर्ता जगदीश शाही हो गए हैं। ओझा और मंडल आदि ने उन्हें दूध का धोया कैसे मान लिया?

फिर बचती है सिर्फ़ एक यूनियन—नक्सलाइटों की, मगर वह रोप-वे के आदिवासी मज़दूरों के बीच है। अगियारडीह के अभियान में जवाबी हमला उसी की प्रेरणा थी, मगर वह करे क्या? रोप-वे की तरफ़ से कम्पनी उदासीन हो गई है। कोयला तो सिंह लोगों के ट्रक से भेजा जाता है। इन अन्तिम दो यूनियनों को खड़ा करके जोखू का केस उठाया जा सकता है, मगर तब तक धैर्य रह पाएगा?

प्रसादजी ने निष्कर्ष दिया, "तब कोई चारा नहीं। आपकी सुनेगा कौन? पूरा पर्सनल ऑफ़िस ही टाटा के महंथ की ज़मींदारी है। यह पर्सनल-मैनेजर सिन्हा भी उन्हीं का कारिन्दा है। सामने सिगरेट तक नहीं पीता। आप कुछ भी करें, फ़ैसला करने का श्रेय, उसी चमचा-यूनियन को जाएगा। वह महंथ दिल्ली की नाक का बाल है। और जब घूम-फिरकर वहीं पहुँचना है तो या तो संगठन खड़ा करो या घुटने टेको! अगर घुटने टेकना ही है तो शॉर्टकट पकड़ो—एकहि साधे सब सधे—पकड़ो बाबू चन्द्रकिशोर सिंह को।"

यह सब सुन और गुनकर आशीष रुआँसा हो गया।

10

जब हम पी के जाता है

कलाली। यह एक जड़ नाम नहीं, एक सुरूर का इलहाम है। चन्दनपुर के चन्दन की शुद्ध महक यहीं पाई जा सकती है—हवा जैसे पूरी-की-पूरी सड़ गई हो! भूतीली आकृतियाँ रात की सियाही में प्रवेश करती हैं इसके अहाते में। करिखाये पसीने पर पेट्रोमैक्स की रोशनी लप-लप करती है, जैसे दामोदर के छिछले काले पानी में सैंड-प्लांट की बत्तियाँ। दीनता में पगी उदास आँखों की मरीचिका। सुअर के गोश्त का चखना—ख़ून से टह-टह! यहाँ कुत्तों की कटकटाती, चभर-चभर चाटती और घूँट-घूँट मदहोश होती फ़िज़ाँ में उसका सांस्कारिक मन कुढ़ रहा था। दो-चार के गुट में बैठे थे मलकट्टे। जगह-जगह धुआँती ढिबरियों और कोयलों के शोलों में अजीब-सी मनहूसियत बिछल रही है। रामसिंह के क़दम लड़खड़ाते हैं,

हाथ उठते हैं, फिर झूल जाते हैं। शायद कृतज्ञता-ज्ञापन के लिए, ''बड़ा होशियार बाड़ऽऽऽ! ख-खुद तो ना पियलऽऽऽ!'' अस्फुट बर्राहट!

''सरदार दारू ना पीएँ—ई तो पहिलका दफे देखत बानी।''

''विश्वास करो, मेरा व्रत है और आशीष दारू पीता नहीं।''

''ये बरत-वरत त औ-औ-औरत का काम है। बीयर तो ले-इ-ये सकते रहलऽऽऽ? ऊ तो दारू ना-हऽऽऽ!''

हेम्ब्रम रामसिंह का ख़ास चमचा बना हुआ है, ''उस्ताद, वो लच्छीपुर का बात बताया—ई नई—कहाँ तो भट्ट स्साला पकड़ा गया था?''

रामसिंह अक्षर-अक्षर घिसते हुए हर वाक्य घसीटते हुए बताने लगे वह घटना, ''...वो पिछला इतवार हमरा टरक खराब हो गइल लच्छीपुर...''

''हुंवई हमेशा खराब होता, उस्ताद?''

''ऐ स्साला...!'' रामसिंह गुर्राया, ''फिर हम एक दुकान पे चाह पीयत रहलीं। झिर्री पड़त रहल। एतना में देखतानी कि बन्दर-टोप से मुँह ढक के कोई कोट-पतलून वाला एक रंडी के पास आ के खड़ा भइल। फेन सूँघा, जैसे कुकुर सूँघता है। फेन आगे चल गइल। हम तो चीन्हिए लेलीं कि ई अपना भट्ट साहेब है।''

''उस्ताद की नज़र से कौन बच सकता है साला! हाँ, तो फिर?'' हेम्ब्रम ने कहा।

उस्ताद ने इनायत की नज़र शागिर्द पर फेंकी। पहली ख़ता माफ़ की और चालू हो गए, ''रकम-रकम का रंडी, कोई सीना दिखावे, कोई कनखी मारे, कोई सीटी बजावे...''

''हाय उस्ताद, तुमने यह सब अपनी आँख से देखा?'' हेम्ब्रम उत्तेजना में खड़ा हो गया और गिरते-गिरते बचा।

''तब का! भकर-भकर गैस-बत्ती जलत रहे। तीन-तीन गली मैं घूमलस। पानी में जूता चभ्भ-चभ्भ बोले। हम इन्हें देखे खातिर पीछे-पीछे पाँव दबा के गइलीं कि हे देखीं, सार कहाँ जाला! आधा घंटा परेशान भइल। आधा घंटा! तब जा के एक गो नेपाली रंडी ले के अन्दर घुसल।''

''खाद में उतरते तो ससुरे की नानी मरती है और वहाँ आधा घंटा सिरफ छोकरी खोजने में कुकुर की नाई पानी में भीजते हुए।'' गिरधारी बोल उठा, ''बाबू साहब, हमको भी एक बार ले चलो, मरने के पहले एक दफा देखना है, क्या है लच्छीपुर!''

''साला ऐसे बोलता है, जैसे लच्छीपुर कोई तीरथ है!'' हेम्ब्रम बोला, ''हाँ, तो फिर?''

''फेन पुलिस-वैन।''

''धत्तेरे की! सारा मजा माटी हो गया।''

'लेकिन वाह रे साहेब, अँग्रेजी में झाड़िये तो दिया—ह्वाई पोसिंग रंडी? ह्वाई नॉट पब्लिक कम?''

रामसिंह के अंग्रेज़ी-ज्ञान का सिक्का जम गया।

"फेन?"

"दरोगवा गौसा गिया।"

"साच बात बोलने पर गोस्सा जाता है पुलिस।"

"अंह! सार भड़ुवा हैं। अपने ही न जाल बिछा के रखा है। ठीके तो बोला भट्ट साहेब। रंडियों की कमाई खाता है साला सब। हाँ, तो फेन दुसरका दिन कोलटी कारखाना के साहेब लोग थाना में छोड़ाये। इगारह, बारह, तेरह। हाँ, तेरह तारीख का बात है।"

"ओ! इसी वास्ते दो बजे आया ड्यूटी में चौदह को?"

"हमको पहिले मालूम होता तो दू जूता मारते स्साले को, दू जूता!" कहते-कहते हेम्ब्रम ने अपना पाँव टटोला। जूता हो तब न मिले।

"जूता तो पहले ख़रीद ले।"

"हाँ-हाँ, हाँ-हाँ!" हेम्ब्रम खुद अपने उपहास में शामिल हो गया। हँसते-हँसते ही हँसी उल्टी में बदल गई—ओक्क! आऽऽक्क!!

आशीष को ही उसे उसके घर तक ले जाना पड़ा। कंकालनुमा हेम्ब्रम को ले जाते हुए उसे काफ़ी दया आई। अपने प्रति अपराध-बोध भी हुआ।

"इतना नहीं पीना चाहिए था। दोपहर से पी रहे हो।"

"बोलेगा?" जाते-जाते रुक गया हेम्ब्रम, फिर घिसटते हुए सुस्ती से कहने लगा, "हमारा जनाना है न, भौत ई हरामी। कुत्ती का माफिक काटने दौड़ता। बोलता, 'जूआ काहें खेलता भड़वा?' अब उस्ताद, ये भी कोई बात है? जूआ तो मर्द आदमी ही खेलता न? बड़ा-बड़ा आदमी बड़ा-बड़ा होटल में खेलता...जु...जु... जुधीष्ठिर...।" सुरसुरी चढ़ गई उच्चारण में।

आशीष ने उसका सीना सहलाया, "चुप रहो। मैं समझ गया कि युधिष्ठिर भी खेलते थे।"

"आप समझदार है, समझ गया, मगर ऊ नई समझता। बोलता, 'वो भड़वा तो अपना बीवी को दाँव पे लगा दिया, तुम भी एक दिन लगा देगा।' "

"ओह, चुप भी रहोगे कि झोंक दूँ नाले में?"

"चोप्प! जो साला बोले..." वह अपने हाथ से अपने होंठ बन्द कर लेता है। फिर बोलता है, "मगर उस्ताद, तुम पूछा तो, हम नईं बोलेगा तो पाप पड़ेगा।" जैसे उसकी ज़बान में खुजली हो रही हो।

"अच्छा, बोलो।"

"जब हम पी के जाता है तो शेर का माफिक। बोलता—'ए मादर...खोल!' और लात मार के दरवाजा खोलता। औ जब बिना पिये जाता तो बिल्ली का माफिक! चढ़ बैठती हम पर—बोल साला, कहाँ से ले गया था पैसा? क्या किया, बोल?"

भड़ाम! सचमुच लात मारी हेम्ब्रम ने, ''खोल स्साली!''

''आ गया हरामी?'' दूर से क़रीब आती गई आवाज़।

किवाड़ खुला। नाक पर आँचल रखते हुए क्लारा गुर्राई, ''हम बोला—एक गाउन के वास्ते, बोला—पइसा नहीं। ई पीने को कहाँ से मिल गया रे पैसा? पाथरडीही यार्ड में बैगन तोड़ा फिर?''

''ह-ह-ह-ह!'' उसके हँसते ही तमक उठी वह, ''बताएगा नहीं तो घर में ढुकने नहीं देगा। अभी पुलिस सूँघते-सूँघते आएगा, जल्दी से भाग...।''

खींचा-तानी में पानी का मटका फूटता है, मुर्ग़ियों का खाँचा उलटता है, पसर जाता है पानी। चीख़ती हुई भागती हैं मुर्ग़ियाँ।

''भाभी!'' उसे सामने आना पड़ा, ''हमने पिलाया था आज।''

शायद माफ़ कर दिया हो क्लारा ने!

क्लारा! एंग्लो-इंडियन लावारिस बाला। हेम्ब्रम के ईसाई बनने के पीछे शायद क्लारा की मटमैली गोराई ही रही हो। एक कमाऊ क्रिश्चियन पति पाकर क्लारा ने फिर से अपने सपनों का संश्लेषण किया। क्या पता, कितना कर पाई! जाने कैसे हेम्ब्रम पियक्कड़ों की संगत में पड़ा! फिर यह गुण अन्य गुणों में तबदील होता गया। पिलाने के लिए रामबुझारथसिंह, जावेद और तिवारी तक उसे हर पल तैयार रहते। अलबत्ता पेमेंट के दिन चील-कौए की तरह उसके लिफ़ाफ़े पर झपट पड़ते। मियाँ-बीवी में इस बात को लेकर उस दिन महाभारत हो जाता। हेम्ब्रम पैसे की कमी को पाथरडीह यार्ड में सील तोड़कर पूरी करने की कोशिश करता। चूँकि वह काम जोखिम-भरा था, सो जुए की ओर लपकता। लौटने पर बीवी रात में एक बार उसकी जेब झाड़ती। एक बार तब, जब वह बाहर निकलता। इस कशमकश में ऊपरी आय की ख़ातिर क्लारा ने पॉल्ट्री खोली, लेकिन वह भी घाटे का सौदा रहा। मुर्ग़ियाँ जाने कैसे ग़ायब हो जातीं! वह उस दिन पूरे हिन्दुस्तान को गाली देती, 'सब जाहिल हैं। सब चोर हैं! शरीफों का यहाँ गुजारा नहीं।' यों उसका एक अरमान यह भी था कि उसका पति अंग्रेज हो या, अंग्रेजी भाषा और अंग्रेजी संस्कृति का पाबन्द, मगर उसका पल्ला ऐसे निखट्टू से बँध गया था। सहुआइन का कहना है कि ऊपरी आमदनी के लिए वह अनूप सिंह के साथ सोती है। कभी-कभी तिवारी भी अपना कर्ज़ उसी से वसूलते हैं। हेम्ब्रम को घर जेलखाना-जैसा लगता है। घर से निकला कि फटेहाल हेम्ब्रम शहंशाह हो उठता। सूदख़ोरों के डर से पेमेंट के समय सात दिन हर महीने ग़ैरहाज़िर रहता हेम्ब्रम।

वे दोनों चुपचाप चले आ रहे थे कि छेदी मिल गया। दुकान बन्द करके आ रहा था शायद।

''देख लिये न भैया कलाली?''

''तुम्हें पता चल गया?''

"छेदी को पता न चले?" वह भद्दे ढंग सें हँसा। फिर दलाल की तरह फुसफुसाया, "सरकारी कलाली भी कोई कलाली है! अरे देखना हो तो बुझारथ-सिंह वाली कलाली देखें दामोदर के किनारे—सूखन और दूखन की भट्ठी! मेला लगता है, मेला! मगर एक गड़बड़ी है।"

"क्या?" आशीष ने पूछा।

"बाबू रामसिंह ने घोषणा की है कि आप सिर्फ़ उन्हीं के आदमी हैं।"

11

चमचे

ड्राइवर रामसिंह की घोषणा—कि वे उनके और सिर्फ़ उनके ही आदमी हैं—की प्रतिक्रिया बड़ी दिलचस्प रही। यहाँ आते ही हर मज़दूर को किसी-न-किसी दल में शामिल होना ही है—लठैत या पहलवान है तो विशेष दर्जा भी, अन्यथा सामान्य सिम्पैथाइज़र या चमचे। ऊधम और आशीष इस तीसरी श्रेणी में आते थे। चारों सिंह जब चलते, उनके अगल-बग़ल मंत्री और सेनापति की तरह एक शकुनीनुमा व्यक्ति और एक भीमनुमा पहलवान चलता। दूसरी क़तार में दूसरे दर्जे के अंगरक्षक और वे, जिन्हें यूनियन के ज़रिये काम निकालना होता। तीसरी क़तार में दीन-हीन, चेहरे पर नक़ली तत्परता ओढ़े प्यादों का दल, जिनका मुख्य काम टहलुई करना होता या फिर उनके भोंडे मज़ाकों पर बिलावजह हँसकर महफ़िल गुलज़ार रखनी होती। यहाँ भी वे अप्रेंटिस ही थे। यूँ कोई महत्त्वपूर्ण काम करते ही पहली क़तार में पहुँच सकते थे—उनके तशेड़ी (ताश खेलने वाले) साथियों का ऐसा ही ख़याल था।

मंगतू ने ऊधम में जाने कहाँ से एक चमचे की अपार सम्भावनाएँ देख ली थीं और वह हमेशा 'मत चूको चौहान' के अन्दाज़ में उकसाया करता। आशीष चूँकि बात-बात में बाग़ी बन बैठता, इसीलिए उस पर मंगतू का विश्वास कम था। छेदी उन दोनों को ही एक-दूसरे का पूरक मानता। मंगतू के सुझाव को वह अपनी ललित शैली में बघारता, "आप लोग 'भी.आइ.पी.' हो गए हैं भैया, हमरो पे नजर रहे। मालूम है, गजाधर सिंह ने दतुअन कूँचते हुए आपको तिरछे-तिरछे ताका और अनूप सिंह जब भी गुजरते हैं, एक उड़ी नजर डालिये देते हैं कुआटर पर कि आप लोग कहीं गये-उए तो नहीं! जल के रह जाते हैं दूनों जन, मगर करेंगे क्या—आप तो बाबू चन्द्रकिशोर सिंह के आदमी हैं।" फिर वह इधर-उधर

ताकता और कान के पास फुसफुसाता, "हियाँ पे सहुआइन और गजाधर सिंह समेत कइयों को शक है कि इस बार बाबू साहेब मुंगेर से गुंडा न बुलवाकर बंगाल और पंजाब से ले आए हैं!"

अपने इस हितैषी की बात पाँचवीं बार सुनने पर उसने पाया कि कान में छेदी की भाप-भरी साँस एक कीड़े की तरह रेंग रही है। इसे उसने उँगली डालकर कलबलाकर निकाला और बोला, "तुम्हें और कोई बात नहीं करनी, छेदी?"

"अउर बात अउर बखत करेंगे। पहले तो मीठा पत्ता, एक सौ बीस, चमन-बहार का पान कूँचो, अउर तब देखो शीशे में अपना चेहरा—साछात्त गुंडा!" छेदी ने कत्थई खींसें निपोर दीं।

पान कूँचते हुए उसने आईने में अपना चेहरा देखना चाहा, मगर उसकी नज़र आ चिपकी आईने पर लटकी एक जापानी लड़की की तसवीर पर। एक तरफ़ से देखो तो एक आँख मारती है, दूसरी तरफ़ से दूसरी, बीच से देखो तो दोनों आँखें खोले लास्य और हास्यमयी युवती। शायद चन्दनपुर को छेदीलाल की नवीनतम भेंट है यह। कान में छेदी के संवाद बिंध रहे हैं, 'अपना सिक्का देखा है न भैया, उसमें तीन सिंह दिखलाई पड़ते हैं?'

'हाँ।'

'तो ऊहे समझ लें। ई तीन सिंह चन्दनपुर के सिक्के के शोक-स्तम्भ हैं, नीचे है शोक-चक्र। मनीजर, चीफ माइनिंग इंजीनियर आदि घोड़े और बैल हैं उसमें।"

"स्तम्भ में चार सिंह हैं, एक छुपा हुआ रहता है—तुमने बुझारथसिंह का नाम नहीं लिया, छेदी?"

"आप तो हमारे भी गुरु निकले, भैया! चौथा सिंह अभी तक तो है, मगर बचे तब न! एक जमाना ऊ था कि एचमस ने बुझारथसिंह के जोर पर एनटूसी का यूनियन आफिस दखल कर लिया था और एक जमाना ई है कि फेन एनटूसी वाले उनको भगा दिये। अब तो कपालिनी देवी के मन्दिर और दामोदर वाली भट्ठी को छोड़कर कहीं नहीं जाते।"

"जाने दो ससुर को, मर गया तो पिंड छूटेगा और जी गया तो फिर चमचागीरी शुरू करना। अभी ग़ैर-कांग्रेसी से दोस्ती सरकार की नजर में गुनाह है।"

"अरे भैया, हमहू मतलब के यार हैं। अभी गाँव के लाल झंडा से हमारा कोई मतलब नहीं, कोई मतलब नहीं रामबुझारथ से। जो है, सो बाक़ी तीनों सिंह—तीनों में भी बाबू चन्द्रकिशोर सिंह—सिक्के का बीच वाला सिंह।"

"और सिक्के के दूसरी तरफ?"

"दूसरी ओर पोडक्सन है, मजूर हैं, गाँव वाले हैं।"

सामने शीशे की त्रिआयामी नारी-मुद्रा तिरोहित हो जाती है। उसके स्थानापन्न हो उठते हैं तीन सिंह। एक ओर से देखता है तो गजाधर सिंह आँख दबाकर हँस

रहे हैं। दूसरी ओर से देखता है अनूप सिंह और बीच में वैष्णवी मुसकान में चन्द्रकिशोर सिंह।

"अरे इस पर काहे लट्टू हो गए ऊधम भैया? इस बार पेश करेंगे असली कोकशास्त्र, जहाँ सब नंगे हैं।"

छेदी के श्लेष पर उसे ही किनारा करना पड़ता है, बात बदलता है, "और गाँव में सब ठीक-ठाक तो है?"

"लीजिए, अभी तक आप गाँव गए ही नहीं?" मेवा पूछ रहा था, "औरो सब—ओझाजी, महतो, मंडल...।"

पूछने वालों में कपालकुंडला और केतकी नहीं हैं। उसके मन को ठेस लगती है।

"कब जा रहे हैं?"

"कल रविवार है न, कल ही।"

सुबह वह नल पर पानी लेने गया तो शिवप्रसाद ने बताया, "बाबू चन्द्रकिशोर सिंह का आदमी आया था, बुलाहट है आपकी।"

उसकी शिराओं में भय की एक सिहरन रेंग गई, "क्या बात है?"

"भैया, हमें क्या मालूम? हम तो 'न तेरी दोस्ती अच्छी, न दुश्मनी अच्छी' वालों में के हैं।"

"क्यों, आप किसी दल में नहीं हैं?"

"हम बोदे आदमी हैं। न लाठी चला सकते हैं, न जी-हुजूरी कर सकते हैं, न उनका कोई नुकसान करने का ही माद्दा है। क्वार्टर मिला हुआ है; प्रोमोशन, ओ.टी. का कोई चाव नहीं। न ऊधो का लेना, न माधो का देना।"

तो ऐसे आदमी भी हैं यहाँ की दुनिया में। उसे अपनी जानकारी में संशोधन करना पड़ा। उसकी सोच को उन्होंने गम्भीरता से लिया और समझाया, "जाइए, किसी पचड़े से दूर रहिएगा। जब हम दूर रह सकते हैं तो आपके तो फिर भी सरपरस्त कई हैं।"

बड़े भले लगे प्रसादजी। उसका दुबका हुआ आत्मविश्वास खरगोश की तरह छलाँग मारने लगा।

चन्द्रकिशोर सिंह!

गठीला औसत क़द का बदन। चेहरा न गोरा, न साँवला! बढ़ी दाढ़ी, रुक्ष आँखें। कुल मिलाकर एक आरोपित दबंगता की शख़्सियत। अपने दो तल्ले मकान की बैठक में बैठे थे सिंहजी। बग़ल की दीवार में हेलमेट झूल रहा था। कोने में कोलियरी बूट पड़े थे, जिन पर जाले लगे हुए थे।

उसके 'नमस्कार' के उत्तर में उनका दाहिना हाथ एक इंच उठकर गिर गया।

आँखें उस पर से फिसलती हुई कोने में जंग खाये बरछों और लाठियों पर; नहीं, वहाँ भी नहीं टिकीं, फिसल गईं खिड़की के बाहर। पूछा, ''सरदार जी, आप चन्दनपुर गाँव तो आते-ही-जाते हैं?''

''जी, अभी तो जब से आया, नहीं गया।''

''आज... ?''

''अभी तो देखिए, जा पाता हूँ या नहीं। सप्ताह-भर के मेले-कुचैले कपड़े हैं, बाज़ार-हाट है।''

''तो क्या दिन-भर कपड़े फीचेंगे या कि बजार करेंगे? सुनिए, हमें मालूम है, आप गाँव जाएँगे आज।''

वह चुप हो गया। फिर उसे लगा, चुप्पी झूठ की स्वीकृति मान ली जाएगी, बोला, ''गया तो कोई काम हो तो कहें।''

''हाँ, काम है। जाकर ओझा से बोल दें कि हमसे रार करने का नतीजा ठीक नहीं होगा।''

अपने ही जाल में फँस गया था वह। खुद को कोसने लगा, 'लो, चखो मजा अब।' एक बार तो इच्छा हुई, कह दे—मुझसे नहीं होगा, मगर बुत बना रहा वह।

उन्होंने खैनी ठोंककर होंठों में दबाई और बाक़ी बात उगली, ''वो हमारा एक डिपो है, गेट के पीछे। हर आदमी यहाँ दू पैसा कमाने की नीयत से घर-द्वार छोड़कर आया है। मैं भी। अब ओझवा कहता है कि डिपो बन्द करो। गाँव के लड़के डिपो खोलेंगे। चारगो चिबिल्ला लड़का, जिसको भगई बाँधने का भी लूर नहीं, लाल झंडा गाड़ के, कमिश्नर के पास पेटीशन करके डिपो खोलेगा अब और हम चले जायें...के दक्खिन। कौन साला बेईमानी, चोरी, जालसाजी नहीं करता इहाँ पर? जाके तनी समझा दीजिए कि डिपो के पीछे पैसा, बन्दूक और सवाँग का जोर हो तो एक क्या, हजार डिपो खोलें, अगर न हो तो गते पटा जाए। काहे को हाथ-गोड़ तोड़वाने पे लगे हैं?'

खैनी की पीक बाहर डालकर आए तो प्रेशर आ गया था, जनेऊ लपेटने लगे कान में। जान बची और वह धड़कनों को सम करता हुआ अपराधी की नाईं लौट आया।

आशीष ढाई बजे ड्यूटी से आया तो सारा दोष उसी पर मढ़ने लगा, ''तुमसे किसने कहा था चन्द्रकिशोर सिंह के यहाँ हाज़िरी बजाने जाओ?''

सर झुकाये हुए ही उसने जवाब दिया, ''अब तो जो हुआ, सो हुआ। उनका सन्देश पहुँचाने जाना ही पड़ेगा गाँव।''

''चले जाओ।''

''और तुम?''

''कह देना, मैं घर पर नहीं था।''

आशीष इस मायने में पक्का पति साबित हुआ। ऐसे पति पत्नी के सामने बनते तो तीसमारख़ाँ हैं, मगर इत्ते डरपोक और पलायनवादी कि हर झंझट-झमेले में पत्नी को ही ठेलते हैं। सूदख़ोरों के दरवाज़े पर 'ठक-ठक' करते ही पत्नी से कह देते हैं, 'जाकर कह दो, घर नहीं हैं'। जैसे ही 'आल क्लीयर' हुआ, पत्नी को ज़रा-ज़रा-सी ग़लती पर लानत-मलामत करते हुए नहा-धोकर, तेल चुपड़कर ताश खेलने या घूमने चल देते हैं। आशीष भी साबुन के काले झाग में से रह-रहकर हिदायत दे रहा था—किस बात का क्या जवाब देना है, कहाँ चुप रहना है।

रायपुरिया बस्ती में वही पंक्तिबद्ध जलते चूल्हे। केतकी की कोई झलक नहीं मिली। आगे कोक-डैम्प पर हो शायद। वहाँ काले ढूहों के बीच कोई उजली तितली न दिखी। लो, अब क्या होगा? रेल-यार्ड में दूर तक एक मालगाड़ी खड़ी है—'चलो, केतकी की तरह नीचे से निकलो! इश्क का पहला भूत तो फना हो गया न! अब पत्थर की तरह लुढ़कते-हुए चलो कपालकुंडला के पास—देखो किस अक्षत-रोली से पूजा करती है तुम्हारी!'

मन्दिर की दहलीज़ पर क़दम रखते ही सामने पड़ गई कपालकुंडला। उसे ऐसी नज़रों से ताका, जैसे वह कोई भेदिया हो! फिर चुपचाप अन्दर चली गई।

"पुजारी जी नहीं हैं क्या?" उसकी आवाज़ ने लपककर उसका पल्लू पकड़ना चाहा, मगर बेकार।

प्रांगण में बलि की वेदी अभी भी भीगी हुई थी। अभी-अभी धोया गया था जैसे। बाहर भीगे रोएँ में सिकुड़ते अक्षत-रोली-माला पहने बलि के बकरे खड़े थे। अवांछित-सा बाहर निकला कि महतो की समाधि पर बाघ-बन्दी खेल में जुटे छकौड़ी महतो वहीं से गोहार बैठे, "अरे ऊधम भैया, आओ, आओ! आशीष भैया को कहाँ छोड़ते आए?"

"आप लोग तो सुना, सिंघ जी की पारटी में भरती हो गए?" गोराई की दुकान से ही सबको सुनाते हुए पास आकर गोकुल उसका मुआयना करने लगा।

उसने लक्ष्य किया, गाँववालों की नज़र यकायक उठ गई थी।

"अच्छा, तब तो तुम बाघ के दल में हो? क्या कहना है अब! बड़े दिनों पर आए हो। आओ, एक हाथ हो जाए बाघ-बन्दी—तुम बाघ, हम बकरे!" छकौड़ी महतो ने कहा तो ठट्ठा मच गया।

"तब, आपके चन्द्रकिशोर सिंह कैसे हैं?" जयदेव ने टिटकारी मारी।

सिंहजी के नाम पर उनकी चेतावनी का ख़याल आया। उसे नरम-से-नरम शब्दों में व्यक्त करने के लिए वाक्य मुँह में ही बन-बनकर उघड़ रहे थे। सत्यप्रकाश ओझा के साथ मेवालाल साइकिल से जा रहा था कि उतरकर शामिल हो गया घेराबन्दी में।

"सिंह जी ने क्या कहा है, मालूम है?" ऊधम ने कहा।

"ऊ सार चमचा का कहेगा?" जयदेव बोल उठा।

"ऐ, सुनो तो!" कचपचाहट फिर भी मची रही तो महतो ने डाँटा, "चोप! हाँ, भैया, का कहा है?"

"कहा है, ओझाजी से बोल दो, गाँव के बेकार लड़कों के डिपो खोलने का अप्लिकेशन वापस ले लें।"

"काहे वापस ले लें? उनके बाप का माल है?"

"साला, अफसरों और पुलिस की गाँड़ के पीछे-पीछे दौड़ता है तो समझे है, नवाब बन गए!"

"वो है कौन बोलने वाला?"

चारों तरफ़ से बौछारें पड़ने लगीं तो वह बिदक गया, "अरे, मैं ऊधमसिंह हूँ, चन्द्रकिशोर सिंह नहीं।"

उसके चीख़ने पर अचानक पानी पड़ गया, मगर वे अभी भी सुलग रहे थे।

"तो हमारा सन्देश भी कह दे जाकर। बाहर से आकर यहाँ हमारी छाती पर ऊ डिपो खोल सकते हैं, हम नहीं खोल सकते अपनी ही जमीन पर? हमीं दोषी हैं? चूहा बन के घुसरे रहे माँद में?" बूढ़े ओझाजी इतना रसा-रसाकर बोलते हैं कि मन विचलित हो उठता है।

"बाप का माल समझ रहे हैं? गाड़ देंगे चन्दनपुर में, कोइला बन जाएगी लोथ। जा के कह दे।"

"तुम लोगों ने मुझे समझ क्या रखा है? मैं कोई दूत हूँ?" झुँझला उठता है वह।

"उनके तो दूत थे, हमारा बनने में लाज लगता है? ऊ का खिला-पिला दिये औ हम नहीं कि उन्हीं की बानी बोलते हो?"

"साला यहाँ चौपाल में बिजली के लिए दरखास देते-देते बुढ़ा गए, उहाँ उनके अखाड़े में पुट्ठा चमकाने के लिए भी बिजली। ले हलुआ!" गोराई ने कहा।

"काहे लगेगी चौपाल में बिजली? का तुम भी गुंडा दे सकते हो अखाड़े की तरह अंगारडीहा विजय करने के लिए?" महतो ने फ़ब्ती कसी।

सब-के-सब टूट पड़े थे उस पर। जाने कब तक चख-चख मची रहती कि पुजारी जी बाहर आए और कौओं की तरह सबको हड़ाकर उसकी लाश को नुचने से बचाया, "तुम आकर चले क्यों गए? तुम्हें मालूम नहीं कि एक कौआ पकड़कर बाँध दो तो कौए के छूटने पर सारे कौए मिलकर उसे मार डालते हैं? पता नहीं, क्या होने वाला है चन्दनपुर में?"

लौटने लगा तो स्वाती ने बकरे का एक मुंड साल के पत्तों में लपेटकर थमाया।

"मुझसे बोलोगी नहीं?" उसे पूछना पड़ा अब।

"आप तो यहाँ पुजारी जी से मिलने आए थे न?"

"गए कहाँ पुजारी जी?"

"हिसाब-किताब देख रहे हैं! —चढ़ावे का।"

"तो मुझे क्या पोंगा पंडित समझ लिया? मैं आशीष नहीं, अधम हूँ।"

"मैं क्या जानूँ? आदेश था, दे दो, दे दिया। अब तुम समझो, पुजारी जी समझें। मैं कौन होती हूँ?" कहकर विरक्त-सी बालटी और कपड़े उठाकर वह ख़ून के धब्बे छुड़ाने लगी।

हाथ दुखने लगा। बलैत की बलिहारी। मुंड ऐसे काटा गया था कि ज़्यादा-से-ज़्यादा मांस गले का लिया जा सके। अगर आशीष इस वक़्त मित जाता तो ज़रूर ही यह बलिमुंड उसके सिर पर पटक देता। वह तो बैठा होगा चौधरी दा के घर!

मन खिन्न हो आया। यहाँ क्यों आया? सर चाट गए गाँववाले। हाथ में थमा दिया गया है सालपत्र में लिपटा हुआ बलि-मुंड। अब इसी बेहूदी हालत में जाना है। छिः! गोया कि बकरे का न हुआ, खुद उसी का मुंड काटकर थमा दिया गया हो— 'जाओ, इसे चन्द्रकिशोर सिंह को दे देना।' इसे न फेंका जा सकता है, न सम्मानित घरों में लेकर जाया जा सकता है। कमबख़्त मेवालाल भी नहीं दिखता। जाने क्या तो काम था, ऊँह! हो, उसकी बला से! यह सारा बवाल छेदी का रचा हुआ है। ऊधमसिंह को ख़बर कर दी कि आज वह गाँव जा रहा है, इधर गाँव वालों को सूचित कर दिया कि वह सिंह जी का सन्देश लेकर आ रहा है। छेदी नहीं, भेदी ही नाम होना चाहिए था। पाजी कहीं का! और यह मेवालाल? कितना समर्पित दिखता है! एक भाई रोगी, एक भाई वैद्य। नहीं जाएगा वह ढूँढ़ने उसे। काम होता तो खुद ही न चला आता? आया भी तो तमाशबीन बना रहा। फिर कहाँ जाए वह? क्वार्टर? भाभी तो खाती नहीं...अर-र-र! उसे याद आया, भाभी ने पुजारीजी से कोई ताबीज़ माँगी थी।

अब एक बार फिर वही रक्त-पंकिल प्रांगण, फिर उसी भरी-भरी कपालकुंडला के पार्श्व से गुज़रकर, फिर उसी तांत्रिक पुजारी के पास। उसने बताया तो वे बनने लगे, "किस बात का रक्षा-कवच? ओ! अच्छा, उस भद्र महिला के पति कैसे हैं?"

उसे फिर खीझ आई। इन चार गेरुआ संन्यासियों के बीच किसी औरत की व्यक्तिगत ज़िन्दगी का पचड़ा खोलने का सबब?

"अच्छा, ऐसा करो, बोलना, बनकर तैयार है। अमावस्या को सिद्ध करूँगा, प्रतिपदा पंचमी या सप्तमी को आकर ले जाएगी—निर्जला, शुद्ध रहकर—हाँ!"

लौटते हुए वह खीझता जा रहा था।

हुँह! ढोंग है, सब ढोंग! माँ ही शक्ति है और माँ ही सबसे ज़्यादा अशक्त! लौटते हुए उसकी नज़र फिर से जा अटकी पीपल के पेड़ से उम्मीदों की डोर से बँधे पत्थरों पर।

इन्हीं में एक सपना मेवालाल का होगा। एक सपना भाभी का। एक सपना अतनूदा का, और भी जाने किस-किसका? और सबको आशा की डोर से झुलानेवाली

स्वाती कपालकुंडला का? बेमन से ख़ून के धब्बों को छुड़ाते हुए उसे देखकर दया आई। क्या उसका कोई सपना नहीं? कहीं उसकी बेमुरौवती के पीछे एक प्रेमिका का आहत अहं तो नहीं? ऊँह! यह उसके अपने ही मन का चोर बोल रहा है शायद। वह तो आशीष को चाहती है...और उसने झटक दिये स्वाती के ख़याल।

सहसा एक ख़याल आया—क्यों न वह इसे छुट्टन भुइयाँ को दे दे? और वह मुड़ गया हरिजन-बस्ती की ओर।

"यह क्या?...इत्ती भीड़!" वह ठमक गया।

"सुअर मार रहे हैं।" एक ने बताया।

"कहाँ है सुअर?"

"देखते नहीं हैं यह जाल? सुअर को शंका हो गई है। खदेड़ने पर भी इधर नहीं आता—कभी जगन के, कभी सूकर के, कभी छुट्टन के घर घुस जाता है। इस बार शायद..."

"अरे, ठीक से जाल पकड़ना रे!" बतानेवाले की बात शेष होते-न-होते एक पुकार हुई।

'घो-घों' करते हुए तीन-तीन सुअर आए। दो को छोड़ दिया गया, मगर जैसे ही वह टेढ़े दाँतों वाला भूरा सूअर आया, घात लगाने वालों ने उसे जाल में लपेट लिया। जाल में उलझते ही पाँच-पाँच जवान उस पर चढ़ बैठे और जाल कसने लगे। सूअर की 'घों-घों', 'चों-चों' की आवाज़ से माहौल आतंक और बीभत्सता में ऊभ-चूभ हो रहा था। मुँह बाँधने के बाद भी उसकी दबी चीख दिल दहला रही थी। आक्रोश और करुणा। दहशत और दरिंदगी। बूढ़ा जगन पूछता है, "का बाबू साहेब, चिखौना चाहिए का? दू घंटा लगेगा अभी तो।"

चिखौना क्या? सूअर का लाल भुना मांस? बात समझते ही ऊधम बिदक पड़ा। बलि-मुंड को जगन को देते हुए वह बोला, "इसे छुट्टन को दे दीजिएगा।" और हड़बड़ाकर भाग चला।

यह भी एक समानान्तर दुनिया है—एशिया की आधुनिकतम खदान के पार्श्व में प्राचीनतम सभ्यता के अन्ध-पाश में कसमसाती हुई। ज़मीन में धँसे सुअर-बाड़े और उनसे तनिक ऊँचे मकान। सुअर से तनिक ऊपर आदमी!

"दादा!" इस पुकार पर ऊधम की विचार-शृंखला टूटी। देखा तो आशीष था, नीम-अँधेरे में पेड़ से टिका हुआ।

"अरे, तुम? गए नहीं चौधरी दा के यहाँ?"

"ना दादा, तुम्हें आफ़त में ठेलकर मैं जा न सका। गए तुम थे और तुम्हारी यातना मैं भोग रहा था क्वार्टर में बैठे-बैठे।" आशीष कहते-कहते फफक पड़ा, "आख़िर किसका कसूर है—किसका? भागकर कहाँ आ फँसे?...जिसे सुरक्षा समझा, वह तो जाल है, जाल! दादा, हमने तो चमचा बनना नहीं चाहा था।"

आख़िरी वाक्य उसने इस मर्मांतक ढंग से कहा कि ऊधम विगलित हो गया। उसका कंठ अवरुद्ध हो गया। फंदे में चिपके आशीष को हाथों-ही-हाथों सँभालते और तसल्लियाँ देते वह अब वीरान सड़क पर चला जा रहा था। जैसे एक पियक्कड़ अपने से ज़्यादा नशे में डूबे पियक्कड़ साथी को पकड़कर घर ले जा रहा हो!

12

हँसी

आज किसका मुँह देखकर उठा था सवेरे? इस चन्दनपुर का उन्होंने पहली बार साक्षात्कार किया। न कोई शोर, न कोई अशान्ति, फिर भी सब अपने-अपने काम पर लगे हुए। दोनों टॉप गियर—अप-कास्ट और डाउन कास्ट पानी की तरह मोट भर-भरकर ऊर्जा उड़ेल रहे थे। हरी, लाल, नीली, पीली बत्तियों और मीटरों पर काँपती सुइयों के बीच विशालकाय वाइंडिंग ड्रम और ड्रम पर खुलती-लिपटती मोटे केबुल की कुंडली। स्किप लोडिंग सतह पर आती, बंकर के चुंबक से खुल जाता इंटरलॉक, भक-से जल उठती लाल बत्ती। बंकर में कन्वेयर-बेल्ट, फिर दूसरे कन्वेयर-बेल्ट पर बह रही है काली ऊर्जा! आस-पास खड़े मज़दूर चुनने जाते हैं पत्थर। कोयला जा रहा है वाशरी और वाशरी से पहले का धुला कोयला जा रहा है डोलियों पर इस्पात-कारखाने। नीचे मलकट्ठे, मशीन, कोलकटर, बैटरी-चालित लोकोमोटिव, कन्वेयर बेल्टों का क्रम, फ़ौलादी पसलियों वाली जगमगाती काली सुरंग, चढ़ता-उतरता केज। कोयला, कोयला और कोयला—बाक़ी कुछ नहीं। ऊर्जा-मंत्री और बड़े अधिकारियों के साथ वह पढ़ रहा था ऊर्जा की मूर्त कविता! एजेंट आहूजा मुट्ठी में दबाकर गर्व से दिखाते हैं मंत्री महोदय को। चूर हो गया ऊँचे दर्जे का ऐन्थ्रेसाइट!

काश, हमेशा दौरा हुआ करता ऊर्जा-मंत्री का! उनके प्रस्थान करते ही पूजा सम्पन्न हो चुके पूजामंडप की तरह थकावट और उदासी ने एक साथ आ दबोचा। ख़ैर, अब काम बाद में, पहले एक कड़क चाय पीएँगे और चाय सबसे बढ़िया मिलती है मक़बूल साहब के पास—इंस्टैंट टी! चाय, चीनी, पाउडर-मिल्क की पुड़िया बीकर में डालकर खौलता पानी छोड़ा, चम्मच से हिलाया और चाय तैयार!

चाय हाथ में लेकर आशीष देखने लगा जाती हुई डोलियों को। बड़े दिन के बाद चालू हुई थी, सो नयापन लग रहा था। उसने सोचा—वह किसी डोली में सवार हो

जाए तो कैसा रहे? नीचे धान के खेत, चरते मवेशी, अश्लील इशारे करते चरवाहे, ऊँघते पहाड़, फुसफुसाते शाल के वनों को पीछे छोड़ते हुए, दामोदर के समानांतर पंचेत बाँध के जलाशय पर हनुमानजी की तरह उड़ते हुए जा पहुँचता कोक-डिपो। वहाँ से गाँव। माँ धान फैला रही है, बाबा हुक्का पी रहे हैं। ना, छेड़ो मत इन्हें, चुपके से लौट चलो लौटती डोली पकड़कर। राह में तनिक रुको, नीचे अगियारडीह है। ज़रा देखो तो, कहाँ है वह साँवले बदन की कालिन्दी?

"बाबू!" वह चिहुँक उठता है। सामने खड़ी थी कालिन्दी। लगा, डोली के पीछे वाली डोली से अभी-अभी उतरी हो! जानता है, क्या पूछेगी वह। 'कोई बात हुई?' और उसे कोई झूठा बहाना ढूँढ़ना पड़ेगा। पाँव के अँगूठे से कुरेदती रहेगी कोयले के चूरे। अरे, यह उसे सम्भ्रम हो रहा है क्या? पाँव किसी स्फूर्ति में थिरकते-से लगते हैं। वह उसके पूरे वजूद को देखता है—हल्के-हल्के मुसकराते हुए होंठ, जैसे कोई राज़ क़ैद हो वहाँ!

"डेली हम पूछता, तुम न बता पाता। लो, आज तुम पूछो, हम बताता।"

"बता भी तो।"

"वो, हमारा डिगरी हो गया। कमिश्नर साहब बोला—पूरा पैसा और साथ में नौकरी देना होगा कम्पनी को।"

"अच्छा! तब तो बड़ी खुशी की बात है। नाच-वाच भी होगी?"

"हाँ-हाँ, सब होगा। आना। सरदारजी को भी ले आना।"

वह एक बच्ची-सी फुदकती हुई लौटी जा रही है। फिर ठिठक जाती है। बाक़ी कमिनों पर बक-ध्यान लगाये भभीखनराय को कोयले की एक कंकरी उठाकर मारती है। उनकी अकबकाहट पर हँसते-हँसने दोहरी हो उठती है। कालिन्दी केवल एक हँसी नहीं, जैसे सैकड़ों कालिन्दियों की उन्मुक्त हँसी हो—तनिक मीठी, तनिक खट्टी, तनिक उथली, तनिक गहरी क्रिस्टल बनकर ऊर्जा के प्रकाशित कणों की तरह काली कौंध में से खिल-खिलकर झरती हुई।

हम बरगलाते रहते हैं, लेकिन इतिहास ठीक बनता जाता है।

"मुकुलदा, चौधरी साहब, लाल झंडा यूनियन, गाँव वाले और उसमें मिल गए कमिश्नर सिन्हा जी।" मक़बूल साहब ने बताया, "जानते हैं, लाल झंडा के राय मोशाय ने खुद हाथ से दरख़्वास्त लिखी, कमिश्नर को समझाया। हर चीज़ के पीछे कारण होता है न!"

डोलियाँ चल पड़ी हैं तो सिंहजी के ट्रक बेकार पड़े हैं। भभीखनराय यही बैठे-बैठे गुन रहे हैं। मैनेजमेंट की तरफ़दारी का यही फ़ायदा है। काले साँप हैं, साँप। अब ठेके का क्या हागा? क्या होगा रोज़ी-रोटी का?...उस दिन अंगारडीहा के तीर की मार बरदाश्त कर ले गए थे, मगर आज नन्ही कंकरी की मार नहीं झेली जा रही। गजाधर सिंह उनकी तरह हाथ-पर-हाथ धरकर बैठने वाले नहीं। बी.बी. सिन्हा से

मिलने गए। छह फ़ीट बी.बी. सिन्हा स्वजातीय होकर भी राजपूतों को शह देते हैं, उनसे बात तक न की।

उन्होंने डैनों का कपाट खोलकर सलाम दागा, "जै हिन्द चटर्जी साहब!"

भट्ट और चटर्जी आमने-सामने काग़ज़ात फैलाये बैठे थे। दोनों की नज़र एक साथ ऊपर उठी, जैसे कोई मनहूस देख लिया हो! अन्दर से बिदकते हुए भी उन्होंने कोई जवाब नहीं दिया। गजाधर सिंह को लगा, वे मैनेजमेंट की ऐसी अधेड़ रखैल हैं, जो मन से उतर गई है। जब कई-कई प्रतिद्वंद्वी सौतनें हों तो ससुरा जो न हो, सो थोड़ा।

बिना कुछ बोले भट्ट साहब निकल गए तब तक। अवांछित की तरह खड़े रहे गजाधर सिंह। घंटी बजी। चपरासी को हुक्म हुआ, "चौधरी को बुला लाओ।" फिर उनकी तरफ़ मुख़ातिब हुए, "सिंहजी, ज़रा-सा प्लीज़!"

सिंहजी बाहर आकर कुरमुराते रहे। चपरासी ने अपना स्टूल छोड़ दिया। कुढ़ गए। वहाँ बैठेंगे? सोचा, जूता खोलकर दो जूता मारें साले चटर्जी को, मगर नहीं...।

चौधरी गए, तो उनकी बुलाहट हुई।

"कहिए सिंह साहब, कैसे दर्शन दिया आपने?"

'साहब' कहते ही सारा मलाल पाले की तरह गल गया। कुरसी पर जा बिराजे। यह धृष्टता भी सहनी पड़ती है साहबों की। दूसरा कोई होता तो 'गेट आउट' कह देते। कहने को माइनिंग सरदार हैं, मगर अन्दर नहीं जाते कभी। यूनियन के सभी दादा लोगों की एक-सी हेकड़ी। इन्हें टरकाने का कोई-न-कोई बहाना ढूँढ़ना पड़ता है। वैसे ये नाक की मक्खी हैं, लाख हटाओ, बैठेंगे फिर आकर वहीं। आधा सरदर्द तो इनकी आपसी टकराहट का है। चार सिंह करकराकर चबा रहे हैं चन्दनपुर को। कहने को ये अफ़सरों के संरक्षक भी हैं, लेकिन तभी तक, जब तक इनकी लूट को न छेड़ो। एक बार पर्सनल-अफ़सर जैन ने इन्हें ड्यूटी पर जाने को बाध्य किया, न गए तो उसने चार्जशीट दे दी।

'साहेब, ये रही तुम्हारी चारसीट।' वहीं फाड़कर चिन्दियाँ बना दीं, 'अब हमारा आठ सीट देखो।' सारे सुरक्षा प्रहरियों के सामने ऐसी पिटाई की कि बेचारा जैन दूसरे दिन ट्रांसफर लेकर चला गया। भूलकर भी कभी झाँकने नहीं आया चन्दनपुर।

वे पेपर्स देख रहे हैं, दरअसल देखने का बहाना कर रहे हैं।

"का साहेब, नाराज हो गइलीं?"

"ना सिंहजी, ऊ साला मंत्री है न!"

"ऊहे तो हम कहे आए हैं। अब तो हमार कौनो जरूरत ना रह गइल?"

"यह क्या कहते हैं? ज़रूरत तो सबको सबसे है!" मिश्री घुल रही है साहब की बात में।

"हम तो समझे, अब सरकारे रच्छा करी राउर लोगन के...काल्हिये नोचे लगिहें आदिवासी लोग और गाँव वाले।"

"लगे बनाने?" हँस रहे हैं साहब।

"त हम पूछत रहलीं कि माल-पत्ता भेंटाइल तनिको? कहाँ तो समसे विस्व बैंक के रूपिया ढालल जाता औ राउर चेहरा पे तनिको लाली ही नइखे।"

"सब तो खान में लगा है, लग रहा है।"

"हमरे से चाल चलतानीं? समसे पइसा भकोसल जाता औ हमरे खातिर टूटी पड़न बा! हम कहाँ जाईं चार गो टरक ले के?"

"काम तो आपको भी मिला था!"

"था नहीं, 'मिलेगा' की बात कहिए न, साहेब! का हम काम ना कइलीं?"

"काम तो हुआ है।"

"अइसन-वइसन काम?"

"हाँ, भई, आप ही लोग तो खान चलाते हैं, मान तो रहा हूँ।"

गद्गद हो जाते हैं सिंहजी। मगर इस आह्लाद में एक कचोट भी है कि ई ससुरा 'लोग' की पूँछ लगा दिये 'आप ही' के पीछे।

"हजूर, हमरा काम देखा जाए और दूसरे लोगों का भी।"

चटर्जी फिर से फ़ाइलों में गोता लगा चुके हैं।

"साहेब!"

"...."

"साहेब!!"

"ऊँऽऽऽ...!"

"आपो का बाल-बच्चा है, औ हमरो है। अइसा कौनो जतन कीजिए जे दूनो का पेट भर जाये।"

"पेट नहीं भरता आपका?"

"खाक भरेगा? कोयला ढोने का ठेका खतम, सूद का कारोबार खतम।"

"नौकरी तो सलामत है!"

नौकरी के नाम पर उन्होंने ऐसा वितृष्ण मुँह बनाया कि साहब देख लेते तो दया आ जाती।

"ऊ टेंडरवा कनसटक्सन वाला मिल जाता तो..."

"किसी सिंह को ही मिलेगा, घबराते क्यों हैं?"

"सिंह? ए साहेब, अब सिंह कहाँ हैं? सब सियार हैं।" वे राज़-भरे अन्दाज़ में फुसफुसाए, "परसुरामजी ने तो सारे छत्तरियों का नाश कर दिया था, छत्तरी बचा कोई? एक तो ऐसेई गया और दोसरका तो कुर्मी है।"

हँसते हैं साहब, "और ऊ सिंह जी बोल रहे थे कि आप लोगों की कोई जाति ही नहीं?"

"हमरा सामने बोले तो कौनो ससुर...। साँचो साहेब, दया रखब।"

''देखूँगा, अगर सबसे कम रहा।''

''हम पता करके भरे हैं। आपो को खूस कर देंगे।''

अब पर्सनल-मैनेजर प्रसाद साहब के दफ़्तर में आए। वे रिलैक्स मूड में थे। आते ही व्यंग्य के अन्दाज़ में हिदायत देने लगे, ''सूद वसूलने मत जाइएगा पे-काउंटर पर!''

''काहे? कौनो नोटिस जारी भइल बा?''

''हाँ, सरकार से।''

''हमरा सरकार तो आप हैं। अब बताइए, ऊ सबे दारू और जूआ माँ पइसा फूँक देता है। हम लोग पइसा न दें तो हँड़िया चढ़े कैसे?''

''दारू और जुआ कौन खिलाता है?''

''का मालूम, सरकार? राम कसम, हम नइखी जानत।''

''झूठी क़सम क्यों खाते हैं? घूम-फिरकर कोलियरी का पैसा तो आप लोग बटोर रहे हैं।''

''इसमें कुछ गलत तो है नहीं! सरकार करज नहीं देती? सरकार लाटरी नहीं खेलाती? सरकार दारू नहीं बेचती? घूम-फिर के सबे पैसा टैक्स के रूप में सरकार नहीं वसूलती? ईहे देखीं न, सरकार विश्व बैंक से पैसा लेलस की ना? औ विश्व बैंक आपन पैसा माँगी ना?''

''मगर ज़ोर-ज़बरदस्ती...?''

''तनी-मनी का बात और है, मगर वोइसा जोर-जुलुम का शिकायत कौनो मलकट्टा-मजूर कर दे तो आप के पेशाब से मूँछ बनवा दें।''

इन दो फ्रंटों को सँभालने के बाद उन्हें शाम को भट्ट साहब के बँगले पर जाना होगा। पानागढ़ की मिलिटरी कैंटीन से दो बोतल स्कॉच लाए हैं और साथ ही दिमाग़ में है लच्छीपुर की रंडियों की नवीनतम मेनू! बिल पास कराना है। दो-दो ट्रकें चोरी का कोयला ढोती हुई आसनसोल थाने में पकड़ी गई हैं—छुड़ाने के लिए मोटी रक़म चाहिए। मोटी रक़म नये ठेकों को हासिल करने के लिए भी। पैसा बोने पर ही पैसा फलता है।

बाक़ी बचा एक काम—आपस की बैठक। आपस, यानी तीनों सिंह, एक तिवारी, एक जावेद साहब। अपने-अपने मंत्री, सेनापति और विश्वासी चमचों के साथ। बैठक की जगह चन्द्रकिशोर सिंह की छत। बुझारथसिंह और अतनूदा को न बुलाया गया, न वे गए। इमर्जेन्सी और सरकारी अध्यादेशों, कमिश्नर के विरोधी रुख़ पर बात आपसी नोक-झोंक से शुरू हुई।

''कमिश्नर को ठीक नहीं किया जा सकता?'' जावेद का सवाल था।

कमिश्नर के आने से सबसे ज़्यादा नुक़सान उन्हीं को उठाना पड़ रहा था। झरिया, पाथरडीही की दारू की दो भट्ठियाँ बन्द होने की हालत में आ गई थीं।

यार्ड से कोयला और लोहा चोरी करनेवाले दल का एक लड़का गोली से मारा गया था।

"आप लोग बोलते क्यों नहीं?" जावेद ने फिर टोका।

"कमिश्नर को गोली से, गाली से, डाली से—किसी से नहीं मार सकते। एक पैसा घूस नहीं लेता सार।" गजाधर सिंह ने कहा।

"बहुतों को देखा!"

"मगर इसको नहीं। अरे साहब, एतना प्यार से समझाता है न, कि मन करता है भोंकार मार के रो दें।"

"जब आप हग मारे तो एजेंट आहूजा किस खेत की मूली है? ई लौंडा भट्ट और चटर्जिया को तो एक पल में मना लें मगर ऊ... ? उसके बिना काम होगा कैसे?"

"हमारी राय है कि इमर्जेन्सी तक पटुआए रहें।" चन्द्रकिशोर सिंह ने कहा, "वरना मीसा में ठेल दें तो, आख़िर कब तक रहेगी इमर्जेन्सी?"

"अगर दस साल रह जाए तो... ?" अनूप सिंह ने सवाल किया।

"आप सिर्फ़ नाम के ठाकुर हैं, असल ठाकुर तो अनूप सिंह हैं। हाँ, भैया, बोलो तो फिर क्या उपाय है?" जावेद ने चन्द्रकिशोर सिंह को कनखी मारी।

अनूप सिंह ने कहा, "पहली बात, हमें आपस में लड़ना छोड़कर मिल्लत रखनी होगी तभी गाँव वाले आदिवासी लोगों और अफ़सरों के सामने टिक पाएँगे।"

"ये रही न लाख टके की बात! हाँ, और?"

"और अफ़सरों को एक जलसे में बुलाकर उनका खातिर-सत्कार करना है। जो घी से मरे, उसके लिए जहर की क्या जरूरत?"

"ठीक, मगर कोई साला फिर भी अड़ा रहा तो?"

"अब पूरी जनमपत्री आज ही कैसे समझ लें?"

"ठीक है। तो, इस पूर्णमासी को सत्यनारायण की कथा सुनेंगे और उसमें सब देवताओं को बुलाएँगे।" चन्द्रकिशोर सिंह ने कहा, "परसादी अनूप सिंह के ठेके से शबरी की तरह चख-चखकर अच्छी-अच्छी कामिनें (महिला मज़दूर)!"

इस प्रस्ताव से उत्साहित होकर जावेद साहब ने कहा, "चरनामिरित मेरी ओर से रहेगा।"

"ठीक, लेकिन उम्दा दारू हो। ऐसा न हो कि पिछलका दफा के जैसा दस मलकट्टे साफ़ हो जाएँ। मनोरंजन के लिए विरहा की पार्टी तिवारीजी और गजाधर सिंह के जिम्मे।"

बाहर छोटी-मोटी रियायतों के लोभ में छोटे रंगदारों-सूदखोरों का दल इस मीटिंग का हश्र जानने के लिए इधर-उधर चिन्तित भाव से टहल रहा था। सिंह-त्रयी—तिवारी, जावेद मियाँ आदि के हँसते हुए निकलकर आते ही सेवकों का यह दल भी हँस पड़ा, जैसे एक साथ पच्चीसों भेड़िये हँस रहे हों!

एक हँसी कालिन्दी की, जैसे प्रकृति हँस रही हो! एक हँसी इनकी, जैसे प्रकृति की विकृति बिछल रही हो! दोनों ही एक दूसरे के लिए चुनौती बनी शक्ति आज़माइश कर रही हैं आमने-सामने। भेड़ियों की भिलभिलाहट, जैसे मवाद टक-बक कर रहा हो! कालिंदी की खिलखिलाहट, जैसे बार-बार चोट कर रही हो उस मवाद की खोल पर।

13

गोली

खिड़की की थपथपाहट पर ऊधम की नींद खुली, ''कौन?''

''पेमेंट लेने नहीं जाना?''

''अरे भाभी!'' वह हड़बड़ाकर चादर फेंककर उछल पड़ा।

''घुलेटन बड़ी देर तक दरवाज़ा पीटता रहा। आप तो घोड़े बेचकर सोए रहे। बगान में आकर खिड़की भडभड़ानी पड़ी।''

''अरे बाप रे! आज घुलेटन के बाप बबन का फाइनल पेमेंट है। साथ चलने को कहा था। एक चाय प्लीज़ देंगी?'' उसने आँख-मुँह पर पानी डाला। ब्रश किया। चाय दीवार के उस पार से भाभी ने पहुँचा दी।

''घर में बीवी होने से कितना लाभ है!''

''चाय का या जगाने का?''

''ना, इस बात की जानकारी का कि पेमेंट कब हो रहा है। चौधरी साहब, मुकुल साहब और विष्टूदा की बीवियाँ भी मर्दों से पहले जानती हैं—कब है पेमेंट।''

''सिर्फ़ बीवियाँ ही नहीं, जिन-जिनको पैसा लेना है, सब। जाकर देखिए, छोटे-बड़े सारे पावनेदार कौवे और गीध की तरह मँडरा रहे हैं वहाँ।'' प्रसादजी ने जवाब दिया। भाभी चुप हो गई थीं।

दूर से ही एकाउंट्स ऑफ़िस की भीड़ नज़र आई। प्रसादजी की बात सोलह आने सच थी। लाइन में जा लगा वह। लिफ़ाफ़ा पाते ही, अभी गिनना शेष भी नहीं हुआ होता कि घेर लेते लोग। आज भी प्रथम दर्शन हेम्ब्रम का ही रहा।

''मालिक, पचास तो रहने दो।'' हेम्ब्रम गिड़गिड़ा रहा था।

''सार, पहिले ही मरवा आया, तब नहीं, और हमरा बेर फटने लगी?'' जावेद गुर्राए।

"खाएँगे क्या?"

"भेज दे जनाना हमरे पास।"

अपना पेमेंट लेकर बबन साव के पास गया। संयोग से सही समय पर पहुँचा था। कुल अट्ठाइस हज़ार नौ सौ अड़तीस रुपये—पी.एफ. और ग्रैचुइटी मिलाकर। पेमेंट कराने औवरमैन स्वयं आए थे। वे निकलकर चलने को हुए कि देखा, एक गोल फंदा घिरा हुआ है—जावेद साहब, अनूप सिंह के आदमी, भभीखनराय, तिवारीजी, बुझारथसिंह के भाई महीपत सिंह और चन्द्रकिशोर सिंह के भतीजे, जो सेक्योरिटी में हैं। सहुआइन भी!

"राम-राम, मलिकार!" जल्लादों को देखकर काँप उठा वह।

"राम-राम, साव! हमारा पैसा भी दे दो।"

"देंगे न।"

"अब कब दोगे? आज न मिला तो कौन सार किसको देने आता है?" महीपत सिंह ने कहा।

सबसे पहले गहने के मारवाड़ी सूदखोर झाँबरमल।

"हमरो पाँच हज़ार।

"कैसे?" चौंक उठता है बबन।

डायरी-बही खोलकर मीठी भाषा में समझा रहे हैं झाँबरमल—घुलेटन की शादी से लेकर घुलेटन की माँ के क्रियाकर्म तक। जब-जब जरूरत पड़ी, पैसा ले आए घर की तरह। लिफ़ाफ़ा देते गए वहाँ घर की तरह। न कभी पूछा, न पछोरा। आज वह राशि पाँच हज़ार कैसे हुई, कुछ समझ में नहीं आ रहा है।

"हम झूठ बोलेगा?"

काँपते हाथ नोट गिनने लगे हैं।

"ए रुको। पहले हम सबका हिसाब हो जाएगा, तब देना। गरीब को चूसने आए हैं?" विजय सिंह बोल उठते हैं और कापी लेकर पूछने लगते हैं, "किसका कितना पावना है बबन पर?"

पहले अपना लिखा—सात हज़ार, जावेद साहब—तीन हज़ार, अनूप सिंह—तीन हज़ार पाँच सौ, तिवारी जी—डेढ़ हज़ार, सहुआइन—दो हज़ार, खुदरा—चार हज़ार। झाँबरमल ने सबके बाद अपना लिखाया—पाँच हज़ार।

सनातनी दुश्मनी के बावजूद महीपत सिह को टोकना पड़ा, "हमारा एकसठ सौ।"

"हम पूछते हैं, बबन कुछ कमाता भी था कि सिर्फ़ आप लोगों से कर्ज़ ही लेकर खाता रहा था?" ऊधम ने टोका।

"हमेशा देते रहे, हमेशा साहेब! ई पैसा, सोचे, बाल-बच्चा के काम में लगेगा और अब..?" बबन रोने लगा बच्चों की तरह।

"सुनिए, ऐसे पैसे नहीं दिये जाते। बबन साव ने कितना लिया था और कितना दिया है, सब साफ़-साफ़ तारीख़वार लिख लाइए, तब पैसे लीजिए।" ऊधम ने कहा।

"ई को है रे?" एक साथ कई आवाज़ें।

"अपना ही आदमी है, घबड़ाने की बात नहीं।" विजय ने अपनेपन में उसे डाँटा, "बिना समझे नहीं बोलना चाहिए न कुछ। जाइए क्वार्टर पर।"

"जाईं-जाईं एहिजा से।"

सभी पावनेदार दुरदुरा उठे। चौधरीदा खींच ले आए ऊधम को। कन्धे थपथपाकर बोले, "मैं तुम्हारा सेंटिमेंट समझता हूँ, लेकिन यहाँ अकेले उलझना मूर्खता है। यहाँ कोई सूदखोर अकेला नहीं है। वो झाँबरमल भी सुनते हैं, बी. बी. सिन्हा से चार गुंडे लोन पर ले आया है। और भी सब। मुश्किल से हज़ार-पाँच सौ ले के जा पाया तो बड़े भाग्य। सब छीन लेंगे कुत्ते यहीं।"

चाय वाला भी हिदायत देने में शामिल हो गया, "एक बार खाम छीनने की बाज़ी लगी थी—जानते हैं? सबसे ज़्यादा खाम छीन पाए बाबू चन्द्रकिशोर सिंह—तीन सौ अट्ठावन, अनूप सिंह दूसरे नम्बर पर रहे—दो सौ नवासी; तिवारी और गजाधर सिंह—दो सौ सत्ताइस...! सारे सेक्योरिटी वाले तो इन्हीं के ज़िले-जवार के लोग हैं। भागने देते नहीं कहीं। कई तो खुद ही करने लगे हैं सूदखोरी। तिवारीजी तो खान के अन्दर ही वसूलते रहते हैं।"

अपनी असहायता का बोध कचोटता रहा और वह क्वार्टर जाने की बजाय जा पहुँचा गाँव में मेवालाल के घर।

मेवालाल पुआल में दुबका पढ़ रहा था। उसे देखा तो बया के घोंसले से निकल आया, "भैया, हमें तो भूल ही गए आप! आज अचानक?"

"आजकल तुमने बड़ा ज़ोर दिया है पढ़ने पर। बहुत खुश होंगे दुबे।"

"खुश?" मायूसी में हँसता है मेवालाल, "मैं जो भी करूँगा, उन्हें नागवार गुज़रेगा। मैंने कविता लिखी तो उनकी नज़र से सारे कवि ही उतर गए। मैंने पढ़ना शुरू किया ढंग से, तो सारे छात्र ही गँवार लगने लगे। मैंने लाल झंडा में जाना शुरू किया तो वह उन्हें लुच्चे-लुहाड़ों का दल लगने लगा। कल को अगर खुदा-न-खास्ता मैं प्रधानमंत्री भी हो जाऊँ तो उन्हें प्रधानमंत्री-पद तक से घृणा हो जाए..."

"फुरसत है?" उसकी बात काटनी पड़ी उसे।

"आपके लिए और फुरसत?"

"तो चलो थाना।"

"एं?" वह चिहुँका।

उसने बबन वाली घटना बताई तो मेवा मुँह टेढ़ा करके बोला, "चलिए, लड़कों को इकट्ठा करते हैं।"

"ना, इससे बवाल बढ़ेगा। अभी मुझे कॉलोनी में रहना है।"

"इन्हीं का कौरा तो खाता है थाना। चलिए कमिश्नर के पास डाइरेक्ट।"

कमिश्नर के यहाँ गए तो पता चला, वे चिरकुंडा गए हैं। एक नोट लिखकर रख दी और वापस हो गए।

"हिल-स्टेशन की चाय पिएँगे?" मेवा ने पूछा।

"ना, देर हो जाएगी। आशीष शाम तक आएगा। राशन-पानी का जुगाड़ भी करना है।"

फ़ायर-ज़ोन का इलाक़ा दोपहर में भी सुरमई अँधेरे में श्मशान घाट की तरह मद्धम-मद्धम सुलग रहा था। भैंसे चर रही थीं कहीं-कहीं। पोखरिया खादों में लोग स्नान कर रहे थे। बस से ही देख रहे थे वे। सेंट्रल फुएल रिसर्च इंस्टीट्यूट पार हुआ तो मेवालाल बोला, "यहाँ कोई काम हो रहा है फ़ायर ज़ोन पर?"

"क्या पता?" उसे अपनी ही धुन थी। वह चुप हो गया।

वे स्टॉप पर उतरे ही थे कि एक मोटर-साइकिल आँधी की तरह गेट से गुज़री। ठीक उसके पीछे अम्बैसेडर कार उस पर दाएँ-बाएँ ऐसे झपट रही थी, जैसे कुत्ता बिल्ली पर! उठान पर पुटुस की झाड़ियों में जा फँसी मोटर-साइकिल। कार टक्कर मारने के पूर्व ही रुक गई। तेज़ी से बैक हुई और पीछे आती स्कूल-वैन से टकराते-टकराते बची। अब सर्र-से आगे बढ़ गई। पीछे-पीछे मोटर-साइकिल रेंग रही थी, तनिक टेढ़ी चाल से सर्पाकार। कार में से राइफल तनी—धाँय-धाँय! पिच उखड़कर छेद हो गया। झाड़ियों की फुनगियाँ कतर गईं और धूल के छोटे बग़ूले उड़ने लगे। स्कूल-वैन के काँच को तोड़कर सामने बैठी लड़की की बाँह में लगी गोली और वैन दोबारा मुड़ गई अस्पताल के लिए। टुकड़े-टुकड़े लोग इकट्ठा हुए, "क्या हुआ? किस-किसमें हुई?"

पता चला कि चन्द्रकिशोर सिंह का पैसा विजय लेकर चला गया तो गजाधर सिंह और झाँबरमल में ठन गई। पैसे कम थे। दोनों अपना पूरा-का-पूरा चाहते थे। जो पहले ले पाता, लाभ में रहता, सो गजाधर सिंह ने छीन लिये पैसे। अभी सिन्दरी से लौट रहे थे कि पीछे से झाँबरमल की गाड़ी ने उनका पीछा किया। पैसा किसका है? उस पैसे को छीनने के लिए मार हुई किस-किस के बीच और मारा गया कौन?

अपने बँगले से निकल आए थे विष्टूदा और दूसरे अफ़सर।

"झरिया में पानी महँगा और दुर्लभ है। सस्ती और सुलभ है शराब और उससे भी सस्ता है आदमी का ख़ून।" एक ने दार्शनिक की तरह कहा।

"'स्टेट्समैन' की रपट आपने नहीं देखी? धनबाद और आसनसोल का इलाक़ा दुनिया का सबसे गन्दा इलाक़ा है। जितने चोर, जुआरी, बलात्कारी, ख़ूनी हैं—सारे-के-सारे अपराधियों का अभयारण्य!" विष्टूदा ने आँकड़े दिये।

चौधरी बोले, "मुकुलदा, फोन कीजिए न एक बार कमिश्नर को।"

दृढ़ता से सर हिलाया मुकुलदा ने, "ना। घाव पक रहा है, पूरी तरह पक जाने दो। सड़ने दो व्यवस्था को पूरी तरह। सड़कर ही रिएक्ट कर पाएगी।"

"सुनते हैं, झगड़ा मूलतः राजपूतों और भूमिहारों के बीच में है और इसकी जड़ बिहार-यू.पी. के गाँव तक है। यहाँ तो सब साले बाबू साहब हैं—जैसे चंबल के बीहड़ों में सभी ठाकुर हैं—चाहे किसी जाति के हों। सब नखरा ठेकेदारी की आड़ में चल रहा है। गाँव पर बावन बीघे पोदीना बोआता है।" दूसरे अफ़सर ने कहा।

तीसरे तत्त्वज्ञानी ने कहा, "हम बाज़ी लगाकर कहते हैं, तब झगड़ा झाँबरमल और गजाधर सिंह के बीच में नहीं हुआ होगा। अरे सेठवा बी.बी. सिन्हा का गुंडा ले आया था। सिन्हा भूमिहार है और गजाधर बाबू भी। भूमिहार भूमिहार नहीं लड़ेगा आपस में। झगड़ा जरूर भूमिहार और ठाकुर के बीच है।"

"बड़े आए हो बुझौवल बूझने वाले! अरे सिन्हा साहब ने तो कितने ही ठाकुरों को नौकरी दिलवाई।" चौथे ने हस्तक्षेप किया।

"यह सब क्या है, मक़बूल-साहब?" आशीष ने शाम को आते ही मक़बूल को कोंचा, जो अब तक बुड़की मारे बैठे थे।

"बस, इतने-में घबड़ा गए?" उन्होंने गरदन निकाली, "अरे, यहाँ जाति तो जाति, ज़िले और गाँव तक का बँटवारा है— मुँगेर, आरा, बलिया, छपरा, गोरखपुर, आजमगढ़, जौनपुर। ये मरदुए जहाँ से ठोकर खाकर आए, वहाँ का भूत भी लेते आए। कोई बात हो, ये चट से बँट जाएँगे। इन्हें यह छोटी-सी बात नहीं समझ में आती कि झगड़ा पैसों का है, जो इनकी कुंठा को भुनाकर अपना उल्लू सीधा कर रहा है। अब औरों को क्या कहें, खुद चन्दनपुर गाँव और अंगारडीहा तक एक नहीं हो पाते। देखना, यही गति रही तो पागल कुत्ते की तरह एक दिन सब अलग-अलग घूरे-घाटे बिला जाएँगे। सियारिन रोएगी चन्दनपुर में, सियारिन!"

14

उन्नीसवाँ, बीसवाँ और इक्कीसवाँ पुराण

सिंह जी के चौरे के पास क्वार्टर होना कलाली के पास होने से कम यातनादायी नहीं। कोई पंडित चला आया, तो महीनों भागवत मची रहेगी। कोई रामलीला-पार्टी आ गई तो कहना ही क्या! बच्चे तक धनुष-बाण, मुखौटे धारण कर रिहर्सल पर उतर आएँगे। अखाड़े में कोई पहलवान आ गया तो जाँघ की ताल से खिड़की-

दरवाज़े तक झन्नाते रहते हैं। रामायण का मौसम बारहों महीने। एक अक्षर तक का शुद्ध उच्चारण नहीं कर पाते और पदवी मिली है 'व्यास' की। दुत्त-दुत्त! फाग की कर्कश ढप-झलकुट्टन से तो दीवारें ही हिलने लगती हैं और चैता? एक ही पंक्ति को घंटों रटना। बीच में नीलगाय की तरह लौंडे का फूहड़ ढंग से कुलाँचना। इस पर तुर्रा यह कि सबके साथ माइक की अनिवार्यता!

इसी भदेसपन और कर्कशता में संगति बैठती है मज़दूर-जीवन की। हुलास में उँगली उठा-उठाकर, हाथ नचा-नचाकर कभी तीखे, कभी फटे, बेसुरे गले से कैसे चीखते हैं—'हो रामा एहि ठैंया!'

अभी कोई नहीं है तो 'बिरही' ही आए हुए हैं। उस दिन के कौल-क़रार के मुताबिक़ गजाधर सिंह आरा से शिवमुनी को ले आए हैं और तिवारीजी बनारस से जयराम को। लड़ाने के लिए पहलवान पोसे जाते हैं, मुर्गे पोसे जाते हैं, तो बिरही ही क्यों पीछे रहें? सात दिनों से घी-मिर्च पी रहे हैं। आज चौरे पर दंगल है। दोनों ओर से पगड़ियाँ आ रही हैं, लाठियाँ उतर रही हैं। चन्द्रकिशोर सिंह जज हैं। कम्पनी ने स्पेशल बल्ब लटका दिये हैं। शामियाना और दूसरे सरंजाम भी वेलफ़ेयर फंड से...।

'ना-ना' करने के बावजूद खींच ले आता है आशीष। आश्चर्य, घोर आश्चर्य! पर्सनल-मैनेजर, सेक्योरिटी ऑफ़िसर और मैनेजर भट्ट साहब का यहाँ क्या काम? लेकिन नहीं, काम है। कॉलोनी के बच्चों के लिए स्कूल भले न खोल सकें, अखाड़े, रामायण, चैता, लौंडे के नाच और बिरहा में आएँगे ही। पैसे भी देंगे, आशीर्वाद भी। जिंदगी-भर भेड़ा बनाये रखने के लिए वे सब-कुछ करेंगे।

दिलावर सिंह ने दोनों अँगुलियों में काठी (सींक) बाँधी, छल्ले कसने के बाद ढोलक छेड़ दिया। हारमोनियम, बैंजो, गिटार तक हैं संगीत के लिए, मगर बिरहा का भतार तो फाल है। बालों से तेल चुआते हुए शिवमुनी ने फाल बजाते-बजाते फाल एक हाथ में लेकर दूसरे हाथ से कान बन्द कर तान छेड़ दी। दाँत में सोना जड़ा है, उसने दाँत दिखाये। कान मैं सोने की नन्ही बालियाँ हैं, उसने कान पर बार-बार हाथ रखकर मानो बालियों की उपस्थिति जता दी। हाथ में सोने की अँगूठी, गले में सोने का ताबीज़। देवी-सुमिरन के बाद एक-एक धरम-चरचा का गीत—गवैया पारी-पारी बतिया!

"तो सज्जनो, एक दफा का बात है। गौरा पारबती और शंकर जी महाराज हवा-पानी पीने को निकले। कुछ दूर जाने पर क्या देखते हैं कि एक कुंड है। पारबती मैया ने पूछा—'हे महाराज, हमार मन एकरा में नेहाये के करता।' तीन-तीन आँख वाले अगम गियानी शिवजी ने बताया, 'देवी, इसमें स्नान मत करो। नेहाने से मरद मेहरारू और मेहरारू मरद बन जाता है।' अड़ गईं महारानी। राज-हठ, बाल-हठ और तिरिया-हठ मसहूर। अब सज्जनो, सुनिए इन तीनों हठों का किस्सा।"

राज-हठ और बाल-हठ का लम्बा किस्सा कव्वाली और कजरी की तर्ज पर। कुछ बख़्शीस मिली। सोने-मढ़े दाँत, सोने की बाली, सोने की अँगूठी, सोने का ताबीज चमक उठे।

"अब सुनिए सज्जनो, तिरिया-हठ। पारबती जी नेहाते ही लड़का बन गईं। शिव जी करें तो क्या करें? अब इस लड़के को पतनी मानें तो भी बुरा, छोड़ें तो भी बुरा। क्या करें?"

चन्द्रकिशोर सिंह ने धीरे से हस्तक्षेप किया, "गजाधर सिंह से पूछ लेते।"

और महफ़िल में क़हक़हा लग गया।

बिरही आगे बढ़ा, "आप इधर हँसते हैं, उधर सिरिष्टी के संहार का काम पड़ गया ठप्प। बिस्नू भगवान ने हिसाब लगाया तो माथा पकड़कर बैठ गए—कैसे भरन-पोखन करें, जब आबादी इतनी बढ़ जाए? गौर से सुनिए सज्जनो! परिवार-नियोजन का बात है। हियाँ बड़का-बड़का सरकारी अफसरान बैठे हैं। कितना जरूरी है आबादी को कंटरोल करना!"

अब फ़ैमिली-प्लानिंग का पचड़ा सुनाने के बाद वे फिर बढ़े, "तो बिस्नू महाराज हुवाँ जाते भये। शिव जी से पूछा तो कोई जवाब नहीं। हमेशा उहे कुंड की ओर इशारा करैं। बिस्नू भगवान सोचलन—'का बात है भाई, कुंडवा में कुछ गिरल बा का? हेल के देखी तनी।' हेललैं। आहि ए दादा! हो गइलैं सोरह बरिस के परम सुन्दरी कन्या। अब शिवजी के मन में वोह सुन्दरी को देख के काम जागा। बड़ी तीखी धुन में शिवजी ने प्रणय निवेदित करते हुए 'रतिदान' माँगा। महफिल को उत्तेजना के चरम बिन्दु पर पहुँचाकर बिरही ने आगे की कथा सुनाई, "शिवजी के इस सुन्दरी से बारह पुत्र पैदा भये...।"

इस पुत्र-प्राप्ति की बधाई पर कोलियरी के ब्रह्मा-विष्णु-महेश यानी भट्ट जी, सिन्हा जी और अरोड़ा जी ने दस-दस रुपये दिये।

"दुत्त साला!" आशीष ने ऊधम की बाँह खींची, "चल।"

ऊधम ने रोका, "रुको, तुम नहीं समझते। मैं इससे कुछ और ही सोच रहा हूँ। यह पुराण ज़रूर किसी शैव का लिखा हुआ है, वैष्णवों को नीचा दिखाने के लिए।"

मगर वह आशीष की गिरफ़्त से छूट न पाया। क्वार्टर में भी आशीष बड़बड़ाता रहा, "मुझे तो घृणा हो आई है अफ़सरों से। साले लुच्चे हैं। मज़दूरों की संस्कृति-हीनता तो फिर भी क्षम्य है, मगर ये... ?"

सुबह सुना कि लाठियाँ तन गई थीं उनके आने के बाद। मंगतू बहुत अफसोस कर कहा था, "ऐसा सुन्दर बिरहा हुआ। ओह! पूरा बेद-महाभारत, सास्तर-पुरान सब...!"

"दुत्त!" आशीष बिदक गया।

"दुत्त... ? पुरान कै-गो है, जानते हैं—अट्ठारह!"

"अठारह ही काहे, उन्नीसवाँ पुरान भी है—मंगतू पुरान।" टुहुँकती है सहुआइन!

मंगतू के उत्साह पर पानी पड़ जाता है।

सत्रह! अठारह! उन्नीस! बीस! डिट्टो पास! डबल! रीडबल।

ज़ोर नहीं है जबान में। ख़ामोशी में झरते हैं पत्ते ताश के!

"मंगतू ?" गजाधर सिंह की आवाज़।

"मंगतुआ... ?"

भरभराकर गिरते हैं ताश के महल। उठकर खड़ा होता है हुकुम का ग़ुलाम।

खाना खाकर लेटने के बाद सिंह जी को तब तक नींद नहीं आती, जब तक कोई उनके पाँव न दबाये। सिंह जी के गिरोह का उपेक्षित, पर अनिवार्य सदस्य है मंगतू। अखाड़े का लतमरुआ ही बाद में सन्नामी पहलवान बनता है, इसी मुगालते में जी रहा है मंगतू।

"होइ गइल रे ?"

मरा वह! किस ख़याल में डूब गया था! हाथ फिर ज़ोर-ज़ोर से दबने-उठने लगते हैं। पता नहीं, कब नींद आए ? जब तक नींद नहीं आती, दबाने की क्रिया बन्द नहीं की जा सकती।

सिंह जी कोयला ओढ़ते हैं, कोयला बिछाते हैं, कोयला नहाते हैं, कोयला खाते हैं और हगते भी कोयला ही हैं। नींद आए तो कैसे... ? धनबाद, झरिया, आसनसोल और रानीगंज दिन-दिन-भर दौड़ना!

गर्रऽऽऽऽ! गर्रऽऽऽ! गर्रऽऽऽ!ऽऽऽ!

"देख तो, बाहर स्कूटर है या पुलिस की गाड़ी ?"

मंगतू दबे-पाँव बाहर आता है, "दुर, दुर साले!"

कुत्ते गुर्रा रहे थे। मंगतू कुत्तों को लाठी से दूर तक खदेड़ आता है। स्सालों ने उसका काम और भी बढ़ा दिया है। जब से सिंह जी पर फ़ायर हुआ है, रही-सही नींद भी उड़ गई है। पत्ता भी खड़कता है, तो जग जाते हैं। उनके गुदगुदे, थुलथुल बदन और चंडूल चाँद पर कोई रेशमी छुअन नींद ले आए तो ले आए, मगर कहाँ... ? मालकिन तो गाँव में ही रहती हैं। जब से यहाँ रखैलों के चक्कर में पड़े, उन्हें तज दिया। मंगतू ग़ुस्से में फायर करने वाले की माँ-बहन तक की ख़बर लेता है, जिसने उसकी साँसत और बढ़ा दी है। इस काम को कर चुकने के बाद वह कुत्तों से सम्बन्ध जोड़ने लगता है। सिंह जी पहले चित्त मालिश कराते हैं। पिंडलियाँ, एड़ी, घुटने, जाँघें! अब वह उनकी मोटी टाँगों और बाँहों को अपने कमज़ोर कन्धों पर रखकर ऐंठता है, फिर चट्ट चट्ट उँगलियों की नसें तड़काता है। अब वे पट हो जाते हैं। फिर से उसी क्रिया की पुनरावृत्ति!

चूतड़ पर बड़ी देर तक दबाना पड़ता है। दबाते ही दर्द जैसे पोर-पोर से छिटककर बाहर आ रहा है, बोलते हैं, ''बिना उलटा-पलटा किए मज़ा नहीं आता न मंगतुआ—क्यों?''

एड़ी से लेकर चोटी तक घृणा की लहर फैल जाती है—'स्साले रसिक बनते हैं!' वह जानता है इस मर्म को। औरतें तक घिनाने लगी हैं—सिंह जी का लौंडा तक।

''का रे?''

''सो जाइए मलिकार, मेरी तबीयत ठीक नहीं है!''

''तब कर मालिश रात-भर, ओकरा में पाँच मिलट में मामला साफ़!''

दबाओ मंगतू सारी-सारी रात। 'बेसवा' का जनम लिए हो। भूल से पैदा हो गए नर बनकर। मादा हुए होते तो राजी मझियाइन की तरह हफ्ता बाँध लेते। ना-नुकर करते तो भाई-बन्धु गँड़ासी, कुल्हाड़ी ले के चढ़ बैठते छाती पर। कबूलना ही पड़ता! मगर तुम तो मर्द हो! थूह! अपने पूरे बदन से बदबू नहीं आई कभी? सभी तो थूकते हैं। अभी तक रात-पाली में ड्यूटी करते हो! मगर अपनी नहीं, सिंह जी की। तुम्हारे बाल-बच्चे नहीं हैं? तुम्हें अलग से नौकरी की जरूरत नहीं है? सिरिफ सौ रुपये महीने पर रखैल बने हुए हो? पूछा एक बार भी, कब पक्की हो रही है नौकरी?

एक लात!

''नँय बाबू साहेब, नँय।''

''सार नँय तो, बैठ-बैठ के रोटी तोड़ता है?''

धीमे पड़ते हाथ लात खाकर सतर्क हो गए हैं। सब गड़बड़ा गया। अब पूछने की बात कहाँ? नींद क्यों नहीं आती इस चंडूल को? आख़िर वह कौन-सी नस है, जिसे दबाते ही नींद आ जाए? कई साल से वह नस ढूँढ़ रहा है मंगतू।

'आप तो बहुत पढ़ल-लिखल हैं, बताओ न?'

क्या बताए वह? यही कि गले की नस ज़ोर से दबा दो, हमेशा के लिए नींद? ना, यह अभिज्ञान मंगतू को खुद ही आएगा एक दिन।

उस आयोजन के बाद जब यूनियन के लीडरों में सूदखोरी, जुए के अड्डे और ठेके पर आपसी समझौता हुआ, उससे दहशत का धुआँ थमने लगा।

फिर से खिल उठीं छक्का-पंजा की गोटियाँ। खुल गए ताश के पत्ते। सज गईं कैरम की गोटियाँ। उस दिन ताश के कुछ ही अध्याय खुल पाए थे कि हड़ही गाय की तरह आ धमकी सहुआइन।

''यही तसवा मोड़ के गाँड़ में डाल देइब!''

शिवजतन साहु कुत्ते की तरह अपनी टूटी टाँग फैलाकर आत्मसमर्पण कर बैठे पत्नी की फटकार पर।

मंगतू से रहा न गया, "का हो, सहुआइन?"

"चुप बे, हुकुम का गुलाम!"

"बेसी बड़बड़ाओ ना! हुकुम का गुलाम हूँ तो हुकुम का ही रहूँगा, चिड़ी का गुलाम नहीं बनना हमें।"

"अरे जा-जा, नेहा के बात कर!"

"तू पहले नहा आओ। सत्तर चूहे खा के...।"

सहुआइन उलझना नहीं चाहती। ऊधम के कन्धे पर हाथ दबाकर चलने का इशारा करती है, देख लेता है मंगतू। जनानी आवाज़ में नक़ल उतारता है सहुआइन की, "सरदार जी, चलो, चलकर हिसाब कर दो तो मेरा! तास और करमबोड का खेलते हो? तास नाश है! करम-बोड करम-फोड़।

सहुआइन ग़ुस्से से भुरकुस हुई जा रही है। ग़ुस्सा शान्त करने के लिए साहु लँगड़ी खँचाते चल पड़े हैं। पीछे-पीछे ऊधम भी। मुँहफट सहुआइन का क्या भरोसा!

गोरा स्वस्थ शरीर। लावण्य सूखते-सूखते काई-सा दाग छोड़ गया है कामुकता का। सहुआइन से बड़े-बड़े तक नहीं लगते। कहती है, 'सबको देख लिया है नंगे।'

एच.एम.एस. और इंटक की यूनियन-ऑफ़िस के दखल की लड़ाई में साहु की एक टाँग टूट गई। ड्यूटी से आए थे मार करने इंटक की ओर से। चन्द्रकिशोर सिंह द्वारा मामला इस तरह सजाया गया कि छत से कोयले का एक बड़ा चक गिरा और साहु जी घायल हो गए। मुआवज़ा जो मिला सो मिला ही, आश्रित की नौकरी भी पाँच हज़ार में दूसरे को दिलाकर रक़म ऐंठी। इस समूची रक़म से सहुआइन ने दुकान और सूद का कारोबार फैलाया। बड़े-बड़े भेड़ियों के गिरोह में पाँव जमाने के लिए अपने लावण्य का इस्तेमाल करना पड़ा। कॉलोनी वालों का मानना है कि अब साहु औरत है और सहुआइन मर्द।

सहुआइन का हिसाब करने के बाद मोहन का मनीऑर्डर फ़ार्म, उसके बाद गिरधारी की चिट्ठी और इस चिट्ठी के बाद मंगतू की चिट्ठी।

"बैरंग छोड़ेंगे, वैसेई मोड़कर नाम-पता लिख दें।" मंगतू ने कहा।

"बैरंग क्यों? डबल ख़र्च देना पड़ेगा।" ऊधम ने पूछा।

"मेहरारू का नाम?"

"वो कैसे बताएँ?"

"तो का लिखे, अपना कपार कि तुम्हारा?" सहुआइन के फिर मैदान में कूदते ही मंगतू ने पैतरा ले लिया, "लिख दे, सहुआइन!"

"ए मुँहझौंसा, पहले मरद बन के तो दिखा। आज तक तो मेहरारू बना रहा, भँडुआ!"

"अच्छा, तुम चलो क्वार्टर पर, लो चाभी।" वह ठेलता है मंगतू को।

मंगतू चला गया तो सहुआइन प्रकृतस्थ हुई।

"का खाओगे, बोलो—लिट्टी?"

"ना!"

"ना....?" मुँह सामने लाकर बोली, "अरे हमारे हाथ का नीक थोड़े लगेगा! जादू-टोना कर दिया है लाल पान की बेगम ने!"

"दुत्त! वो मेरी माँ की तरह है!"

"हे! बनो मत! अच्छा, कभी कोई चीज की जरूरत हो तो बोलना। जिसको बोलो, उसी का हाथ पकड़ के हाज़िर न कर दूँ तो बाप के पेशाब की नहीं।"

बात उसने पेशाब की की, इधर दारू और बीड़ी की भाप-भरी साँस उसके चेहरे में बिंध गई। क्वार्टर जाकर मुँह-हाथ धोया तो मंगतू से फिर वही सवाल, "बिना बताए क्या लिखें?"

"अरे ऊ!" वह आकाश में कुछ खोजने लगता है, परेशान हो उठता है, "का कहें भैया? अन्हेरिया रात है।"

"ओ! समझा—चाँद?"

"ना-ना, और बोलिए।"

वह चाँद के जितने पर्यायवाची शब्द जानता था, गिना गया। मूँडी हिलाकर सबको ख़ारिज करता गया मंगतू। तब तक दीवार के उस पार से भाभी हँसते हुए टुहुँकीं, "इंजोरिया!"

"हाँ!" और इंजोरिया का अंजोर फैल गया उसकी पेसानी पर।

लिखकर चिट्ठी फेंक दी और खाट पर निढाल हो गया।

मंगतू, अभी गया नहीं, अब क्या बाक़ी है?"

अनपढ़ मंगतू डायरी खोल रहा है। पेंसिल से कुछ परख रहा है।

"तनी हिसाब देख दो न, भइया!"

कितने दिन हुए गजाधर सिंह की ग़ुलामी करते—इसका हिसाब, जो मंगतू की सीधी-सपाट भाषा यानी लकीरों के माध्यम से डायरी में दर्ज है।

"ठीक है, जाओ, गिनकर मैं कल बता दूँगा।"

"कहिएगा नहीं किसी से न?"

"अब जाओ भी तो!"

अब इत्ती देर बाद मुहलत मिली अपना अन्तर्देशीय लेकर बैठने की। शुरू किया, 'श्रद्धेय अतनूदा...।'

"अरे बाप रे बाप, मार डाला ससुरों ने!"

यह कैसी चीख़ है? वह हड़बड़ाकर बाहर निकल आया। सिंह जी की समाधि पर जमी ताश-पार्टी में ज़रा भी जरब नहीं! आवाज़ दुबारा आई। भौजी तक नहीं

कुनमुनाईं। बात क्या है? वह टोह लेता चल पड़ा। यह तो जोखू का क्वार्टर है? दरवाज़ा उठंगा था। हल्के से खोला। खुल गया। देखा, जोखू के बेटे मुसई और लौटन उसके सीने पर सवार थे।

गिरधारी एक जलती लौ उसके पाँव के पास ले जा रहा है। एक जलती बूँद गिरी और तड़प उठे जोखू, ''अरे तेरी माई के...तेरी बहिनी के...सुसरो, मार डालोगे क्या?'' फूहड़ गालियाँ।

''यह क्या तमाशा है?'' कहता हुआ ग़ुस्से में वह अन्दर आया।

''बिवाय दाग रहे थे।'' लौटन ने जवाब दिया, ''अब तो चोकरत हो सूअर की नाईं! और पहनो टायर की चट्टी!''

कराहते हुए सफ़ाई देता है जोखू, ''गान्ही बाबा भी पहिनत रहेन।''

''गान्ही बाबा हों, चाहे गान्ही माई, कोइलौरी में तो काम नहीं करना था उनको।''

''ससुर बूट सँभालें कि काम करें? मनई नहीं, किरौना हैं हम।'' बाती की बूँद अब टपकी कि तब। आँख मूँदकर 'राम-राम' जपे जा रहा है जोखू। अब साँस अटकी—गिर पड़ा अँगारा! फिर वही गालियाँ।

''जाओ, एक महीने की खातिर अमर हो गए।'' मुसई ने कहा।

उतर पड़े गिरधारी, मुसई और लोटन।

जोखू ने गालियों के क्रम में ही जोड़ दिया, ''अरे सब मरि गये का? कब से खड़ा है बेटौना, चाह-ऊह नहीं है का?''

'चाह' सबके लिए आई गिलास में, उनके लिए अल्मुनियम की थाली में। फूँक-फूँककर पी रहे हैं। मूँछों-ही-मूँछों में भिंदती है भाप-भरी हँसी।

''अरे इन गोड़न को का देखते हो बेटा, अइसे नहीं थे ये!''

''ना, इन पर पान-फूल-अक्षत चढ़ता था कभी!'' लौटन ने मुँह बनाकर कहा तो रसोई-घर से पतोहों तक की हँसी सुनाई पड़ी।

''इन्हीं गोड़न को तुम्हारे नाना-नानी ने पखारकर पूजा था, अउर गवने में तुम्हारी नानी ने एतना तेल डाला था बरेठी में, एतना, कि लागत रहा—तेल के तलाब में तैर रहा हूँ।''

''जूता पहना करो काका, नहीं तो सेफ़्टी वाले फैन...खैर, अब तो रिटायर हो!'' मुसई ने हुक्का जमाते हुए कहा।

''तुम तो पहिनत हो, तुम्हार एड़ी कैसे फटी?'' जोखू का प्रतिप्रश्न।

''आपके कारण...!''

गर्व से टह-टह करने लगे जोखू, ''ये ई तो परमान है कि तुम हमार लड़का हो।''

पचास साल के वैवाहिक जीवन में गिने-गिनाये कुल जमा तीस महीने मिला है पत्नी का सुख। परवर्टेड सेक्स! नहीं, नहीं, ये गालियाँ इतने निस्संग भाव से दी

जाती हैं कि इन्हें परवर्टेड सेक्स की बजाय परवर्टेड ऐंगर कहना ठीक होगा। चालीस साल की सर्विस का ढेर सारा पैसा मिलेगा। पहले से बड़े-बड़े प्लान रच लिये गए हैं। गाँव चले जाएँगे। थोड़ी जगह-ज़मीन ख़रीदकर आख़िरी टैम वर्षों के तजे अपने देश-मुलुक में गुज़ारेंगे।

बिवाई हर जाड़े में बहती है। यूँ इस बार सर्विस के पैसे के लिए दौड़-धूप के चलते फटकर कुछ ज़्यादा ही बहने लगी थी।

"आप ग्लीसरिन क्यों नहीं लगाते?"

"ऊ का चीज है?"

"अस्पताल में मिलती है। एक तेल जैसी चीज।"

"अस्पताल में कबहूँ नहीं गए, बेटा?"

"ना!"

"जा के देखि आओ, भरम मिट जाए। चालिस बरिस नौकरी किया, मुदा एह अस्पताल में ललका-उजरका पानी औ दुइ-एक गोली छोड़ि के कुछ नाँइ मिला...और सुनो, सुना—डगडरानी का पोस्ट है, मुदा कबहूँ नहीं देखा। हियाँ लड़का दाई पैदा करती है और हमरे जैसे लोग खरविरैया के इलाज और झाड़ू-फूँक से अपनी तकदीर से अच्छे होते हैं। चोट लगे तो पेशाब कर दो—टेटनेस से बचै खातिर। दाग दो—हल्दी पियाज, चूना, मदार-धतूर—यही इलाज है हमरा। डागडर लोग साहेबन, बाबुन और सूदखोरन, दलालन के खातिर हैं, हमरे लोगन खातिर नाँय!"

"आपके काम के सम्बन्ध में कुछ हुआ, काका?"

"होयेगा का! बैठ रहा हूँ अगले महीने।"

"उफ्! पहले से लड़ते तो शायद..."

"बहुत लड़-भिड़कर देख लिया भैया, कुच्छ फैदा नहीं। जब उनिअन में भी तिवारी का ही गोड़ पकड़ना है तो, सीधे काहे न पकड़ें? वही किया। अब उसका फल भी मिला। बड़का लड़का मुसई की डिपेंडेंट कोटा में और छोटका को इक्सचेंज में भरती..."

"अरे! भरती हो गई?"

"हाँ!"

"सुनो गोकुल का...!"

"गोकुल न, सोकुल...!" फिर शेखी में फुसफुसाए, "किसी से कहना मत, उसी का नाम काट के तो...! अरे पइसा गिना है बेटा, पैसा। अपना देखें कि दुनिया का! अपने मरे ही सरग देखता है आदमी! और करे गोकुल की माई लाल झंडा...!"

तो यहाँ आकर पहुँचा है मज़दूर-आन्दोलन! ऊधम के पेट में चाय खौलने-सी लगी। शायद विष्टूदा ही ठीक कहते थे, 'चन्दनपुर एक पहेली है, जिसे सबको अपने-अपने ढंग से बूझना पड़ता है।'

एक दिन, प्रतिदिन

"**तब** तो कहा, अइसा पानी पीता है कि खुदा भी नहीं जानता, अब काहे रोता है जोखू?" गोकुल की माँ ने तृप्त प्रतिशोध में डंडा हिला-हिलाकर ऐलान किया।

डंडे की हर चोट जैसे दंगल की बड़ी ढोल पर बज रही थी—ढम ढमा ढम ढम! 'और लड़ो और हाँ—ढम ढमा ढम, ढम ढमा ढम!'

ढोल की आवाज़ से कहीं ऊपर से तिर रही थी जोखू की रुलाई। कल शाम को वह रुलाई कॉलोनी के भारी माहौल पर टँगी हुई थी, सुबह-सुबह दूध की तरह फटकर टुकड़े-टुकड़े शोर में तैर रही थी। रिटायरमेंट का सारा पैसा छीन लिया जावेद और तिवारी ने।

नींद टूटने पर अर्द्धचेतन अवस्था में ही ऊधम ने यह विश्लेषण किया, मगर चेतना का क्रम जुड़ते ही चादर फेंककर भागा, "अरे बाप रे, यह दंगल का शोर नहीं, ये कर्कश आवाज़ें तो छेदी की दुकान से आ रही हैं।"

"चोट्टिन कहीं की!" क्लारा गरियाये जा रही थी।

"देख राँड़, हम फिन कहते हैं, जबान को कंटरौल करो, हम तेरा मुर्गा-मुर्गी नईं जानते।" सूखन की बीवी रासमनी ने जवाब दिया।

"तें कैसे जानेगी रे? तें तो हाथी मार के हजम कर जाए, ऊ तो मुर्गा है।"

"देखो, देखो आप लोगन, हम बोले जा रहे हैं—नईं जानते, ई चढ़ल आवे है!"

"रजकुमरा के सर पे हाथ धर के कहेगी?"

"हाँ-हाँ, कह देंगे। बोला न रजकुमरा को।"

"हम कहाँ से बुलाएँ? भतार तो तेरा है, उसी की कमाई खाती है।"

"ऐ, आप सभिन देख रहे हैं न, पूत को भतार कह रही है! अपने जइसन सभी को समझे है रंडी!"

"रंडी? तें का बोली? फिर से तनी बोल तो?" क्लारा गुर्राई।

"रंडी! रंडी!! रंडी!!!" रासमनी ने कहा।

लोग दूर से 'हाँ-हाँ' करते रह गए, मगर दो गुस्सैल गायों की तरह नथुने फड़काती, पैंतर बाँधती पास आ गईं वे और बिजली की कौंध-सी दोनों ने एक-दूसरे का झोंटा झपट लिया।

भीड़ में ऊधम ने आशीष को ढूँढ़ निकाला, "कुछ करो, काका!"

मगर आशीष उसी की तरह निरुपाय था।

रासमनी और क्लारा पहले दौर के बाद थककर हाँफते, कराहते हुए एक-दूसरे की जुल्फें भींचे, झुकी-झुकी खड़ी शक्तिसंचय कर रही थीं। दंगल का नगाड़ा तेज़ हुआ और वे फिर शुरू हो गईं।

''साली, आज मैं तेरा ख़ून पी जाऊँगी, खूऽऽऽ न! बुला जिस भतार को बुलाना है आज! बुला ला अपने सिंहजी को...!' क्लारा चीखी।

''तें बुला रे भोंसड़े वाली अपने सिंहजी को..।'' रासमनी दम उखड़ जाने के कारण इससे ज़्यादा न बोल पाई।

''हम किसको बुलाएँ रे? एक खसम था, उसको भी दारू पिला-पिला के बस में कर लिया। सारा पैसा तेरे...में झोंक आता है। मर्द हजम कर गई, मुर्गा हजम कर गई।''

''हुँह! उस हिजड़ा का पैसा? मैं तो मूतती ऐसे पैसे पर।''

''मूतेगी काहे नहीं! तुझको तो वैसेई तगड़ा-तगड़ा मिल जाता है। बुला न आज, उन सालों को भी देख लूँ!''

खींचा-तानी फिर शुरू हो गई। इसके साथ ही गालियों का सड़ा कचरा दोनों ने एक-दूसरे पर उलीचना शुरू किया।

औरतें बच्चों को पीट-पीटकर भगाने लगीं, ''जा, चाह पी के पढ़। का सुनता है—ऐं?''

मगर बच्चे हड़ाई गई मक्खियों की तरह एक जगह से हटते और दूसरी जगह खड़े हो जाते।

सहुआइन उन्हें छुड़ाने के क्रम में एक बार पत्थर से ठोकर खाकर गिर चुकी थी। दोबारा रिस्क लेना मंजूर न था। वह एक हाथ से ठेस को दबाये हुए थी! दूसरा हाथ हिला-हिलाकर वह अलग ही चीखे जा रही थी, ''ई मोहल्ला में अब इज्जतदार आदमी का रहना मुश्किल है। अरे हम कहते हैं, ए मउगी लोग को लाज-शरम भी नईं है? ई मरदा सब भी घोड़मुहाँ खड़े-खड़े मुँह ताक रहे हैं! अरे ना माने तो दू-दू लात मार के अलग करो छिनारों को।''

हरिजन-बस्ती से जगन तक मेढक की तरह छलाँग लगाता चला आया था। उसकी तीखी आवाज़ में सारे शोर डूब गए, ''हिजड़ों की बस्ती में एही सब होगा अब। अरे इतना ताक़त था तो काल नीलामी रोकवा लिये होते तो जानते! जोखू टंडइल का पैसा छीना गया, तब तो कोई न गुस्साया, अब किस बात का गोस्सा? ऐ देबी लोग, हाथ जोड़ते हैं। गोस्सा है तो दूनो मौगी उतार लो हम पर, लेकिन गाली-गलौज, झगड़ा-टंटा बन्द करो अब। हम बल्कि एक छौना बेंच के मुर्गा ख़रीद देंगे मेम साहेब का।''

कालिख से काले नीग्रो-बन्धु की तरह सूखन और हेम्ब्रम रात की पाली की ड्यूटी खत्म कर आए तो घर न आकर दारू की लालच में कलाली को व्यवस्थित

करने लगे। इस तरह नई कलाली का उद्घाटन कर एक-एक पौवा चढ़ाकर प्रेम से वे दोनों गलबहियाँ डाले दो बोतलों की तरह परस्पर रगड़ाते हुए चले आ रहे थे कि जगन की आवाज़ को सूँघकर वे सबसे सुरक्षित दूरी पर जाकर खड़े हो गए। वहाँ से अब वे निरर्थक बड़बड़ाए चले जा रहे थे।

पतियों की गन्ध पाकर रासमनी और क्लारा का ग़ुस्सा, जो जगन की मिन्नत से शिथिल पड़ रहा था, यक-ब-यक भड़क उठा। दोनों में से अब किसी में बोलने की ताक़त नहीं रह गई थी, सो पूरा ज़ोर लगाकर वे एक-दूसरे के बालों को मरोड़ बैठी थीं और इस क्रम में दोनों के मुँह तनकर तिरछे ऐंठ गए थे। ब्लाउज़ का हुक टूट जाने से रासमनी के स्तन उघड़कर झूलने लगे थे और क्लारा का तो बस ब्लाउज़ और पेटीकोट भर रह गया था।

ऊधम से अब नहीं रहा गया। किंकर्तव्यविमूढ़ आशीष को खींचकर भीड़ चीरते हुए वह पास आया। मगर छुड़ाया कैसे जाए? तय हुआ कि दोनों की मुट्ठियाँ ही खोली जाएँ। मगर औरत जब ज़िद पर होती है तो उसमें बला की ताक़त आ जाती है।

जगन ने कहा, "आप लोगन से नँय होगा। ए मंगतू, सुनो और छेदी पंडित, तुम भी!" उसने दोनों को बुलाकर कान में गुरु-मंत्र फूँका और दोनों दो कमांडो की तरह लड़ती औरतों के पीछे आकर खड़े हो गए। दोनों ने औरतों की पसीने से नहाई तपती कमर और काँख में बन्दरों की तरह गुदगुदाना शुरू किया,। हाथ छूटने भर की देर थी कि ऊधम और आशीष ने एक-एक को खींचकर अलग कर दिया।

"ई पहिला मौका है, जे-बा-से, कि मेम साहेब अउर रसमनियाँ के मूठा-मूठा-भर झोंटा न उखड़ल।" रामसिंह ने कहा तो पूरा माहौल विनोद में बदल गया।

अखाड़े में नगाड़ा फिर बज उठा था, शायद वहाँ जोड़ी बराबरी पर छूटी थी।

"यह सब तुम्हारे चलते हो रहा है।" क्वार्टर में लौटकर आते हो आशीष ने ऊधम को लताड़ा, "न तुम उस दिन जोखू का मामला शुरू करते, न उसका मोहभंग होता। न वह तिवारी और जावेद के फंदे में पड़ता, न उसका पूरा पैसा छीनकर ये दोनों घड़ियाल कलाली की नीलामी लेते। न सरकारी और सूखन की कलाली में कम्पिटीशन बढ़ता। न क्लारा का मुर्गा रजकुमरा चुराता, न क्लारा और रासमनी में झगड़ा होता...। और तो और, जोखू उस दिन से इस कदर पतित हुआ कि गोकुल बेचारे का हक छीनने के लिए घूस देने तक में उसे शर्म न आई।"

आशीष पागल सियार की तरह देर तक कमरे में चक्कर काटता रहा। ऊधम जान-बूझकर चुप्पी साधे पड़ा रहा। आख़िर आशीष की कुंठा बिलबिलाई, "दादा, मैं सोचता हूँ, एक अच्छी यूनियन तो होनी ही चाहिए, वरना तुम देख ही रहे हो यह मज़दूर आन्दोलन...।"

"यह तुम पाँचवीं बार कह रहे हो।"

"ओय सरदाराँ, मज़ाक ना कर!"

''अच्छा, लो, सीरियस हो गया। यह तो बताओ, ओझाजी का लाल झंडा और सी.पी.एम.एल. की झानू वाली यूनियन...।''

''नहीं-नहीं, उससे अच्छी।''

काग़ज़-क़लम लेकर दोनों देर तक माथा-पच्ची करते रहे।

''चन्दनपुर के सोने वालो, जागो!''

इस दोपहर में कौन औघड़ जगा रहा था चन्दनपुर को? ताश के पत्तों ने कनमनाकर देखा, चीकट लँगोटों ने करवट ली। चरमराकर किवाड़ खुले और दीर्घ नि:श्वास के साथ सब जैसे खीझ उठे, ''पगलवा मक़बूल है। जोखू ने अपना दुखड़ा क्या सुनाया कि फिर सनक गया।''

''ये कौन चीख़ रहा है बाहर?'' आशीष ने कुढ़कर पूछा।

''तुम्हारी यूनियन के जनरल-सेक्रेटरी मक़बूल!''

दंगल का नगाड़ा अभी भी बज रहा था। वे कपड़े पहनकर बाहर आए तो दंगल की ओर जाते हुए मोहन यादव को हिक़ारत में डाँटते हुए सुना, ''जाऽऽऽ न! का बक-बक कइले बाड़ऽऽऽ?''

परभू ने मैल छुड़ाते हुए जड़ा, ''फेन गोली चलवाएँगे का? बड़े पहलवान हुए हैं तो अखाड़े में जाइए न, दंगल उहाँ है, हियाँ नहीं!''

मक़बूल ने वहीं से जवाब दिया, ''तुम पर भी पड़ेगी।''

''पड़ेगी तो आपको नँय बुलावेंगे, जाइए।'' जोखू अपनी टायर की चप्पल घसीटते हुए घबराकर अपने क्वार्टर में चला गया, मगर उसकी जगह ले ली ऊधम और आशीष ने। उन्हें देखते ही मक़बूल की ताक़त जैसे लौट आई, ''अगर तुम मुझको यह बता दो कि भ्रष्टाचार किसे कहते हैं तो मैं तुमको यह बता दूँ कि राजनीति किसे कहते हैं। अगर तुम मुझको यह बता दो कि कालिमा किसे कहते हैं तो मैं तुमको यह बता दूँ कि कोयला किसे कहते हैं...।''

''और अगर आप मुझे यह बता दें कि दुस्साहस किसे कहते हैं तो मैं आपको बता दूँ कि शहादत किसे कहते हैं।'' ऊधम ने कहा।

इस चन्दनपुर में जगन बंगड़ के अलावा और दूसरा कोई साफ़-साफ़ बोल सकता है तो वह हैं मक़बूल और अगर कहीं बोलना सार्थक हो सकता है तो वह है छेदी की दुकान। छेदी की दुकान चन्दनपुर का हाइड पार्क है। लेबर कॉलोनी के बेताज बादशाह बाबू चन्द्रकिशोर सिंह के जहाँगीरी न्याय का तकाज़ा है कि विशेष परिस्थितियों में यहाँ से फ़रियाद की जा सकती है। यही उनके पिताजी ने प्राण त्यागे थे, सो हाथापाई न करने तक एक-आध कड़ी बात भी वे 'छिमा' कर जाते हैं। दूसरी सुविधा यह है कि यह जगह चन्दनपुर गाँव, कॉलोनी, पिट नम्बर एक, अंगारडीहा, कालीटांड दामोदर को जानेवाले रास्ते के गाँठ पर पड़ती है। छेदी यूँ ही अपने इस सूचना-प्रसारण केन्द्र पर गुमान नहीं करता!

कौन कितने बजे ड्यूटी गया, कब-कब भागकर घर आया, उसकी अनुपस्थिति में उसके घर कौन-कौन गया—छेदी को सब पता रहता है।

"क्या हुआ छेदी... ?" आशीष ने छेदी से ही पूछा।

"अरे छेदी से क्या पूछते हैं? हमसे पूछिए, हम बताते हैं।" मक़बूल ने बात लपक ली।

"फिर आप बताइए न!"

"होगा क्या... ? आप जैसे जवान लोग अफ़ीम खाकर सोते रहेंगे और इधर..."

"पहेली न बुझाएँ...और मेरे कान दुरुस्त हैं, धीमे-धीमें कहें तो भी सुन लूँगा।"

"कौन सुनता है... ?" मक़बूल ने और भी ज़ोरदार वाल्यूम पकड़ लिया, "गांधी के देश में गांधी के चेलों ने गांधी की यूनियन को कलाली बख़्श दी। लो, मज़दूरों की कलेजी का, वो क्या नाम है...करो पिंडदान और शराब से करो तरपन।"

मेले की ओर जाते हुए इक्के-दुक्के लोग रुककर सुनने लगे। पंडित ने कहा, "हम लोग तो विरोध परगट किए, बाक़ी लोग तो बगलें झाँकते रहे।"

"वही तो! हम तो बाहर से आज आए, लेकिन देखा, इस बात पर बाक़ी कहीं कोई चूँ नहीं। अरे, हम इन नामर्द मर्दों से क्या कहेंगे? घर के अन्दर सड़ रही औरतों से कहते हैं—अरे मेरी अम्मा लोगो, तुम लोगों के जबान का दही कब छूटेगा?

"एक-एक औरत झाड़ू लेकर खड़ी हो जाती तो मजाल थी कि नीलामी हो जाती! आपस में सर फोड़कर क्या कर लोगी तुम?"

"मालूम पड़ता है, मक़बूल साहब को नीलामी नहीं मिली, इसी से दिमाग औट हो गया है।" मंगतू ने धीरे से कहा और उनके कान के पास ज़ोरों में भैंसें हाँकी, 'हट्ट हट्ट!'

"अरे ए सिंहजी का लौंडा, हमको का हट्ट-हट्ट करे हे रे? तें समझे है, जिसका ट्रक नहीं चलता, जो गुंडा नहीं पोसता, जो स्लरी चोरी नहीं करता, जो जुआ नहीं खेलाता, दारूखाना नहीं चलाता, ठेका नहीं पटाता वो आदमी ही नहीं है? आज हमारे साथ एक भी आदमी होता तो ऐसे 'हट्ट-हट्ट' करके निकल जाता?"

ऊधम मंगतू की गरदन पकड़कर दूर तक हाँक आया तो उधर से दूसरी आवाज़ आई, 'सँभालो, दूसरा पहलवान आ रहा है ताल ठोंकते हुए!'

"मोहल्ले में रहना मुश्किल हो गया है।" भुनभुनाती हुई सहुआइन निकली, "कबाड़खाना है, कबाड़खाना! सबेरे-सबेरे, राम-राम के पहर में दू गो मौगी लड़ बैठीं और अब इनकी सुनो! इहाँ के आदमी तो इहाँ के, बाहरी भी जिसको जब भूँकना होता है, यहीं आकर भूँकने लगता है।"

मक़बूल साहब ने जैसे सुना ही नहीं। अपनी रौ में बोलते गए, "यहाँ साला मर्द तो माफ़िया होते ही हैं, औरतें भी माफ़िया होने लगीं। ग़रीब होकर भी जो ग़रीब का गला काटे, और औरत होकर भी जो औरतों की ज़िन्दगी दोजख़ करे, उसे थू... !"

अब हुआ न! लो, सहुआइन वहीं से गलियाती, फेंटा कसती चली आ रही है। छेदी हाथ जोड़कर खड़ा हो गया, ''हमरी दुकनिया पे दया कीजिए।''

आशीष और ऊधम ने दोनों ओर से मक़बूल साहब को पार्लियामेंट के मार्शल की तरह पकड़ा और खींच ले आए अपने साथ। अब छेदी के हाइड पार्क के मंच पर सहुआइन का कब्ज़ा हो चुका था। उसका एक हाथ कमर पर था और दूसरा हाथ भाव बता रहा था। कभी-कभी दोनों हाथ भाव बताने लगते। लोगों को शालीनता का उपदेश देनेवाली सहुआइन अब अपनी नंगी गालियों से मक़बूल साहब की सात पुश्तों का उद्धार कर रही थी, ''जवाब दिये जा,...कटा पूँछ घुसेड़ के भागा काहे जा रहा है?''

मक़बूल पलटने को हुए कि स्लरी के पंक में गिरते-गिरते बचे। बोले, ''मैं औरत जात से बात नहीं करता।''

ऊधम ने याद दिलाया, ''अभी तो आप बात कर रहे थे न!''

टोकने की बदतमीज़ी नागवार गुज़री मक़बूल पर। बिगड़ पड़े, ''मैं यहाँ बलवा कराने तो आया नहीं। छोड़ो मेरा हाथ, छोड़ दो!''

दोनों ने हड़बड़ाकर छोड़ दिये हाथ तो लगे घूरने दोनों को। सहसा कुछ याद आया, ''अरे, मैं तो तुम्हारे क्वार्टर पर ही जा रहा था। बीच में ही मूड ख़राब कर दिया पाजियों ने। चलो, एक ही बात हुई। अब बताओ, कहाँ लिये जा रहे थे मुझे— सूखन-दूखन की भट्ठी पर या पहलवानों के दंगल में?''

''बहुत दंगल देख लिया। सुबह से दो जोड़ तो हो चुका। कहीं और लिवा चलिए, चाहे सूखन-दूखन की कलाली ही क्यों न हो! वैसे मेला भी है न आज?'' आशीष ने पूछा।

''वहाँ तो हर दिन मेला है। इस साली औरत ने सारा मिजाज माटी कर दिया।''

''सुबह-सुबह दो-दो औरतों ने हमारे मिजाज की मातमपुर्शी कर डाली है। आप तो फिर भी खुशनसीब हैं। एक ही से पाला पड़ा।''

''मुझे मालूम है। इन सबकी जड़ में है शराब...। और ये कम्बख्त सूखन और दूखन इसके कीड़े। कहा न, जो ग़रीब होकर ग़रीब का गला काटे...''

''ये दोनों देखने में तो ऐसे नहीं लगते?'' आशीष ने सन्देह प्रकट किया।

''तो मैं क्या यूँ ही बक रहा हूँ?'' मक़बूल खीझ गए। शंका-समाधान के लिए खुद ही सूखन-पुराण बाँचने लगे, ''सूखन बाउरी और दूखन चुहाड़! पहले सात-एक ताड़ के पेड़ों के मालिक थे। वो देखो, वो रहे सातों पेड़...।'' उन्होंने उँगली से आसमान में टँगे लम्बे पेड़ों को दिखाया, ''उन्हीं पेड़ों के नीचे ताड़ी उतारकर बेचा करते थे वे। अब ये जानो कि पछुआ हवा में ताड़ी तो निकलती नहीं। सो, ऐसे ही एक खुश्क मौसम में सूखन और दूखन जा फँसे राम बुझारथसिंह की कलाली

में। देशी ठर्रे का चस्का चढ़ा। रामबुझारथ प्यार से पिलाते रहे, पिलाते रहे और एक दिन दोनों की गर्दन पकड़ ली दोनों हाथों से—पाँच सौ देकर जाओ। लाचार होकर ताड़ी का कारोबार उन्हें सौंपना पड़ा। बुझारथसिंह ने मछली के तेल से ही मछली तली, यानी सूखन और दूखन ताड़ी उतारेंगे और बेचेंगे, उनकी औरतें रासमनी और लक्ष्मी दारू उतारेंगी और बेचेंगी नौकर रहकर...।''

''हूँ...! मालिक से ग़ुलाम!'' ऊधम ने सर हिलाया।

''हाँ! वो सूखन का पिल्ला रजकुमरा तो माँ-बाप का भी उस्ताद है! वह 'चखने' के लिए शिकार करता फिरता है। मजाल है कि किसी का मुर्ग़ा-मुर्ग़ी, बकरा-बकरी, सुअर तक अँधेरे में भटककर दामोदर की ओर आ जाए और सलामत वापस चला जाए!''

''मुर्ग़ी की चोरी को लेकर ही तो आज हेम्ब्रम की बीवी क्लारा और राजकुमार की माँ रासमनी में झगड़ा हुआ।'' आशीष ने बताया।

''क्लारा का अन्दाज़ सही होना चाहिए।'' मक़बूल ने कहा।

दामोदर के तट पर ताड़ के पेड़ों से तनिक बग़ल टीले पर खड़ी थी वह झुग्गी। पुटुस और बनतुलसी के बाड़, ऊपर ताड़ के चकले नालीदार पत्तों की छाजन। शाल के तने के बेंच। वे इधर-उधर मुर्ग़ी के पंख तलाश रहे थे। तभी मक़बूल साहब ने पुकारा, ''रजकमरा।''

वह कलूटा छोकरा वहीं से चीख़ा, ''जो बोलना हो, यहाँ आकर बोलिए।''

''देखिए साले की ठसक! अरे मेरे साथ एक भी आदमी आज होता तो...'' भुनभुनाते हुए खुद ही चले गए।

अब उनकी जबान से मधु टपक रहा था, ''यार, कोई चीकेन-बीकेन है?''

''है। मगर रोस्ट।'' राजकुमार ने अँकशी से कोयला झाड़ते हुए कहा, ''सिरफ एक टाँग ही मिलेगा।''

''और एक...?''

लड़के ने उँगली से इशारा किया, ''वो।''

मक़बूल साहब लौट आए, बोले, ''देखो, यहाँ ससुरा हेम्ब्रम अपनी ही मुर्ग़ी की टाँग को कैसे चबा रहा है और उधर उसकी बीवी ढूँढ़ रही होगी।''

अभी पियक्कड़ों का आगमन पूरी तरह शुरू नहीं हुआ था। उद्धत आवाज़ों ने ध्यान खींचा। गोराई बोतल प्राय: शेष कर चुका था। वह सूखन से बहस कर रहा था, ''स्साला हराम का पैसा लेता? ई भी कोई दारू है...घोड़ा का मूत है, मूत! हमको तुम क्या समझता? हम समूचा...गाँव मिल के कसम खाया कपालिनी देवी के मन्दिर में कि अब से दारू नईं पिएगा कोई...जो स्साला पिये, वो मूत पिये।'' कहकर उसने काँच के नन्हे गिलास को दारू समेत जो पटका तो गिलास के कई टुकड़े हो गए।

"बड़ा बहादुर हुआ है रे तें! उठा साला, काँच उठा!" सूखन ने उसकी गरदन पकड़ ली।

"अभी बहादुरी देखा कहाँ, अभी तो पत्थर पे फोड़ा न? हम दाँत से तेरा सब गिलास तोड़ डालेगा, दाँत से...!"

पियक्कड़ों ने अपने इस सूरमा को देखा। हेम्ब्रम ने उठकर उसकी पीठ थपथपाई, "बहादुर है गोराई भाई।"

नशा सूखन पर भी था, "गोराई बहादुर औ हम हिजड़ा? हम कहते हैं, ऊ अगर गिलास दाँत से तोड़ दे तो हम उसको दिखा दें।"

"क्या दिखाएगा?"

"पहले तू तोड़ न? एक गाड़ी लोड करते-करते तो हग देता है।"

"देखेगा?" गोराई सन्निपातग्रस्त रोगी की तरह डकराता हुआ उठा और उसने बाजीगर की चुस्ती को भी मात देते हुए ताबड़-तोड़ गिलासों को दाँत से ऐसे तोड़-तोड़कर फेंकना शुरू किया, मानो काँच नहीं, गन्ना छील रहा हो!

कड़ाक-कड़ाक की आवाज़ पर राजकुमार डर से काँपने लगा। झोंपड़े के पीछे दारू चुआती रासमनी और लक्ष्मी 'माँ गो!' कहकर भय-विस्फारित देखती रह गईं।

सूखन नशे और क्रोध के सम्मिलित प्रभाव से काँपने लगा, "ते तो सब फोड़ डाला रे...रह, हम दिखाते हैं, हम क्या करते हैं।" उसने विक्षिप्त की तरह गिरते-पड़ते एक पत्थर उखाड़ना चाहा। नहीं उखड़ा तो शाल के रोले को उठाना चाहा। नहीं उठा। लाचारी में उसने छप्पर से एक बाँस को हुमचकर खींचा और लिये-दिये जा गिरा ज़मीन पर। अब वह उठकर लगा बाँस भाँजने—'जय कपालिनी मैया की!' और बड़े मटके पर एक चोट, 'पक्क' पानी पसर गया। 'जय कपालिनी मैया की!' टेबुल पर एक चोट, टेबुल नहीं टूटा।

इसके पूर्व कि वह और वार करता, ऊधम और आशीष ने उसको पकड़ लिया और इस प्रक्रिया में दोनों को एक-आध लात भी लग गई। मक़बूल ने गोराई को पकड़ रखा था। फिर उसे दुत्कारने लगे, "जा, भाग!"

"उसको भगाया तो सब पैसा तुमसे वसूलेगा।"

गोराई ने जेब से पैसा निकालकर तितली की तरह उड़ाते हुए कहा, "ले जा, दाम काट लेना।"

"कितना दे रहा है?" एक गम्भीर आवाज़ पर उन्होंने झपटकर देखा तो राम बुझारथसिंह। आगे बढ़कर उन्होंने बलिष्ठ हाथों से झटक दिया गोराई को। चटाक! चटाक!!—दो थप्पड़ और जेब से लगभग डेढ़ सौ के नोट निकालकर धकेल दिया, "जा, भाग!"

अब वे सूखन की ओर बढ़े।

ऊधम, आशीष और मक़बूल ने अब दामोदर की राह ली। तीनों में इतना ज़बरदस्त तनाव था कि पिछली सारी बातें वे भूल गए।

बगल में सैंड-प्लांट खड़ा था। शाम हो रही थी। सूरज का लाल पिंड दामोदर के चितकबरे पानी में दूर तक घुल रहा था। नीचे उतरकर उन्होंने देखा, मिस्टर कपूर मुँह में पाइप दबाये अपने-आपमें खोये देख रहे थे दामोदर के छिछले पानी को। काले पानी के बीच उभरे सैकत द्वीप, बालू ठीक पीली नहीं तनिक काली, जैसे ओझाजी के गोरे बदन पर जमी कोयले की कालिख! परिन्दे चहककर शाम का अहसास और तीखा कर रहे थे।

"युद्ध और शान्ति!" ऊधम बर्राया।

"यह साला ज़िन्दा है अभी... ?" मक़बूल एकान्त पाकर तनिक बहादुर बने।

"जिन्दा हो या मुर्दा, बाबू चन्द्रकिशोर सिंह के आदमियों पर हाथ उठाने की गुस्ताख़ी नहीं करेगा।" आशीष के मुँह से यूँ ही यह बात निकल गई।

"हमारे बीच यह बाबू साहब का आदमी कहाँ से टपक पड़ा?" मक़बूल ने नाक फुला ली।

उधम ने ताड़ लिया कि आशीष ने खुद ही आफ़त बुला ली है, मगर इसके पहले कि वह कुछ कहता, मक़बूल साहब छिटककर सामने आ गए। लगे सर में पाँव तक का मुआयना करने, फिर गिरगिट की तरह सर हिलाकर कहा, "हूँ, तो आख़िर तुम दोनों ने भी एक खूँटा पकड़ ही लिया! इधर हम भी एक ही अहमक हैं। चीख़ते रह गए, मगर हमारे साथ कोई नहीं आया। इस काजर की कोठरी में जो भी आया..."

ऊधम ने अब भी बात सँभालनी चाही, "आप आशीष को ग़लत समझ रहे हैं। पाँच-पाँच बार उसने 'नई आदर्श यूनियन' की योजना बनाई और..."

यह सुनना था कि आशीष उसे मारने दौड़ पड़ा।

मक़बूल ने रोक लिया, "देखो भैये, बंगाली सेंटीमेंट की यही फ़ितरत है। जो भी सोचेंगे, इतना ज़्यादा सेंटीमेंटल हो उठेंगे कि लिबिर-लिबिर करने लगेंगे। हमने देखा है, वे नक्सलाइट भी हैं और उँगलियों में गरहशान्ति के लिए अँगूठियाँ भी पहने रहते हैं। मार्क्स-एंगेल्स करते-करते देवस्थान आया कि झट लम्बा सलाम माथे और कलेजे को जोड़ता हुआ दाग बैठे।"

"आप क्या गाली देने के लिए ले आए हैं यहाँ?" आशीष इस बार रुआँसा हो उठा।

"ना, हम तो यूँ ही आ निकले इधर। आ गए तो गुरुबचन सिंह को ढूँढ़ ही लें। वो देखो, वो झख मार रहे हैं जनाब। देखो आशीष, बुरा मत मानो। मैं तो मज़ाक कर रहा था। कूड़मगजीपने में तो मेरी जातिवाले सबसे नम्बर मारे हुए हैं।"

"नहीं, सभी एक-दूसरे से बढ़-चढ़कर हैं। मेरी जाति वाले क्या कम हैं?" ऊधम ने कहा।

दूर से धब्बे की मानिन्द दिखते हुए गुरुबचन सिंह का आकार अब स्पष्ट हो चला था।

उन तीनों के क़दमों से चरमराती बालू ही सिर्फ़ सन्नाटे में दखल दे रही थी अब। वे इस कदर सर झुकाकर ग़मगीन भाव से चुपचाप बढ़े जा रहे थे, जैसे वे किसी मज़ार के सन्निकट आ गए हों!

आहट पाकर गुरुबचन सिंह ने पलटकर देखा और एकटक देखते रह गए। शायद थोड़ी देर पहले रो रहे थे वे। आँखें सुर्ख़ और भरी-भरी, बरौनियाँ चिपकी-चिपकी! उजले-उजले होंठ मुसकराने की कोशिश में और भी उदास हो आए थे और चेहरे पर दामोदर के पानी में सूरज की प्रतिबिम्बित आभा यूँ मचल रही थी, जैसे अपना पूरा वजूद जलाकर उस घोर अँधेरे के समन्दर में उन्होंने कोई जज़्बा तलाश लिया हो! यह भी एक दंगल है, जहाँ आदमी अपने पर आरोपित तनहाई और व्यर्थता से लड़ रहा होता है।

मक़बूल ने रुक-रुककर धीरे-धीरे कहा, ''मेरा बस चले बचन, तो मैं तेरे आगे एक बोर्ड टँगवा दूँ—सावधान, आगे आग है!''

गुरुबचन सिंह पर क्या प्रतिक्रिया हुई, इसे उनके चेहरे पर न पढ़ा जा सका। वह तो तभी मालूम हुई, जब उन्होंने अपनी आँखें पोंछीं।

''कार (घर) चलो, बापू!'' ऊधम ने भावातिरेक में कहा।

गुरुबचन ने बिना कुछ कहे ऊधम के फैले हाथ को पकड़ लिया और उठ खड़े हुए। बोतल और अख़बार के टुकड़े वहीं पड़े रहे।

लगभग आध घंटे तक वह एक तरह से निःशब्द यात्रा थी, गोया वह दामोदर न हो, सहारा का रेगिस्तान हो!

इस बार वे दूसरी ओर से चढ़कर आए तो उनके ठीक सामने ताड़-कुंज था। मेले की भीड़ और शोर निरंतर उनकी गौतमी मुद्रा पर चोट कर रही थी। झुंड-के-झुंड जहाँ-तहाँ बैठे या खड़े लोग, महिलाओं के नाम पर एक सहुआइन। स्वयं दुकान बन्द कर मंगतू वहाँ बैठकर एक मुर्ग़े के पंजे में नन्ही छुरी बाँध रहा था।

''यह आख़िरी दंगल है क्या?'' मक़बूल ने पूछा।

''हाँ, आख़िरी ही समझिए। दुसरका जोड़ बड़ा तगड़ा था। आप लोग मिस किये।''

''ख़ैर, तैयार करो, इसे ही देख लें। किसके-किसके हैं ये?''

''यह तो महादेव मियाँ का है। इससे लड़ेगा भुइयाँ वाला।''

दोनों मुर्ग़े तैयार हुए तो अपने-अपने मुर्ग़े को छुट्टन और महादेव मियाँ ने दोनों हाथ से पकड़कर ललकारा, ''जा बेट्टा!''

एक टाँग पर खड़े मुर्ग़े दूसरी टाँग और वक्र आँख से एक-दूजे में दुश्मन का तेवर तौलते हुए सहसा उड़कर दो गुलदस्तों की तरह टकरा जाते। देखते-देखते दोनों

के बदन से ख़ून चूने लगा—टप-टप! महादेव मियाँ का मुर्ग़ा शिथिल पड़ने लगा। गरदन पर आख़िरी वार होते ही ख़ून की धार तेज़ हुई।

''छुट्टन का मुर्ग़ा जीत गया!'' छेदी ने एनाउंस किया।

''मगर बचेगा नहीं वह भी।'' महादेव मियाँ ने खीझकर कहा।

''इस लड़ाई में जीत-हार सब फ़रेब है। दोनों को जाना है।'' मक़बूल अपने सूफ़ियाने अन्दाज़ में बोले, ''इसे लड़ाने वाले जानते हैं, मगर मुर्गे नहीं जानते।''

बन्द होने के पूर्व भट्ठी अपने पूरे शबाब पर थी। बेंच और तख़्ते वीरान थे। लोग नीचे ही उकड़ूँ बैठे पी रहे थे या लुढ़क रहे थे। बहुतेरे ड्यूटी के काले चीकट कपड़ों और हेलमेट, बूट, बत्ती में थे। शायद ड्यूटी से भागकर चले आए थे। दारू चू रही थी, दारू रेंग रही थी, दारू पसीज रही थी, दारू उड़ रही थी।

'भट्ट हमारा साला!'

'आहूजा हमारा नाती!'

'परसदवा सार चूतिया!'

'विष्टुआ सार भँड़वा!'

दारू का बोधिसत्त्व!

भट्ठी के पास पसीजती औरतें बीच-बीच में कनमनाकर इन्हें देख लेतीं, फिर अपने काम में लग जातीं। छक्के-पंजे वाले गोटियों को अंगारों की तरह हाथ से हिलकोरते हुए खाट की ओर ताक लेते और छोड़ देते—'ये म्मारा।' राजकुमार और दो अन्य लड़के फुर्ती से गिलासों और ख़ाली बोतलों को समेट रहे थे। पेट्रोमैक्स सों-सों कर रहा था। कुल मिलाकर सबकुछ एक ताल पर हो रहा था। इस बीच सूखन और दूखन, जिन्होंने एक साथ जीने-मरने की कसमें खाई थीं, पसीने से नहाये एक-दूसरे से रू-ब-रू हुए तो पसीने से चिपचिपी आत्मीयता फूट पड़ी।

''सूखन, तुम हमरा भाई।'' दूखन ने उचारा।

''ना, तुम हमरा भाई।'' सूखन ने प्रतिवाद किया।

मनाने के लिए ताल ठोंके गए, हाथ मिलाये गए। अब लड़ लेने के सिवा फ़ैसले का और उपाय नहीं! इस धुआँते, पसीजते काले माहौल में बुझारथसिंह उजले ब्लॉटिंग-पेपर से सब-कुछ सोखकर गदबदे बने उठंगे पड़े थे। अचानक इस सन्तृप्तावस्था में लड़खड़ाते हुए फूली जेब लिये उठ खड़े हुए, ''बन्द कर दो। हिसाब-किताब ठीक से रखना। हम को अस्पताल में कुछ दिन लग सकते हैं।''

''चलिए, तमाशा ख़त्म हुआ।'' आशीष ने गुरुबचन सिंह को कहा।

''नहीं, तमाशा तो, लगता है, अब शुरू होगा।'' मक़बूल ने क़दमों की मिली जुली आहट को अनका। फिर चौंककर देखा तो सचमुच लाठी-भाले का कारवाँ था।

सबके आगे-आगे थे मंडल मास्टर और ओझा, मनसूर उनकी बगल में। मेवा, गोकुल, छकौड़ी महतो और जाने कौन-कौन! आते ही पहला वार नये मटके पर।

मनसूर ने टेबुल पर रखी बोतलों पर एक वार किया, फिर किन्न-किन्न चिंदिया उड़ने लगी काँच की। मेवा के एक ही वार में सूखन ज़मीन पकड़ बैठे और दूखन भाग निकले। बाक़ी भीड़ पीछे जाकर मिट्टी के कलशों की डिस्टिलरी को चूर करने लगी।

ऊधम जब थून्ही हिलाकर मदिरा-कुटीर ध्वस्त कर रहा था तो उसे देखकर खुशी हुई कि मक़बूल भट्ठी झाड़कर दहकते अंगारे ला रहे थे वहाँ। अग्निकांड! मगर आशीष?

"बुला साले, जिसको बुलाना है! कुचला (विष-फल) मिला-मिला के दारू चुआएगा? एक जगह हो तो एक जगह—समसे चन्दनपुर को दारूखाना समझ रखा है। आज गोरइया का पइसा छीना, कल दूसरे का छीनेगा। हेम्ब्रमवाँ की मुर्ग़ी उठा लाया। साला रोज़-रोज़ चोरी करता है। दुखनवाँ का चैंगवा। पकड़ाया होता तो उठा के पटकिये देते—जै-जै सियाराम हो जाता।" ओझा ग़ुस्से में उबल रहे थे।

"आप लोग गोरइया को छोड़ काहे दिये?" मक़बूल ने पूछा।

"छोड़ दिये?" छकौड़ी महतो ने आँखें फैला दीं, "अरे जनी सब (औरतें) मिल के ऊ मार मारिन हैं—ऊ मार, कि आदमी होगा तो पियले भूल जाएगा।"

"सार मन्दिर में कसम खाया था कि नँय पिएँगे," सपन मंडल ने हिकारत से कहा।

मक़बूल ने पलटकर आशीष को देखा, "अब इस मुर्दे को कहाँ ढोकर ले जा रहे हो?"

उनका इशारा गुरुबचन सिंह की ओर था, जिन्हें मरीज की तरह पकड़कर ऊधम क्वार्टर पहुँचाने लिये जा रहा था।

आश्चर्य! आशीष की इस दौरान किसी ने नोटिस नहीं ली थी। वह कलाली-ध्वंस के दौरान भी इस क़दर किंकर्तव्यविमूढ़ बना रहा कि उसने आगे बढ़कर उसमें कोई हिस्सा न लिया। अपनी उस भूमिका से वह कुंठित तो था ही। इधर जब बाक़ी लोग, आपस में एक परिवार की तरह बात कर रहे थे, वह जान-बूझकर परे ठेल दिया गया था। अगर वह अपने फ़ार्म में होता तो इस समय गाँव वालों, अंगारडीहा वालों आदि को लेकर एक जुझारू मोर्चा बनाने की बात करता। मगर इस वक़्त वह मात्र एक चूहा था, जिसे इस उपेक्षा की दीवार में बिल तलाशनी थी।

"इसमें गुरुबचन सिंह का क्या कसूर?" उसने कोशिश की।

किसी ने पूछा, "ई को हैं रे?

"सिंह जी के आदमी, सिंह जी के!" लड़कों ने वो हुल्लड़ मचाया कि वह पूरी तरह से कन्फ्यूज़्ड हो गया।

रास्ते में स्लरी के कीचड़ में कोई गिरा पड़ा था। कोई ज़िद करके बैठा था और उसके साथी उसे उठा रहे थे। कोई झूमता-टकराता चला जा रहा था—पीछे के अग्निकांड पर बर्राते हुए।

"सिंह जी के आदमी।" आशीष को चिढ़ाते हुए लड़कों को जाने क्या विनोद सूझा कि उन्होंने उन गिरे, लडखड़ाते, पियक्कड़ों की चूतड़ों पर एक-एक लात जमाई।

ओझा को डाँटना पड़ा, "सनको मत। आदमी की तरह चुपचाप चारों ओर की टोह लेते हुए चले चलो।"

तनिक शान्ति पाकर मक़बूल, गोराई घटना-क्रम का, आँखों-देखा हाल सुनाने लगे। बताते-बताते वे जोश में आ गए, "देख रहे हैं पियक्कड़ों को, लँगड़े-लूले-अपाहिजों की जमात? आशीष का दिमाग़ अभी भी साफ़ नहीं हुआ। कहते हैं—ज़िन्दगी में बहुत ग़म हैं, सो पीना माफ़ किया जा सकता है।"

"आपने मुझे खामख़ा ग़लत समझा। मैं सिर्फ़ गुरुबचन सिंह की बात कर रहा था।"

आशीष ने सफ़ाई दी तो उसके तर्क को हाथ में झटकते हुए बोले मक़बूल, "ग़म क्या अकेले गुरुबचन सिंह को ही है? अंगारडीहा का उस दिन का और चन्दनपुर गाँव वालों का आज का हथियार उठाना—इसके पीछे ग़म नहीं है क्या? जोखू के पैसे छीनकर एक माफ़िया गिरोह कलाली की नीलामी लेता है, हर दिन गुंडे ग़लत काम करते हैं—ये सब ग़म की वजहें नहीं हैं?"

"गुरुबचन सिंह के बारे में आपसे ज़्यादा कौन जानता है और आज आप ही..."

"हाँ, माना कि गुरुबचन सिंह का मामला कुछ निजी क़िस्म का है। तुमने उनके वजूद को भावुकता में धू-धू करके जलते हुए देखा है, मगर इस निहायत निजी क़िस्म के एक्सेप्शन को तुम रूल क्यों बनाते हो? तुमने कभी उनके बारे में भी सोचा है, जो इस आग में न ठीक से जलते हैं, न बुझते हैं? हो सकता है, उन्हें राह तक न सूझती हो, मगर वे समझौता नहीं करते।"

अब तक मनों पानी पड़ चुका था उस पर। भीगे चूहे की तरह उसने ताका, "एक भी शख़्स बताइए।"

"क्यों, जगन है, झानू है। तुम्हारे इर्द-गिर्द ही कितने रहते हैं, सोमारू हैं—कितनों के नाम गिनाऊँ?"

"कौन, मिस्तिरी सोमारू?"

"हाँ। अभी सामने सेफ़्टी वीक की प्रदर्शनी में ठोंक-पीट रहा है।" आशीष 'ठक-ठक' की आवाज़ों में सोमारू मिस्तरी के जैसे अनदेखे सूरमा को संश्लेषित कर रहा था, तभी ऊधम ने हँसकर कहा, "इतने आदमी हैं और आप रोना रोते हैं—काश, मेरे साथ एक भी आदमी होता!"

मक़बूल पराजय की खीझ में हकलाए, "अभी कुछ दिन और देखिए, सब पता चल जाएगा। अभी तो आप..."

"अपरंटीस हैं।" ओझाजी ने हँसते हुए वाक्य पूरा किया।

क्वार्टर में सोने के पहले, व्यर्थता के दंश में टीसते हुए आशीष ने यूनियन के खाके वाला काग़ज़ उठाया, उस पर जहाँ-तहाँ क्लारा, रासमनी, जोखू, मक़बूल, गोराई, दारू, दंगल आदि लिखा और एक शीर्षक दिया—'एक दिन'।

ऊधम ने शीर्षक में संशोधन किया—'एक दिन-प्रतिदिन!' और काग़ज़ को गोल कर जंगले के पार रात के अँधेरे में उछाल दिया।

16

'सेप्टिक वीक' और 'अक्सीडंट'

बोरे पर नाक सुड़कता चीकट कपड़े पहने बच्चा पाठ याद कर रहा है—'जगन, मगन, भजन...।' अलाव पर जगन मगन होकर भजन गा रहा है। पंजों पर थूथन फैलाये मादा सुअर अपने छौनों के साथ सुन रही है यह पाठ। इस बूढ़े जगन के मगन होने के कई कारण हैं—एक तो, पोता हुआ; दूसरे, धनबाद के उपायुक्त ने कल एक स्पेशल फ़रमान जारी कर सूदखोरों को देखते ही गिरफ़्तार करने का ऑर्डर दिया है। एक तीसरी ख़ुशी भी है, जो इन दोनों की अपेक्षा ज़्यादा भरोसेमन्द है—उसकी मादा सुअर सुगनी ने एक साथ पाँच बच्चे जने हैं!

'ई का अनूप सिंह की बकरी है कि दुइये-गो थन! बारह थन हैं सुगनी के, बारह! दु-दु गो पिएगा एक, फिर भी दुगो बच जाएगा। एक-एक छौना बढ़ रहा है। छौना बढ़ रहा है तो दाम बढ़ रहा है। दाम बढ़ रहा है तो दुख-दलिद्दर कटने के आसार नज़र आ रहे हैं।'

पोते का विश्वास नहीं, ससुरा बड़ा होकर पाकिटमारी करेगा या बम बनाएगा। वैसे ही उपायुक्त के सूदख़ोरी उन्मूलन का विश्वास नहीं, कब मति फिर जाए या हुक्म तामील हो न हो, मगर सुअर के पाँच छौनों का विश्वास है।

आज से दस साल पहले खदान के अन्दर काम करते हुए ऊपर की चाल गिर जाने से दब गया जगन! दस-दस फ़ीट की दूरी पर खूँटा लगाने कर नियम कहीं पालन होता है? फिर खूँटे भी घुन खाये! ठेकेदार के विरुद्ध मैनेजर सुनता नहीं। पाँव कट गए। मुआवज़ा भी नहीं मिला। 'दारू पीकर खान में ढुका था'—कहा गया। जेल जाने से बच गया, यही धन्न भाग। हाथ-गोड़ जोर के भतीजे बिसुन की नौकरी लग पाई, यही क्या कम है? तब से सरापता रहता है, 'धँस जाएगा समसे चन्दनपुर।

हे कपालिनी मैया, तुम कहाँ हो? इतना अनियाव देख के हाथ-भर जीभ निकालकर अचरज करने से काम नहीं चलेगा। अरे, कुछ करो, मैया! खड़ग से काट के खप्पर भर-भर खून पियो, तब जानें कि साचो के 'माय' हो।'

वैसे, उसे इस बात का कम मलाल नहीं कि सब बड़का आदमी औ 'बड़ा जात' का ही सुनते हैं।

'अब यही देखिए न, कपालिनी देवी को! बराकर नदी में डैम बनने से अपबित्तर हुई तो हियाँ आते-आते भी चार कदम फरके खड़ी हुईं। चार डग आगे नहीं बढ़ सकीं—ई चमरौटी तक! घिना गई होंगी। आईं कहाँ—तो पुजारी जी के पिछवाड़े! अब बताओ, ई बिना पाँव का जगन भुइयाँ उनका दरसन करने कैसे जाए!'

अलाव से धुआँ निकल रहा है—कच्चे कोयले का भूरा-भूरा धुआँ! जगन इस धुएँ के बीच करिखाये सूरज को देख करके सोचता है—भूरे, काले और लाल रंग को जोड़-जोड़कर एक निर्णय पर पहुँचता है, "ए बहुरिया, बिसुन बौ! तनि एक गो आइडिया आयल है माई जी की किरपा से...।"

बहुरिया को इन अनर्गल बातों को सुनने की फ़ुरसत कहाँ? सुअरों की नाद में माड़ उलटकर थाली हाथ से काछते हुए खीझकर बोलती है, "जो लिये हो, रख दो हुँए।"

"ए गोस्सा नँय, माई जी के बात है। हम सोचते हैं, पाँच में से एक छौना कपालिनी माई के चढ़ावे के...।"

"तनी सुनो, बूढ़-बंडोल के दिमाग ठीक रहे तब तो...! अरे मैया खस्सी माँगे हैं। एक दिन सनकल हेंली तो सोचे कि इनरा गान्हीं को दे दें एक।"

"ठीक कहो हो, ई छौना न काली माई के परसन्द होवे है, न गान्ही माई के—बाभन है न सब देबी।"

झनकती चली गई बहू तो स्कूल के मास्टर को पकड़ लिया उसने, "सुअर के छौना में एक गुन तो है—कोई चुरा नहीं सकता।"

"काहें?"

"ई का कोइला है बाबू साहेब, गाँवें भेज दें लदवा के? तइयो पे एक दफे एक टरक हियाँ का कोइला चोरी करके ले गए थे सुदरसन सिंह। ईंटा पथवा के झोंक दिये। सब ईंट झाँवा!"

"साचो?"

"तब का! बड़ा तागत होवे है। एक नम्बर के कोइला निकले है, एक नम्बर के। लोहा-माटी के ईहे न गला के इस्टील बनावे है। टाटा, बरनपुर, दुर्गापुर नँय गए हो?"

"आप सुअर-चोरी की बात बता रहे थे।"

''उहो सुनो, हमरा गाँव में दुर्गा पांडे थे। कलारास चोर! एक दफा एक चमार के घरे सेंध मारे। सबेरे लोग बोले—रपट लिखवा दो थाने में। चमार बोला, 'रपट न फपट! रपट लिखवा दें, और पुलिस हमरे परेशान करे? ना बाबा! हम खुद पकड़ेंगे चोर को।' बस, एक दिन माघ-पूस के भोरे-भिनसरे देखा, पांडे नंगे बदन पुर हाँक रहे थे। चमार ने जाकर परनाम किया—'दे दो महाराज, हमार समनवाँ!' बमक पड़े पांडे लोग, बोले—'का परमान है?'...'एही कि आपको जाड़ नहीं लगता। महाराज, जौन कनस्तर को घीव का कनस्तर समझ के लाए थे, उ था सुअर का चरबी!' ''

जगन को अब याद आता है कि उसने मास्टर को रोक लिया है। बोला, ''जाओ मास्टर, ई लंगड़-लूल की बात में का रखा है? अरे बैठ-बैठ के गोस्सा में सुलगना ही न रह गया है हमको!''

कहने की बात है यह सब। लँगड़ा जगन इतनी तेज घुसकुरिया मारता है कि साबुत टाँग वाले पिछड़ जाते हैं। 'सेफ़्टी वीक' की नुमाइश में जलसे के दिन सब साथ ही चले थे। जगन घुसकते हुए चल रहा था, मगर उसने सबको हँफा मारा।

''बुढ़वा का गोड़ कट गया है तो का हुआ, हाथ तो है।'' छुट्टन-बौ ने जगन की पतोह बिसुन-बौ से कहा।

बिसुन-बौ ने खुश होकर कहा, ''गोड़वा कट के हथवा में जुट गया है। बज्जर का हाथ है—बज्जर का!''

प्रदर्शनी में मूर्तियों और चित्रों की दोनों ओर क़तारें लगी थीं। एक पाँच फ़ीट का रास्ता हर खंड के बीच था, जिसमें दर्शक आ-जा सकें। चन्दनपुर गाँव वालों ने इस साल भी बॉयकाट किया था, मगर अगियारडीह, काली टाँड़ और आस-पास के गाँवों से सैकड़ों आदिवासी मजूर-मजूरनें, मियाँ पट्टी, साउथ कॉलोनी और पश्चिम-उत्तर के पिट नम्बर दो की बस्तियों के लोगों से मेला लगा हुआ था।

प्रदर्शनी के बीच में सुकुमार का वह बड़ा-सा चित्र टँगा था मूर्ख कालीदास वाला, शीर्षक था—'जिस डाल पर बैठे हैं, उसे न काटें।' उसकी पीठ पर आधुनिक आर्च पद्धति का विज्ञापन था—'सुरक्षा के क्षेत्र में एक नया क़दम।' वापस आने के रास्ते पर एक आदर्श मज़दूर की प्रतिमा थी—'कम सेफ, गो सेफ।' मगर जगन सेफ नहीं था। भीड़ में कई बार कुचला गया वह। 'आँख नैं है?' की आवाज़ पर लोग चौंककर नीचे देखते।

नूरूल अपनी बुरकेदार बीवी को लेकर आया था और जवाहर हाथ-भर के घूँघट वाली बीवी नीरा को लेकर। नई-नई शादियाँ थीं। दोनों उत्साह में अपनी पत्नियों को दिखा रहे थे, कि कितना जोखिम-भरा काम करते हैं वे! बीवियाँ नक़ाब और घूँघट को दोनों हाथों से ज़रा-सा उठाकर बस वही देख रही थी, जहाँ उनके पति इशारा कर रहे थे। आश्चर्य, चाय पर बुलाने वाले जवाहर ने ऊधम और आशीष

को देखकर भी अनदेखा कर दिया, जबकि थे दोनों ही। ऊधमसिंह और आशीष प्रदर्शनी से ज़्यादा लोगों के प्रदर्शन में रुचि ले रहे थे। सूखन और दूखन एक-दूसरे से टकराते बार-बार हुड़के जा रहे थे। हेम्ब्रम उजबक-सा कपड़ा पहने पीछे-पीछे बच्चों की उँगली पकड़े हुए और उसकी आंग्लवंशीया पत्नी क्लारा मेम बनी आगे-आगे। वह अंग्रेज़ी सूचनाओं को ज़ोर-ज़ोर से पढ़कर गँवार औरतों पर अपनी विशिष्टता का सिक्का जमा रही थी। रह-रहकर एक फिकरा बोलता ऊधम। क्लारा की उपस्थिति को रेखांकित करने की गरज से उसने जड़ा, "साला अंग्रेज़ी में लिखा हुआ है : कम सेफ, गो सेफ! कौन बूझेगा?"

"अँगरेज का जन्मल होगा।" इस ताल पर दूसरे छोर से जगन ने जवाब दिया।

क्लारा ने कसैला-सा मुँह बनाया तो आशीष ने ऊधम की पीठ पर एक धौल जमाई। मगर इसके पहले क्लारा कोई कमेंट करे, उसका ध्यान हेम्ब्रम पर गया, जो किसी मझियाइन की जवानी पर अपनी नशीली आँखें गड़ा रहा था। अपने ग़ुस्से की अभिव्यक्ति के लिए उसने एक दूसरी खोट पकड़ी, "बच्चे कहाँ गए, बच्चे?" हालाँकि बच्चों के प्रति वे कितने सजग थे, यह सभी को मालूम था। हेम्ब्रम की जैसे अकस्मात् नींद टूटी, "बच्चे? उँगलियों की डोर से बँधे बच्चे कहाँ गुम हो गए?"

"भँड़वा कहीं का!" क्लारा ने डाँटा और उसको वहाँ से ठेलती हुई ले गई, "ढूँढ़कर लाओ आज, नहीं मिले तो तुम्हारी खैर नहीं।"

स्वयंसेवकों की तरह ऊधम और आशीष सामने आए और अपने बाँस के हैट को उठाकर हाथ अदब से कलेजे पर रखकर, सर झुकाकर आत्म-परिचय देने लगे।

"मीशेल्फ ऊढेम लायन, आय मीन नॉटी लायन।" ऊधम ने कहा।

"ऐंड मीशेल्फ ब्लेसिंग बैचलर।" आशीष ने कहा।

"हमारे योग्य कोई सेवा?" दोनों ने कहा।

हेम्ब्रम के बच्चों को ढूँढ़ना मुश्किल नहीं था, जासूसों के लिए। वे प्रदर्शनी में गिरी चवन्नी पाकर बाहर चक्र वाले जुए पर चार का आठ बना रहे थे। हेम्ब्रम के सपूत होने का सबूत पेश कर रहे थे। बच्चों को हेम्ब्रम को पुनः सौंपते हुए दोनों ने क्रॉस बनाए, 'गॉड सेव अवर केस्टो मुकुर्जी!' अब दोनों नायकों ने एक-दूसरे को पुरस्कृत कर देना भी ज़रूरी समझा। दस-दस पैसे की दो फिरकियाँ ख़रीदकर मेम साब को थमाईं। क्लारा ने हँसते हुए दोनों की हैट पर यह 'परम शौर्यचक्र' जड़ दिया। इसके बाद दोनों दो जोकरों की तरह ट्रैफिक नियंत्रित करने लगे।

एक जैसे कपड़े पहने कुछ आदिवासी युवक और कुछ आदिवासी युवतियाँ आईं झुंड में। युवकों की उजली धोती, हरी कमीज़ और लाल गमछे का फेंटा; युवतियों की उटँग हरी साड़ी, साड़ी के कसाव में खिलते गुलाबी ज़फर। इनके पीछे सिंह-त्रयी के पलवान, छोटे-छोटे बालों में तेल चक-चक करते हुए। मंगतू और

सहुआइन ने लगभग साथ ही हड़बड़ी में प्रवेश किया। उनके पीछे भाभी, लेकिन वे अपने-आपमें इतनी खोई हुई थीं कि उनकी नज़र किसी ओर नहीं थी। पीछे-पीछे चटकीली क़ीमती साड़ी में ढेरों औरतें—इनमें से किसी को नहीं पहचानते थे। दोनों सूफ़ी—कलीम और मक़बूल किसी धार्मिक मुद्दे पर हाथ झाड़ते हुए तेज़-तेज़ बहस करते हुए अन्दर गए। अब कुछ स्लीव-लेस ब्लाउज़ और उघड़े सिरवाली अफ़सरानियों का दल भीड़ को देखकर नाक-भौं सिकोड़ते हुए आकर ठमक गया था। दोनों जोकर चीनियाँ बादाम एक-दूसरे के मुँह में उछाल रहे थे कि किसी गड़बड़ी को सूँघकर अन्दर लपके।

बढ़ती भीड़ में जवाहर की घूँघटवती और नूरूल की नक़ाब-नशीन बीवियों के द्वारा जब जगन दोबारा कुचला गया तो उसका ग़ुस्सा फट पड़ा, ''का देखते हो, दाँत चियार-चियार के—ऐं? यही न कि मलकट्टा अपना रास्ता न पकड़ के हॉलेज के रास्ते से जा रहा था, और अक्सीडंट। दारू पी के गया, और अक्सीडंट। फाँकी मार के सो रहा था, और अक्सीडंट। लालच में झोल झाड़ रहा था, और अक्सीडंट। माने जे-है-से जेतना गलती है, सब मजदूर करता, साहेब लोग एक भी गलती नै कर सकता। देखो यही और देखावो मौगी-बुतरू लोग को और सज-सँवर के चूतर हिला-हिला के नाचो, जैसे बन्दर नाचता है मदारी के डमरू पर!''

उसका चीख़ना सुनकर लोग लगे उचक-उचककर ताकने, ''को है रे?''

''सनकल है, पी के आ गया का?''

''कोई भिखमंगा लगता है, हमरा तो।'' कई प्रतिक्रियाएँ!

जगन की आवाज़ और तेज़ हो गई, ''हाँ-हाँ, सनकल है, पीयल है, भिखमंगा है! आँख है तो देखो, का है!''

''अरे ई-तो जगना है!''

''जगना! कौन जगना?'' कई सवालिया आँखें।

''अरे ऊहे, जेकर गोड़ कट गया रहा!''

''अरे भइया, उनसे का पूछते हैं? छच्छात सामने हैं हम। तोरे जइसन हाथ-पाँव रहल हमर। तोरे जइसन मजदूर थे हम। मूरतों को का देखते हो भइया, हमको देखो! मूरतें भद्दी हैं, बनावटी हैं, नयँ बोलेंगी। हम जिन्दा हैं, असली...हम बोलते हैं, सुनो, हमर गोड़ कैसे कटल? हम न कौनो गलत रास्ता पकड़ा था, न दारू पी के गया था। न सो रहा था, न लालच में झोल झाड़ रहा था, तइयो पे अक्सीडंट! एकरा में कहूँ, ईहो देखाया है कि मनीजर घूस ले के कमजोर खूँटा लगवाया—घुनायल, सरल...छत जाँच करने न साहेब आया, न नीसपिट्टर। एकरा में कहूँ, ईहो देखावल है कि कम हवा में काम कराया जाता है, बेमारी होता है। अउर भइया, ईस्टील की धनुहियाँ (आर्च) पे दावा साच है कि नँय गिरेगा? इतवारी मियाँ तो कबर में है, नँय तो बताते, लेकिन पूछो ओझा महाराज हरखू टंडइल अउर बाबू भभीखनराय से—काहें

को इस्टराइक किये थे? एकरा में कहूँ, ईहो देखावल है कि ऊपर से नीचे तक ठीकेदार, सूदखोर, जुआ खेलाने वाले, दारू बेचने वाले, दलाल अउर हरामखोर अपीसर—सब बेच खाया कोईलॉरी को। के काट रहा है आपन डार, जेकरा पे बैठा हुआ है—तनी सोचो!''

''ठीक कहता है।'' मक़बूल ने दूर से दाद दी तो कई आवाज़ें समर्थन और प्रतिक्रिया में उबलने लगीं।

''नीचे जाएगा कैसे कोई? मनिस्टर आ रहा है, अपीसर आ रहा है, ठेकेदार आ रहा है। लेन-देन, सुआगत-सत्कार से छुट्टी मिले तब न नीचे जाये कोई!''

''सेफ़्टी-वीक नहीं, सेप्टिक-वीक!'' भीड़ में पता नहीं चला, कहाँ से आवाज़ें आईं!

''का तमाशा कर रहा है, काका?'' बिसुन ने उसका हाथ पकड़ा और कहा, ''चलो, चलो!''

''काहें चलें...? लो भइया, हमरे भतीजा हमर मुँह बन्द करे है! तनी दे तो लठिया।'' लपककर एक हाथ से लपक ली छुट्टन की लाठी। अब उसने डंडे से गाइड के अन्दाज़ में 'कम सेफ गो सेफ' की मूर्ति को छूकर पूछा, ''ई को है?''

''जवाहर।'' ऊधम और आशीष ने एक साथ जवाब दिया।

जगन पिनक गया, ''मज़ाक नँय। हाँ, तो भइया, ई देखो, एक गो अच्छा मजदूर का नमूना, एकर मुँह देखो!'' डंडा मुँह को छू रहा था, ''हमेशा निकलेगा—जी हजूर! फिट-फाट ऐसा कि जैसे कभी काम नँय करना पड़ता है।''

''काम करे का का जरूरत, चमचई करता होगा।'' एक प्रतिक्रिया।

''हाँ, उसी चमचई में शिवजतन साहु का अक्सीडंट हुआ। ऊनिअन दखल करवाने गया था ड्यूटी छोड़ करके, मगर देखावल गया कि अन्दर घायल हुआ। साटीफिटिक! हम ड्यूटी पे घायल हुए, तो देखावल गया कि पीके घायल हुआ। हमरा कोई मुआवजा नँय और चमचा को पूरा मुआवजा।'' ग़ुस्से में चमचे की जेब टटोलने के क्रम में 'नमूना मजदूर' गिरा धड़ाम।

''अक्सीडंट!'' ऊधम और आशीष ने एक साथ घोषणा की।

फिर तो वो हुल्लड़ और भगदड़ मची कि साक्षात दक्ष-यज्ञ के विध्वंस का सीन! केष्टो, नारायण, हनीफ़ आदि अपना स्वयंसेवक का कर्तव्य निबाहने गए और जगन के डंडे की चोट खाकर छटपटाते हुए भागे। पहलवानों ने मोर्चा सँभाला, मगर भीड़ खुद बाधा बनी भेड़ की तरह भाग रही थी, एक-दूसरे को कुचलते हुए। कुछ को ढेले लगे, कुछ को डंडे। ऊधम और आशीष का हैट और फिरकी लड़कों ने लूट ली। जावेद मियाँ और चन्द्रकिशोर सिंह पास आकर जगन को खुद ही दो-दो लात जमाने का अरमान लिये हुंकार रहे थे, मगर भीड़ में जा पाते तब न!

विष्टूदा उन दोनों को हाथ जोड़कर शान्त रहने का अनुरोध कर बाधा-दौड़ पूरी करते हुए किसी तरह जगन के सामने आए तो डंडे की खँरोंच पाकर बिलबिला उठे, ''छुट्टन, इस लँगड़ा को कन्धे पर बिठाकर बस्ती में फेंक आओ।''

''सब सार मुँह देख रहा है! किसी का मुँह में जीभ नँय है। हम कहे हैं, धँस जाएगा समसे चन्दनपुर। धँस जाएगा, धँस जाएगा!'' हाथ फेंकते, गाली बकते जगन की आवाज़ दूर होती गई।

17

छठ मैया होऊँ न सहाय!

जगन की टिप्पणी को छेदी ने 'हो-हो' हँसकर उड़ा दिया, ''सुअर चराना है तो जगना से सीखो और आदमी चराना है तो छेदी से। अब आप लोग ई फैसला करें कि आप आदमी हैं कि...'' वह आँख दबाकर हँसता तो जैसे उसकी बाक़ी बात आँख के साथ उछलकर बन्दर की फूँक से उड़ जाती।

बन्दर का यह नया खिलौना वह कलकत्ता से दुर्गापूजा के समय ले आया था। साबुन के लिसलिसे घोल में फूँक मारते ही बुदबुदे उड़ने लगते। ऐसे बेशुमार बुदबुदों की इन्द्रधनुषी आभा के इन्द्रजाल में मोहाच्छन्न हो रहा था समूचा चन्दनपुर।

''कोच्छ नहीं होगा। छेदी ठीक कहता है, जब तक हमारे सर पर कपालिनी मैया की छत्रछाया है, कोच्छ नहीं होने वाला।'' बुदबुदों से सुरक्षा की नई किरचें छिटकने लगतीं।

बुदबुदे टोनी बल्बों में ढलकर भुकभुकाते हुए छठ परब की घोषणा करते हैं।

बिहार के सबसे बड़े परब का रंग ही अलग, ढंग ही अलग। अपराह्न की दुलारती आभा, मानभूमि की लाल-पीली नम मिट्टी पर जहाँ-तहाँ कोयले और कंकड़ की कालिमा, उसके ऊपर धानों की बलियों के बोझ से झुकी-झुकी मह-मह महकती धानी हरियाली और इस महक पर सैकड़ों उड़ती रंग-बिरंगी तितलियों की तरह फहराती साड़ियाँ। मगर वह तो दिखावे की बात है, भक्ति-भावना और समर्पण जहाँ संपुजित हो गए हों, उसी का नाम सोमारू। इस बिसम कीचड़-कंकड़, काँटे-कुस की धरती पर सोमारू चन्द क़दम चलकर साष्टांग प्रणाम

करते हुए लेट जाते, फिर उठते, चन्द क़दम चलकर फिर वही साष्टांग! 'दंड-प्रणाम' करते हुए चिबुक, पेट, जाँघें और घुटने लहूलुहान हो रहे हैं। बगल में चल रही पन्द्रह साल की बेटी डबडबाई आँखों से बार-बार देखती है बाप को। उसका वश चले तो पलकों से ही चुन डाले राह के काँटे-कुस, काँकर-पाथर! सोमारू के कानों में हज़ार-हज़ार आवाज़ें बज रही हैं मगर वह सिर्फ़ एक आवाज़ के लिए तरस रहा है—बेटी की आवाज़—जो गूँगी है। कितनी दूर है घाट, बेटी बार-बार निहार रही है। घाट चाहे सौ योजन हो, सोमारू दंड-प्रणाम करता हुआ वहाँ तक जाएगा। देखेगा, कैसे नहीं पसीजती हैं छठ मैया! कैसे नहीं पिघलते सुरूज देव...!

कालीटाँड़ के पिट नम्बर दो की औरतें सबसे आगे-आगे गाती जा रही हैं, उनके पीछे-पीछे सहुआइन के नेतृत्व में पिट नम्बर एक की औरतें :

'काँचे ही बाँस की बहँगिया, बहँगी लचकत जाय,
बनह बड़का बाबा सहइया, दौरा वहाँ पहुँचाय।'

बड़का बाबा के स्थानापन्न कभी काका, कभी भइया हो उठते हैं। गीत आगे बढ़ता है :

'बाटहिं पूछिहैं बटोहिया, दौरा किन कर जाय,
आँखि के अन्धा रे बटोहिया, दौरा छठिय मैया के जाय,
दौरा सुरूज देव के जाय!'

सहुआइन के दल की आवाज़ उनके द्वारा बुलाये गए बैंड-बाजे की आवाज़ में दबती जाती है। प्रसादजी की पत्नी, बचन सिंह की आदिवासी पत्नी और दूसरी औरतों के सिर्फ़ होंठ हिलते दिखाई देते हैं।

बुझारथसिंह के कैंसर में दिवंगत हो जाने से उनके यहाँ मातम है, लेकिन चन्द्रकिशोर सिंह और अनूप सिंह के घराने की औरतें अपने क़ीमती परिधान में इस जुलूस में शामिल हैं और उन्हीं के साथ चल रही है जवाहर की पत्नी, जिसे उसकी बनारसी साड़ी से अलग ही पहचाना जा सकता है। जवाहर भी बाक़ी पुरुषों की तरह सर पर दौरा उठाये चुपचाप चल रहा है। दौरे में चढ़ावे के मीठे पकवान, फल, नारियल और गन्ने हैं, जिनके पत्ते दूर तक जगह छेंके हुए हैं। सहुआइन के पैदल बैंड-बाजे की तुलना में रिक्शे पर इस दल का माइक है। उनके पीछे हरिजन-बस्ती की औरतें हैं—अपनी नाइलॉन व पटसन की चटख रंगों की सस्ती उठंग साड़ियों में। इन्हें देखकर याद आता है, 'करमा' के कीचड़ में सूअर बाड़े के पास इनका झुक-झुककर झूमर नचाना—धितिंग-धींग, धितिंग-धींग। मगर आज मृदंग और मादल की जगह ढप और पिपिहरी बज रही है। ऑफ़िसर्स कॉलोनी की मेमें एक तरफ हरिजन-बस्ती और दूसरी तरफ रायपुरिया औरतों के बीच घिर जाने से साँसत में पड़ी हुई हैं। स्मिता भाभी और मुकुलदा की गर्भिणी पत्नी तो बार-बार अपने वस्त्रों

को ही सहेजने में व्यस्त हैं। हरिजन-बस्ती का भदेस ढप और पिपिहरी इनसे जुड़ रहा है और इनका बैंड पीछे रह गया है। कमबख़्त रायपुरिया औरतें इस शान से आ रही हैं, गोया उन्हीं का बैंड हो! सदा की तरह हलकी बासन्ती साड़ी में गाते हुए ठमकती-दमकती चली आ रही है केतकी।

किसी का कुछ सुन पाना मुश्किल है। लो, अब आ रहा है नगाड़ा और तासा—चन्द्रनपुर गाँव का जुलूस! सबसे आगे-आगे गाते हुए आ रही हैं ओझा और दुबे के घर की औरतें। किशोरियों की भीड़ में आज कपालकुंडला भी किशोरी बनी इधर-उधर ताकती हुई गाने का अभिनय करती हुई आ रही है। यह जुलूस सबसे लम्बा और वैविध्यपूर्ण है। इसमें अगर नई-नवेलियाँ हैं तो पीछे गोकुल की माँ भी—जैसे आगे के पूरे गिरोह को हाँककर ला रही हो! गीत की कड़ी अब जुड़ती है :

'नरियर फरिहैं घवद सँय, ऊपर सुगा मेंडराय,
मारबो रे सुगना धनुष सँय, सुगना गिरे मुरझाय,
सुगनी जो रोवो है वियोग सँय, छठ मैया होऊँ ना सहाय,
सुरूज देव होऊँ ना सहाय।'

पुजारियों के जुलूस के इस आख़िरी छोर की गोकुल की माँ से लेकर पहले छोर के दंडप्रणाम करते हुए सोमारू तक की कतार-दर-कतार दामोदर के तट पर अभ्यर्थना में खड़ी है। आज डूबते सूरज के साथ जो परछाइयाँ दामोदर के जल में विलीन हुई हैं, कल उगते सूरज के साथ वे वहीं फिर से प्रादुर्भूत होंगी।

तो यह रहे सोमारू मिस्तिरी!

भरी जवानी में पत्नी एक गूँगी बच्ची थमाकर इस दुनिया से कूच कर गई। तब से अपनी सारी प्यास इन्होंने सोख ली। कोई भी व्रत, तीर्थ, उपवास, पूजा बाद नहीं, मगर वह ईश्वर कहाँ सो गया है? बेटी आज तक वैसी-की-वैसी है। हाँ, उसके बाक़ी अंग खिलने लगे हैं। सोमारू हर यूनियन को दान-पुण्य समझकर चन्दे देता है। उसने यह वसीयत कर रखी है कि बेटी का हाथ थामने वाले को ही उसका डिपेंडेंट माना जाए और उसकी चल-अचल सम्पत्ति का स्वामी। छेदी को जैसे ही इस वसीयत की भनक मिली—गूँगी से शादी करने का प्रस्ताव लेकर सोमारू के सामने हाज़िर हो गया। सोमारू उसकी दरियादिली की बातें सुनता रहा, सुनता रहा, कि औचक में उसने छेदी के पाँव पकड़ लिये और लगा सिसक-सिसककर रोने, "पंडित! लूटने-खाने को बहुत जगह मिल जाएगी आपको। मुझ पर दया करो! एक ही तो मेरी बेटी, वह भी गूँगी, बता भी नहीं पाती अपना दुख-दरद। कैसे भाठ दूँ उसे जीते-जी कुआँ-इनारा में?"

छेदी पाँव छुड़ाकर भीगे सियार-सा भागते-भागते भागा था।

"सोमारू के लिए क्या कर सकते हैं हम?" आशीष ने पूछा।

''सबसे पहले तो उसका ट्रांसफर कराकर पिट नम्बर एक में ले आना चाहिए, वरना वह नीम-हकीमों और ओझा-पीरों के चक्कर में कुछ उलटा-पलटा कर बैठेगा किसी दिन! फिर यहाँ आने पर सोचा जाएगा।''

विष्टूदा से फ़रियाद की गई और सोमारू का ट्रांसफर उसी महीने हो गया। मगर होम करते ही हाथ जले। जाने कैसे यह अफ़वाह कटहली चम्पा की भोंडी महक-सी चारों ओर उड़ने लगी कि ऊधम और आशीष रुपये के लालच में सोमारू की बेटी से विवाह करने वाले हैं, कि अभी यह तय नहीं है कि कौन करेगा शादी। शायद दोनों में होड़ लगी हुई है। सहुआइन ने बिचकी मारी तो अनदेखा कर गए।

कपालिनी देवी के मन्दिर में स्वाती ने केतकी से कहा कि 'आओ, अब हम लोग भी शादियाँ कर ही लें, बड़े-बड़े 'धरमातमा' लोगों को तो देख लिया,' तो उन्होंने इसे मज़ाक समझा।

कालिन्दी की भौंहें सिकुड़कर छोटी हो आईं तो उन्होंने इसे महज उसका स्वभाव माना, लेकिन जब एक दिन भाभी, स्मिता दी और क्लारा ने संयुक्त हमला बोल दिया तो वे भौंचक रह गए।

''ऐसे क्या देख रहे हो तुम दोनों? बात यूँ ही नहीं उड़ती, उसके सर-पैर भी होते हैं कहीं-न-कहीं।'' स्मिता दी ने डाँटा।

''सर-पैर बताएँगी भी या... ?''

''क्या तुम दोनों गुँगिया को धनबाद नहीं लिवा गए थे सिनेमा दिखाने?''

''बस... ?'' ऊधम ने टोका, ''अभी तो सिनेमा दिखाने उसे हमें राँची भी ले जाना है। वहाँ भी मन न भरा तो कलकत्ता, दिल्ली, बम्बई।''

''मज़ाक किये कि कान पकड़ लेंगे। तुम दो हो और हम तीन। सच-सच बताओ, क्या माज़रा है?''

''अरे बोउदी (भाभी), हम तो उसे स्पेशलिस्ट के पास ले गए थे मेडिकल चेक-अप के लिए।'' आशीष ने हैरान होकर कहा।

''हम क्या जानें भैया, सँभलकर रहना। औरत आग होती है और मर्द रबर।'' भाभी ने कहा।

ऊधम के मन में आई कि पूछे, इसका उलटा भी तो होता है, मगर ना, बात लग जाएगी। उसने आशीष का हाथ पकड़ा और बाहर निकल आया।

मेवा अपनी दुकान पर नज़रें चुराता रहा। वहाँ से जैसे ही वे आगे बढ़े, उसने टेप पर छठ मैया का गीत लगा दिया :

'नरियर फरिहैं घवद सँय, ऊपर सुगा मेंडराय,
मारिबो रे सुगना धनुष सँय, सुगना गिरे मुरझाय... ।'

लगा, पीछे-पीछे सारी औरतें और सारे पुरुष कोरस में यही गा रहे हैं। ढेर सारे बुदबुदे—मायावी, उद्दंड!

टाइम ऑफ़िस की झुग्गी वाली दुकान में उन्होंने चाय ली। आशीष ने पूछा, "अब... ?"

"'हूँऽऽऽ!" मर्म बूझते हुए ऊधम ने हुंकारी भरी, "अब तो एक ही रास्ता बचता है काका, अपनी-अपनी माँओं को बुलाकर हमें चटपट एक-दूजे से विधिवत् शादी कर लेनी चाहिए।" फिर वह फक्कड़ों की तरह हँसा,"अरे भैया, बहुत दिनों से चैता, बिरहा, दंगल-वंगल नहीं हुआ, सो हमीं को पकड़कर बलात्कार करने लगे ये...।"

छेदी के बन्दर की फूँक से उपजे बुदबुदे! किसी अदृश्य कसाई द्वारा हाँके जा रहे बध्य पशुओं की आँखों से कौंध मारते बुदबुदे! विष-भरे बुदबुदे, विष-भरे दिन! छोटे-छोटे बुदबुदे, छोटे-छोटे दिन! छोटे-छोटे बुदबुदों को मिलाकर छा गया एक बड़ा बुदबुदा, छोटे-छोटे दिनों को मिलाकर आ गया एक बड़ा दिन!

18

पच्चीस दिसम्बर की रात

पच्चीस दिसम्बर की रात। बड़े दिन की बड़ी रात। अंग्रेज़ अफ़सरों के भारतीय मानस-पुत्रों के जश्न की रात। गाड़ी लेकर उनके लिए डायमंड होटल से फिश फ्राई, काजू, किशमिश लाना है। गाड़ी लेकर अभी गए हैं एरिया-मैनेजर, चैटर्जी साहब। उनको उतारकर उसी गाड़ी से जाना है। जलते कोयले को घेरकर बैठे लोगों के बीच बारी-बारी से गाँजे की चिलम साफ़ी के साथ लगी डोल रही है। दारू के साथ साक़ी का जो रिश्ता है, वही गाँजे के साथ साफ़ी का, जैसे चिलम कोई सुन्दरी हो और साफ़ी उसकी साड़ी!

सूफ़ी कलीमुद्दीन अपने जटा-जूट और दाढ़ी-वाढ़ी से औघड़ लग रहा है। गाँजे का कश खींचते ही आँखें टॉर्च के बल्ब की तरह जल उठी हैं। इन आँखों में पहले बला की रोशनी थी। यूनिकॉन मशीन चलाते-चलाते आँख, आँत और फेफड़े ने इत्ती धूल फाँकी है कि अब बैटरी डाउन है। अब वह चिलम के धुएँ पर सवार सन्तरियों को बता रहा है, "समझे थापा, कोई ऐसे-वैसे कलंदर नहीं हैं सिबगातुल्ला कलंदर तवरेज़ी! नवाबी ख़ानदान में जन्मे थे, ऐरे-ग़ैरे में नहीं। आप इमाम हुसेन साहब और रूस के शम्स तवरेज़ी के ख़ानदान के थे। चाचा सैयद सदाक़त अली लखनऊ में अरबी के फाज़िल थे। बाबा सैयद जुनाब अली की ही बनवाई सीढ़ी

है सोनपुर में। आपके अब्बा सैयद रहमतुल्ला ख़ाँ अंग्रेज़ों के ट्यूटर थे। सन् उन्नीस सौ इकसठ में दादा गुरु सूफ़ी वज़ीर अली शाह ने आपको रूहानी दीदार करवाया...।''

आशीष अभी भी ध्यान लगाकर सुन रहा था।

ऊधम इस ख़ानदानी चर्चा से ऊबकर दूर तक टहल आया। चटर्जी साहब की गाड़ी का कोई अता-पता नहीं। लौटा तो कलीमुद्दीन की सूफ़ी-चर्चा बिहार शरीफ़ की मज़ार और सांकतोड़िया, डीसरगढ़ तक आ पहुँची थी। शायद ईसाई मज़दूर आज अपने-अपने घरों में तैयारी कर रहे हैं, वरना उनकी भी चर्चा होती। कलीमुद्दीन का पन्थ अकबर का दीने-इलाही से कम न था। इसमें सब शामिल हैं और कोई भी शामिल नहीं। अब वे ध्यान लगाने की जगहों का गुप्त पता बता रहे थे, ''कई हैं—निमिया घाट के रास्ते चलकर पारसनाथ पहाड़ का झरना, अरगाघाट, राजगीर, बराकर नदी....।''

''ठहरिए-ठहरिए, बराकर नदी को तो नापाक मानकर माँ कपालिनी चन्दनपुर आ गई हैं।'' उसने टोका।

''कौन कहता है कि माँ के चलते कोई जगह नापाक रह सकती है? वे हर जगह हैं। कहाँ नहीं जलवा-फरोज़ हैं मेरी माँ?'' सूफ़ी की आँख में चिलम के शोले भड़क उठे।

गाड़ी का हॉर्न बजा और वह भागा।

गाड़ी रेंगकर चटर्जी साहब के अपने बँगले तक पहुँची। अचानक पीछे से आ रही मोटर-साइकिल उसे काटकर सर्र से बगल जा लगी। खुली खिड़की के अन्दर जा पहुँचा सिंहजी का हाथ और मेम साब की गोद में कोई पैकेट जा गिरा, लगभग निःशब्द।

''यह क्या है?'' तमतमा उठे मिस्टर चटर्जी।

''आप तो गान्ही महतमा हैं, मगर आपके बाल-बच्चों की फिकर करनी पड़ेगी हमीं लोगों को, सर...जा रहे हैं, सर, सलाम!''

कर्कश शोर उलीचती मोटर-साइकिल आगे बढ़ गई। उसकी उपस्थिति में मिस्टर चटर्जी को लगा, जैसे सिंह ने कार की खिड़की में हाथ डालकर उनकी पत्नी का स्तन-मर्दन कर दिया हो, 'स्साला जतो सब।'

हाथ का सहारा देकर वह अपनी 'बलात्कृत' पत्नी को उतारते हैं। वे बेवकूफ़-से उनकी थुलथुल बीवी को पैकेट लिये लड़खड़ाते चलते देखते हैं, तो चटर्जी सारा ग़ुस्सा उन्हीं पर उतारते हैं, ''तुम लोग यहाँ क्या कर रहे हो?''

''जी गाड़ी....पार्टी के लिए...।'' आशीष हकलाया।

''हुँह, पार्टी! स्साला जतो सब।''

ऊधम छिटककर दूर जा भागा।

हाँ, पार्टी में नहीं गए चटर्जी। खाँटी हिन्दू जो हैं—चौबीस कैरेट के! मगर मुर्ग़ा बाँग न दे तो सुबह होने से थोड़े ही रुक सकती है? रात जवान हो रही थी, पार्टी उतान हो रही थी। क्लब के सामने गाड़ियाँ-ही-गाड़ियाँ। क्लब के अन्दर रोशनी-ही-रोशनी। क्रिसमस का पेड़ एक ओर था। दूसरी ओर क्लब के बेयरे एयर इंडिया के महाराज की तरह झुक-झुककर सबका स्वागत कर रहे थे।

शराब और सबाब के अलग-अलग गुट हो गए—दो-दो, चार-चार के। स्टुअर्ट जाने कहाँ से एक गर्ल-फ्रेंड ले आया है! नाच रहा है उसके साथ। पार्टी की इस इकलौती हरियाली के गिर्द टुकड़े-टुकड़े में लोग इकट्ठा हो रहे हैं। उनकी तन्द्रा भंग होती है बेयरों के आगमन पर। स्टुअर्ट और उस लड़की ने एक-एक गिलास लिया। वे एक-दूजे को पिलाते हुए नाच रहे हैं। बाक़ी लोग ताल दे रहे हैं।

वरिष्ठ अफ़सर और उनके इक्के-दुक्के नौजवान चमचे मीटिंग-हॉल की कुर्सियों पर बिछ गए हैं। बात कम, काम ज़्यादा। कश्मीर से कन्याकुमारी तक सभी भारतवासी एक हैं। एक ही सूत्र—कठोर परिश्रम, पक्का इरादा, दूर-दृष्टि!

चार पैग अन्दर जाते ही तीसरी आँख खुलने लगती है कइयों की। औरतों की ओर से आती सेंट से लदी हवा सूँघकर घोड़े की तरह हिनहिना उठते हैं मिस्टर अरोड़ा, "इस अभागे देश का क्या होगा?"

"फ्रॉम टॉप टू बॉटम आल आर कॅरप्ट।" सेनगुप्ता ने अफ़सोस किया।

"सच, क्या होगा इस अभागे देश का?" तिरखा अनुतप्त हो उठे।

अचानक चील्ह के मुँह से छूटे छटपटाते साँप की तरह एक शब्द गिरता है—'इमर्जेन्सी'! कहकहों का वाल्यूम डाउन हो जाता है।

कपूर बोले, "इमर्जेन्सी हो या इमर्जेन्सी का बाप, बुद्धि से काम लो तो यह अभिशाप भी वरदान सिद्ध हो जाए।"

"कैसे?"

"जब भी मुश्किल में फँसो, बोलो—रानी की जय! राजकुमार की जय!"

"स्साला चमचा!" मुकुल धीरे से टुहुँकते हैं।

"एक्सेन्ट्रिक मैन, यू कॉल मी चमचा?"

"चमचों के आदिदेव कौन थे, जानते हो?"

नहीं जवाब देते मुकुल।

"गणेश! वो क्या नाम, सारे देवी-देवता में एलेक्शन होना था कि आदिदेव कौन? भगवान बोले—तुम सब लोग ब्रह्मांड की परिक्रमा करके आओ। जो सबसे पहले रिपोर्ट करेगा, वही होगा आदिदेव। सब दौड़ पड़े अपने-अपने वाहनों पर, मारे गए गणेश। एक तो भारी तोंद, दूसरे, सवारी चूहा। बुद्धि के देवता तो थे ही। बस, सूझ गई एक आइडिया। भगवान के नाम के चारों ओर घूम गए। ऐंड यू नो भगवान, दैट इज हिज़ फ़ादर डिक्लेयर्ड हिम 'द विनर'। सो दौड़-दौड़कर ईमानदारी का

टोकरा सर पर उठाए, हाँफ-हाँफकर मर जाओ, कोऽऽऽई नहीं पूछने वाला। इसलिए जितना खाना है, खाओ, कभी गले में कुछ अटके तो सिरफ उनकी जय बोल दो— आल क्लीयर!''

''सर, आपका फोन।'' बेयरा भट्ट के पास आकर कहता है।

लौटकर आते हैं तो उनके सुन्दर चेहरे पर खिन्नता पुत चुकी है।

''एनीथिंग राँग?'' पूछते हैं सी. एम. ई. आहूजा।

''नाइट शिफ़्ट के मज़दूरों ने काम बन्द कर दिया है।''

''क्यों?''

''बोर-होल से पानी निकल रहा है।''

''अब भई, खदान है तो पानी होगा, आग होगी, हवा की कमी होगी—इट्स क्वाइट नेचुरल। कोई वाटर-स्टोरेज है आस-पास?'' एक अतिथि अफ़सर पूछते हैं।

''नो।''

''देन?''

''तो क्या पानी किसी चमत्कार से आ रहा है? सरटेनली देयर इज़ वाटर लगेज,'' मुकुलदा बोलते हैं।

भट्ट मुकुल की ओर रुक्ष आँखों से घूरते हैं।

''जाओगे इस हालत में?'' आहूजा पूछते हैं।

''कहीं वो इन्कलाइन तो नहीं?''

''होना तो नहीं चाहिए। मेरा ख़याल है, अभी उससे हम पचास फ़ीट दूर हैं।''

भट्ट यूरिनल को गए तो तिरखा ने अलसाई तिरछी नज़र से देखकर कहा, ''कन्फ़र्म्ड बैचलर!''

''आज की पारटी का सबसे बड़ा जोक!''

''ना-ना, मज़ाक नहीं।'' एक बार चारों ओर नज़र डालकर वे फुसफुसाए, ''चटर्जी अपनी बहन के लिए इसे पटा रहा था। बहुत चमचागीरी की तो जानते हैं, एक दिन इसने क्या कहा?''

''क्या?''

'' 'डू यू नो माइ एज... ?' चटर्जी ने घबराकर सर हिलाया तो भट्ट बोला, 'आपकी बहन मेरी माँ लगेगी'।''

तिरखा की इस बात पर जो हंगामा हुआ कि साहब का दल गधों में तबदील हो गया।

चटर्जी ने बाद में कहा, ''मिस्टर भट्ट, मेरी खाल ज़रा पतली है।''

तिरखा ने बताया तो दोबारा वही हंगामा।

मुकुलदा से पूछकर ऊधम और आशीष ने घर की राह ली।

पच्चीस दिसम्बर की रात। तन्हाई की रात। हेम्ब्रम की पत्नी ने मंगतू से दूध लेकर केक बनाया है। अपनी पसन्दीदा गाउन पहनकर एक पल के लिए मेम बनी घूम रही है। कल रात की प्रार्थना के बाद से हेम्ब्रम नहीं लौटा है। दरवाज़े पर खड़ी ठिठुर रही थी कि उन्हें जाते देखकर पुकार बैठी।

"क्या बात है, भाभी?" आशीष ने पूछा।

"वो भँड़वा अभी तक नईं आया। कल रात से ही गायब है।"

"कहीं पी-पाकर नाली में लुढ़का पड़ा होगा। एडवांस लिया था उसने।"

"वो सारा वैसा तो मुझे देकर गया था।"

"कहीं सील तोड़ा होगा, मुफत का ही कोई पिलाने वाला मिल गया होगा। तुम सो जाओ, भाभी! वो देर रात को लड़खड़ाता आएगा ही, कहीं-न-कहीं से।"

"मगर हम थाना भी भेजा मंगतू को। वहाँ भी नईं है। ऐसा तो कभी नईं हुआ!"

"ऐं?"

क्रिसमस की यह भी एक रात है।

टूल वर्कशॉप के गेट पर सन्तरी प्रतिमा की तरह बैठा था। यहाँ भी ट्यूबलाइट और मरकरी की तीखी रोशनी। इसके ठीक विपरीत बाक़ी चन्दनपुर गाँव अँधेरे में डूबा हुआ है। सड़क पर आगे हरिजन-बस्ती में कुछ ढिबरियाँ धुआँ रही हैं।

पच्चीस दिसम्बर की रात। बौखलाहट की रात। पार्थ बोस तमतमाए हुए चले आ रहे हैं। शायद काम देखकर घर सोने जा रहे हैं।

"क्या हुआ, दादा?" ऊधम ने पूछा।

"अरे होगा क्या? काम नहीं करना है तो मैनेजर को बोलो, सी.एम.ई. को बोलो, पर्सनल-ऑफ़िस जाओ, डी.जी. एम.एस. को मास-पेटीशन दो। बेचारे पार्थ बोस का सर खाने से क्या होगा? हम तो भैया, न मैनेजमेंट हैं, न मज़दूर।"

"दोनों के बीच के दलाल हैं।" ऊधम ने कहा तो फिक्क से हँस पड़े, जैसे सारा ग़ुस्सा झेंप में बदल गया।

"वही हुआ, हम सुपरवाइजर्स की नियति यही है। क्या कर सकते हैं?"

"उनके साथ लड़ नहीं सकते थे तो मर तो सकते ही थे, मगर आप फिर भाग आए उन्हें छोड़कर।" आशीष ने कहा।

"हम काहे मरें? ऐसी बेवक़ूफ़ी की मौत नहीं मरते हम। लेकिन एक बात। तुम ग़ुस्सा में हो अभी। पार्टी की चमचागीरी में बेचारे को दारू भी नहीं मिला। है न यही बात? कितना बड़ा अन्याय! माँ, तुमी एबार...।"

इस वाक्य के शेष होते ही उनके हाथ परिचित अश्लील मुद्रा में टूटे, मगर उन्हें धकेलकर वे आगे बढ़ गए।

छब्बीस दिसम्बर की सुबह

बड़े तड़के नींद टूट गई ऊधम की। रात की ख़बर जानने की उत्कंठा थी या माँ के आने की सूचना या चटर्जी साहब का ख़ौफ़ था अवचेतन में! सात बजे ही विद्युत-उपकेन्द्र के मोड़ पर डट जाते हैं हाफ पैंट पहने मॉनीटर की तरह। लगते हैं फींचने, 'अभी टाइम नहीं हुआ? इमर्जेन्सी है बाबा, ज़रा कम चढ़ाया करो कि सबेरे नींद जल्दी टूट जाए।'

भोर का तारा कुहासे को भेदकर ऊपर उठ रहा था। निवृत्त होकर ब्रश करते-करते उसने देखा—तारा अब टॉप गियर के बख़्तर-बन्द से टकरा रहा है। उसकी छुअन से बख़्तर अग्नि शान्त होकर गिर पड़ेगा। पुटूस और पटुए के फूल ओस और कालिख से नहाये झूम रहे थे। आशीष को उसने उठाया। उसकी माँ सात दिनों के लिए आई हुई थी। कल रात को मज़ाक-मज़ाक में उसने कहा था, 'तुम्हारी माँ आ गई और मेरी माँ आने ही वाली है। बस, इस बार शादी की बात पक्की हो जानी चाहिए?' माँ-बेटे बड़ी देर तक हँसते रहे थे।

जब वह तैयार होकर निकला तो आशीष ने बाथरूम से ही कहा, ''मेरा भी गेट-पास लिये जाओ, मैं पीछे-पीछे आ रहा हूँ।''

प्रसाद जी और ऊधम साथ ही निकले। रात की पाली के मज़दूर रास्ते में मिले और चाणक्र के पास असिस्टेंट मैनेजर वर्मा जी भी। आँखों के पपोटे मोटे हो रहे थे, जैसे भैंस के पुष्ट थन हों, जिनसे नींद दुही नहीं गई हो! 'गुड मॉर्निंग' के उत्तर में हाथ उठा देते हैं। कोल फ़ील्ड के अभिवादन के खिचड़ी तरीके के तहत, जिसमें 'विश' और 'अभिवादन' दोनों साथ-साथ निबटा लिये जाते हैं।

''जाइए, मौज कीजिए। नाइट शिफ़्ट वाले तो आराम करके गए।''

''क्यों?'' पूछते हैं रामप्रसाद।

''डी-बाई-थ्री के एक्सटेंशन का बोर-होल पानी फेंक रहा है।''

''पानी? हुँह! कोई नई बात तो है नहीं। एक बार छह माह पहले भी पानी निकल रहा था तो 'यू' की तरह मोड़ दिया, अब उसे जोड़ते हुए पानी निकल रहा है तो 'एस' बना दें।''

''आप भी मैनेजर भट्ट की तरह अघाया हुआ ही बोलते हैं। रात-भर फ़ोन करता रहा, मगर कोई सुने तब तो!''

''नई बात क्या है?''

''नई बात तो यह है कि मज़दूरों ने काम बन्द कर दिया है।''

लैम्प-हाउस से लैम्प इशू कराते-कराते आशीष आ गया। बैटरी कमर पर कसकर तीनों तैयार हुए। ऊधम ने सेफ़्टी-लैम्प उठाकर चैक की, फिर हाथ में ले लिया। तब तक ख़ासी भीड़ हो चुकी थी और सात का सायरन 'गों ऽऽऽऽ' कर रहा था। विष्टूदा भी साथ ही चढ़े केज पर। पहले क्षितिज पर गुरुदेव, प्रसाद जी और आशीष उतरकर चले गए पानी का मुआयना करने। पिंजरा नीचे गया। उसने ऑटोमेटिक लाइटर से लैम्प जलाई और लौ को बिलकुल धीमा किया। निचले तल पर काम बन्द नहीं था। सो उसे गैस की पोज़ीशन चेक करनी ही थी। कपाट-दर-कपाट वह 'खुल जा सिम-सिम' करते हुए हर आयतन के कार्य-स्थल तक पहुँचकर लौ को परखता, जैसे कोई अनुष्ठान कर रहा हो! ड्रिफ़टर दीवारों में छेद कर चुके थे। अब बारूद भरी जा रही थी। अब वह पम्प-हाउस की ओर जा रहा था कि मंगतू दिखाई पड़ा, "अरे, तुम निशाचर प्राणी, दिन में कैसे? घर नहीं गए?"

"गए थे, मगर फिन आना पड़ा। बाबू साहेब भी आए हुए हैं। डाइक तोड़वाना है पैनेलवा में।"

"मगर यह तुम्हारे हाथ में झोला कैसा है?"

सकपका गया मंगतू, "बाद में बताएँगे।"

निचले क्षितिज का काम पूरा करके ऊधम लौट रहा था तो रास्ता गर्दोगुबार से अँटा पड़ा था। "वह 'जल-जुगाड़िया' उस्मान कहाँ फाँकी मार रहा है?" तो छुट्टन ने बताया कि वह ऊपरी तल के पैनेल में हो सकता है।

राव साहब ने कहा, "भई, जाकर जल्दी भेजो उसे।"

ऊपरी तल पर डी-वन के मुहाने पर आया तो सचमुच उस्मान ठेकेदारों, मज़दूरों से गप लड़ा रहा था। भाटिया साहब का हुक्म सुनकर भी वीतरागी की तरह बोला, "धूल तो होइबे करेगा, सरदारजी! आग, पानी, धूल, धंस जैसा खदाने में न होता है?"

"तुम फिर पी के आ गए?"

"दुनिया में जेतना गलती हो, सब यही साला उस्मान करता है, और कोई नहीं। भट्ट साहेब पी के आता, उसको कोई नहीं बोलता। सिंह जी का आदमी नंगा तार जोड़ के चिनगारी से बीड़ी धराता, उनको कोई न बोले। पिट-आई के पास काली माई के आगे धूप डेली जलता, कोई न बोले।"

ठेकेदारी के मज़दूर अपने-अपने काम पर लग गए तो ख़ाली जगह में कोई सोया पड़ा दीखा, "अरे, ये कौन है?"

वह आदमी सहमा हुआ उठकर बैठ गया। देखा तो हेंम्ब्रम है।

"अरे, तुम यहाँ? और मेमसाहब तुम्हें ढूँढ़-ढूँढ़ के परेशान हो रही हैं।"

"सरदार साब, मत बोलो किसी से। हम हियाँ छिपा है काल से। घर नईं गया।"

"ड्यूटी भी यहीं से... ?"

"जी।"

"कम-से-कम ख़बर तो दे देनी चाहिए थी घर में! बेचारी रो-रोकर मरी जा रही है।"

"जानता है सरदार साहब, सब जानता। वो ऊपर से-ई खराब, अन्दर से उसका माफिक जनाना दुनिया भर में नईं मिलेगा। क्या करेगा साब, वो तिवारीजी है न, उसका डर का मारे। क्रिसमस के लिए लोन लिया था। तिवारी बोला—'हमरा पैसा दे दो, नईं तो जान से मार देगा।' पेट में अइसा घूँसा मारा कि मैं पकड़ के बइठ गया था। आप-ई बोलो, कइसे दे देता? साल-भर का परब था।"

एक पल को स्तब्ध रह गया ऊधम। आक्रोश में तिलमिला गया, "ख़ैर, तुम अभी तो उस्मान को दूसरे तल में जाने को कहो। हम तुम्हारी रखवाली के लिए कलीमुद्दीन सूफ़ी साहब को भेज देते हैं। तिवारी के लिए भी इन्तज़ाम किये देते, मगर आज बहुत झंझट है और वो आ ही रहा होगा।"

"ऐं, तिवारी आ रहा होगा? अच्छा किया, बता दिया। सरदार साहब, हम थोड़ा जास्ती हवा में आराम करने आया था हियाँ, जा रहा है।" और हेम्ब्रम डरपोक 'ढोंड़' साँप की तरह डी-वन की बिल में समाने लगा।

लौटा तो पिट-आई के पास कलीमुद्दीन साहब को पकड़कर समझाना पड़ा। उन्हें जैसे परोपकार का एक अच्छा काम मिल गया! खुश होकर बोले, "मैं अभी जा रहा हूँ हेम्ब्रम की पहरेदारी पर।"

मंगतू उसी समय केज से ऊपर आया और झोला लेकर डी-वन की ओर व्यस्तता में जाने लगा। उसे हँसी आई, "एक हेम्ब्रम को बचाने की कितनी-कितनी व्यूह-रचनाएँ! यह भी वहीं जा रहा है। शायद झोले में खाने-पीने का सामान हो!"

आज, जबकि पहले तल (फर्स्ट होराइज़न) के बाक़ी हिस्सों में आशंका के अँधेरे प्रतिक्षण गहराते जा रहे थे, डी.जे. पैनेल में दीपावली का आलम था। हुआ यह था कि कोयले की सीम के कबाब में हड्डी की तरह एक डाइक (दुर्भेद्य चट्टान) आ प्रकट हुआ था, जिसे तोड़े बिना आगे बढ़ पाना मुश्किल था। लाखों वर्षों के दाब और ताप से संगलित अंगार प्रस्तर बाद में संघनित होने के क्रम में पता नहीं कितनी मिथेन गैस समोये बैठा हो, सो ब्लास्टिंग के पूर्व और ब्लास्टिंग के बाद उससे निकलने वाली गैसों की जाँच के लिए बीस लैम्प लाये गए थे।

दीपावली हो और गृह-पति न हों, ऐसा कैसे सम्भव था? सो बड़े दिनों के बाद माइनिंग-सरदार गजाधर सिंह भी उपस्थित हुए थे। उनकी पत्नी, यानी 'मंगतू' रोज़ की तरह घर सँभालने को आज भी हाज़िर था। बाक़ी घर के अन्य सदस्य की तरह मोहन यादव, शालिगराम दुबे, सूखन बाउरी आदि थे और घर के नौकरों की तरह झानू, परभू रायपुरिया, मुकीद,भभूती पासी वग़ैरह—ये बाबू चन्द्रकिशोर सिंह के ठेके के आदमी थे, जिन्हें डाइक के मलबे हटाने के लिए लगाया गया था।

आशीष पुरोहित की तरह बता रहा था, ''एक लैम्प उस छोर पर, एक इस छोर पर...जैसे एक दीप द्वार पर, एक दीप घूरे पर, एक दीप नाद पर, एक नेसुहे पर... एक फलाँ खेत में...।''

पंक्ति-पंक्ति, छितराये-छितराये लैम्पों की लौ को परखता, नोटबुक में नोट करता चला जा रहा था आशीष। फ़्लेम ऊँची नहीं, यानी गैस नहीं। ऊपर के फ्लेम-प्रूफ़ बल्ब इन लैम्पों को ऐसे देख रहे थे, जैसे डाल पर बैठे मुर्ग़े चूज़ों को देखते हैं!

ऊपरी 'क्षितिज' पर पैनेल को छोड़कर बाक़ी आयतनों के मज़दूर काम बन्द कर पिट-आई के पास बैठकर बातें कर रहे थे। जैसे ही कोई महत्त्वपूर्ण 'साहेब' आता, वे उठकर खड़े हो जाते! उसके जाते ही फिर बैठ जाते।

खदान के दोनों तलों की गैस और वेंटिलेशन की रपट लेकर दोनों शिष्यों—'काका' और 'दादा' को गुरुदेव की रिपोर्ट देनी थी।

ऊपरी क्षितिज पर विष्टूदा कहीं हो, तब न! अब उनका पता करने पम्प तक जाना पड़ेगा यानी फिर ढलान की सुरंग में उतरना। साँप के मुँह से पेट और पूँछ तक का सफ़र! क्रॉस-कट के पास अभ्यासवश दूर से आती ट्रेन का अन्दाज़ लगाया, फिर खीझ हुई—आज तो ऊपरी तल पर काम बन्द है। अब जगमगाती आर्च की सुरंग के प्रतिकूल इक्के-दुक्के बल्बों के सहारे रोड़ों से बचते हुए उसे झुककर चलना पड़ रहा था। यह जगह कहीं-कहीं बहुत नीची थी। वहाँ से पानी की बाढ़ अब पम्पों तक चली थी। पम्पों के पास आना उसमें हमेशा ही आतंक भरता है। आज तो कुछ और ही आलम है।

''क्या हो रहा है दादा? पम्प हटाये जाएँगे क्या?'' उसने पूछा।

विष्टूदा ने उसकी बात नहीं सुनी। वे असिस्टेंट मैनेजर बरमा से बात कर रहे थे।

''दादा, एइ जोलटा के जतो लाइट्ली नीच्छेन, ततो नेवा उचित नँय।''

''क्या बताऊँ! मैं तो कब से कह रहा हूँ, सब लोग राइज़ में चले जाएँ, मुझे अकेले छोड़ दें। शॉट फ़ायरिंग हम करेंगे। मेरे मरने से...।''

''आप हाँफ रहे हैं, दादा?''

''उमर की ढलान और खदान की चढ़ान...। आयम क्रॉसिंग फोर्टी फ़ाइव ऐंड द राइज़ इज़ आल्सो फोर्टी फ़ाइव डिग्रीज़।''

चीफ़ माइनिंग-सरदार, उपाध्याय, ओवरमैन सिंह भी आ धमकते हैं। आस-पास के कुछ मज़दूर भी।

''आपका क्या ख़याल है? कहीं हम इन्क्लाइन के डैम के आस-पास तो नहीं हैं?''

''असम्भव तो नहीं! राय चौधरी बता रहा था कि पहले के नक़्शे का कुछ भरोसा नहीं। सरकार की आँख में धूल झोंकने के लिए काटेंगे सौ गज़, दिखाएँगे सौ फ़ीट।''

"दादा, आप प्रेशर तो चेक करा ही लें।"

"कौन-सा प्रेशर? हमारा प्रेशर रिलीज़ कर दे, ऐसा कौन-सा डॉक्टर है?"

"एक गो बात बताईं, साहेब? सुना है, डी.जी. एम.एस. थे नहीं। किसी और इंस्पेक्टर को पटाया है भट्ट ने। कहा, वेंटिलेशन क्राइसिस है और लोडरों को लोड करने में दिक्कत होती है। छह महीने पहले भी वहाँ पहुँचे थे, आपको खयाल है, पानी तब भी रिस रहा था। काम बन्द करके गैलरी मोड़ दी गई। कोयले की रेजिंग की लालच में इस मोड़ से फिर क्रॉस-कट करके मिलवाने लगे, कहीं फिर वहीं न पहुँच रहे हों, जहाँ से काम छोड़ा गया था।" पाठक ने कहा।

"हूँ! आहूजा साहब बता रहे थे कि इस इमर्जेन्सी में हर साल उत्पादन को टेन परसेंट बढ़ाने का हुकुम हुआ है।" महतो ने बारूद का बॉक्स रखते हुए कहा।

"उन्हें सिर्फ़ प्रोडक्शन दिखाई देता है, आदमी का जान नहीं।" शॉट फ़ायरर चौबे जी नाराज़ थे।

"भैया, जैसे-जैसे प्रोडक्शन का ग्राफ ऊपर जाता है, उनकी कुरसी ऊँची होती जाती है। सेफ़्टी तो एक बहाना है। उसका पोल तो लँगड़ा जगन खोल चुका है सेफ़्टी-वीक में।" आशीष ने कहा।

"ठीक कहा था जगना ने। अब यही तो है सेफ़्टी। सूअर के थूथन की तरह दाँत निकालेंगे चूतिये, जिनको नीचे उतरना नहीं है। फोटू खिंचवाएँगे आकर और बहादुर बनेंगे।" पाठक ने कहा तो आशीष गालियाँ बकने लगा।

विष्टूदा उसे राइज़ में ले गए, बोले, "आशीष, गालियाँ देकर मुँह क्या ख़राब करते हो? तुम ज़रा जाकर भट्ट साहब से कहो न कि 'जनाब, कोयले के गुंडों से तनिक इजाज़त लेकर एक बार नीचे भी तशरीफ़ ले आएँ।' अवस्था ठीक नहीं है। हमने उनके कहने पर बहुतों को निचले तल पर भेजा, मगर अब बाक़ी कोई नहीं जाने वाला—सब शक कर रहे हैं।"

"और ऊधम... ?"

"ऊधम को मेरे साथ छोड़ दो।"

"मैं कब तक आऊँ?"

"ओह, आज?" उन्होंने कलाई की घड़ी देखी, "ग्यारह तो बज चले। तुम्हारी माँ भी आई हुई हैं न! जाओ, खाना-वाना खाकर रेस्ट लो।"

"माँ आ जाए तो बात तय कर लेना। मेरी रोटियाँ ढँक देना—समझे?" ऊधम ने टोका, फिर हँसते हुए उसके गले में बाँहें डाल दीं, जैसे दो बछड़े लाड़ जता रहे हों! अब उसने प्रसाद जी से पूछा, "प्रसाद जी, खाना खाने जाइएगा?...आशीष को तो भूख लग गई है।"

बैटरी लोकोमोटिव लेकर प्रसाद जी आ रहे थे टबों को हटाने। लगता है, काम चालू होकर ही रहेगा आज!

"ना।"

"मालूम है," उनका एक-सा वितृष्णा-भरा जवाब होगा।

एक है हेम्ब्रम, जो पत्नी के बिना तड़प रहा है और एक हैं प्रसाद जी...!

सेफ़्टी-लैम्प लेकर आशीष जा चढ़ा लोकोमोटिव पर।

विष्टूदा और ऊधम उन्हें विदा कर फिर लौटकर पम्प-हाउस की गैलरी की जाँच करने लगे। पम्पों को निकालना इतना आसान काम नहीं था। सबसे अहम सवाल था, उन्हें पम्प हाउस के जटिल कॉम्प्लेक्स से उस सँकरे विषम रास्ते पर से खिसकाकर राइज की रेल-पटरियों तक पहुँचाना। वहाँ से काम लोकोमोटिव के चलते आसान बन सकता था।

वे दोबारा क्रॉस-कट के बोर-होल तक आए। वहाँ की हालत पहले जैसी ही संगीन थी। मनोहर और छकौड़ी महतो तनिक ऊँचाई पर मैगजीन लिये बैठे थे। सोमारू मिस्तरी बसूले से थून्ही तैयार कर रहे थे। विष्टूदा कुछ बोलने ही वाले थे कि देखकर पाठक भड़क पड़े, "आप ही बार-बार आते हैं। भट्टवा को काहे नहीं भेजते?"

विष्टूदा नरम पड़ जाते हैं, "डरो नहीं, पहले मैं मरूँगा, तब कोई और...।"

"कतहुँ सिधाइहुँ ते बड़ दोषू—समझे साहब?" महतो ने कहा, "आप तनी टैट बनिए।"

अभी वे 'टैट' बन ही रहे थे कि पानी में 'छप-छप' की आवाज़ हुई और एक तीसरी रोशनी बोर-होल के इर्द-गिर्द नाच गई।

"क्या बात है, पाठक?" मैनेजर भट्ट की आवाज़।

"सर, जै हिन्द सर! अरे हम का कहें, इन लोग को कह-कह के हार गए।" माइनिंग-सरदार पाठक जी का दूसरा रूप।

"साला चमचा कहीं का!" महतो ने पच्च से खैनी थूक दी पानी में।

विष्टूदा भट्ट को कोने में ले जाकर शायद पम्पों के हटाने की बात करते हैं। भट्ट सर हिलाते हैं, "ना, ऐसी कोई स्थिति तो हुई नहीं। आपका भय बोल रहा है।"

"अकेले मेरा क्यों? सबका भय! नीचे जाने तक से दो सौ लोग इनकार कर गए।"

"वे तो आइ के पास ऐसे बैठे हैं, जैसे कोई भोज खाने बैठे हैं! सब कामचोर हैं।" फिर उन्होंने महतो को कहा, "लगाओ तो मैगज़ीन, मैं देखता हूँ।"

महतो ने मैगजीन को बोर-होल में ठूँसने की कोशिश की, वह दूर फेंका गई।

"ह्वेयर इज़ द सर्वेयर?" भट्ट ने विष्टूदा से पूछा।

"चौधरी तो आया ही नहीं। क्या प्लान देखना है? मेरा मन भी करता है, एक बार थॉरो स्टडी जरूरी है। डी.जी.एम.एस. के साइंटिस्ट क्या कहते हैं?" भट्ट ने जवाब न देकर महतो को फिर से बारूद ठूँसने का आदेश दिया।

चम-चम चमचमा रही है भींगी दीवार। बोर-होल से पानी महानाग की तरह ऐंठ रहा है। नीचे पानी की उस नन्ही झील में सबकी आकृतियाँ ऐसे हिलकोरे ले रही हैं, जैसे उन्हें तेल में तला जा रहा हो!

'छर्र ऽऽऽ!' बारूद के दोबारा ठूँसे जाते ही पानी का फ़व्वारा चारों ओर फैल गया। सब भीग गए। ऊधम को हरिजन-बस्ती में सुअर को जाल में कसे जाने का दृश्य याद आया तो वह मुसकुरा पड़ा।... "इस सूअर पर काबू नहीं पाया जा सकता।" महतो की यह दूसरी कोशिश भी बेकार गई तो उसने भट्ट की ओर ऐसे अकड़कर देखा, जैसे मैनेजर और माइनिंग-सरदार को उल्लू बनाकर उसे राहत मिली हो।

नाराज हो गए भट्ट। रात का हैंगओवर था, लाल-लाल आँखें निकालते हुए उन्होंने अपना ग़ुस्सा पाठक पर उतारा, "कितने दिन हुए माइनिंग-सरदारी करते हुए?"

पाठक ने प्रतिक्रिया महतो पर उलीची, "तुम निकम्मे कामचोर...! अरे सोमारू से गुल्ली बनवाकर ठँसानी नहीं दे सकते?"

पिनक गया महतो, "नँय देंगे, जाइए।"

"नहीं देगा?"

"नहीं।"

"तो जाओ चाणक के बाहर!"

भट्ट इन गँवार मज़दूरों के झगड़े में समझदार मैनेजर की तरह नहीं पड़ते, चल देते हैं राइज की ओर।

महतो ख़ूनी आँखों से देखता है पाठक की ओर, "ठीक है, हम चले जाते हैं।" और भट्ट के पीछे चल देता है भनभनाते हुए।

ज़्यादा बोलना ठीक नहीं। चन्दनपुर गाँव और कॉलोनी के पछाहे मज़दूरों के बीच सनातनी झगड़ा है—कब भड़क जाए, कोई ठीक नहीं।

खदान की आँख के पास महतो के काका बैठे बातों में मशगूल हैं। इस बार की फ़सल और पुराने संस्मरणों का क्रम है—एक को उकेरते हैं तो कई खुद-ब-खुद उभर उठते हैं, मगर इस बार ब्रेक लगा, "सर, हम लोग खाने को जाएँ?"

"अभी तो एक ही बज रहा है। ब्लास्ट होने दो, कुछ काम करके जाना।"

मैनेजर चलते-चलते में हिदायत देते हैं।

महतो ने पुकारकर कहा, "काका, चलो, खाना खाने।"

"तू जा रहा है?"

"का करें? पाठक बोलिन है, चाणक के बाहर जाओ।"

"तू सार हमेशा झगड़ा कर लेता है। चल, हम घंटे-भर बाद आएँगे। तरकारी नँय बनल होगा, तो छप्पर से लौका तोड़ लेना।"

जल-प्रलय

'**हर**-हर, हर-हर!' बोर-होल से पानी की वेगवती धारा का बीस फ़ीट दूर गिरता हुआ स्वर।

'खच्च-खपच्च! खच्च-खपच्च।' सोमारू के बसूले की आवाज़!

इन दो स्वरों की जुगलबन्दी पर सम्मोहित, मूर्च्छित चेतना सर धुन रही है। जाने किस काल में घटी थी यह घटना! उन्नीस दिन पूर्व की नहीं, युग-युगान्तर के पार से आ रही है अब भी—पानी की बाढ़ को हिलकोरते हुए। एक ठोस आतंक, घृणा के पंक में डूब-डूबकर बिलबिला रहा है।

मैनेजर भट्ट की डाँट, "यह ज़रा-ज़रा-सा काम नहीं होता अब तुम लोगों से? ठँसानी तक नहीं देना जानते?"

महतो और माइनिंग-सरदार पाठक की झड़प, "नहीं ठँसानी देनी तो चाणक के बाहर चले जाओ।"

'ठक-ठक' बजती है गुल्ली के ठोके जाने की आवाज़—'छर्र-छर...र!' बिगड़ैल पशु की तरह घायल होकर पानी उग्र बनकर भिगो रहा है सबको, मगर धीरे-धीरे निश्चेष्ट पड़ता जा रहा है। साबल से गुल्ली काफ़ी अन्दर तक ठोंक देने के बाद मैगज़ीन घुसेड़ना। मिट्टी से लेप करने के बाद तार-तार जोड़कर डेटोनेटर ठीक करना।

"भागो सब वहाँ से अब!" वह चेतावनी देकर सोमारू का हाथ पकड़कर जल्द-से-जल्द उठान पार कर लेना चाहता है।

आधे रास्ते में कोई आवाज़ सुन पड़ती है, "होशिया...र।—ख़बरदा...र!"

शॉट-फ़ायरर की टॉर्च की लाल रोशनी बिजली की तरह काली दीवारों पर लपलपाती है। 'भक-भक' जलता है ख़तरे का बल्ब, लाल-बैंगनी। अब वे हाँफ रहे हैं। खदान की आँख तक आकर वे दोबारा आवाज़ सुनते हैं—'ढाँ...य!'

"अरे बाप रे! यह कैसी आवाज़ है?" भयंकर गड़गड़ाहट, गिरते हुए आर्च, पत्थर। इतनी भयंकर ब्लास्टिंग का अहसास उन्हें कभी नहीं हुआ। पूरी खदान काँप रही है जैसे। किसी दैवी विपत्ति की आशंका में वे बार-बार केज को ले आने की चेतावनी देते हैं। केज आ रहा है—'गड़-गड़-गड़-गड़!'

"अर बाप रे, पानी..!" चेतावनी देनेवाला वाक्य शेष नहीं कर पाया। पानी के वेग में पहले उछाल खा गया, फिर गड़प करके डूब गया।

हरहराता-उमड़ता हुआ प्रलय! इतना ज़बरदस्त हल्ला कि बिना किसी को भागने का मौक़ा दिये पलक झपकते नाल वाली गैलरी को प्लावित कर उठान पर

बढ़ने लगा। हवा के विपरीत झटके से प्रलयंकर आँधी उड़ चली सुरंग में। कोयले के चूर्ण, छोटे-बड़े पत्थर, काठ के टुकड़े पंख लगाकर उड़ने लगे।

विष्टूदा अपनी जान लेकर भागे थे, लेकिन चार क़दम भी न जा पाए। पानी उनके सर से दो फ़ीट ऊपर बहने लगा।

पाठक तनिक तगड़ा था, लगभग पन्द्रह आदमियों के साथ, क्रमशः बढ़ते जा रहे पानी में चलता रहा। पानी बढ़ता ही जा रहा था, पानी का वेग भी। उसमें से दो वहीं डूब गए और बाक़ी प्राण-पण से तैरने की कोशिश करने लगे। पानी किसी क्रूर कसाई की तरह ठेल रहा था। उससे ताल मिलाना सम्भव न था। सहसा 'कॉग' भरभरा गया और सैकड़ों शाल के रोलों (लट्ठों) का मलबा उन पर आ गिरा। पाठक के छोटे भाई गिरधारी उस पर चढ़कर पार होने लगे।

कोई एक रोला हो, तब न! पानी अब दस फ़ीट की सुरंग में लबालब भर गया। अब वह प्रबल उन्माद से ऊपर उठ रहा था। लो, पानी आ गया पाँव के नीचे, जाँघ तक, कमर तक। वे तारों के जाल और आर्च के मलबों से उलझते निपट अँधेरे में कैप-लैम्प की रोशनी में भाग रहे थे, दुहाई दे रहे थे, 'दोहाई काली मैया की!...या अली!...अरे बाप, भागो...ओ!'

पहले तल के अलग-अलग आयतनों से घबराकर कैप-लैम्प लेकर मेन गैलरी में पचासों लोग भाग रहे थे। पानी तीव्र गति से उनका बराबर पीछा कर रहा था। ठेली गई हवा के प्रबल वेग से आर्च 'धमाक-धमाक' गिर रहे थे। कुछ उनके नीचे पिस गए। कुछ गिरने वाली पैकिंग और पत्थरों के टुकड़ों से दबते-बचते बदहवास भाग रहे थे। घुप्प अँधेरे में सिर्फ़ कैप-लैम्प और आवाज़ों से भागने का अहसास हो रहा था। जैसे असंख्य आत्माएँ खदान से निकलकर मुक्ति पाने के लिए भाग रही हों! इस पूरे तल के दोहन के लिए पचासों उपगैलरियों की भूल-भुलैया हैं, मधु के छत्तों की तरह। मुख्य वेगवती धारा हर जगह बँटती-बिखरती जा रही थी। कुछ मज़दूर डी-थ्री में बिल पाकर हड़बड़ाकर मुड़े और घुस पड़े। डी-थ्री की मशक्कत भरी चढ़ाई में एक-दूसरे को ठेलते हुए जब वे हाँफ रहे थे तो ख़ाली मकान के कुत्ते की तरह कनमनाकर खड़ा हो गया कोई और भौंक उठा, "क्क्-कौ...न?"

एक्सटेंशन के इस भाग को दुनिया का सबसे सुरक्षित आश्रय मानकर हेम्ब्रम कुछ दिनों से वहाँ अड्डा जमाए हुए था। पूछने के साथ ही उसने भक-से कैप-लैम्प जला ली। पानी, पसीने और कालिख से लथपथ वे दो चेहरे जल्लाद की तरह कौंधे। आख़िर उसके छिपने की बात खुल ही गई। रमचन्ना, सुबल, बिल्लू, कलीमुद्दीन और बाक़ी साथियों को पाँच-पाँच रुपये दिये कि चुप रहें, मगर मलकट्टे की ज़ात हो तो...। कर दी न दग़ा!

"खबरदार जो मुझे हाथ लगाया!" वह बन्दर-घुड़की देकर पीछे खिसकने लगा। उसके हाथ में किरिच था।

रामफल और फत्तू फटी-फटी आँखों से उसे देख रहे थे। बीच-बीच में वे सुरंग के मुहाने की ओर देख लिया करते। पीछा करती मौत से बचने के लिए आगे कहीं समाना ज़रूरी था, मगर हेम्ब्रम... ? और लो, दीवार से टकराकर हेम्ब्रम लड़खड़ा गया। किरिच हाथ से छूट गया। अब वह गिड़गिड़ा उठा, "ना भैया, पाँव पर गिरूँ। हमरा कोई क़सूर नहीं। तिवारीजी के डर से..."

फत्तू जिसकी बात उसकी बड़बड़ाहट में कई बार खो चुकी थी, इस बार ज़ोर से डाँट उठा, "चोप्प साला! कौन तिवारी? हम तो जान बचाने आए हैं। खदान में पानी फूट गया है।"

"पानी! पाऽऽऽनी!" तिवारीजी की जगह पानी सुनकर हेम्ब्रम पर पहली प्रतिक्रिया राहत की हुई—चलो, तिवारी तो नहीं! मगर दोबारा 'पाऽऽऽनी' उच्चारण करते ही उसका रोम-राम आतंक से भीग गया।

"अरे बाप रे! दौड़ो, इस मुहाने को बन्द करो जल्दी!" जल्दी-जल्दी में उन्होंने झूड़ों और कोयलों को मुहाने पर इकट्ठा किया। उन्हें अब हवा का ज़बरदस्त दबाव महसूस हो रहा था।

"लगता है, पानी आ रहा है। ऊपर चलो। तीनों इस मुहाने पर पीठ लगाकर ठेले रहें।"

पीठ पर असह्य दबाव बढ़ता जा रहा था, गर्मी से देह जल रही थी। इसी समय पानी की छुअन साँप की तरह उन्हें सिहरा गई।

'जय जीसू की!'... 'दोहाई काली मैया!'...'दोहाई कपालिनी मैया!' की आवाज़ें बदहवासी में बदलती गईं। पानी रुक गया तो वे खुशी से चीख़ पड़े। तीनों गले मिले। अब हेम्ब्रम उनका सरदार था। वह शेख़ी में बढ़-बढ़कर बातें करने लगा।

पानी के निचले तल की ओर मुड़ते ही उठान की बहुतेरी जगहों पर पानी तीन-चार फ़ीट मात्र रह गया। छटपटाती मछलियों-से कुछ तड़प रहे थे, कुछ उठ खड़े हुए थे और पागलों की तरह आर्चों के ढाँचों पर चढ़ने की चेष्टा करने लगे और फिसलकर जा गिरे। पानी उनके नीचे भेड़ियों की तरह हुंकारते जीभ चाटते बढ़ा आ रहा था। ऊपर से शैफ़्ट के कंकरीट और पत्थर अब टूट-टूटकर गिर रहे थे।

'हाय राम, अब कहाँ जाएँ?' अँधेरे में छटपटा-छटपटाकर निश्चेष्ट पानी के बुलबुले निकालते लोटे की तरह डूबने के सारे शब्द पानी की खलखलाहट में डूब रहे थे।

ऊधमसिंह सोमारू का हाथ पकड़कर लगभग घसीटते हुए लिये जा रहा था, कैप-लैम्प के क्षीण प्रकाश में।

"भैया, तोहार गोड़ लागों! हमरा बुचिया के देखिहऽ!"

सोमारू का गिड़गिड़ाना एक पल को भी रुका नहीं। इस गिड़गिड़ाहट के साथ—'दोहाई कपालिनी मैया की'...'दोहाई महावीर स्वामी की'!

मगर इस शोर और बिलबिलाहट में हज़ारों आवाज़ों की तरह इन आवाज़ों का भी कोई अस्तित्व नहीं था। कुछ सुनना-सोचना सम्भव नहीं था। अजगर की तरह बिलबिलाता पानी उनके पैरों-तले रेंगता हुआ आगे-आगे मौत का जाल बिछाता चला जा रहा था। पीछे से भी भागने की आवाज़ें आ रही थीं। मगर पीछे मुड़कर देखना सम्भव नहीं था। सुरंगों की भूल-भूलैया में ज़रा-सा रास्ता चूके कि सब शेष। भागो, जान लेकर भागो! मौत खदेड़ रही है तुम्हें। प्रार्थनाओं पर विश्वास करना मौत के मुँह में जाना है, मगर प्रार्थनाओं का सम्बल छोड़कर है क्या तुम्हारे पास?

ऊधमसिंह ने अनुमान लगाया, यहीं कहीं वह 'डी-जे' पैनेल होना चाहिए। कैप-लैम्प से घबराकर उसने इधर-उधर रोशनी फेंककर जगह की शिनाख़्त करनी चाही। सब एक जैसा। पानी पर रोशनी दहशत की लहरों में चमक रही थी। 'वाहे गुरु! क्या करूँ अब?' बाढ़ में जैसे बूढ़े बाप की उँगली पकड़कर मौत से घिरा हुआ था वह।

अचानक उसे लगा, सोमारू गुडुप-गुडुप कर रहा है।

अरे, यह तो डूब जाएगा! उसने उसे कन्धे पर बैठाया। पानी उसके गले तक बढ़ आया। टटोलना अब भी जारी था। वह नास्तिक होने के बाद पहली बार आस्तिक हुआ था आज। बार-बार ईश्वर और गुरुओं की दुहाई दे रहा था। उसे विश्वास था कि पैनेल की सँकरी बनावट और ऊँचाई में अभी भी सुरक्षा है। इस खदान में दो ही जगहें हैं ऐसी—एक, एक्सटेंशन डी-तीन, जहाँ पहुँचा नहीं जा सकता अब और दूसरी, यह 'डी-जे' पैनेल। मगर अब न मिली तो कब मिलेगी?

"चाचा, तुम इस आर्च को पकड़कर बैठो। डरो नहीं, पहले मैं मरूँगा, बाद में तुम!"

चाचा की घिग्घी बँध गई। उनसे मुक्त होते ही ऊधम पानी में डुबकी लगाकर पैनेल का मुहाना परखते हुए दूर तक निकल गया। अचानक उसे लगा, पत्थर हिल रहा है। उसने उसे हुमचकर हटाया और बाहर निकलकर साँस ली। अब वह दोबारा दम बन्द कर उसके अन्दर घुस गया।

अन्दर पानी यकायक कम हो गया था। वह निकल आया। निर्जीव-प्राय सोमारू को लेकर दोबारा वह अन्दर दाख़िल हुआ।

पानी से बाहर निकलते ही उसने सोमारू को झकझोरा, "चाचा, चाचा!"

"हाँ, बेटा!"

"वाहे गुरु! चाचा, तू बहादुर है। चल सकोगे मेरे पीछे-पीछे? मैं पकड़ता हूँ।"

पेट के बल उस सँकरी सुरंग की चढ़ाई चढ़ते-चढ़ते वे कई बार लेटे, कई बार लगा—जान निकल जाएगी, मगर अन्ततः वे पहुँच ही गए। वहाँ पहुँचते ही कई हाथों ने उन्हें लपक लिया।

'बस, पन्द्रह मिनट और मेरी जान!' जवाहर ने एक मस्त अदा से अपनी नवेली पत्नी को मन-ही-मन में सम्बोधित किया। अपनी इस कल्पना पर वह हमेशा रस लिया करता, कि उसकी नवेली पत्नी नीरा उसे काम करते देख रही है, कि डेढ़ हज़ार फ़ीट नीचे सुरंग में वह किस शान से बैठकर यूनिकॉन मशीन से फुर्र-फुर्र कोयला काटता है। पत्नी चिहुँककर उससे चिपक-चिपक जाती है। उसी की जिद पर उसने पहली बार अपनी काली दाढ़ी को सफ़ाचट किया था। बाहर के शोर से बेख़बर अपना काम खत्म कर वह जल्दी-जल्दी फ़ारिग हो रहा था। पहली बार कोई तेज़ी से भागा तो उसका ध्यान गया। 'अरे, पचासों लोग इधर कहाँ भागे जा रहे हैं? और यह शोर कैसा—टूटने-फूटने का?' ठेकेदारी के लिए इस बार अन्दर ही मार-पीट मच गई क्या? उसके चारों ओर से कुछ गिरने-टकराने और टूटने की आवाज़ें आ रही थीं। वह मेन गैलरी में आया तो गुबार का तीखा झोंका उसके मुँह पर बबूल की झाड़.की तरह बरसा। घबराकर वह सामने भागा। 'अरे बाप रे!' पूरी सुरंग में काला पानी; पीछे मुड़ा, उधर भी। बिजली चली गई। कैप-लैम्प टटोला, तभी दोनों ओर के धक्कों में वह पिस-सा गया, जैसे दो तोपें एक साथ गरजी हों और रुई की तरह धुना गया हो वह! इसके बाद उसकी संज्ञा जाती रही। वह एक बड़े-से बुदबुदे में जा फँसा था। अंडे में जीवित लाश!

पानी सभी आयतनों को डुबोता हुआ अंडाकर पूरे पहले क्षितिज में फैलकर एक बार फिर पिट-आई के पास लौट रहा था। अरराकर गिर रहे थे आर्च। बहुतेरे—भागते लोग तो सिर्फ़ आर्च से पिस गए। कुछ आर्च पकड़कर झूल रह थे। 'छपाक-छपाक' छत के टुकड़े गिर रहे थे। बचे हुए मज़दूर अपना सामान छोड़कर आ इकट्ठे हुए। खदान की आँख के पास अब भीषण ठेलम-ठेल मच गई। पानी गले तक आ गया था और पिंजरा उतर रहा था। जो पहले चढ़ जाए, वह बच सकता है। पाप-पुण्य बाद में देखा जाएगा। दूखन अपने अनन्य मित्र सूखन की बाँह पकड़कर पीछे खींच स्वयं आगे हो गया। उधर मुखई और लौटन दोनों सगे भाइयों में पानी के ऊपर मारा-मारी मची हुई है—कौन आगे जाए? किसी ने शिवप्रसाद की टाँग पकड़कर खींच ली और नीचे जा गिरे वह। प्रसादजी को सहसा ही अपनी बीवी पर बेइंतहा प्यार आया—काश, मिल जाती तो सर से पाँव तक चुंबनों की बौछार लगा देते! उन्हें बचकर निकलना ही है। उन्हें लगा, उसके बच्चे पाँव पटककर, छाती पीटकर उन्हें बुला रहे हैं। वह इस आवेग में इतने ज़ोर से उठे कि कई लोग गिर गए और एक कन्धे पर टँग गया।

इसी समय पिंजरा आ लगा। धक्कम-धक्की बढ़ गई, मगर इसके पहले कि कोई चढ़ पाए, पानी के इस रेले से दूसरी ओर का लौटकर आया। रेला इतने ज़ोर से टकराया कि पिंजरा टूटकर डोंगी की तरह उलटे तैरने लगा। नीचे का तल टूट गया था और छटपटाती मछलियों की तरह पच्चीसों मज़दूर पानी की मोटी धार के

साथ दो सौ फ़ीट नीचे उन मज़दूरों पर जा गिरे, जहाँ ऊपर की तरह ही कैप-लैम्प की नाचती रोशनियों में धक्कमपेल मची थी।

वहाँ सबसे कमज़ोर पड़े थे—बूढ़े, अधेड़ सहायक-प्रबन्धक मिस्टर राव और भाटिया। इन्होंने लाख सस्पेंशन और चार्ज-शीट की धमकी दी, मगर किसी ने नहीं सुनी। अब वे गिड़गिड़ाहट पर उतर आगे थे, मगर यहाँ दया करनेवाला कोई न था। छुट्टन भुइयाँ की ताक़त के सामने चन्द्रकिशोर सिंह के आदमी भी बकरी बने हुए थे।

रामप्रसाद ठीक छुट्टन पर गिरे। दोनों को डुबोते हुए पानी की धार से बचकर लोग भागने लगे। मगर कहाँ? कितनी दूर?

21

इक्कीस दिन लम्बी मौत

अचानक गर्दो-गुबार का इतना ज़बरदस्त झोंका आया कि वे लगभग फेंक दिये गए। थोड़ी देर पहले, दीपावली का भ्रम उपस्थित करनेवाले लैम्पों में से कुछ तो पत्तों की तरह बुहार दिये गए। पैनेल में हवा का इतना भयंकर दबाव था कि लगता था, अंग-अंग कट-फटकर चिथड़े-चिथड़े हो जाएँगे। सब-के-सब बदहवास, जैसे मिरगी आई हो उन्हें! होंठ, कान, आँख और गुप्तांगों से ख़ून रिसने लगा था। थम गई थी पानी की दीवार, अचानक बन्द हवा का प्रतिरोध पाकर। इस पानी को सकते की हालत में देख रहे थे सब।

ऊधम का दिमाग़ बड़ी तेजी से चल रहा था। उसने हड़बड़ाकर सबसे पहले लैम्पों को इकट्ठा किया। दस अभी भी रिलाइटर से जल सकती थीं, बाक़ी नाकाम हो गई थीं।

अब उसकी कैप-लैम्प चेहरों की ओर घूमी। उसने एक-एक के नाम लिखे डायरी में ऊधमसिंह, सोमारू, कलीमुद्दीन सूफ़ी, गोकुल माझी, सूखन बाउरी, झानू मुंडा, मोहन यादव, सोना, शालिगराम दूबे, मुकीद, परभू रायपुरिया, भभूती पासी और मंगतू। कुल तेरह आदमी दस कैप-लैम्प और दस लैम्प। कैप-लैम्पों का ज़्यादा भरोसा नहीं। बिना री-चार्ज हुए बैटरी डाउन हो जाएगी कल तक। सो उसने दस लैम्पों को बुझाकर रख लिया। खाना-वाना किसी के पास न था। वे अफ़सोस में हाथ मलकर रह गए।

सूफ़ी ने फिर से गिनी तो पूछा, ''कितने हैं?''

''तेरह!''

ऊधम का जवाब पूरा होते-न-होते मुकीद गिरा अरराकर। दस कैप-लैम्प और बारह नर-मुंड झुक आए मुकीद पर। पानी का छींटा दिया गया, नब्ज़ टटोली गई, हिलाया-डुलाया गया, मगर नहीं।

''शॉक खा गया लड़का।'' कलीम ने कहा और उसकी कैप-लैम्प दीवार की नोक पर लटका दी।

''भाइयो, हौसला रखो, हौसला! सिर्फ़ यही हौसला तुम्हें मौत से बचा सकता है।'' ऊधम ने कहा।

'हौसला! हौसला!! हौसला!!!' प्रतिध्वनि मँडरा उठी मौत के ऊपर।

डाइक का मलबा साफ़ करने के लिए आया ठेका-मजूर मुकीद आज खुद मलबा बन गया। इस मलबे को एक खोह में रखकर वे वापस आए तो कोल-डस्ट, ख़ून, पानी, पसीने और आँसुओं से तर उस मृतात्मा की कैप-लैम्प की आँच में पिघलने लगे बारहों आदमी। ऊधमसिंह ने कलम खोली और मुकीद का नाम काटकर तारीख लिखी। यह देखकर अपनी मौत की शिनाख़्त हो आई लोगों को।

सोमारू रोते-रोते बोला, ''हे मैया, कौन पाप किये थे... ? मारने को बहुत मौका मिलेगा, मैया! हम मर गए तो हमरी गुँगिया को के देखेगा?''

इस करुण क्रन्दन पर सबकी छाती फटी जा रही थी। एक करुणा से उद्वेलित सहस्र की चिनगारियाँ सिसकियाँ लेने लगीं। सबको अपने-अपने बाल-बच्चे, माता-पिता, भाई-बहन, यार-दोस्त-रिश्तेदार याद आने लगे। असहायता के समुद्र में बारह कंठों का दम फूलने लगा, ''अरे बाप! अब क्या होगा? अब? अब... ?''

एक पल को भी हटती नहीं नज़र पानी की दीवार से। बन्द चूहेदानी के चूहों-से पस्त चेहरे। यह इतनी बेरहम सजा है, ऐसी घुटन कि जिसके सामने दुनिया की सारी सज़ाएँ फीकी हैं। प्रार्थना के भजन गाते-गाते सहसा गालियाँ बकने लगते, गालियाँ बकते-बकते मुट्ठियाँ भींचकर अवश आक्रोश तड़प उठता है रह-रहकर।

''मैं अगर बच गया तो साले मैनेजर की मूँड़ी तोड़ दूँगा।'' और झानू बाउरी खुद का सर दीवार पर दे मारता है।

''स्साले, हम बोलते रह गए कि काम नहीं करेंगे, नहीं करेंगे सब, इत्ता पानी निकल रहा है, मगर साले ने गुल्ली की ठँसानी दिलवा ही दी और चमचे पाठक राम... ? क्या मिला तुमको चमचागीरी करके... ? खुद तो गए ही, ले गए हज़ार और भी बेकसूर आदमियों को!'' सोमारू पहली बार ग़ुस्से में आया है।

''अरे भैया, नीचे वाले तो जान भी न पाए होंगे।'' दुबे ने कहा।

"हम भी तो बाई के झोंक में भागे।" मोहन यादव बोले।

"हम तो उसकी बेटी को...दोगला साला!" मंगतू फुफकारा।

"ना भैया, हम अगर बच गए तो माफ कर देंगे सबको।" गोकुल माझी बुदबुदाया।

"अरे हमरा बेटिया मर जाएगी रोते-रोते।" सोमारू फिर सिसकने लगा।

"हमरा मैया तो सुनते ही बेहोश!" सोना ने कहा।

"चानक पे सर पटक रहा होगा सब!" भभूती बिलख पड़ा।

'हे भगवान, हमीं को मारना था? जो खाना खाने के बहाने, फाँकी देकर चला गया, जो आया ही नहीं, सब बच गया। हमीं तो ड्यूटी के पाबन्द थे न? लो, मरो अब! और करो मस्काबाज़ी! कंपिनी तुमको सोना से मढ़ देगा! साला हम लुच्चे हैं, तनिको कड़ा पड़े होते तो बहुत करता, निकालिये न देता! इस तरह तो नहीं मरते!' विलाप के अलग-अलग स्वर।

ऊधम को यकायक ख़याल आया। उसने डायरी में मैनेजर भट्ट के आदेश पर माइनिंग-सरदार पाठक की ठँसानी देने की बात और प्लावन की विभीषिका को सोच-सोचकर दर्ज किया।

उधर एक मर्मांतक चीख़-पुकार मची हुई थी, जैसे सब-के-सब मृत्यु की भँवर में डूब रहे हैं!

इस भँवर से उबरने के लिए ऊधमसिंह ने दूसरे बहाने तलाशे। उसने अपनी पगड़ी खोली; हाफ पैंट, शर्ट, और बनियान तक खोलकर फैला दी। हवा के अचानक दबाव-में इधर वहशियत गाढ़ी हो रही थी। जब उससे नहीं रहा गया तो डाँट पड़ा, "अरे बुजदिलो, ऐसे तो मौत से पहले मर जाओगे तुम सब। तुम्हें मालूम है, यहाँ तुम सब अभी कई दिन तक ज़िन्दा रह सकते हो?"

"ना भैया, पानी आ जाएगा।" सोमारू रोने लगा बच्चे की तरह।

"हम कहते हैं, नहीं आएगा," ऊधम ने ज़ोर देकर कहा।

"तनी समझाओ हमको!" वह पाँव पर गिरकर गिड़गिड़ाने लगा।

ऊधमसिंह ने रोक लिया उसे, "यक़ीन करो चाचा, पानी यहाँ नहीं आएगा। हम सब एयर-पॉकेट में फँस गए हैं। जब तक इस सुरंग की बन्द हवा को बाहर निकलने का मौका नहीं मिलेगा तब तक हमें बन्द हवा के दबाव में अपने को बचाये रखना है। रेस्क्यू पारटी एक दिन हमें निकालकर बाहर ले जाएगी।"

"कोई रिस्कू-फिस्कू नहीं।" झानू उदास हो गया।

"तुम समझते हो, ऊपर के सारे आदमी मर गए हैं?" सोना ने प्रतिवाद किया।

"ऊपर?" मंगतू ऊपर ताकने लगा। छत से टकराकर घायल हो गई नज़र, "हमको यकीन नहीं है, भैया!"

"ऐ, कान लगा के तनी सुनो तो, रिस्कू पारटी वाले आ गए लगता है।" सूफ़ी ने ऊधम को कोंचा।

कान दीवार से सटाते ही ठक-ठक की आवाज़ों का आभास हो रहा था।

"सुना?"

"हमने सुना।"

"हमने भी।" परभू पहली बार बोला था।

सोमारू को कम सुनाई पड़ता है, अपने 'बहरेपन' पर खीझ रहा है।

इस बार इधर से जवाबी आवाज़ें दी जाने लगीं।

"ऐ, एक काम करो। एक-एक आदमी पारी-पारी आवाज़ देगा।" भभूती ने एक नया आइडिया दिया और सबने मान लिया।

ऊधम ने अपनी डायरी में लिखा :

26 दिसम्बर

आज पहला दिन चीख़-पुकार, दहशत और उत्तेजित बातों में बीता। छेदीलाल दुबे, मोहन यादव, कलीमुद्दीन सूफ़ी तो पैनेल में काम कर रहे थे। ठेकेदारी मजूर मुकीद, सोना, झानू, भभूती, परभू, गोकुल माझी चन्द्रकिशोर सिंह के ठेके में डाइक ब्लास्ट करने के बाद मलबे साफ़ कर रहे थे। मंगतू, सोमारू मिस्तरी, सूखन बाउरी और मैं भागकर यहाँ पहुँचे थे। मुकीद के मर जाने पर बाक़ी बचे बारह। आज सब अपने-अपने बिछड़े परिवारों की याद में रो रहे हैं। किसी को भरोसा नहीं कि बच पाएँगे। हवा का ज़बरदस्त दबाव और उमस है। कहीं से ध्वनि संकेत आ रहे हैं—दीवारों से। लगता है, कुछ और अभागे हैं हमारी तरह।

घड़ी से लगा, यह दूसरा दिन है, जबकि लगता था—दिन बीता नहीं। तभी सहसा हमारे रोंगटे खड़े हो गए। यह क्या बैटरी डाउन हो गई?

कैप-लैम्प दगा दे रहे हैं। उनकी ज्योति स्टेज के फोकस-लाइट की तरह क्रमशः धीमी पड़ती जा रही है। अब इन लैम्पों का ही सहारा है, जिनमें एक-एक को एक-एक दिन जलना है। क्रमशः माहौल भूतीली परछाइयों से ग्रस्त होता जा रहा है। जैसे आइने में बाल उग आए हों! इस समय चन्दनपुर में सुबह हो रही होगी और हम सूरज की एक किरण तक के लिए तरस रहे हैं। आज माँ की बड़ी याद आई। मगर सिलसिलेवार कुछ सोच नहीं पाया। हर पल कोई-न-कोई चीखता रहता है। डर सरसराता रहता है कि कोई किसी की हत्या न कर दे।

झानू ने चुन-चुनकर गालियाँ दीं मैनेजमेंट को, सिंह-त्रयी को और भभीखनराय को। साउथ लेबर कॉलोनी वालों को उसने 'मउगा' कहा तो मोहन यादव बिगड़ गए। सबके रोकते-रोकते दोनों भिड़ गए अंगारडीहा प्रकरण पर। बड़ी मुश्किल से दोनों को अलग किया जा सका। इनसे तटस्थ होकर सूखन बाउरी, सूफ़ी और दुबे ईश-भजन में या रोने में लगे रहे।

29 दिसम्बर

भूख अब कोई बहाना नहीं सुनती। भूख की अलग-अलग प्रतिक्रियाएँ। सोमारू अपनी उँगली चबा बैठा कि लोग भला-बुरा कहने लगे। वह कराह रहा है। पानी की दीवार से भर-पेट पानी पीकर कइयों के पेट में धक्का लगा और लौट गए। पेट गुड़गुड़ाता रहता गैस से। दस्त से कई परेशान।

30 दिसम्बर

आज, पता नहीं, कब यादव और झानू मिलकर सूखन को पीटने लगे! वह चूहे की तरह काँप रहा था।

'स्साला दारू पिया-पिया के नस में दारू भर देहलस। अतना अनियाव और अतियाचार पे कौनो सार के बुद्धि बचवे ना कइल कि विरोध करे। बोलाव साला बुझारथा के, बचावे तोरा...।'

सूफ़ी और दुबे बचाने गए तो धक्के खाकर गिरे। मेरे समझाने पर शायद दया आई झानू और यादव को, छोड़ दिया उसे।

31 दिसम्बर

आज एक विचित्र सपना देखा ऊधम ने—जसविन्दर गुरुबचन सिंह के आगोश में थी। उसे देखते ही सहम गई बहन। गुरुबचन नशे में अपनी भद्दी शकल लिये उठ खड़े हुए, 'पुत्तर, वो ऐसा हुआ कि मुझको तो कोई पंजाबी लड़की देने से रहा सो...।'

'तो क्या तूने ही उठा लिया था इसे झरिया से?' ऊधम ने ग़ुस्से में खौलते हुए पूछा।

'हाँ, मैंने ही। पूछ ना, कोई तकलीफ़ दी तेरी भैण को? मैं पंजाबी सुनने को तरस गया था, पुत्तराँ! क्या करता?'

दृश्य-काल के असम्बद्ध सूत्रों में उलझा वह अभी यह सोच भी नहीं पाया था कि क्या करे, तब तक एक ढेला तड़ाक से लगा सर पर। खुल गई नींद। चारों ओर से ढेले बरस रहे थे। पूरा-का-पूरा गृह-युद्ध। मारनेवाला खुद को छोड़कर बाक़ी सबको पापी समझ रहा है। भूख, कमज़ोरी, तापमान और दबाव ने उनकी संज्ञा हर ली थी।

'बन्द करो ढेलेबाज़ी, वरना एक-एक मुंड तोड़ दूँगा।' ऊधम वहीं से चीख़ पड़ा। ढेलेबाज़ी बन्द हो गई।

'सब जाकर पानी पी आओ और हाथ-मुँह भी धो आओ।'

आश्चर्य, एक-एक कर सब पानी की ओर बढ़े—सिखाये गए पशुओं की तरह। लौटकर वहीं से आते हुए दुबे की रामधुन शुरू हो गई। सूफ़ी समेत बाक़ी लोग दुहराने लगे।

उसने 31 दिसम्बर की डायरी से स्वर-अंश काट दिया, मगर दरके शीशे-सा वह और भयावना लगने लगा। अब... ? उसने तय किया कि अब संक्षेप और सूत्र-वाक्यों में लिखेगा।

1 जनवरी

नये साल की शुरुआत सूखन बाउरी की मौत से हुई। मंगतू को छोड़कर उसके पास कोई न था। वे या तो सो रहे थे, रो रहे थे या कीर्तन कर रहे थे। मंगतू ने कई बार चीखकर उसकी मौत की सूचना दी। जब कोई न आया तो चुप हो गया। अचानक, गुमसुम बैठा मंगतू भड़क पड़ा ज्वालामुखी की तरह, 'कोई देवी-देवता नहीं है कहीं। सब झूठ है, सब झाँसा। वे साले हमें जमपुरी में भेजकर मौज मार रहे हैं।' 'चुप-चुप, देवी-देवता नँय हो तो तू का बचल रहता?'

'इसको बचना कहते हो पंडित? जिंदा नरक में मरना है यह तो। सुखना मर गया, तुम लोग भी मरोगे, कुत्ते से भी बद्तर मौत! लगाओ गोहार अन्धा-बहिरा भगवान को, ऊ सार...।'

सूखन की मौत पर कुछ सरगोशियाँ उभरीं। कई उठ खड़े हुए, मगर दुबे की गुर्राहट सब पर हावी हो गई, 'देखो तो, ई सरवा को अब? कान में उँगली डालो सब कोई—हरिहर निन्दा सुनइ जो काना, होइ पाप गऊ-घात समाना।—देख-देख, अबहियों सार गरिया रहा है! सुखना सार पापी था। एक पापी मरा। ई सार दोसरका पापी है।—उन्होंने कानों में उँगली डालकर ललकारा—मारकर फेंक दो साले को।'

बस, आव देखा न ताव, सूखन की लाश की ओर जाते हुए लोग पलट पड़े मंगतू की ओर।

1 जनवरी

लोग विक्षिप्त हो रहे हैं...!

2 जनवरी

आज के सपने में केतकी मिली। गले में बाँहें डालकर पूछ बैठी, 'तुम गुपचुप क्यों ताकते हो?' उसकी उजली साड़ी तितली के पंख-सी हिल रही थी। तभी उसने देखा कि यह वह नहीं, आशीष था। फिर देखा कि आशीष के एक ओर स्वाती कपालकुंडला थी और दूसरी ओर केतकी। छेदी और मेवा ने उसे पकड़ रखा है। गोकुल की माँ आकर दोनों को एक-एक डंडा मारकर हाँकती है—न-न, गोकुल की माँ नहीं, उसकी माँ...। उसने सोचा, उसी की तरह हर कोई सपना देख रहा है। मंगतू इंजोरिया से रोज़ बात कुरता है। प्रौढ़ों के सपने भिन्न हैं। जैसे सूफ़ी को आज देवी ने दर्शन दिये। वह सबको बता रहा था, 'भोरे-भोरे का सपना था...।'

'यह तो दोपहर का एक बज रहा है।' ऊधम ने अपनी घड़ी दिखाई।

'तू ही सब जाने है?' अपनी बात के कटने पर पिनक गया है सूफ़ी। अपनी बिरादरी से उसे जाति-च्युत करके वह फिर बताने लगा, 'देखो, देवी की महिमा है कि हमारे बदन पर जो दाब लग रहा था, अब नहीं लगता।'

'साचो, भइया!' सोना ने तसदीक की। इस राज़ को अपने-अपने ढंग से सबके अहसास करते ही फिर से आस्था का सैलाब उमड़ पड़ा। इस मुक्ति के आह्लाद में ऊधम को भी जाति में ले लिया गया, 'भैया, इनकार करने से देवता-पित्तर झूठे थोड़े ही हो जाएँगे! सोचो, आ कि हवा का दबाव...कि जानो, का कहते थे? हाँ, कैसे कम हो गिया?'

'कम तो शायद नहीं हुआ उतना। हाँ, तुम्हारा शरीर अभ्यस्त होता जा रहा है।'

'चुप बे नास्तिक! हम कहे देते हैं, सरदारवा के पाप से सब मरेगा।'

सूफ़ी के कहते ही आँखें बदरंग होने लगीं। उसने चटपट अपनी बात बदली, 'भैया, मैंने कब कहा कि माँ की दया नहीं? सब तो उन्हीं की इच्छा से हो रहा है। उन्हीं की इच्छा है कि हम जिन्दा रहें, लेकिन आप लोग घबरा जाते हैं। अरे मैया परीक्षा ले रही हैं—परीक्षा।'

'ठीक बात।' एक-दूसरे को देखकर वे सहमति में सर हिलाने लगे।

अब वे सावधान हो रहे थे, जैसे कोई खुफिया उनकी हर बात को नोट कर रहा है!

अखंड रामधुन चल पड़ी है पंडित शालिगराम दुबे के प्रस्ताव पर। इसमें मंगतू आदि तो हैं ही, कलीमुद्दीन भी शामिल है और ऊधमसिंह भी।

3 जनवरी

अखंड रामधुन दो बजे दिन तक खंड-खंड होकर बिखर जाती है। सूफ़ी ने अलग हटकर वहीं पीर बाबा की मजार बनाकर चादर की जगह सबसे पहले अपना गमछा चढ़ाया। रामधुन करने वालों ने एक-एक कर, राम से निराश होकर, पीर बाबा की शरण ली। जिनके पास गमछा नहीं, अपनी कमीज़ चढ़ाई, ऊधम ने अपनी पगड़ी। मंगतू ने अपने सारे कपड़े उतार दिये और निपट नंगा हो गया। देखा-देखी होड़ मच गई। अब सभी नंगे थे। ऊधमसिंह ने घड़ी देखी—चार दिन हो गए।

'अब तो भूख नहीं सही जाती।'

'यहाँ पानी की दीवार को छोड़कर क्या है? उसी को तोड़-तोड़कर खाओ।''

शालिगराम दुबे ने मजार के बगल में कपालिनी देवी का आह्वान किया। उन्हें मलाल था कि रामधुन टूटने के कारण सब गड़बड़ हो गया। उन्होंने गज और ग्राह का कीर्तन गाया—'हे गोबिन्द, राख शरण अब तो जीवन हारे...हे गोबिन्द, राख शरण...।' सबने स्वर दिया। फिर बोले, 'गज ने भी बैकुंठ-वासी भगवान को

पुकारा, इसीलिए भगवान को बैकुंठ से आना पड़ा और देर हो गई। हम भी कैसे उल्लू हैं! ठीक सर पर कपालिनी देवी हैं और बुला रहे हैं अजोध्यावासी राम और बिहार शरीफ से पीर बाबा को?' वे हँस पड़े सयाने की तरह।

युक्ति सबको पसन्द आई। आज सब पहली बार हँसे थे।

देवता सामूहिक हो गए—'ईश्वर अल्ला तेरो नाम...ला इलाह इल्लल्लाह मुहम्मदुर्रसूलुल्लाहि...सर्वमिदं ब्रह्मम्। सर्व मंगला मांगल्ये दुःख-पाप विनाशिनी... वाहे गुरु! कौन सो संकट मोर गरीब के जो तुमसे नहिं जात है टारो।' सारे मजहबी और जात-पाँत के चूतियापे एक पल में तिरोहित। आदमी अपने शुद्ध रूप में निकल आया है।

3 जनवरी की डायरी में यह सब सूत्र-रूप में नोट करते हुए ऊधम अजीब-सी स्फूर्ति अनुभव कर रहा था। मगर यह स्फूर्ति क्षणिक सिद्ध हुई। उसके सामने रायपुरिया परभू अचानक अपनी उँगली चबा बैठा था और दर्द से छटपटाये जा रहा था। सात बजे उसका नाम काटना पड़ा। नाम जैसे एक स्विच था, भक-से रायपुरिया बस्ती जल उठी—चाँदनी रात-सी धुआँती हुई। परभू की पत्नी रो रही है। सारी बस्ती रो रही है। रोते-रोते केतकी कहती है, 'अच्छा नौकरी लगवाये, बाबू!'

4 जनवरी

हल्के उजाले में सब जहाँ-तहाँ भूख के मारे निश्चेष्ट पड़े थे कि दुबे दिलासा देने के लिए एक दूसरी कहानी शुरू करता है, 'एक दफा लछमी महरानी ने विष्णु भगवान को चैलेंज दिया—'आप सबका भरण-पोंखड़ नहीं करते।—विष्णु भगवान हँस दिये अपनी मोहिनी मुसकान से। लछमी महरानी ने भी मन-ही-मन ठान लिया, आपको झूठा साबित करके रहूँगी। दूसरे दिन उन्होंने एक चींटी को डिबिया में बन्द कर अपने पास रख लिया। भगवान सोने को आए तो 'बेंग' से पूछा—सबका भरण-पोंखड़ हो गिया?—विष्णु भगवान के फेन वही मोहिनी मुसकान! झूठ दिखाने की गरज से चट-से डिबिया खोल दी, मगर खुद वही हैरान हो गई। देखा तो चींटी के मुँह में शक्कर का दाना था।'

'अब कहाँ गए आपके भगवान? कहाँ हैं? कहाँ-कहाँ...?'

सोये मुर्दों में बिजली की गति से जान आ गई हो जैसे। भरभराकर उठ पड़े सब।

'मारो सारे पंडितवा को, बरगलाता है।' पिल पड़े सब पंडित पर। इस बार हाथ-पाँव से नहीं, ढेलों से।

'रुको, नहीं तो एक-एक को ठोंककर ठंडा कर दूँगा,' ऊधम ने डाँटा।

रुक गया ढेलों का शब्द। हाँफने और कराहने का सिलसिला शुरू हो गया। उसे अपने चिड़चिड़ेपन पर आश्चर्य हुआ। क्या सचमुच वह भी मृत्यून्मुखी हो रहा है?

'सुनो! यह हवा के दबाव के कारण है। हिमालय पहाड़ पर जहाँ हवा बहुत कम है न, ऐसा ही पागलपन का दौरा आता है कभी-कभी।'

'चोप्प साला सरदार! सब साले पापी हैं। पापी न होते तो नरक के कुंभी-पाक में फँसे रहते? धरमी-धरमी पार उतर गए, पापी डूबे बीच मँझधार।'

आश्चर्य, सदा आदर से बात करने वाले पंडित शालिगराम उसे डाँट रहे थे।

''हाँ, हो पंडित, जो-जो साला बचा है, सब धरमातमा है। कहा हैं चन्द्रकिशोर सिंह, भट्ट, चटर्जी, तिवारी, भभीखनराय?' मंगतू ने कहा मगर वह भी मोहन की टिप्पणी से बच न सका, 'मरा कौन तो ई बेचारा मंगतुआ!'

'सिंह जी का लौंडा! लौंडा!!' जाने कहाँ से स्फूर्ति आ गई है सबमें! अश्लील हरकतों पर उतर आते हैं। कामार्त्त कुत्तों की तरह उसके पीछे पड़ा नंगे वहशियों का दल दौड़ रहा है। आश्चर्य, उसमें सोमारू को और उसको छोड़कर सब हैं—दुबे और सूफ़ी तक। मंगतू भागते-भागते रुककर एक बड़ा पत्थर उठाकर ललकारता है, 'आओ सालो...!' खिसियाहट में वह मुँह से फेन फेंकता हुआ हपस-हपस कर रहा है।

मंगतू का कन्धा थपथपाकर ऊधम ने कहा, 'उदास होने की बात नहीं, बड़ा धेमों में भी एक थे जैनुल मियाँ। एटेंडेंस रजिस्टर में नाम नहीं था, मगर खान के अन्दर से जिन्दा निकले। एक और मियाँ थे, नाम क्या तो था—वे अपने भाई खलील मियाँ की जगह पर काम कर रहे थे...।'

धीरे-धीरे शिथिल अंगों में जिजीविषा रेंग रही है, 'मुद्दई लाख बुरा चाहे तो क्या होता है? वही होता है...'

'जो मंजूरे-खुदा होता है।' शेर बाक़ियों के समवेत स्वर में पूरा हुआ।

उत्तेजना में उठकर खड़ा हो गया ऊधमसिंह, 'भाइयो, यही वो तलवार की धार का सफर है, अगर कट गए तो जीरो, पार हो गए तो हीरो। बोलो, बोलो, बजरंगबली की जय! जय कपालिनी माई की! या अली!'

ऊधम ने डायरी में परवर्टेड सेक्स की विकृति का संकेत मात्र लिखा, फिर कुछ सोचकर तलवार की धारवाली अपनी उक्ति लिखकर रेखांकित की और दूसरी लैम्प जलाई।

देखते-देखते वे कल्पना-विलास में भटकने लगते हैं...रिस्क्यू पारटी वाले आ गए हैं। एक-एक को कपड़े में लपेटकर बाहर निकाला जा रहा है।...ऊँह! कपड़े क्यों? वे पानी में डूबे कहाँ हैं? वे तो एयर-पॉकेट की बन्द हवा में थे। चमड़े के जैकेट में? ठीक। दबाव के असर को तो ठीक करना ही पड़ेगा न! अ-र-र! लो, आँखों पर काला चश्मा...। बाहर ठंड लग रही है। उई! यह क्या माला है? ना भैया, बस करो, बस करो, बड़ी ठंड लग रही है। अरे दुर घोड़मुँहा! परधान मन्तरी का माला है! ऐं?

रोमांच हो रहा है, ठंड से नहीं, खुशी से। बाप रे! काले चश्मे के बाहर बिजली चमक रही है बार-बार...। दुर बोका, नँय तो, खट-खट फोटू उतारे जा रहे हैं। धड़ाधड़ छप रहे हैं अखबार काग़ज़ में। यह कौन है...ऐं? माँ, बाप, पत्नी, बेटे, बेटी, भाई, भौजाई, हित-मित्र...अरे मिल लेंगे भैया, सबसे मिले लेंगे। एक-एक को सीने से लगाकर घंटों रोएँगे...डागडर बाबू छुट्टी देवें तब न! ज़रा चौंध खाती इन अन्धी आँखों में जोत भरने दो। फूलने दो पिचकी नसों को आहिस्ता-आहिस्ता।

आँखों का अँधेरा धीरे-धीरे छँट रहा है। धुन्ध की परतों से झरने लगा है उजाला धीरे-धीरे, जैसे पौ फटने की उजास! सबसे पहले तो कपालिनी मैया को गोड़ लगे जाएँगे, फिन पीर बाबा की मजार पर चादर चढ़ाएँगे, गिरजाघर में पराथना करेंगे, गुरुद्वारे मत्था टेकेंगे। पीछे-पीछे भीड़ लग जाएगी।

'हटो-हटो! देखते नँय हो, मौवत के मुँह से निकल के आए हैं ई लोग!'

सबसे हाथ जोड़कर बोलेंगे, 'पंच का दुआ था, फिन दुनिया देखना बदा था, आ गए।'

साहेब लोग को झाड़ेंगे, 'तनी जल्दी करना चाहिए था न! हम सब मरिये जाते तो किसको लेकर जलसा करते आप सब?'

'गलती किसकी थी?' डिल्ली का बड़का अपीसर पूछेगा।

'अब जाने दो, साहेब! हम बच गए, सबको माफ किया। अभी हमको छुट्टी दीजिए। जेतना भूत-पिशाच, डाकिनी, चुड़ैल, बरम्ह, पहलवान, चमरदोख, जिन्न है, अभी सबका पूजा करना है।'

4 जनवरी की डायरी में जिजीविषा के इन क्षणों को वह नोट कर ही रहा था कि एक दबे कंठ की फिसफिसाहट उभरी, 'भूत!' चौंककर लैम्प तेज की, 'अरे यह परभू रायपुरिया तो परसों ही मर चुका था, तो क्या... ?' उसका दिमाग़ एकाएक सुन्न हो गया। सबों के साथ भय विस्फारित आँखों से वह एकटक परभू को देखे जा रहा था जो उदास आँखों से पागलों की तरह उन्हें देख रहा था।

'भूत-परेत का मंतर कौन जानता है?' मंगतू फुसफुसाया।

अब शालिगराम दुबे हनुमान-चालीसा और सूफ़ी 'कलमा' आदि के शब्द दो तरफ़ से ज़ोर-ज़ोर से बोलकर मोर्चा सँभाल रहे हैं। बाक़ी लोग इनके पीछे चिपके हुए हैं। वे तनिक आगे बढ़कर कोयले का चूरा उस पर फेंकते हैं। फिर डरकर पीछे खिसक आते हैं।

चेतना के वापस लौटते ही ऊधम को तमाचा-सा लगा—अरे, ये सब तो इसे मार डालेंगे!

'पागल हुए हो? परभू जिन्दा है!' वह चीख पड़ा। उसने आगे बढ़कर परभू को बैठाया।

भीड़ ने अपरिचय की निगाह से उसे देखा, 'इस पर भी शक है।'

'ठीक कहते हो। ऊधमसिंह तो हुँवई मर गया था। सोमारू, ई कौन है?' सोमारू को काटो तो ख़ून नहीं।

सब अलग-अलग जा दुबके। किसी को किसी पर यक़ीन नहीं। क्या पता, जिसे आदमी समझकर बात कर रहे हों, वह भूत हो!

5 जनवरी

परभू का नाम दोबारा काटना पड़ा। उसकी नब्ज़ बन्द थी। ऊधम ने कई तरह से समझाकर परस्पर विश्वास पैदा करने की कोशिश की। आख़िर तक लोगों ने यह निष्कर्ष निकाला कि भले ही और लोग भूत न हों, पर वह निश्चय ही परभू का भूत था, छलने आया था। पंडित और सूफ़ी के मंतर से भाग गया।

लेकिन पंडित को क्या हुआ अब?

शालिगराम दुबे ने हाथ जोड़कर सबको प्रणाम किया, खड़े हुए और बोले, 'भूल-चूक छिमा! चला-चली की बेर है। कोई जिन्दा रहा तो हमरा दूनो चेंगा मेवा और छेदी को समझा देना, नँय रोएगा। मिल-जुल के रहेगा। मैया को तकलीफ नैं देगा।' अचानक कुछ सोचकर सवाल पूछते हैं, 'केतना मुआवज़ा मिलेगा मरने पर?'

'पचास हज़ार धर लो।'

'मंगतुआ को तो मुआवज़ा नाहीं मिली... ?' गोकुल ने पूछा।

मंगतू को लगता है, वह दूसरी बार पानी में धकेल दिया गया है। इस बार कोई एयर-पॉकेट नहीं। छटपटा-छटपटाकर डूबना है। पता नहीं, मेहरारू को कोई खबर मिली या नहीं!

'हमरा मुआवज़ा मिलेगा, सरदारजी... ?' मंगतू ऐसे पूछ रहा है, जैसे ऊधम को ही मुआवज़ा बाँटना है!

'क्यों नहीं मिलेगा? लेकिन मरने की बात ही क्यों सोचते हो? यह क्यों नहीं सोचते कि रेस्क्यू पारटी अब पहुँचने ही वाली है?''

'खाक?'

'खाक? बड़ा घेमो खान-दुर्घटना का किस्सा जानते हो? सन् उन्नीस सौ छप्पन की बात है। वहाँ इतने ज़ोर से पानी बरसा कि खेत तक में दो-दो फ़ीट पानी खड़ा हो गया। ज़मीन जहाँ-तहाँ फटी थी, उसी रास्ते पानी घुसा बरसात का। मैनेजर अंग्रेज था। रजिस्टर देखा तो बयालीस आदमी ग़ैरहाज़िर। सात-सात मील की गैलरी में पानी, कीचड़, पत्थर और रोले...। ग्यारह आदमी फिर भी एयर-पॉकेट में बचे थे। मछली-मेढक पकड़-पकड़ के, खा-खा के उन्नीस दिन तक पानी में जिन्दा रहे।'

'हियाँ तो ऊहो नहीं।'

'इसका मतलब है, पानी दामोदर से नहीं आया?'

'का मालूम, कहाँ से आया?' पंडित शालिगराम घिसटते हुए एक लैम्प जलाकर पानी में मछली-मेढ़क ढूँढ़ रहे हैं।

'ऐ पंडत! कहा न, लैम्प मत बर्बाद करो!' ऊधम ने डाँटा।

'जान से बढ़के ई लैम्प हो गया अब?'

सबके मना करने के बावजूद जाने कब तक बैठे रहे! तब क्या पता था कि संस्कारों की तिलांजलि देकर जो ज़िन्दगी वे ढूँढ़ने आए हैं, वह उनके साथ इतना क्रूर मज़ाक करेगी! सर नीचे, पाँव ऊपर—पानी के शीशे में जड़ी, गैलरी की दीवारों में फ्रेम्ड यह क्या है? बाई के झोंक में डंडे से खींच रहे हैं...। मुँह अपनी ओर करते ही उस दैत्यनुमा फूली लाश पर वे झुके और 'झानू!' की चीत्कार के साथ गिरे और बेहोश! एं, झानू कब मरा?

वह एक आतंककारी अनुभव था। सबको कँपकँपी आ गई। गिरगिट की तरह सर हिलाते हुए कलीमुद्दीन सूफ़ी ने कहा, 'पंडित के पास झानू शायद तीन-चार दिन पहले आया होगा, बोला—ऐसे घुट-घुटकर मर जाने से तो यही अच्छा है कि कोशिश करें...दो मिनट तक तो साँस रोक ही सकता हूँ।—दू मिनट? दू मिनट में तो तूँ डराइवेज के मुँह तक भी न जा पाएगा, फेन ई का कुँआ-पोखर औ दामोदर है? मय रस्ता जाम है।—पंडित ने कहा था।—मगर मेरा निकलना बहुत जरूरी है। निकलने तो दीजिए फिर देखिए...।—झानू बोला।—बौराओ मत!—पंडित ने कहा—ऐसे भी मरेंगे, वैसे भी, अगर निकल गया तो...?—या अल्लाह!' कहकर कलीम सर पीटने लगा।

ऊधम बुदबुदाया, 'जाने कब गया! जब हम कीर्तन कर रहे थे तब, या जब हम ख़याली पुलाव पका रहे थे तब...?'

झानू का नाम काटते हुए उसे लगा, यह घोर अन्याय है। झानू के नाम कटने का मतलब—अंगारडीहा ही नहीं, चन्दनपुर ही नहीं, इस पूरे देश की जिजीविषा, शौर्य और संघर्ष की एक कोशिका की अपमृत्यु!

शालिगराम दुबे का भी नाम काटना पड़ा। एक क्षण को मेवा और छेदी का ख़याल आया, मगर उनसे नज़र चुराकर उसे 5 और 6 जनवरी की घटनाओं का दर्ज करना जरूरी लगा। कुछ लोग कपड़े खा रहे थे, कुछ कोयला और कुछ डाइक के चूरे को चरर-चरर चबा रहे थे, जैसे वे इनसान नहीं, कुत्ते और सियार हों!

7 जनवरी

चार का पेट अकड़ गया। वे छटपटा रहे थे। सँभालते-सँभालते भी सोना और गोकुल पेट पकड़कर तड़पते-तड़पते शान्त हो गए। बहुत तेजी से हुई थीं ये मौतें और

उतनी ही तेजी से लाशों के अपचयन से ऑक्सीजन भी शेष होती जाएगी। तब... ? तब क्या वह मछलियों की तरह पानी में घुली प्राण-वायु का प्रयोग करके देखे— हालाँकि ऊधम मछली नहीं है और पानी में भी प्राण-वायु से ज़्यादा मृत्यु घुली हुई है, फिर भी...। उसकी देखा-देखी बाक़ी भी यही करने लगे, जैसे तर्पण कर रहे हों मृतात्माओं का!

8 जनवरी

फिर से शुरू हो गई हैं प्रार्थनाएँ। अब इतनी ताक़त नहीं रह गई कि उछल-कूद कर सकें। बैठे-बैठे बलि के बकरों की मिमियाहट। प्रार्थनाएँ मुरझाते-मुरझाते सिसकियों में ढलती हैं, 'सब पापी हैं साले। पापी न होते तो रौरव-नरक भोगना पड़ता इस तरह? और, वो भगवान कहाँ है? सुनता है क्या? अरे सीधे-सीधे या तो मार डालो या बचा लो! ये क्या लफड़ा लगाकर रख दिये कि न हम जिन्दा हैं, न मुर्दा।'

यादव को नहीं अच्छी लगती सूफ़ी की बड़बड़ाहट, 'का बकर-बकर कइले बाड़ऽअ? बैठऽ गतीं-से पटा के। गमछवा तनि हेनियाँ दऽ—तू तो खइबऽ ना।'

कुछ देर पहले से ही दीवार की आवाज़ें आनी बन्द हो गई थीं। इधर से दीवार पर दस्तकें देते-देते थक गए। लो, रहा-सहा आसरा भी टूट गया। डायरी बन्द कर ऊधमसिंह सर पकड़कर बैठ गया। लगता है, ख़त्म हो गए आवाज़ देनेवाले।

डायरी और ज़िन्दगी में होड़ लगी थी—कौन पहले शेष होती है। कई बार पानी से फीकी हो आई स्याही, कई बार पुनर्संचित कर ज़िन्दगी को सींचती आई जिजीविषा... अब दोनों में कोई दम नहीं। फिर भी डायरी हार गई, ज़िन्दगी जीत गई। शायद रचना-जगत से वस्तु-जगत महान होता है। ऊधम को अपने इस अन्वेषण पर कुढ़न हुई।

'अब... ?'

मंगतू के पास एक नोटबुक है—गिरवी रखी ज़िन्दगी का बही-खाता...शायद एक पेंसिल भी।

माँगने के साथ मंगतू के हाथ टँगी कमीज की ऊपर की जेब में गए, चुपचाप दोनों चीज़ें हवाले कर दीं। 'डरो नहीं, तुम्हारा हिसाब सुरक्षित...।'

'हिसाब? हुँह!' हँसता है मंगतू, 'जिन्दा रहा तो खुद ले लेवेंगे, मर गया तो...का करेगी डायरी?' अस्सी साल के बूढ़े जैसी जर्जर भूतीली आवाज़!

पेंसिल घिस गई है। दाँतों से कुतरता है ऊधम। कुतरते-कुतरते जीभ को रुचिकर लगता है। अरे, आधी पेंसिल तो कुतरकर खा ही गया वह! नहीं, बाक़ी को कंगाल की रोटी की तरह सँजोकर रखना है। अच्छा हुआ, मंगतू ने इसे नहीं खाया। अब किसी में ताक़त नहीं रह गई है। सब चुपचाप उनींदे, मूर्च्छित-से पड़े हैं। कुछ

अस्फुट-सी आवाज़ें कानों में बज रही हैं। पता नहीं, क्या है? शायद अँधेरे में कोई घिसट रहा है।

अब एक ही लैम्प जल सकती है रिलाइटर से। और उसे उसने गाढ़े वक़्त के लिए रख छोड़ा है। पहले भी उसने सारी बैटरियों को पानी में भिगो-भिगोकर देखा था, किसी में कोई जान नहीं। दिन-काल का हिसाब बेकार था। अँधेरे में कुछ भी नहीं सूझता। अपने वजूद तक के प्रति भी कभी-कभी शक पैदा हो जाता है। इस निराकार स्थिति में जाने कुछ पल गुज़र गए या कई युग—कुछ पता नहीं। सहसा उसे लगा, उसे कोई टटोल रहा है। भूतीला स्पर्श, 'कौन... ? कौन है?' भौंक उठता है ऊधम।

'हम सोमारू...और तुम?' टटोलना अभी जारी है।

'मैं, ऊधम।' इसके साथ ही ऊधम ने भी टटोलना शुरू किया उसे, 'मगर तुम सोमारू नहीं हो...बोलो, कौन? कौन हो तुम?' अस्फुट घरघराते हुए संवाद, जैसे हज़ारों वर्षों के खँडहर से दो प्रेतों का वार्तालाप उभर रहा हो!

टटोलना अभी जारी है—उभरी हुई हड्डियाँ, काँटों-सी दाढ़ी और मूँछें...कान और कपाल जब श्रवणेन्द्रिय ने धोखा दिया तो स्पर्शेन्द्रिय क्या कर सकती है? जिन अंगों को वे पहचानते थे, वे मांसल अंग किसी और के थे। ये कंकाल किसी और के हैं।

'खैर, तुम कोई भी हो, कोई फर्क नहीं पड़ता।' ऊधम ने हार मानते हुए कहा।

'एक फर्क तो है, बेटा! मैं तुम्हें ढूँढ़ते हुए कितने मुरदों को टटोल चुका। तुम अभी जिन्दा हो, लाश नहीं।'

'बस, होने ही वाला हूँ। चाचा, बात क्या है?'

बोलनेवाला शान्त हो गया। उसने कान खड़े करके आहटों की टोह ली, फिर कहा, 'तुम जैसे चौंके, मैं भी चौंक उठा था। कोई आकर छूवे लगा शरीर, फिर डाँटते ही कुत्ता जैसा भागा। डर लागल, कहीं जम का दूत तो नहीं? मगर ऊ मंगतू था, मंगतू। यहाँ नहीं आया था?'

'ना।'

'उससे सावधान रहना, बेटा! वह पगला गया है। खस्सी हो गया है, 'खस्सी' साला लौंडा। दूसरे पर अब टूट रहा है।'

ऊधम के बदन में झुरझुरी आ गई। क्या पता, अँधेरे में कहाँ क्या हो रहा है?

'खैर, चाचा, तुम सो जाओ मेरे पास।'

जाने कितने पल गुज़र गए इस तरह।

अँधेरे में सूँघते, आहटें लेते, टटोलते रेंग रहा है मंगतू, जैसे कोई अन्धा मरियल भालू घने जंगल में रास्ता भटक गया है! वह लोगों को सूँघता है, टटोलता है और दुरदुराने पर आगे बढ़ जाता है। वह क्या करना चाहता है, ठीक-ठीक उसे नहीं

मालूम। क्या एक भ्रष्ट की तरह सबको भ्रष्ट करने का प्रतिशोध-भाव है या यह सब महज अधमुंदी आँखों का सपना है और उसकी ज़रूरत कुछ और ही है? क्या है वह दूसरी जरूरत? भूख या यौन-पिपासा? शायद दोनों ही! उसे खुद पता नहीं, क्या-क्या करता रहा है वह अँधेरे में।

आज अँधेरे में टटोलते-टटोलते जा पहुँचता है एक लाश तक। कोई स्पंदन नहीं। गुदगुदाता है, कोई हलचल नहीं।...ना, कैसे नहीं है हलचल... ? हँसते-हँसते बेहाल हुई जा रही है क्लारा! उसकी चोली मसक गई, पेटीकोट खुल गया। अरे-रे! उस पर गिरी जा रही है वह तो! हेम्ब्रम देख लेगा तो... ? ऊँह, देख ले! पूरी कॉलोनी देख रही है, देख ले!

क्लारा की बसाती देह की गन्ध उसके नथुनों में भरती जा रही है। दाँत कसकर भिंच गए हैं, सपनीली क्लारा के खुश्क होंठों पर। उबलकर फफोले की तरह फटता है मंगतू। शिथिल पड़ती स्नायविक उत्तेजना में उसके होंठ क्लारा के होंठों का पूरा रस सोखकर विरत होने को है कि तभी एक दूसरे रस का अहसास होता है। होंठ फिर भिंच जाते हैं। होंठों पर दाँत दाँतों से टकराते ही अहसास होता है कि अब वहाँ मांस नहीं। पूरे के पूरे होंठ काटकर मुँह में ले चुका है वह।

पहला कौर अटकता है गले में, 'लेकिन यह तो लाश है? तब मरो। सुनो, तुम्हारे साथी क्या कहते हैं तुम्हें—सिंहजी का लौडा? लाख गंगा नहाओ, अब तुम शुद्ध होने से तो रहे। मरोगे? मुआवज़ा भी नहीं मिलेगा। न इस लोक के रहे, न उस लोक के!' तर्क फिर से कुतरते हैं चेतना को।

'ना, अभी-अभी इसी तरह के ग़लत सोच में आकर एक गलत काम कर बैठा।'

'और वे सब जब साँड़ों की तरह तुम्हारे पीछे दौड़ रहे थे, उस समय? याद आया? तुमने तो बदला ले लिया, अब एक बदला और...। जीकर दिखा दो।'

'ना-ना-ना, मुझे पागल न बनाओ।'

'मरोगे—ठीक है, मरो।'

'ना!' इस बार इंजोरिया की डबडबाई कज़रारी आँखों ने टोका।

मंगतू इस बार कुछ ठोस तर्कों पर खड़ा होता है, 'पाप क्या है? पुण्य क्या है? लोग थूकेंगे, थूकें। वैसे भी पूजा कौन करता है तुम्हारी? ये साले ढकोसलेबाज पटपटाकर मर जाएँगे।'

वह लगभग सन्निपात की स्थिति में जाँघ का मांस मुँह से हबकता है। तीव्र बदबू और विरक्ति। 'हाय! यह तूने क्या किया, मंगतू... ?'

'अब तो जो कर लिया, कर लिया। एक बार किया तो भी, और सौ बार किया तो भी। कपालिनी मैया भी तो ख़ून पीती हैं। मंगतू को छिमा करो, मैया...मैं तो जीने के लिए मुर्दा खा रहा हूँ, लोग तो जिन्दा आदमी खा जाते हैं... ?'

वह यकायक भूल ही गया कि वह कहाँ है। ऐसा लगा, जैसे अपने गाँव में है। सिंहजी के दरवाज़े बासी मांस खा रहा है—कई दिनों का बासी। उबकाई आ रही है, फिर भी थकान और भूख है कि...।

अँधेरे में 'चपड़-चपड़' की आवाज़!

ऊधम का शक अब यकीन बन गया, बेतरह घबरा गया। तो क्या सब-के-सब उसे मारने का षड्यंत्र कर रहे हैं? लड़खड़ाकर उसने आख़िरी लैम्प टटोली और रिलाइटर से पुनः जला दिया। 'बाप रे...ऽऽ!'

सियार की तरह झुका हुआ है मंगतू मुकीद की जाँघ पर। अचानक रोशनी होते ही अचकचा जाता है—मुँह में मांस लिये हुए...।

भूख सही नहीं गई...पन्द्रह दिन में कपड़ों, काठ और पानी के सिवा कुछ भी तो नहीं गया पेट में। सोमारू और सूफ़ी कलीमुद्दीन इस खौफनाक दृश्य को देखकर थर्रा गए।

मंगतू जैसे नशे की हालत में उठता है। पानी की दीवार से हाथ-मुँह धोता है। भीगे कुत्ते की तरह पूँछ डुलाता अपराधी की तरह खड़ा है। उससे कोई नहीं बोलता। सिर्फ़ हिकारत में थूकने की आवाज़ें आती हैं। हिचकिचाते हुए वह आगे बढ़ा तो 'ना', 'ना' करते-करते सोमारू और कलीम चीखकर बेहोश हो गए। होश में नहीं लाया जा सका उन्हें। ख़ूनी अपराधी की तरह बैठा है मंगतू—बिरादरी से बहिष्कृत। उठकर 'ओ-ओ' करते हुए उल्टी करता है, फिर पेट पकड़कर बैठ जाता है।

थोड़ी देर के बाद घृणा की जगह एक अजीब-सा द्वंद्व छिड़ गया है ऊधम के मन में। पाप-पुण्य के रिरियाते निषेधों को अनसुना कर कोई फुसला रहा है उसे, जैसे कामार्त पुरुष किसी नई-नवेली लड़की को फुसला रहा हो! ईर्ष्या हो रही है मंगतू पर। ऊधम के दिल में होता है कि वह मंगतू से पूछे—कैसा लगा मांस? छिः! मगर...!

एक क्षण घृणा, दूसरे क्षण लोभ, दोनों के बीच नाच रही है चेतना। दूसरे दिन ऊधम ने प्यार में पुकारा, 'मंगतू!'

सो गया है शायद। क़रीब जाकर देखता है, कोई जान नहीं। लैम्प जलाकर देखा, 'ऐं, इसका तो सर फूट गया है! तो क्या आत्महत्या कर ली इसने?'

और यह मंगतू भी गया। भूख और अपराध-बोध के पाटे में पिस गया बेचारा वरना इतनी जल्दी तो नहीं ही...। माफ़िया-सरदारों, यूनियन के भ्रष्ट दलालों, नेताओं, तस्करों, डकैतों, बलात्कारियों, खूनियों, अफ़सरों, मंत्रियों को अपराध-बोध नहीं कचोटता और वे निर्लज्ज भाव से सीना तानकर जीते हैं। काश, कभी एक बार भी मंगतू की तरह उन्हें कोई कचोट होती, तो इस दुनिया का नक़्शा ही कुछ और होता!

यह क्या ? पेंसिल कहाँ गई ? सारी-की-सारी खा गया क्या वह ? लाचारी में मंगतू के सर से चिपचिपाए ख़ून में उँगली डुबोकर उसने नाम काटा मंगतू का। ख़ून की लकीर!

मंगतू के ख़यालों से अपने ख़यालों में, अपने ख़यालों से सोमारू के ख़यालों में... ख़याल-दर-ख़याल, एक-दूजे में गुँथे-बिंधे वह जाने कब तक बुखार की खुमारी में पड़ा रहा। न सुबह है, न शाम है, न दोपहर। हर घड़ी काली रात। पंजे फैलाए मौत बिल्ली की तरह बन्द चूहेदानी में फँसी उसकी स्थिति को घूर रही है। काले-उजले बड़े-बड़े परिन्दे जैसे पेंगुइन!

13 जनवरी

हाथ-घड़ी में तेरह तारीख अस्पष्ट नीलेपन में चमक रही है। वक़्त आठ बजे का। सुबह है या शाम, इसकी कोई चिन्ता नहीं। उन्नीसवें दिन के आठ बजे दीवार से सर टिकाकर बैठ गया है ऊधमसिंह। न तन की सुधि है, न मन की। 'चुक-चुक-चुक-चुक,' चल रही है हाथ की घड़ी। गिराती हुई कतर-कतरकर सेकेंड, मिनट, घंटे और तारीखें। आज उन्नीसवाँ दिन है। सर एक बोझ बन गया है धड़ पर। अपने ही बदन की बू सही नहीं जाती। छि: ! क्या होगा जीकर ?

इस श्मशान-भूमि में कैसे सोये पड़े हैं माइनर—निश्चिन्तता की नींद! न बीवी की फटकार का डर, न बच्चों की दिक करती किलकिल! न इस बात की चिन्ता की कि सूदखोर सारा पैसा छीन लेंगे, न इस बात की धुकधुकी कि टाइम-ऑफ़िस के बाबू लोगों के सामने सही हाज़िरी बनवाने के लिए भी भिखारियों की तरह गिड़गिड़ाना होगा। इस बात की भी चिन्ता नहीं कि दारूखाने का मालिक बेइज्जत करेगा। इस बात का भी गम नहीं कि यूनियन के चन्दे के लिए उसे रगेदा जाएगा। सबकी पहुँच से दूर हो गए हैं ये लोग।

टूटती-लड़खड़ाती साँस में टूटते-लड़खड़ाते ख़ून से सने लाल अक्षर...।

'मैंने दुनिया का अन्त बहुत क़रीब से देखा है। अपनी अहंमन्यता या सनक में डूबे कुछ-एक पापी महज़ अपने सामान्य-से स्वार्थ के लिए दुनिया को श्मशान बना जाएँगे, फिर कोई मसीहा बचाने नहीं आएगा। वक़्त रहते भेड़ियों और कुत्तों को पहचानकर चुन-चुनकर इनका सफाया कर दो। हमने इस सत्य को पहचाना, मगर तब तक देर...वक़्त रहते तुम भी सावधान हो जाओ—डूबकर मरने वाले माइनरों का आख़िरी अनुभव है यह। कहीं तुम्हें भी देर न हो जाए।' इसके बाद का कोई अक्षर साफ़ नहीं उतरा—'माँ, बहन, सलाम। मैनेजमेंट हत्यारा है चोर, ठँसानी...' कुछ इस तरह के टुकड़े बड़ी मुश्किल से जोड़े जा सकते थे।

दोनों डायरियों को मुट्ठी में भरकर जब उसकी पलकें मुँद रही थीं तभी एक ज़ोरदार बम्प हुआ और सुरंग में पानी घुस गया, मगर ऊर्ध्व तक न जाकर तनिक

पीछे ही पूँछ फटकारता और विष उगलता रह गया, जैसे इक्कीस दिन लम्बी मौत पर मंत्र पढ़ रहा हो!

'ऊँ मधुवाता ऋतायते, मधुस्क्षंरतु क्षरति सिंधवः ...' ज़िन्दगी और आदमी को उसने इतने फ़ेज़ेज, इतने डाइमेंशंस में देखा है कि उसके सामने परमुटेशन, कम्बिनेशन का गणित छोटा पड़ जाता है। मसीह नूह को प्रलय का पता पहले ही चल गया था, और उन्होंने सृष्टि का एक-एक नमूना नौका में भर लिया था। ऊधम को तो इतना भी समय नहीं मिला। काश, मौत कुछ दिन और इन्तज़ार कर पाती!

आज वह जा रहा है। पता नहीं, बाक़ी दुनिया है भी या नहीं—यह जिज्ञासा भी उसके साथ चली जाएगी। क्या ऐसी ही त्रासदी रही होगी ग्रीस के पाँपेई नगर की? क्या इन अभागों का भी पता पाँपेई की तरह उत्खनन के बाद ही लग पाएगा कि 'ज्वालामुखी' के लावे ने पूरे नगर को उदरस्थ कर लिया? पाँपेई तो फिर भी खुशनसीब था, पूरी दुनिया एक साथ ही ख़त्म हो गई, मगर चन्दनपुर... ?

आधी दुनिया शेष है और आधी उनके वियोग में रिस-रिसकर मरने के लिए छोड़ दी गई है।

अचानक जग पड़ा वह मूर्च्छा से। चारों ओर घना अँधेरा। वह भूल गया एकबारगी कि वह कौन है, क्या है, जैसे युगों की लम्बी नींद से जागा हो! फफोलों-सी रिसने लगी स्मृतियाँ...।

भाप-भरे बादलों के पंख लगाकर उड़ा जा रहा है मन—स्मृतियों की धूप-छाँह; एक दृश्य खोलते, एक दृश्य बन्द करते हुए। उमड़ती घटाओं से बचते हुए पीछे, बहुत पीछे...। किसी बिके मवेशी की तरह रस्सी तुड़ाकर लौट आया है मन अपने पुराने ठाँव पर। लाहौर की किसी गली के उड़े-उड़े धूसर रंगों के सपनीले आत्मीय प्रांतर में। नंगी ईंटों के मकान के दरवाज़े पर एक बाप दंगाइयों के प्रहार से कट रहा है...एक माँ अपनी कमर में गहने-पैसे बाँधे दोनों हाथों से अपने बेटी-बेटे को लेकर पत्थर का कलेजा करके भाग रही है—पिछवाड़े से पड़ोसी मुसलमान के दरवाज़े, दरवाज़े से दूसरे दरवाज़े, फिर सड़क। चूज़े की तरह दोनों बच्चे बेहोश। आँख जब-जब खुलती है, अजीब-अजीब-सी फुसफुसाहटों के बीच रेल की आवाज़ें सुनाई पड़ती हैं—छक-छक, छक-छक! पींऽऽऽ! पींऽऽऽ!

शरणार्थी-कैम्प के उजड़े रेशे...दिल्ली, मथुरा, कानपुर, लखनऊ, धनबाद...कुछ साफ़-साफ़ याद नहीं आता, सिर्फ़ एक आवाज़—माँ की सुबकियाँ, बहन की बर्राहट और रेल की छक-छक-छक-छक! पींऽऽऽऽऽ! पींऽऽऽ!

गुरुद्वारा। ग्रन्थी साहब का दयनीय चेहरा। मोटे-मोटे तोंदियल सिखों के बीच भिखारियों-सा भटकना। मोटर रिपेयरिंग, कालिख, तेल, मोबिल से चीकट कपड़े... और ज़रा-ज़रा-सी बात पर गाली—अबे स्साले, बैठ-बैठ के रोटी तोड़ता...घोष

साहब का सर्वेंट क्वार्टर...ऊधम गाड़ी पोंछता है...ऊधम क्यारी गोड़ता है, और लो, ऊधम स्कूल भी जाने लगा।

'बन्दाकोबी (पात गोभी)!' घोष साहब की बेटी कमला की उकसाने वाली ठिठोली! आइने में ग़ौर से देखता है ऊधम इस सर्वेंट को—साढ़े पाँच फ़ीट का नौजवान, मसें भीग रही हैं।...और हाथ पकड़ लेता है कमला का। तड़ातड़ दो थप्पड़ घोष साहब के।

ऊधम फिर से फ़ुटपाथ पर...अचानक एक गाड़ी का घिरना...कौन हैं? क्या पता, गुंडे हों! घोष साहब को घेर लिया है उन्होंने। ऊधम अपने फ़ुटपाथी कपड़े की दुकान से सरिया खींचकर पिल पड़ता है। गुंडे भाग खड़े होते हैं।

'तुम?' आश्चर्य से देखते हैं घोष साहब। कोई जवाब दिये बिना लौट आता है ऊधम।

शाम को घर लौटते ही माँ का विलाप, 'तू कहाँ मर गया था...मेरी जसवन्त को गुंडे दिन-दहाड़े सड़क से उठा ले गए रे!' पागलों की तरह दौड़ता-फिरता है ऊधम हर ओर। घोष साहब भी दौड़-धूप करके हार गए, 'ये-ई समझ लो माँ, तुम्हारा बेटा पाकिस्तान में-ई रह गया।'

आँखों के आगे अन्धकार है। एक इंटरनल हैमरेज की तरह तबाह करती रही जसवंत! हज़ारीबाग का ढाबा...। बी.एस-सी. में दो-दो बार फेल हो चुका ऊधम अक्सर भूल जाता है, कौन-सी जगह है, कितना समय है, क्या कर रहा है...!

'बन्दाकोबी!' फिर वही पुकार। इस बार कमला की माँग में सिन्दूर था। बाप के साथ आई थी हज़ारीबाग! बहुत समझाया, 'तुमको ये समझ लो, अपना माँ का खातिर जिन्दा रहना है—सिरिफ माँ का खातिर। का तुम चाहता कि माँ मर जाए?'

'नहीं-नहीं।'

'तो अइसा करो, चेंज करो अपना को...हाँ? और तुम चन्दनपुर चले जाओ—एप्रेंटिस में सेलेबसन हो जाएगा। हम अतनूदा को बोल देगा।' घोष साहब ने कहा।

रोकती रह गई माँ, 'बेटा, कोल-फील्ड में मत जा।' मगर वह नहीं माना। इस बार उसे एक नये सिरे से ज़िन्दगी शुरू करनी है—टोटली चेंज्ड।

गोबिन्दपुर मोड़ पर मुलाक़ात हुई आशीष से...फिर अतनूदा...नौकरी। चन्दनपुर में उसने हर बार अपने अतीत को झुठलाया है—बहन की टीस को, बाप की हूक को। सिर्फ़ माँ को हर पखवारे ख़त लिखा करता है—बिलकुल ठीक हूँ। हाँ, इस बार ज़रूर लिखा था कि चली आओ चन्दनपुर। अब तुम्हें ढाबा चलाने की ज़रूरत नहीं। यहीं आकर देखो, मैंने बाप, भाई, बहन सबकुछ पा लिया है। शायद आ गई होगी माँ। कलेजा ज़ोर-ज़ोर से धड़कता है। शेष प्रणाम लो माँ...मैंने बहुत कोशिश की। मगर लगता है, युग बीत गए हैं। अतनूदा जीवन की एक परिक्रमा की बात करते

थे। मैंने शत-शत परिक्रमाएँ कर लीं। वे चौरासी लाख योनियों की बात करते थे। मैंने चौरासी लाख योनियों का दर्द एक जीवन में ही जी लिया है।'

और लो, इस अँधेरे के समुद्र ने एक बार ऊपर उछालकर फिर से खींचना शुरू कर दिया। नीचे। एक हाथ में दोनों डायरियों को मुट्ठी में कसे वह डूबने से बचने के लिए आप्राण चेष्टा कर रहा है। मगर नहीं, डूबता...डूबता...डूबता ही जा रहा है।

एक-एक साथी को उसने छटपटा-छटपटाकर तड़प-तड़पकर, मरते देखा है—असह्य दबाव, जानलेवा उमस, भूख और ज्वर में सीझते हुए। ख़ौफनाक पंजे फैलाये मौत ने इक्कीस क़दम आगे बढ़ाए हैं, हर क़दम पर उसने लड़ाई लड़ी है, हर क़दम पर झपट्टे मारकर उस पंजे ने उसका कुछ-न-कुछ नोच लिया है। आख़िरी सहारा आख़िरी लैम्प की रोशनी का था, वह भी दो दिन पूर्व रीत चुकी। अब कितने पल ...और कितने पल?

ठीक सर पर है चन्दनपुर। बहुत ही धूसर-सा देश, जैसे सूर्य-ग्रहण के वक़्त आकाश का डरावना सलोनापन, पक्षियों की अस्फुट-सी काकली...स्याह तेज़ाब में धीरे-धीरे विलीन, विसर्जित होती चेतना...। पीठ के बल टेक लगाये, कान दीवारों में सटाये किस चन्दनपुर का सन्देश पाने को बैठे हो ऊधमसिंह? वह चन्दनपुर तो ठीक तुम्हारे सर पर है, मगर शत-शत प्रकाश वर्षों की दूरी और हज़ार परतों के पार। ग्रहण-ग्रसित इस बेला में छीजते स्नायुतंत्र क्या उस पहचान का एक रेशा भी पकड़ पाएँगे?

द्वितीय खंड

सतह के ऊपर

22

इक्कीस दिन पहले

खेत में खेसारी का साग खोंट रही औरतों को लगा, भूडोल आया है। चरवाहों को लगा, ज़मीन ने करवट ली है। कुछ मवेशी थोड़ी देर तक संभ्रमित-से ज़मीन में ताकने के बाद कुलाँच कर भागे। लेबर कॉलोनी, ऑफ़िसर्स कॉलोनी, हरिजन-बस्ती और चन्दनपुर के गाँववाले घर से निकल आए हड़बड़ाकर। धमाके पहले भी महसूस किए जाते थे, मगर इस तरह के नहीं। निगाहें चारों ओर की परिक्रमा करने के बाद सीधे फ़ौलादी बख़्तर पहने टॉप गियर से जा टकराईं, जो बुरी तरह खड़खड़ा रहा था। केज-मैन और कन्वेयर-बेल्ट के मज़दूरों ने इस खड़खड़ाहट की दहशत को करीब से अनुभव किया। वाइंडिंग-ड्रम के पैनेल-बोर्ड पर ख़तरे की बत्ती भुक-भुक करने लगी। केज-मैन सरदार गुरुबचन सिंह जब केज को चालू करने की कोशिश में नाकाम रहे तो दौड़कर गए वेंटिलेशन शैफ़्ट की ओर। वहाँ उन्होंने जो देखा, उससे उनका दिमाग़ चकरा गया। शैफ़्ट का वेंटिलेशन फ़ैन उलटा चक्कर काट रहा था। धीरे-धीरे वह धुआँ फेंकने लगा।

"अरे बाप रे! हवा उलटी हो गई। ये क्या माज़रा है? हवा नीचे से ऊपर की ओर... ?" वे वहीं से चीख़ पड़े।

तभी बिजली यकायक गुल हो गई। अचल हो गया कन्वेयर-बेल्ट, कड़कड़ा उठा शैफ़्ट। चीख़ सुनकर घबड़ाए हुए मक़बूल साहब ने अप-कास्ट शैफ़्ट से जो देखा कि मुँह से 'अरे बाप!' की चीख़ निकल गई। पानी उस शैफ़्ट से पिलपिला कर बाहर निकल आया था। लाल-काला मटमैला पानी!

एक चीख़ कई चीख़ों में गुणित होती गई। चारों ओर बस चीख़ें-ही-चीख़ें!

अपने-आपमें खोये भट्ट पैदल ही बँगलों की ओर लंच के लिए निकले थे कि भभीखनराय 'साहे...ब' कहकर दौड़ पड़े पीछे से।

रुक गए मैनेजर, "क्या हो गया?"

"साहेब, पानी!" हाँफते हुए वे इतना ही बोल पाए कि दिमाग़ चकरा गया साहब का। दौड़ते हुए साथ-साथ लौटे दोनों। पानी देखते ही सर पर हाथ धरकर बैठ गए। मिरगी आ गई हो जैसे! पागल हो गए भट्ट।

भूचाल आ गया है! ऑफ़िसर्स कॉलोनी की चमकीली सड़कें, लेबर कॉलोनी की धूसर सड़कें, गाँव-गाँव से झाड़-झंखाड़ के बीच बलखाती सर्पीली पगडंडियाँ, धनबाद, झरिया, सिन्दरी, आसनसोल की सड़कें—सब-की-सब चक्कर काटती हुई अरराकर जा समाना चाहती हैं चाणक में...और इधर चाणक है कि वासुकी की तरह हज़ार खदानियों को उदरस्थ कर श्लथ पड़ा है। जो जहाँ हैं, जिस हालत में हैं, दौड़ रहे हैं चाणक की ओर। औरतों को न तन की सुधि है, न बच्चों की, न घर की। ताला तक बन्द करने का ख़याल नहीं है। लंगड़ धसकुरियाँ मारते हुए कई बार भीड़ से कुचला जा चुका है। कितने बच्चे कुचले गए! कितनी औरतें अपनी ही साड़ी में उलझकर लुढ़क गईं!

सुरक्षा-प्रहरी रस्सा लगाकर घेर रहे हैं जगह को। सुरक्षा-अधिकारी पुरी, मैकेनिकल इंजीनियर अरोरा, सिविल इंजीनियर दास, पर्सनल-ऑफ़िसर प्रसाद—इस भीड़ की धकमपेल में आज कोई किसी का लिहाज नहीं करता।

फ़ोन के डायल घूम रहे हैं।

'हल्लो! कमिश्नर, यस सर! इनअंडेशन। हल्लो! यस सर! बी.एस.एफ.! हल्लो! डी.आई.जी., हल्लो मिस्टर आहूजा। यस सर, भट्ट इज सेफ़। श्री माइनिंग इंजीनियर्स—विष्टूदा, राव ऐंड वर्मा! हल्लो! डी.जी. एम. एस.! यस सर। हरी-अप। हल्लो! माइन्स रिस्क्यू स्टेशन धनसार, हल्लो! फायर फाइटर्स! क्रिंग-क्रिंग। हल्लो, यस सर, नो-नो, हरि अप, प्लीज।'

धनबाद, आसनसोल, राँची, कलकत्ता, साँक्तोड़िया, पटना, दिल्ली—कहाँ-कहाँ फोन की घंटी बज रही है।

आशीष खाना खाकर लेटा ही था कि भाभी की चीत्कार। ऐसे रूप में उन्हें कभी नहीं देखा उसने। आँचल ढला हुआ, बाल छितराए हुए, आँखों से आँसू टप-टप बरस रहे हैं। अरे! सर पटक दिया उन्होंने।

बाहर अजीब-सा हल्ला है। यूनियन की मारपीट हुई? ठेकेदारी के लिए तो नहीं? गाँव वालों से कॉलोनी वालों की तो नहीं? सब बदहवास से पिट की ओर क्यों दौड़ रहे हैं?

"भाभी, भाभी!"

"अब क्या करें, राम, मेरा तो सब कुछ लुट गया भैया, खदान डूब गई...।" भाभी सर पटक-पटककर रो रही थीं। आशीष की माँ ने दौड़कर उन्हें रोकना चाहा।

आशीष ने खदान डूबने की बात सुनी तो सबसे पहले ऊधम का ख़याल आया। और उसका दिमाग़ सन्न हो गया। फिर प्रसाद जी, विष्टूदा, मंगतू—एक-एक कर

इतने सारे लोगों की याद आई कि उसे लगा, वह पागल हो जाएगा। उसका साँवला बदन शराबियों की तरह डोल रहा था।

पैंट पहनकर शर्ट डाली, बटन दौड़ते हुए बन्द किये।

रास्ता बिलखते मर्द-औरतों से इस क़दर जाम है कि पहुँचा कैसे जाए? फिर भी, मिल ही गया भट्ट।

"स्साले, यह सब तुम्हारे चलते हुआ है, सिर्फ़ तुम्हारे।"

"आह...ओ...!" धम्म, धम्म!! मुक्के।

परे धकेल देते हैं अफ़सर और सुरक्षा-प्रहरी आशीष को।

थर-थर काँप रहा है। अनाप-सनाप बक रहा है वह, लेकिन कोई एक आवाज़ हो तब तो सुनी जाए। औरतें छाती पीट रही हैं, बच्चे चीख़ रहे हैं। कुछ औरतें ज़मीन पर लोट रही हैं। कुछ बेहोश हैं। कुछ सीधे चाणक में कूदने को दौड़ती हैं। जाँघें खुली, खुले झूलते स्तन, छितराए केश—कपालिनी देवी की सैकड़ों जोगिनियाँ! मोटे रस्से से ठेलने पर पिलपिलाते पानी में भीड़ गिरती है बार-बार।

आशीष वहीं से उलटी दिशा में दौड़ता है विष्टूदा के घर। हाँफता हुआ अन्दर जाता है बँगले के। सारा घर खुला हुआ। बच्चे और नौकर कहाँ गए? वह फिर दौड़ता है स्मिता दी के यहाँ।

तबीयत ठीक न थी सुबह से ही मणीन्द्र की। साइकिल उठाई सुबह तो बेटे ने टोका, "पापा, आज मेरा जन्मदिन है, आज मत जाओ।"

"ड्यूटी है, बेटे।" बच्चों का गाल थपथपाकर चल पड़े।

इस बार पत्नी ने रोका, " एक दिन न जाओगे तो क्या बिगड़ जाएगा? मैं माँ कपालिनी देवी के मन्दिर में बेटे को प्रणाम कराकर अभी आई।"

जवाब न देकर चल पड़े। स्मिता पूजा करके लौटी तो देखा, मणीन्द्र अन्दर है।

"मेरा जी उचटा-उचटा-सा है, लौट आया। तुम्हीं बोलो, मैंने बार-बार कहा कि एक्सटेंशन डेंजरस है, मगर इनको रेजिंग चाहिए।"

"चलो, ठीक है, ट्रैंक्विलाइज़र की गोली खाकर सो जाओ। मैं खाने के वक़्त जगा दूँगी।"

तब से सो रहे थे हलकी नींद। दोपहर डेढ़ बजे पत्नी ने जगाया, "सुनो, बाहर हल्ला है कि खान में पानी घुस गया है।"

"ऐं!" उछल पड़े खाट से।

"आख़िर हुआ क्या?"

"तुम नहीं समझोगी, स्मिता...नौ सौ आदमी डूब गये आज। अगर मैं भी गया होता तो...।"

"ओ माँ!" स्मिता चीख़कर चिपक गई मणीन्द्र से। टटोलकर देखने लगी, जैसे पानी से अभी-अभी निकलकर आए हों!

"मुझे देख रही हो, छूकर देखो—हाड़, मांस, हाथ-पाँव सब सलामत हैं, लेकिन अगर अन्दर होता तो... ?"

वे कपड़े पहनते जा रहे थे, बोलते जा रहे थे।

"खाना तो खाते जाओ, आज मेरे बेटे का जन्मदिन है।"

"खाना... ? हज़ार घरों में पत्नियाँ, माताएँ, बहनें खाना बनाकर इन्तज़ार में होंगी—उनके लिए, जो अब कभी वापस नहीं आएँगे। मेरे बेटे का जन्म-दिन है मगर उनका... ?"

पैदल ही भागे।

बच्चों को जैसे-तैसे खिलाकर दरवाज़ा बन्द कर रही थी कि आशीष दिख पड़ा, "अरे, तुम भी बच गए! सब माँ कपालिनी की कृपा है।"

"भाभी, जल्दी करो, वहाँ विष्टूदा की पत्नी को सँभालने वाला कोई नहीं। बँगला खुला पड़ा है। कहीं उन्हें भी कुछ... ?"

घंटे घनघनाती फ़ायर ब्रिगेड की लाल गाड़ियों के पीछे दो-दो गाड़ियाँ चन्द्राकर गेट से आगे-पीछे प्रवेश करती हैं—पहली कमिश्नर दुबे की, दूसरी एजेंट आहूजा की। पहली गाड़ी आगे बढ़ जाती है। दूसरी 'चींऽऽऽ' करती हुई कोल-डस्ट का बवंडर उड़ाती हुई मुँह बाये इन्क्लाइन की सुरंग पर अगर न रुकती तो वर्षों पहले बन्द इन्क्लाइन में समा जाती। फाटक खोलकर आहूजा झाड़ियों से उलझते, कीचड़ में फँसते पागलों की तरह बढ़े जा रहे हैं। तनिक आगे बढ़ते ही एक धानखेत को देखते ही आँखें फटी रह जाती हैं। एक पच्चीस फ़ीट व्यास का हिस्सा कोई चार फ़ीट नीचे धँस गया है।

सुस्त क़दमों से घिसट रहे हैं अब। खोज पूरी हो गई है। मौत के पानी से पंकिल रास्ते में छप-छप करते भीड़ की ओर बढ़े आ रहे हैं।

"साहब, इधर से!" कोई सावधान करता है।

कोई ख़याल हो तब तो साहब को! रास्ता किधर से है अब—कौन बताए?

कौन सँभाले औरतों को? कौन देखे बच्चों को? रेशे-रेशे में तनाव। जो बच गए, उनका भी कलेजा धड़क रहा है, 'आज हम भी तो हो सकते थे!' छेदीलाल, गोकुल, मनसूर, सहुआइन जैसे सैकड़ों लोग हैं, जिनको पंख होते तो घर-घर चक्कर लगा आते। अभी बस एक ही जिज्ञासा है—कौन-कौन बचे? कौन-कौन अन्दर रह गए? मेवालाल रोते-रोते जा चिपकता है, "भैया, बाप सचमुच दगा दे गया।" बगल में गमछे से मुँह ढाँपे छेदी सिसक रहा है।

महतो थर-थर काँपता हुआ ओझा के गले से लिपट जाता है, "काका तो गए, केतना कहा, चलो काका, लेकिन...।" हेम्ब्रम की औरत अपना गाउन पहने ही जिस-तिस झुंड के पास खड़ी होकर सुनने की कोशिश करती है, "नहीं, ऐसा नहीं हो सकता! उसकी ड्यूटी भी तो नहीं थी। निकल आया होगा।" अकेले खड़ी-खड़ी

विलाप करती है, "हे जीसू, उसने कभी सुख नहीं देखा, कभी नहीं। इतने क्रुएल न बनो!" रासमनी से नज़रें मिलती हैं। सदा की मुद्दई बाँहें फैलती हैं और एक-दूजे को आगोश में लेकर वे साथ-साथ विलाप करने लगती हैं।

अरे, इधर क्या हो रहा है? कुछ लोग दौड़े जा रहे हैं—आँय? प्रसाद जी की पत्नी ने आग लगा ली? दौड़ो, आशीष, छोड़ो इस बउदी को, उस भाभी के पास दौड़ो। दुलारे आया है। अपराधी दुलारे। उसी को देखते-देखते जाने क्या सनक सवार हुई कि उसने शादी की लाल साड़ी पहनकर माचिस छुआ ली। स्ट्रैचर पर उठाकर ले जा रहे हैं लोग। यह औरत आज नहीं जली। दस वर्ष पहले से जल रही है, सिर्फ़ लपट आज दिखाई पड़ी है।

वह अभी यह सब सोच ही रहा था कि एक करंट-सा लगा उसे—कैसी होगी सोमारू मिस्तरी की बेटी गूँगी?

दोपहर का भोजन बनाकर अपने क्वार्टर के दरवाज़े पर खड़ी गूँगी काली टाँड़ की सूनी सड़क को निहार रही थी—बाप अब आता ही होगा। अचानक बदहवासी के आलम में उसने लोगों को अपने-अपने घरों से निकलकर भागते हुए देखा। बच्चे-बच्चियाँ और गर्भिणी औरतें, बूढ़ियाँ तक निकलकर पिट की ओर इशारे कर रही थीं। उसने पड़ोस के बच्चे से हाथ हिलाकर इशारे से पूछा कि क्या माज़रा है? बच्चों ने इशारे से पूछा, कि बाप आया या नहीं? गूँगी ने इनकार में हाथ हिलाया। बच्चों ने हाथ ऊपर-नीचे कर खदान का चित्र खींचा। फिर उसमें पानी भरने और साँस घुटकर मरने का संकेत दिया तो गूँगी का चेहरा विकृत हो गया। वह क्वार्टर खुला छोड़कर ऊँट के बच्चे-सी बेतुकी चाल में चकमकाती-ठिठकती सड़क पर भागी।

आशीष अभी अस्पताल के बाहर किंकर्तव्यविमूढ़-सा यह तय नहीं कर पाया था कि उसे भाभी के पास रहना चाहिए या नहीं कि पीठ में किन्हीं उँगलियों का स्पर्श पाकर पलटा। दो जोड़ी आँखें विस्फारित हुईं, दो जोड़ी बाँहें खुलीं, फिर ठिठकीं और फिर खुली तो गूँगी और आशीष ने एक-दूजे को चिपका लिया। वह उसे बच्ची की तरह सहला रहा था और चुप कराते हुए रो रहा था। वे पिट पर आए तो भीड़ कई गुना बढ़ चुकी थी। सहसा ओझा ने घटना का आँखों-देखा हाल जानने के लिए उसे पुकारा। वहाँ उसे देर हो गई। लौटकर आया तो भीड़ के समुद्र में थी गूँगी। शायद वह उन अभागे बच्चों के दल में जा समाई थी, जिनकी माताएँ या तो गाँव में थीं या नहीं थीं। चूँकि ऐसे बच्चे छाती पीट-पीटकर रो रहे थे और कुछ-एक ने पिट में छलाँग लगाने की कोशिश की थी, सो प्रहरियों ने उन्हें दूर खदेड़ दिया था। बाद में सहुआइन ने बताया कि कालीटाँड़ की औरतें उसे अपने साथ लिवाती गई थीं।

कोई एक काम हो तो दिमाग़ स्थिर भी रहे। यहाँ ऐसी दौड़-धूप, चिल्ल-पों मची है कि समझ पाना मुश्किल है कि कहाँ क्या हो रहा है!

"क्या कहा, एटेंडेंस रजिस्टर बाबू चन्द्रकिशोर सिंह के आदमियों ने ज़ब्त कर लिया है?"

"ठीक किया है। इ सार मैनिजमेंट हाविश (ऊपर उठाना) कर देता।"

"मगर वही कौन दूध के धोये हैं? असल-असल मरलका के नाम बदल दें तो?"

"ए हटो, कमिश्नर साहेब जा रहे हैं, माँग के ले आने के लिए।"

"और किसका हिम्मत है? मुड़िये मुचोड़ देंगे वे।"

"ए बत्तीघर को घेर लो। देखो, उसका रजिस्टर हाविस न होने पाए।"

सुरक्षा-प्रहरी के ठेले से नहीं ठेलाती भीड़।

आकाश में अहंकार में सिर उठाये टॉप गियर और क्षुद्र इन्सानी परछाइयों को निगलकर हत्यारे पानी ने डकार ली है, एक फ़ुट नीचे बैठ गया जल-स्तर। बन्द दरवाज़ों, खुले मैदानों में झुंड बनाकर उत्तेजित बहस चल रही है। फ़ोन खड़क रहे हैं। पुलिस-अधीक्षक कैप-लैम्प का निरीक्षण करते हैं। कुल ग़ायब लैम्प पाँच सौ उनसठ।

"गड़बड़ी करिये दिया न! कम-से-कम हज़ार तो होइबे करेगा।" आवाज़ें खनककर टूट रही हैं।

दो घंटे समझाने के बाद किसी तरह एटेंडेंस रजिस्टर ले आए हैं उपायुक्त।

"नकली रजिस्टर होगा।"

"असली भी हो तो लीपापोती जो होना है, हो गिया।"

"अटेंडेंस रजिस्टर में साढ़े तीन सौ आदमी पाए गए।"

"झूठ! एशिफ्ट, जरनल शिफ़्ट—कुल मिला के नहीं-नहीं भी तो हज़ार से ऊपर आदमी होंगे।"

"अरे भैया, कैप-लैम्प की ही गिनती है पाँच सौ कितना तो...।"

"पाँच सौ पचहत्तर न, न, पाँच सौ उनसठ।"

"सुना, अभी डी.जी. एम. एस. डाँट रहे थे प्रसाद साहब को। चार आदमी पर एक कैप-लैम्प इशू हुआ है एक जगह पे।"

"तब भैया, राम ही रक्षक है अब!"

"अरे हऊ अपीसवा में का हो रहा है?"

"नईं जानते?"

"ना।"

"नक़्शा बदला जा रहा है।" बताने वाला फुसफुसाकर बोलता है। शब्द 'फस्स-फस्स' रूई के गाले की तरह उड़े जा रहे हैं।

छोटन भुंइया की बहू को इतना ज़बरदस्त सदमा लगा कि वह रो तक न सकी। उसे लगा, छोटन के साथ वह खुद खान में डूब रही है। कुछ दूर तक पानी के रेले के साथ बहने के बाद उसने पूरी ताक़त से अपने को ऊपर ठेला, मूड़ी निकालकर जी भरकर

साँस ली, साँस के साथ पानी, नाक से कपार तक झन्ना गया। ना-नहीं, साँस कहाँ ली... ? साँस बन्द की, साँस उखड़ने लगी तो ऊपर उतराने की गरज़ से ऊपर उठी। शायद चाणक का मुहाना हो...मगर यह क्या—खोपड़ी टन्न-से बोली! छत से टकरा गई थी। खोपड़ी फट गई ? लाल ख़ून ? नहीं-नहीं। इतनी जल्दी मर जाने से तो सब ख़त्म। हल्के से लगा! मगर साँस बन्द होने से छट-पट, छट-पट करते-करते कई घूँट पानी पी गई। बुलबुले उठ रहे हैं। वह पस्त हो गई। टटोलते-टटोलते फिर रास्ता निकला! छोटन ने हिम्मत नहीं हारी है, डुबकी लगा लेता है...छत, रोला ? नहीं-नहीं, वह कोई अवरोध नहीं स्वीकार करती। सीधे चाणक के मुहाने तक आ पहुँचा है छोटन! वहाँ केज नहीं है। लो... ? नहीं-नहीं, केज है। पानी में डूबे कई लोग धक्का देते हैं छोटन को। वह एक-एक को धकेलती है—चढ़ जा। चढ़ गया ? लो, खींचो! खींचो! शाम को इक्का-दुक्का औरतों ने यह चीख़ सुनी, हड़बड़ाकर चली आई देखने।

"हाय, एकर तो मैन्ड-ए फेल हो गेल!"

"बुलाओ परभू ओझा को।"

"उहो तो...।"

तब से वह बेहोश है। एक भीड़ हमेशा घेरे रहती है।

"सुना, छोटन की बहू पर देवता आया है, बात कर रहा है नीचे वालों से।"

"क्या कुछ बताता भी है ?"

"कुछ साफ़ नहीं, लेकिन लगता है, अभी कुछ लोग जिन्दा हैं।"

"दुत, उसका मैंड फेल हो गया है।"

"ए, मत बोलो अइसा, का मालूम सच हो! अब तो देवते-पित्तर का ही सहारा है।" और होने लगती हैं मनौतियाँ।

वहाँ से वह सीधे जा पहुँचता है विष्टूदा के बँगले पर। बोउदी (भाभी) को मार्फ़िया का इंजेक्शन देकर सुला दिया गया है। स्मिता दी वहीं रहेंगी रात-भर। रह-रहकर इक्का-दुक्का गाड़ियाँ सड़क से हॉर्न बजाती गुज़रती हैं। राह में यह क्या है ? दियासलाई की तीली खर्र-से जलती है। ऐं, हेम्ब्रम की बीवी क्लारा ? आज किसी टोकने वाले का डर नहीं। 'वह' आकर लात-जूतों से मरम्मत कर दे तो जीवन कृतार्थ हो जाए। हॉस्पीटल भौजी को देखने गया। अवस्था नाजुक है। अनिंद्य सौन्दर्य पर कोयलांचल की कालिख पहली बार चढ़ी है।

सहुआइन को छोड़कर कोई नहीं है वहाँ। किसके लिए रो रही है सहुआइन ? उसका तो कोई नहीं था इस हादसे में। "भैया, मंगतू के घर पर बैरंग चिट्ठी डाल देना। बेचारे का नाम-पता भी नहीं था। फिर भी आकर लाश ही ले जाए। अब मैं किनसे झगड़ूँगी ? हे राम! लाल पान की बेगम, हुकुम का ग़ुलाम। मैं जनम की पापिन ठहरी। कपालिनी मइया, नीक सजा देहलूऽऽऽ। नीक सजाऽऽऽ!" ऐंठे मुँह से रुलाई फटी आ रही है।

कलाली में अँधेरा है। गले में एक कैमरा लटकाए बेंच पर बैठकर एक गिलास सिप करता हुआ कोई पत्रकार कहता है, ''हॉर्रिबुल!''

''कैन यू गेस द नम्बर?''

बेंच पर लेटा कोई कहता है, ''नॉट बिलो थाउज़ैंड।''

''यूनियन लीडर का कहना है, चार सौ पचहत्तर पहले तल पर और पाँच सौ पचास दूसरे पर, जोड़ लो।''

''ये कौन-सा पहला, कौन-सा दूसरा?''

''गॉड नोज़। हमने इसके पहले खदान देखी ही नहीं, डर लगता है।''

''यू नो, पी. टी. आई. को गाड़ी मिली है। हमें क्यों नहीं मिलेगी?''

''ऐंड ह्वाट एबाउट लंच? सिम्पली सैंडविचेज़?''

आशीष उदास हो जाता है।

कपालिनी देवी का मन्दिर सर धुनती औरतों से गूँज रहा है। गाँव में रुदन है। कॉलोनियों में वही कहर टूट रहा है। कहाँ जाएँ? यह तो इन्क्लाइन की सुरंग है। यहाँ से दूर भनकती आवाज़ें कैसी लग रही हैं? वह कितना अकेला है, कितना?

बैठकर रोने लगता है औरतों की तरह आशीष अपनी ही मौत पर।

माइंस रेस्क्यू वाले आए हैं। हुशपाइप की कुंडली सरका रहे हैं। झरिया से चार पम्प आए हैं ट्रक पर। उतर रहे हैं। आसनसोल, रानीगंज से पम्प चल चुके हैं। डेढ़ हज़ार फ़ीट की गहराई! अन्दर मिलों तक पानी से भरी सुरंगें...अफ़सरों में कई-कई गुट बन गए हैं। इन पिद्दी पम्पों से तो महीनों लग जाएँगे। औरतों की रुलाई एक क्षण को भी नहीं थमती। कोई भी घर जाने को तैयार नहीं।

''अरे जल्दी करो, साहेब! तोरे गोड़ धरूँ!''

'ज़िन्दगी में जितना दुख भोगना था, वह सब एक ही दिन!'' मक़बूल आकर खड़े होते हैं। रोते-रोते आँखें सूज गई हैं।

'रोने वाले चल दिये, दुनिया का दामन छोड़कर,
जाने वाले एक दिन क्या, उम्र भर रोया करें!'

छोटन बहू की खोज-ख़बर लेने उतरती धूप में निकल आया है आशीष। नीम के पत्तों पर अँधेरा गहरा रहा है। हरिजन-बस्ती में आज कोई धुआँ नहीं उठ रहा। इस पूरी बस्ती का अकेला पहरेदार है लँगड़ जगन; या छोटन बहू की अस्फुट बुदबुहाहट। जगन प्रकरण बदलते हैं :

''बाबू, तुम बच गए न?''

'''हाँ, एक घंटा पहले निकल आया था। यहाँ तो...।''

''यहाँ के सैंतीस आदमी मारे गए। मेरे दो भतीजे भी...।''

''जो-जो किसी-न-किसी बहाने भाग आए, बच गए। मारे गए देहाती भुच्चड़। जो सीधे थे, हुकुम मानते थे, पूरा काम करते थे, वही मारे गए। देखो, कैसा नियाव

है भगवान का! इस खान ने पहले गोड़ लिया, अब पूरा ख़ानदान! अच्छा बकसीस मिला, बाबू!''

रोते हुए आदमी के पास से हटना कठकरेजी है। रहा नहीं जाता, हटा भी नहीं जाता। सर झुकाये अपराधी की तरह खड़ा है आशीष।

''पहिले भी धमाका होता था, बाबू! हाँडी-पतकी उलट जाता। ई लोटा देख रहे हैं न!...दूर तक गोड़राता चला जाता। समझते, हमरा छौंड़ा सब हमरा खटिया के नीचे है। जब से धमाका दूसर ओर चला गया, हमको लगा, हमरा छौंडा सब हमसे दूर चला गिया—आज तो एतना दूर चल गए कि...ऊँ! ऊँ! हुँह! हुँह!'' हिचकियों में झूल रहा है बूढ़ा जगन।

उधर अकेली, अँधेरे में बुदबुदाती छोटन-बहू।

ना। अब और रुकना सम्भव नहीं। पागल हो जाएगा वह।

23

कबूतर और दाना और छुरी

दूसरे दिन पहले दिन से भी ज़्यादा भीड़ है।

''ऐ, हटो-हटो वहाँ से! परधानमंतरी का हैलीकोप्टर उतरेगा हियाँ पे।''

''नई हटेंगे।''

''अरे अपने-अपने घर जाओ न! नमूना का लिस्ट बन रहा है—कौन-कौन जाएगा उनके सामने। छूट गए तो बस...।''

प्रधानमंत्री और इस्पात-खान मंत्री के आते ही धकमपेल।

''ऐ, चोप! सुनो, का बोल रहिन हैं।''

''हम अपने तईं कोई कोशिश उठा नहीं रखेंगे। यह चन्दनपुर के हज़ारों भाई-बहनों-बच्चों का सवाल नहीं है, यह पूरे देश का सवाल है। ईश्वर से प्रार्थना कीजिए कि हमारे बहादुर मज़दूर भाई अभी भी जीवित हों।''

प्रधानमंत्री के संक्षिप्त भावप्रवण भाषण के बाद इस्पात-खानमंत्री रुँधे गले से बोलते हैं, ''यह भाषण देने का समय नहीं है, फिर भी हम एक बात कहना चाहेंगे, प्रधानमंत्री ने मज़दूर भाइयों के जीवित होने की जो बात कहीं है, वह बेबुनियाद नहीं है। बड़ा धेमों कोलियरी में उन्नीस दिन के बाद भी ग्यारह मज़दूर जिन्दा बचकर आए थे। आपसे यही निवेदन है कि आप नाहक अफ़वाह न उड़ाएँ, न अफ़वाहों पर

विश्वास करें, न उद्धार-कार्य में विघ्न ही पैदा करें। इस वक़्त देश के सबसे बड़े-बड़े दिमाग़ चन्दनपुर के भाइयों की रक्षा के लिए जुटे पड़े हैं। हमने रूस, जर्मनी, इंग्लैंड, अमेरिका, जापान, पोलैंड भी ख़बर भेज दी है।''

''अभी तक पम्प चालू क्यों नहीं हुए?''

''संख्या में लीपापोती क्यों की जा रही है?''

इन दोनों आवाज़ों को कोई बलिष्ठ हाथ वहाँ तक पहुँचने के पहले ही रोक लेता है, ''कौन साला अफ़वाह फैला रहा है? बढ़-चढ़कर संख्या बताने में ही बहादुरी है क्या?''

तीखी झड़पों और सुबकियों, रुलाइयों के बीच में मंत्री-द्वय चले जा रहे हैं। जहाँ-कहीं भी वे रुकते हैं, फ़ोटोग्राफ़र चाँदमारी करने लगते हैं। नेता की छवि!

कपालिनी देवी के मन्दिर में तिल धरने को जगह नहीं है। सिजदा में रह-रहकर सैकड़ों धड़ धड़क उठते हैं, सद्य:कटे मेषशावक की तरह, मुंड कटकर जा जुड़े हैं मुंडमाल में। उन्हीं सरों का गुमान रहा करता था। लाख झींकें, लाख कोसें, लेकिन महीने के आख़िर में जब वेतन का रहा-सहा पैसा सौंपते तो विधवा हाँडी फिर से सधवा हो उठती।

खोई-खोई आँखों से देखती है कपालकुंडला यह सब। अब वह किसी से बात नहीं करती, आशीष से भी नहीं।

पुजारी पालथी मारे जाप पर बैठा है। देवी निर्विकार खड़ी हैं जीभ निकाले। पुजारी का जवान लड़का भक्तिभूषण सैकड़ों बार की दुहराई बातों को फिर बोल रहा है, ''कुछ होने पर अपना ही सर काटकर रक्तपान करती हैं छिन्नमस्तिका माँ।''

वह कहता जा रहा है और बार-बार आदत या भयवश अपने दोनों हाथ जोड़कर सर पर छुआता जा रहा है, ''बाबा बताते हैं, माँ अपरिग्रह की देवी हैं। इनके सामने सर उठाकर न तनो। अरबों रुपया कर्ज़ लेकर ढाल रही थी कम्पनी। तभी कुछ-कुछ अनिष्ट की आशंका सरसराने लगी थी। झरिया-महाराज गए, यहाँ के ओझा लोगों की जमींदारी गई, अंग्रेज गए, नाग गए, सेन गए, और अब यह कम्पनी भी...।''

आशीष आगे नहीं सुन पाता। मन्दिर उसे हज़ारों वर्ष के खँडहर-सा लगता है।

सैकड़ों औरतों ने अपनी रंगीन साड़ियाँ सदा के लिए तज कर सफेद धोती पहन ली हैं। इनके मर्दों से परिचय था। इनको वह जानता नहीं, लेकिन सबके दुख एक जैसे। मन्दिर आती हुई कन्धे पर सर रखकर विष्टूदा की पत्नी फफकती हैं, ''कुछ भी अच्छा नहीं लगता आशीष, कुछ भी नहीं...सब सूना, सब फीका, मनहूस और डरावना। कौन-से पाप की इतनी बड़ी सज़ा मिली, आशीष?'' हेम्ब्रम की पत्नी कहती है, ''दिलासा दिलाने के लिए एक झूठ का दामन पकड़ा था कभी—यह भी तो हो सकता है, टट्टी-फराकत के लिए बाहर निकल ही गए हैं! ताड़ के झुटपुटे में या दामोदर के किनारे जुआ खेल रहे हों। कहीं और नहीं तो राँची, धनबाद या आसनसोल

ही चले गए हों!...अब वह ओढ़ा गया भरम नंगा होने लगा है—होते, तो अब तक लौटकर नहीं आते? कौशल का बेटा तो आ गया। बाड़ी वाली का मर्द तो आया। और भी जिस-जिस को लौटकर आना था, आ गए। अब कोई नहीं आने को।''

शाम की लाली स्याह होने लगी। कुम्हलाने लगे बादलों के रक्त-कमल!

झुटपुटे अँधेरे में रिक्शा आकर रुका आशीष के क्वार्टर पर। प्रसादजी का घर खोलकर उसने हाथ पकड़कर सिसकती हुई गूँगी को उतारा।

''जब तक कोई और व्यवस्था नहीं होती, तुम यहीं रहोगी। किसी बात का डर महसूस नहीं करना। हम तुम्हारी बगल में हैं।''

गूँगी पहले जैसी ही रोती रही तो सर पकड़कर बैठ गया वह। अब इस लड़की से बात करने की सांकेतिक कला भी उसे सीखनी पड़ेगी। ख़ैर, माँ थीं, उन्होंने सँभाल लिया। लेकिन तीसरे दिन माँ जब चली गईं तो उसे ख़ासी दिक़्क़त महसूस हुई। राशन-पानी दरवाज़े पर रखकर वह ठक-ठक साँकल बजाता। गूँगी आकर ले जाती। दरवाज़े से ही लौट आता आशीष।

खाने के सम्बन्ध में यही क्रिया गूँगी द्वारा अपनाई जाती। साँकल ठक-ठक बजती तो थाली में परोसा गया भोजन लेकर अपने कमरे में आता आशीष। अगल-बग़ल के क्वार्टरों में मरघटी सन्नाटा छाया रहता। ऐसे में ठक-ठक की आवाज़ का वृत्त बहुत दूर-दूर तक फैल जाता। हालाँकि इन ध्वनि-तरंगों से उसकी श्रवणेंद्रिय पद्‌म-पत्र की तरह निर्लिप्त रह जाती और वह निरुपाय बना रहता, मगर इन अभिक्रियाओं को जैसे वह अपने समूचे वजूद में आत्मसात कर लेती।

तिवारी ने पाँचवें दिन कहा, ''बड़ा लम्बा हाथ मारे हो!''

अनूप सिंह ने उसे सुनाते हुए कहा, ''लेकिन यह छिनालपन नहीं चलेगा यहाँ। ऐसे ही पापियों के चलते चन्दनपुर डूब गया।''

इस बीच सहुआइन का रवैया बिलकुल बदल गया था, ''तुम दोनों ठीक रहो बबुआ, बाक़ी हम देख लेते हैं। इधर कौनो दहीजार ताका कि आँख फोड़ देंगे। सिंह हो या जो हो, सबको नंगे देखा है, सबको!''

लेकिन इस भाग-दौड़ और टूटन में किसके पास समय था? आशीष अक्सर रात को भी देर से आता। गूँगी की दुनिया दिन-ब-दिन सिमटती जा रही थी। अक्सर देर रात को नींद टूटने पर बग़ल के कमरे में चहलक़दमी होते ही जाने कैसे आशीष के आ जाने का अहसास हो जाता, वह डर के मारे साँकल तक न खटकाती। सिर्फ़ अहसास को तौलती रहती, जैसे गर्भिणी अपने गर्भस्थ शिशु की हलचलों को अनमने भाव से महसूसती है। यही स्थिति आशीष की भी थी। जैसे दोनों ही एक-दूसरे के गर्भ में पल रहे थे!

इस बीच स्वाती ने एक दिन उसे टोक दिया, ''पूछना तो बहुत कुछ चाहती थी, मगर पूछूँगी सिर्फ़ दो बातें—उस दिन दो गैसों के नाम अनुत्तरित रुक गए थे—

जबरन रुलाने वाली गैस और जबरन हँसाने वाली गैस...।'' कहकर वह मानिनी पाँव पटकते हुए चली गई।

आशीष स्तब्ध हो गया।

मंत्री आते हैं, मंत्री जाते हैं। एक खान-इस्पात मंत्री ही हैं कि शिविर डालकर पड़े हैं। कल रात एक बजे से पानी उलीचने का काम शुरू हुआ है। सुबह तक एक से तीन हो गई है, पम्पों की संख्या। नाला काटा जा रहा है। पानी सीधा दामोदर में गिरेगा। पीने का पानी झरिया वाटर-बोर्ड के टैंकर रोज़ दे जाते हैं। अब इन्क्लाइन का फिल्टर वाटर नहीं मिलेगा। सन् 55, सन् 60, सन् 65 और सन् 70 में इन्क्लाइन का पानी नहीं निकाल पाए तो उसी पानी को साफ़ करके पीने के लिए सप्लाई करने लगे। वही पीते आए थे तब से। वही पानी पी गया उन्हें।

चार दिन बाद भी साइकिलें पड़ी हैं स्टैंड में। ले जाने वाला अब कभी नहीं आएगा। कई घरों के ताले तब से बन्द हैं।

''नहीं!'' इस्पात और खान मंत्री अभी भी बड़ा घेमो की दुर्घटना की नजीर खोल बैठते हैं, ''जरूर बचे होंगे, मेरा मन कहता है। ई. सी. एल. से भी पम्प आए हैं। कुल 22 पम्प हैं। पैंतीस हज़ार गैलन पानी हर मिनट निकल रहा है। हम जल्द ही...।''

''मगर पानी की सतह तो मुश्किल से तीन फ़ीट नीचे गई है?'' पत्रकार की शंका।

जवाब नहीं देते मंत्री। किस-किसको जवाब दें? विदेशी पत्रकारों को अभी-अभी यह कन्विस करवा पाए हैं कि संख्या तीन सौ और साढ़े तीन सौ के बीच है। एटेंडेंस रजिस्टर, और प्लानों में कोई लीपापोती नहीं हुई है। बाक़ी सवालों के लिए हाथ जोड़ लेते हैं, ''एक्सक्यूज़ मी। वेटर कंटैक्ट पी.आर.ओ. ऑर एकंपैनी अस, इफ़ यू लाइक।''

एक-एक हज़ार रुपये प्रति प्रभावित मज़दूर के परिवार को। उपायुक्त दुबे साथ हैं।

लोग इस काफिले को चौंककर देखते हैं, मानो साक्षात् यम के दूत हों!

प्रभावित परिवारों में पैसा बँट रहा है यानी अब सरकार ने भी मान लिया है कि जो खान के अन्दर हैं, मर चुके हैं। ना-ना-ना! देखो, आख़िरी बखत पे झूठ न बोलो, झाँसा मत दो! दरवज्जे-दरवज्जे दस्तक होती है, मातम में डूबा परिवार काँपने लगता है सिसकियों में।

किवाड़ खोलते ही स्थिति का सामना करने में डर लगता है। रुपये और राहत-सामग्री देखकर औरतें बेहोश हो जाती हैं।

अरे-अरे, देखो-देखो, जवाहर के घर में ढुके। छह महीने पहले हुई है शादी। उठकर पागलों की तरह दौड़ती है नीरा। पाँव पकड़कर लोट जाती है। नाज़ुक नर्म

उँगलियों की भीगी छुअन, जैसे पंखुरी-पंखुरी की छुअन! माँ हाथ पकड़कर झूल रही है। गिड़गिड़ाते हुए बाप कटे पेड़-सा अरराकर टूटता है, ढाड़ें मारकर दुबे के कन्धे से चिपका रो रहा है।

"ना-ना, ले जाइए पैसे, मुझे मेरा आदमी लौटा दीजिए। बस, साहब, बस, और कुछ नहीं चाहिए। हम चन्दनपुर की माटी को परनाम करके चले जाएँगे यहाँ से हमेशा के लिए।"

काँपकर बैठ जाते हैं खाट पर इस्पात-मंत्री। उपायुक्त दुबे तुलसी के चौरे पर सर रखकर फफक पड़े हैं, "हमसे नहीं होगा, सर!"

पी. टी. आई. के संवाददाता पालेकर चकराकर नाली के बगल के घूरे पर बैठ जाते हैं। वहाँ से उठकर किसी तरह घिसटते हुए छेदी की बन्द दुकान की टूटी धूल-अँटी बेंच पर जा भहराते हैं। बच्चे-बूढ़े जुट गए हैं देखने।

"कौन था? आपका बेटा, भाई, बाप... ? कौन... ? कौन.. ?" डबडबाई आँखों से देखते हैं, शून्य को!

दुर्घटना को अपने जीवन से जोड़ते ही उन्हें सारी दुनिया धू-धू कर जलती हुई नज़र आती है।

पैड खोलकर डॉट पेन से लिखते हैं : 'डिस्पैच—चन्दनपुर, दिनांक 28 दिसम्बर। खान एक है, मगर ज़िन्दगी सैकड़ों। रिश्तेदारों को जोड़ लिया जाए तो हज़ारों। मित्रों को जोड़ लें तो लाखों, और देश को जोड़ लें तो करोड़ों!

'बगल के गाँव में सत्तर विधवाएँ, उसके बगल अंगारडीहा में पन्द्रह, बगल के कालीटीड़ में तेरह, यहाँ चन्दनपुर में दो सौ साठ। अभी आधी से ज़्यादा विधवाएँ देश के दूर-दराज गाँवों-शहरों में हैं। कुल मिलाकर संख्या पाँच सौ से ज़्यादा ही होगी।

'दो दिन से चक्कर लगा रहा हूँ, पूरी तरह पस्त! हर जगह मातम का वह हाल है कि...इट्स सिम्पली हॉर्रिबुल!

'सिर्फ़ एक ज़िन्दगी नहीं टूटती, उसके साथ-साथ सैकड़ों तंतु टूटते हैं। यह सिर्फ़ एक दुर्घटना नहीं है। सरकारी सूत्रों के अनुसार साढ़े तीन सौ और ग़ैरसरकारी सूत्र के अनुसार आठ से नौ सौ खनिकों की नहीं, यह पूरे एक देश की दुर्घटना है। उसके तकनीकी अहं, सुरक्षा के दम्भ और उसके प्रबन्धन के गुरूर की टूटन है। एक अबोध गूँगी ही नहीं, सैकड़ों बेजुबान; एक नीरा नहीं, सैकड़ों नीराएँ; एक बाप नहीं, सैकड़ों बाप; एक वृद्धा माँ नहीं, सैकड़ों के क्रंदन और आर्त्तनाद की श्मशान-भूमि है चन्दनपुर। एक ही आवाज़ हर राहत-सामग्री पर बिलख रही है—मुझे कुछ नहीं चाहिए, सिर्फ़ हमारा आदमी हमें लौटा दो! किछू चाय ना, आमार लोक-टी के फिरिए देन!'

कलम बन्द कर जेब से रूमाल निकालकर आँख-मुँह पोंछकर सिगरेट सुलगाता है पालेकर। दो कश लेने के बाद सिगरेट परे रखकर फिर से कलम खोलता है।

'ना, नज़ारा हर तरफ़ एक जैसा नहीं है। अभी थोड़ी देर पहले मैं यहाँ के काली मन्दिर गया था। वहाँ कबूतरों की बलि दी जा रही थी। इस दृश्य को मैं भूल चुका होता इतने मातम में कि राहत-सामग्री के वितरण में फिर से याद आ गया। अख़बारों के धिक्कारने पर सोया हुआ शेर जगा। मेरा आशय 'लायंस क्लब' से है। अफ़सरों की बीवियाँ सन्तरा, सेब, कपड़ा, केक लेकर अपने चटख़ कपड़ों में दरवाज़े-दरवाज़े बाँट रही थीं। आगे-आगे इस्पात मंत्री और उपायुक्त। एक अकेले घर के दरवाज़े पर एक औरत अपने बच्चों के साथ रोती मिली। मंत्री रुक गए। उपायुक्त ने लिस्ट देखी—क्या नाम था तुम्हारे पति का?

—फ्रांसिस हेम्ब्रम।

—इस नाम का कोई मज़दूर नहीं है, सर!

—फिर से देख लें। —मंत्री का अनुरोध।

—देख लिया सर, ये रही पूरी लिस्ट।

मंत्री की द्विविधा पर पीछे-से एक आदमी ने, जिसका नाम कोई तिवारी है, झिड़की दी—हुजूर, बहुत-से लोग राहत-सामग्री के लोभ में झूठ बोल रहे हैं। जाओ, जाओ। देखो, कहीं पी-पा के पड़ा होगा नाली में। जितने सब कफन-खसोट हैं...।

कोई प्रतिवाद नहीं किया औरत ने, सिर्फ़ रोये जा रही थी। खान मंत्री के इशारे पर लायंस क्लब की औरतों ने उसे फल, केक और दूध दिये। लड़के और औरत वहीं बैठकर हबक-हबक खाने लगे। उनकी आँखों की बरौनियों पर आँसू की बूँदें थीं और मुँह में ग्रास...लगा, काली-मन्दिर में मैंने जो कुछ देखा, वह सजीव हो उठा। वहाँ बलि के समय कबूतरों को दाना चुगाते समय छुरी से काट दिया गया था। आश्चर्य! कटी गरदन भी थोड़ी देर तक दाना चुगती रही, फिर धीरे-धीरे उनकी चोंचें शिथिल होती गईं। चोंचें खुली थीं, चावल गिर रहा था उनसे। धड़ एक ओर पड़ा था। छिन्नमस्तिका संस्कृति मज़दूरों की... !'

24

उद्धार कार्य

कमरे में फाँसी के सज़ायाफ़्ता क़ैदी की तरह नज़रबन्द मिस्टर भट्ट मूर्च्छित हैं। सात दिन से दारू की एक बूँद तक नहीं गई है उस शख़्स के मुँह में, जो ड्यूटी पर भी पीकर ही आता था। उसे घेरकर बैठे उच्चाधिकारी को दया आती है।

"देखिए, द रेस्पांसिबिलिटी शुड बी शेयर्ड बाइ आल ऑफ़ अस!"

एक ज़ोनल जनरल मैनेजर के कहते ही उसके पाँव पर गिर पड़े भट्ट, "आप सब चाहें तो बचा लें, चाहें, गला घोंट दें।" गिड़गिड़ाते हुए वे बारी-बारी से सबके पाँव छूने लगे।

पहरे पर तैनात सिपाही दूसरे सिपाही को इशारा करता है।

"आख़िर बेचारे का कसूर क्या है? कोई जानबूझकर तो...। सर्वे का नक़्शा ही जब गलत हो!"

"लेकिन यह क्यों भूलते हैं, आर्टिकल नम्बर टू सेवेंटी थ्री में बोर-होल से जलाशय का परीक्षण करते रहने का डाइरेक्शन है!"

पर्सनल ऑफ़िस के बन्द कमरे में यूनियन के नुमाइंदों और प्रबन्धन के बीच लिस्ट पर रोज़ की तरह आज भी बहस छिड़ी है कि किसका उद्धार किया जाए, किसका नहीं।

"देखो भई, हम लोग आग लगे स्टीमर के मुसाफिर हैं। आज माँ कपालिनी देवी की कसम खाएँ कि जिम्मेदारी सामूहिक रूप से वहन करेंगे।"

"ऐसे काम नहीं चलेगा, साहब! आप लोगों का क्या है? हमारे तो खुद भाई मरे हैं। पाप हजम नहीं होगा।"

"सबको जेल भेजवाइएगा क्या?"

"आहिस्ता बोलिए।"

"पहला प्वाइंट, लिस्ट जो डिक्लेयर की गई है, वह है तीन सौ पचास।"

"बस...? सरासर जीयत माछी मत लीलो, साहेब! गिनाएँ हम?"

"देखिए, जो भी करें, अब तो इसी में फिट कराना है।"

"तो पहले लिखिए—पुरुषोत्तम पांडे, फीटर...।"

"नोट करो जी!"

"फेन लिखिए—झिनकू दुसाध। लोडर, एल.पी. पैनेल...।"

"पैसा बाक़ी रह गया है क्या?" लिखते हुए टोका धीरे से चटर्जी ने।

"अच्छा, गजाधर सिंह का नाम क्यों नहीं है?"

"उनकी जगह पर कोई दूसरा आदमी जाता था न?"

" ई आप कहेंगे?"

"ना, माने...।"

"किसका नाम इन्क्लूड हो रहा है?" एजेंट आहूजा ने आते ही टोका।

"गजाधर सिंह का।"

"मगर उनके जैसा किसी को परसों ही कहीं देखा हमने? नो, ही वाज अनूप सिंह!"

"भूत देखा होगा, साहेब! यहाँ चन्ननपुर में पच्चीसों जनाना लोग है जिनका कहना है कि राती-खाँ उनका मरद आया, साथ सोया और सवेरे बच्चों को खेला कर चला गया।"

''इज़ इट ?''

''मौवत खींच लाया उनको हजूर, मौवत!'' कहकर भभीखनराय अपने बहनोई की याद में रोने लगे।

''इट्स ए हॉरर। जानते हैं, मेरा ड्राइवर हुसेन अपसेट हो गया। जस्ट एक दिन आगे बी इन्क्लाइन के सामने पेशाब कर रहा था कि अचानक एक पुराना संन्यासी प्रगट हुआ। हुसेन का तो पेशाब बन्द। संन्यासी बोला, 'बेटा, प्रलय होने वाला है चन्दनपुर में। तुम बोलो साहब को, खान के अन्दर से बारह सौ आदमी फौरन निकाल लें।' बेवकूफ हुसेन अविश्वास किया, बोला ही नहीं और हो गया एक्सीडेंट!''

''अच्छा, सर, ह्वाट एबाउट कंट्रैक्ट लेबर्स ? यह जो गोल दाग देख रहे हैं न एटेंडेंस रजिस्टर में, यह दाग ग्रुप बताता है, संख्या नहीं। जिसने जितना कहा, हमने बैठा दिया। तीन ठेकेदार तो यही हैं।''

''न्यूज़पेपर्स की रिपोर्ट देखी आपने ? मोर दैन इट्स डबुल।''

''हम शुरू से जो कहे हैं, उसी पर स्टिक करें, समझे ? वरना प्रधानमंत्री के सामने झूठे साबित होंगे।''

''और ये जो इन्क्लूजस हैं ?''

''एडजस्ट करो।'' फिर वे धीरे-धीरे बोले, ''लाश निकलते-निकलते ऐसी हालत में रहेंगी ही नहीं कि कोई माई का लाल पहचानकर कहे—यह अमुक नहीं, अमुक है।''

''ओ. के. सर! ह्वाट एबाउट द प्लान्स ?''

''देयर लाइज़ द मेन ट्रबुल। सर, सर्वेयर चौधरी एक्सेन्ट्रिक आदमी है।''

''ऐंड ह्वाट एबाउट मुकुल ?''

''वो तो शुरू से ही आस्तीन में साँप पाल रखा है अपने। अंगारडीहा के ट्राइबल्स को उसी ने भड़काया था। क्यों भभीखनराय जी ?''

''हाँ, हुजूर! हम बाद में धीरे-धीरे सब मालूम किए। अरे सोचिए, वहाँ जौन-जौन गया, कोई बच के नहीं आया; मगर मुकुल साहेब और चौधरी साहेब को एको तीर नहीं छुआया।''

''हूँ...।''

चन्दनपुर के पेड़-पल्लो तक कनमना उठे हैं। रशियन पम्प आ रहे हैं। हवाई जहाज से बोकारो उतरकर सीधे चन्दनपुर।

छौ चक्का गाड़ी। अब दू-एक दिन का बात है! औरतें कपालिनी देवी के मन्दिर में अरज कर रही हैं, 'हे मैया, आँचल पसार के ज़िन्दगी की भीख माँग रही हूँ। तब तक ज़िलाए रखो।' गोरे-गोरे रूसी तकनीशियन, जैसे स्वर्ग से भगवान ने भेजे हैं।

रेस्क्यू ऑपरेशन के इन्चार्ज मिस्टर कुमार पत्रकारों की भीड़ को मक्खियों की तरह हड़ाते हुए अपने कैम्प से सूजी आँखें लिये रशियन पम्पों की अगवानी के लिए निकल पड़े, ''गुड गॉड! हम अमेरिकन ऑब्लिगेशन से बच गए।''

लम्बे ट्रक अभी चन्द्राकार गेट में प्रवेश कर रहे थे। कुमार ने व्यस्त भाव से एक नज़र अस्थायी वर्कशॉप पर डाली। वेल्डिंग की नीली लपलपाती कौंध और ठोकने-पीटने की गहमा-गहमी—नया केज बन रहा है। बालू से भरी बोरियाँ भेड़ों के झुंड-सी बगल में पड़ी हैं। वे आगे बढ़ आए। अब उनके सामने पम्पों का ढेर है। जिस हिसाब से पानी निकल रहा है, अब तक पाँच करोड़ गैलन पानी निकल जाना चाहिए था, मगर निकला सिर्फ़ तीन करोड़। सारे-के-सारे पम्प, लगता है, किसी कबाड़खाने से उठाकर लाए गए हैं। इस देश का भगवान ही मालिक है। भुनभुनाते हुए उन्होंने अपने अधीनस्थ अधिकारी को पकड़ा, ''ऐ खन्ना, यार, इन पन्द्रह पम्पों के कबाड़े को एक तरफ हटाने को कहा था न?''

''जगह तो है, सर! वो चटर्जी साहब ने वाइंडिग ऑफ़िस के बगल में स्पेस बना दी है। सर, सौ मज़दूर काफ़ी होंगे न?''

''हाँ, हाँ, ठीक है, मगर फालतू लोगों की भीड़ हटाओ तो। इनसे कहो, कोई मिनिस्टर नहीं आ रहा है कि अपनी नुमाइश करने हाज़िर हो गए हैं...लो, आ गए पम्प...।''

शोर तीव्र होता गया। रूसी विशेषज्ञ और दूसरे एक्सपर्टों का दल ट्रक को निर्देश देने लगा। तकनीशियनों का दल 'झपाक-झपाक' उतरा—काला हाफ़पैंट और गंजी पहने हुए। ऐसे गोरे-चिट्टे लोगों को देखा नहीं है अधिकांश औरतों ने। उनके दिलों में वैसी ही हज़ार दुआएँ हैं इनके लिए, जैसी सीताजी के दिल से कभी जटायु के प्रथम दर्शन पर निकली होंगी।

''अब घबड़ाने की कोई बात नहीं, काल तक पानी खलाश।''

''एतना देर काहे लगता है?''

''ऐ, तुम लोग पीछे हटो तो। पीछे... और पीछे... !'' सन्तरी डंडा फटकारते हैं।

ओझाजी बताते हैं, ''एक मिनट में पन्द्रह हज़ार गैलन पानी उलीचेगा, मगर बहुत जल्दी करने पर भी पहला पम्प रात के पहले चालू नहीं किया जा सकेगा। कल दूसरा पम्प दोपहर तक चालू होगा। चौदह देशी, सत्रह विदेशी और तीन रूसी पम्पों का ये हिसाब बना है।''

औरतें फिर उदास हो जाती हैं।

जल-सेनाध्यक्ष का केबुल आया है, 'यदि आप चाहे तो गोताखोरों की सेवाएँ हाज़िर हैं।' आहूजा उत्साहित होकर बताने आते हैं मिस्टर कुमार को।

कुमार साहब झिझकते हैं, ''सड़े पानी से होनेवाली बीमारियों का ही सवाल नहीं है। समुद्र में गोता लगाना एक बात है और इस लोहे, पत्थर, कीचड़, कंक्रीट के जानलेवा मलबे वाली सुरंग में गोता लगाना दूसरी बात!''

''पाँच पम्प तो सिर्फ़ पाइपों में बालू भर जाने के कारण बन्द हो गए। दो में कपड़ा, रॉड और कीचड़ भरे हैं।'' अंडर-ग्राउंड रेस्क्यू ऑपरेशन के विशेषज्ञ मिस्टर सिंह बताते हैं।

धनबाद स्टेशन पर पश्चिम और पूरब से रोज़ ही कुछ अनाड़ी, गँवारू क़िस्म के यात्री उतरते हैं, पूछते हैं, "बाबू, चन्दनपुर कहाँ है?"

उन्हीं में दो औरतें हैं आज—एक जवान, दूसरी प्रौढ़ा। शक्ल-सूरत से जवान औरत प्रौढ़ा की नौकरानी लगती है।

"अरे भई, रेलवई ने फिरी पास दिया है, चले आते हैं सब!"

"ना बाबू, हम तो टिकट कटइलें रहलीं।"

स्टेशन से ही लग जाते हैं शोहदे, जैसे बैजनाथ धाम के पंडे। खुसुर-फुसुर होती है। सम्भ्रान्त औरत बटुए से नोट निकालकर देती है और दूसरी औरत घूँघट खींचकर अपनी हँसुली निकालती है। हँसुली निकलती ही नहीं सीधे-सीधे, यह तो पसीना है कि गला दबाते हुए सरका ले आया।

"घबराइए नहीं। हम जो-जो कहेंगे, वही करना होगा। किसी के बहकावे में पड़ीं तो फिर हमें दोष न देना...चलो...।"

चन्द्राकार गेट पर ही मिल गए भभीखनराय। पाँव पकड़कर लगी भेंटने प्रौढ़ा। शोहदे सरक गए। असहाय अवांछित-सी युवा औरत दूर-दूर तक इस अजनबी जगह को घूँघट उठा-उठाकर डबडबाई आँखों से देखती है।

"ई कौन है?"

"मंगतुआ के मेहरारू।"

"एकरा का करे लियइले अइलू? बड़ा बेईमान निकला मंगतुआ। ओ ही दिन भाग गइल। हम तो समझे, गाँव गिया होगा?"

"ना बाबू!" एक उजाला धीरे-धीरे तेज़ होता है, "तो का बाबू साहेब, ऊ बच गइल बाड़न?"

कपालिनी देवी के मन्दिर की ओर जाते हुए मंगतू की पत्नी इंजोरिया के कानों में इस जनवरी को प्रातःकालीन ठिठुरती हवा में भी तिर रहा है श्रावणी गीत :

'दुअरा पे किच-किच अँगना में पानी...'

इतने दिनों की टेरती स्वरलहरी की विलंबित लय पर जैसे आज आकर रुकती है प्रियतमा।

"ले गये बदमाश हँसुली। कोई बात नहीं, उसका पति तो जिन्दा है।...दोहाई हे देवी, जैसे आज तक अपनी गोद में बिठा रखा था, वैसे आज मुझे सौंप दो। आँचर फैलाए खड़ी हूँ, माँ!"

"आज किस-किसको पकड़ लाए?" कुढ़ते हैं सेनगुप्ता साहब, "अच्छा धन्धा है।"

"यह मंगतू की पत्नी है और ये...।"

"कौन मंगतू? कहाँ काम करता था?" क्लर्क घोष पूछते हैं।

"जी, जी, वो...।"

"नेक्स्ट?" सेनगुप्ता ने पूछा।

"ये झानू बाउरी की बहन है—कालिन्दी!"

भभीखनराय फुसफुसाते हैं सेनगुप्ता के कान में।

"ओ...!" आँख नचाते हुए, "तो..तो...?" पूछते हैं सेनगुप्ता।

"ठेकेदारी में उस गाँव के पैंतीस आदमी थे।"

"ठीक है, लिस्ट सबमिट कर दें। और...?"

"ये हाड़जोरा गाँव की सुमिता मझियाइन।"

"और वो...?"

"वो हेम्ब्रम की औरत।"

"पहले ही कहा न, हेम्ब्रज वाज नाट ऑन ड्यूटी। सर्च हिम आउटसाइड।"

"सर, वो वहाँ था, मैंने देखा था।"

"क्यों रहेगा वहाँ, विदाउट ड्यूटी आवर्स?"

"सर, वो तिवारीजी...।"

"आप इन लोगों के एजेंट हैं क्या? ऐसे हज़ारों क्लेम्स होंगे। आप कह चुके, हम देखेंगे।"

तब तक भभीखनराय ने आकर सूचना दी, "पानी गँधाने लगा।"

पानी की हौज में लगातार कीटनाशक ब्लीचिंग पाउडर डालनेवाले मंडल मास्टर को जाने क्या शक हुआ कि उन्होंने पानी को चूल्लू में लेकर सूँघा और चीख उठे, "गमकने लगा!"

कई हाथ परीक्षण के लिए चूल्लू उठाकर सूँघते हैं। तसदीक में सिर हिलने लगते हैं। थमी रुलाइयाँ फिर से तेज़ हो गईं। अब तक सन्देह था, अब पक्का सबूत मिल गया।

"ए देखो, हौज के पास कोई न जाने पाए।" डी. एस. पी. की चेतावनी पर दूर रस्से की लक्ष्मण-रेखा के पार खड़ी भीड़ को लगा, लाश निकल रही है।

शोर फैल गया :

"ऐ सुनो, सुनो, मक़बूल साहब क्या कहते हैं!"

मक़बूल डायरी खोलकर आज की ताज़ा सूचना पर उँगली रख देते हैं, "साइंटिस्टों के मुताबिक पैनेल में आदमी जिन्दा हैं अभी। वहाँ एक एयर पॉकेट बनने का आसार है।"

'दू र्, ई तो पहिले भी बताए थे!"

मक़बूल की डायरी में सब दर्ज है—किस दिन कितने पम्प बैठाए गए, कितने गैलन पानी निकला—पार्लियामेंट में चन्दनपुर जल-प्लावन को लेकर सवाल-जवाब तक तिथि और ब्यौरे समेत।

दसवें-ग्यारहवें दिन रूसी पम्प बैठे।

पन्द्रहवें दिन उन्होंने लिखा : 'पम्पों में बालू और कचरा भर जाने से राहत कार्य बाधित।'

सोलहवें दिन लिखा : '20 में से 15 पम्प ही काम कर पा रहे हैं।'

सत्रहवें दिन लिखा : 'लोकसभा में आज विपक्षी दलों ने खान-मंत्री से सवाल किए—क्या चन्दनपुर के विधिवत इंस्पेक्शन होते रहे थे?

'जवाब मिला : कुल तीस बार जाँच की गई और अन्तिम मात्र दस दिन पूर्व।

'इस पर काफ़ी हो-हल्ला मचा। कुछ अन्य सवाल : डी.जी.एम.एस. की अनुमति ली गई थी? बाइस मज़दूरों में ग्यारह कैप-लैम्प क्यों बाँटी गई थीं? अगर पैनेल में कुछ के जिन्दा होने के आसार हैं, तो क्या जान-बूझकर पानी निकालने में इसलिए देरी की जा रही है कि उनके जीवित निकल आने पर सारे झूठ का भंडाफोड़ हो जाएगा?'

अठारहवें दिन में दर्ज है : 'आज इस रहस्य का पता चला कि प्रतिदिन दस लाख गैलन पानी बाहर से भी आता है। आशंका है कि वाशरी के बगल के तालाब या दामोदर में सम्पर्क हो गया है—अन्दर ही अन्दर।'

इस पर मक़बूल साहब की टिप्पणी है : 'द थोर एंड द जॉयंट्स।'

उन्नीसवें दिन में दर्ज है : 'कुल बारह करोड़ गैलन पानी निकाला जा चुका है।'

तेइसवें दिन : 'चौदह करोड़ गैलन पानी निकल चुका। कुल सत्रह सौ आदमी राहत-कार्य में लगे हुए हैं। आज या कल में पहला उद्धार-दल नीचे उतरेगा। जरूरी उपकरण तैयार हैं।'

जहाँ भी दो-चार जन बात कर रहे हों, मक़बूल पहले ध्यान से सुनते हैं, फिर चट डायरी निकालकर पन्ना-पन्ना पलटकर सही सूचना पर उँगली रखकर दिखाते हैं। उन्हीं से थापा सूचनाएँ भट्ट साहब तक ले आता है।

ऊधमसिंह की माँ के आते ही आशीष ने गूँगी को उनके साथ करके तनिक राहत की साँस ली। जो स्वयं दुखी हो, वह दूसरे का सहारा क्या बन सकती थी? एक जितनी गूँगी, दूसरी उतनी ही वाचाल! और वाचालता भी कितनी—उन्माद की हद तक पहुँची हुई।

सरदारनी सवेरे-सवेरे पेड़े का प्रसाद लेकर स्मिता के यहाँ हाज़िर, "जानो बेटी असमीता, रात में आज सपणा आया, मैं क्या देखती कि मेरा बेटा ऊधम पाणी से निकल के आ रहा है कार (घर) में। हम उसको छुआ, टटोला, हाथ-पाँव सही-सलामत। मैं लिपट गई उससे। वो बोला, 'माँ, बड़ी ज़ोर की भूख लगी है।' मेरा बेटा जरूर आएगा, देख लेना।" बहुत खुश थी सरदारनी।

जब से एक्सीडेंट हुआ है, दीवानी हो गई है। जहाँ जाती है, बेटे का बखान करके रोने लगती है।

मुश्किल है, प्रायः हर पड़ोसी की एक-सी हालत है। कोई किसी की क्या सुने, जब वह स्वयं निरुपायता के दलदल में बेजार हुआ जा रहा हो!

स्मिता उसे टाल नहीं पाती : हर दिन वही एक ही बात! पागल तो नहीं हो गई सरदारनी?

दोपहर ढलने पर मणीन्द्र आए। थकान से चूर, पानी से भीगे। बगान में रुक गए।

''कोई निकला?''

''क्यों?''

''अरे वो बुड्ढी सरदारनी—ऊधमसिंह की माँ—आई थी। कहती थी कि आज उसका बेटा जरूर आएगा।''

मुँह टेढ़ा हो आया मणीन्द्र का, ''ये मेरे बदन की बू तुम तक जा रही है?''

''छी! माँ...!'' नाक बन्द करती हुई परे जाकर थूकने लगी स्मिता।

''स्मिता, आज ऊधमसिंह अगर निकल भी आए तो क्या उसकी माँ पहचान पाएगी उसे?''

बारह-बारह बालटी पानी और पाँच-पाँच बार साबुन के नहाने पर भी मन साफ़ नहीं होता। लगता है, वह लाशों के सैलाब में डूबता जा रहा है, डूबता जा रहा है, ऐंठी, बेतरह फूली, बदबू देती लाशें...!

लोगों की आशा पानी के बदबू में डूब-डूबकर उतरा आती है। हज़ारों ज़ुबानों पर एक ही बात है, 'हे भगवान, सही-सलामत निकल आवें! हमें कुछ नहीं चाहिए, कुछ नहीं! हम शिकायत भी नहीं करने जाएँगे कहीं। जो किया, सब माफ!'

ज़ीरो पावर के बल्ब की रोशनी में बड़ी भयावनी लगती है मलकट्टे की प्रतिमा। मसहरी के झीने आवरण के पार आबनूसी बदन की तनी नसें और गुठलाई मांसपेशियाँ दोनों हाथों से जकड़ा, ऊपर तना हुआ गैंता...भट्ट को वहम होता है कि मूर्ति ज़िन्दा हो उठी है, और अब दे मारेगी गैंते से...उठकर ट्यूब-लाइट जलाते हैं। काले मलकट्टे की रौद्र आकृति से चिलक उठती हैं रोशनी की लकीरें। पुकारते हैं, ''थापा, ओ थापा!''

''हाँ, साहब!''

''एक चादर से ढँक दो इस मूर्ति को।''

थापा रेक से लेकर एक पुरानी चादर डाल जाता है प्रतिमा पर। ट्यूब-लाइट ऑफ़ कर जा लेटते हैं मसहरी में। जब से जमानत पर छूटे हैं, अपने बँगले में ही नज़रबन्द हैं एक तरह से। हमेशा इसी कमरे में सोते आए थे। वह प्रतिमा उनकी कलाप्रियता के नाम पर ढेरों प्रशंसाएँ बटोर चुकी थी। आज के पहले यह प्रतिमा कभी भी इस क़दर डरावनी नहीं लगी। जैसे-जैसे एयर-पॉकेट का शोर ज़ोर पकड़ता गया, एक दमित भय लावे की तरह शिराओं में रेंगने लगा। उन्हें लगता है, इस मलकट्टे की जगह उस बेतरह फूले दुर्गंध फेंकते मज़दूरों की लाश है गैंता ताने हुए...

"ओ थापा!" भय की चीत्कार।

"हाँ, साहब!" थापा दौड़ा आया तो उसने देखा, साहब पसीने से नहाये, बुरी तरह काँप रहे हैं।

थापा की पत्नी आतंकित है साहब की मुद्रा पर, "अब यह बँगला छोड़ देने में ही बुद्धिमानी है।"

25

रे प्रवासी, जाग, तेरे देश का संवाद आया

नये केज से रेस्क्यू ऑपरेशन के पहले दल का पाताल-प्रवेश! उप-मुख्य अधीक्षक उद्धार समिति, मिस्टर जयनाथन, फ़ोटोग्राफ़र फ़िलिप, उप-आरक्षी-अधीक्षक सोमेश, और दो-दो के दल में चार-चार सदस्य। ये आठ सदस्य खनन अभियंताओं और सेंट्रल माइन्स रेस्क्यू स्टेशन के परम दुस्साहसी प्रशिक्षित श्रमिक राघो, मोहसिन, जमादार सिंह, लोकेश हैं। इनमें तीन तो चन्दनपुर के ही हैं—चीफ़ माइनिंग इंजीनियर आहूजा और सर्वेयर मणीन्द्र मुखर्जी तथा मुकुल मुखर्जी! सबके चेहरे पर मास्क हैं।

चाणक की सुरंग खोंढ़रा गई है—वर्षों पुराने कुएँ की तरह भयावह और रहस्यमय। रह-रहकर ऊपर से पानी और पत्थरों की बारिश होती है। दिल धक-धक धड़क रहे हैं। मिस्टर जयनाथन ने पहले ही परीक्षण कर लिये हैं। फिर भी केज जहाँ कहीं कूप को छूता-सा लगता है, उनके इशारे पर रोक दिया जाता है। रुक-रुककर अन्तत पहले क्षितिज के दो मीटर ऊपर ही रुक जाता है पिंजरा।

सर्चलाइट की तेज़ रोशनी में नीचे का मलबा रौशन है। पानी चमक रहा है। ऊपर खोपड़ी के कंकालनुमा कुछ तैर रहा है। ध्यान से देखने पर पता चलता है— हेलमेट है। दूसरे शैफ़्ट से पानी की निरन्तर निकासी जारी है। आहिस्ता-आहिस्ता पानी से कैक्टसी आकृतियाँ उभर रही हैं—लकड़ी, फ़ायर-ब्रिक्स की पट्टियाँ, पाइप, पट्टे, आर्चों और शहतीरों की फुनगियाँ। जितनी दिख रही हैं, उससे कहीं ज़्यादा मिट्टी, कोयले और बालू के मलबे में दबी पड़ी हैं। लगता है, कोई बड़ा कारख़ाना सदियों पहले किसी भूकम्प में ज़मींदोज़ हो गया हो! पिंजरा नीचे आता है।

ईश्वर का नाम लेकर उद्धारकर्ताओं का दल हत्यारे पंक में अवगाहन करता है।

मलबे से जूझते-जूझते एक दल थक जाता है तो दूसरा दल आता है। दूसरा थकता है तो तीसरा। रात-दिन लगातार काम। गारे की तरह काला गाढ़ा पानी। पिट-आई के मलबे में पहली लाश—बेतरह फूली। पानी उलीचकर ऊपर गन्दगी का आवरण हटाया जाता है। मस्तक का चमड़ा उधड़ गया है। एक आँख बन्द, एक आँख में सिर्फ़ सुराख। इस तरह की तीन और लाशें एक पर एक रखी गईं पिंजरे में। चार लाशें और पन्द्रह हेलमेट, दस कैप-लैम्प लेकर पिंजरा ऊपर गया।

उद्धारकर्ताओं का दल अब घुटने-भर गन्दे पानी को सोटे की थाह लेते हिलकोरते, टटोलते पूरब की ओर बढ़ता है। पूर्वी सेंट्रल गेट मौत की सुरंग-सी खुली पड़ी है। वायु कपाट टूटा पड़ा है। पूरी गैलरी के मलबे पर सर्चलाइट रेंग रही है। ना, आगे क़तई नहीं बढ़ा जा सकता। मुड़कर वे दक्षिण की ओर जाने वाली दो नम्बर की गैलरी के जंक्शन के आगे फिर एक-सा अवरोध। लौट आते हैं, पश्चिम की ओर। मेन ड्राइवेज़ में सेंट्रल गेट तक आते-आते सर्चलाइट एक बड़े अवरोध पर ठहरती है। लगता है, बाढ़ में कोई फँसा मरकर बेतरह फूलकर रास्ते में पड़ा है—यह वही लोकोमोटिव है, जिस पर विष्टूदा को नाज़ रहा करता था। सारे वायु-कपाट जटायू के पंख की तरह टूटे पड़े हैं। सामने मलबा-ही-मलबा...!

दो-दो घंटे के अनन्तर पुरानी रेस्क्यू पारटी की जगह नई आ जाती है। जहाँ तक नज़र जाती है, जिन्दा आदमी मलबे में मुरदों को टटोलते नज़र आते हैं, जैसे एक विराट उत्खनन कार्य चल रहा हो! आज न वे स्किप हैं, न वे पिंजरे। उनके नये स्थानापन्न लगाये गए हैं। स्किपों पर कभी ठोस ऊर्जा जाती थी ऊपर, आज मलबा जा रहा है। डोलियों पर कभी जीवित आदमी ऊपर जाते थे, आज मुर्दे जा रहे हैं।

पहली लाश केज से उतारकर स्ट्रेचर समेत कसमसाती भीड़ के बीच में। धड़कनों की लहर!

"पहचानो अपने-अपने आदमी को?" उपायुक्त रूमाल नाक से हटाकर बोलते हैं।

कैसी कठिन परीक्षा है! इस रूप में कभी देखा नहीं, सोचा तक नहीं। जिन्न की तरह फूली लाश। दुर्गन्ध के मारे जी मितलाने लगता है। करुणा और बीभत्स रस का बेमेल आलम। नाक पर आँचल ढँके सिसकती हुई शिनाख़्त।

लाश उलट-पलटकर दिखाई जा रही है—न...नहीं पहचानी जा रही। उँगलियों की अँगूठी मांस में दबी है। तनिक ज़ोर देते ही मांस के साथ अलग हो जाती है।

"परभू!"

नाम सुनते ही भीड़ के एक कोने से रुलाई फूटती है, "मैया...गे...!"

जगह बना दी जाती है उस औरत के लिए।

"यह अँगूठी उनकी उँगली से निकाली है...आप उनकी पत्नी हैं? पहचान पा रही हैं इसे...?"

रुलाई के मारे दूसरी आवाज़ें रुँध रही हैं। यह आदमी उसका नहीं, मगर अँगूठी पहचानती है वह। बप्पा ने कर्ज़ लेकर बनवाया था बियाह में। औरत सहसा पीछे मुड़कर दौड़ने लगती है।

"अँगूठी तो लेती जाइए!" आवाज़ हारकर लौट आती है।

दो लाशें आ रही हैं इस बार। फिर एक लाश! मरे कछुओं की तरह घुमा-घुमाकर नीलामी जैसी बोली।

"ए, पीछे हटो!"

'फट-फट' फटकारते हैं डंडे पुलिस वाले। गंजी में उलझे टूटे जनेऊ से कुंजी निकालकर दिखाई जा रही है।

"पंडित रामरिख पाठक," माइनिंग सरदार पाठक की लाश।

फफकते हुए गले से लिपट जाना चाहते हैं बेटे। मगर बदबू देती लाश को देखकर हिम्मत छूट जाती है। माँ को दोनों ओर से पकड़कर अन्तिम दर्शन कराते हैं।

"और ये...?"

सर कुचला हुआ है तो क्या...? बाँह पर का गोदना अभी भी सलामत है। सोनमती—अपढ़, गँवार होकर भी—इन अक्षरों की भाषा को औरों से ज़्यादा समझती है।

"ऐ! ऐ! लाश को मत छुओ!"

ना-ना करते हुए भी चिपक जाती है लाश से। ढाड़ मारकर रोते-छटपटाते दूर ले जाई जा रही है सोनमती।

लिस्ट में नाम ढूँढ़ा जा रहा है। नाम कहीं नहीं है।

"यह कैसे हो सकता है? तब क्या वह औरत फ्रॉड है?"

कान की बाली से एक धुँधली-सी पहचान बनती है 'बिरही' रामनाथ की। खींचते ही कान का चमड़ा लेकर बालियाँ बाहर आ जाती हैं। गर्भवती पत्नी को दो औरतें सहारा देकर गिरते-पड़ते सँभालते आ रही हैं। यादों के अन्तिम अवशेष सिन्दूर के ख़ाली डिब्बे में भरकर ले जा रही हैं।

एक लाश अभी-अभी और आई है। पहचानी नहीं गई है। जाँघ का मांस नहीं है! क्या कहा? 'माइनिंग सरदार गजाधर सिंह?' मेहरारू तो छाती पीट-पीटकर रो रही है। च्च! च्च!! बेचारी की भेंट भी हुई तो ऐसी हालत में!

"ऐं, क्या कहा? लाशें मिलेंगी नहीं अभी? अभी चीरफाड़ होगी? अरे! अब क्या करना है? चोंचला बन्द करो। बहुत दुर्गति कराई। अब और नहीं।" सहुआइन फेंटा कसकर रस्से के बाहर से चीख़ रही है।

"ऐ, चुप रहो! देखो, पबितर महतो क्या तो कह रहा है। कोई-कोई जिन्दा हो सकता है पैनेल में। वहाँ पानी के नीचे की पट्टी वैसी गीली नहीं। उसी के मुँह के पास से आज की तीन लाशें मिली हैं।" गोकुल की माँ ने कहा।

अब सहुआइन में नया उत्साह आ गया, ''महतबा देख के आया है, पचीस आदमी बात कर रहे थे एक जगह, पचीसों को खाना-कपड़ा दिया गया है। मगर रस्ता जाम है। पूरी कोरशिश चल रही है, रात-बिरात निकलेंगे।''

''कौन-कौन हैं?''

सहुआइन का पच्चीस पचास में, पचास सौ में गुणित होता चला गया। वीरान होता हुआ कपालिनी देवी का मन्दिर फिर गुलज़ार हो गया है। मंत्रकीलित योगिनियाँ सर झटक रही हैं, फहरा रही हैं कुंतलों की ध्वजाएँ।

पैनेल में वही जा सकता है, जिसको उस ख़तरनाक, ऊर्द्धगामी सँकरी सीम की पूरी जानकारी हो। सो आज की पार्टी में पूर्वी क्षेत्र के श्री सिंह का दल और स्थानीय मुकुल मुखर्जी, मणीन्द्र राय चौधरी, आशीष, ई.सी.एल. के अनुभवी प्रशिक्षित मज़दूर और दूसरे लोग हैं। जल्दी करो, किन्हीं की ज़िन्दगी का सवाल है। मगर जल्दी-जल्दी करने पर भी जल्दी होती नहीं। मुहाने से लेकर अन्दर तक जाम है। पहले रस्से से खींचकर टब हटाये गए। फिर बड़े-बड़े लोहे, पत्थर, ईंट के टुकड़ों को टबों के बाहर निकाला गया। पच्चीसियों टबों में तो सिर्फ़ बालू और कोयले का कीचड़ है। तकरीबन दस घंटे की सफ़ाई के बाद पाँच आदमी एक-एक कर पेट के बल रेंगते हुए पैनेल में घुसे। सबके मुँह पर मास्क, ऑक्सीजन की नन्ही पेटी। हाथों में दस्ताने, पाँवों में खास तौर पर बने पम्प शू। सबसे आगे सर्वेयर मणीन्द्र, फिसलन-भरी चढ़ाई में उनके पीछे मुकुल मुखर्जी हाथों पर बार-बार टिककर आगे सरकते हैं। मुकुल के पाँव पीछेवाले के हेलमेट और हाथ के सहारे। अगल-बगल लोहे की कीलें हैं। कीचड़ में सनते-लिथड़ते वे पचास फ़ीट आगे बढ़े कि सुरंग चौड़ी होने लगी। अब वे झुके-झुके चलने लगे। आगे दो रास्ते बँटे हुए थे। बाईं ओर की गैलरी से मुकुल लीड करने लगे और दाईं ओर की गैलरी को मणीन्द्र। आशीष मणीन्द्र के साथ था।

कुछ दूर तक बोरियों में बालू भरकर पंकिल पथ पर बिछा दी गई हैं। मगर आगे थोड़ी दूर तक गरदन भर पानी है। उसके आगे उठान। अब मलबे से आदमी के पाये जाने की सम्भावना उत्तरोत्तर बढ़ती जा रही थी। वे इतनी सावधानी से मलबा हटा रहे थे कि जैसे मलबे के घोंसले से अंडे निकाल रहे हों! बहुत धीमी गति। आठ कैप-लैम्प और कटे चिथड़ों के अलावा अभी तक कुछ नहीं मिला था।

अचानक इतवारी को लगा, जिसे वह मलबा समझकर खींच रहा है, वह किसी के बाल हैं। उसके इशारा करते ही मणीन्द्र झुक आए। हाथ आगे बढ़े, सर के गोल अंश को महसूसा, जल्दी-जल्दी ऊपर का मलबा साफ़ किया गया। बहुत धीरे-धीरे खींचकर लाश निकाली गई। दो मज़दूर उसे लेकर पानी में धोने चले गए। दो ने एक-एक हाथ पकड़ा। एक ने दोनों पाँव। पानी में बार-बार हिलकोरने पर भी चेहरा

पहचान में नहीं आया। जाँघ के पास कुछ हिस्सा कटा हुआ था। उन्होंने समझा, निकालते समय कट गया होगा।

अब तक दो लाशें वहाँ से निकाली जा चुकी थीं। सब-की-सब बेतरह फूली हुई। सूँघ लो तो जान चली जाए!

पैनेल में आगे बढ़ते ही मणीन्द्र और आशीष ने कैप-लैम्प की रोशनी में देखा तो भावुक हो आए। उन्हें एक पल को लगा कि वे किसी आदिम गुफ़ा को देख रहे हैं। बढ़ी दाढ़ी, नंगे लेटे, उठंगे मज़दूर! ...लगा, बाहर के खूँखार पशुओं से बचने के लिए वे डर के मारे इस आदिम गुफा में सिकुड़े पड़े हैं।

पहली लाश पहचानी नहीं जाती। सड़ चुकी है। दूसरी, फिर तीसरी, फिर चौथी...और अब यह पाँचवीं लाश भी। मगर ठहरो, गले में जनेऊ है, ग़ौर से देखो। शालिगराम दूबे! भला देखकर कोई कह सकता है कि यह दूबे की लाश है? सप्ताहांत में मुंडन न कराते तो अशुद्ध हो जाते...और यहाँ सर पर छोटे-छोटे बाल और पकी दाढ़ी...! लाश...'ऐ, ठहरो, बाँह में गोदना है...लिखती हूँ खत ख़ून से स्याही न समझना...इंजोरिया!' अरे, यह तो मंगतू है! सातवाँ आदमी! देखो तो झुका पड़ा है। शायद अभी साँस चल रही हो! छूते ही सेफ़्टी वीक की प्रदर्शनी की मूर्ति की तरह भरभराकर गिरता है सूफ़ी कलीमुद्दीन।...आठवीं...अरे ई तो झानू है, जैसे गोली खाकर रास्ते में लुढ़का पड़ा है—अंगारडीहा का अंगार पुरुष!

और यह? सोना! चन्द्रकिशोर सिंह के ठेके का आदिवासी मजूर। थककर खदान में ही रोज़ की तरह सो गया है सोना। आज विष्टूदा होते तो उनकी प्यार-भरी गाली 'उठ! गाधा कोथाकार' पर आँख मलते-मलते उठ खड़ा होता।

दसवीं लाश औंधी पड़ी है—हाथ सामने को फैले हुए। मुँह ऊपर उठाते ही सोमारू मिस्तरी का दीन चेहरा सामने आता है। दंड-प्रणाम करते हुए अब उठा नहीं जाता।

'नरियर फरिहैं घवद सँय, ऊपर सुगा मेंडराय,
मारबो रे सुगना धनुष सँय, सुगना गिरे मुरझाय,
सुगनी जो रोवो है वियोग सँय, छठ मैया होऊँ ना सहाय।
सुरूज देव होऊँ ना सहाय।'

गीत गाती हुई औरतों का कारवाँ दूर चला गया है। उठो सोमारू। तुम्हारी गूँगी बिटिया मुड़-मुड़कर तुम्हें निहार रही है। 'कहाँ रह गया बाप? हे छठ मैया, हे सुरूजदेव...!' बेटी विनती कर रही है, कलेजा दो टूक हुआ जा रहा है, 'उठोगे नहीं...?'

मिस्टर सिंह भरे गले से बोलते हैं, ''हमें देर हो गई है। काश, कुछ दिन पहले पहुँच पाते! कुल बारह आदमी...।''

रुआँसा हो उठा आशीष, तो क्या ऊधम इस एयर-पॉकेट में नहीं था...? वह आगे बढ़ता है। मलबे की ओट में बढ़ी दाढ़ी और केश देखकर चौंक जाता है।

"अरे ऊधमसिंघा!" उसकी बाँहें परिन्दे के पर की तरह खुल तो गईं, मगर उड़ नहीं सका वह। ठिठककर लगा देखने। न—नहीं! इतनी देर तक छका नहीं सकता ऊधम! वह खड़े-खड़े ही फफक पड़ा। मगर जल्द ही उसने अपनी इस कमज़ोरी को ज़ब्त कर लिया। उसके मन में अब मैनेजमेंट के प्रति दुर्दम्य घृणा भरती जा रही थी।

देखें, मुट्ठियों में क्या है? एक उचक्के की तरह उसने मुट्ठी से डायरी छीननी चाही, मगर अकड़ी हुई मुट्ठी की गिरफ़्त से डायरी छीन पाना इतना आसान था क्या? लाश से लड़ना—यह नरक भी भोगना लिखा था किस्मत में। बड़ी मुश्किल से दोनों डायरियाँ निकाल पाया वह। अन्तिम पृष्ठ पर ख़ून से अंकित इबारत चमक रही थी—'मैनेजमेंट हत्यारा है!'

इसके पहले कि वह और कुछ करता, चटर्जी साहब की आवाज़ भन्ना उठी, "सी, द हॉरर।"

उसने झट-पट डायरी को अपनी जेब के हवाले किया। दिल ज़ोरों से धड़क रहा था।

"यह कौन है?"

"ऊधमसिंह।"

"जिन्दा है?"

"ना।"

"तलाशी में कुछ मिला?"

"न—न! क—कुछ भी नहीं।"

"तो वहाँ से जल्दी उठो। इन लाशों को ऊपर ले जाना है।"

उनके परे हटते ही, एक बार फिर डायरी पढ़ने का लोभ जगा। इस बार पहला चिपचिपा पन्ना...प्यारे आशीष को...।

'रे प्रवासी, जाग, तेरे देश का संवाद आया...'

ऊधम की प्रिय कविता...वह इतनी बार आवृत्ति कर चुका था कि आशीष को सुन-सुनकर याद हो गई है :

'भेदमय सन्देश सुन पुलकित खगों ने चंचु खोली,
प्रेम से झुक-झुक प्रणति में पादपों की पंक्ति डोली।
चूमकर, प्रति रोम से सिर पर चढ़ा वरदान प्रभु का
रश्मि अंजलि में पिता का स्नेह आशीर्वाद आया।
रे प्रवासी, जाग...।'

सर्चलाइट को पीछे से ढँककर खड़ा है आशीष। उठँगा पड़ा ऊधम महज़ उसकी कैप-लैम्प से आलोकित हो रहा है। वह रोते हुए अतिरेक में उसका बदन चूमता है। फिर खड़ा होता है। हाथ अब भी उठे हुए हैं—जैसे रिले-रेस के एक धावक ने अभी-अभी अपना बैटन थमाया हो अपने साथी को!

मौत की सुरंग और गर्दन के गिर्द घिरी बाँहें

डायरी से गुज़रना मौत की सुरंगों से होकर गुज़रना है। हर सुरंग अन्धी सुरंग है। अगर माइनिंग सरदार पाठक ने चमचागीरी न की होती भट्ट की, अगर भट्ट ने ठँसानी देने के निर्णय पर पुनर्विचार किया होता, अगर महतो की तरह बाक़ी मज़दूर अड़ गए होते, अगर अधिसंख्य मज़दूरों को बरगलाकर निचली सतह में न भेजा गया होता, अगर मैनेजर ने सबको निकल जाने के बाद...उफ़! 'अगर', 'अगर', 'अगर'—कितने 'अगर' हैं! ऐसा न होकर वैसा हुआ होता, वैसा न होकर ऐसा—सब बेकार हैं अब।

नॉर्थ गैलरी के मुहाने की काली सुरंग से जाते हुए आशीष के ज़ेहन में बिजलियाँ कौंध रही थीं। इस पूरे प्रकरण में सबसे मर्मांतक अनुभव ऊधम की माँ का आना और जाना था। आई थी बेटे की शादी पक्की करने और गई बेटे की अस्थि लेकर। डायरी की बात तो ख़ैर, उसने स्वयं ही जान-बूझकर नहीं बताई। पोस्ट-मार्टम की रिपोर्ट तक को अधिकारियों ने दबा दिया। माँ जान भी न पाई कि उसका बेटा उन्नीस दिन मौत से जूझता रहा। आख़िर तक लगता था, मरा नहीं है, सो रहा है। जागते ही आँखें मलते-मलते पूछेगा, 'दादा, यह सुबह है या शाम?'

धनबाद से माँ को हज़ारीबाग की बस पर बैठाकर लौटने लगा, तो पाँव ही नहीं उठ रहे थे। कानों में बस एक ही करुण आवाज़ घुल रही थी माँ की, 'कित्ता समझाया, बेटा, कोयला खदान में काम करने न जा, न जा...मगर माना नहीं न! अब मैं किसके सहारे जिऊँ? ...मर्द लाहौर में बोटी-बोटी कटकर मरा, बेटी जसवंत को गुंडे उठा ले गए और बेटा... हुँह! हुँह! हुँह! कैसे तड़प-तड़प के मरा—आ-आ-आ या रब! मैंने तेरा क्या बिगाड़ा था...?'

ख़यालों में खोया चला जा रहा था कि एक अस्वाभाविक विस्तार पर वह ठिठक गया। कैप-लैम्प की रोशनी अब एक ईंटों के अस्थि-पंजर पर पड़ रही थी। अरे!...यही वो अग्निक्षेत्र है जहाँ आज से तीन माह पहले वह यकायक भावुक हो गया था। तब इस कंक्रीट की दीवार के पीछे आग जल रही थी और वह दीवार से निकले पाइप से गैस के नमूने इकट्ठा करने आया था विष्टूदा के आदेश पर।

जलप्लावन ने तोड़ डाली थी यह दीवार। बुझा डाली थी आग...। एक क्षण को जलप्लावन की ताक़त का अनुमान कर वह दहल उठा। उसके साथी आगे निकल चुके थे। वह वहीं बैठ गया। उसके ख़यालों में ईंट-ईंट फिर से जुड़ गई। बन्द हो गई दीवार। धधक उठी आग...। आज से तीन माह पूर्व...।

ईंट की दीवारों के पीछे कितनी-कितनी आग... ? भाभी, स्वाती, स्मिता दी, सिंह-त्रयी, मुकुलदा, चौधरी दा, झानू मुंडा। बग़ल में ही बह रहा है पानी ऊपर से ढलानों की ओर। कितनी आग और कितना पानी... ?

आग और पानी के सह-अस्तित्व के विरोधाभास की पहेली—'बूझो तो यह क्या है ?'

'सिन्दूर!' कहती भौजी।

'मोमबत्ती।' कहेगी क्लारा।

'बलि-मुंड!' कहेगी कपालकुंडला।

'ख़ून!' कहेंगे माफ़िया-सरदार और उनके गुर्गे।

'ख़ून के बदले ख़ून!' कहेंगे अगियारडीह के आदिवासी।

'सूअर का लाल गोश्त!' कहेंगे हरिजन-बस्ती के चखना चखते मज़दूर।

''दारू!' हेम्ब्रम और गुरुबचन सिंह कहते।

'लाल झंडा!' कहेंगे गाँव वाले महतो, ओझा, मंडल।

'दामोदर!' कह उठेगी कालिन्दी।

'चन्दनपुर!' कहेंगे चौधरी और मुकुलदा।

'हाँ, सिन्दूर, मोमबती, ख़ून, दारू, लाल झंडा और लाल गोश्त'—टुकड़ा-टुकड़ा सच्चाइयाँ हैं। समग्र सच्चाई होगी—पेट में आग लिये बहता दामोदर और तट पर झुलसता हुआ चन्दनपुर।

आज से तीन माह पूर्व यह पहेली उठी थी मन में।...तीन माह पूर्व के भटकाव का एक-एक अंश उसे याद है।

खदान के अन्दर इस क्षितिज (होराइज़न)से उस क्षितिज तक, इस छोर में उस छोर तक एक भटके परिन्दे की तरह उड़ रहा था वह। इसी के ऊपर कहीं सुबह की चिनचिनाती उदास धूप में धुल रहे होंगे अगियारडीह के घरौंदे। झारखंड सेना के भावी जवान कस रहे होंगे धनुष की प्रत्यंचा या ज़हर-बुझाकर रख रहे होंगे तीरों को। पेड़-पल्लव, झाड़-झंखाड़ पर रात के ओस की आख़िरी बूँद रीत रही होगी निःशब्द। मुँह-अँधेरे जवान लड़के-लड़कियाँ चले गए होंगे झरिया, चन्दनपुर, सिन्दरी, भोजूडीह, पाथरडीह। चरवाहे गुंज की माला गूँथ रहे होंगे या झाड़ी के फूल जूड़े में खोंसे जा रहे होंगे...। रपटीली सड़क चली गई होगी सिन्दरी को। बगल में यहाँ बहता होगा चन्दनपुर का जोर (नाना)। मंगतू सिंह भैंसों को चरती हुई छोड़ उजबक की तरह ताक रहा होगा लाठी टेके जोर में नहाती जवान आदिवासी औरतों को।...छोड़ो, बगल देखो, थोड़ी दूर दक्षिण में ठीक सर के हज़ार फ़ीट ऊपर बह रहा होगा दामोदर। सैंड प्लांट के कपूर साहब मुँह में पाइप दबाये देख रहे होंगे बालू के बीच दामोदर की छिछली-पतली धार को। मन-ही-मन सोच रहे होंगे—आज पानी कल की बनिस्बत और काला हो गया है। भोजूडीह में राँची

वाली गाड़ी देर तक रुकी है और उधर संथालडीह से ऊर्जा जा रही है कलकत्ता को रोशनी देने और खुद... ? तिरछी ऊँचाइयों को छोड़कर सीधे-सीधे...क्रॉस कट से लौटकर अनुमान लगाता हुआ फिर ठिठकता है...सिंह जी की समाधि अभी वीरान है। पास ही अखाड़े में चीकट धूल भरे लंगोट लटक रहे होंगे। चन्द्रकिशोर सिंह की बिल्डिंग—ऊँह! छोड़ो, बुझारथसिंह पे-काउंटर पर कुर्सी लगाये बैठे होंगे, 'निकाल खाम!'

बस्ती में तेल मल रहे होंगे जोखू और आगे हेम्ब्रम की काहिली का गुस्सा मुर्गियों पर झाड़ती हुई उसकी बीवी ने क्रिसमस की चिन्ता में आस्ट्रेलिया जाने वाली ऐंग्लो-इंडियन मेमों का गाउन पहनकर खुद को आईने में निहारा होगा। आईना छोटा है। टुकड़ा-टुकड़ा जोड़ने पर मुकम्मल तसवीर बनती है। एक साथ पूरी आकृति वह कभी-कभी तिवारी जी के गोदरेज अलमीरा में देख पाती है या अनूप सिंह के पलंग से जड़े शीशे में, जहाँ उधार माँगने या अंडे पहुँचाने जाती है। ...जज़्ब होते जाते हैं अक्स! अपने घर एक साथ पूरी आकृति कब उभर पाएगी, कौन जाने?

और यहाँ भाभी नहाकर अगरबत्ती जलाकर अपना ताबीज़ बाँध रही होंगी कि सब्ज़ी की जली गन्ध पाकर दौड़ी होंगी, यानी जली सब्ज़ी परोसती हुई तनिक अपराध-बोध में घूँघट में सहमी-झेंपी हुई-सी। होंठ सिकोड़कर फिर बोलेंगी दोपहर को—'आज तो ख़ता माफ़ करो।'...'ख़ता! मेरे माफ करने से क्या होता है, प्रसाद भैया माफ कर दें, तब न।' वह मन-ही-मन बोलेगा। वहाँ से अपने घर में उचककर झाँकता है...। सन्नाटा दरारों से मिथेन गैस की तरह रिस रहा है। एक कौआ रात को गिरी रोटी नोंच रहा है आँगन में। वो ले उड़ा आहट पाकर। छेदीलाल कोई और त्रिआयामी नंगी तसवीर टाँग रहा होगा। यहाँ ऊपर से जा रही होगी सड़क। बग़ल में हरिजन-बस्ती। लंगड़ जगन खाट पर बैठा होगा। ढेर सारा माँड़ ढालकर चली गई होगी छोटन की बीवी नाद में और घों-घों करते जुट आए होंगे छौने चपड़-चपड़ चाटते हुए। नीम के पेड़ों के नीचे शोर मचा रहे होंगे बच्चे हरिजन पाठशाला के। आगे क्वैरी...और ठीक सर पर पड़े होंगे ट्रक लाइन बाँधकर। ड्राइवर और खलासी पास के नल पर नहाती हरिजन औरतों को घूर रहे होंगे। ऊपर फिर ज़ोर, फिर खेत और झाड़ियाँ, इन्क्लाइन का सुरंगनुमा मुहाना, चाय की गुमटियाँ, टाइम ऑफ़िस। हाज़िरी बाबू सही हाजिरी बनाने के लिए भी मोल-भाव कर रहे होंगे। इक्के-दुक्के मज़दूरों से। सूदखोर और यूनियन के दूसरे दलालों का दल गीध की तरह बैठा होगा...आगे महतो की समाधि पर बाघ-बन्दी की व्यूह-रचना चल रही होगी। सेमल के पेड़ों की छाया में मन्दिर के सामने से पंडित की भैंसा-गाड़ी मिट्टी के पके बरतन लेकर खड़खड़ाती गुज़री होगी। रक्त के धब्बे छुड़ाती स्वाती ने मुड़कर ताका होगा। ऊँघते घरौंदों को छेड़ता गड्ढों में हिचकोले खाते, उछलते-कूदते नतोदर सड़क के कूबड़ पर अर्द्धचन्द्राकार गेट पर ट्रक मुड़ा

है। दूर के दारूखानों ने आँख झपकाकर देखा है और लो, घुप्प अँधेरे में उलटी आँखों के बुलबुले से उठती मौत की कौंध। चकरा गया सर। बैठ गया उसी जगह।

सब कल्पना। सब मिथ्या। सच तो यह अँधेरा है। सिर्फ़ अँधेरा। घड़ी देखी, बारह बज रहे थे। सूरज ठीक सर पर होगा। उजाले के विस्फोट से चौंधिया रही होगी धरती लेकिन यहाँ... ?

अचानक उसे जाने क्या सूझा, उसने कैप-लैम्प बुझा दी और उजाले से चुप-चाप अँधेरे में छलाँग लगा दी। शोर नहीं, रंग नहीं, आकार नहीं।

गोता मारो। अकुलाहट में पल-पल गुज़रते गए। सहसा दूर चलती हुई रोशनी नज़र आई, जैसे स्लो-मोशन में कोई उल्का-पिंड चल रहा हो!

'अरे, तुम यहाँ हो? कहाँ-कहाँ ढूँढ़ता फिरा तुम्हें, मालूम है? खाद में अकेले नहीं आना चाहिए कभी।'

आवाज़ से पहचाना, यह ऊधम था। वह कुछ नहीं बोलता।

'क्या बात है?' सरदार सन्देहास्पद नज़रों से घूरता है उसे।

'तुमने अँधेरे को कभी महसूसा है, दादा?'

दोनों के कैप-लैम्पों की रोशनी एक-दूसरे के चेहरे पर पड़ रही है। उसने अपनी कैप-लैम्प बुझा दी।

हँसता है ऊधमसिंह, 'किस-किस अँधेरे की बात करूँ आशीष—उस अँधेरे की, जब पार्टीशन के दौरान मेरा बाप टुकड़े-टुकड़े कटता रहा, ताकि हम भाग सकें; या कि उस अँधेरे की, जब अपने ही देश में बहन को झरिया के गुंडे उठा ले गए और पुलिस उलटे मुझ पर ही हँसती रही, जैसे मेरी एक बहन और इतने बहनोई हों? या उस अँधेरे की जब प्रोमोशन में जाति और प्रांत देखा गया था, या कि उस अँधेरे की जो रोज़ ग़लत खानापूरी करके खुद ही पैदा करना पड़ता है, ताकि मैनेजमेंट की नाक ऊँची रहे?'

मायूसी में हँसते हुए उसने अपनी कैप-लैम्प भी बुझा दी। घुप्प अँधेरा। निर्वाक् सन्नाटा।

सहसा उसने गरदन पर एक बलिष्ठ, उष्ण पसीने-भरे हाथ का स्पर्श महसूस किया। अँधेरे में भूतीली आवाज़ ऊधमसिंह की, 'दोस्त, लाख अँधेरे हैं, मगर गरदन के गिर्द घिरी इन बाँहों का अहसास कभी मर सकता है, जान रहते?'

लगा, सैकड़ों कैप-लैम्प एक साथ जल उठे हों! पोर-पोर उजाले से सराबोर हो उठा हो! यह एक अनोखा अनुभव था।

आगे-पीछे दोनों लौट आए थे। मुकुलदा के दफ़्तर में मक़बूल की चाय सिप करते-करते ऊधमसिंह ने आज की उसकी हरकत एक्सपोज़ की तो मुकुलदा ने आँखें फैला दीं, 'किसी भी खदानिये से पूछो, नीचे के उस मनहूस काले परिवेश में ऊपर की किसी अंतरंग दुनिया का शायद ही कोई ख़याल आता हो किसी को। तुम

कैनरी बर्ड से भी ज़्यादा सेंसिटिव हो। उड़ते रहे इस क्षितिज से उस क्षितिज तक। विगत से टकरा-टकराकर घायल होते रहे।'

'सर, मेरा ख़याल है, अब से कार्बन मोनोक्साइड की टेस्टिंग के लिए कैनरी बर्ड के इस्तेमाल की ज़रूरत नहीं। उसे मुक्त कर आशीष को पिंजरे में डाल दें।'

अब, वह सारी भावुकता बीते दिनों की बात हो गई है। यादें, सिर्फ़ यादें और एक जलती हुई कठोर हक़ीक़त।

अचानक, एक साथ कई बूटों की आहट पर वह अपनी दुनिया में लौट आया। देखा तो जाँच कमीशन के साइंटिफिक एक्सपर्ट प्रिंसिपल अहलूवालिया साहब थे। वे क्रॉस कट की ओर मुड़े। तो क्या पानी के फूट पड़ने की जगह की जाँच करने आए हैं? एक विचार कौंधा, यहीं क्यों न उन्हें डायरी की सूचना दे दी जाए, मौका देखकर? उसने सफ़ाई के काम पर जाने का इरादा छोड़ दिया। क्या होगा जाकर? मलबा ही तो साफ़ करना है। उससे ज़्यादा जरूरी काम है यह। वह उनके पीछे-पीछे चलने लगा। अगल-बग़ल चटर्जी साहब, आहूजा साहब, सिन्हा साहब और पीछे-पीछे सुरक्षा-अधिकारी अरोड़ा तथा ज़िलाधीश दुबे।

आगे रुक-रुककर घुटने-भर कीचड़-भरे पानी में चलना था। जूतों की दुर्गति की कल्पना महामान्य अधिकारियों को न थी। पर अब क्या करते...?

दुबे और अहलूवालिया पत्थरों पर पाँव रखकर आगे निकल गए। बाक़ी लोग झिझक रहे थे। फ़्लैश की तीखी रोशनी में शैतान के मुख की तरह खुला हुआ वह अंश चितकबरा-चितकबरा चमक रहा था। टेप से मापा गया। साढ़े छह फ़ीट मोटा निकास बारह फ़ीट खड़ा...पुराना डैम टूटा पड़ा था। तीन-तीन सेंटीमीटर व्यास के रॉड पानी के प्रबल वेग से मुड़ गए थे। पानी झरने के समान गिर रहा था—अनुमानतः हज़ार गैलन प्रति मिनट।

अब फ़्लैश इर्द-गिर्द चक्कर काटने लगा। रह-रहकर एक चमक कौंधती... शायद फ़ोटोग्राफ़र का फ़्लैश था। जगह-जगह कोयले के ढेर, कीचड़, बालू, लोहे की शहतीरें, उखड़ी लाइनें और उलटे पड़े टब...।

"अरे, ये टब तो ज़रा पुराने मॉडल के हैं?" अहलूवालिया ग़ौर करने लगे।

"सर, वे तीस वर्ष पहले के हैं। इन्क्लाइन में काम बन्द होने के वक़्त शायद निकाले नहीं जा सके थे। बहकर आ गए होंगे।" अरोड़ा साहब ने कहा।

अहलूवालिया ने कोई प्रतिटिप्पणी न की। वे मुड़कर पीछे छूट गए पानी को देखने की असफल कोशिश करने लगे।

आशीष कसमसा कर रह गया। एक बार भी अहलूवालिया साहब अकेले होते, एक बार भी...मगर नहीं।

दूसरे दिन, उसे अपनी इस गुस्ताख़ी की सज़ा मिली। उसे एक दूसरी खदान में डिप्लाय कर दिया गया।

आदमी नहीं, अदद!

दो महीने के बाद कंकालों की आख़िरी खेप निकाली। पच्चीसवें दिन के बाद से कोई भी लाश नहीं मिली थी। मिले थे सिर्फ़ कंकाल। इधर दूसरे तल तक पहुँचने के लिए लगातार पानी पम्प किया जा रहा था। पैंतीसवें दिन ही केज नीचे तक जा सका। वह भी नौ फ़ीट ऊपर तक ही। वहीं से नीचे का जो दृश्य दिख पड़ा, वह ऊपरी तल के तांडव को भी मात कर गया। लगा, अन्दर सब कुछ ढह गया है। हर चीज़ उलट-पलट, मटियामेट करके कोई दानव चला गया हो। केज के नीचे मलबे, शहतीरें, टबों के टूटे अंश, मशीनें और तैरते कन्वेयर-बेल्ट नज़र आ रहे थे। बीच-बीच में उजला हेलमेट-सा कुछ। ग़ौर से देखने पर उनमें से कई काँप गए—कंकाल। पानी का इतनी ऊँचाई से गिरना और फिर पंपिंग प्रक्रिया से मंथित होना—बेचारी माटी कितना बरदाश्त करती!

कंकाल भी कहाँ सलामत रह पाए? उनके बहुतेरे जोड़ ऊपर के भारी मलबे को हटाने के क्रम में टूट-फूट गए। बहुत मुश्किल से ही कहीं-कहीं चिपका सड़ा मांस ढूँढ़ा जा सकता था।

ऊपर आर्च एक तरफ़ रखे जा रहे थे, टब एक तरफ़। स्किपों को नीचे ही छोड़ दिया गया था। भारी मशीनों को भी। कंकाल एक तरफ़ रखे जा रहे थे।

दामोदर के तट पर लाशों की सामूहिक चिताएँ एक सप्ताह से शान्त हैं। अभी कंकालों का हिसाब साफ़ होना है। बहुतों की खोपड़ी तक नहीं है। हाथ-पाँव की अस्थियाँ तो शायद ही सबकी मिली हों। उँगलियों का कूड़ा बगल में उलीचा पड़ा है। अधिकारियों के सामने बड़ा पेचीदा सवाल है—कंकालों की सही-सही संख्या का पता लगाना। खानापूर्ति चल रही है। जाने किसके बदन की हड्डी किसके साथ? कुछ-एक हड्डियाँ ग़ायब हैं तो कोई बात नहीं, दब गई होंगी कहीं। एक कंकाल बना कि उठाकर अलग फेंका गया।

किस कंकाल के किस अंग की हड्डी कहाँ गई, किस-किसकी मिली, कितनी दामोदर में पम्प के पानी के साथ उलीच दी गईं, कितनी नीचे ही मलबे या कोयले की दरारों, खोहों में धँसी पड़ी हैं—कौन जाने? कोयले का तन कोयला बनकर फिर निकाला जाएगा कभी।

हँसते हैं मक़बूल साहब इस रोने की बेला में भी, "आओ, देखो, इसी पर इतना गुरूर? सारे कंकाल एक जैसे! कौन विष्टूदा हैं, कौन कलीमुद्दीन, कौन झानू है, कौन मंगतू और कौन गजाधर सिंह?...कौन बिहारी है, कौन बंगाली, कौन आदिवासी,

कौन ग़ैर-आदिवासी ? कौन अफ़सर, कौन मलकट्टा ? कौन हिन्दू है, कौन मुसलमान, कौन सिख, कौन ईसाई ? बुलाओ अपने-अपने धरम-मजहब के पंडों-मुल्लों को, आकर पहचानें तो अब...आज सब अदद हैं—महज एक ख़ालिस अदद!"

भय से चीख़कर भागती हैं अपने आदमी की लाश पाने की प्रत्याशा में जुड़ी औरतें। छाती पीट-पीटकर रोती हैं, "मैया रे मैया, तुमको किस हालत में भेजा था, किस हालत में आए कि पहचान भी नहीं पा रही हूँ!" गजाधर सिंह की पत्नी के फिर दाँत लग गए हैं।

आशीष उन्हें लेकर भागता है अस्पताल। कहीं भाभी की तरह इनसे भी न हाथ धोना पड़ जाए! जब से आई हैं, देवर की तरह मानती आई हैं—दिन में एक बार तो हाल-चाल पूछ ही जाती थीं। यह भी एक औरत है कि हर लाश में अपने पति की लाश की शिनाख़्त करती फिर रही है। पति को कभी जवानी में देखा था। इसके बाद खुद ही गांधारी की तरह आँखें बन्द किये रहीं।

थोड़ी देर के बाद होश में आती हैं। दृष्टि साफ़ होते ही कन्धे पर सर रखकर बिलखने लगती हैं, "मैंने कौन-सा सुख जाना भैया ? जीते-जी जलती रही, मरने के बाद भी सोचा, एक झलक देख पाऊँ, और जो देखा तो हाय राम! इससे अच्छा होता, मैं देखने ही न आती। माटी की ये गति ? भाड़ में जाय रुपया-पैसा, गाड़ी-घोड़ा! रुलाने के लिए ही आए थे वे कोइलौरी में... ?"

ख़बर पाकर अस्त-व्यस्त भभीखनराय आते हैं तो उसे छोड़कर वे उनका हाथ पकड़ लेती हैं, "नीक किये भैया, नीक किये! ...ऐसी सज़ा दिये कि..."

भभीखनराय स्वयं खड़े-खड़े हिचकियों में काँपने लगते हैं।

वह उदास-भाव से घसीटते हुए बाहर आता है रिक्शा बुलाने। बाहर आते ही मंगतू की बीवी का ख़याल आता है। उस बेचारी को तो कंपेंसेशन भी नहीं मिलेगा। रायपुरिया बस्ती की नई सदस्या बनकर ही क्या उसे पहाड़-सी उम्र काटनी पड़ेगी ? उफ़, किस-किस को रोया जाए ?

बाहर अफ़वाहों का आलम है :

'संख्या मिल गई।'

'ऐं! कितना... ?'

'वही जेतना चाहते थे—तीन सौ एकावन।'

'बस्स... ? अरे हमारा जोड़लका पे तो सात सौ होवो है!'

'दुर्! हज़ार से कम का होगा ? सरकारी काम ऐसेई होता है—मरेगा पाँच सौ, दिखाएगा पचास।'

'ऐलान तो हुआ है, जाके बोल न ?'

'ए भाई, हम तो सुनलियो ह, जे बारह नम्बर के बड़का गोफ एरिया में सब कचड़ा ठेल के भर दिहल गैल है। उसी में तो सैकड़ों खपड़ोई और हाड़ है।'

'अगर वोइसा होवे करे तो कौन भेद पा सकता है? भैया, डुबाने वाले साहेब, लाश निकालने वाले साहेब, हिसाब करने वाले साहेब, जाँच करने वाले साहेब। एकरा में हमरा-तोरा के के पूछेगा?'

'अब्भी और जीव लेगा। सब समझो है कि झूठ बोल के निकल जाएगा...' गोरू हाँकते हुए कहती हैं गोकुल की माँ, 'कपालिनी मइया के किरपा से हमर गोकुल के नौकरी नँय हुआ था इस पापी कोइलौरी में।'

बासन्ती हवाओं का बेजार-सा मौसम। पेड़-पेड़ नंगे हैं, टहनी-टहनी काँटा बनी हुई हैं, जैसे सारे कंकाल मलबे से चुपके-चुपके उठकर पेड़ों की जगह जा खड़े हुए हैं! बसन्त की हवा में भी खड़खड़ाते रहते हैं देर तक और इनके अंग के लाल टह-टह मांस छिटककर जा लगे हैं सेमल की नंगी शाखों पर। हवा छिटकती है और 'भद्द-भद्द' गिरते हैं मांस के ये लोथड़े गाँव की गलियों में, छतों पर। इस साल कौतुकप्रिय लड़के तक छूने से डरते हैं इन्हें। सेमल की कलियों का अचार बनाने वाले शालिगराम पंडित और हनीफ़ दोनों डूब मरे हैं। ओझा, महतो, गोराई, बाउरी, माझी या मुसलमान घरानों में नहीं जमता अब बाघ-बन्दी का खेल। न! यह भावुकता का समय नहीं। अभी भी गजाधर सिंह की पत्नी को मुआवज़ा नहीं मिला है और मंगतू की पत्नी?...उफ, कितने हृदयहीन हैं ये अधिकारी? इतनी जगह नाक रगड़ी, मगर कोई नहीं पसीजा अभी तक! आशीष ने सोचा, 'क्या करे वह? जुलूस! चन्दनपुर की उपेक्षित विधवाओं का जुलूस?'

दरवाज़े-दरवाज़े जाकर समझाने-बुझाने पर भी लोग तैयार नहीं हुए। सहुआइन गजाधर सिंह की पत्नी को लेकर आई और हाँफते हुए धम्म-से बैठ गई, "किसी को गरज नहीं है, बबुआ! मंगतुआ के मेहरारू का हाल देखो, कहे है, 'का...हो...गा?' ऊ केतकिया है न, अरे ऊ...परभुआ रायपुरिया के बहिनिया, ऊहे मउगी भड़का के कहाँ तो मजूरी करावे लिया गइल। ऊ...एक गो मौगी का नाम के क्रिस्चीनिया हेम्बरमवा के मेहरारू...?"

"क्लारा।"

"हाँ, ओकर पते ना। दिलावर के मेहरारू ना आइलिन?"

"ना।"

"तब हई हरिजन टोला के कै गौ मउगी है—एक, दू, तीन, चार, पाँच...! ऊ पाँच, ओ ई बबुआइन—एक, कुल मिला के छौ, बस्स।"

मक़बूल लगभग पसीने से नहाये हुए आए तो सहुआइन को देखकर झिझक में उनकी बात गले में अटक गई। मगर सहुआइन ने हाथ पकड़कर उन्हें बग़ल में बैठा ही लिया, "अरे ऊ सब बात गइल अब। भला, बताओ, नरकों में ठेला-ठेली? हाँ, तनी बताओ तो का भइल...?"

‘‘ओझा जी बोले कि जुलूस से क्या होगा, काग़ज़ात ढूँढ़कर कंपेंसेशन कमिटी के पास दरख़्वास्त करें।’’

‘‘हूँ! और बाक़ी?’’ आशीष ने पूछा।

‘‘चन्द्रकिशोर सिंह, जावेद मियाँ और अनूप सिंह तो तुम्हारे नाम से ही चिढ़ गए। तिवरिया साला तो खिल्ली उड़ाने लगा। ऐसे में समझ लो, कैसे कोई आएगा?’’

‘‘हम बतावें,’’ सहुआइन ने कहा, ‘‘सब डरता है—जेकरा मिले वाला बा, ऊहो और जेकरा ना मिलै वाला बा, ऊहो।’’

‘‘क्या डर है?’’ आशीष ने पूछा।

‘‘यही कि हाकिम-हुक्काम और लीडरन को नाराज कइला पे बनलो बात बिगड़ जाएगा।’’

‘‘आदमी को आदमी बने रहने नहीं दिया इस हादसे ने। राव साहब का पैसा मिला बीवी को और झपट लिया भाइयों ने,’’ मक़बूल ने कहा।

‘‘अरे, कै गो राँड़ तो बियाह कर ले लीं। आगि लागे न अइसन कुकुरपन पे! तनी सबर करो, अभी बेचारे मरदन का लाश निकलने दो, चिता को तो ठंडाने दो, सो नहीं।’’ सहुआइन ने कहा। मक़बूल के साथ आज वह एकमत थी।

आशीष ने कुंडी खटखटाई तो सबकी नज़रें घूम गईं। इशारे से उसने चाय के लिए कहा। चाय शायद गूँगी ने पहले ही तैयार कर रखी थी। अभी वे विचार कर ही रहे थे कि इतने कम लोगों का जुलूस ठीक होगा या नहीं कि उधर से कुंडी फिर खटखटाई।

आशीष चाय के प्याले लेकर आया तो सहुआइन ने व्यंग्य से कहा, ‘‘अच्छा, तेलीफूँक (टेलीफोन) लगवाये हो!’’

गुरुबचन ने आते ही कहा, ‘‘अब तुम शादी कर लो, और यह नाटक बन्द करो।’’ जैसे मात्र यही कहने के लिए वे आए हों!

उनके आक्रमण करते ही वहाँ उपस्थित सभी लोग उसे कोंचने लगे तो उसने धीरे से कहा, ‘‘अभी, कानूनन वह नाबालिग हैं और फिर ऐसे में...’’

‘‘बस, रहने दो अपना ज्ञान। दूधमुँहा लइकन का शादी लोग करते हैं। दस-ग्यारह की बच्ची से मुँह काला करते हैं। कहँवा बिल में लुकाइल रहेला तोहार कानून? तुम बताओ, आज सही-सही, बियाह करते हो या नहीं?’’ सहुआइन की भृकुटि चढ़ गई।

‘‘अभी तो आप जुलूस की बात करें...’’ आशीष हकलाया।

‘‘अरे भाड़ में जाए जुलूस! जुलूस का होगा पाँच-दस आदमी से? धरना पे सोचा जाएगा। शादी की बात करो, शादी की...!’’ वह धमधमाती हुई गई और बग़ल के क्वार्टर से घूँघटवती गूँगी को लिये-दिये हाज़िर, जैसे नुमाइश कर रही हो, ‘‘इह देखो, भगवान एकरा खाली मुँह में जबान ना देहलन, बाक़ी सब गुन-सहूर में

माहिर। दस मेहरारू में एक गो मेहरारू। देखो, देखो, आँख मत नीचे करो!'' उसने घूँघट अपने हाथ से ऊपर कर दिया।

आशीष ने ऊपर से नीचे तक देखा इस औरत को और सोमारू की याद आते ही उदास होकर पलकें झुका लीं।

अब सहुआइन ने मक़बूल को कोंचा, ''ए कबी साहेब, खाली चाह पीने आए थे? बोलो भी कुछ!''

मक़बूल बड़ी देर तक तर्जनी से माथा ठोंकते रहे, फिर बोले, ''देखो आशीष, पहले अपने दिल से पूछो, तुम इस लड़की पर रहम करते हो या इससे मुहब्बत भी है? अगर मुहब्बत करते हो, तो क़ानून जैसे बहानों को दरकिनार रखकर डंके की चोट शादी कर लो और अगर सिर्फ़ रहम करते हो तो अपनी और इसकी ज़िन्दगी बरबाद मत करो।''

धरना एक बजे तक चला। आशीष ने साइकिल निकाली और चुपचाप 'बी' शिफ़्ट ड्यूटी के लिए रवाना हो गया। पाँच किलोमीटर की पिट नम्बर तीन के रास्ते-भर वह खुद से सवाल करता और जवाब पाता चला जा रहा था, 'क्या शादियाँ ऐसे ही होती हैं?'

'हाँ, ऐसी शादियाँ ऐसे ही होती हैं?'

'क्या वह एक बेजुबान से निबाह पाएगा?'

'तो क्या वह ढोंग कर रहा था?' प्रश्न के उत्तर में प्रतिप्रश्न।

'माँ-बाप न मानें तो?'

'यह सवाल पहले करना चाहिए था।'

'लोग अभी ही कह रहे हैं कि यह सोमारू के पैसे हड़पने की साज़िश है!'

'तुममें मॉरल करेज ही नहीं है।'

पिट नम्बर तीन में आज पहले उससे मैगजीन बारूद मँगवाई गई, फिर ऊपर स्टोर से एक रस्से की कुंडली गैलरी के उस छोर तक ले जाना पड़ा, जहाँ नया आयतन बन रहा था। इसके बाद उसे लाइन बिछाने के क़ाम में लगा दिया गया। मगर आज आशीष ने यह सब एक नये उत्साह से किया। मैगज़ीन का टिन लाते समय रस्से की कुंडली कन्धे पर रखकर चलते हुए एवं रेल की पटरियों के नीचे सपोर्ट ठोंकते पत्थर हटाते हुए हर घड़ी उसे लग रहा था, वह अकेला नहीं, एक जोड़ी आँखें बराबर देख रही हैं। घूँघट में चमकती दो जोड़ी आँखें...। सहुआइन ने जाने क्या मंतर मारा कि गूँगी ने घूँघट डाल लिया था। क्या उसके अन्दर एक नया जवाहर उग रहा था? वह तनिक लजा रहा था अपने-आपसे।

रात दस बजे कालिख-पसीने से भूत बना जब वह चन्दनपुर लौट रहा था तो थकान के बावजूद उसमें बला की स्फूर्ति थी।

वह अपनी धुन में खोया चला जा रहा था कि पीछे एक कर्णभेदी शोर सुनकर वह दहल गया। 'हाय राम! अगर अम्बास्डर उस गड्ढे में न उछलती तो अब तक वह कुचल गया होता। छीः, कहीं ऐसे भी बेख़याल हुआ जाता है!' जैसे घूँघट ऊँचा कर किन्हीं कजलाई सहमी आँखों ने उसे तरेरा हो!

अब वह काफ़ी चौकन्ना होकर सड़क के बाएँ साइकिल चला रहा था। सहसा आँखें फिर चुँधिया गईं। 'अरे-अरे, यह कार तो फिर..!' वह साइकिल लिये-दिये सड़क के नीचे के गड्ढे में भरभरा गया। 'अरे, यह तो वही गाड़ी लगती है?' साइकिल ऊपर लाकर उसने दूर होते हुए लाल धब्बों को देखा और जल्दी-जल्दी पैडिल मारते हुए सामने की बन्द गुमटी के पास रुका। उसका अनुमान सही था। गाड़ी फिर आ रही थी। हड़बड़ाकर वह गुमटी की आड़ में हो गया। गाड़ी धीरे-धीरे आगे सरक गई।

उसे याद आया, सामने सुदामाडीह का तिरस्ता है। वह सड़क न पकड़कर पगडंडी से चन्दनपुर जा सकता है। क्यों न वह वहीं से पगडंडी पकड़ ले?

पगडंडी-पगडंडी जोड़ते-घटाते उस बियावान रात को धान के खेतों, झाड़ियों, तालाबों के बग़ल से वह ताड़कुंज आया और वहाँ से चन्द्रकिशोर सिंह की बाड़ी की गली से कॉलोनी में दाख़िल हुआ तो एक कुत्ता भौंका। उस भौंक पर दूर-दूर के कुत्ते भौंक उठे, जैसे पूरे चन्दनपुर में सिर्फ़ कुत्ते रह गए थे! इस कर्कश और डरावने शोर में उसने अपना दरवाज़ा खोला और अन्दर से ताला बन्द करके सबसे पहले उसने बरछा ढूँढ़ा। बरछे को किवाड़ की ओट में रखने पर उसका डर जाता रहा। अब जो होगा, देखा जाएगा—उसने जैसे बगल के क्वार्टर को सुनाकर कहा।

अँधेरा धीरे-धीरे छँट रहा था। दो-एक बार साँकल की ओर उसके हाथ बढ़े, मगर रुक गए। 'सोने दो अभी। इन्तज़ार करते हुए देर से सोई होगी।' मगर जब साढ़े पाँच का सायरन बजा तो उसका सब्र जवाब दे गया। 'ठक-ठक-ठक!' उसने इतने हौले से साँकल खटखटाई, मानो सुहागरात की प्रतीक्षारता दुलहन का मनुहार कर रहा हो! दुलहन फिर भी सोने का बहाना करती है। मानभंग नहीं हुआ खंडिता नायिका का। 'ठक-ठक-ठक!' इस बार ज़ोर से बजाता है साँकल। ऐं, इतने ज़ोरों की आवाज़ भी नहीं जगा पाती? पानी की बाल्टी लेने के बहाने ढीठ बनकर दरवाज़ा ठेलता है। यह क्या? दरवाज़ा अन्दर से बन्द नहीं है? वहीं से दौड़ता है आशीष। बिस्तर, बड़ा घर, रसोईघर, बाथरूम—कहीं नहीं है वह! दो व्यक्तियों का भोजन रखे-रखे ठंडा हो गया है। कहाँ चली गई वह लड़की... ? वह बेतरह घबड़ा उठा।

सारा मुहल्ला सिंहजी के चबूतरे पर जमा है। जितने मुँह, उतनी बातें। बातें कुछ साफ़-साफ़, कुछ सरगोशियों में। सारे सूत्रों को जोड़ते, खारिज करते हुए एक कहानी बनती है...।

जब गूँगी आशीष की राह देखते-देखते थक गई तो जाने क्या सोचकर उसने चाणक की राह ली।

चाणक की घेराबन्दी के पार बेहया की झाड़ियों में जुगनुओं की चिनगारियों के बीच दो आँखें जल उठती हैं। रोज़ की तरह कोई छाया खड़ी है वहाँ। चुड़ैल-वुड़ैल तो नहीं? क्या पता, कोई मृतात्मा ही अगल-बगल चक्कर काटती हो रोज़-रोज़। केजमैन गुरुबचन मिस्टर सिंह के आदेश पर खुद को धकेलते हैं वहाँ तक, "क-क-कौन है?" मगर छाया के सामने आने पर प्यार से झिझक उठते हैं, "तू... ? इत्ती रात को रोज़-रोज़ किसे ढूँढ़ती है तू?"

गूँगी बोलती नहीं कुछ। भीत, याचक आँखें सिर्फ़ उस चितकबरे चेहरे को देखे जा रही हैं।

"जाओ बेटी, घर जाओ," पहले मुँह से बोलते हैं, फिर इशारे करते हैं।

"कौन थी?" मिस्टर सिंह पूछते हैं।

"मृत सोमारू की गूँगी बेटी।" गुरुबचन का विचलित स्वर।

"इत्ती रात को क्यों?"

"सर, हमें लगता है, या तो यह आशीष नाम के उस नौजवान अपरेंटिस की टोह में आती है—शायद उसे वहम है कि आशीष की ड्यूटी यहीं है; या फिर वह अपने बाप को ढूँढ़ने आती है, जिसकी लाश इसे इसलिए नहीं दिखलाई गई कि पगला जाएगी।"

"इसका और कोई नहीं है?"

"नहीं।"

मिस्टर सिंह ने मुड़कर चारों तरफ़ देखना चाहा, मगर सिवा उस अँधेरे के, जो उजाले से दिखता नहीं, वे कुछ भी न देख पाए।

गूँगी उजाले से क्रमशः अँधेरे में डूबती चली गई।

रामसिंह, गुरुबचन सिंह, मक़बूल साहब, सहुआइन, क्लारा, केतकी, इंजोरिया आदि ने अपनी औकात-भर कोयलांचल को छान मारा। कहानी का अन्तिम सिरा धूसर-सा उभर रहा था—। चूँकि छेदी भी ग़ायब था, सो, या तो वह उसके साथ है या फिर पंचेत जलाशय में मछलियों से नुची-चुथी जो लाश शिनाख़्त नहीं की जा सकी, वह उसी की लाश थी।

अब चारों ओर से निराश होकर आशीष कहीं आता-जाता नहीं। ड्यूटी तक नहीं जाता। बगल के क्वार्टर से नहीं बजती कोई साँकल। कमरे में ऊधमसिंह का एक पैंट है। जाने कैसे उसकी माँ ले जाना भूल गई थी! हैंगर से टँगा पैंट रह-रहकर ऊधम का वहम पैदा करता है। जैसे खड़े-खड़े धिक्कारता है उसका मित्र, 'मैं पूछता हूँ, क्यों ले आए थे उस बेज़ुबान लड़की को इस जेल में?'

'...।'

'न तुम पास आते उसके, न और कोई। कैसे जख़्म भर सकते थे उसके? कितने चरित्रवान हो, हम सब जानते हैं।'

'...।'

'तुम्हारे और उसके बीच कुछ नहीं था? क्यों जाती थी वह चाणक पर रोज़-रोज़ तुम्हारी अनुपस्थिति में?'

'...।'

'चलो, पल्ला छूटा तुम्हारा एक गूँगी लड़की से।'

'...'

'तुम ढोंगी हो, कापुरुष हो, हत्यारे हो!'

कोई भी जवाब नहीं बन पड़ता उससे। सिर्फ़ घायल आँखों से देखता रहता है एकटक।

'ठक-ठक-ठक!' पाँचवें दिन साँकल बजी बगल के क्वार्टर की। उसके कान खड़े हो गए।

'ठक-ठक-ठक, ठक-ठक-ठक!' दूसरी आवाज़ पर एक झटके से तन्द्रा भंग हो गई।

अन्दर से ताला खोलकर निकला तो मक़बूल, रामसिंह, गुरुबचन सिंह और सहुआइन को खड़ा पाया।

'तो क्या 'वह' नहीं थी?'

सहुआइन एक चिट्ठी बढ़ाती है उसकी ओर, "लो, पढ़ लो। जिसको खोजा गली-गली, वो घर के पिछवाड़े मिली।"

पत्र उसने वहीं खड़े-खड़े पढ़ा :

'पूजनीय आशीष भैया, सादर प्रणाम।

आपकी 'अमानत' मेरे पास सुरक्षित है। वह कितने आराम से है, इसे बिना देखे आप नहीं समझेंगे। मगर अभी मैं पाँव जमाने की कोशिश कर रहा हूँ, सो ठाँव-ठिकाना नहीं है। जल्द ही हम दोनों खुद ही आपके दरबार में कसूरवार बनकर हाज़िर होंगे। फिर जो सजा देंगे—सब कबूल। इशारे से उसने आपको प्रणाम कहा है। आपका गुनहगार पर मजबूर छोटा भाई छेदीलाल दुबे।'

"अब-जे-बा-से चिन्ता-फिकर छोड़...।" रामसिंह ने कन्धा थपथपाते हुए कहा।

सहुआइन ने कहा, "हाँ, बबुआ, ऊ तो अपने-आप गइल न, तुम्हारा कसूर का है—आँ? तुम तो अपने से नहीं निकाला न? जाय, जहाँ रहे, कल से रहे। तू तो आपन किरिया से उरिन हो गइल।"

मक़बूल जाते-जाते कन्धा दबाकर बोले, "अब यह मातमी सूरत छोड़ो। वक़्त बहुत कम है। एन्क्वायरी कमीशन की बात सोचो। यूँ समझ लो, कई बदनसीबों में एक वह भी थी जो अब नहीं है।"

'एक... ? क्या यह अदद ही उसकी पहचान बनकर रह गई है?' मक़बूल के चले जाने पर उसने खुद से सवाल किया।

गुरुबचन सिंह ने बेटे की तरह समझाते हुए कहा, "कोच्छ फिकर नहीं। एक गई—जाने दो—हज़ार आएँगी, हज़ार।"

ओझा जी ने कहा, "हाँ, आशीष, अब तुम जाँच-कमीशन की बात पर भी ध्यान दो। वे मरनेवालों की संख्या को तीन सौ एकावन से बढ़ने नहीं देना चाहते जबकि यह संख्या हज़ार के आस-पास बनती है।"

मक़बूल ने और कुछ नहीं कहा, सिर्फ़ कंधे थपथपाए और सबको लिवाकर चले गए।

कमरे की भीड़ छँटते ही उसे लगा, जैसे चारों ओर से तारों की तरह संख्याएँ टूट रही थीं उस पर। कितने निर्वेद भाव से लोग उनकी पूरी शिनाख़्त एक झटके से पोंछ डालते हैं और उसकी जगह दे डालते हैं एक संख्या। क्या आदमी एक अदद है और ज़िन्दगी एक गणित?

क्या ऊधमसिंह एक ख़ालिस अदद-भर था? क्या विष्टूदा, सोमारू, मंगतू, हेम्ब्रम, झानू वग़ैरह की संज्ञा लुप्त कर उन्हें सिर्फ़ अदद के रूप में जाना जाएगा? क्या प्रसाद जी की पत्नी एक निरी अदद-भर थीं? और 'वह'? जब-जब इस ज़ख़्म के दाग़ को देखेगा, क्या सिर्फ़ 'एक' कह देने भर से परिभाषित हो पाएगी वह?

28

पेट में अंगारे और पीठ पर हत्यारे

आशीष को लगा, वह उस औरत की तरह है जिसका गर्भपात अभी-अभी हुआ है। बेइंतहा कमज़ोरी में वह कभी इस स्राव को परखता, कभी उस रात की हत्यारी घटना को और कभी उस दिन के बेतुके काम के बोझ को। एक-एक कर सारे दर्द उभर रहे थे—उसे जानवर की तरह खटाया जाना, उसे कुचलकर मार डालने की साज़िश और...बग़ल का सूना कमरा...तकिये पर छेदी का पत्र लिफ़ाफ़े से झाँक रहा था, जैसे कोई साँप अपने बिल से झाँक रहा हो! ना, ऐसे काम नहीं चलेगा।

सबसे पहले उसने मेवा को ढूँढ़ा। पोखरिया खाद में मिला वह।

सर मुड़ा हुआ, कनखजूरे-सी लटकती चोटी, करिखाये फतुहे, हाफ़पैंट में पसीने से लथपथ क्वैरी से सर पर झूड़ा उठाए आते हुए मेवा को देखकर वह चौंक गया—कौन सालिगराम दुबे... ? हू-ब-हू वही चेहरा, वही बाना, वही चाल... !

बातचीत से लगा, मेवा अपने बाप की जगह पर पोखरिया खाद में डिप्लायमेंट पा गया है। अब उसे कोई शिकायत नहीं है बाप के प्रति। बाप ठीक ही कहता था, मज़दूर के बच्चे को उतने बड़े-बड़े बाल नहीं रखना चाहिए। फ़ालतू तड़क-भड़क के सपनों में भरमना उसके लिए आत्मघात है। अब क्या होगा हाई स्कूल, क्या होगा इंटर-फिंटर... ? क्या होगी रूमानी कविता... ? फ़ायर जोन के भूगर्भ की आग को शमित करने का विचार ही बचकाना है, अब उसे अपनी और आस-पास की आग को देखना चाहिए—ज़िन्दगी खुद ही एक फ़ायरज़ोन बन चुकी है।

''कैसा फ़ायरज़ोन... ? कंपेंसेशन के पैसे नहीं मिले क्या ?'' आशीष ने पूछा।

''मिले थे, भैया लेकर बम्बई भाग गए।''

''ओह! अच्छा, तुम्हें पता है—किसी को साथ लेकर भागा है ?''

''मन्दिर की भक्तिन स्वाती दी तो गायब हैं।''

''और सोमारू मिस्तरी की गूँगी बेटी भी। मेरे पास चिट्ठी आई है—देखोगे ?''

मेवा के मुँह का स्वाद कसैला हो गया, ''क्या करूँगा चिट्ठी देखकर ? मेरे लिए मेरा भाई बहुत पहले ही घर तज चुका है, मगर भैया, एक बात...हाथ जोड़ता हूँ, मैया से यह सब नहीं कहिएगा। बेचारी यह दोहरा-तिहरा दुख सह नहीं पाएगी।''

मेवा के क्वैरी में लौट जाने के बाद भी बड़ी देर तक ठगा खड़ा रह गया आशीष।

जब वह चीफ़ पर्सनल-मैनेजर सेन गुप्ता साहब के दफ़्तर में दाखिल हुआ, तो उसका चेहरा मसले काग़ज़ की तरह 'फक' था। अन्दर तिवारी था।

''सिट डाउन!'' मिस्टर सेनगुप्ता ने उससे कहा।

यह दूसरा साक्षात्कार था चीफ़ पर्सनल-मैनेजर का। चन्दनपुर-प्लावन कांड के लिए ख़ास तौर पर इनका तबादला हुआ है यहाँ। नाटे-गोरे, सौम्य आकृति।

तिवारीजी, राजनीति करते हैं ? राजनीति क्या है, जानते हैं ? पास ही खड़े तिवारीजी से मिस्टर सेनगुप्ता का सवाल।

वह पहले साक्षात्कार की बात याद करने लगा था।

तिवारी बोल नहीं पाए थे।

'दिनमान पढ़ा कीजिए, दिनमान।'

उसे आश्वस्ति हुई थी, मिस्टर सेनगुप्ता सुलझे और दृष्टि-सम्पन्न अफ़सर हैं। उस दिन की जमी श्रद्धा के थक्के में फँसा मन उनके दूसरे हुक्म पर तिलमिलाया।

''मैंने कहा, बैठो, अंग्रेज़ी नहीं जानते क्या ?''

''जी, ठीक है।''

''अमाँ, बैठो भी... !''

बैठ गया वह।

''हाँ, तो बोलो, तुम्हें क्या परेशानी है ? तुम तो पहले भी एक बार आए थे न ?''

''जी, वो आपने कभी बुलवाया था।''

"मैंने... ? किसलिए बुलवाया था?"

"जी, यही कहने कि उत्तेजना में आकर कोई ग़लत-सलत काम न करूँ।"

"ओह! याद आया। तुमने भट्ट पर हाथ उठाया था?"

"जी, वो तो मोमेन्ट ही ऐसा था कि..."

"तो अब बताओ, कैसा मोमेन्ट है?"

"जी, मैंने आपकी आज्ञा का अक्षरश: पालन किया, मगर मुझे तब से बराबर परेशान किया जा रहा है। मुझे एक्सीडेंट के कुछ दिन बाद से मुकुन्दपुर डिप्लाएड किया गया, जबकि मैंने कहा, यहाँ ही किसी क्वैरी में कर दें। आना-जाना सम्भव नहीं है यहाँ से। फिर मैं यहाँ रेस्क्यू का ट्रेंड परसोनेल हूँ। मेरी सेवाएँ यहीं हाज़िर हैं, मगर... !"

"तो... ?"

"फिर भी मैं गया।"

"तो... ?"

"वहाँ कभी मुझे मलकट्टा तो कभी ड्रिफ्टर, कभी कुछ तो कभी कुछ—जो जी में आए, करने को कह दिया जाता है। एक काम शुरू किया कि कहते हैं, दूसरा काम करो। ज़रा-ज़रा-सी बात में डाँटते हैं।"

"सारी परेशानी का हल यह है कि तुम घर चले जाओ।"

"जी... ?" काँप गया वह।

"घबरा गए... ? छह महीने की छुट्टी दे दी जाए तो जाओगे?"

"जी, जी...मेरे नाम एन्क्वायरी का वारंट है।"

"तुम्हें मेरा मैसेज नहीं मिला कि तुम्हें हाज़िर ही नहीं होना है?"

"सर, वही तो परेशानी है। आख़िर मैं क्या करूँ? मैं काम करना चाहता हूँ, काम नहीं करने देते। पुलिस के पास हाज़िर होना चाहता हूँ, आपने हाज़िर होने से ही मना कर दिया। हर घड़ी लगता है, कोई-न-कोई पीछा कर रहा है। एक सप्ताह पूर्व की बात है..."

"अब तो तुम्हें लग रहा है न कि गवाह बनना कितना जोखिम का काम है!" सेनगुप्ता ने सर गड़ाये निर्विकार भाव से कहा।

"जी, मगर जो हो गया, उसको रेक्टिफाई कैसे कर सकता हूँ?"

"कह तो रहा हूँ, छह महीने की छुट्टी पर चले जाओ।"

"मगर पुलिस... ?"

"ओह! जब तक तुम खुद समर्पण नहीं करोगे, पुलिस तुम्हें नहीं पकड़ेगी। अब तो ठीक है?"

"मगर... ?" वह चुप हो गया।

कमरे में ठीक सिनेमा हॉल के मौन दृश्यों में प्रोजेक्टर की हलकी चरचराहट की तरह फ़ैन की हवा सनसना रही थी। लगा, 'दिनमान' के पन्ने फड़फड़ा रहे हैं।

दुर्बल पड़ती साहसिकता को जैसे बल मिला, "मगर सर, इन्क्वायरी कमीशन को फ़ेस करना मैं अपना नैतिक दायित्व भी समझता हूँ।"

"ओह, श्योर, श्योर!...वैसे एक बात कहूँ... ?" बड़ी ठंडी थी उनकी आवाज़, "प्रोफ़सर अब्दुल बारी को जानते हो? टिस्को और इस्को के ही नहीं, पूरे कोल फ़ील्ड के भी एक बडे ईमानदार नेता थे। ...एक वक़्त ऐसा भी आया जब उन्हें मारकर फेंक दिया गया था...ख़ैर, तुम जवान हो, ज़हीन हो, जो उचित समझो, करो।"

क्या करे वह... ? सैकड़ों बेक़सूर जानों के एवज में उसे अपनी ही जान क्यों भारी पड़ने लगी... ? वह चाहता है, ऐसी धमकियाँ देने वालों की गरदन दबोच दे, मगर क्रम-क्रम से घटती घटनाओं में वह अपना साहस खोता जा रहा है।

शाम उतर आई है। अभी-अभी बारिश हुई है। बादलों के फटे आवरण से अस्तगामी सूर्य की तीखी किरणें झर रही हैं। चिड़ियों की निरर्थक चहचहाहट। वह इस पस्त मन को सहारा देने कहाँ जाए? स्मिता दी के आसनसोल चले जाने से रहा-सहा आधार भी धसक गया। जहाँ-तहाँ लोग गूँगी की बातें करने लगते थे। मन्दिर जाने को जी नहीं करता। मुसलमानी मुहल्ले में मक़बूल साहब...ऊँह! बोर हो जाएगा उनकी दार्शनिकता से। फिर... ? हरिजन-बस्ती?

लंगड़ जगन की आवाज़ बुझी हुई थी, "बेटा, कभी इहे जगन कहता था कि जे-है-से, सच्चाई पेट फाड़ के निकल आवेगी, लेकिन अब...हमरा मालूम हुआ कि सच्चाई हजम करल जा सके है। हम गरीब-गुरबा लोगन से ही भले न हजम होवे।"

टाँगें होतीं तो जगन इन विधवाओं को लेकर दिल्ली तक जाता। यहाँ कुछ होना-हवाना नहीं। मगर घुसकुरिया मारते कहाँ तक जा सकेगा वह? दिल्ली बड़ी दूर है यहाँ से और वह अपंग और तन-मन-आयु सबसे पस्त!

सारा कुछ सुनकर वह एक क़िस्सा सुनाता है, "एक दफ़े एक गृहस्थ के घर से एक गाय भाग निकली जंगल में। वहाँ उसको संग मिला एक बाघिन का। दोनों को एक-एक बच्चे हुए। बाघराज और बच्छराज में भी दोस्ती हो गई। बाघिन शिकार करती और गाय घास चरती। एक दिन गाय ने देखा कि बाघिन ने जिसका शिकार किया, वह उसी जैसी एक गाय थी। वह काँप गई। तो इसका मतलब है, यह एक दिन उसे भी मारकर खा सकती है, उसके बेटे को भी? एक दिन उसने उसे एक बाघ से मिलते देखा। वह सोच में पड़ गई। इसका मतलब है—एक और बच्चा पैदा होगा। अब बेचारे बाघराज की भी खैर नहीं। जब बाघिन ने गाय को अपनी ओर ताकते देखा तो दौड़ा लिया। गाय हाँफती हुई आई। उस दिन बच्छराज से बोली, 'बेटा, बच्छराज, हमारी ज़िन्दगी अब थोड़ी ही रह गई है। मैंने बाघिन का राज़ जान लिया है। अब वो मुझे नहीं छोड़ेगी। मैं भी कितनी मूरख—दोस्ती भी की तो बाघिन के संग! आग, खर की क्या दोस्ती? दोस्ती तभी चल सकती थी, जब हम सच्चाई से सौ जोजन दूर रहते...मगर अब? तुम होशियारी से रहना। मौका देखते ही गाय-

बैल के दल में चले जाना। बाघिन अपने इस बच्चे को भी खाएगी और तुम्हें भी।' फिर गाय ने कड़ाह रखा, तेल डाला, आग सुलगा दी नीचे और बोली, 'जब कड़ाह का तेल खौलने लगे, समझना बाघिन मुझे खदेड़ रही है। जब तेल सूख जाय, समझना उसने मुझे मार दिया... ।'

बच्छराज बेचारा करता क्या, चुपचाप देखता रहा माँ का मरना! सो, बच्चा आशीष, सच्चाई जानने वाले का यही हाल होता है। पेट में अंगारे और पीठ पर हत्तियारे... !''

29

जाँच कमीशन से एक दिन पहले

साइकिल पर सवार हुए कि लड़खड़ाकर गिर गए मणीन्द्र। पत्नी दौड़ी। बच्चा दौड़ा। पत्नी सहारा देकर हाँफते हुए पति को खाट तक ले आई। साइकिल लड़का ले आया। दुर्घटना के दिन से ही गहरा तनाव भोग रहे थे। शरीर सूखकर काँटा हो गया था। कल रविवार के दिन तो तनाव पराकाष्ठा पर पहुँच गया। बोकारो, आसनसोल और धनबाद के मित्र आए थे। एन्क्वायरी कमीशन को कैसे फ़ेस करना है—इस स्ट्रेटेजी पर कभी धीमे, कभी ज़ोर-ज़ोर से बातें होती रहीं। हौसले बँधाकर सब-के-सब एक साथ ही लौट गए। बस-स्टेशन तक पहुँचाकर लौटे तो चेहरा खँडहर हो रहा था। उस पर वह व्यंग्य की मुसकान, 'अटैची भर-भरकर रुपये आ रहे हैं, जा रहे हैं, स्मिता!'

स्मिता क्या जवाब दे, कुछ समझ न पाई। वह खुद हर घड़ी घबराई रहती है। पास-पड़ोस में जिसके मुँह से सुनो, सभी की एक ही धमकी—माइन्स डिजैस्टर में सबसे बड़ा दोषी सर्वेयर होता है...और यहाँ तो ख़ास तौर पर सर्वे की भूल थी—एक हज़ार आदमियों को मारने का पाप। मगर वह अपने पति को जितना जानती है, उससे तो ऐसा कभी नहीं लगा। वह चाहती है, कोई चीख़कर फटकार दे उन सरगोशियों को—'चुप रहो, तुम मणीन्द्र को नहीं जानते। जाकर पूछो आदिवासियों से। पूछो ग़रीब तबकों से... !'

देश की इतनी बड़ी दुर्घटना में खुद को बेकसूर साबित करने के लिए प्रबन्धन किसी-न-किसी को बलि का बकरा बनाएगा ही। इसके लिए जरूरी था प्रबन्धन की 'हाँ-में-हाँ' मिलाना। उन सच्चाइयों को भूल जाना। अगर ऐसा नहीं कर सके तो भोगो। रात को सपने में भी गुर्राहट—'नो, नो, आई कांट डिसीव।'

आनन-फ़ानन में दूध गरम कर ले आई। बदन छुआ तो तप रहा था। "ओ माँ, तुम्हें तो बुख़ार है! मत जाओ।"

"मन लग नहीं रहा है। एक बार ऑफ़िस तक घूम आने से बहल जाएगा।" कहकर बिना उत्तर की प्रतीक्षा के हाफ़ पैंट पहनने लगे। कँपकँपी छूटने लगी। दीवार का सहारा लेकर जैसे-तैसे पहना। "एक ए.पी.सी. हो तो लाना।"

"मैं कहती हूँ, मत जाओ। तुम्हें कुछ हो गया तो हम कहाँ जाएँगे?"

"ऐसी नौकरी क्यों करते हो, बाबा... ?"

अचकचा गए। छोटा बच्चा, बड़ा सवाल। ठीक यही सवाल कभी विष्टूदा ने पूछा था मुकुलदा से। मुकुलदा ने उनसे, उन्होंने आशीष से : 'मरने के लिए कोई बेहतर जगह नहीं चुन सकते थे?'

आग, पानी और धुआँ के इस कोयलांचल में यह सवाल पीढ़ी-दर-पीढ़ी सौंपा जाता रहेगा। जवाब देनेवाले खुद सवाल की सलीब पर टँगते जाएँगे।

बाहर किसी जीप का हॉर्न बज उठा।

"कौन?"

"तुम रुको।" फुसफुसाई स्मिता, "मैं देखती हूँ।"

देखा तो इस्माइल जीप लेकर हाज़िर, "मेम साहब, सर्वेयर बाबू को सेनगुप्ता साहेब ने याद किया है।"

"मगर वो तो..."

"नहीं हैं न! ख़ुदा ख़ैर करे!" वह पलटा, फिर बोला, "आएँ भी तो कह देंगी, न जाएँ।"

जीप आगे बढ़कर मुकुल मुखर्जी के बँगले पर रुकी। फिर वही हॉर्न!

"कान मत खाओ, तुम्हारे सामने हूँ।" मुकुल बोले।

सलाम करते हुए इस्माइल ने सेनगुप्ता साहब का निर्देश दुहरा दिया, फिर खुद ही कहा, "जाके कह दूँ, आप नहीं मिले?"

"अजीब आदमी हो, देख रहे हो कि..."

"साहब, हमने सोचा, पटना जा रहे होंगे। मेम साहब को बच्चा होने वाला था न!"

"भई, तुम्हें इससे क्या? चलो।"

जीप उन्हें लेकर फिर दरवाज़े पर आकर रुकी, "अरे चौधरी, क्या कर रहा है?"

मुकुलदा की आवाज़ सात परतों के अन्दर से आए, फिर भी जवाब देना ही होगा मणीन्द्र को।

दोनों को लेकर चली गई जीप।

बात पहले धीमे-धीमे शुरू हुई, फिर तूल पकड़ने लगी, "कल एन्क्वायरी फेस करनी है और आज आप कहते हैं—अंडरग्राउंड नहीं जाएँगे?"

"मैंने कहा न, मेरी तबीयत..." मणीन्द्र ने कहा।

"नो लेम एक्सक्यूज़ ऐट दिस क्रूशियल आवर।"

"मैं नहीं जाऊँगा। मुकुल को जाना हो तो जाए।"

"यू आर बाउंड टु गो।" आहूजा साहब गरज उठे।

"मेरा रेज़िग्नेशन...।"

"बड़े आए रेजिग्नेशन देने वाले! न गए तो सीधे पुलिस के हवाले करेंगे। जस्ट लिसेन।" सेनगुप्ता ने उनकी आँखों में आँखें डाल दीं, "तबीयत को फिर रखिए ठीक होने के लिए...मत भूलिए कि आप सर्वेयर हैं, नौकरी छोड़ देने पर भी सरकार आपको नहीं छोड़ सकती।"

बाहर भीड़ जमा हो गई है।

"ठीक है। जा रहा हूँ, मगर अगर कुछ हुआ तो इसके लिए यह प्रबन्धन ज़िम्मेवार है।" चौधरी ने जल्दी-जल्दी में टेबुल कैलेंडर को फाड़कर लिखा, फिर ऊपर में जोड़ा—'टू हूम इट मे कन्सर्न'!' और चले गए—दनदनाकर। गिरते-गिरते पकड़ लिया मुकुल ने।

चिट फड़फड़ा रही थी पेपरवेट के नीचे फ़ैन की हवा से। सेनगुप्ता ने पेपरवेट उठाया कि चकराती हुई जा गिरी नीचे कचपचाती भीड़ में। कुचल गई।

दोपहर को फिर एक बार शोर हुआ। बहुत कुछ वैसा ही, जैसा तीन महीने पहले हुआ था। पाँच आदमी कीचड़ में डूब गए।

बिखरे बालों वाली एक जवान औरत दौड़ती चली आ रही थी। एम्बुलेंस देखा, रुक गई। फाटक खोलकर पाँचों लाशों को देखकर चिंग्घाड़ उठी, "हमने मना किया था न, मत जाओ। ओ माँ, किसका मुँह देखकर उठी थी आज!"

"अभी साँस चल रही है बाबू की। घबराइए नहीं। बच जाएँगे। मैं खुद कन्धे पर लादकर ले आया नीचे से, नहीं तो...।" नये सेक्योरिटी-अफ़सर चन्दन सिंह ने कहा।

अस्पताल में ऑक्सीजन और सेलाइन, दोनों दिया जा रह है। स्टूल पर बैठी है स्मिता। बच्चा पास के ख़ाली बेड पर रोते-रोते सो गया है। रह-रहकर अन्दर मथती हुई पीड़ा को होंठों से दबाती है। शोर मना है, रोना भी। मगर आँसू नहीं मानते कोई बंदिश।

याद आ रहे हैं वे दिन जब मणीन्द्र कहते, 'तुम्हें गर्व होना चाहिए, देश की सबसे आधुनिक खदान के सर्वेयर की पत्नी हो।' दृश्य पर दूसरी परत चढ़ती है। सर्वे के नक़्शे में एक लाल बिन्दु पर घंटों घूरता मणीन्द्र। तीसरी परत...। आदिवासियों के पक्ष में प्रबन्धन से लड़कर आया उत्तेजित मणीन्द्र। परत-दर-परत—घर, परिवार, दफ़्तर की कितनी ही परतें...और अब एक और परत रेस्क्यू से लौटा लाशों की सड़न से बदबू देता पति।

"ऐ, वहीं रुको!"

उसकी कोई चुहुल उसे हँसा न पाती। हँसी तो जैसे प्लावन के दिन ही खदानियों के साथ घुटकर मर चुकी थी।

आदिवासियों के ज़हर-बुझे तीर जिसे मारने से कतरा गए, चन्दनपुर की इतनी बड़ी दुर्घटना ने भी जिसकी जान बख़्श दी, वही मणीन्द्र और मुकुल विश्वासघात की कीचड़ में डुबोकर मार दिये गए।

उधर पटना में एक शिशु आँखें खोल रहा है धरती पर। इधर चन्दनपुर से शिशु के बाप की लाश पटना भेजी जा रही है। और वे तीन उद्धार-दल के मज़दूर...। पता नहीं, कितने-कितने सवाल जुड़ रहे होंगे उनसे! बचाने आए थे दूर से और खुद न बच सके।

आशीष के दिल में हूक उठ रही थी यह सब सोचते हुए। विष्टूदा गए। ऊधमसिंह गए। रामप्रसाद भी और मातृतुल्या भाभी भी गईं। 'वह' गई और आज मुकुलदा और मणीन्द्रदा। अब क्या रह गया है चन्दनपुर में... ?

30

सेमल के रूए

चिलचिलाती मई। एक पारदर्शी खाल की तरह हिल रहा है पूरा कोयलांचल। इस खाल पर ढेरों चित्र हिलते हैं। आकाश में टँगे जहाँ-तहाँ टॉप गियर, हाँफते बॉयलर, बुलडोज़र, शेल, शॉवेल और क्रेन, मालगाड़ियाँ, चिमनियाँ, हिलते इंसानी धब्बे, और यान-वाहन, मकान, झोंपड़े—सतह के ऊपर का यह सत्य यों ही पड़ा रहेगा लबादे की तरह सतह के अन्दर के सत्य पर। छलना। मन होता है...मन होता है—खर्र से खींच दे यह खाल। सतह के अन्दर-बाहर सब एकाकार हो जाए।

सेमल-वन की आग कुम्हला गई है। अब वहाँ सेमल की रूई के गाले फर-फर, फर-फर उड़ते हैं—काल-बैसाखी के झंकोरों पर। एक नन्हे बीज के गिर्द लिपटा कितना बड़ा भरम! उत्साही बच्चों तक का उत्साह मर चुका है। अब चन्दनपुर गाँव के बच्चे दौड़ते नहीं इनके पीछे। लगता है, इसी रूई को लपेटकर उजली-धवल आत्माओं की तरह मृत मज़दूरों की विधवाएँ भटक रही हैं—कैम्प-दर-कैम्प, दफ़्तर-दर-दफ़्तर, दलाल-दर-दलाल, बैंक, बाज़ार, हाट... !

भिखारिनों की तरह समरथ और दिलावर की बीवियाँ भटक रही हैं। 'सेनगुप्ता साहब। दुबे साहब! जज साहब! पतियों की मौत का मुआवज़ा कोई और झटक ले गया है।' समशुल ने दो शादियाँ नहीं की थीं, लेकिन मुआवज़ा लेने दो-दो बीवियाँ हाज़िर हैं। कमिश्नर साहब राजा सुलेमान होते तो भी क्या न्याय कर पाते?

कहाँ से लाते समशुल को कि कहते, 'लो, चीर देते हैं, आधा-आधा ले लो।' इस पर असली बीवी कहती, 'ना-ना, मत चीरो, दे दो दूसरी को ही। जिन्दा है, यही बहुत है मेरे लिए।'

दफ़्तर में पूछा जाता है, 'कोई फोटो-वोटो है, पे-एनवलप या दूसरा ही कोई सबूत?'

चट से फ़ोटो और पे-एनवलप निकालकर धर देती है 'दूसरी' बीवी। पहली डबडबाई आँख से देखती रह जाती है...ऊधमसिंह की माँ को अभी भी शक है कि उद्धार-कार्य में जान-बूझकर देरी की गई वरना उसका बेटा जिन्दा मिलता। सपना ग़लत कैसे हो सकता है? मुश्किल है, किससे अपना दुखड़ा रोये, सबके पास अपने-अपने पुलिन्दे हैं!

मंगतू की बीवी इंजोरिया हर जगह गिड़गिड़ाकर हार गई। कोई नहीं सुनता। घूँघट उघड़ गया है कब का। अब वह पहले की इंजोरिया नहीं। वॉशरी की स्लरी (कोयले के धुलने से बहकर आया चिकना काला चूरा) से कोयले के गोले बना-बनाकर बेचती है। रायपुरियों की झोंपड़-बस्ती में एक और झोंपड़ी खड़ी हो गई है। यहीं रहेगी वह, गाँव में फिर गुलामी करने नहीं जाएगी। गजाधर सिंह से जुड़े पति के घृणित सम्बन्ध की चर्चा सुन-सुनकर पहले उसे अजीब-सी डरावनी शरम आती। अब, जब से उसने ऐसे सैकड़ों स्त्री-पुरुषों की मजबूरियाँ सुनी हैं, उसे दया आई है मंगतू पर। उसी की ख़ातिर तो इतने नीचे तक जाना पड़ा उसे। धरम-करम, पूजा-अर्चा, अच्छा-बुरा—सब पर से उसका विश्वास उठ गया है। उसने माफ़ कर दिया है पति को।

सबने माफ़ कर दिया है उन अभागों के सारे गुनाहों को। दफ़्तर-दफ़्तर 'बाबू-बाबू, साहब-साहब' अपना दुखड़ा रोते-रोते हरखू काका के पाँवों की बिवाइयों में परनाले बहने लगे हैं। दोनों बेटे डूब मरे, मगर स्वीकार किया गया सिर्फ़ एक का मरना..। कमिश्नर साहब ने कहा, 'बाबा, आप पर दया आती है, प्रूफ़ ले आइए। हम दिला देते हैं।' प्रूफ़ कहाँ से ले आएँ? दूसरा बेटा लौटा तो ओवरटाइम पर था, निचले तल पर। हाज़िरी बाबू से पैसे को लेकर पिछली बार ही झगड़ा किया था। न हाज़िरी है, न कैप-लैम्प के रजिस्टर में नाम है, और बाक़ी बची लाश, सो तो हड्डियों में कहाँ ढूँढ़कर दिखा दें कि यह रही मेरे बेटे की हड्डी? इस गर्मी में कोयले के चूरे भर जाने से घाव की लकीरों में कैसी छटपटाहट होती है! किससे कहें कि बिवाइयाँ दाग दे? कौन है अब? अपने पोते तो छोटे हैं। एक के बदले नौकरी के लिए पट्टीदारों और रिश्तेदारों ने मुँह फुला लिया है, जब से बड़ी बहू नौकरी करने लगी। थोड़ी पढ़ी-लिखी होती तो नर्स बन जाती मगर...उन्हें अब अपनी बिवाइयों को लेकर कोई मुग़ालता नहीं होता। होती है एक तड़प कि अपनी सन्तति को इन बिवाइयों के अलावा और क्या दे सके वह?

आशीष जहाँ भी जाता है, क़फ़न की मानिंद उजले साये घेर लेते हैं। इन विधवाओं में से बहुतों को नहीं पहचानता वह। सफ़ेद साड़ियाँ जैसे सफ़ेद निर्धूम ज्वाला पंक्ति-पंक्ति कास के फूलों की तरह लहराती हुई—एक ज्वाला है—मिथेन की लौ!

गजाधर सिंह की बीवी भी स्मिता दी और हेम्ब्रम की पत्नी की तरह ही लग जाती है रोने-कलपने, 'भैया आशीष, हम-सब डूबते जहाज पर सवार हैं। हमें छोड़कर मिल न जाना उन भेड़ियों से।'

कल अंगारडीहा गया था वह। वहाँ कालिन्दी खड़ी-खड़ी रोने लगी, 'अब तक तो झड़बेरियाँ थीं। भाई-बहन उसी को खा लिया करते, मगर अब... ? लिस्ट में नाम ही नहीं है। हम लोग तो पहले ही नज़र पर चढ़े थे।'

नाक छिड़ककर आँचल से मुँह पोंछकर बोली थी, 'हम तो कष्ट सहने के लिए ही पैदा होते हैं। फिर खटेंगे, खाएँगे, हाथ नहीं पसारेंगे। मगर डर है कि यह बस्ती ही न छोड़नी पड़ जाए। दामोदर में पानी तो चन्दनपुर की खान का ही आ रहा है न! पशु-पाखी तक मर रहे हैं। कुएँ पहले ही सूख जाते हैं यहाँ। पानी लाने चन्दनपुर तक जाना पड़ता है, जहाँ टैंकर आता है। देखिए, कुछ कीजिए... !'

छीजते-छीजते छीज गई बात। बीतते-बीतते बीत गई रात। उग आया पूरब में भोर का तारा टह-टह...क्षितिज के गले से जैसे उधम सिंह की आत्मा मिल रही हो! पश्चिम में टेढ़ा चाँद ताड़ की स्याह नुकीली डालियों में फँसे बगुले की पाँख की तरह फँसा पड़ा था, जैसे विष्टूदा की तैरती लाश! तारों का एक-एक कर छुपना जैसे पानी में डूबते सैकड़ों खदानियों के मुँह से निकलते बुलबुले फूट गए हों! भाभी के निर्जन क्वार्टर के बगीचे में पटुए के फूल खिले हैं। पानी के अभाव में देर से खिले हैं—मोरपंखी फूल, जैसे खदानियों की आँखें हों—इन आँखों से दगा करेगा? स्याह सिन्दूरी लैंड-स्केप में उजली साड़ियों में जानेवाली विधवाएँ। इन साड़ियों के रंग हज़म कर जानेवाले भेड़ियों के ख़िलाफ़ समझौता कर लेगा?...कर पाएगा?

इधर पुलिस के भेड़िये, उधर मैनेजमेंट के शिकारी कुत्ते—कितना कठिन है इन्क्वायरी कमीशन तक का सफ़र... ? फिर भी उसे जाना है।

उसने सोचा—वह एक बुरका पहन ले मक़बूल साहब से माँगकर...। छी:! पकड़ा गया तो दबा-ढँका सब भेद खुल जाएगा? धुआँसे में बन्दी मन तिलमिला-तिलमिलाकर अवश हो रहा था, तभी लगा, ऊधमसिंह की बाँहें कन्धे पर आ गई हैं, 'लाख अँधेरा हो काका, इन बाँहों का अहसास तुम्हें हो रहा है या नहीं?'

'हो रहा है।' उस दिन भावप्रवणता में गला रुँध गया था, मगर आज खुल गया।

"अँधेरे में किससे बात कर रहे हो?" बाहर से लौटती सहुआइन पूछते-पूछते खड़ी हो गई।

"किसी से नहीं।"

"एक बात कहूँ? कुछ दिन के लिए गाँव चले जाओ। मन आन हो जाएगा।"

"जा रहा हूँ।"

"ऐं, सचमुच?"

"हाँ, यह लो चाभी!"

एक नज़र बग़ल के कमरे पर डाली। भाभी और गूँगी...! मन रुआँसा हो आया। हरखू काका बेवाय टीसते-टीसते सुबह की हवा में सो गए हैं। जगाना उचित नहीं लगा। मंगतू, परभू, छेदी, हेम्ब्रम—कितनी-कितनी यादें! गजाधर सिंह की बीवी से बिना मिले जाना ठीक होगा? मगर नहीं, बचा रहा तो फिर मिल लेगा सबसे।

डोलियों की लटकती कतार डॉटेड लाइन की तरह—इन्हीं डोलियों पर सवार होकर कभी गाँव जाने की रूमानी कल्पनाएँ किया करता था। आज चोरों की तरह...पार हो रही है, रायपुरिया लोगों की बस्ती, मन्दिर और गाँव! ...फायरजोन पार हुआ। क्या पता, राजगढ़िया साहब हैं या नहीं? झरिया के बाजार पार हुए...।

धनसार के स्टॉपेज पर चोर की तरह उतरा और इधर-उधर ताककर एक ढाबे में घुस गया। 'एक कप चाय!' ऑर्डर देकर, इधर-उधर देखकर, थैले से डॉकुमेंट्स निकाले—यह रहा सर्वे का नक़्शा, यह वेंटिलेशन की फ़ाइल। विष्टूदा के ड्राअर से निकाली थी। यह पेपर कटिंग्स। और यह? दोनों डायरियों के पन्नों को अँगूठे से फड़फड़ाने के बाद उसने रख लिया। अब वह उन्हें एक मोटे लिफ़ाफ़े में डाल रहा था। तभी सामने से भूत की तरह प्रकट हुए विजय सिंह। उसका कलेजा इतने ज़ोर से धड़का कि उछलकर फर्श पर आ गिरेगा।

"अरे, आशीष बाबू? सुना, गाँव जा रहे थे? देख रहा हूँ, धनसारे में लटके हैं!" विजय सिंह ने कहा।

"हाँ, नाश्ता नहीं किया था। सोचा कि..."

"नाश्ता? अरे भाई, कलाकंद-उलाकंद है कि नहीं? आदमी भेजकर मिठाई की दुकान से मँगवाइए तो अढ़ाई सौ ग्राम।"

"ना, ना, मैं तो सिर्फ़ चाय।"

"अरे, छोड़िए साब, गाँव जा रहे हैं। क्या पता, कब पहुँचें, कब नहीं?" अब, वे मुँह के पास आए, फुसफुसा उठे, "आपके नाम वारंट है और हत्यारे लगे हैं आगे-पीछे हर जगह।"

"मालूम है।" उसने ज़बरदस्ती साहस दिखाते हुए कहा।

"जज साहेब बोल रहे थे कि चन्दनपुर-कांड की पूरी कुंजी आप ही के पास है। हाँ, लीजिए, कलाकंद खाइए—अरे वो..." उन्होंने लड़के को बुलाया, "एक गिलास पानी और चाय—जल्दी करो।"

"मेरे पास कहाँ से...!" वह हकलाया।

वे फिर मुख़ातिब हुए, "देखिए, आशीष बाबू, पापियों को सज़ा न मिले तो हम लोगों का जनम वृथा है। अभी कल ही कुछ ज़रूरी काग़ज़ जज साहब को सौंप

आया हूँ। एक्सीडेंट के बाद जानबे करते हैं, ई सार लोग रजिस्टर-उजिस्टर, नक़्शा-फक्शा सब छुपा देते हैं। ई तो हम थे कि बहुत कुछ बचा लिये। मनिजमेंट के दलाल सब रजिस्टरवे छुडा ले गए थे, आप तो देखबे किये। अब आप ही बताइए, एन्क्वायरी की बैठक के ठीक एक दिन आगे मुकुल साहेब और चौधरी बाबू को डुबा मारा सालों ने कीचड़ में।

''साले एक पाप को छिपाने के खातिर पाप पर पाप किये जा रहे हैं। ई दाढ़ी देख रहे हैं न? हमने तो इसे मनौती पर छोड़ दिया है। जब तक पापियों को सज़ा न दिला दिया, ये दाढ़ी नहीं बनेगी।''

''आप सब पर ही तो भरोसा है।''

''वही तो बात है। चौधरी साहेब काका से बोले, 'सिंहजी, आप मत डिगिएगा,' और उन्होंने बचन दिया, 'क्षत्री हैं—रघुकुल रीति सदा चलि आई, प्राण जाय पर बचन न जाई। चलिए, आपको धनबाद तक पहुँचा के आएँ, मोटर-साइकिल है।''

वह हिचकिचाया, ''मैं ट्रेकर पर ही चला जाऊँगा।''

''ट्रेकर... ? पगला गए हैं क्या? पुलिस वारंट लेकर ढूँढ़ रही है।''

वह चुप हो गया तो थैले की ओर इशारा किया उन्होंने, ''ई सब क्या है?''

''कुछ नहीं।''

हँस पड़े ठठाकर, ''अरे आशीष बाबू, दाई से पेट नहीं छिपता। हमारे और आपके रास्ते अलग हो सकते हैं, मंजिल एक है। फ़र्क़ सिर्फ़ इस बात का है कि एन्क्वायरी कमीशन के दफ़्तर में जाते ही आपका यह 'कुछ नहीं' कुत्तों के द्वारा छिन जाएगा जबकि मेरा रोआँ भी टेढ़ा नहीं कर पाएगा कौनो ससुर। लाइए, लाइए।'' और उन्होंने खींच लिया बैग।

वह अवश था। मगर उसने हड़बड़ाकर वापस खींच लिया अपना थैला।

''देखिए, आपसे जबान देता हूँ कि कोई अगर आपसे धोखा करे तो अपनी माँ से धोखा करे। बोलो, अब विश्वास है?''

उसने एक झटके से लिफ़ाफ़ा निकाला, हिप्टोनाइज्ड की तरह सर पर छुआकर कपालिनी देवी का स्मरण किया और दे दिया, ''मैंने कागज पर एक पावती की स्लिप लिखी है। इसे देकर सील करवा दीजिएगा।''

''इसमें ऊ डायरिया भी तो होगी?''

''है। देखिए, बचाकर सीधे जज साहब को दीजिएगा। हाथ में।''

''आप बेफिकर होकर जाइए अब। पुलिस-तो-पुलिस, एक बार एस.पी. हमसे टर्राया, सीधे ट्रांसफर करवा दिये। सड़ो साले पलामू के जंगल में! आप भी हमको ग़लत समझते होंगे, मगर आपसे आज बताता हूँ, हमारे दो रूप हैं। ठेकेदारी करनी है तो मैनेजमेंट से ऐसे मिले रहना है कि पेट का हाल मालूम कर लें, मगर दूसरा रूप... ?'' वे हँस पड़े, ''अब देखिएगा, क्या है मेरा दूसरा रूप!''

जाँच-कमीशन—माँ, तुमी एबार देखो!

मिस्टर आहूजा को पसीने आ गए। इसी गेस्ट-हाउस में कभी शाहजहाँ की तरह आते थे और अब इसी ऐशगाह में बार-बार मुजरिम की तरह खड़ा होना पड़ता है। उनके बाईं ओर ऊँचे मंच पर न्यायाधीश शर्मा बैठे हैं और सामने उनके विशेष सहायक के रूप में माइनिंग स्कूल के प्रिंसिपल अहलूवालिया तथा सांसद पांडेय। दर्शक-दीर्घा में जावेद मियाँ, चन्द्रकिशोर सिंह, तिवारीजी, ओझाजी, छकौड़ी महतो, मक़बूल और जाने कौन-कौन! पत्रकार अलग हैं, वकीलों की फ़ौज अलग। कितने तो खड़े हैं, जगह नहीं है बैठने के लिए।

"मिस्टर आहूजा!" श्रमिक संगठनों के प्रतिनिधि नम्बर एक ने जिरह शुरू की, "आप तो चन्दनपुर जैसी अत्याधुनिक कोयला खदान के चीफ़ माइनिंग इंजीनियर हैं?"

"जी।"

"आपने अभी-अभी अपने पुराने स्टेटमेंट को वर्ड-बाई-वर्ड दुहराया है, जैसे रटकर आए हों!"

प्रबन्धन के वकील ने आपत्ति की।

"ख़ैर, आप बार-बार यही कहते हैं कि खदान के क्रॉस कट पर आपने पानी कभी नहीं देखा। क्या आप बताएँगे कि आपने मुआयना कब-कब किया था?"

मिस्टर आहूजा पहले तो गड़बड़ाए, लेकिन फिर सँभल गए, "हर पन्द्रहवें दिन मुआयना होता था और अन्तिम दिन सात दिन पूर्व हुआ था।"

"क्षमा कीजिए, हमने वह नहीं पूछा था, लेकिन जब आपने स्वीकार कर ही लिया तो मैं आपको याद दिलाऊँ कि सात दिन पूर्व आप कपालिनी देवी के मन्दिर जाकर ही लायंस क्लब के एक समारोह में लौट आए थे। फिर नीचे कब उतरे... ?"

आवाज़ें मक्खियों-सी भनकने लगीं।

प्रतिनिधि ने फिर कहा, "सच क्या यह नहीं है कि सात माह पूर्व ही आप खदान में उतरे थे, उसके बाद नहीं?"

"मुझे जो कहना था, कह चुका हूँ। आपको मेरे बारे में अगर कुछ ज़्यादा ही मालूम है तो आप ही सब कह डालिए न!"

"दैट्स आल योर ऑनर!" कहकर प्रतिनिधि बैठ गया तो दूसरे प्रतिनिधि ने जिरह शुरू की, "आहूजा साहब, इन्क्लाइन नम्बर तीन तो सर्वे के नक़्शे से भी सौ फ़ीट आगे तक गई है, प्रबन्धन को क्या इसका पता न था?"

"मैंने पहले ही बताया है कि दुर्घटना के बाद के मुआयने से ही इस तथ्य का पता चल सका, इसके पूर्व नहीं।"

"फिर क्रिसमस दिवस के रात्रि-समारोह में ही आपको आशंका क्यों हुई और दुर्घटना के दिन आप चाणक पर पहुँचने के पूर्व इंक्लाइन के मुहाने से झाड़ियों के बीच उसका पथ क्यों ढूँढ़ रहे थे?"

"दीज़ आर कॉक एंड बुल स्टोरीज़। हमें तो सर्वे के नक्शों पर डिपेंड करना पड़ता है।"

"सर्वेयर चौधरी की विधवा पत्नी ने हमें बताया है कि मणीन्द्र चौधरी हमेशा आशंका व्यक्त करते आए थे, मगर प्रबन्धन ने उन पर कान न दिया।"

"व्हाट ए नानसेंस?"

खलबली मच गई कोर्ट में। जब थमी तो उस प्रतिनिधि ने मुसकराते हुए कहा, "चलिए, माना कि फ़ाल्टी सर्वे की वजह से आपको वस्तुस्थिति का सही-सही अनुमान न हो सका, मगर आपको याद होगा, सात माह पूर्व आपने एक्सटेंशन-डी को 'यू' के आकार में मोड़ दिया था, याद है?"

"जी।"

"आख़िर क्यों?"

आहूजा तनिक हिचकिचाए, फिर बोले, "ऐसा खान सुरक्षा महानिरीक्षक के निर्देश पर किया गया था।"

"महानिरीक्षक के या सिर्फ़ निरीक्षक के?"

आहूजा चुप रहे तो प्रतिनिधि ने दोबारा पूछा, "आख़िर क्या जरूरत पड़ गई ऐसा निर्देश लेने की?"

आहूजा विचलित-से होने लगे।

प्रतिनिधि ने न्यायाधीश को सम्बोधित करते हुए कहा, "मान्यवर, मैं आपसे दरख़्वास्त करूँगा कि उस एक्सटेंशन-डी के प्लान के तथ्यों को अगर संग्रह न किया गया है तो संग्रह कर मिस्टर आहूजा के वचनों को उस रोशनी में परखा जाए।"

"आप इस विषय पर अपनी तथ्यसम्मत जानकारी पेश करें।" इस बार न्यायाधीश शर्मा स्वयं बोल पड़े।

"तो सुनिए मान्यवर, ज़रूरत यह आ पड़ी थी कि पानी रिस रहा था। विशेषज्ञ श्री एल.पी. सिंह और श्री एस. एन. ठाकुर ने बोर होल करके भूपटल के स्तरों की जाँच कर लेने का सुझाव दिया था। मगर एक तो लापरवाही; दूसरे, उत्पादन का दबाव। ऐसा न करके, एक्सटेंशन को अंग्रेज़ी के 'यू' के आकार का मोड़ दिया गया। प्रबन्धन डी.जी. एम. एस. से स्वीकृति लेने की बात करता है, जबकि स्वीकृति महज़ एक सामान्य इंस्पेक्टर से ली गई, जो प्रबन्धन का मित्र था। इसके बाद उस 'यू' से एक क्रॉस-कट करवाकर वह एक्सटेंशन फिर वहीं पहुँच गया, जहाँ से वह चला था यानी प्रबन्धन की लापरवाही से वह दुर्घटना सात माह पूर्व ही घटित हो

सकती थी, मगर घटी सात माह बाद और वह जगह और कोई नहीं, इन्क्लाइन नम्बर तीन का मुहाना था, ब्लास्टिंग ने जिसका मुँह खोल दिया।''

''यह क्रॉस-कट कराने की आख़िर आपको यकायक क्यों सूझी?'' तीसरे प्रतिनिधि ने क्रॉस किया।

''वेंटिलेशन क्राइसिस और लोडिंग डिफिकल्टी के तहत यह ज़रूरी हो गया था।''

''रेज़िंग, मेरा मतलब है, उस बीच की बची सीम का कोयला निकाल लेने का उद्देश्य नहीं था?''

''आप माइनिंग के बारे में क्या जानते हैं?'' आहूजा ने तिरस्कार-भरे स्वर में पूछा।

''इतना तो अखबार पढ़नेवाले भी जानते हैं कि उत्पादन का नया कीर्तिमान खड़ा करने के लिए कौन-कौन से हथकंडे अपनाए जाते हैं। ख़ैर, वेंटिलेशन क्राइसिस और लोडिंग-ट्रबुल के लिए हम कमीशन से दरख़्वास्त करते हैं कि एक बार फिर से श्रमिक गवाहों को क्रॉस करने की अनुमति हमें दी जाए।''

इस बीच जाँच कमीशन के पूरे काफ़िले को पुराने रिटायर्ड मरणासन्न सर्वेयर हेमंत मुखर्जी के फ़तहपुर-स्थित आवास पर जाना पड़ा। सर्वे के सभी प्लानों की तफ़्तीश की गई। न्यायाधीश शर्मा के सामने दुर्घटना के कारण प्रायः स्पष्ट हो चले थे और कोर्ट की हियरिंग के लिए वे बहुत ही ताज़ादम होकर निकले थे कि उनके पी.ए. चक्रवर्ती ने सर झुकाकर कुछ कहा, और उनके होश फाख़्ता हो गए।

''ऐं! ऐसा कैसे हो सकता है?''

''सर, रेकॉर्ड-कीपर के साथ हम सबने भी छान मारा। पचास आदमी हैंडल करते हैं, पता नहीं, किसकी करतूत है!''

''शाम तक देखो, अभी मुझे लेट हो रहा है।'' उन्होंने घड़ी देखी और अस्थायी कोर्ट के पीछे के दरवाज़े में प्रविष्ट हो गए।

क्रॉसिंग फिर शुरू हुई।

गवाह नम्बर नौ का बयान पढ़ा गया : ''मेरा नाम बहादुर थापा है। पिछले दो साल से मैं ड्रिफ़्टर के पद पर चन्दनपुर कोयला खदान में हूँ। मेरे द्वारा तीन बोर-होल—प्रत्येक पचास फ़ीट के—इक्कीस, बाइस और तेइस तारीख़ों को किये गए। पानी निकलते मैंने नहीं देखा।''

श्रमिक यूनियन के प्रतिनिधि पार्टी नम्बर तीन ने जिरह शुरू की, ''थापा, आप रहते कहाँ थे?''

प्रबन्धन के वकीलों ने हस्तक्षेप किया, ''योर ऑनर, व्यक्तिगत सवाल नहीं पूछे जाने चाहिए।''

प्रतिनिधि ने कहा, ''किसी की व्यक्तिगत ज़िन्दगी से जाँच-कार्य प्रभावित हो सकता है, योर ऑनर!''

आपत्तियाँ ख़ारिज करते हुए न्यायाधीश ने क्रॉस करने का अधिकार सुरक्षित रखा, तो प्रतिनिधि ने कहा, "पता चला है, आप मैनेजर मिस्टर भट्ट के बँगले में रहते आए हैं?"

"जी।" थापा आशंकित हो गया।

"ये बोर-होल आपने दिन में किये या रात में?"

"दिन में।"

"मगर आपकी ड्यूटी कभी-कभी रात की पाली में भी लगा करती थी?"

"जी।"

"और उस वक़्त आपकी बीवी भट्ट साहब के बँगले में तन्हा रहती थी। ये दोनों ही बातें मैनेजर से आपके अन्तरंग और अनुचित रिश्तों की ओर इशारा करती है। कहीं आपका बयान इनसे प्रभावित तो नहीं?"

इस जिरह को लेकर प्रबन्धन के वकीलों और प्रतिनिधियों में हाथापाई तक की नौबत आ गई।

थापा के बाद कठघरे में खड़े हुए महादेव मियाँ—गवाह नम्बर दस।

बयान पढ़ा गया, "मेरा नाम महादेव मियाँ है। सर्विस बीस साल। मैं लोडर के पद पर काम करता था। बोर-होल से पानी पिचकारी की तरह निकला करता था। पानी गरम रहता था। अतः काम के बाद हाथ-मुँह हम उसी पानी से धोते थे..."

जुम्मन मियाँ ने बीच में ही हस्तक्षेप किया, "हुज़ूर, ई हमरा बयान नँय है।"

जावेद मियाँ ने चन्द्रकिशोर की बाँह दबाई।

"आपने इस पर हिन्दी में दस्तख़त किये हैं।" सरकारी वकील ने खड़े होकर कहा।

"हम तो 'लिख लोढ़ा—पढ़ पत्थर' हैं साहेब, हम कहाँ से सैन करेंगे?"

दर्शकदीर्घा में हँसी की लहर दौड़ गई और न्यायाधीश समेत वादी पार्टियों के चेहरों पर हैरत के रंग उभरने लगे।

"अच्छा, कभी एक्सटेंशन-डी में काम करते हुए आपको साँस लेने में तकलीफ़ हुई या कभी लोड करने में कोई दिक़्क़त?" प्रतिनिधि नम्बर तीन ने जिरह की।

"होता था, हुज़ूर।"

"वैसी दिक़्क़त और भी कहीं होती थी या महज उसी आयतन में? देखिए, अल्लाह हर जगह देख रहा है, आपके सैकड़ों साथी डूब मरे हैं—आप सच्चाई नहीं छुपाएँगे।"

महादेव मियाँ का कलेजा धक-धक करने लगा। उनकी आँखें धुँधलाने लगीं और कोर्ट क़यामत में तब्दील हो गई। उन्हें लगा, छुट्टन भुइयाँ, मंगतू, ऊधमसिंह वग़ैरह सारे मरे मज़दूरों की रूहें उनके इर्द-गिर्द खड़ी हैं। सारा जिस्म सफ़ेद बुरके से ढँका। सिर्फ़ आँखों के पास दो-दो छेद हैं, जिनसे वे उन्हें ताक रहे हैं। वे लड़खड़ाए और वहीं गिर पड़े।

उन्हें अस्पताल ले जाया गया।

अब बारी थी भभीखनराय की। अगर कुछ अप्रत्याशित घट सकता था तो भभीखनराय से ही। लोग सँभलकर बैठ गए : 'देखो, आज भी विभीषण ही बने रहते हैं या... ?'

"मेरा नाम भभीखनराय है। मैं दुर्घटना से दो वर्ष पूर्व यूनिकॉन कोल कटिंग मशीन का ऑपरेटर था। मेरा कार्यक्षेत्र सेकेंड होराइज़न में था, मगर अपने बहनोई गजाधर सिंह से मिलने मुझे दुर्घटना-स्थल पर जाना पड़ता था, जो एक्सटेंशन-डी के उस आयतन के माइनिंग सरदार थे। वहाँ दो सप्ताह पूर्व मुझे पानी से होकर गुज़रना पड़ता था, और मेरे बूट भीग जाया करते थे...।"

"यह किसका बयान है हुज़ूर, मैंने कब ऐसा कहा ?" भभीखनराय ने आँखें फैलाईं।

"मगर आपने इसी बयान पर अंग्रेज़ी में साइन किया है ?" सरकारी वकील फिर उठ खड़ा हुआ।

"लीजिए, अंग्रेज़ी का हमारे खानदान में सात पुश्त से भेंट नहीं हुआ, हम तो सिरिफ हिन्दी लिख सकते हैं—वह भी जोड़-जोड़कर।"

"तो यह बयान आपका नहीं है ?" पार्टी नम्बर एक ने पूछा।

"नहीं।"

भभीखनराय ने बाक़ी बयान भी मैनेजमेंट के पक्ष में ही दिये।

अब बारी आई पार्थ बोस की। ओवरमैन होने के नाते उनका स्टेटमेंट अंग्रेज़ी में था : "माइ नेम इज पार्थ बोस। मैं वहाँ ओवरमैन के पद पर पिछले तीन वर्षों से काम कर रहा था। मेरी ड्यूटी एक्सटेंशन-डी में थी। वहाँ मेरी शिफ़्ट के मज़दूर अक्सर पानी की शिकायत करते थे। मैंने लॉग बुक में बार-बार इस बात का उल्लेख किया था...।"

पार्थ बोस बीच में ही टोक बैठे, "सर, मेरी समझ में यह स्टेटमेंट नहीं आ रहा है।"

सरकारी पक्ष के वकील ने उठकर कहा, "आप अंग्रेज़ी नहीं जानते ?"

"ना।"

"आपने तो हस्ताक्षर भी अंग्रेज़ी में ही किये हैं पढ़कर।"

"मैं अंग्रेजी नहीं जानता।"

"आप ओवरमैन हैं ?"

"उससे क्या, मैं सिर्फ़ हिन्दी जानता हूँ।"

"बाँगला भी नहीं ?"

"ना!" पार्थ बोस ताबड़-तोड़ जीवित मक्खियाँ निगलते जा रहे थे।

"आप बंगाली हैं, ओवरमैन हैं, फिर भी आप बँगला और इंग्लिश कैसे नहीं जानेंगे ? क्या क्वालीफिकेशन है आपकी... ?"

वकील की बात काटकर चीफ़ जस्टिस ने पूछा, "तो क्या वह आपका स्टेटमेंट नहीं है ?"

"हम तो सिर्फ़ हिन्दी...।"

पार्थ बोस की आगे की बात किसी के 'माँ, तुमी एबार देखो' के व्यंग्य में ढँक गई और क़हक़हों का सैलाब आ गया। कोर्ट की संजीदगी हवा हो गई। लोगों ने पीछे देखा, 'कौन है? कौन है?'

"हम।" बोलने वाला लड़खड़ाते हुए उठकर खड़ा हो गया।

अरे, ई तो गोरइया है। एक्सीडेंट के बाद से फिर से पीने लग गया था। यहाँ कैसे आ गया...?

"हुजूर, सब सार घूस खाया है—सब। ई कोर्ट को मज़ाक बना दिया है सब। खाएगा कपालिनी देवी का कसम...? सर, हम गवाही देगा, हम...आई! आई!! माई नेम इज मदन गोराई। आई वाज़ ऑन छुट्टी। आई वाज़ लोडर, तइयो पे हम हिन्दी, बंगला सब जानता, इंगलिश भी... नोट प्लीज। आई सा वाटर...।"

गोराई का बयान अधूरा रह गया। अर्द्धचन्द्र देकर दो सन्तरी उसे घसीटते हुए ले जाने लगे। वह बिफरने लगा, "जस्टिस, इट इज ग्रेट इनजस्टिस।"

दरवाज़ा बन्द होते ही आवाज़ मर गई।

ओझा सर पर हाथ धर के बैठ गए। उस दिन सारे गवाह अपने-अपने बयानों से मुकर गए।

दूसरे दिन सांसद श्री पांडेय और प्रिंसिपल अहलूवालिया न्यायमूर्ति शर्मा को उनके आवास पर ढाढ़स दे रहे थे, "देखिए सर, जस्ट टु बी फ्रैंक।" अहलूवालिया ने कहा, "कमीशन की विश्वसनीयता के लिए हमें वैसे भी चीफ़ माइनिंग इंजीनियर, एरिया मैनेजर और मैनेजर को दोषी करार करना ही है। इन हाफ-ट्रुथ्स को दरकिनार रखते हुए भी यह किया जा सकता है। प्लीज़, डोन्ट वरी।" यह कहकर उन्होंने एक फ़ाइल खोली, "इंडियन कोल माइन्स रेगुलेशन ऐक्ट, नाइंटीन ट्वेंटी सिक्स की धाराओं 72 बी, 73, 74, 75 का चन्दनपुर के प्रबन्धन ने स्पष्ट उल्लंघन किया है। कोई भी बन्द खदान या पहले की काम की गई सीम कालान्तर में जलाशय बन जाती है। चन्दनपुर के पुराने मालिकों से सरकार या कम्पनी ने जब उसे अपने अधिकार में लिया तो इस जलाशय पर नज़र रखना और उनसे निबटना उनकी ज़िम्मेदारी थी। उन्होंने सन् पैंसठ, सड़सठ और बहत्तर तक पानी निकालने की कोशिश की। जब नहीं निकल पाए तो इसी पानी से चन्दनपुर टाउनशिप को फ़ीड करने लगे। अब उन निर्देशों के मुताबिक़ जो नये रूप में धारा संख्या 126, 127 में आ गए हैं, उन्हें बोर-होल से परीक्षण करते रहना चाहिए था। ये रही हिस्ट्री—इसे तो डिनाई नहीं करेंगे?"

"मैंने तो समझा, बड़ा शेर मारा आपने, यह तो चूहा भी नहीं। अरे भई, गवाहों के बयान बदलकर वे यही तो प्रमाणित करने में लगे हैं कि उन्होंने बोर-होल किये, मगर पानी नहीं निकला।" न्यायाधीश शर्मा ने कहा।

"बट हाउ कैन दे प्रूव इट? हम लोगों ने स्पॉट की जाँच की। वह दूरी मात्र आठ फ़ीट पाई गई, जबकि एक-एक बोर-होल पचास-पचास फ़ीट तक जाता है। क्यों पांडेयजी... ?"

पांडेय जी बेसिन में पान थूकने हड़बड़ाकर उठे।

आए तो शर्मा ने हँसकर कहा, "क्या पता, पांडेय जी भी बदल जाएँ!"

यह कहना था कि पांडेय जी ने ज़ोरों का ठहाका लगाया, फिर बोले, "हाँ, अटैची भर-भरकर रुपये आ-जा रहे हैं। मुझे तो एक अटैची मिल भी गई। लगता है, आप लोगों का हिस्सा कोई हज़म कर गया।"

"आप हँस रहे हैं और मेरा मन यहाँ रोने-रोने को करता है। सोचिए, कितनी त्रासद स्थिति है कि हम एक-दूसरे के प्रति शंकालु हो जाएँ। आख़िर असिस्टेंट मैनेजर पांडेय का स्टेटमेंट गया कहाँ?"

"मैं बताऊँ, हमीं-आप क्या कर लेंगे? इस मज़दूर-वर्ग को आप नहीं जानते—यह छोटी-से-छोटी सुविधा के लिए एक-दूसरे का गला घोंट सकता है। आख़िर फैसला तो उन्हीं के प्रामाणिक बयानों और तथ्यों के आधार पर करेंगे आप?"

"पांडेय जी ने बताया तो मुझे याद आया, मेरे एक मित्र उग्रवादी हैं। उन्होंने मज़दूरों से ग़लत काम की ख़िलाफ़त करने को कहा। मज़दूरों ने 'गोफ़-एरिया' में जाने से इनकार कर दिया, मगर जब वे सस्पेंड कर दिये गए तो सबने समर्पण कर दिया और कहा कि हमारे मित्र ने उन्हें भड़काया था।" अहलूवालिया ने हँसते हुए बताया।

मिस्टर शर्मा ने चश्मा उतारकर उसके लेंस परखते हुए कहा, जैसे बहुत दूर-दूर तक देख रहे हों, "मज़े की बात यह है कि इस पूरे प्रक्रम में यह कुचक्र मुट्ठी-भर लोगों द्वारा चलाया जा रहा है और ऊपर से नीचे तक सब असहाय हैं। वर्ल्ड बैंक का जो पैसा चन्दनपुर के आधुनिकीकरण के लिए दिया गया है, वह इस एक्सीडेंट में अपने को निर्दोष सिद्ध करने में ज़ाया हो रहा है। लाशें सड़ रही हैं और गीध, चील, कौए नोच रहे हैं। कोयले के टॉप मैनेजमेंट और स्वयं प्रधानमंत्री तक को भी शायद इस घपले की जानकारी नहीं। उन्हें चिन्ता सिर्फ़ इस बात की है कि थू-थू न हो। मृतकों की संख्या तीन सौ इकावन हो या सात सौ इकावन—यह मुद्दा भी जूते के अनुसार पाँव के अनुरूप बनाकर पेश किया जा रहा है। अगर संख्या बढ़ गई तो यह विश्व की सबसे बड़ी दुर्घटना बन जाएगी।"

"संख्या की बात पर अभी साफ़ नहीं हुए क्या? अफ़वाहों पर आप भी यक़ीन करने लगे? कमिश्नर साहब ने एनाउंस करवा दिया है कि जो भी क्लेम कर रहा है, सामने आए और कोई नहीं आया। इस तरह तीन सौ इकावन की संख्या पर शक की गुंजाइश बचती कहाँ है?" पांडेय जी ने कहा।

''और वो दयाल साहब कह रहे थे कि पाँच क्लेमेंट तो चन्दनपुर में ही भीख माँग रहे हैं, जिनमें एक कोई मंगतू और दूसरा कोई आदिवासी भी है, जो अनअथराइज़्ड चले गए थे अन्दर,'' शर्मा ने कहा।

''सर, जहाँ तक ऐसे कमीशनों का ताल्लुक़ होता है, सिर्फ़ दुर्घटना के कारणों की जाँच और इससे दोषी पाए गए सम्बन्धित लोगों का पता लगाना ही तो हमारे कार्यक्षेत्र में आता है,'' अहलूवालिया ने टोका।

''वही न! अब भई जज साहब हैं, कैसे कहें? मगर एक तो यह कमिश्नर के अधिकार-क्षेत्र में आता है; दूसरे, आप करना भी चाहें तो सच-झूठ, न्याय-अन्याय को पकड़ पाना बहुत मुश्किल है, और उससे भी मुश्किल है उसे साबित करना,'' पांडेय जी ने कहा और पान का नया बीड़ा मुँह में दबाया।

''चन्दनपुर का एक नज़ारा तो कोर्ट में ही आपने देख लिया—पहले सबने कहा, पानी देखा, पानी की क्वालिटी तक बताई। साफ़, गरम और तेज धार। उसी में हाथ-पाँव धोते थे, पानी से भरे रास्तों से जूते तक भीग-भीग जाते थे और यहाँ तक कि ड्रिल करते समय प्रेशर फ़ील किया गया, और अब... ? सब साफ़। किसी ने पानी नहीं देखा। पढ़े-लिखे लोग भी गँवार बन गए!'' अहलूवालिया ने मुँह बिचकाया।

न्यायाधीश ने सर हिलाया, ''ठीक कहते हैं। अरे साहब, ओवरमैन 'पार्थ' को देखा... ? पहले उसने बयान दिया कि एक सप्ताह पूर्व शालिगराम दुबे, हेम्ब्रम और...दूसरे माइनर्स उसके पास आए और उन्होंने पानी के बारे में कम्प्लेन किया, वग़ैरह-वग़ैरह। उस दिन वह भी डिनाई कर गया अपनी इंग्लिश में की गई साइन को। कहता क्या है—मुझे सिर्फ़ हिन्दी आती है! ही, बीइंग ए बेंगाली ऐंड ऐन ओवरमैन, सेज़ लाइक दिस! नाउ सी, असिस्टेंट मैनेजर पांडे का स्टेटमेंट गुम है। महतो के स्टेटमेंट में एक पन्ना और जुड़ा हुआ है जो पहले नहीं था। ऐसे में किस पर यक़ीन करें और किस पर नहीं?''

एक अजीब-सा ख़ालीपन भर गया कमरे में। सब-के-सब चुप हो गए। सिर्फ़ सर पर चलते पंखे की आवाज़ के साथ सन्नाटा भनकता रहा।

''अच्छा, अब यह तो बताइए, किस-किस गवाह का स्टेटमेंट अभी भी नहीं बदला?'' अहलूवालिया ने पूछा।

''एजेंट-कम-चीफ़ माइनिंग इंजीनियर, एरिया मैनेजर और वो समह्वाट थापा, जिसके बारे में मैनेजर से ग़लत सम्बन्ध के क़िस्से हैं। एक गवाह और भी, जिसने स्वीकार किया कि उसके ड्रिल करते समय थ्रस्ट फ़ील किया।'' शर्मा ने डायरी देखकर बताया।

''इनमें से एक को छोड़कर सभी स्टेटमेंट मैनेजमेंट के फेवर में होंगे?'' अहलूवालिया ने पूछा।

''नेचुरली!''

"और अब जो बयान आएँगे, वे भी उनके फ़ेवर में ही आएँगे। अब वे पूरी तरह सँभल चुके हैं," अहलूवालिया ने कहा।

"मगर ये लेबर यूनियंस के प्रतिनिधि तो भई, वकीलों के भी कान काटने लगे। ऐसा जिरह करते हैं कि मैनेजमेंट की बोलती बन्द हो जाती है।" पांडेय जी ने एक सौ बीस ज़र्दे की डिबिया निकालकर ठोंकी और पूछा, "बाथरूम कहाँ है?"

उनके 'संडास-प्रवेश' के बाद अहलूवालिया ने धीमे स्वर में कहा, "सर, जो प्लान है, ऐसा लगता है, वे हड़बड़ी में तैयार किये गए हैं—ग़ौर से देखिए ओवर-राइटिंग को...। असली प्लान और डायरियाँ तो चौधरी और मुखर्जी के साथ थीं। पुलिस ने क्या पता, क्या उद्धार किया? एन्क्वायरी के सिर्फ़ एक दिन पूर्व ही उनका मरना—माइट बी ए कांस्पिरेंसी!"

"खामख़्वा सूत्रों को उलझाइए नहीं।" प्लान में गड़ी नज़रें चौंककर उठ गईं। पांडेय जी चले आए थे। उनकी शंका 'दीर्घ' नहीं, 'लघु' सिद्ध हुई। उन्होंने दूसरा वार किया, "ऐसा किस ग्राउंड पर सोचते हैं प्रिंसिपल साहब?"

"बिकाज ऑफ देयर प्रीवियस बैकग्राउंड। इनके मैनेजमेंट के डिफरेंसेज तो थे ही। यह भी सुना जाता है कि कुछ रेलिवेन्ट डाकुमेंट्स सबमिट करने वाले थे," अहलूवालिया ने कहा।

"बट, व्हाट इज द प्रूफ़...? ये स्टेटमेंट बदलना, सर्वेयर और रोप-वे इंजीनियर का एक दिन पूर्व मरना तो इनडायरेक्ट प्रूफ़ हैं, बट वी नीड डायरेक्ट ऐंड रेलिवेंट प्रूफ़। न्याय की भाषा अटकलों पर नहीं गढ़ी जाती। ऐसी अटकलें तो बहुत हैं। अब यही देखिए न, एक अफ़वाह तो यही है कि बाद के पाँच आदमियों को खदान की मृतात्माओं ने मार डाला—बोलिए, कीजिएगा विश्वास?"

चुप्पी फिर पसर गई।

"अच्छा, सर!" पांडेय जी ने खड़े-खड़े ही कहा, "मेरे एक रिलेटिव हैं यहीं धनबाद में। मैं ज़रा उनसे मिलकर आ रहा हूँ। लौटते समय प्रिंसिपल साहब को ले लूँगा—क्यों साहब, अभी तो आप बैठेंगे न?"

प्रिंसिपल ने सर हिलाया, "हाँ।"

सांसद चले गए।

शर्मा ने इस बार इधर-उधर देखा, फिर ड्राअर से एक ख़त निकाला, "आई हैव गॉट ए लेटर फ्रॉम आवर विटनेस नम्बर थर्टीन—आशीष कुमार घोषाल।"

"वही न, जिसके लिए दो-दो बार वारंट ईशू किये गए हैं?"

"हाँ। उसने लिखा है कि उसे हर वक़्त परेशान किया जाता रहा। कई बार उसे लगा कि उसका पीछा किया जा रहा है। मैनेजमेंट उसे हाज़िर होने से रोकती है। आशीष को डर है कि उसकी हत्या कर दी जाएगी। आगे लिखा है, इसके बावजूद वह अपना नैतिक दायित्व मानकर सत्रह मई को सारे काग़ज़ात कमीशन को सौंपने

आया। यहाँ की किसी मिठाई-चाय की दुकान पर विजय सिंह ने उसे विश्वास दिलाकर वे काग़ज़ात ले लिये कि उसका जाना सुरक्षित नहीं है।"

"इन्टेरेस्टिंग, मगर वे काग़ज़ात... ?"

"उन काग़ज़ातों में चन्दनपुर की एक्चुअल सर्वे रिपोर्ट थी, वेंटिलेशन सिस्टम से सम्बन्धित काग़ज़ थे और जो चीजें सबसे महत्त्वपूर्ण थीं, वे थीं दो डायरियाँ, जिन्हें ऊधमसिंह ने एयर पॉकेट में मरने के पूर्व लिखी थीं।"

"फ़ैन्टेस्टिक!"

"मगर आगे उसने यह लिखा है कि ये डॉकुमेंट्स श्री सिंह ने जमा नहीं किए बल्कि उन्हें लेकर मैनेजर या एरिया मैनेजर के पास गए। वहाँ श्री सिंह ने उनसे कहा कि आपकी जान मेरी मुट्ठी में है। अस्सी हज़ार डिमांड किया उन्होंने। आख़िर सौदा चालीस हज़ार पर पटा और वे काग़ज़ात जला दिये गए उनके सामने।" अहलूवालिया गम्भीर हो गए।

"कहाँ से लिखी गई हैं चिट्ठियाँ?"

"स्टाम्प तो आसनसोल पोस्ट ऑफ़िस का है।"

अहलूवालिया ने मस्तक झुका लिया और पछतावे में सर हिलाते हुए बोले, "मगर इससे क्या पता चलेगा?"

"यही तो बात है। लगता है, आशीष में दृढ़ इच्छाशक्ति नहीं है या फिर यह पत्र ही झूठा है।"

यह कहते ही शर्मा के दिमाग़ में बनते हुए चित्र पर फिर से कालिख पुत गई। अब तक वे जिन तर्कों के मन-ही-मन हिमायती बनते जा रहे थे, वे फिर से उन्हें संदिग्ध लगने लगे।

"अच्छा, मिस्टर अहलूवालिया, आप तो तकनीकी पक्ष के जानकार की हैसियत से जाँच कमीशन के पंच हैं न, एक बात बताइए, क्या किसी एयर-पॉकेट की सम्भावना है?"

"देखिए, इस पर विशेषज्ञों में मतैक्य नहीं है—मोस्ट ऑफ़ दैम हैव डिनायेड इट्स पॉसिबिलिटी। एयर-पॉकेट का बनना इस बात पर डिपेंड करता है कि बन्द हवा को निकल पाने का रास्ता मिला या नहीं, या वाटर लेबेल सीम को भर पाता है या नहीं?"

"डी.जे. पैनेल में भी नहीं... ? ये गैलरी तो काफ़ी ऊँचे गई है? आप तथ्यों पर भी ग़ौर कर लें—कुछ की दाढ़ियाँ और नाख़ून बढ़े हुए मिले, कुछ की लाशें बहुत कम विकृत थीं...।"

सहसा उनकी नज़रें ऊपर उठीं और वे एकबारगी डर गए। पांडेय जी भूत बनकर फिर चले आए थे। दोनों विचारक अपनी खोजों में इस क़दर डूबे हुए थे कि उनके दरवाज़ा खोलने और सामने आकर खड़े होने की आहट तक न मिली।

"अच्छा, तो अभी आप लोग लाशों को ही टटोल रहे हैं? अरे साहब, वहाँ तो एरिया मैनेजर और रेस्क्यू पार्टी वाले खुद ही गए थे। वह जगह पानी से भीगी हुई थी।"

"बैठिए।" शर्मा अब प्रकृतस्थ हो चुके थे, "पानी तो पम्प के जरिये भी जा सकता है। पम्पिंग के समय प्रेशर रिलीज़ हुआ होगा, उस समय..." अहलूवालिया कुछ सोचते हुए बोले।

"तो इसका अर्थ क्या यह लगाया जाए कि एयर-पॉकेट था?"

"अगर होगा तो इसे एयर-पॉकेट की बजाय 'एयरकुशन' कहना ज़्यादा मुनासिब होगा। पानी के दबाव के चलते हवा में काफ़ी दबाव रहा होगा," अहलूवालिया ने कहा, "किसी के बचे रहने की गुंजाइश फिर भी कहाँ बचती है?"

"देखिए, क्या हुआ होगा, कैसे हुआ होगा—इस विषय पर हम सिर्फ़ माथापच्ची ही कर सकते हैं। ठीक-ठीक बता पाना मुश्किल है। आदमी को हमने नॉर्मल परिस्थितियों में ही देखा है, मगर कभी-कभी, किसी हद तक वह एबनॉर्मल परिस्थितियों में भी ज़िन्दा रह सकता है। पश्चिम जर्मनी की लेंगेडे खदान में ग्यारह आदमी जीवित ही निकाले गए थे, मरा था सिर्फ़ एक। तब यह और बात है कि वह पश्चिम जर्मनी था। पूरा प्रशासन और तकनीकी विशेषज्ञ इसके पीछे राष्ट्रीय संकट मानकर तत्पर थे दिन-रात और यहाँ तो आप देख ही रहे हैं!"

न्यायाधीश शर्मा के तर्क फिर गड़बड़ाने लगे।

पांडेय जी इस वार्ता से अन्यमनस्क-से हो गए, बोले, "देखिए, सौ बात की एक बात, हमें साक्ष्य के आधार पर चलना है।"

"साक्ष्य भी कहाँ विश्वसनीय हैं? जिसे छुओ, 'छुई-मुई' की तरह डार-पात नीचे। अब नीचे कौन मरा—क्या सबूत है? कुछ-एक लाशों के बाद हमें तो मिली है सिर्फ़ हड्डियाँ, यानी मैन रेड्यूस्ड टू सिम्पली ए नम्बर। और वह नम्बर भी विश्वसनीय नहीं," अहलूवालिया ने कहा।

"भला कहीं हड्डियों से संख्या कूती जाती है? फिर वे भी सब-की-सब सामने आएँ तब तो...!" शर्मा ने कहा।

"फिर सेकेंड एक्सीडेंट के बाद मज़दूरों और अधिकारियों ने डर के मारे कितना काम किया, कितनी ख़ानापूर्ति—यह भी विवादास्पद है। दूसरे तल में पानी फिर भर गया। यह पानी मैं नहीं समझता, चन्दनपुर जैसी जटिल खान से निकट पच्चीस-तीस वर्षों में निकाला जा सकेगा। तब तक लोग भूलते-भूलते भूल जाएँगे, दोषी लोग कहीं और जा चुके होंगे," अहलूवालिया ने कहा।

"अटैची में रुपये लेकर।" पांडेय जी ने आँखें मटकाईं।

न्यायाधीश शर्मा ने घंटी बजाई और चपरासी को चाय लाने का निर्देश दिया।

"मगर कैप-लैम्प और रजिस्टर... ?" अहलूवालिया अभी तक उस प्रश्न से मुक्त नहीं हो पाए थे।

''कैप-लैम्प के इशू में भूल पकड़ी ही गई है और बाक़ी रहा एटेंडेंस रजिस्टर—सो भले ही कोई गड़बड़ी न हुई हो, मगर झूठा तो हो ही चुका है। ठेकेदारी मज़दूरों के नाम नहीं—बस, संख्या दर्ज है। दिस इज द केस।'' शर्मा ने हाथ फैला दिये निरुपायता में।

चाय सुड़कते हुए पांडेय जी तनिक और चैतन्य हुए तो विनोद पर उतर आए, ''साहब, बेकार ही उतना पढ़-लिखकर चीफ़ जस्टिस हुए! रिटायर्ड होकर भी आपके पास क्या है अभी? यहाँ के गुंडों और ठेकेदारों की अक्षर से भेंट नहीं और जाकर देखिए उनकी कमाई!''

''आप लोगों की बिरादरी से ज़्यादा उन्हें कौन जानता है?'' अहलूवालिया ने हँसकर कहा।

''ना, कपालिनी देवी की सौगन्ध खाकर कहता हूँ, कमाना चाहता तो चन्दनपुर-कांड में लाखों पीट लेता, लेकिन नहीं, जब अनाथ विधवाओं, बच्चों को देखता हूँ तो रोने-रोने को मन करना है,'' पांडेय ने कहा, ''जज साहब, सोचिएगा तो भावुक हो जाइएगा। सो आप सिर्फ़ तथ्यों को याद कीजिए। बाक़ी सबको उस पियक्कड़ के प्रलाप की तरह भूल जाना ही बेहतर है।''

''जी।'' अहलूवालिया ने पांडेय जी का समर्थन किया, ''यह नीचे से ऊपर तक और ऊपर से नीचे तक एक चेन है अपराधिकी की। कोई एक-दो तो दोषी हैं नहीं—इसलिए आप ख़ामख़्वा ग़ुस्सा करेंगे भी तो किस-किस पर?''

''और करके ही क्या कर लेंगे?'' पांडेय जी ने जोड़ा।

''फिर भी...!'' न्यायाधीश शर्मा के अधूरे वाक्य के साथ सब उठ खड़े हुए।

32

प्यास और मरीचिका

'खुदिया, बराकर और दामोदर'* का संगम। दूर-दूर तक श्मशानी अवशेषों की तरह बालू के डिबके। तीन-तीन धाराएँ मिलकर भी नहीं मेट सकीं इस सैकत मरु को। उस पार पंचेत पहाड़ की घाटी की हरियाली शाम की द्वाभा में गाढ़ी-से-गाढ़ी होती जा रही है। दो धब्बे बढ़े आ रहे हैं धारा की ओर...सर के ऊपर से निःशब्द एक डोली पार हुई। आशीष को याद आया, कभी इन्हीं डोलियों पर बैठकर गाँव

* नदियाँ

जाने की हवाई कल्पनाएँ किया करता था। इस वीराने में लाकर छोड़ गई हैं डोलियाँ। कितने दिन और छिपा रहेगा वह यहाँ? गाँव के सबसे बूढ़े नांटू घोष बता रहे थे, यह जगह कभी काफ़ी ख़तरनाक हुआ करती थी। पंचेत से शेर उतरकर पानी पीने आते थे उस पार। गर्मियों में कभी-कभार इस ओर भी चले आते तो गाय-भैंस, बकरा-बकरी, आदमी तक उठा ले जाते। इसी से अंग्रेज़ों ने 'द शेरगढ़' नाम रखा। वे काफ़ी पहले तक की दास्तान बता जाते हैं। ताम्रलिप्ति से सौदागरों की नौकाएँ इसी घाट पर आख़िरी पड़ाव डालतीं, यहाँ से लौटतीं तो कोयला भरा होता उनमें। तब चार महीने काफ़ी पानी हुआ करता था दामोदर में—सचमुच बंगाल का शोक थी यह नदी। मैथन और पंचेत डैम के बँधने तक किनारे छलकते रहते चार महीने।

अब वे नरम लाल बालू के तट पर बैठ गए हैं। सामने का डरावना सौन्दर्य डूब रहा है अँधेरे में।

"ऐसे कब तक चलेगा, अतनूदा?"

अतनूदा हाथ की उँगली से रेत पर लकीरें खींचते हैं, बोलते कुछ नहीं।

"बाबा, लगता है, बचेंगे नहीं।"

"पुलिस ने मारा-पीटा भी था?" इस बार सर उठाते हैं अतनूदा।

"मेंटल टॉर्चर तो किया ही...धड़धड़ाते हुए घर में घुस गए। पूछा, आशीष कहाँ है? बाबा ने कहा, 'वह तो अभी बाहर गया हुआ है।' ...'मुझसे बनो मत बुड्ढे, हम उसे निकालना जानते हैं।' साठ साल की उम्र में पहली बार ऐसी कटु बातें सुनने को मिली थीं उन्हें। जूते पहने पुलिस कमरे, रसोईघर, पूजाघर—सबको रौंदती रही। बरतन फेंक दिये, बिस्तर छितरा दिये, पुआल के छप्पर में रूल घुसा-घुसाकर सत्यानाश कर दिया। मैं उस समय स्मिता दी के यहाँ गया था। आया तो माँ और बाबा दोनों बेजान पड़े थे। भाई-बहन डरकर ताकने लगे आँखें फाड़-फाड़कर। 'क्या बात है, बाबा?' बाबा बोले नहीं कुछ। माँ ने ही रुक-रुककर सारा हाल कह सुनाया।"

"हूँ...!" भर्राई हुंकारी भरकर खँखारकर गला साफ़ किया अतनूदा ने, "प्राणतोष बाबू ने भी कुछ नहीं किया?"

"मंत्री हैं, जो किया, बहुत किया। एस.पी. को उन्होंने ही चिट्ठी लिखी। बोले, दूसरे प्रान्त का मामला है, क्या करें...? और सेंटर का रुख़ जानते ही हो...यहाँ जो भी ईशू उठाते हैं, वहाँ 'पॉलिटिकली मोटिवेटेड' कहकर कूड़ेदानी में डाल दिये जाते हैं।"

"और डॉक्यूमेंट्स के बारे में नहीं पूछा...?"

वह सकपका गया। झुक गया सर। "पूछा था। मैंने बता दिया। वो बोले, तब बताओ, क्या कर सकता है कोई?"

"वही तो...! हर बार मन मसोसकर रह जाना पड़ता है। तुमने कितना बड़ा बचपना कर दिया? सारे हथियार तुम्हारे हाथ में और तुमसे फुसलाकर ले गया सिंह। उसने उससे अफ़सरों को ब्लैकमेल कर चालीस हज़ार बनाये।"

"मैंने जज साहब को लिखा था...।"

"खाक लिखा था! ऐसे ख़त का क्या मूल्य?"

वह सर झुकाकर बैठ गया। अनुताप में टप-टप आँसू बहने लगे।

अतनूदा उसकी इस स्थिति की परवाह किये बिना झिड़कते जा रहे थे, "तुम जवान थे, मेरी तरह बूढ़े नहीं। तुमने प्रेसीडेंसी में नक्सलवादी छात्रों की संगत की है, मेरी तरह दलालों की दुनिया में उम्र नहीं गुज़ारी। गूँगी का मामला हो या कमीशन का—तुममें एक बार संकल्प जगा और हज़ार बार विकल्प। जब तुम इतने दृढ़ मनोबल के नहीं थे तो क्या ज़रूरत थी लड़ाई मोल लेने की? सात सौ मरे या हज़ार, इसकी ग़लती से मरे या उसकी ग़लती से, तुम्हें इन सबसे क्या...? जानते हो, ये बीच-बीच के संशयग्रस्त आदमी ही सबसे ज़्यादा नुक़सान करते हैं समाज का। बात भड़का देंगे और किनारे सरकने लगेंगे। तुमने ओखली में सर दिया था तो मूसलों की अपेक्षा नहीं थी? तुम पत्र दिखाते हो एस.पी. का—'पत्रवाहक की जान ख़तरे में है, कृपया आवश्यक सुरक्षा प्रदान करें।' मैं कहता हूँ, जब वे आँखमिचौली खेल सकते हैं तो तुम नहीं? उन परचों, डायरियों की फ़ोटोस्टेट बनवा लेते, सीधे जाते जज शर्मा के पास, दिल्ली चले जाते। मुझसे पैसे लेते...।"

अचानक ठमक गए वे। आशीष बच्चों की तरह फफकता हुआ उठ खड़ा हुआ था और अब वह कोई कंठोर निर्णय करके पानी में छलाँग लगाने पर आमादा था।

बालू में धसकते हुए डगमगाकर बढ़ा कि झपटकर रोक लिया अतनूदा ने, "यह क्या नादानी है?" घृणा और डर से वे काँप रहे थे, "बड़े बहादुर हो न? मरना ही था तो चन्दनपुर खान में ही डूब मरे होते। मुआवज़ा भी मिला होता। यहाँ तो उतना भी पानी नहीं। तुम्हारे गाँव के पास की दामोदर में होगा, वहाँ जाओ। सुनो, पहले बूढ़े-निर्दोष माँ-बाप, मासूम भाई-बहनों को नदी में धकेल दो, फिर खुद भी डूब मरो। आख़िर वे किसके सहारे जिएँगे?"

इसके बाद वे सीधे मुड़कर ऐसे चल दिये, जैसे उससे कोई वास्ता ही न हो!

वह मंत्रकीलित-सा खड़ा रह गया वहाँ। सर पर एक हथौड़ा बार-बार चोट कर रहा था—आख़िर वे किसके सहारे जिएँगे...? इसके साथ ही माँ का सुबकना, बाबा की उबासियाँ, भाई-बहन की विस्फारित डबडबाई आँखें सामने आईं। उसका मन हुआ, हर एक के क़दमों पर रोते-रोते बिछ जाए।

पानी उसके पाँव तक आ गया। शायद मैथन या पंचेत से पानी छोड़ा गया है। वह हड़बड़ाकर कई क़दम परे खिसक गया। अगर वह भागता नहीं तो डूब ही जाता। सार्थक हो जाती सनक! इतने पलायन के बाद एक और पलायन? उसके नक्सलाइट मित्र गोलियों से भून डाले गए, और वह परेशानियों से घबड़ाकर भाग रहा है। छीः! अतनूदा ठीक कहते हैं, जब ओखली में सर दिया तो मूसलों का क्या डर! चलो...अकेले चलो, इन श्मशानी बालूचरों के बीच...चलते चलो। अभी भी

तो तुमने बयान नहीं दिया है। अभी भी तुम्हारे पास चन्द काग़ज़ात हैं, जिन पर बहुत-कुछ निर्भर करता है। बहुत कुछ...! उसने एक सिलिका पत्थर उठाया और सर पर से गुज़रती एक डोली को मारा—टन्न!

टन्न! जैसे अँधेरे के बज्र कपाट की किरचें उड़ी हों। जैसे एक सुराख नज़र आया हो—'जोदी केऊ ना आसे तोर डाक सुने, तबे एकला चलो'! प्रधानमंत्री की प्रिय पंक्ति। यही पंक्ति उसके दिमाग़ में क्यों उभरी... ? निश्चय ही कोई दैवी संकेत है। उसने लिखा, 'माननीया प्रधानमंत्री जी...।'

बचे-खुचे काग़ज़ात की प्रतिलिपि के साथ पत्र रजिस्टर्ड डाक से भेजकर वह फिर से भटकने निकल पड़ा। कई सांसदों ने आश्वासन दिया, उसने अतनूदा को आकर बताया। कई नेताओं ने फिर मिलने को कहा, उसने अतनूदा को सूचित किया। एक दिन पावती की रसीद भी आ गई और दस दिन बाद प्रधानमंत्री के दफ़्तर का पत्र भी।

अतनूदा अजीब बिन्दास जीव हैं। कोई भी ख़बर उन्हें उद्वेलित नहीं करती।

पत्र भेजने के प्रायः चार महीने बाद एक दिन साहस कर वह अतनूदा के सामने फिर उपस्थित हुआ, "रिमाइंडर भी भेजे, कोई जवाब न आया। आप कहते तो दिल्ली जाकर स्वयं ही मिल आता।"

"कितने पैसे चाहिए?" अतनूदा ने सिर्फ़ पैसे की बावत पूछा।

"जी, किराया और सौ अलग से...बस।" वह उल्लसित हो उठा।

"सौ में तो कायदे की एक बोतल शराब भी न आएगी।"

"शराब... ?" वह चिहुँका।

"मैंने तो सिर्फ़ शराब की बात ही कही।" अतनूदा ने विरक्ति की साँस छोड़ी, "एक पानी बेचनेवाले जासूस को पटाकर मैंने भी कभी सिप्पा भिड़ाया था। वो कोई नारंग साहब थे—नेता या अफ़सर...मगर सिर्फ़ दर्शन ही कर पाया।" वे तनिक रुक फिर कहने लगे, "तुम भी चाहो तो घर-द्वार बेचकर दर्शन कर आओ, फ़ोटो भी खिंचवा लेना उनके साथ, देखते रहना। वह मरीचिका है आशीष, सिर्फ़ मरीचिका...!"

'मरीचिका... ? ना-ना, ऐसा कैसे हो सकता है?' उसने अतनूदा की गहरी उदासी से स्वयं को मुक्त करना चाहा।

'ऐसा ही होता है।' जैसे पसलियों को भेदकर निराशा उठने लगी मिथेन गैस की तरह।

'मेरा मन कहता है, इस बार ऐसा नहीं होगा!' पसलियों को उसने दबा दिया हाथ से।

'दैवी संकेत... ?' उसके अन्दर से कोई ठठाकर हँसा, जैसे पानी में गैस के बुदबुदे उठे हों!

बहुत दिनों तक गोबर के छोत में फँसे जुगनू की तरह जलती-बुझती रही यह उम्मीद, फिर धीरे-धीरे निश्चेष्ट होती चली गई। अब वह कभी-कभी ही धीमे से चिलकती है, जैसे कोई मुमूर्षु रोगी बहुत पुकारने पर कभी-कभी पलकें खोलकर बन्द कर लेता हो!

33

हम सब अपने-अपने दीपक यहीं सिराने आएँगे!

चाणक के बग़ल में उजली-उजली पट्टिका पर काले-काले अक्षरों में सुकुमार ने लिखा—'351। मृतात्माओं की याद में, जो छब्बीस दिसम्बर सन्...के दुर्भाग्यपूर्ण जलप्लावन में जल-समाधि ले बैठे।' लिखकर उसने तनिक परे हटकर तटस्थ भाव से देखा। मन तनिक मटमैला हुआ, यह सच नहीं है। सत्य नहीं है यह। मगर यही रह जाएगा इतिहास में। किसे फिक्र होती है इतिहास की सत्यता की? एक ख़ानापूर्ति और कुछ स्थूल मानक गढ़कर हाथ धो लो। अलावों के गिर्द, दफ़्तरों, क्लबों, मीटिंगों और शोध के घुन-लगे पन्नों में इस सत्य और इतिहास के गिर्द अपने-अपने ढंग से मिथक बुने और उधेड़े जाएँगे। लोग भूलते-भूलते भूल जाएँगे। ज़िक्र आएगा भी तो उबासियों के साथ...इस स्मारक पर भी बीट फैले होंगे परिन्दों के।

सत्य गढ़ लिया गया। सत्य अस्पताल में पागल घोषित करके भर्ती कर दिया गया है। सत्य बराकर के श्मशान में प्रेत की तरह भटक रहा है। दामोदर के तट पर जल गया थोक भाव से सत्य। सत्य के सहस्र परखच्चे चन्दनपुर के भूगर्भ में दब गए। एक सत्य जाँच कमीशन की मोटी रपट बन गया, जो रोलर की तरह बड़वाग्नि को पाटता, सम करता चला गया है। अगर कुछ आँसू, कुछ हड्डियाँ, कुछ साये इस महाकाल से जूझने की कोशिश करें तो कहाँ टिक पाएँगे वे? भागो, वरना तुम भी पिसकर सम हो जाओगे। जगन ठीक ही कहता था कि सच को पेट में रखना आग के गोले को रखना है। तप्त कड़ाह में पड़ी तेल की बूँद की तरह छनक-छनककर मरना होगा। सच को जानने की ज़िद न करो। जिस दिन तुम उसे देख लोगे, अन्धे हो जाओगे। जिस दिन सुन लोगे, बहरे हो जाओगे। जिस दिन कह दोगे, नंगे हो जाओगे।

एम.डी. चड्ढा साहब समझाते हैं, "देखो आशीष, जाँच कमीशन की रपट आ चुकी। दोषी करार किये गए अफ़सरों की सनदें व लाइसेंस ज़ब्त किए जा चुके।

अब यह सिविल कोर्ट पर है कि वह उन्हें आजीवन कारावास देता है या सज़ा-ए-मौत। इस निर्णय से मरनेवाले लौटकर नहीं आनेवाले। उनके जेनुइन आश्रितों को मुआवज़ा ही दिया जा सकता था, वो हमने दिया। सब सन्तुष्ट हैं। आओ, अब इस सच से अपने सच का समझौता कर लो। न हम तुम्हारा राज़ खोलें, न तुम हमारा...। हम तुम्हारा नाम बदलकर दूसरी खदान में डिप्लायेड कर देते हैं और तुम..."

आशीष तनिक ऊब महसूस करने लगा तो उन्होंने आत्मीयता में थोड़ा आतंक घोल देना मुनासिब समझा, "हम लोग तो तुम्हारी हत्या भी करवा सकते थे। इट वाज़ सिंपली ए फ़्यू सेंकेड्स अफ़ेयर!"

"कोशिश तो कम नहीं की प्रबन्धन ने, मगर जाने कैसे मैं हर बार बचता गया और अब तो आप खुद ही नहीं चाहेंगे?" हँस पड़ा आशीष, "क्योंकि वह रहस्य मेरी मुट्ठी में है, जिसके खुलते ही जाँच कमीशन का महल भरभराकर ध्वस्त हो जाएगा। आपको शायद पता न हो, बात कहाँ-कहाँ तक गई होगी।"

बड़ी मोहिनी मुसकान थी साहब की। कहीं वह हिप्नोटाइज़्ड न हो जाए, सो भय से वह दूसरी ओर देखने लगा। वे बोले तो जैसे वह मीठा जहर कान के रास्ते अन्दर टपकने लगा, "बात जाएगी कहाँ? बात तो इस पागलख़ाने के बिस्तर पर है! मत भूलो कि जब तक हम न चाहें, तुम एक पागल हो...। कल को यह सत्य पागल बनकर सड़कों पर नंगे डोलेगा, पायखाने पर गिरे भात चुन-चुनकर खाएगा, नाबदान का पानी पिएगा।"

भय से थर्रा गया वह। साहब के हाथ उठे और उसके कन्धे पर आकर टूटे... मौत की इस सर्द छुअन से वह सिहर गया।

"सर, मुझे सोचने का मौक़ा दीजिए।"

"इतने वर्ष गुज़र गए उस हादसे के, तुम अभी तक नहीं सोच पाए? सुनो, मिस्टर प्रसाद जैसे ख़ैरख़्वाह, पर्सनल-अफ़सर, जिन्होंने चन्दनपुर का बहुतेरा मैनी-पुलेशन किया-कराया था, निकाले जा चुके। उस स्तर पर भी तो कम्पिटीशन है। मैं या दूसरे सम्बद्ध अफ़सर भी आज नहीं तो कल कहीं-न-कहीं चले जाएँगे। यूँ समझ लो, सिर्फ़ स्वाद बदलने का मजा आता है इसमें सबको। दे डॉन्ट बॉदर एट आल! और बाहर...? तुम जिस बात को इतनी सीरियसली इतने सालों से पकड़े हुए हो, तुम्हें बताऊँ, कोई परवाह तक नहीं करता उसकी। पार्लियामेंट में एक नहीं, कई सवाल पूछे गए—यहाँ तक कि एक सांसद ने चौधरी और मुकुल की मौत को हत्या साबित करने की कोशिश की। मैं पूछता हूँ, कुछ हुआ? कुछ नहीं होनेवाला। किसी को फ़िक्र नहीं। सरकारें आती हैं, सरकारें जाती हैं। बातें कुछ दूर सरककर फिर वहीं आ जाती हैं। एक चन्दनपुर का गड़ा मुर्दा ही तो नहीं, लाखों-करोड़ों समस्याएँ हैं।"

उन्होंने कोट हटाकर कलाई-घड़ी देखी और बात को समेटा, "देखो आशीष, एक बात साफ़-साफ़ समझ लो। मैं तुम्हारे जज़्बात की क़द्र करता हूँ, लेकिन बेटे,

सच पर दावा करना एक बात है, सच को सिद्ध करना और बात। कम्पनी के स्वार्थ के लिए बयान लेना मेरा फ़र्ज़ था, दे देते तो परेशानी से बच जाते। मैं जानता हूँ, तुम बहुत ही अच्छे लड़के हो और इसीलिए मैं तुम्हारी मदद कर रहा हूँ। तुम्हें इस पागलखाने से मुक्ति मिल जाएगी। तुम्हारा नाम अब से सिर्फ़ आशीष कुमार है और तुम रांगामाटी कोलियरी के मज़दूर हो। लेकिन जाते-जाते भी कहे जा रहा हूँ, छोड़ दो यह सनक, वरना यह बयान कब्र में उठी हड्डी है, जिसके लिए हर ख़ैरख़्वाह अफ़सर तुम्हें परेशान करता फिरेगा। तुम्हारा आशीष घोषाल एक बन्दी आत्मा की तरह पागलख़ाने के रजिस्टर में पड़ा रहेगा। जिस दिन बयान दे दोगे, तुम पुरानी शर्तों पर ही आशीष कुमार घोषाल बन आओगे। इस बन्दी आत्मा को मुक्ति दो, आशीष!'' अन्तिम अंश वे निर्वेद होकर बोले और चले गए।

यह सब कितने दिनों की बात है—याद करने पर भी याद नहीं आता। उसने जालों और धूल से अँटा पड़ा, ज़ंग खाया सन्दूक खोलकर काग़ज़ों का बंडल निकाला। पावती की अनगिनत रसीदें...पीले पुराने काग़ज़ात...। एक काग़ज़ उठाकर पढ़ता है आशीष : 'माननीय प्रधान मंत्री जी, मेरे सीने में एक खौलता हुआ लावा है और इसे फटकर बाहर आने से रोकने को बाहर तनी हुई हैं संगीन की नोकें। अन्दर-बाहर के इस दोहरे संत्रास से बचने की कोशिश में मैं भाग रहा हूँ, छुप रहा हूँ, भाग रहा हूँ...जैसे कोई गर्भिणी कुतिया अपने पिल्लों को जन्म देने के लिए सुरक्षित स्थान की तलाश में मुक़ाम-दर-मुक़ाम भटक रही हो! इसके पहले कि सीने के अन्दर खौलता मवाद जमकर पत्थर बन जाए, मैं चन्दनपुर की हक़ीक़त बयान कर देना चाहता हूँ...।'

उसने रख दी प्रतिवेदन की प्रतिलिपि।

बाहर मौसम नम है। बरखा के भीगे कोर से झरिया क्षेत्र के भूगर्भ की वर्षों से दबी-दबी आग जगह-जगह धुआँ-धुआँ कर फुफकार मारकर जल रही होगी। इस वक़्त राजधानी में नेताजी, नारंग साहब और दूसरे लोग बाहर बरसते पानी को देख रहे होंगे। वह पानी वाला जासूस उन्हीं गिलासों में क़ीमती शराब ढाल-ढालकर दे रहा होगा उन्हें। सौ रुपये भी कम पड़ते हैं उस शराब के—उसे याद आई एक कहानी की बात, जिसमें ऐसी दरख़्वास्तें ठोंगे बनकर बिकती हैं।

उसका कंठ भर आया। वह हिचकी ले-लेकर रोने लगा काली की प्रतिमा के सामने, 'माँ, तुम्हीं बताओ, मैं क्या करूँ? पिताजी गुज़र चुके हैं। वृद्धा माँ और भाइयों की ज़ंजीर मुझे जकड़े हुए है। फिर किसको फ़िक्र है— ? किसी को नहीं। लगता है, मैं किसी और देश में, किन्हीं और लोगों के बीच चला आया हूँ—भटकते-भटकते। बहुत पीछे छूट गए हैं मित्र। मक़बूल साहब तक मर चुके। मन खट्टा हो गया। महतो तक ने झूठी गवाही दी। सब बच्चों की तरह अपने-अपने में मगन हैं। पूरा देश मगन है। यह एक आत्मघाती, मूर्ख जाति है। कुछ नहीं होगा

इससे। कब तक सीने पर यह बोझ लिये आशीष कुमार घोषाल से आशीष कुमार बना रहूँगा? मुझे अपनी बन्दी आत्मा की मुक्ति चाहिए।'

मुक्ति!! मुक्ति!!!

विदा चन्दनपुर! अलविदा! तुमसे परिचय ही कितने दिन का रहा...? 'धाँय-धाँय' की गोलियों की आवाज़ के साथ कतर-कतरकर गिरती निर्दोष फुनगियाँ, उठते धूल के बगूले, सनसनाते तीन हज़ार फ़ीट की स्याह सुरंगों में चींटियों की कतारें। आस-पास बिखरे दामोदर के किनारे हाँफते गाँव, गुंडों, सूदखोरों, यूनियन, अफ़सरशाही के कहर के प्रतिरोध में छोटे-छोटे नष्ट हो जाने वाले बवंडरों के संघर्ष। वक़्त रहते एक बड़ी आँधी में तब्दील न होने और बेखबर रहने की सज़ा—सब साफ़।

मौसमी ग़ुस्से की तरह सेमल के लाल भड़कीले फूल खिले और सूख गए, रौंद दिये गए, अफ़वाहों के रूए उड़ गए फ़िज़ाँ में और कुछ गावतकियों में भरकर सिरहाने आ लगे। आग झर गई, दब गई भूगर्भ की। अब मौसम श्वेत पताकाओं का है। काँस के बेशुमार फूल खिल उठे हैं—दामोदर की कुहरीली घाटी में। दिवंगत पतियों का क़फ़न ओढ़कर विधवाएँ डोलने लगी हैं। आग और आँसू के दिन यादों के धब्बों-भर रह गए हैं। युद्ध के बीच शान्ति पताकाओं की क्षुद्रता का विलास। सधवाएँ जलती हैं— ऐह! फुटानी तो देखो छिनालों की। काम-धाम करना पड़ता तो चूनर मैली हो जाती। मरा कौन, और मौज लूट रहा है कौन? चालीस-चालीस हज़ार का हरजाना कम होता है क्या? कमेरे जलते हैं, कुमारी टॉकीज़ में शाम को जब देखो, सफ़ेद साड़ियाँ लाइन में खड़ी हैं। समझ लो, चन्दनपुर की विधवाएँ हैं। इनके मन में कोई गिला नहीं है अब। पति का हरजाना—पति, जिनकी अस्थियों के पहाड़ पंख लगाकर उड़ गए।

नाचती हैं सैकड़ों टॉप गियर की चरखियाँ। समय का रथ बहुत पीछे छोड़ चुका है पुराने रिश्तों को। किसे फ़िक्र है?

इस रूप में भटकते हुए आशीष का प्रेत कितनी दूर चला आया है चन्दनपुर से?

क्या पता, अब भी अंगारडीहा में वैसे ही बजते होंगे मादल? नाचते होंगे स्त्री-पुरुष झुंड-के-झुंड हाथों में हाथ डाले दल बाँधकर...?

हरिजन-बस्ती और गाँवों में मचते होंगे सरहुल, मनसा पूजा, करमा के वैसे ही झूमर...? वैसे ही चभर-चभर माँड़ पीती होंगी सुअरें? वैसे ही खुले में ट्रक वालों के सामने नहाती होंगी औरतें...? हुकुम का गुलाम, लाल पान की बेगम, चिड़ी की बेगम और लाल पान के गुलाम के अभाव में अब भी वैसे ही सज जाते होंगे ताश के पत्ते सिंह जी के चौरे पर...? मंडल और महतो के अभाव में अब भी क्या वैसा ही जमता होगा बाघ-बन्दी का शतरंज महतो की समाधि पर...? अब भी क्या छठ मैया के पूजन के लिए लाउड-स्पीकरों की उफान में रंग-बिरंगी साड़ियाँ पहने औरतें और सर पर प्रसाद उठाये पुरुष जाते होंगे दामोदर के तट पर डूबते और उगते सूरज को अर्घ्य

देने... ? औरतें होंगी भी तो क्या अब भी पहचान लेगा उन्हें वह ? कितनों के साड़ी के रंग चुन लिये हैं नियति ने और काका सोमारू... ? कहाँ होगी गूँगी बेटी उनकी ? उसके चंगे होने के लिए डंडे खींचते हुए सोमारू के कंकालवत चेहरे का जाना और लौटना अब कभी क्या शुमार हो पाएगा यह समर्पित भावुकता-भरा दृश्य ?

झनझनाती आधी रात में कपालिनी देवी का मन्दिर ढोल-ढाक-घंट बजने के साथ अब भी क्या गुलजार हो उठता होगा ? होता भी होगा तो किस काली माई के लिए... ? वे तो अपना ही मस्तक काटकर पी गईं रक्त ! उनके मुंडमाल में शिनाख़्त हो पाएगा निर्दोषी का चेहरा... ? शुम्भ-निशुम्भ तो अभी भी अड्डे चला रहे होंगे। और अमा की उस रात में जब सैंड प्लांट की इक्की-दुक्की बत्तियाँ दामोदर के छिछले काले जल में ज़री के सुनहरे तार बुन रही होंगी, लूट-खसोट के बर्बर युद्ध में शान्ति पताकाओं की निरीह छटपटाहट से काँस के फूल झड़ रहे होंगे, आग की नदी दामोदर की पूरी वादी में, कुछ सफ़ेद धब्बे टिमटिमाते दीये तैरा रहे होंगे दामोदर के काले-कुत्सित जल में :

'धीरे-धीरे पाँव हिलाओ,
जल सोया है, छेड़ो मत।
हम सब अपने-अपने दीपक
यहीं सिराने आएँगे।'

34

आल आउट ऐट थ्री फिफ्टी-वन

मौसम का मिज़ाज शुरू से ही संगीन लग रहा था। हवा घूम-घूमकर बह रही थी—कभी धीमे, कभी तेज़। हर झँकोरे में पेड़ों के बेशुमार पत्ते परिन्दों की तरह भरभराकर नीचे उतरते और दूर तक उड़ते चले जाते।

टेबुल पर ट्रांज़िस्टर क्रिकेट की कथा बाँच रहा था। दाईं ओर की खिड़की पर 'रम्भा हो-हो-हो-हो' का डिस्को और बाईं ओर की खिड़की पर किसी शास्त्रीय धुन की दस्तक। इन दोनों का कॉकटेल सामने के मन्दिर के घंटे के 'टन्न!' बजने से चिनककर टूटता। कोई कह सकता है कि कोलियरी के इस परिवेश में कार्मिक विभाग कोई महत्त्वपूर्ण कार्य कर रहा है ? मगर था ऐसा ही। इसी दफ़्तर के इसी परिवेश में चन्दनपुर कोल कम्पनी की खान-दुर्घटना की आख़िरी फ़ाइल सरक रही थी।

ट्रांज़िस्टर ने घोषणा की, 'एक्स्ट्रा कवर, मिड ऑफ़, मिड आन...।'

कमेंट्री टेबुल के काँच पर रिफ़्लेक्ट होकर झलमलाई—सामने मुख्य कार्मिक प्रबन्धक सेनगुप्ता, एक ओर एक कार्मिक प्रबन्धक, दूसरी ओर दूसरा और पीठ पीछे कम्पनी के लीगल एडवाइजर—चन्दनपुर प्लावन के बीच से उभरते हुए चेहरे!

आशीष ने चौंककर ऊपर ताका।

'...नाचो!' 'डिस्को' की आवाज़ आई और वह नाचने लगा, 'मेरा नाम आशीष कुमार घोषाल है। चन्दनपुर कोल कम्पनी में मेरी नियुक्ति अप्रेंटिस के रूप में हुई थी...।'

'ऑफ़ स्टम्प के बाहर जाती हुई गेंद....' ट्रांज़िस्टर की आवाज लीगल एडवाइज़र के मुँह में गूँजी, 'टाइम और पीरियड भी मेंशन कीजिए।'

आशीष ने संशोधन किया, 'दुर्घटना के नौ माह पूर्व।'

चक्रवाती हवा का रुख़ अब दूसरी ओर मुड़ गया, 'आँ....आँ...धिक धिन्ना, धिन्न, धिन्न धिक...धिन्न-आँ...साँवरिया...।'

विलम्बित लय में कलम रुक-रुककर लिख रही थी, 'गैस और वेंटिलेशन ट्रबुल की जाँच करने के लिए मैं अपने सहकर्मी दिवंगत श्री ऊधमसिंह के साथ खदान में सर्वत्र जाया करता था...।'

'पीछे से आती हुई गेंद को उन्होंने स्पिन होने दिया और ज़रा मुड़कर...' क्रिकेट कमेंट्री के रेशे पकड़कर उसने लिखा, 'एक्सटेंशन के मोड़ यू—ड्राइवेज़ में भी दुर्घटना के दिन मैं गया था...।'

'शाबाश!' सेनगुप्ता साहब की शाबाशी पीठ पर नजले-सी गिरी। ट्रांजिस्टर का शोर तेज़ हुआ। क्या पता, कोई आउट हुआ था या चौके-छक्के लगे थे?

'इसके आगे... ?' आशीष ने पूछा।

वे तीनों क्रिकेट की ओर कान लगाए बैठे थे। 'फालो ऑन' कराना ही उस वक़्त के राष्ट्रीय सम्मान और गरिमा का मुख्य मुद्दा था।

सहसा लीगल एडवाइजर शेषनाग की तरह उसके सर पर झुके, नाक और आँखें सिकोड़कर उन्होंने बयान पढ़ा, और पूछा, '.... ?'

'टन्न!' मन्दिर के घंटे के साथ ही चिहरा गईं आवाज़ें।

'पार्डन सर... ?' उसने दोबारा पूछा।

'पा...नी...!'

एक कंकरी की तरह गिरा 'पानी' और काँच में लहरें उठने लगीं। चेहरों के खिंचे हुए अक्स झलमलाए।

उसका सर चकरा गया। उसने खुद को काफ़ी संयत करने की कोशिश की। मगर यहाँ तो अक्षर-अक्षर दर्शक बनकर चीत्कार कर रहे थे। हाँ, उसके हाथ में कलम नहीं, बैटन है—वही बैटन, जिसे ऊधमसिंह अपनी दौड़ पूरी कर उसे सौंप गये थे। वह दौड़ते-दौड़ते हाँफ रहा है। गिरा कि सब शेष। वह फिर सँभल गया।

'ना!' उसकी नकार पर चारों पुतले तड़प उठे, 'क्यों?'

'दरअसल...!' वह हाँफ रहा था।

'साँवरिया मोहे लागत लाज...!' हवा घूमकर उसका वाक्य पूरा कर गई थी, दोबारा घूमते ही 'लाज' उधर गई—डिस्को की आवाज़, 'रम्भा हो-हो-हो-हो...!'

'हो-हो-हो-हो!' हँस पड़े सेनगुप्ता साहब।

'लाज... ? हाँ, सबको पहले-पहल लाज लगती है।' उनकी नज़रों से कामुकता फूट रही थी। तो क्या वे उसका बलात्कार करेंगे... ? वह गड़बड़ा गया।

'लेकिन तुम हो कहाँ... ? यहाँ जिसे कहूँ, वही बिछ जाता है...देखोगे... ?'

'ना, सेनगुप्ता साहब ने ऐसा तो नहीं कहा।' गड़बड़ा गया आशीष, 'फिर उन्होंने क्या कहा... ? क्या... ?'

'नाधिर नाधिर धिन्न! नाधिर नाधिर धिन्न! ता थैया थैया ता, ता थैया, थैया ता, तथइ तथइ ता था...!' शास्त्रीय धुन पर नाच के झटके खाकर उसकी चेतना में फिर मासूमियत रिरियाई, 'हाँ, तो क्या कहा था उन्होंने... ?' मगर व्यक्तिगत सवाल से राष्ट्रीय सवाल जरूरी था और ट्रांज़िस्टर की आवाज़ तेज़ हुई, 'द गेम हैज़ टर्न्ड टु द मोस्ट इंटेरेस्टिंग वन! टेन टु फालोऑन! हार्ट थ्रॉबिंग ऐंटी काउंट। दिस इज़ नाइन—एट, सेवेन-सिक्स, फाइव, फोर...।'

मन्दिर का घंटा 'टन्न' से बोला, ''जय माँ! जय माँ!!'

'क्रिकेट इज़ रीयली ए गेम ऑफ़ सरप्राइज!' एक कार्मिक प्रबन्धक ने कहा।

'सरप्राइज ?' आशीष को याद आया, 'हाँ, सरप्राइज ही कहा था सेनगुप्ता साहब ने। क्या सरप्राइज? कैसा सरप्राइज़? ऐंटी काउंट—थ्री, टू, वन...ऐंड...' टेबुल के काँच पर शून्य का अक्स। शून्य द्विगुणित होता है। फिर उन शून्यों से आँख, नाक, कान, होंठ एक-एक कर खिलते हैं। अक्सों की शिनाख़्त करते ही वह उछल पड़ा। तीन तर्जनियाँ साँप की ग्रीवा की तरह हैरत और नफ़रत में तन गईं।

'आइए, मैं आप लोगों का परिचय एक बार फिर करा दूँ,' मिस्टर सेनगुप्ता ने कहा और बारी-बारी से परिचय कराया, 'आप हैं मिस्टर रमेश भट्‌ट, मैकडोलैंड कम्पनी के टेक्निकल एडवाइज़र; आप हैं श्री गजाधर सिंह, पारबतीपुर के कंट्रैक्टर; और आप हैं आशीष कुमार घोषाल—आप सभी को चन्दनपुर इन-अंडेशन वाली फ़ाइल पूरी करने केलिए आज कष्ट दिया था। कोशिश तो यही रही कि एक-दूसरे के सामने न पड़ते मगर...।'

आशीष ने जैसे यह सब सुना ही नहीं। घृणा और आश्चर्य में उसका मुख खुल गया।

'तुम मिस्टर भट्‌ट... ? तुम्हारी तो सनदें और लाइसेंस तक जब्त कर लिये गए थे न ?...लोगों ने तो यही वहम पालकर रखा है कि तुम जिस क़दर अनुतप्त थे, तुमने खुद ही आत्महत्या कर ली होगी या कोर्ट ने ही—मगर तुम न केवल जिन्दा हो बल्कि टेक्निकल एडवाइज़र भी, किसी और जगह पर!' अब उसकी तर्जनी दूसरे

अजूबे पर उठी, 'और तुम गजाधर बाबू... ? तुम्हारे बारे में तो यह ख़याल है कि तुम चन्दनपुर प्लावन में डूब मरे। खान के अन्दर ? तुम्हारे सारे कसूर हम सबने माफ़ कर दिये थे। तुम्हारी रोती-बिलखती पत्नी को मुआवज़ा दिलाने के लिए हमने कहाँ-कहाँ नाक नहीं रगड़ी! मगर तुम भी ज़िन्दा हो ? न केवल ज़िन्दा, बल्कि अपनी पुरानी लीक पर—वाह!'

ट्रांजिस्टर 'फ़ालोऑन' से बच जाने की कथा परोस रहा था।

बाहर शास्त्रीय और डिस्को का कॉकटेल चल रहा था।

'टन्न-टन्न।', 'जय माँ! जय माँ!!' के साथ आवाज़ें खनककर टूट रही थीं। मगर उस मोदमग्न और इस मृत्युभीत भीड़ के ऊपर से आ रही थी उसकी आवाज़, 'तुम नहीं मरते। जैसे ही खड्ग उठता है, तुम किसी बलि के बकरे को आगे कर देते हो। व्यवस्था के लाड़ले हो तुम। वह हमें झाँसा देने के लिए तुम्हें एक जगह से ख़ारिज करती और दूसरी जगह ससम्मान तस्लीम करती चलती है।'

इस अहसास के साथ ही आशीष को लगा, उसके अन्दर कोई ज़बरदस्त ब्लास्टिंग हुई और कोल-माफ़िया, कलाली, मैनेजमेंट, यूनियन, जाँच-कमीशन और दिल्ली का सत्ता-तंत्र—सारे परखचे स्लो-मोशन फ़िल्म की लय में उड़ते हुए दिखाई दिये, जैसे स्मृतियाँ वमन कर रही हों! सतह के नीचे से ऊपर तक सब पारदर्शी हो उठे—एक-एक रग, एक-एक रेशे तक। एक ऊर्जस्वित कविता की तरह खिल उठा वह, '...और हम ? हम भी नहीं मरते। पहचानते हो न हमें ? माटी में उगे पेड़-पौधे हैं हम। तुम्हारे खुरों, दाढ़ों, आँतों में बार-बार रौंदे जाने के बावजूद हम बार-बार फ़ना होते हैं और बार-बार पनप आते हैं। हज़ारों वर्षों से दमित हमारी ही चेतना अंगार-प्रस्तरों में तब्दील होकर सुरक्षित रहती है। तुम वहाँ भी लार टपकाते चले आते हो और खूँद-लीदकर हमें फिर से भड़कने पर मजबूर करते हो—भूगर्भ की आग के रूप में। तब तुम फिर कोई हाथ की सफ़ाई करते हो। और हमारे आक्रोश की तनी मुट्ठियाँ याचक बनकर फैल जाती हैं तुम्हारे सामने। हम इतने भोले हैं कि समझ नहीं पाते कि सतह के ऊपर, तुम्हारे मायामहल में सर पटकने से कुछ नहीं होगा। हमें सतह के नीचे से शुरुआत करनी होगी और सारे शोलों को लेकर एक साथ भड़कना होगा, ताकि तुम्हारे छद्मों के लाक्षागृह एक साथ अग्निसात हो उठें।' उसने नशे की-सी हालत में सेनगुप्ता साहब की ओर रुख़ किया, 'यही है मेरा स्टेटमेंट, नोट किया जाए।'

'ना-ना-ना-ना!' सेनगुप्ता साहब कुर्सी से उठ खड़े हुए, जैसे उन्होंने लपककर लगाम पकड़ ली हो, 'स्टेटमेंट इतना अमूर्त्त नहीं होता। तुम्हारा नाम आशीष कुमार घोषाल है। चन्दनपुर कोल कम्पनी में तुम्हारी नियुक्ति अंप्रेटिस के रूप में हुई थी। नौ माह पूर्व तुमने आशीष कुमार के नाम से प्लावन दुर्घटना में मृत सोमारू मिस्तरी के आश्रित के रूप में इलेक्ट्रिक फ़िटर की नौकरी पाई है। तुम्हारे नाम जाँच कमीशन

का वारंट था। मगर गवाह के रूप में तुमने खुद को कमीशन के सामने कभी भी प्रस्तुत नहीं किया। यह हुआ विश्वासघात नम्बर एक। नम्बर दो यह कि तुमने नाम बदला। नम्बर तीन यह कि तुमने सोमारू की बेटी से विवाह तक नहीं किया जबकि सोमारू की वसीयत के अनुसार उनकी गूँगी बेटी से विवाह करनेवाला व्यक्ति ही उनके आश्रित के रूप में नौकरी पा सकता था, क्योंकि उनकी बेटी गूँगी थी...।'

'ना-ना-ना-ना!' वह चीख उठा, 'यह सब मुझे ब्लैकमेल करने की साजिश है।'

'साजिश... ?' सेनगुप्ता साहब विद्रूप में बोल उठे, 'ज़रा आईना तो दिखाओ मसीहे को!'

दाईं ओर के कार्मिक प्रबन्धक निकाल लाए कई रजिस्टर और उँगली रख-रखकर दिखाने लगे डिपेंडेंट्स कॉलम, एपाइंटमेंट, सैलरी आदि को, 'यह देखिए, आपने वेतन भी ड्रा किये हैं।'

उसने बाल नोच लिये अपने, 'सच, आप इतने क्रूर और काइयाँ हैं और हम...' फिर कुछ सोचते हुए उसने कराहते स्वर में कहा, 'मैं अभी भी सोमारू की गूँगी बेटी से...'

'अब तो एक तरीक़ा बचा है—तुम भी गूँगे बन जाओ, तभी शान्ति मिलेगी गूँगी की मृतात्मा को।'

'तो क्या?'

'हाँ, चकलाघर के पास उसकी लाश मिली थी।'

तो क्या उस दिन छेदी के पत्र वाली बात महज़ उसे टूटने से बचाने के लिए गढ़ी गई थी... ?

असह्य यातना से वह बिलबिला उठा। उसे लगा. वह खड़े-खड़े ही जल गया—एक पुतले के मानिन्द।

'बड़े चालाक बनते थे, आख़िर पकड़े गए न! होशियार से होशियार आदमी भी औचक में ऐसे छिद्र छोड़ जाता है कि एक दिन चन्दनपुर माइन की तरह डूब जाता है।' सेनगुप्ता साहब का यह कहना शेष भी नहीं हुआ कि 'स्साले कमीने, कुत्ते!' वह शोले की तरह भड़ककर सेनगुप्ता साहब पर टूटा, मगर 'झन्न!' सर के पीछे आघात हुआ और शोला मसल दिया गया। अब वह सिर्फ़ धुआँ सकता था, धुआँ रहा था। छब्बीस दिसम्बर के जल-प्लावन के दिन यह शख्स बच गया था, मगर आज इतने दिन बाद एक अग्नि-प्लावन निगल रहा था उसे—'गुडुप-गुडुप।'

'हा-हा-हा-हा!' सम्मिलित ठहाके।

'हो-हो-हो-हो!' डिस्को का स्वर!

'तत थई, तत थई!' शास्त्रीय नृत्य।

'क्रीं शींऽऽऽ!'' ट्रांजिस्टर का स्वर।

'टन्न! टन्न!! टन्न!! टन्न!!' मन्दिर का घंटा।

सबने एक साथ हमला किया था उस पर।

सेनगुप्ता साहब की कुर्सी घूम रही थी।

हवा घूम रही थी।

कमरा घूम रहा था।

दुनिया घूम रही थी।

सोमारू, ऊधमसिंह, अतनूदा, बाउरी, छुट्टन, भुंइया, मंगतू, भाभी, विष्टूदा, मुकुलदा, चौधरी—सबकी आँखों से घृणा की चिनगारियाँ फूट रही हैं।

जगन, ओझा जी, मक़बूल साहब, कालिन्दी, केतकी, सहुआइन, मंगतू की पत्नी क्लारा, गोकुल की माँ, स्वाती, स्मिता, भाभी—सबके मुँह से थू-थू!

चन्द्रकिशोर सिंह, बुझारथसिंह, तिवारी, जावेद मियाँ, गजाधर सिंह, अनूप सिंह, आहूजा, भट्ट, दिल्ली की टोपी, सेनगुप्ता—सबके मुँह से हो-हो-हो-हो का उपहास।

छलनी हो गया है कलेजा, मगर किसी के दिल में दया नहीं। गर्म रॉड से बिंधे चीत्कार करके भागते हुए सुअर की तरह वह भाग रहा है। पीछे-पीछे आग का सैलाब बढ़ता आ रहा है। अग्नि-प्लावन। आगे-पीछे, ऊपर-नीचे, दाएँ-बाएँ सब जल रहा है। सामने राजगढ़िया साहब का खँडहर दिख रहा है। दरकी सीढ़ियाँ छलाँगते वह ऊपर पहुँचता है।

'आओ, आओ आशीष! तुम्हारे लिए एक इज़ी चेयर डलवा दी है।'

अरराकर गिरता है चीकट-सी इज़ी चेयर पर और देखने लगता है फ़ायरज़ोन को। हज़ार-हज़ार विधवाएँ पति का शव कन्धे पर लादे, बच्चों की उँगली पकड़े भटक रही हैं। उसमें एक गूँगी औरत भी है, जिसके कन्धे पर उसकी लाश टँगी है।

'चाय!' सेनगुप्ता साहब ने चाय का प्याला बढ़ाया।

'चाय... ? कौन मेवा... ? ना, यह तो शायद मक़बूल साहब हैं—इंस्टैंट टी।'

'मक़बूल साहब, चन्दनपुर का क्या स्कोर है ?' चाय सिप करते हुए उसने पूछा।

आग की नदी के तट पर बसा है एक देश। देश में क्रिकेट चल रहा है। निरीह आँखों में करुण कौंध लिये पस्त खुरों से जा रहे हैं बलि-पशु। एक भष्मासुरी भीड़ 'जय-माँ! जय माँ!!' कहकर फ़ारिग होते ही शास्त्रीय या डिस्को की धुन पर कूल्हे मटका रही है। एक-दूसरे से रगड़ाती, नाचती, प्रलापती स्तुति और अभिसार, कीर्तन और क्रिकेट के बीच मुँह घुमाकर बीच-बीच में पूछ लेती है, 'कितने रन हुए ?'

बेलछी, पिपरा, नारायणपुर, जमशेदपुर, अलीगढ़, मुरादाबाद देहुली, साढूपुर, बड़ौदा, बिहार शरीफ़, असम, पंजाब, भिवंडी—आग की नदी में रह-रहकर सैलाब आता है। पूछने वाले पूछते हैं, 'क्या स्कोर है ?'

'ऐंड नाउ द ऑपरेशन ब्लू स्टार।'

''स्कोर... ?'

'मोर दैन फाइव थाउज़ैंड!'

'धिन तक, धिन तक, धिन्न ताक, तिक-धिन तक, धिन तक धिन्न ताक।'

'ऐंड नाउ दे मिडिल स्टम्प ब्लोन अवे...। आवर प्राइम मिनिस्टर शॉट डाउन बाइ हर सेक्योरिटी परसोनेल।'

'ओह, धिन तक, धिन तक, धिन्न ताक, तिक—टी. वी. में देखो, टी. वी. में, कलर्ड टी. वी. में और मज़ा आएगा।'

'क्या कहा अस्थिकलश? ना, जीती हुई ट्रॉफ़ी।'

डिस्को का स्वर, 'ए तुम—लूटो।' और लूट मच जाती है।

'फाइव थाउज़ेंड, किल्ड इन हिन्दू-सिख रॉयट्स। देशव्यापी लूट, हत्या, आगजनी, बलात्कार। हज़ारों के बीच औरतों को नंगा परेड कराया जा रहा है। पुलिस लुटवा रही है। पाँच-पाँच सौ में टी. वी.।'

'ओ हो-हो हो, तिक धिन, धिन तक, धिन्न ताक।'

'मोर दैन टू थाउज़ेंड किल्ड इन भोपाल मिक गैस लीक़ेज ऐंड एबाउट थ्री लैक्स एफेक्टेड!'

'जय माँ! जय माँ!!' टन्न! टन्न!! चिहरा गईं आवाज़ें। मुट्ठियाँ भिंचती हैं कभी-कभी। चेहरे ग़ुस्से में फूलने लगते हैं। तभी पार्थ बोसनुमा कोई हाथ जननांगों की ओर बढ़ता है और फुस्स! निकल जाती है हवा।

'माँ, तुमी एबार द्याखो।'

माँ? कहाँ हैं माँ! सैकड़ों-हज़ारों नंगी औरतें...? कोई पार्थ बोसनुमा हाथ उनकी चाभी ऐंठता है। और वे सजल होकर अपनी गोलाइयों और अपने जननांगों का पोज देने लगती हैं पत्रिकाओं, फ़िल्मों, होटलों और चकलाघरों में। चाभी ख़त्म हुई कि मदिर की ओर या फिर, आँखों में करुण मौन लिये पस्त खुरों से चल पड़ीं बधशाला की ओर। कहाँ हैं महाकाल के ऊपर महाकाली के शाश्वत पग निक्षेप? कहाँ हैं गले में कट-कटकर जुड़ता हुआ मुंडमाल? ये तो काली-लक्ष्मी हैं, काले विष्णु—ढिसुम-ढिसुम, ढाँय-ढाँय!

'माँ, तुमी एबार द्याखो!' पार्थ बोस माँ को क्रिकेट देखने का आह्वान करता है...

'ऐंड आवर प्राइम मिनिस्टर वौन बाइ ए रेकॉर्ड मेजारिटी...। स्कोर फोर हंड्रेड टू। आलदो, ड्यू टु बैड वेदर, द गेम हैज़ टु बी स्टॉप्ड इन आसाम ऐंड पंजाब। अपोज़ीशन आल आउट ऐट...प्लीज, वेट, लेट मी कंसल्ट...।'

चन्दनपुर उद्धार-कार्य के अन्तिम खेप में निकला, आग की नदी के तट पर भटकता हुआ एक कंकाल फिसफिसाकर पूछता है, 'और चन्दनपुर का क्या स्कोर है?'

जवाब मिलता है, 'आल आउट एट थ्री फ़िफ़्टी वन!'

शब्द-निर्देशिका (1975)

पिट : खदान।

चाणक : खदान का कुआँ; शैफ़्ट।

टॉप गियर : डोलियों (केज) को खदान के अन्दर ले आने-ले जाने के लिए बना लोहे का ऊँचा ढाँचा जिसमें एक बड़ा चक्र लगा होता है।

पोखरिया खाद : ओपेन कास्ट या क्वैरी, जहाँ कोयला बहुत नीचे नहीं है, वहाँ तालाब की तरह खोदकर कोयला निकालने का तरीक़ा। (टॉप गियर और ओपेन कास्ट कोयलांचल के आम दृश्य हैं।)

होराइज़न सिस्टम : 'डीप' से कोयला निकालने की तीन विधियों में से सर्वाधुनिक।

अप और डाउन कास्ट : ऊपर ले आने और नीचे ले जाने के अलग-अलग चाणक।

सैंड नूमोकोनियोसिस : धूलि-कणों के चलते होनेवाली फेफड़े की बीमारी।

इन्क्लाइन : सीढ़ियाँ खाद (पहले सीढ़ीनुमा क्रमश: ढलान की सुरंगें होती थीं)।

वाशरी : कोल वाशरी, कोयले का कचरा साफ़ करने का संयंत्र।

आर्च : सुरंग की छत का धनुषाकार फ़ौलादी अवलम्ब जो किन्हीं अत्याधुनिक खदानों में खूँटों की जगह प्रयुक्त होता है।

स्किप : मालगाड़ीनुमा कोयला भरने का बड़ा टब।

बंकर : जहाँ कोयला जमा होता है।

स्किप और बंकर का इंटर लॉक : स्किप के कपाट के स्प्रिंग की पिन कोयला भरने के बाद बन्द अवस्था में जब ऊपर बंकर में आती है तो बंकर के चुम्बक से खिंचकर कपाट खोल देती है और कोयला गिरने लगता है।

ड्राइवेज़ : खदान के अन्दरूनी रास्ते का फैलाव।

एक्सटेंशन डी : अतिरिक्त प्रसार (एक्सटेंशन ड्राइवेज़।)
सरफ़ेस मूवमेंट : ज़मीन की सतहों में आया खिसकाव।
डाइक : लकड़ी से कोयला बनने के क्रम में लाखों वर्ष पहले अत्यधिक ताप और दाब से उपादानों का संगलित होकर दुर्भेद्य चट्टान बन जाना। यही चट्टान डाइक कहलाती है।
वाटर लगेज : खदान की भाषा में पानी का जमाव।
पिट-आई : खदान का वह स्थान जहाँ चाणक नीचे तल से मिलता है।
बोर-होल : ड्रिल से किया हुआ लम्बा छेद, जो कोयले की पट्टियों में समीपस्थ जल की उपस्थिति की जाँच करने या ब्लास्टिंग के लिए बारूद भरने के लिए बनाया जाता है।
शॉट फ़ायरर : वह कर्मचारी जो ब्लास्टिंग कराता है।
गोफ़ एरिया : खदान में आग, गैस या अन्य कारणों से बना असुरक्षित क्षेत्र।
कैनरी बर्ड : लालमुनिया जैसा गर्म ख़ून का नन्हा परिंदा जो कार्बन मोनोक्साइड की ज़रा-सी उपस्थिति में तड़फड़ा उठता है। मृत्यु-गैस के परीक्षण के लिए इसे काम में ले आते हैं।
कन्वेयर-बेल्ट : पट्टे जो बेलनों की घूर्णियों पर सरकते हैं। आधुनिक खदानों में कोयले की ढुलाई के लिए इनका बहुतायत से प्रयोग होता है।
चाल : खदानियों की भाषा में सुरंग की छत।
फ़ायर ज़ोन : झरिया का वह क्षेत्र, जिसके नीचे वर्षों से आग धधक रही है।
वायु-कपाट : खदान के सभी आयतनों में हवा पहुँच सके, अतः कपाट लगाकर इसे नियंत्रित करते हैं।
सीम : ज़मीन के अन्दर कोयला सर्वत्र एक-रूप नहीं, पट्टियों में मिलता है, जो मोटी भी होती हैं, पतली भी। इन्हें सीम कहते हैं। कोयला निकाल लेने पर इनमें बालू भरने का प्रावधान है, वरना पानी से छन-छनकर ये जलाशय बन जाती हैं।